Christopher Reich
Das Nummernkonto

Christopher Reich

Das Nummernkonto

Roman

Aus dem Amerikanischen
von Sigrid Langhaeuser

Droemer

Originaltitel: »Numbered Account«
Originalverlag: Delacorte Press, New York

Die Folie des Schutzumschlags sowie die Einschweißfolie sind PE-Folien und biologisch abbaubar.
Dieses Buch wurde auf chlor- und säurefreiem Papier gedruckt.

Umschlaggestaltung: Agentur ZERO, München
Umschlagfoto: Bild oben: Tony Stone Images; Hintergrundbild: Will Ryan
Satz: Satzpunkt Ewert, Kulmbach
Druck und Bindung: Franz Spiegel Buch GmbH, Ulm
Printed in Germany
ISBN 3-426-19469-4

5 4 3 2 1

Für Sue,
gestern, heute und morgen

Prolog

Lichter, strahlende Lichter.

Martin Becker hielt inne, bevor er die Stufen der Bank hinunterging, und bestaunte das Lichtermeer. Die ganze Länge der Bahnhofstraße war mit Girlanden von Weihnachtslichtern behangen, gelb leuchtenden Perlenschnüren, die aussahen, als falle ein warmer elektrischer Regen vom Himmel. Er sah auf die Uhr und stellte erschrocken fest, daß ihm bis zur Abfahrt des letzten Abendzuges ins Gebirge nur noch zwanzig Minuten blieben.

Er hatte noch etwas zu erledigen. Er würde sich beeilen müssen.

Becker faßte seinen Aktenkoffer fester und stürzte sich in das geschäftige Treiben. Seine Schritte waren lebhaft und schnell, selbst für einen tüchtigen Züricher Bankangestellten wie ihn. Zweimal blieb er stehen und warf einen Blick über die Schulter. Er war sich ganz sicher, daß ihm niemand folgte, und doch konnte er nicht anders. Es war ein Reflex, der mehr seinem Schuldgefühl entsprang als irgendeiner erkennbaren Gefahr. Seine Augen durchforschten die Menschenmenge nach einem Anzeichen, das seine Befürchtungen rechtfertigte: einem Wachmann, der ihm zurief stehenzubleiben, einem entschlossen aussehenden Mann, der sich durch die Menge drängte, nach irgend etwas Ungewöhnlichem. Er sah nichts dergleichen.

Er hatte es geschafft, und nun war er frei. Aber schon schwand seine Begeisterung und der Triumph des Augenblicks machte der Angst vor der Zukunft Platz.

Becker erreichte die silberne Eingangstür von Cartier,

und die Geschäftsführerin blickte auf. Mit gutmütigem Stirnrunzeln öffnete die hübsche Frau die Tür und bat ihn in den Laden. Schon wieder so ein eiliger Banker, der versucht, die Liebe seiner Frau zu kaufen. Er hatte seine Quittung schon bereit und nahm das elegant eingewickelte Päckchen entgegen, ohne seinen Aktenkoffer loszulassen. Die Diamantbrosche war eine extravagante Geste. Ein Zeichen seiner heftigen Liebe. Und ein glitzerndes Andenken an den Tag, an dem er beschlossen hatte, seinem Gefühl zu folgen.

Becker schob das Päckchen in die Tasche, dankte der Frau und verließ den Laden. Draußen hatte ein leichter Schneefall eingesetzt. Etwas weniger eilig strebte er dem Bahnhof zu. Er überquerte die Bahnhofstraße und ging weiter, vorbei an der Chanel-Boutique und dem Bally-Laden, zwei der zahllosen Luxusgeschäfte der Stadt. Auf den Bürgersteigen drängten sich die letzten Weihnachtseinkäufer, gutgekleidete Züricher, die mit Geschenken für ihre Lieben heimwärts eilten. Er versuchte, sich das Gesicht seiner Frau vorzustellen, wenn sie die Brosche auspackte. Er sah ihre erwartungsvoll gespitzten Lippen vor sich und ihre skeptischen Augen, die sich weiten würden, wenn sie die Brosche aus der Schachtel nahm. Sie würde etwas über den Preis flüstern, und daß sie für die Ausbildung der Kinder sparen müßten. Lachend würde er sie in die Arme nehmen und ihr sagen, sie solle sich keine Sorgen machen. Erst dann würde sie die Brosche anprobieren. Aber früher oder später würde er ihr einen Grund nennen müssen. Warum so ein teures Geschenk, Martin? Und er würde ihr alles sagen müssen. Aber wie sollte er ihr das Ausmaß seines Verrats beichten?

Während er noch über diese Frage nachdachte, packte ihn eine fremde Hand am Rücken und versetzte ihm einen heftigen Stoß. Er taumelte vorwärts, seine Knie gaben nach. Im letzten Augenblick bekam er eine Straßenlaterne zu fassen und konnte sich so gerade noch auf den Beinen halten. Im selben Moment rauschte eine Straßenbahn kaum einen halben Meter vor ihm vorbei. Der Fahrtwind zerrte an seinen Haaren und blies ihm Sand in die Augen.

Heftig atmend versuchte Becker sich zu fassen, fuhr dann herum, um den Schuldigen auszumachen. Er war darauf gefaßt, ein schuldbewußtes Gesicht zu sehen, jemanden, der ihm eifrig zu Hilfe kommen würde, oder auch einen bösartigen Irren, der versuchen würde, ihn unter die nächste Straßenbahn zu stoßen. Aber nichts dergleichen. Eine attraktive Frau, die in entgegengesetzter Richtung vorbeiging, lächelte ihn an. Ein Mann mittleren Alters in Lodenmantel und Trachtenhut nickte ihm mitfühlend zu und ging weiter.

Becker richtete sich auf und tastete nach dem Geschenk für seine Frau in seiner Jackentasche. Sein Blick fiel auf das Straßenpflaster, dann auf seine lederbesohlten Schuhe. Er atmete erleichtert auf. Der Schnee. Das Eis. Er war ausgerutscht. Niemand hatte ihn vor die Straßenbahn stoßen wollen. Aber warum spürte er dann immer noch diesen Schmerz im Rücken, wo der Stoß des Unbekannten ihn getroffen hatte?

Becker schaute in den Fußgängerstrom. Verzweifelt versuchte er, die Gesichter zu erforschen, ohne zu wissen, was oder wen er suchen sollte. Er wußte nur, daß ein Urinstinkt ihm sagte, daß er verfolgt wurde. Eine Minute später ging er weiter. Er hatte nichts gesehen, aber seine Angst blieb.

Er sagte sich, daß niemand seinen Diebstahl bemerkt haben konnte. Jedenfalls noch nicht. Schließlich hatte er genügend Vorkehrungen getroffen, um nicht ertappt zu werden. Er hatte den Zugriffscode seines Vorgesetzten benutzt. Um sicherzugehen, hatte er gewartet, bis der ehrfurchtgebietende kleine Mann das Büro verlassen hatte; und er hatte auch seinen Computer verwendet. Es würde kein unbefugter Zugriff registriert werden. Und schließlich hatte er sich den ruhigsten Abend des Jahres ausgesucht: den Weihnachtsabend. Alle Kollegen, die nicht schon mit ihren Familien beim Schifahren in den

Bergen waren, hatten das Gebäude bis vier Uhr verlassen. Er war stundenlang allein gewesen. Niemand hatte gesehen, wie er die Akten im Büro seines Vorgesetzten ausgedruckt hatte. Es war unmöglich.

Becker klemmte den Aktenkoffer unter den Arm und schritt schneller aus. Fünfzig Meter weiter näherte sich eine Straßenbahn der Haltestelle. Die auf der Trambahninsel wartenden Fahrgäste eilten vorwärts, um einzusteigen. Er hastete auf diese Menschenansammlung zu, um in der Anonymität des Gedränges unterzutauchen. Er beschleunigte seine Schritte, begann zu laufen. Er wußte nicht, woher dieses Gefühl der Verzweiflung kam, nur daß es ihn ganz und gar beherrschte. Die letzten Meter rannte er, so schnell er konnte, und erreichte die Haltestelle, als die Straßenbahn gerade kreischend zum Stehen kam.

Zischend öffnete sich die Tür, und einige Fahrgäste stiegen aus. Er schob sich zwischen die Wartenden, glücklich über die Körper, die gegen ihn gepreßt wurden. Schritt für Schritt näherte er sich der Straßenbahn. Sein Herzschlag verlangsamte sich, sein Atem ging wieder ruhig. In der Sicherheit des Gedränges lachte er kurz und trocken auf. Seine Angst war grundlos gewesen. Er würde den letzten Zug ins Gebirge erreichen. Gegen zehn Uhr würde er in Davos sein, und dort würde er die nächste Woche im sicheren Schoß seiner Familie verbringen.

Einer nach dem anderen kletterten die Fahrgäste in die Straßenbahn. Gleich war er an der Reihe. Er hob den rechten Fuß auf das Trittbrett. Er beugte sich vor und faßte den Haltegriff. Plötzlich packte ihn eine kräftige Hand an der Schulter und hielt ihn zurück. Er kämpfte dagegen an, versuchte, sich am Haltegriff in den Wagen zu ziehen. Eine zweite Hand packte ihn bei den Haaren und riß seinen Kopf zurück. Kalter Stahl drang in seine Kehle. Er öffnete den Mund um zu schreien, brachte aber keinen Laut hervor. Blut spritzte aus seiner Kehle und durchtränkte die Kleidung der Menschen um ihn herum. Eine Frau schrie auf, dann eine zweite. Er taumelte rückwärts, eine

Hand an der Kehle, mit der anderen noch immer den Griff des Aktenkoffers umklammernd. Seine Beine gaben nach, und er fiel auf die Knie. All das geschah mit entsetzlicher Langsamkeit. Er fühlte, wie eine fremde Hand ihm den Aktenkoffer zu entwinden suchte. Laß los, wollte er schreien. Etwas Silbernes blitzte auf, er spürte ein Zerren im Bauch, etwas, das an einer Rippe abrutschte, dann herausgerissen wurde. Seine Hände wurden gefühllos, und der Aktenkoffer fiel zu Boden. Er brach zusammen.

Martin Becker lag still auf dem kalten Pflaster. Sein Blick verschleierte sich, und er konnte nicht mehr atmen. Warm strömte Blut über sein Gesicht. Der Aktenkoffer befand sich nur einen Meter entfernt von ihm. Verzweifelt versuchte er, ihn zu erreichen, konnte aber den Arm nicht mehr bewegen.

Dann sah er ihn. Den Mann im Lodenmantel, den netten Herrn, der gerade hinter ihm gegangen war, als er gestolpert war. Nein, verdammt, den Mann, der ihn gestoßen hatte! Sein Mörder bückte sich und hob den Aktenkoffer auf. Einen Augenblick lang begegneten sich ihre Augen. Der Mann lächelte, rannte dann auf die Straße. Becker konnte nicht sehen, wohin. Halt, schrie er lautlos. Aber er wußte, daß es zu spät war. Er bewegte den Kopf und starrte nach oben. Die Lichter waren so schön. Wirklich strahlend schön.

Kapitel 1

Es war der kälteste Winter seit Menschengedenken. Zum erstenmal seit 1962 drohte der Zürichsee vollkommen zuzufrieren. Schon jetzt bildete sich ein Rand von blauem Eis an seinen Ufern.

Der letzte Schnee war erst vor zwei Tagen gefallen, aber die Straßen der Stadt waren makellos. Die schmutzigen Haufen gefrorenen Schneematschs, die die Bürgersteige anderer Stadtzentren verunziert hätten, hatte man entfernt.

In jedem anderen Jahr hätten die andauernden Rekordkältegrade und der nicht enden wollende Schneefall Anlaß zu lebhaften Diskussionen gegeben. Nicht so in diesem Jahr. An diesem ersten Montag im Januar wurde die strenge Witterung auf keiner der Titelseiten der Neuen Züricher Zeitung, des Tagesanzeigers oder auch nur des notorisch bodenständigen Züricher Tagblattes erwähnt. Das Land kämpfte mit etwas sehr viel Ungewöhnlicherem als einem harten Winter: einer Gewissenskrise.

Anzeichen des Aufruhrs waren allgegenwärtig. Und als Nicholas Neumann am Paradeplatz der Straßenbahn Linie 13 entstieg, sah er sich augenblicklich damit konfrontiert. Etwa fünfzig Meter weiter, auf der Ostseite der Bahnhofstraße, war eine Gruppe von Männern und Frauen vor einem düsteren vierstöckigen Gebäude versammelt, das die Vereinigten Schweizer Banken beherbergte; und das war sein Ziel. Die meisten trugen Schilder: »Wascht die schmutzige Wäsche der Schweiz!«

»Drogengeld ist Blutgeld!« »Hitlers Bankiers!« Andere hatten die Hände in die Taschen geschoben und stapften entschlossen auf und ab.

Im vergangenen Jahr hatte es eine Folge peinlicher Enthüllungen über die Banken des Landes gegeben: Die Verwicklung in den Waffenhandel mit dem Dritten Reich während des Krieges, das Einbehalten von Geldern, die Überlebenden von Hitlers Todeslagern gehörten, und die Verheimlichung illegaler Profite, angelegt von südamerikanischen Drogenkartellen. Die lokale Presse hatte die Banken als »willige Mitverschwörer im tödlichen Handel der Drogenbarone« gebrandmarkt. Die Öffentlichkeit war aufmerksam geworden. Und nun mußten die Verantwortlichen zur Rechenschaft gezogen werden.

Nick eilte auf die Bank zu. Er teilte das Schuldbewußtsein der Nation nicht. Er war nicht überzeugt, daß die Misere ausschließlich den Banken des Landes anzulasten war. Aber weiter reichte sein Interesse nicht. An diesem Morgen galt seine Sorge anderem, einer privaten Angelegenheit, die in den dunkelsten Winkeln seines Herzens genagt hatte, solange er denken konnte.

Nick war ein großer, agiler Mann. Er hatte breite Schultern und war über ein Meter achtzig groß. Abgesehen von einem schwachen Hinken waren seine Schritte zuversichtlich und zielstrebig.

Sein Gesicht war ernsthaft, eingerahmt von dichtem, glattem, schwarzem Haar. Sein Kinn war eher kräftig als eigensinnig. Vor allem seine Augen zogen die Aufmerksamkeit auf sich. Sie waren von einem blassen Blau und von einem Netz feiner Linien umgeben, das bei einem Mann seines Alters überraschte. In ihnen lag eine verstohlene Herausforderung. Seine Verlobte hatte einmal gesagt, es seien die Augen eines älteren, eines müderen Mannes, nicht die eines Achtundzwanzigjährigen.

Nick legte die kurze Entfernung zur Bank in weniger als fünf Minuten zurück. Ein gefrierender Nieselregen hatte eingesetzt, aufgepeitscht vom scharfen Seewind. Schneeflocken sammelten sich auf seinem Trenchcoat.

Während er sich den Weg durch das Gedränge der Demonstranten bahnte, war sein Blick fest auf die beiden Drehtüren über der breiten Flucht von Granitstufen gerichtet. Die Vereinigten Schweizer Banken.

Vor vierzig Jahren hatte sein Vater hier seine erste Anstellung angetreten. Mit sechzehn Lehrling, mit fünfundzwanzig Abteilungsdirektor, mit dreiunddreißig Direktor. Alexander Neumann hatte den Weg zur Spitze schnell zurückgelegt. Stellvertretender Generaldirektor. Aufsichtsrat. Alles war möglich. Und alles wurde erwartet.

Nick warf einen Blick auf seine Armbanduhr, dann stieg er die Treppen hinauf und betrat die Lobby der Bank. Neun Uhr. Sein Magen begann zu flattern. Die bevorstehende Aufgabe erfüllte ihn mit Unbehagen. Er setzte seinen Weg über den Marmorboden fort zu einem Pult, auf dem mit Buchstaben in Goldrelief »Rezeption« geschrieben stand.

»Ich habe eine Verabredung mit Herrn Cerruti«, sagte er zum Portier. »Ich fange heute hier an.«

»Ihre Papiere?« fragte der Portier, ein älterer Mann in einer prächtigen blauen Uniformjacke mit geflochtenen Silberepauletten.

Nick schob einen Umschlag mit dem eingeprägten Logo der Bank über das Pult.

Der Portier zog die Einstellungspapiere heraus und überflog sie. »Ihren Ausweis, bitte.«

Nick reicht ihm zwei Reisepässe, einen marineblauen mit aufgedrucktem goldenem Adler und einen leuchtendroten mit einem gleichmäßigen weißen Kreuz. Der Portier prüfte beide und gab sie zurück. »Ich werde Ihre Ankunft melden. Bitte nehmen Sie Platz. Da drüben!« Er deutete auf eine Sitzgruppe aus Leder. Aber Nick wanderte lieber langsam durch die große Halle. Er betrachtete die elegant gekleideten Kunden, wie sie auf die für sie zuständigen Schalterbeamten warteten, und die grauen Bankangestellten, wie sie über den glänzenden Boden eilten. Seine Gedanken schweiften ab zu dem Flug von New York vor zwei Tagen und dann weiter zurück, nach Cambridge, nach

Quantico, nach Kalifornien. Er war seit Jahren auf dem Weg hierher gewesen, ohne es zu wissen.

Ein Telefon summte hinter dem Pult des Portiers. Der Portier schnappte den Hörer und nickte zu jeder seiner gemurmelten Antworten. Einen Augenblick später wurde Nick durch die Lobby zu einer Reihe altmodischer Aufzüge geführt. Der Portier ging voran und öffnete die getönte Glastür. »Zweiter Stock,« sagte er. »Sie werden erwartet.«

Nick dankte ihm und betrat den Aufzug. Er war klein, mit braunem Teppichboden, eingelassener Holztäfelung und poliertem Messinggeländer. Sofort nahm er eine Mischung vertrauter Gerüche wahr: den starken Rückstand kalten Zigarrenrauchs, den scharfen Geruch frisch geputzter Schuhe und am deutlichsten den erfrischenden Duft von Kölnisch Wasser, dem Lieblingsduft seines Vaters. Die maskulinen Gerüche beschworen ein bruchstückhaftes Bild des unmodisch kurzgeschnittenen kohlschwarzen Haares seines Vaters herauf, des festen Blicks seiner blauen Augen unter struppigen Brauen, seines strengen Mundes. Nick erinnerte sich an das überwältigende Gefühl von Ehrfurcht, Stolz und Angst, das er in der Gegenwart seines Vaters immer empfunden hatte.

»Junger Mann, geht es Ihnen etwa nicht gut?« fragte der Portier.

Nick verbannte die beunruhigenden Bilder aus seinem Kopf. »Es geht mir ausgezeichnet«, antwortete er. Er schloß die Aufzugstür und drückte auf den Knopf für den zweiten Stock.

»Marco Cerruti ist krank. Irgendein Virus oder Bakterium, weiß der Himmel, was«, erklärte ein großer, an die vierzig Jahre alter Mann mit sandfarbenem Haar, der auf dem Treppenabsatz des zweiten Stocks auf Nick wartete. »Vermutlich das lausige Wasser in dieser Ecke der Welt da – im Nahen Osten.«

Nick lächelte und stellte sich vor.

Der blonde Mann reichte ihm die Hand und schüttelte sie kräftig. »Ich bin Peter Sprecher. Lassen Sie sich von meinem Akzent nicht täuschen. Ich bin so schweizerisch wie Wilhelm Tell persönlich. Habe meine Ausbildung in England absolviert.« Er zupfte am Ärmel seines teuren Anzugs und blinzelte.

»Cerruti ist gerade von seiner Weihnachtstour zurück. Ich nenne das seinen alljährlichen Kreuzzug: Kairo, Riad, Dubai, und dann ab zu einem unbekannten Ort – vermutlich einem sonnigen Hafen, wo er an seiner Sonnenbräune arbeiten kann, während wir anderen hier im Hauptquartier dahinwelken. Vermutlich hat es nicht so geklappt wie geplant. Es heißt, daß er wenigstens eine Woche lang weg sein wird. Die schlechte Nachricht ist, daß Sie mit mir arbeiten werden.«

Nick hörte dem unzusammenhängenden Informationsstrom zu und tat sein Bestes, alles zu verdauen. »Und die gute Nachricht?«

Aber Peter Sprecher war in einem engen Korridor verschwunden. »Ach ja, die gute Nachricht«, rief er über die Schulter. »Also, die gute Nachricht ist, daß es einen Haufen Arbeit gibt. Wir haben im Augenblick ziemlich wenig Leute, Sie werden also nicht bloß dasitzen und einen Stapel Jahresberichte lesen. Wir schicken Sie hinaus ins Blaue, *pronto*.«

»Ins Blaue?«

Sprecher blieb vor einer Tür auf der linken Seite des Ganges stehen. »Kunden, mein Freund. Wir müssen unseren vertrauensvollen Kunden ein überzeugendes Gesicht vorsetzen. Sie sehen aus wie ein ehrlicher Typ.«

»Heute?« fragte Nick verwirrt.

»Nein, nicht heute«, grinste Sprecher. »Gewöhnlich sorgt die Bank für ein bißchen Ausbildung. Sie müssen mit wenigstens einem Monat rechnen, bis Sie alle Tricks draufhaben.« Er öffnete die Tür, ging in den kleinen Besprechungsraum und warf den Umschlag, den er unter dem Arm getragen hatte, auf den Konferenztisch. »Setzen Sie sich«, sagte er und ließ sich selbst auf einen der ledernen Polstersessel fallen. »Fühlen Sie sich wie zu Hause.«

Nick zog sich einen Stuhl heran und nahm gegenüber seinem neuen Boß am Tisch Platz. Seine vorübergehende Panik legte sich und machte dem üblichen vagen Unbehagen Platz, das ihn immer beim Antreten eines neuen Postens überkam. Aber er spürte auch ein ungewohntes Gefühl – den hartnäckigen Zweifel daran, daß er tatsächlich hier war. *Du bist drin*, sagte er sich in dem ermahnenden Ton seines Vaters. *Halt den Mund und sperr die Ohren auf. Werde einer von ihnen.*

Peter Sprecher zog ein Bündel Papiere aus dem Umschlag. »Ihr Leben in vier Zeilen. Hier steht, Sie sind aus Los Angeles.«

»Ich bin dort aufgewachsen, aber ich lebe schon lange nicht mehr dort.«

»Ich liebe Los Angeles.« Sprecher schüttelte eine Marlboro aus der Packung und bot sie Nick an, der jedoch ablehnte. »Ich habe auch nicht vermutet, daß Sie ein Freund des Tabaks sind. Sie sehen fit genug aus, um einen Marathon zu laufen. Möchten Sie einen Rat? Ruhig Blut, Junge. Sie sind in der Schweiz. Langsam und stetig, das ist unser Motto.«

»Ich werde daran denken.«

»Lügner.« Sprecher lachte. »Sie sehen ziemlich nervös aus. Sie sitzen zu steif da.« Er zog an seiner Zigarette, während er die Papiere seines neuen Mitarbeiters musterte. »Ach, Marine? Offizier! Das ist die Erklärung.«

»Vier Jahre«, sagte Nick und versuchte etwas legerer zu wirken.

»Was haben Sie gemacht?«

»Infanterie, ich hatte eine Aufklärungseinheit. Die Hälfte der Zeit haben wir trainiert. In der anderen Hälfte tuckerten wir auf dem Pazifik herum und warteten auf eine Krise, bei der wir endlich anwenden konnten, was wir gelernt hatten. Es kam nie dazu.« Das war die offizielle Version, und er hatte geschworen, sich daran zu halten.

»Sie Armer«, meinte Sprecher. Er tippte mit dem Finger

auf eine Zeile, die ihn interessierte. »Hier steht, daß Sie in New York gearbeitet haben. Nur vier Monate. Was war los?«

Nick faßte seine Antwort kurz. Wenn man lügt, das wußte er, hält man sich am besten an einen Schatten von Wahrheit. »Es war nicht das, was ich erwartet hatte. Ich habe mich dort nicht wohl gefühlt, weder bei der Arbeit noch in der Stadt.«

»Und dann haben Sie beschlossen, Ihr Glück im Ausland zu suchen?«

»Ich habe mein ganzes Leben in den Staaten gelebt; bis mir eines Tages dann klar wurde, daß es Zeit für etwas Neues war.«

»Ich wünschte, ich hätte den Mut, so was zu machen. Nun ja, für mich ist es zu spät.« Sprecher schob die Papiere in den Umschlag zurück. »Schon mal hier gewesen?«

»In der Bank?«

»In der Schweiz. Irgend jemand in Ihrer Familie ist doch Schweizer, oder? Sonst kriegt man schwerlich einen Paß.«

»Das ist lange her,« sagte Nick und hielt seine Antwort absichtlich vage. Tatsächlich siebzehn Jahre. Er war gerade elf Jahre alt gewesen, und sein Vater hatte ihn in dieses Gebäude gebracht. Es war ein Höflichkeitsbesuch gewesen, der große Alex Neumann, der den Kopf in die Büros seiner früheren Kollegen streckte, ein paar Worte wechselt, bevor er den kleinen Nicholas vorstellte, als sei er eine exotische Trophäe aus fernem Land. »Der Paß kommt von der Seite meines Vaters. Zu Hause haben wir Schwizer Dütsch gesprochen.«

»Tatsächlich? Wie seltsam!« Sprecher drückte seine Zigarette aus. »Also, genug Small talk. Willkommen bei den Vereinigten Schweizer Banken, Herr Neumann. Sie wurden der Abteilung 4 für Kundenberatung zugeteilt. Unsere kleine Familie beschäftigt sich mit Privatkunden aus dem Nahen Osten und Südeuropa, und zwar Italien, Griechenland und der Türkei. Zur Zeit verwalten wir etwa siebenhundert Konten mit Einlagen von über zwei Milliarden US-Dollar. Schließlich ist das immer noch die einzige Währung, die etwas taugt. Die meisten unserer Kunden sind Leute, die Nummernkonten bei unserer Bank haben. Vielleicht finden Sie ihre Namen mit Bleistift irgendwo in Ihre Akten geschrieben. Mit Bleistift, wohlgemerkt. Ausradierbar. Offiziell müssen sie anonym bleiben. Hier im Büro führen wir keine ständigen Aufzeichnungen über ihre Identität. Das bleibt der DZ vorbehalten, der Dokumentationszentrale. Einige unserer wichtigsten Kunden sind nur der obersten Führungsspitze der Bank bekannt. Lassen Sie es dabei. Sollten Sie irgendeine Neigung verspüren, sie persönlich kennenzulernen, schlagen Sie sich das am besten augenblicklich aus dem Kopf. Verstanden?«

»Verstanden«, sagte Nick.

»Jetzt passen Sie auf: Ein Kunde ruft an und gibt Ihnen seine Kontonummer, möchte vermutlich seinen Kontostand oder den Wert der Papiere in seinem Aktiendepot wissen. Bevor Sie irgendeine Auskunft geben, stellen Sie seine Identität fest. Alle unsere Kunden haben Codewörter, um sich zu identifizieren. Danach fragen Sie. Fragen Sie vielleicht außerdem auch noch nach dem Geburtsdatum. Das vermittelt ein Gefühl von Sicherheit. Aber weiter darf Ihre Neugier nicht gehen. Wenn ein Kunde fünfzigtausend Deutsche Mark die Woche auf ein Konto in Palermo überweisen möchte, dann sagen Sie: ›Prego, Signor. Con gusto.‹ Wenn er darauf besteht, jeden Monat für ein Dutzend John Does telegrafische Überweisungen auf ein Dutzend verschiedener Banken in Washington, D.C., vorzunehmen, dann sagen Sie ›Of course, Sir. It's my pleasure.‹ Wo das Geld unserer Kunden herkommt und was sie damit zu tun gedenken, ist ausschließlich deren Sache.«

Sprecher erhob sich von seinem Stuhl und ging zum Fenster, von dem aus man die Bahnhofstraße überblicken konnte. »Hören Sie die Trommeln?« fragte er und deutete mit dem Kopf auf die Demonstranten, die vor der Bank auf und ab marschierten. »Schauen Sie mal da hinunter!«

Nick stand auf und trat an Sprechers Seite, von wo aus er die Ansammlung von Protestierern sehen konnte.

»Barbaren vor den Toren«, sagte Sprecher. »Die Einheimischen werden unruhig!«

»Es hat Forderungen nach Aufdeckung der Aktivitäten der Bank in der Vergangenheit gegeben«, sagte Nick. »Die Suche nach Geldeinlagen von Kunden, die während des Zweiten Weltkriegs umgekommen sind. Die Banken haben sich mit dem Problem befaßt.«

»Indem sie die Schweizer Goldreserven benutzt haben, um einen Fond für Überlebende einzurichten. Hat uns sieben Milliarden Franken gekostet! Und trotzdem haben wir eisern verhindert, daß sie einen direkten Zugang zu unseren Akten bekamen. Die Vergangenheit ist tabu. Eines ist sicher: Schweizer Banken müssen aus dem härtesten Granit gebaut sein, nicht aus bröckeligem Sandstein.« Sprecher warf einen Blick auf seine Uhr. »Jetzt haben wir mehr denn je den Mund zu halten und zu tun, was man uns sagt. Sie müssen jetzt zu Dr. Schön in die Personalabteilung, damit Ihnen eine Identitätskarte ausgestellt wird. Holen Sie sich ein Handbuch und kümmern Sie sich auch um all die anderen Nettigkeiten, die unsere geliebte Institution zu einem so wunderbaren Arbeitsplatz machen. Vorschriften, Herr Neumann. Vorschriften! Und noch etwas: Dr. Schön kann ein bißchen schwierig sein. Hat für Amerikaner nicht allzuviel übrig. Je weniger Sie sagen, desto besser.«

Aus seinem Fenster im vierten Stock starrte Wolfgang Kaiser auf die feuchten Köpfe der Demonstranten hinunter, die sich vor seiner Bank versammelt hatten. Vierzig Jahre lang hatte er bei den VSB gearbeitet, die letzten siebzehn als Vorsitzender. In dieser ganzen Zeit konnte er sich nur an eine einzige Demonstration auf den Stufen der Bank erinnern – ein Protest gegen die Investitionen der Bank in Südafrika. Er hatte die Apartheid ebenso verurteilt wie jeder andere, aber Politik spielte bei Geschäftsentscheidungen eben einfach keine Rolle. Die Afrikaner waren in der Regel verdammt gute Kunden. Zahlten ihre Kredite pünktlich zurück und hielten eine angemessene Summe auf ihren Konten.

Kaiser zupfte an den beiden Enden seines Schnurrbarts und entfernte sich vom Fenster. Obwohl nur mittelgroß, war er eine ehrfurchtgebietende Erscheinung. Stets in maßgeschneidertes marineblaues Kammgarn gekleidet, konnte er allenfalls für einen geborenen Großgrundbesitzer gehalten werden. Aber seine breiten Schultern und seine gedrungenen Beine ließen auf eine einfache Herkunft schließen. Und er war mit einer bleibenden Erinnerung an seine wenig edle Abstammung behaftet: Sein linker Arm, bei der Geburt von einer betrunkenen Hebamme verletzt, war dünn und kraftlos. Trotz ständiger Gymnastik in jungen Jahren blieb der Arm verkümmert und würde immer um fünf Zentimeter kürzer sein als der rechte.

Kaiser umkreiste seinen Schreibtisch und starrte auf das Telefon. Er wartete auf einen Anruf. Eine kurze Nachricht, welche die Vergangenheit in die Gegenwart transponieren würde. Eine Botschaft, mit der der Kreis sich schloß. Er konnte die Anklage, die auf eines der rohen Plakate dort unten geschrieben war, nicht aus seinem Kopf verbannen. »Kindermörder« stand da. Er wußte nicht, worauf sich das genau bezog, aber das Wort saß. Verdammte Presse! Diese Aasgeier waren begeistert, eine so leichte Beute zu haben. Die gewissenlosen Bankiers, stets darauf erpicht, den bösen Buben der Welt zu Diensten zu sein. Blödsinn! Wenn nicht wir, dann jemand anders. Österreich, Luxemburg, die Cayman-Inseln. Die Konkurrenz holte auf.

Als das Telefon auf seinem Schreibtisch summte, stürzte er sich mit drei raschen Schritten darauf: »Kaiser.«

»Guten Morgen, Herr Generaldirektor. Hier Brunner. Der Junge ist angekommen«, sagte der Portier. »Punkt neun Uhr.«

»Und wie ist er?« In den vergangenen Jahren hatte Kaiser Fotos von Nick gesehen, vor kurzem ein Videoband von seinem Einstellungsgespräch. Dennoch konnte er es sich nicht verkneifen zu fragen: »Sieht er aus wie sein Vater?«

»Vielleicht ein paar Kilo schwerer. Sonst ist er ihm wie aus dem Gesicht geschnitten. Ich habe ihn zu Herrn Sprecher geschickt.«

»Danke, Hugo.«

Kaiser legte den Hörer auf und setzte sich hinter seinen Schreibtisch. Seine Mundwinkel verzogen sich zu einem schwachen Lächeln. »Willkommen in der Schweiz, Nicholas Alexander Neumann«, flüsterte er. »Es ist lange her, daß wir uns gesehen haben. Sehr, sehr lange sogar.«

Kapitel 2

Das Büro des Personalchefs der Finanzabteilung lag in einer abgelegenen Ecke des ersten Stocks. Nick hielt vor einer geöffneten Tür und klopfte zweimal, bevor er eintrat. Drinnen stand eine schlanke Frau über einen überquellenden Schreibtisch gebeugt und blätterte in einem Haufen Papier. Sie trug eine elfenbeinfarbene Bluse und einen dunkelblauen Rock, der frustrierend weit über ihre Knie fiel. Sie strich sich die Haare aus dem Gesicht, richtete sich auf und sah ihrem Besucher entgegen. »Was kann ich für Sie tun?« fragte sie.

»Ich möchte Herrn Dr. Schön sprechen«, sagte Nick. »Ich habe heute morgen hier angefangen und –«

»Ihr Name, bitte? Heute fangen sechs neue Angestellte bei uns an. Es ist der erste Montag im Monat.«

Ihr strenger Ton weckte in ihm das Bedürfnis, Haltung anzunehmen, militärisch zu grüßen und Namen, Rang und Dienstnummer zu brüllen. Statt dessen fiel ihm Sprechers Bemerkung über seine Haltung ein, und so versuchte er, nicht zu stramm dazustehen, als er ihr sagte, wer er sei.

»Hm«, sagte sie mit plötzlichem Interesse. »Unser Amerikaner.« Sie musterte ihn ungeniert, als wolle sie feststellen, was die Bank für ihr Geld denn da eingekauft habe. Offensichtlich zufrieden, fragte sie etwas freundlicher, ob er einen guten Flug gehabt habe.

»Nicht schlecht«, sagte Nick und musterte sie ebenso anerkennend. »Nach ein paar Stunden wird es da oben ziemlich eng, aber der Flug war zumindest ruhig.«

Sie war um einen Kopf kleiner als er, hatte intelligente

braune Augen und dickes blondes Haar, das ihr in einer schwungvollen Welle in die Stirn fiel. Ihr anmutig gehobenes Kinn und ihre scharfe Nase verliehen ihr den Anschein großer Wichtigkeit. Sie bat ihn, einen Augenblick zu warten, und ging durch eine offene Tür in ein anschließendes Büro.

Nick sah ihr nach. Er hatte schon einmal eine solche Frau gekannt. Zuversichtlich, positiv, ein bißchen zu professionell. Eine Frau, die mit perfekter Aufmachung die kleinen Unzulänglichkeiten der Natur überspielte. Er hatte sie beinahe geheiratet.

»Bitte kommen Sie herein, Herr Neumann.«

Er erkannte die strenge Stimme. Hinter einem großen Schreibtisch thronte die Frau mit den intelligenten braunen Augen. Sie hatte das blonde Haar hinter die Ohren gestrichen und eine zu ihrem Rock passende Jacke angezogen. Eine große Brille mit dickem Hornrand saß auf ihrer Nase.

»Entschuldigung«, sagte Nick ehrlich, »ich wußte nicht ...« Er verstummte.

»Sylvia Schön.« Sie erhob sich und reichte ihm die Hand über den Schreibtisch. »Ich freue mich, Sie kennenzulernen. Schließlich kommt es nicht oft vor, daß der Generaldirektor persönlich einen Universitätsabgänger empfiehlt.«

»Er war ein Freund meines Vaters. Sie haben zusammen gearbeitet. Es ist lange her.«

»Das habe ich gehört. Aber hier wird keiner vergessen, der einmal dazugehört hat. Loyalität wird bei uns großgeschrieben.« Sie bedeutete ihm, sich zu setzen, und ließ sich ebenfalls nieder. »Ich hoffe, es macht Ihnen nichts aus, wenn ich ein paar Fragen stelle. Ich lege Wert darauf, jeden zu kennen, der in unserer Abteilung arbeitet. Gewöhnlich führen wir mehrere Gespräche, bevor wir eine Anstellung anbieten.«

»Ich weiß die Erwartungen zu schätzen, die in mich gesetzt werden. Tatsächlich hatte ich ein Einstellungsgespräch mit Dr. Ott in New York.«

»Wohl nur, um der Form zu genügen, nehme ich an.«

»Dr. Ott hat alle wichtigen Themen angesprochen. Wenn Sie wissen wollen, ob er es mir leicht gemacht hat; das hat er nicht.« Nick bemerkte die Eifersucht in ihrer Stimme. Sie war gekränkt, weil Kaiser sie nicht zu Rate gezogen hatte, bevor er ihm einen Posten angeboten hatte.

Natürlich hatte sie recht. Sein Gespräch mit dem stellvertretenden Generaldirektor der Bank war nichts als Theater gewesen. Ott war ein kleiner, dicker, salbungsvoller Typ, der ihm ständig den Arm getätschelt hatte, und Nick hatte den Eindruck gewonnen, daß er den Auftrag hatte, ihm das Leben in Zürich und die Arbeit bei den Vereinigten Schweizer Banken in den leuchtendsten Farben zu schildern.

»Vierzehn Monate«, sagte sie. »Länger hat es noch keiner von unseren amerikanischen Neuerwerbungen ausgehalten. Ihr kommt auf einen Europaurlaub hierher, fahrt ein bißchen Schi, schaut die Sehenswürdigkeiten an, und nach einem Jahr seid ihr wieder weg.«

»Warum führen Sie die Einstellungsgespräche denn nicht persönlich, wenn es solche Schwierigkeiten gibt?« fragte er fröhlich, ohne auf ihren aggressiven Ton einzugehen. »Für Sie wäre es doch sicher ein leichtes, die schwächeren Kandidaten herauszufiltern.«

Dr. Schön kniff die Augen zusammen, als sei sie sich nicht sicher, ob er nur ein Klugscheißer war oder ob er eine ungewöhnlich rasche Auffassungsgabe hatte. »Eine interessante Frage. Schlagen Sie das doch Dr. Ott vor, wenn Sie ihn das nächste Mal sehen. Einstellungsgespräche mit ausländischen Bewerbern sind seine Aufgabe. Aber jetzt wollen wir uns doch erst einmal mit Ihnen befassen. Unser Flüchtling von der Wall Street. Ich glaube kaum, daß es häufig vorkommt, daß eine Firma wie Morgan Stanley einen ihrer besten Trainees schon nach vier Monaten wieder verliert.«

»Ich wollte nicht in New York bleiben. Ich hatte noch nie Gelegenheit gehabt, im Ausland zu arbeiten, und es war mir klar, daß ich mich so schnell wie möglich entscheiden mußte.«

»Und dann haben Sie einfach so gekündigt?« Sie schnippte mit dem Finger.

Nick fand ihren aggressiven Ton langsam unangenehm. »Zuerst habe ich mit Herrn Kaiser gesprochen. Er hatte mich nach meinem Universitätsabschluß im Juni angesprochen und gesagt, daß er es gerne sehen würde, wenn ich zu seiner Bank käme.«

»Haben Sie nicht daran gedacht, irgendwo anders hinzugehen? London? Hongkong? Tokyo? Schließlich hatten Sie eine Stellung bei Morgan Stanley. Sie haben doch sicher etliche andere Angebote abgelehnt. Was hat Sie nach Zürich geführt?«

»Ich wollte mich auf das private Bankwesen spezialisieren, und dafür ist Zürich die beste Adresse. Keine andere Bank hat ein so großes Ansehen wie die VSB.«

»Bedenken Sie, daß hier alles seine Zeit braucht. Mit einem Aufstieg in die Generaldirektion können Sie nicht so schnell rechnen. Blitzkarrieren wie in Amerika gibt es hier nicht.«

»Mindestens vierzehn Monate«, sagte Nick. »Bis dahin habe ich mich vermutlich gerade eingelebt und kenne mich langsam aus.« Er lächelte breit, um ihr zu zeigen, daß ihre Voraussage, daß er nur kurze Zeit bleiben würde, auf ihn keinen Eindruck machte und daß sie sich an ihn würde gewöhnen müssen.

›*Ich werde bleiben*‹, versprach er sich. ›*Vierzehn Monate oder vierzehn Jahre. So lange, bis ich herausbekommen habe, warum mein Vater ermordet wurde.*‹

»Sie haben Herrn Sprecher bereits kennengelernt, nicht wahr? Ist alles in Ordnung?«

Nick bejahte.

»Er hat Ihnen sicher gesagt, daß die Abteilung gerade ziemlich unterbesetzt ist.«

»Er hat gesagt, daß Herr Cerruti krank ist. Nächste Woche soll er wieder da sein.«

»Das hoffen wir. Und sonst hat er nichts gesagt?«

»Nein, nur daß Cerruti sich auf seiner Geschäftsreise irgendeinen Virus eingefangen hat.«

Dr. Schön nahm ihre Brille ab und rieb sich den Nasenrücken. »Es tut mir leid, daß ich Ihnen das gleich an Ihrem ersten Arbeitstag sagen muß, aber ich glaube, es ist am besten, wenn Sie es sofort erfahren. Sie werden von der Sache mit Herrn Becker wohl noch nichts gehört haben. Er hat auch bei FKB4 gearbeitet. Er ist am Weihnachtsabend ermordet worden. Erstochen, nicht weit von hier. Wir sind immer noch sehr betroffen. Es ist eine Tragödie.«

»Ist das der Mann, der in der Bahnhofstraße umgebracht worden ist?« Nick hatte sich den Namen nicht gemerkt, aber er hatte auf dem Flug in einer Schweizer Zeitung von dem Fall gelesen. Die unglaubliche Dreistigkeit dieses Mordes hatte für Schlagzeilen gesorgt. Offenbar hatte das Opfer wertvollen Schmuck bei sich gehabt. Die Polizei hatte noch keinen Verdächtigen, aber in dem Artikel war die Tat als Raubmord eingestuft worden. Irgendwie hatten die VSB ihren Namen aus den Zeitungen heraushalten können.

»Ja. Es ist abscheulich. Wir stehen noch immer unter Schock.«

»Es tut mir leid«, sagte Nick leise.

»Nein, nein. Ich muß mich entschuldigen. Es ist schlimm, gleich am ersten Arbeitstag eine so schreckliche Nachricht zu erfahren.« Dr. Schön erhob sich und ging um ihren Schreibtisch herum. Ein Zeichen, daß die Besprechung beendet war. Sie zwang sich zu einem Lächeln. »Ich hoffe, Herr Sprecher wird nicht zu viele von seinen schlechten Angewohnheiten an Sie weitergeben. Sie werden nur ein paar Tage lang mit ihm arbeiten. Unterdessen sind noch einige andere Dinge zu erledigen. Wir werden ein paar Fotos von Ihnen brauchen und natürlich Ihre Fingerabdrücke. Die werden Ihnen unten abgenommen, Eingangshalle, dritte Tür rechts. Und dann muß ich Ihnen noch ein Handbuch geben.« Sie holte ein blaues Buch aus einem Schrank und reichte es ihm. Es war halb so groß wie ein Telefonbuch und doppelt so dick. Vorschriften, hörte er Sprecher sagen.

»Soll ich hier warten, bis meine ID-Karte fertig ist?« fragte Nick.

»Ich glaube nicht, daß das nötig sein wird«, ließ sich eine volltönende Männerstimme vernehmen.

Nick hob den Kopf und sah direkt in Wolfgang Kaisers strahlendes Gesicht. Einen Augenblick lang schwieg er. Kaiser war die graue Eminenz seiner Familie gewesen. Aber nach so langer Zeit wußte Nick nicht, wie er ihn begrüßen sollte. Als den Mann, der zu den Beisetzungsfeierlichkeiten für seinen Vater gekommen und den Toten dann zur Beerdigung in die Schweiz begleitet hatte? Als den fernen Wohltäter, der all die Jahre über in entscheidenden Situationen aufgetaucht war, Glückwunschkarten zu seinem High-School- und Collegeabschluß geschickt hatte und, wie Nick vermutete, auch Schecks, wenn seine Mutter sie wieder einmal in besonders schlimme Engpässe manövriert hatte? Oder als Symbol der internationalen Geschäftswelt, Gegenstand von tausend Zeitungsartikeln, Zeitschriftenportraits und Fernsehinterviews? Den bekanntesten Mann der Schweizer Bankenszene?

Kaiser löste Nicks Dilemma umgehend. Er legte ihm den Arm um die Schultern und drückte ihn kräftig an seine Brust. Er murmelte etwas, wie lange er ihn nicht gesehen habe und wie sehr er seinem Vater gleiche, drückte ihm noch einen Kuß auf die Wange und ließ ihn los. »Bei der Beerdigung Ihres Vaters haben Sie mir gesagt, daß Sie eines Tages wiederkommen und seinen Platz einnehmen würden. Erinnern Sie sich?«

Nick verneinte verlegen. Er bemerkte, daß Silvia Schön ihn mit einem seltsamen Lächeln anstarrte. Einen Augenblick lang hatte er das Gefühl, daß er in ihrer Einschätzung gestiegen war, nicht als Trainee, sondern als Gegner.

»Natürlich nicht«, sagte Kaiser. »Wie alt mögen Sie damals gewesen sein? Zehn oder elf. Noch ein Kind. Aber ich habe es mir gemerkt. Und jetzt sind Sie hier.«

Nick ergriff die ausgestreckte Hand des Generaldirektors. Es war eine schlechte Angewohnheit. »Vielen Dank, daß Sie einen Platz für mich gefunden haben. Ich weiß, daß es sehr kurzfristig war.«

»Unsinn. Wenn ich einmal ein Angebot mache, dann steht das auch. Ich bin sehr froh, daß wir Sie von unseren amerikanischen Kollegen weglocken konnten.« Kaiser befreite seine Hand.

»Ott hat mir gesagt, daß Sie eine Arbeit über die Bank geschrieben haben. Er war sehr beeindruckt.«

»Meine Diplomarbeit«, erklärte Nick. »Eine kurze Studie über die zunehmende Bedeutung der Schweizer Banken im internationalen Aktienhandel.«

»So? Bedenken Sie aber, daß wir in allererster Linie eine Schweizer Bank sind. Wir haben der Gesellschaft und dem Land seit über hundertfünfundzwanzig Jahren gedient. Bevor es ein geeintes Deutschland gab, stand unsere Bank schon an derselben Stelle. Bevor der Suezkanal und ein Tunnel durch die Alpen gegraben wurden, hielten wir uns schon für die Wirtschaft zur Verfügung. Die Welt hat sich unterdessen ungeheuer gewandelt, aber wir sind immer noch für die Wirtschaft da. Kontinuität, Nicholas. Dafür stehen wir.«

»Ich verstehe«, sagte Nick.

»Wir haben Sie der FKB4 zugeteilt. Eine unserer wichtigsten Abteilungen. Sie werden es mit sehr viel Geld zu tun haben. Ich hoffe, daß Cerruti bald wieder da sein wird. Er hat unter Ihrem Vater gearbeitet und war begeistert zu hören, daß Sie zu uns kommen. Bis dahin tun Sie, was Sprecher sagt. Sie sind hier auf sich selbst gestellt. Ihre Laufbahn wird das sein, was Sie daraus machen. Wenn Sie hart arbeiten, werden Sie Erfolg haben. Und denken Sie daran, was wir immer sagen: ›Erst die Bank, dann wir‹.«

Kaiser verabschiedete sich und verließ das Büro.

Nick wandte sich wieder Dr. Schön zu und fragte nach seiner ID-Karte.

»Das dauert nur ein paar Minuten, vielleicht eine halbe Stunde. Gerade so lange, wie Sie brauchen, um die Tinte von Ihren Fingerspitzen zu waschen.« Ihre Stimme klang jetzt fast freundlich. »Sie haben große Erwartungen zu erfüllen. Eine ganze Reihe von Leuten interessiert sich dafür, wie Sie sich hier machen werden. Was mich betrifft, so hoffe ich nur, daß Sie eine Zeitlang bleiben werden.«

»Danke, das freut mich.«

»Mißverstehen Sie mich nicht, Herr Neumann. Ich bin nur daran interessiert, daß die Finanzabteilung die niedrigste Quote an Personalwechsel der ganzen Bank hat. Sonst nichts. Sie können das als meinen guten Vorsatz für das neue Jahr betrachten.«

Nick sah sie an. »Ich werde Sie nicht enttäuschen. Ich werde bleiben.«

Sie schüttelte ihm kräftig die Hand. »In ein paar Tagen rufe ich Sie an, um zu sehen, wie Sie zurechtkommen.«

Nick ließ sich fotografieren und die Fingerabdrücke abnehmen und kehrte dann wieder zum Aufzug zurück. Er drückte auf den Rufknopf und sah sich um. Gegenüber des Ganges, aus dem er gerade gekommen war, befand sich eine Glasdoppeltür. »Logistik und Verwaltung« stand in großen Blockbuchstaben darauf. Die Tür schien ihm seltsam vertraut. Er überquerte den Treppenabsatz und legte seine Finger auf die Milchglasscheibe. Er hatte diese Tür schon einmal gesehen. Er war mit seinem Vater bei seinem Besuch vor so vielen Jahren durch diese Tür gegangen. Sie waren zum Zimmer 103 gegangen, um einen alten Freund seines Vaters zu besuchen.

Nick sah sich selbst als kleinen Jungen mit grauen Hosen und blauem Blazer, die Haare so kurz geschnitten wie die seines Vaters, wie er die endlosen Gänge entlanggegangen war. Auch damals schon ein kleiner Soldat. Eine besonders deutliche Erinnerung an diesen Tag hatte er über die Jahre bewahrt. Er sah sich an ein großes Panoramafenster gelehnt auf eine belebte Straße hinunterschauen. »Dies ist mein Zuhause«, hatte sein Vater gesagt, und er fand es unbegreiflich, daß sein Vater jemals woanders gelebt haben sollte als in Los Angeles.

Nick sah auf die Uhr. Er wurde zu keiner bestimmten Zeit zurückerwartet. Warum sollte er nicht nach Zimmer

103 suchen? Er öffnete die Tür und trat in einen langen Gang. Alle fünf Schritte kam er an einer Bürotür vorbei. Neben jeder Tür war ein Metallschild angebracht. Darauf stand die Zimmernummer und darunter die Abkürzung der Abteilung sowie mehrere Gruppen von je drei Buchstaben, zweifelsohne die Bezeichnung der Angestellten, die in den Büros arbeiteten. Alle Türen waren geschlossen.

Nach weiteren zehn Metern endete der Korridor. Die Türen auf der linken Seite hatten keine Bezeichnung. Keine Zimmernummern, keine Abkürzungen. Nick ging weiter bis zum Ende des Ganges. Dann sah er, daß die letzte Tür auf der linken Seite die Nummer 103 trug, und er atmete erleichtert auf. Unter der Nummer stand die Abkürzung »DZ«, Dokumentationszentrale. Das Archiv der Bank. Nick überlegte, ob er hineingehen sollte, ließ es dann aber lieber bleiben. Was sollte ein Trainee an seinem ersten Arbeitstag dort schon zu suchen haben?

»Was machen Sie denn hier«, fragte Peter Sprecher. Er trug einen Stapel Papier unter dem Arm. »Ich habe Ihnen doch genaue Anweisungen gegeben. Zu Dr. Schöns Büro und wieder zurück zum Aufzug.«

Nick fühlte, wie sich sein ganzer Körper unwillkürlich anspannte. Genau das hatte Sprecher ihm gesagt. Zu Dr. Schöns Büro und zurück. Welche Ausrede konnte Nick nun dafür vorbringen, daß er vor der Tür zum Archiv der Bank stand. Wie sollte er Sprecher erklären, daß er einer Erinnerung nachgegangen war.

»Ich muß irgendwo in einen falschen Gang eingebogen sein. Ich hatte mir schon Sorgen gemacht, daß ich nicht wieder zurückfinden würde.«

»Wenn ich gewußt hätte, daß Sie so eine Niete im Navigieren sind, hätte ich Ihnen diesen Stapel Papier mitgeben können.« Er deutete mit dem Kinn auf die Papiere unter seinem Arm. »Akten für den Reißwolf. Kommen Sie mit. Erstes Zimmer rechts um die Ecke.«

»Kann ich Ihnen mit den Papieren helfen?« fragte Nick.

»Jetzt nicht mehr. Bleiben Sie bei mir und halten Sie sich

an Ihrem Handbuch fest. Das ist Arbeit genug. Ich werde Sie persönlich wieder nach oben bringen. Es geht nicht an, daß neue Trainees in den Eingeweiden der Bank herumlaufen.«

Sprecher führte ihn wieder in den zweiten Stock, zu einem Bürokomplex an einem zentralen Korridor. »Dies ist Ihr neues Zuhause«, sagte er. »Wir nennen es das Aquarium.«

Zu beiden Seiten des breiten Gangs lagen Büros, die durch Glaswände voneinander getrennt waren. Nick musterte sie kritisch. Trotz all des Glases im Inneren des Gebäudes gab es kein einziges Fenster ins Freie.

Sprecher legte eine Hand auf Nicks Schulter. »Nicht sehr großartig, aber es erfüllt seinen Zweck.«

»Und der ist?«

»Diskretion, Ruhe, Vertraulichkeit. Unsere heiligen Eide.«

Nick deutete lächelnd auf die Büros. »Welches davon ist Ihres?«

»Wollen Sie nicht eigentlich wissen, welches das Ihre ist? Kommen Sie. Ich zeige es Ihnen.«

Sprecher zündete sich eine Zigarette an und redete im Weitergehen über die Schulter. »Die meisten Kunden bei FKB4 haben uns uneingeschränkte Vollmacht über ihr Geld gegeben. Wir können damit spielen, wie wir es für richtig halten. Kennen Sie sich aus mit Vermögensverwaltung?«

Nick sah sich in seiner neuen Umgebung um und sagte: »Kunden, die der Bank die Vollmacht für die Verwaltung ihrer Depots geben, übertragen damit alle Rechte und alle Verantwortung für die Investition ihrer Guthaben auf die Bank. Die Bank investiert das Geld gemäß einer vom Kunden erstellten Anweisung über die zulässige Höhe des Risikos und einer Liste, in der seine bevorzugten Staatsanleihen, Pfandbriefe und Edelmetalle aufgeführt sind, aber auch solche Papiere, die er nicht haben will.«

»Sehr gut«, sagte Sprecher und tat beeindruckt. »Haben Sie das an Ihrer Harvard Protzuniversität gelernt? Ich muß noch hinzufügen, daß das Geld des Kunden entsprechend strenger Richtlinien angelegt wird, welche die Anlagenabteilung der Bank aufstellt. Wenn Sie einen heißen Tip über den nächsten Börsengang bei der New Yorker Börse haben, behalten Sie ihn für sich. Unsere Aufgabe ist es, dafür zu sorgen, daß die Depots unserer Kunden korrekt verwaltet werden. Obwohl wir uns Portfolio Manager nennen, haben wir seit neunzehn Jahren über keine einzige Investition selbst entschieden. Wir haben bestenfalls einmal die Wahl zwischen Ford und General Motors und Daimler-Benz und BMW. Wir führen nur Anordnungen aus. Aber das machen wir besser als jeder andere auf Gottes schöner Erde. Kapiert?«

»Hundert Prozent«, sagte Nick und dachte sich, daß dies das Credo aller Schweizer Banker war.

Sie kamen an einem leeren Büro vorbei, und Sprecher sagte: »Das war das Büro von Herrn Becker. Ich nehme an, daß Dr. Schön Ihnen gesagt hat, was passiert ist.«

»War er ein enger Freund von Ihnen?«

»Ja, schon. Er hat seit zwei Jahren bei FKB4 gearbeitet. Schrecklich, so zu enden. Jedenfalls werden Sie sein Büro bekommen, wenn Ihre Ausbildung vorbei ist. Ich hoffe, es macht Ihnen nichts aus.«

»Nein, bestimmt nicht«, sagte Nick.

Sprecher ging bis zum letzten Büro auf der linken Seite des Korridors. Es war größer als die anderen, und Nick sah, daß es zwei Schreibtische enthielt. Sprecher setzte sich hinter den größeren der beiden. »Willkommen in meinem Schloß. Setzen Sie sich. Das da drüben ist Ihr Platz – jedenfalls bis Sie alle Tricks draufhaben.«

Das Telefon klingelte, und Sprecher hob sofort ab. »Sprecher hier.« Nach ein paar Sekunden preßte er die Hand auf den Hörer. »Seien Sie ein guter Junge und holen Sie mir eine Tasse Kaffee, ja? Da draußen.« Er deutete vage den Gang hinunter. »Wenn Sie's nicht finden, fragen Sie einfach. Danke.«

Gehorsam ging Nick aus dem Büro. Auf halbem Weg

durch den Gang fiel ihm ein, daß er vergessen hatte, Sprecher zu fragen, wie er seinen Kaffee haben wollte. Er eilte zurück und streckte den Kopf in das Büro seines Vorgesetzten.

Sprecher saß an seinem Schreibtisch, den Kopf in die Hand gestützt, und starrte zu Boden. »Ich habe Ihnen gesagt, Georg, daß ich fünfzigtausend mehr will, wenn ich mich auf eure Seite schlagen soll. Für weniger gehe ich hier nicht weg. Nennen Sie's Gefahrenzulage. Bei dieser Art von Geschäften seid ihr Anfänger. Für diesen Preis bin ich ein Sonderangebot.«

Nick klopfte an die Glaswand, und Sprecher hob erschrocken den Kopf. »Wie wollen Sie Ihren Kaffee? Schwarz? Mit Zucker?«

Sprecher nahm den Hörer vom Ohr, und Nick wußte, daß er überlegte, wieviel er wohl mitgehört haben konnte. »Georg, ich rufe später noch mal an. Ich muß weg.« Er legte auf und wies auf den Stuhl vor seinem Schreibtisch. »Setzen Sie sich.«

Nick gehorchte.

Sprecher trommelte mit den Fingern auf dem Schreibtisch. »Sind Sie einer von denen, die immer gerade da auftauchen, wo sie nichts zu suchen haben? Erst hängen Sie vor der DZ herum, und jetzt kommen Sie zurück und stecken Ihre Nase in meine Angelegenheiten.«

»Ich habe nichts gehört.«

»Sie haben genug gehört, und ich weiß es.« Sprecher rieb sich das Genick und seufzte müde. »Also, mein Lieber, wir werden die nächste Zeit zusammenarbeiten müssen. Ich traue Ihnen, und Sie werden mir trauen müssen. Sie verstehen, wie das läuft? Wir können es uns nicht leisten, übereinander zu klatschen. Wir sind schließlich erwachsene Menschen.«

»Alles klar«, sagte Nick. »Sehen Sie, es tut mir leid, daß ich in Ihr Privatgespräch hineingeplatzt bin. Aber Sie brauchen sich keine Sorgen zu machen, daß ich etwas mitgekriegt haben könnte, das ich nicht hätte hören sollen. Ich habe nichts gehört. Also bitte vergessen Sie's, ja?«

Sprecher lachte. »Für einen Ami sind Sie gar nicht so übel. Und jetzt hauen Sie endlich ab und bringen mir meinen Kaffee. Schwarz mit zwei Würfeln Zucker.«

Kapitel 3

Der Anruf kam nachmittags um drei, genau wie Peter Sprecher vorausgesagt hatte. Einer der dicksten Fische der Abteilung; Marco Cerrutis wichtigster Kunde. Ein Mann, von dem nur die Kontonummer und sein Spitzname bekannt waren: der Pascha. Er rief jeden Montag und Donnerstag exakt um drei Uhr an. Er hatte sich noch nie verspätet. Pünktlicher als Gott oder die Schweizer selbst.

Das Telefon klingelte zum zweitenmal. Peter Sprecher hob den Finger an die Lippen. »Seien Sie ganz still und hören Sie gut zu«, befahl er. »Hiermit beginnt Ihre offizielle Ausbildung.«

Er hob den Hörer ab. »Vereinigte Schweizer Banken. Guten Tag.« Er schwieg. »Herr Cerruti ist nicht da.« Er schwieg wieder. »Es tut mir sehr leid, mein Herr, aber ich kann Ihnen den Grund für seine Abwesenheit nicht sagen. Ja, mein Herr, selbstverständlich werde ich mich als Angestellter dieser Bank legitimieren. Aber zuerst brauche ich Ihre Kontonummer.« Er schrieb eine Zahl auf ein Blatt Papier. »Ich wiederhole Ihre Kontonummer: 549.617 RR.« Hastig tippte er einen Schwall von Ziffern und Befehlen in seinen Computer ein. »Und Ihr Codewort?« Seine Augen prüften den Bildschirm, und ein verkniffenes Lächeln zeigte, daß er mit der Antwort zufrieden war. »Was kann ich heute für Sie tun? Mein Name ist Pe-ter Spre-cher. Ich bin der Assistent von Herrn Cerruti. Meine Bankreferenz? Selbstverständlich, meine Kennbuchstaben sind S-P-C.« Wieder eine Pause. »Herr Cerruti ist krank. Nächste Woche wird er sicher wieder da sein. Darf ich ihm etwas ausrichten?« Sprechers Bleistift flog über das Papier. »Ja, ich werde es ihm sagen. Was kann ich jetzt für Sie tun?« Wieder hörte er zu, gab dann einen Befehl in den Computer ein und eröffnete seinem Kunden: »Ihr Kontostand beläuft sich auf sechsundzwanzig Millionen Dollar. Zwei-sechs-Millionen.«

Leise wiederholte Nick die Summe, und der Magen sackte ihm bis zu den Knien. Sechsundzwanzig Millionen Dollar. Solange er denken konnte, hatte sein Geld nur immer knapp zum Leben gereicht. Seit dem Tod seines Vaters hatte er sich keinen Luxus mehr erlauben können. Sein Taschengeld hatte er sich mit Teilzeitjobs in verschiedenen Fast-food-Restaurants verdient. Die Kosten für das College hatte er mit Hilfe von Stipendien und durch Arbeit in einer Bar bestritten, obwohl er erst sechzehn war. Beim Militär hatte er endlich ausreichend verdient, aber nachdem er seiner Mutter dreihundert Dollar monatlich davon geschickt hatte, reichte es für ihn gerade noch für ein kleines Appartement außerhalb der Kaserne, einen gebrauchten Pick-up und ein paar Biere am Wochenende. Er versuchte sich vorzustellen, wie man sich mit sechsundzwanzig Millionen Dollar auf dem Konto fühlen könnte. Es gelang ihm nicht.

Sprecher hörte dem Pascha angestrengt zu. Plötzlich brach er in hektische Betriebsamkeit aus. Er klemmte sich das Telefon unter das Kinn und rollte seinen Stuhl zum Schrank. Mit fliegenden Ellenbogen suchte er einen orangefarbenen Aktenordner heraus und warf ihn auf seinen Schreibtisch. Dann senkte er den Kopf und durchwühlte eine Schreibtischschublade. Endlich hatte er gefunden, was er suchte, ein grünes Formular mit der Aufschrift: »Kapitaltransfer«.

Sprecher hob das Telefon wieder an den Mund. »Ich wiederhole, daß Sie die gesamte Summe, die sich gegenwärtig auf Ihrem Konto befindet, sechsundzwanzig Millionen US-Dollar, entsprechend dem Schema in Matrix drei an die dort aufgelisteten Banken überweisen möchten.«

Er studierte den orangefarbenen Akt, gab einen fünfstelligen Code in den Computer ein und starrte auf den

Bildschirm. »Zweiundzwanzig Banken sind aufgelistet. Ich werde darauf hinweisen, daß der Transfer dringend ist. Das Geld muß noch heute vor Geschäftsschluß telegrafisch überwiesen werden. Zuverlässig. Auf Wiedersehen, mein Herr.«

Mit einem Seufzer legte Sprecher den Hörer wieder auf. »Der Pascha hat gesprochen. Sein Wille geschehe.«

»Das scheint ja ein ziemlich anspruchsvoller Kunde zu sein.«

»Anspruchsvoll? Eher diktatorisch. Möchten Sie wissen, was ich Cerruti ausrichten soll? ›Machen Sie sich wieder an die Arbeit.‹ Nett, nicht wahr?« Sprecher lachte, aber im nächsten Augenblick verfinsterte sich sein Gesicht. Es ist weniger sein Betragen, das mich beunruhigt, es ist die Stimme. Eiskalt. Völlig frei von Emotionen. Das ist ein Kunde, dessen Anordnungen wir bis zum letzten I-Tüpfelchen ausführen.

Nick dachte sich, daß er mit diesem Kunden nichts zu tun haben wollte. Sollte sich doch Cerruti mit ihm herumschlagen. Dann fielen ihm die wenigen Sätze ein, die er von Sprechers Telefongespräch mitgehört hatte. *Ich habe Ihnen gesagt, daß ich fünfzigtausend mehr will, wenn ich mich auf Ihre Seite schlagen soll. Für weniger gehe ich hier nicht weg. Nennen Sie's Gefahrenzulage. Bei dieser Art von Geschäften seid ihr Anfänger.* Tatsächlich hatte Sprecher davon gesprochen, seine Stellung bei der Bank aufzugeben. Es war durchaus möglich, das Nick in Cerrutis Abwesenheit mit dem Pascha würde umgehen müssen. Der Gedanke ließ ihn zusammenfahren.

Sprecher fragte: »Haben Sie aufgepaßt, welcher Vorgehensweise ich mich bedient habe?«

Nick bejahte. »Keine Information für den Kunden, bevor er nicht seine Kontonummer angegeben hat und seine Identität überprüft ist.«

»Bravo, das ist der erste Schritt, und ich möchte sagen, der wichtigste. Schritt zwei: Holen Sie sich das Dossier des Kunden aus diesem Aktenschrank.«

Sprecher drehte sich mit dem Stuhl um und fuhr mit

dem Finger über die Akten in dem geöffneten Fach. »Die Dossiers sind nach Nummern geordnet. Sie wissen ja, Namen gibt es nicht. Darin finden Sie genaue Überweisungsinstruktionen. Der Pascha verwendet sein Konto nur als Durchgangsstation. Das Geld wird morgens zwischen zehn und elf telegrafisch überwiesen. Um drei Uhr ruft er an, um festzustellen, ob es da ist, und sagt uns, wie wir es bis fünf Uhr weitergeleitet haben müssen.«

»Behält er überhaupt kein Geld hier auf dem Konto?«

»Cerruti läßt verlauten, daß er mehr als zweihundert Millionen auf der Bank hat – in Aktien und in bar. Ich habe wie der Teufel danach gesucht, aber Zerberus rückt auch nicht das kleinste bißchen Information heraus.« Sprecher streichelte den grauen Monitor. »Onkel Peters Sicherheitseinstufung ist nicht hoch genug.«

»Zerberus?« fragte Nick.

»Das Informationssystem unserer Bank. Bewacht die Bankgeheimnisse unserer Kunden, wie der dreiköpfige Hund das Tor zur Unterwelt. Jeder Angestellte hat nur zu den Konten Zugang, die er für die Erfüllung seiner Aufgaben unbedingt sehen muß. Ich habe also Zugriff auf die Konten bei FKB4, aber auf keine anderen. Der Pascha kann zweihundert Millionen Dollar irgendwo verstaut haben, aber irgend jemand da oben« – Sprecher deutete mit dem Daumen zur Decke, in Richtung auf den vierten Stock, wo die Führungsspitze der Bank residiert – »will nicht, daß ich das mitkriege.«

»Handelt es sich bei dem Geldtransfer des Paschas immer um solche Riesensummen?«

»Jede Woche zweimal die gleichen Instruktionen. Die Summen sind unterschiedlich, aber niemals unter zehn Millionen. Die größte Summe, die mir in dreizehn Monaten untergekommen ist, waren dreiunddreißig Millionen. Rücken Sie Ihren Stuhl hierher, und lassen Sie uns sein Konto zusammen ansehen. Der Pascha hat sieben Matrizen zusammengestellt, welche die Summen, die wir überweisen müssen, genau festlegen – prozentual von der Gesamtsumme – und die Banken, an welche die Überweisung gehen sollen. Sehen Sie hier, Matrix drei.« Sprecher schob Nick die orangefarbene Akte zu und schlug ein rosafarbenes Blatt auf. »Zur leichteren Unterscheidung schreiben wir jede Matrix auf ein andersfarbiges Blatt. Matrix eins ist gelb, zwei ist blau, drei ist rosa. Sie sind alle im Zerberus eingespeichert, aber wir vergleichen immer auch mit dem Ausdruck.«

Nick fuhr mit dem Finger die Liste der Banken entlang: Kreditanstalt, Wien; Bank von Luxemburg; Commerzbank, Frankfurt; Norske Bank, Oslo. Neben jeder Bank stand eine Kontonummer. Aber kein einziger Personenname. »Er muß ja weitgereist sein.«

»Sein Geld ist es jedenfalls. Der Pascha wählt jedesmal, wenn er anruft, eine andre Matrix und niemals der Reihe nach. Mal die, mal die. Aber seine Anordnungen sind immer die gleichen. Kontostand bestätigen. Die ganze Summe an zweiundzwanzig bis dreiunddreißig verschiedene Geldinstitute rund um den Globus überweisen.«

»Ich nehme an, ich brauche gar nicht erst zu fragen, wer er ist und warum er sein Geld durch ein Labyrinth von Banken jagt.«

»Ihre Annahme stimmt genau. Verfallen Sie nicht in schlechte Angewohnheiten. Tun Sie, was man Ihnen sagt, und denken Sie daran: Wir sind Banker und keine Polizisten.« Sprecher wandte seine Aufmerksamkeit wieder dem Formular für Kapitaltransfer zu. Er füllte es rasch aus, vermerkte auch noch die Uhrzeit auf dem Blatt und unterschrieb. »Der Pascha erwartet unsere sofortige und ungeteilte Aufmerksamkeit. Deshalb bringen wir das Blatt jedesmal zur Abteilung für Zahlungsverkehr hinunter und liefern es persönlich bei Pietro ab, der für die internationalen Überweisungen zuständig ist. Wenn der Pascha ›eilig‹ sagt, dann meint er nämlich auch ›eilig‹. Kommen Sie, ich zeige Ihnen, wo Sie jeden Montag und Freitag nachmittag hingehen werden.«

Nach der Arbeit lud Peter Sprecher Nick noch zu einem Bier ins James Joyce ein, einer beliebten Kneipe für

Bankleute und Versicherungsangestellte, die einem der bedeutendsten Konkurrenten der VSB, der mächtigen Schweizer Unionsbank, gehörte. Das Lokal war dunkel und hatte niedrige Decken, war mit nachgemachten Gaslampen beleuchtet und mit Kupferbeschlägen verziert. Bilder von Zürich um die Jahrhundertwende bedeckten die Wände.

Sprecher plazierte Nick in einer Ecke, und nachdem er ein ganzes Bier heruntergestürzt hatte, begann er, von seinen zwölf Jahren bei der Bank zu erzählen. Auch er hatte als Trainee frisch von der Universität weg begonnen, nicht viel anders als Nick. Seine erste Anstellung war ein Posten im Handelssaal gewesen. Jeder Wertpapierhändler war für die Gewinne und Verluste in dem »Investitionsbuch«, das er verwaltete, verantwortlich, seien es Schweizer Franken gegen Dollars, Iowa Pork Belly Contracts oder Südafrikanische Platin Futures. Es war ihm vom ersten Tag an zuwider gewesen. Er gehörte in das private Bankwesen. Dort wurde man kaum unter Druck gesetzt. Der Erfolg hing von der Fähigkeit ab, einen Kunden davon zu überzeugen, daß ein Jahresertrag von vier Prozent kein Grund zum Kummer sei – und die Bank trug die Verantwortung für jede Fehlinvestition.

»Das ganze Geheimnis besteht darin«, erklärte er, »sich genau auszurechnen, wer die wichtigsten Kunden sind. Die großen Fische. Wenn man auf die gut aufpaßt, ergibt sich alles andere ganz von selbst.« Er hob sein Bierglas. »Prost. Auf Ihre Zukunft bei den VSB!«

Nick ging nach dem vierten Bier. Die Zeitumstellung mache ihm noch zu schaffen, sagte er.

Er verließ die Bar und ging das kurze Stück die Bahnhofstraße entlang zum Paradeplatz. Es war erst Viertel nach sieben, aber die Straßen waren schon ruhig. Die Läden hatten geschlossen, und nur wenige Passanten waren noch unterwegs. Frierend wartete Nick auf die Straßenbahn und zog seinen dünnen Mantel enger um sich. Eine einsame Gestalt in einem fremden Land.

Noch vor einem Monat war er einer der Trainees bei

Morgan Stanley gewesen. Einer der dreißig Glücklichen unter zweitausend Bewerbern, die ein Einstiegsgehalt von neunzigtausend Dollar im Jahr und einen Anfangsbonus von siebentausend Dollar erhielten und in Zukunft ungeahnte Millionen dafür erwarten konnten, daß sie den gescheitesten Köpfen der Wall Street gestatteten, ihnen täglich ihr geballtes, schwer verdientes Wissen mitzuteilen. Und er war nicht nur irgendeiner in seiner Gruppe, sondern einer der Besten – denn erst kürzlich war ihm angeboten worden, zwischen dem Posten als Assistent des Chefs der Handelsabteilung und einer Stellung als jüngstes Mitglied des Teams für Mergers and Axquisitions zu wählen, beides Stellen, für welche die anderen Trainees gemordet hätten.

Am Mittwoch, dem 20. November, war Nick während der Arbeit von seiner Tante Evelyn aus Missouri angerufen worden. Seine Mutter war tot. Herzversagen. Sie schilderte ihm den Verfall seiner Mutter während der letzten Jahre. Sie machte ihm Vorwürfe, weil er sie nicht besucht hatte, und er entschuldigte sich. Schließlich teilte sie ihm noch das Datum der Beerdigung mit, und er legte auf.

Er hatte mit stoischer Ruhe auf die Nachricht reagiert. Seine Mutter war achtundfünfzig Jahre alt und Alkoholikerin. Vor sechs Jahren hatte er zum letzten Mal mit ihr gesprochen. In einer Anwandlung von Enthaltsamkeit und guten Vorsätzen hatte sie ihn angerufen, um ihm zu sagen, daß sie aus Kalifornien in ihre Heimatstadt Hannibal, Missouri, umgezogen sei. Ein Neubeginn, hatte sie gesagt. Einer von vielen.

Am nächsten Tag flog Nick nach St. Louis und fuhr mit einem Leihwagen die hundert Meilen flußaufwärts nach Hannibal. Er war in versöhnlicher Stimmung gekommen. Er wollte sie begraben und er wollte ihr ihr Versagen verzeihen, als Mutter und als Mensch mit Selbstachtung – und sei es auch nur, um seine getrübten Erinnerungen an sie zu vergolden.

Seine Kindheit ließ sich als Kette von Enttäuschungen bezeichnen, von denen der Tod seines Vaters die erste und natürlich die schlimmste gewesen war. Aber viele andere waren gefolgt: Seine Mutter hatte wieder geheiratet – einen betrügerischen Bauunternehmer. Sein Stiefvater hatte ihre Lebensversicherung verpraßt und ihnen den finanziellen Todesstoß versetzt, indem er das Traumhaus seines Vaters am Alpine Drive 805 an einen prozeßsüchtigen Schuldner verloren hatte. Eine dramatische Scheidung war gefolgt.

Dann kam der Absturz: immer tiefer, von einem armseligen Nest in Südkalifornien in immer noch elendere Wohngegenden: Redondo Beach, El Segundo, Hawthorne. Seine Mutter heiratete ein drittes Mal und wurde wieder geschieden. Diese Ehe war kürzer und weniger teuer als die vorangegangene – diesmal hatte es nichts mehr zu teilen gegeben. Und endlich, mit siebzehn, Gott sei Dank, seine Trennung von seiner Mutter. Sein eigener »Neubeginn«.

Am Tag nach der Beerdigung fuhr Nick zu einem Lagerschuppen in der Stadt, in dem seine Mutter Erinnerungsstücke aus ihrer Vergangenheit zusammengetragen hatte. Es war eine bedrückende Aufgabe, ihren Nachlaß zu sortieren. Karton um Karton, angefüllt mit den Überbleibseln eines oberflächlichen und verfehlten Lebens.

Gegen Abend stieß Nick auf zwei dicke, mit braunem Klebeband verschlossene Kartons, die die Aufschrift »A. Neumann. VSB-L.A.« trugen. Darin entdeckte Nick die Besitztümer seines Vaters, die sich zum Zeitpunkt seines Todes in seinem Büro befunden hatten: ein paar Briefbeschwerer, eine Rolex, ein Kalender mit Bildern von der Schweiz und zwei ledergebundene Terminkalender für die Jahre 1978 und 79. Die eine Hälfte der Seiten der Terminkalender war schmutzigbraun befleckt und aufgequollen vom Mississippi-Wasser, das den rostigen Wellblechschuppen zweimal überflutet hatte. Aber die andere Hälfte war unbeschädigt. Und die kühne Schrift seines Vaters war mühelos zu lesen, fast zwanzig Jahre, nachdem er diese Zeilen niedergeschrieben hatte.

Nick starrte wie gebannt auf die Terminkalender. Er schlug einen davon auf und überflog die Eintragungen. Und einen Augenblick lang war sein Vater wieder lebendig, hielt ihn vor dem Kaminfeuer auf dem Schoß, während ein Novemberregen gegen die Fensterscheibe prasselte. Nick hatte geweint, wie er es oft tat, wenn er seine Eltern streiten hörte, und der Vater hatte seinen kleinen Sohn zu sich gerufen, um ihn zu trösten. Er spürte die starken Arme, die ihn umschlangen. Er legte den Kopf an die Brust seines Vaters und hörte, wie schnell sein Herz schlug und er wußte, daß auch er erregt und niedergeschlagen war. Sein Vater drückte ihn fest an sich und streichelte sein Haar. »Nicholas«, flüsterte er, »versprich mir, daß du mich dein ganzes Leben lang nie vergessen wirst.«

Lange Zeit war diese Erinnerung ein wesentlicher Bestandteil seines Alltags gewesen. Ein ganzes Jahr lang nach dem Tod seines Vaters hatte er diese Szene in seiner Vorstellung täglich von neuem durchlebt und versucht, in den Worten seines Vaters eine tiefere Bedeutung zu finden. Schließlich war er zu dem Ergebnis gekommen, daß sein Vater ihn um Hilfe gebeten hatte und daß er irgendwie versagt hatte und deshalb für den Mord mitverantwortlich war. Erst nach Jahren war die Erinnerung verblaßt. Aber er hatte sich nie ganz von einer Mitschuld am Tod seines Vaters freigesprochen.

Nick blieb noch eine Weile in dem Lagerschuppen. Er hatte die Hoffnung fast aufgegeben, noch etwas über seinen Vater zu erfahren. Jetzt plötzlich etwas von Alex Neumann selbst Geschriebenes zu finden, war ein unerwartetes Geschenk. Aber seine Freude dauerte nur kurz. Im Lederumschlag des einen Terminkalenders steckte eine von »Mrs. V. Neumann« unterschriebene Quittung, durch die bestätigt wurde, daß sie die Habe seines Vaters entgegengenommen hatte. Seine Mutter hatte von den Terminkalendern gewußt. Sie hatte sie absichtlich vor ihrem einzigen Sohn versteckt.

Den Rückflug nach New York hatte Nick damit verbracht, die Terminkalender zu studieren. Zuerst hatte er die täglichen Einträge nur überflogen und dann noch einmal Seite für Seite sorgfältig durchgelesen. Es gab Hinweise auf einen zwielichtigen Kunden, der seinen Vater bedroht hatte. Dennoch war er genötigt worden, die Geschäftsbeziehungen zu diesem Mann aufrechtzuerhalten. Dann gab es eine undurchsichtige Firma in Los Angeles, an der die Hauptgeschäftsstelle in Zürich ein besonderes Interesse zeigte. Und am interessantesten, einen Monat vor dem Tod seines Vaters, eine Eintragung mit der Telefonnummer und Adresse der Zweigstelle des FBI in Los Angeles. Einzeln gesehen schienen diese Eintragungen nicht besonders bedeutungsvoll. Zusammengenommen aber bedurften sie einer Erklärung. Und vor dem Hintergrund des ungeklärten Mordes an seinem Vater warfen sie ein zweifelhaftes Licht auf das innere Gefüge der Vereinigten Schweizer Banken und ihre Kunden.

Am nächsten Tag ging Nick wieder zur Arbeit. Auf seinem Ausbildungsprogramm stand Unterricht von acht bis zwölf. Nach einer Stunde, mitten in einer trockenen Vorlesung über Niedrigpreise bei Börsengängen, begann seine Aufmerksamkeit nachzulassen. Er sah sich im Unterrichtsraum um und betrachtete die anderen Trainees. Genau wie er hatten sie an den besten Universitäten studiert. Wie er trugen sie maßgeschneiderte Anzüge. Und sie alle betrachteten sich als Auserwählte, was sie ja auch tatsächlich waren. Zenturionen der Finanzen für das neue Jahrtausend. Aber warum verabscheute er sie nur so?

Am Nachmittag war er wieder im Handelssaal. Er nahm seinen Platz an der Seite von Jennings Maitland ein, dem Guru für Obligationen bei Morgan Stanley; Nick paßte sehr genau auf, während Maitland mit seinen Kunden sprach. Pflichtgemäß folgte er dem Geschehen. Er jubelte sogar, als sein Boß Obligationen für zehn Millionen mit einem fünfzigprozentigen Gewinn an die New Yorker Wohnungsbaubehörde verkaufte. Aber sein Magen rebellierte, und er fühlte sich zum Kotzen.

Noch vor fünf Tagen hätte Maitlands großer Erfolg Nick mit ungeheurem Stolz erfüllt. Aber heute betrachtete er den ganzen Handel mit anderen Augen und hatte nicht nur das Bedürfnis, sich von diesem einen Geschäft zu distanzieren, sondern von dem Aktienhandel schlechthin.

Er stand auf, als wolle er sich strecken, und sah sich um. Nach beiden Seiten verliefen Reihen um Reihen von Computermonitoren, immer drei aufeinandergestapelt, in einem Raum von der Länge eines Fußballfeldes. Noch vor einer Woche hatte ihn dieser Anblick mit Stolz und Freude erfüllt, das Ganze erschien ihm wie ein modernes Schlachtfeld. Heute kam es ihm wie ein technologisches Minenfeld vor, mit dem er nichts zu tun haben wollte. Gott sei diesen armen Robotern gnädig, die ihr Leben festgebannt vor Reihen von Mikrowellen spuckenden Kathodenstrahlröhren verbrachten.

Auf dem Heimweg sagte sich Nick, daß seine Desillusionierung vorübergehend sei und er morgen sicher seine Freude an der Arbeit wiedergewinnen würde. Aber kaum hatte er seine Wohnung betreten, da saß er auch schon wieder an seinem Schreibtisch und stöberte in den Terminkalendern seines Vaters herum, und er wußte, daß er sich etwas vorgemacht hatte. Die Welt hatte sich verändert – oder zumindest seine Vorstellung davon.

Am nächsten und auch am übernächsten Tag ging Nick wieder zur Arbeit. Es gelang ihm, sich interessiert zu geben, im Unterricht aufzupassen und im richtigen Augenblick zu lachen, aber in seinem Inneren begann ein neuer Plan Gestalt anzunehmen: Er würde seinen Job bei Morgan Stanley aufgeben, er würde in die Schweiz fliegen und die Stellung annehmen, die Wolfgang Kaiser ihm angeboten hatte.

Am Freitag abend erzählte er seiner Verlobten von seinem Vorhaben. Anna Fontaine war Studentin an der Harvard Universität, ein dunkelhaariges Mädchen aus einer der angesehensten und wohlhabendsten Familien Bostons mit despektierlichem Humor und den freundlichsten Augen, die er je gesehen hatte. Er hatte sie vier Wochen nach Beginn seines Studiums kennengelernt, und schon einen Monat später waren sie unzertrennlich gewesen. Bevor er nach Manhattan gezogen war, hatte er sie gebeten, ihn zu heiraten, und sie hatte ohne Zögern ja gesagt.

Anna hörte ihm schweigend zu, als er ihr seine Gründe darlegte. Er erklärte ihr, daß er in die Schweiz gehen müsse, um herauszufinden, in was für eine Sache sein Vater verwickelt gewesen sei, als er ermordet wurde. Er wußte nicht, wie lange er weg sein würde – einen Monat, ein Jahr, vielleicht sogar noch länger. Er wußte nur, daß er einen Abschluß für das Leben seines Vaters finden mußte. Er gab ihr die Terminkalender zu lesen, und als sie damit fertig war, bat er sie, mit ihm zu kommen.

Sie sagte nein. Und dann sagte sie ihm, warum auch er nicht gehen könne. Da war als erstes sein Job. Schließlich hatte er dafür sein ganzes Leben lang geschuftet. Niemand gab so einfach eine Stellung bei Morgan Stanley auf. »Du hast es geschafft, Nick«, sagte Anna auch jetzt noch mit Stolz.

Aber Nick brauchte nur die Terminkalender anzusehen, um zu wissen, daß er rein gar nichts geschafft hatte.

»Und meine Familie?« fragte sie. Ihr Vater liebte Nick wie einen zweiten Sohn, und ihre Mutter erkundigte sich täglich nach ihm und bejubelte seine neuesten Erfolge. »Du gehörst zu uns, Nick. Du darfst nicht fortgehen.«

Aber Nick konnte nicht zu einer anderen Familie gehören, solange er nicht das Rätsel um seine eigene gelöst hatte.

»Und was ist mit uns beiden?« fragte sie ihn endlich, und er bemerkte, wie ungern sie ihre Bindung aneinander dazu benutzte, ihn zum Bleiben zu überreden. Sie erinnerte ihn an alles, was sie je zueinander gesagt hatten: daß ihre Beziehung andauern würde, daß sie sich wirklich liebten. Zusammen würden sie Manhattan erobern. Und er hatte ihr geglaubt, weil es wirklich wahr war. Aber dann hatte er die Terminkalender gefunden.

Am Ende konnte Anna ihn nicht verstehen. Oder sie wollte ihn nicht verstehen. Eine Woche später löste sie ihre Verlobung, und seitdem hatte er nicht mehr mit ihr gesprochen.

Ein scharfer Wind blies, zerzauste Nicks Haare und trieb ihm Tränen in die Augen. Er hatte seinen Job aufgegeben. Er hatte sogar den Einstandsbonus von siebentausend Dollar zurückgezahlt. Er hatte sich von Anna getrennt, der einzigen Frau, die er je wirklich geliebt hatte. Er hatte seine ganze Welt zurückgelassen, um einem Phantom nachzujagen, das fast zwanzig Jahre lang im verborgenen geschlafen hatte. Wofür?

Die Straßenbahn, Linie 13, bog in den Paradeplatz ein. Nick stieg ein und hatte den ganzen Wagen für sich allein. Er setzte sich in den hinteren Teil des Wagens, und die Straßenbahn rumpelte voran.

Er preßte die Wange gegen das Fenster und betrachtete die unfreundlichen grauen Gebäude zu beiden Seiten der Stockerstraße. Zürich war keine gastliche Stadt. Er war hier ein Fremdling und tat gut daran, sich diese Tatsache immer vor Augen zu halten. Der leere Wagen, die ungewohnte Umgebung, all das verstärkte seine Unsicherheit und vermehrte sein Gefühl von Einsamkeit. Was hatte er sich nur dabei gedacht, soviel aufzugeben, um sich auf diese Gespensterjagd einzulassen?

Bald verlangsamte die Straßenbahn ihre Fahrt, und der Fahrer sagte mit rauher Stimme Nicks Haltestelle an: Utobrücke. Er stieg aus. Seine Sorgen hatten sich wie eine stachelige Kugel in seinem Bauch zusammengeballt. Er kannte das Gefühl. Furcht. Er hatte Angst.

Es war das gleiche Gefühl, das er gehabt hatte, als er mit dreizehn Jahren zum erstenmal zu einer Tanzveranstaltung seiner Schule gegangen war, wohl wissend, daß er, sowie er den Festsaal betreten hatte, von jedermann gesehen wurde und daß er ein Mädchen zum Tanzen auffordern mußte und nur beten konnte, daß er nicht abgewiesen werden würde.

Es war das gleiche Gefühl, das er an seinem ersten Tag an der Offiziersanwärterschule in Quantico, Virginia, gehabt hatte. Da hatte es einen Augenblick gegeben, als alle

Rekruten in der Abfertigungshalle versammelt waren. Der Papierkram war erledigt, die medizinischen Untersuchungen abgeschlossen; plötzlich wurde es sehr still im Raum. Jeder wußte, daß auf der anderen Seite der Feuerschutztüren zehn rabiate Ausbilder auf sie warteten und daß sie in drei Monaten entweder Leutnants des Marinecorps der USA sein oder als Ausgemusterte an irgendeiner Straßenecke stehen würden, mit ein paar Dollars in der Tasche und einem Stempel, den sie nie wieder loswerden würden.

Nick sah der Straßenbahn nach, wie sie in der Dunkelheit verschwand. Er atmete die reine Luft ein und wurde ein wenig ruhiger. Er hatte seiner Verwirrung einen Namen gegeben, und das gab ihm Kraft. Im Weitergehen tröstete er sich. Sein Weg führte bergauf. Das College, die Marine, die Universität. Er hatte etwas aus seinem Leben gemacht. Vor Jahren hatte er sich vorgenommen, sich aus dem Sumpf herauszuziehen, in den er hineingeworfen worden war, und sein Geburtsrecht wiederzugewinnen, für das sein Vater so hart gearbeitet hatte. Siebzehn Jahre lang war das die Richtschnur seines Lebens gewesen. Und an diesem Winterabend, angesichts einer neuen Herausforderung, sah er sein Ziel deutlicher denn je vor sich.

Kapitel 4

Eine Woche später war Marco Cerruti noch immer nicht an seinen Arbeitsplatz im Aquarium zurückgekehrt. Es war auch nichts über seinen Zustand bekanntgegeben worden. Nur ein ominöses Schreiben von Sylvia Schön war ihnen auf den Schreibtisch geflattert: daß private Anrufe bei dem erkrankten Portfolio Manager zu unterlassen seien und daß Herr Peter Sprecher die Aufgaben seines Vorgesetzten übernehmen solle, einschließlich der Teilnahme an einer zweimal die Woche stattfindenden Investitionsbesprechung, von der er gerade zurückgekehrt war.

Bei der Besprechung war der Zustand Cerrutis überhaupt nicht erwähnt worden. Seit neun Uhr morgens kannten alle Angestellten der Bank nämlich nur ein einziges Thema: Die schockierende Nachricht, daß die Adlerbank, ein Konkurrenzunternehmen, dessen Hauptgebäude kaum fünfzig Meter entfernt in der Bahnhofstraße stand, auf dem offenen Markt fünf Prozent der VSB-Aktien aufgekauft hatte. Um die Vereinigten Schweizer Banken war ein Kampf ausgebrochen.

Nick las laut aus einem Finanzbulletin von Reuter vor, das auf seinem Monitor blinkte: »Klaus König, Generaldirektor der Adlerbank, gab heute bekannt, daß seine Bank einen fünfprozentigen Anteil der Vereinigten Schweizer Banken erworben habe. König sprach von einem ›absolut unzureichenden Ertrag der Kapitalanlagen der VSB‹ und versicherte, er werde den Aufsichtsrat unter seine Kontrolle bringen und eine Rückkehr der Bank zu lukrativeren Geschäften erzwingen. Die Transaktion wird auf einen Betrag von über zweihundert Millionen Schweizer Franken geschätzt. VSB-Aktien sind um zehn Prozent gestiegen und werden intensiv gehandelt.«

»›Absolut unzureichende Erträge‹«, wiederholte Sprecher wütend. »Bin ich verrückt, oder haben wir letztes Jahr vielleicht keine Rekordgewinne erzielt? Der Reingewinn ist um einundzwanzig Prozent gestiegen!«

Nick schaut über die Schulter. »König hat nicht gesagt, daß unser Reingewinn nicht in Ordnung ist. Nur die Erträge unserer Kapitalanlagen. Wir verwenden unser Geld nicht aggressiv genug.«

»Wir sind eine konservative Schweizer Bank. Aggressivität wird nicht von uns erwartet. König meint anscheinend, er sei hier in Amerika. Ein einseitiger Übernahmeversuch in der Schweiz! So etwas hat es noch nie gegeben. Ist er denn total übergeschnappt?«

»Es gibt kein Gesetz, das so etwas verbietet«, sagte Nick. Es bereitete ihm Vergnügen, den Advocatus Diaboli zu spielen. »Ich frage mich nur, woher er das Geld hat. Er wird vier bis fünf Milliarden Franken brauchen, bis er es geschafft hat. Soviel Geld hat die Adlerbank aber nicht.«

»König braucht nur dreiunddreißig Prozent der VSB-Aktien, um drei Sitze im Aufsichtsrat zu erhalten. Hierzulande ist das eine Sperrminorität. Alle Entscheidungen des Aufsichtsrats müssen mit Zweidrittelmehrheit getroffen werden. Sie kennen König nicht. Er ist ein gerissener Kerl. Er würde seine Sitze dazu benutzen, eine Revolution anzuzetteln. Er würde alle aufhetzen, indem er mit dem phantastischen Wachstum der Adlerbank prahlt.«

»Das wäre sicher nicht schwer. Die Gewinne der Adlerbank sind seit ihrer Gründung jedes Jahr um etwa vierzig Prozent gestiegen. Im vergangenen Jahr hat Königs Bank mehr als dreihundert Millionen Franken brutto gemacht. Da kann man durchaus beeindruckt sein.«

Sprecher sah Nick spöttisch an. »Sind Sie eine wandelnde Finanzenzyklopädie?«

»Ich habe meine Dissertation über das Schweizer

Bankwesen geschrieben. Die Adlerbank ist hier etwas vollkommen Neues. Der Handel mit Wertpapieren ist ihr Hauptgeschäft. Sie verwendet ihr Eigenkapital, um es auf Anleihen, Obligationen, Optionen zu setzen, auf alles eben, dessen Wert steigen beziehungsweise fallen kann.«

»Es ist einleuchtend, daß König die VSB haben will. Er will seine gierigen Pfoten auch noch in die privaten Kapitalanlagen stecken. Er hat einmal hier gearbeitet, wissen Sie – vor Jahren. Er ist ein Spieler, aber ein schlauer. ›Rückkehr der Bank zu lukrativeren Geschäften‹. Ich kann mir schon vorstellen, was das bedeutet. Mit dem Eigenkapital der Bank auf den Ausgang der OPEC-Konferenz nächste Woche zu spekulieren oder auf die nächsten Schritte der Bundesbank der Vereinigten Staaten. Das bedeutet Risiko großgeschrieben. König will unsere Kapitalanlagen in die Hand bekommen, um der Adlerbank noch größere Spekulationen zu ermöglichen.«

»Strategisch gesehen ist das ein Schritt in die richtige Richtung für ihn«, sagte Nick. »Aber es wird nicht leicht sein. Keine Schweizer Bank wird einen solchen Angriff auf eine der ihren finanzieren. König wird private Investoren suchen und den Besitz aufteilen müssen. Ich würde mir da noch keine Sorgen machen. Bisher hat er nur fünf Prozent unserer Aktien.«

Plötzlich ertönte eine sarkastische Stimme vom Eingang her. »Die Zukunft der Bank, von zwei ihrer größten Genies bestimmt. Wie beruhigend.« Armin Schweizer, Compliance Officer der Bank, marschierte in das Aquarium und machte vor Nicks Schreibtisch halt. »Ach, unser neuer Kollege. Wieder mal ein Amerikaner. Sie kommen und gehen alljährlich – wie die Grippewelle. Haben Sie Ihren Rückflug schon gebucht?« Schweizer war etwa sechzig Jahre alt und sah aus wie eine Kanonenkugel.

»Ich habe eigentlich vor, länger in Zürich zu bleiben«, sagte Nick, nachdem er sich erhoben und sich vorgestellt hatte. »Ich werde mein Bestes tun, um Ihren Eindruck von der Arbeitsleistung der Amerikaner zu korrigieren.«

Schweizer wies mit seinem kurzen Finger auf Peter

Sprecher. »Neuigkeiten über Ihren geschätzten Vorgesetzten. Unter vier Augen bitte.«

Sprecher stand auf und folgte Schweizer aus dem Zimmer. Fünf Minuten später kam er allein zurück. »Es geht um Cerruti«, sagte er zu Nick. »Er bleibt für unbestimmte Zeit weg. Ein Nervenzusammenbruch.«

»Wodurch?«

»Das frage ich mich auch. Natürlich ist Marco sehr angespannt. Aber das ist bei ihm ein Dauerzustand. So wie es bei Schweizer ein Dauerzustand ist, daß er ein Arschloch ist. Er kann nichts dran machen.«

»Wie lange wird er wegbleiben?«

»Weiß der Himmel. Sie wollen, daß wir die Abteilung allein weiterführen. Kein Stellvertreter für Cerruti. Der erste Erfolg von Königs Ankündigung: Kostendämpfung.« Sprecher setzte sich an seinen Schreibtisch und suchte nach seiner Marlboro-Schachtel. »Lieber Gott, erst Becker, dann Cerruti.« Er zündete sich eine Zigarette an. »Gibt es irgendeinen Grund, warum Schweizer Sie nicht leiden kann? Ich meine, abgesehen von der Tatsache, daß Sie ein großspuriger Amerikaner sind?«

Nick lachte unbehaglich. Die Frage gefiel ihm nicht. »Nein.«

»Haben Sie ihn schon früher irgendwann mal kennengelernt?«

»Nein, warum?«

»Er sagte, daß ich Sie gut im Auge behalten soll. Er hat das ernst gemeint.«

»Warum sollte Schweizer wollen, daß Sie auf mich aufpassen?« *War das eine Anweisung von Kaiser?*

»Vermutlich nur, weil er ein Arschwichser ist. Aus keinem anderen Grund.«

Das Telefon auf Nicks Schreibtisch klingelte. »Neumann«, meldete sich Nick.

»Guten Morgen. Hier ist Sylvia Schön.«

»Guten Morgen, Frau Dr. Schön. Wie geht es Ihnen?«

»Danke, gut, und wie geht es Ihnen bei der Arbeit? Gibt Ihnen Herr Sprecher die richtige Anleitung?«

Nick betrachtete den Aktenstapel auf seinem Schreibtisch. Es war seine Aufgabe zu überprüfen, ob sämtliche Investitionen der Liste entsprachen, die vom Komitee für Asset Management herausgegeben wurde. Heute schrieb diese Liste dreißig Prozent Anleihen, vierzig Prozent Obligationen, zehn Prozent Edelmetalle und den Rest in bar vor. »Ja, es gibt ziemlich viel zu tun hier oben.«

»Schlimm, die Sache mit Herrn Cerruti. Ich nehme an, daß Sie davon gehört haben?«

»Ja, vor ein paar Minuten. Armin Schweizer hat uns informiert.«

»Unter diesen Umständen möchte ich einen Termin mit Ihnen vereinbaren, um zu sehen, daß Sie sich auch richtig einleben. Ich nehme Sie bei Ihrem Versprechen – vierzehn Monate.« Nick glaubte, ein Lachen in ihrer Stimme zu hören. »Ich schlage Ihnen ein Abendessen vor, ein bißchen weniger förmlich als gewöhnlich. Sagen wir am 6. Februar bei Emilio.«

»Am 6. Februar bei Emilio«, wiederholte Nick. »Das würde passen.«

»Dann um sieben Uhr. In der Zwischenzeit müssen Sie noch einmal in mein Büro kommen. Wir haben noch etwas bezüglich Ihrer Verpflichtung zur Geheimhaltung zu besprechen. Kann Herr Sprecher Sie morgen früh gegen zehn entbehren?«

Nick sah Sprecher an, der ihn mit amüsiertem Grinsen musterte. »Ja, ich denke schon, daß Herr Sprecher morgen früh ein paar Minuten lang ohne mich auskommen kann.«

»Sehr gut, bis dann.« Schon hatte sie aufgelegt.

Nick legte ebenfalls auf. Sprecher gluckste. »Emilio, na so was. Ich kann mich zwar nicht erinnern, bei Emilio je irgendwelche Personalakten gesehen zu haben, aber das Essen ist verdammt gut, und billig ist es auch nicht gerade.«

»Das ist doch nur Routine. Sie möchte sichergehen, daß ich mir keine zu großen Sorgen wegen Cerruti mache.«

»Routine, Nick, ist die Cafeteria im dritten Stock. Wiener Schnitzel und Schokoladenpudding. Mit Ihnen hat

Dr. Schön etwas anderes vor. Glauben Sie bloß nicht, daß sie nichts vom Interesse unseres erhabenen Herrn Generaldirektors an Ihnen weiß. Sie will dafür sorgen, daß Sie wohlgenährt und glücklich sind.«

Nick schüttelte ungläubig den Kopf. Er griff nach seinem Terminkalender und trug ihren Namen ein. Als er den Kopf hob, sah er, daß Sprecher immer noch ein Grinsen im Gesicht hatte. *Mit Ihnen hat sie etwas andres vor*, hatte er gesagt. Was er damit wohl gemeint hatte? Während er noch überlegte, wanderte seine Phantasie hinunter in Dr. Schöns Büro. Er sah sie eifrig an ihrem überquellenden Schreibtisch arbeiten. Sie hatte die Brille in die Haare geschoben und ihre Bluse war ein wenig weiter geöffnet als korrekt.

Als ob er seine Gedanken lesen könnte, sagte Sprecher: »Passen Sie auf, Nick. Sie sind schlauer als wir.«

»Wer?«

»Die Frauen«, sagte Sprecher.

Schuldbewußt und verlegen mied Nick seinen Blick. Der ausgesprochen sexuelle Charakter seines Tagtraums überraschte ihn. Vor zwei Monaten war er bereit gewesen, sich für sein ganzes Leben an eine andere Frau zu binden. An eine Frau, die er geliebt und respektiert und auf die er sich verlassen hatte. Und ein Teil von ihm weigerte sich noch immer zu akzeptieren, daß Anna Fontaine für ihn verloren war. Aber sein lebhafter Tagtraum bewies, daß ein anderer Teil von ihm sich bereits darauf eingestellt hatte und gierig auf neue Erlebnisse war. Eines stand jedoch fest: Eine Beziehung mit Sylvia Schön kam nicht in Frage.

Nick wandte sich wieder seiner Arbeit zu. Er mußte dafür sorgen, daß die Portfolios ihrer Kunden dem richtigen Verteilungsmodell entsprachen. Es war eine monotone Aufgabe und eine, die kein Ende nahm, denn die Bank änderte ihre Investitionsliste etwa alle zwei Monate, und das war genau die Zeit, die er auch brauchte, um die Akten aller siebenhundert Kunden seiner Abteilung durchzuarbeiten.

Nach einer Woche bei der Bank hatten seine Tage einen routinemäßigen Verlauf angenommen: Er stand jeden Morgen um sechs Uhr auf und zwang sich, fünfzehn Sekunden lang eine eiskalte Dusche zu ertragen (eine alte Angewohnheit aus Marinezeiten). Um 6.50 Uhr verließ er sein Einzimmerappartement und erreichte die Straßenbahn um 7.01 Uhr. Spätestens um 7.30 Uhr betrat er sein Büro. Gewöhnlich war er einer der ersten, die eintrafen. Seine unveränderliche Tätigkeit am Morgen war es, die Portfolios einer Anzahl von Kunden auf Wertpapiere mit unzureichendem Ertrag und auslaufende Obligationen zu überprüfen. Wenn er damit fertig war, stellte er Verkaufsempfehlungen aus, die Sprecher regelmäßig guthieß.

Aber Nicks Aktivitäten beschränkten sich nicht nur darauf, die Aufträge Peter Sprechers auszuführen. Täglich fand er auch ein wenig Zeit für seine privaten Nachforschungen. Diese bestanden darin, nach Möglichkeiten zu suchen, etwas über die Vergangenheit der Bank herauszubekommen, und zu sehen, was sich nach so vielen Jahren noch über die Arbeit seines Vaters herausfinden ließ. Als erstes, gleich am ersten Mittwoch nach seiner Ankunft, machte er einen Ausflug zur WIDO, der Wirtschaftsdokumentation der Bank. Dort durchforstete er alte Jahresberichte, die zunächst nur intern herausgegeben worden waren, bis die Bank sie ab 1980 auch veröffentlichte. In einigen davon wurde sein Vater erwähnt, aber es fand sich nichts, was tatsächlich ein Licht auf seine tagtäglichen Aufgaben geworfen hätte.

Außerdem durchforschte Nick das interne Telefonverzeichnis nach Namen, die ihm bekannt vorkamen; und fand keine. Er suchte alle heraus, die ihrem Rang entsprechend vielleicht zur Zeit seines Vaters bei der Bank gearbeitet haben könnten. Es war hoffnungslos. Wenn er jeden Angestellten über fünfundfünfzig darauf ansprechen wollte, ob er seinen Vater gekannt habe, könnte er ebensogut gleich öffentlich bekanntgeben, wonach er suchte.

Zweimal war Nick zur Dokumentationszentrale gegangen. Er war an der Tür vorbeigeschlichen, hatte versucht, den Mut zum Eintreten zu finden, hatte von kilometerlangen Regalen mit in peinlich genauer Ordnung abgelegten Papieren geträumt. Er kam zu der Überzeugung, daß, sofern der Mord an seinem Vater in irgendeinem Zusammenhang mit seiner Arbeit für die Bank oder ihre Kunden gestanden hatte, die einzig existierenden Hinweise darauf hier zu finden sein mußten.

Der Anruf kam um drei Uhr, wie schon am Montag und Donnerstag zuvor. Genau wie während der vergangenen achtzehn Monate, vielleicht sogar noch länger, sagte Peter Sprecher. Nick versuchte zu erraten, wieviel der Pascha an diesem Tag wohl überweisen würde. Fünfzehn Millionen Dollar? Zwanzig Millionen? Am letzten Donnerstag hatte der Pascha sechzehn Millionen Dollar von seinem Konto auf die Banken in Matrix fünf transferiert. Das war zwar weniger als die sechsundzwanzig Millionen, die er am vorangegangenen Montag überwiesen hatte, aber noch immer eine beachtliche Summe.

Nick fand es seltsam und umständlich, daß sie jedesmal warten mußten, bis der Pascha anrief, bevor sie den Stand des Kontos Nr. 549.617 RR überprüfen durften. Selbständige Einsicht in die Konten der Kunden war untersagt. Warum hinterließ der Pascha nicht eine stehende Anordnung bei der Bank, daß alle auf dem Konto befindlichen Gelder jeden Montag und Donnerstag weiterzuleiten seien? Warum mußte auf den Anruf um drei Uhr gewartet und eine solche Hetze verursacht werden, um das Geld noch vor Büroschluß zu expedieren?

»Siebenundzwanzig Millionen vierhunderttausend Dollar«, sagte Peter Sprecher zum Pascha. »Sofort entsprechend Matrix sieben zu überweisen.«

Nick reichte ihm die orangefarbene, bei Matrix sieben aufgeschlagene Akte und las leise die aufgelisteten Banken: Hongkong und Shanghai Bank; Singapore Trade Development Bank; Daiwa Bank. Auch einige europäische Banken waren dabei: Credit Lyonnais; Banco Lavorro; sogar die Narodny Bank Moskau. Insgesamt dreißig respektable internationale Finanzinstitute.

Später, als Nick ging, um das Kapitaltransferformular zu Pietro in die Abteilung für Zahlungsverkehr zu bringen, dachte er an die sieben Seiten mit Überweisungsinstruktionen in der Akte des Pascha und an die Hunderte von aufgelisteten Banken. Gab es auch nur eine einzige Bank auf der Welt, bei der Pascha kein Konto besaß?

Am nächsten Morgen, um Punkt zehn Uhr, stand Nick vor Sylvia Schöns Bürotür, klopfte und trat ein. Ihre Sekretärin war anscheinend entweder krank oder im Urlaub, denn genau wie am ersten Tag, als er hier gewesen war, war das Büro leer. »Neumann hier«, rief er. »Um zehn Uhr Treffen mit Dr. Schön.«

Sie antwortete unverzüglich. »Kommen Sie herein, Herr Neumann. Nehmen Sie Platz.« Als er sich gesetzt hatte, fuhr sie fort: »In ein paar Wochen werden Sie anfangen, Kunden der Bank zu bedienen, Sie werden ihnen helfen, ihre Depots zu überprüfen, und in Verwaltungsangelegenheiten behilflich sein. In den meisten Fällen werden Sie der einzige Vertreter der Bank sein, mit dem sie in Berührung kommen. Herr Sprecher wird Sie sicher darauf vorbereitet haben, wie Sie sich in solchen Situationen zu verhalten haben. Meine Aufgabe ist es sicherzustellen, daß Sie auch über Ihre Verpflichtung zur Geheimhaltung informiert sind.«

An seinem zweiten Arbeitstag hatte Peter Sprecher ihm das schweizerische Gesetz über das Bankgeheimnis vorgelegt. Er mußte es durchlesen und dann eine Erklärung unterschreiben, daß er es verstanden habe und bereit sei, sich danach zu richten. Sprecher hatte nicht einen einzigen dummen Witz gerissen.

»Muß ich noch was unterschreiben?« fragte Nick.

»Nein, ich möchte nur über einige allgemeine Vorschriften mit Ihnen sprechen, um zu verhindern, daß Sie irgendwelche schlechten Angewohnheiten annehmen.«

Das war nun schon das zweitemal, daß er davor gewarnt wurde, schlechte Angewohnheiten zu entwickeln.

»Über die Angelegenheiten Ihrer Kunden dürfen Sie nur mit Ihrem unmittelbaren Vorgesetzten reden«, sagte Sylvia Schön. »Außerhalb dieses Gebäudes dürfen Sie überhaupt nicht über die Angelegenheiten Ihrer Kunden sprechen. Nicht beim Abendessen mit einem Freund und auch nicht beim Bier mit Herrn Sprecher. Benützen Sie niemals ein privates Telefon für Gespräche über dienstliche Angelegenheiten, und nehmen Sie niemals vertrauliche Papiere mit nach Hause. Noch etwas …«

Nick ließ seinen Blick durch ihr Büro schweifen. Er suchte nach irgend etwas Persönlichem, das ihm einen Hinweis auf ihren Charakter hätte geben können. Auf ihrem Schreibtisch standen keine Fotos oder sonstigen privaten Gegenstände. Keine Blumen schmückten das Büro. Sie war ganz Karrierefrau.

»… Sie sollten niemals Notizen auf privaten Papieren machen. Sie können nie sicher sein, wer sie liest.«

Nick hätte am liebsten hinzugefügt: »Achtung, Feind hört mit.« Sie dramatisierte das Ganze ja wohl ein bißchen.

Sylvia Schön stand abrupt auf. »Sie finden das amüsant, Herr Neumann? Ich muß sagen, das ist eine typisch amerikanische Einstellung – eure Kavaliershaltung gegenüber Autorität. Wozu sind Vorschriften da, wenn nicht, um gebrochen zu werden. So sehen Sie das wohl, nicht wahr?«

Nick richtete sich auf. Ihre Heftigkeit überraschte ihn. »Aber nein, ganz bestimmt nicht.«

Sylvia Schön setzte sich in seiner Nähe auf die Kante ihres Schreibtischs. »Gerade letztes Jahr wurde ein Angestellter einer anderen Bank wegen Verletzung des Bankgeheimnisses zu einer Gefängnisstrafe verurteilt. Möchten Sie wissen, was er getan hat?«

»Was denn?«

»Nicht viel, aber genug, wie sich herausstellte. Zu Beginn des Karnevals ist es in Basel Tradition, bis drei Uhr morgens die Straßenbeleuchtung auszuschalten.

Während dieser Zeit versammeln sich die Fastnachter auf den Straßen und vergnügen sich. Es gibt viele Musikkapellen und Kostüme. Es ist immer ein lustiges Spektakel. Wenn dann die Lichter wieder angedreht werden, bewerfen die Anwohner der Straßen die Faschingsnarren mit Konfetti. Ein Bankangestellter hatte alte Ausdrucke von Akten seiner Kunden mit nach Hause genommen, durch den Reißwolf getrieben natürlich, um sie als Konfetti zu benützen. Morgens um drei warf er diese Papiere aus dem Fenster und verstreute so vertrauliches Material über seine Kunden auf der Straße. Am Morgen fanden die Straßenkehrer die gewolften Papiere und übergaben sie der Polizei, die noch einige Namen und Kontonummern entziffern konnte. Es gab einen großen Skandal. Die Tatsache, daß die Papiere unleserlich waren, spielte keine Rolle. Es war die Vorstellung, daß ein ausgebildeter Banker das Vertrauen seiner Kunden verletzt hatte. Der Mann erhielt eine sechsmonatige Gefängnisstrafe und verlor seine Stellung bei der Bank.«

»Sechs Monate«, wiederholte Nick ernsthaft. In einem Land, in dem Steuerhinterziehung nicht als Kriminaldelikt verfolgt wird, war ein halbes Jahr Gefängnis dafür, daß einer Papierschnipsel aus dem Fenster geworfen hatte, eine reichlich harte Strafe. »Ich bin mir über die Bedeutung der Geheimhaltung im klaren«, sagte er. »Es tut mir leid, wenn ich vorhin den Eindruck erweckt habe, ungeduldig zu werden, aber die Vorschriften, von denen Sie sprachen, klangen so selbstverständlich.«

»Bravo, Herr Neumann. Genau das sind sie auch. Aber leider ist Vernunft heutzutage nicht immer so selbstverständlich.« Dr. Schön kehrte zu ihrem Stuhl zurück und setzte sich. »Das ist alles, Herr Neumann«, sagte sie kühl. »Zeit, wieder an die Arbeit zu gehen.«

Kapitel 5

An einem verschneiten Freitag abend, drei Wochen nachdem er seine Arbeit bei den Vereinigten Schweizer Banken angetreten hatte, wanderte Nick durch die Züricher Altstadt, um sich mit Peter Sprecher zu treffen. »Kommen Sie um sieben zum Keller-Stübli«, hatte Sprecher gesagt, als er um vier Uhr nachmittags angerufen hatte, nachdem er nach der Mittagspause nicht ins Büro zurückgekehrt war. »Ecke Hirschgasse – Niederdorfstraße. Das alte Wirtshausschild ist nicht zu übersehen. Sie können es nicht verfehlen.«

Die Hirschgasse war ein enges Sträßchen, das sich etwa hundert Meter von der Limmat zur Niederdorfstraße bergauf schlängelte; sie war die wichtigste Fußgängerzone der Altstadt. Am Ende der Straße lagen einige hellbeleuchtete Cafés und Restaurants. Nick ging darauf zu. Aus der Wand eines verwahrlost aussehenden Gebäudes ragte ein geschwungenes schmiedeeisernes Wirtshausschild. Darunter befand sich eine Holztür mit einem ringförmigen Klopfer und einem eisernen Fenstergitter. Auf einem Schild standen die Worte: »*Nunc est bibendum*« – »Jetzt ist die Zeit zu trinken.« Es war mit Sicherheit ein Lokal, wie Sprecher es liebte.

Nick öffnete die Tür und betrat die dunkle holzgetäfelte Kneipe, die nach kaltem Rauch und verschüttetem Bier roch. Das Gastzimmer war halb leer, und aus dem Lautsprecher tönte eine wehmütige Melodie von Horace Silver.

»Schön, daß Sie gekommen sind«, rief Peter Sprecher vom Ende der Bar aus Fichtenholz.

»Ich mußte mein Programm ändern«, sagte Nick mit einem schiefen Lächeln. Er hatte keinen einzigen Freund in der Stadt, und Peter wußte das. »Ich habe Sie heute nachmittag vermißt.«

»Eine Besprechung von großer Bedeutung. Ein Einstellungsgespräch, sogar ein Angebot.«

Nick schätzte, daß Sprecher bereits mindestens drei Glas Bier intus haben mußte. »Ein Angebot?«

»Ich habe angenommen. Da ich ein Mann mit wenig Prinzipien und unverhohlener Gier bin, ist mir die Entscheidung leichtgefallen.«

Nick fiel der Gesprächsfetzen ein, den er an seinem ersten Arbeitstag mitgehört hatte. Sprecher hatte also seine zusätzlichen Fünfzigtausend bekommen. Die Frage war nur, von wem. »Nun erzählen Sie schon genaueres.«

»Glauben Sie mir, Sie werden vorher noch einen Schluck brauchen.« Sprecher leerte sein Glas und bestellte zwei Kardinalbier.

»Die Adlerbank«, sagte Sprecher. »Sie eröffnen eine Abteilung für privates Bankwesen. Sie brauchen ein paar neue Leute. Irgendwie sind sie auf mich gestoßen. Sie bieten dreißig Prozent mehr Gehalt, einen garantierten Bonus von fünfzehn Prozent und in zwei Jahren Stock Options.«

»Nach zwölf Jahren bei den VSB wollen Sie für die Adlerbank arbeiten? Die ist doch der Feind. Letzte Woche haben sie Klaus König einen Spieler genannt. Noch in diesem Jahr steht Ihre Beförderung zum Direktor an. Die Adlerbank? Das ist doch nicht Ihr Ernst?«

»Doch, es ist mein Ernst. Die Entscheidung ist gefallen. Und übrigens habe ich König einen schlauen Spieler genannt. Schlau, wie erfolgreich. Schlau, wie wohlhabend und wohlhabend wie ungeheuer reich. Wenn Sie wollen, lege ich ein gutes Wort für Sie ein. Warum sollte man ein gutes Team auseinanderreißen?«

»Danke für das Angebot. Aber ich passe.«

Nick konnte die Handlungsweise seines Kollegen nur als Betrug betrachten. Dann fragte er sich: Betrug an was?

An wem? An der Bank? An ihm selbst? In der kurzen Zeit, die sie miteinander verbracht hatten, hatte Sprecher die Rolle eines respektlosen großen Bruders angenommen, der Ratschläge in persönlichen wie in beruflichen Angelegenheiten gab. Sein fröhlicher Spott und seine zynische Weltanschauung waren willkommene Gegensätze zur starren Bürokratie der Bank. Nach Dienstschluß waren sie häufig zusammengeblieben, und Sprecher hatte ihn in die eine oder andere Bar geführt. Pacifico, Babaloo, Kaufleute. Nun wollte er die Bank verlassen, und Nick würde ohne seine Unterstützung auskommen müssen.

»Dann überlassen Sie den Pascha also mir?« fragte Nick. Er versuchte, seine Enttäuschung zu verbergen.

»Der Pascha!« Sprecher knallte seinen Bierkrug auf den Tresen. »Wenn es je einen Bastard gegeben hat, dann den! Sein Geld ist so heiß, daß er es nicht länger als eine Stunde an einem Fleck lassen kann vor lauter Angst, daß es sich sonst durch den Fußboden brennt.«

»Seien Sie sich nicht so sicher, daß er etwas Unerlaubtes tut«, antwortete Nick nachdenklich. »Regelmäßige Zahlungen von Kunden, rasche Bezahlung von Zulieferern. Es gibt tausend verschiedene Möglichkeiten. Alle legal.«

»Zulieferer in jedem Land der Erde? Über Legalität brauchen wir nicht zu reden. Auf dieser Welt ist alles legal, solange man nicht erwischt wird. Mißverstehen Sie mich nicht. Ich fälle kein Urteil über unseren Freund. Aber als Geschäftsmann interessiert mich sein Spiel. Plündert er die UN – ein betrügerischer Verwaltungsmann der sich die Taschen vergoldet? Oder ist er ein kleiner Diktator, der jede Woche den Witwen- und Waisenfond leerpumpt? Vielleicht verkauft er auch Koks an die Russen. Vor ein paar Monaten haben wir eine Überweisung nach Kasachstan gemacht. Alma Ata, nicht gerade ein Ort für alltägliche Geschäfte.«

»Ich gebe ja zu, daß seine Transaktionen interessant sind, aber das macht sie noch nicht illegal.«

»Gesprochen wie ein echter Schweizer Banker. Der Pascha«, sagte Sprecher, als lese er die Schlagzeile einer

Zeitung vor, »ein interessanter Kunde, der interessante Transaktionen mit interessanten Geldsummen macht.«

»Haben Sie mir nicht gesagt, daß es uns nichts angeht, was er macht? Wir sind Banker und keine Polizisten. Das haben Sie doch gesagt, oder?«

»Ja, das habe ich. Man sollte meinen, ich hätte es allmählich gelernt.«

»Was soll das heißen?«

Sprecher zündete sich eine Zigarette an, bevor er antwortete. »Sagen wir mal so: Es ist nicht nur mehr Geld, das mich veranlaßt, die Bank zu verlassen. Ihr Freund Peter hat auch einen gewissen Selbsterhaltungstrieb. Cerruti mit seinem Nervenzusammenbruch – kommt vielleicht nie mehr wieder. Martin Becker einfach tot – mit dem kann man jedenfalls nicht mehr rechnen. Überlebensinstinkt nennt ihr das bei der Marine.«

Auch Nick hatte sich gefragt, wieso zwei Portfolio Manager aus der gleichen Abteilung ausgeschaltet worden waren, der eine durch Krankheit, der andere durch Mord. Aber auch der Mord an seinem Vater hatte nichts mit der Bank zu tun gehabt. Jedenfalls offiziell nicht. Bisher hatte er Cerrutis Krankheit immer noch für einen Fall von Ausgebranntsein gehalten, und er hatte nie daran gezweifelt, daß der Mord an Becker ein schiefgelaufener Raubüberfall war. »Was den beiden passiert ist, hat doch nichts mit der Bank zu tun«, meinte er.

»Natürlich nicht. Cerruti war schon immer ein Nervenbündel. Und Becker hatte eben einfach Pech. Ich sehe nur Gespenster. Möchten Sie einen Rat?«

»Ja, was?«

»Halten Sie sich bloß aus allem raus, wenn ich fort bin. Sie haben immer noch so einen Ausdruck in den Augen. Sie sind jetzt seit einem Monat hier, und jeden Morgen kommen Sie herein, als sei es Ihr erster Tag. Irgendwas haben Sie vor. Sie können Onkel Peter nicht zum Narren halten.«

»Ob Sie's glauben oder nicht: Es gefällt mir hier. Ich habe nichts Besonderes vor.«

»Wenn Sie meinen. Tun Sie einfach, was man Ihnen sagt, und halten Sie sich Schweizer vom Leib. Sie kennen seine Geschichte?«

Nick schüttelte den Kopf.

»Schweizer hat sich seinen Namen bei der Bank in den späten siebziger Jahren in London gemacht, durch den Handel mit Euroanleihen«, erklärte Sprecher. »Eurodollars, Euroöl, Euroyen – das waren glückliche Zeiten. Alle Welt verdiente sich eine goldene Nase. Von morgens bis abends trieb Schweizer seine Mitarbeiter an, ein Maximum von Angeboten zu bewältigen. Er streifte durch Londons feinste Clubs und zog eine ganze Schar von einstigen und zukünftigen Kunden hinter sich her, von Annabel's zum Tramp. Wenn du nicht in der Lage bist, um drei Uhr morgens ein Riesengeschäft mit D-Mark zu manipulieren, zwei Flaschen Tullamore Dew zu kippen und nebenbei noch mit einem Rudel Nutten fertigzuwerden, hast du in dem Geschäft nichts verloren. Das war Schweizers Credo. Und damit brachte er die VSB an die Spitze.« Sprecher leerte seinen Bierkrug. »An einem schönen Nachmittag im Frühling«, fuhr Sprecher fort, »kehrte Schweizer etwas später als gewöhnlich in seine Suite im Savoy Hotel zurück. Die hatte der Aufsichtsrat auf Dauer für ihn gemietet. Er hatte sie davon überzeugt, daß er eine luxuriöse Umgebung brauchte, um seine Kunden zu empfangen. Die Büroräume seien zu klein, und es gäbe dort zuviel Betrieb. Armin kommt also herein und findet seine neueste Geliebte, ein kleines Biest aus Cincinnati, Ohio, und seine Frau dabei, miteinander zu streiten wie die Wildkatzen.«

Das Ganze klingt wie eine schlechte Seifenoper, dachte Nick. »Und was ist dann passiert?«

Sprecher bestellte sich noch ein Bier und fuhr fort: »Nach der offiziellen Version, wie sie die Bank verbreitet hat, zog Frau Schweizer, Mutter von zwei Töchtern, Schatzmeisterin des Zollikon Curlingclubs und fünfzehn Jahre lang mit einem notorischen Schürzenjäger verheiratet, im Verlauf des Streits eine Pistole aus ihrer Handtasche und erschoß Armins Geliebte. Entsetzt über ihre Tat jagte sie sich anschließend selbst eine Kugel in die Schläfe. Sie war sofort tot. Ihr lieber Gatte wurde augenblicklich ins Hauptquartier nach Zürich zurückversetzt, wo er einen vergleichsweise bedeutenden Posten bekam, wenn auch einen, ich möchte sagen, weniger sichtbaren. Jetzt sitzt er in einer Besenkammer im Keller. Compliance.«

»Und die inoffizielle Version?« fragte Nick.

»Über die inoffizielle Version weiß Yogi Bauer Bescheid, Schweizers Stellvertreter zum Zeitpunkt der Tragödie. Er ist schon seit einiger Zeit im Ruhestand, aber man kann ihn in etlichen schäbigen Züricher Spelunken finden. Das Gottfried-Keller-Stübli gehört auch dazu. Hockt hier Tag und Nacht.« Sprecher warf einen Blick über seine Schulter und pfiff laut. »He, Yogi«, rief er und hob den vollen Bierkrug. »Auf Frau Schweizers Wohl!«

Eine schwarzhaarige Gestalt, die in der dunkelsten Ecke der Bar über einen Tisch gebeugt saß, prostete zurück. »Absolut unglaublich«, rief Yogi Bauer. »Die einzige Hausfrau in Europa, der es gelungen ist, eine geladene Pistole durch zwei internationale Flughäfen zu schmuggeln. Prosit!«

»Prosit«, antwortete Sprecher und nahm wieder einen tiefen Zug aus seinem Bierkrug. »Yogi ist der inoffizielle Historiker der Bank. Verdient sich seinen Lebensunterhalt, indem er uns mit Geschichten aus unserer illustren Vergangenheit versorgt.«

»Wieviel von dieser ist denn wahr?« fragte Nick.

»Am 19. April 1978. Lesen Sie's in den Zeitungen nach. Sorgte hier für Schlagzeilen. Worauf es ankommt ist: Meiden Sie Schweizer. Er hat etwas gegen Amerikaner. Ein Grund, warum Otts amerikanische Trainees nicht bleiben, ist, daß Schweizer ihnen vom ersten Tag an im Genick sitzt. Yogi behauptet, Schweizers amerikanische Geliebte habe seine Frau angerufen und ihr gesagt, er wolle sich scheiden lassen, um sie zu heiraten. Seitdem ist Armin kein Freund mehr von *Stars and Stripes*.«

Nick versuchte zu lächeln, aber es gelang ihm nicht.

Sprechers vage Verdächtigungen hatten seine Vorstellungen von der Bank irgendwie verändert. Becker ermordet; Cerruti, ein totales Wrack, das nicht mehr zurechtkam; und nun Schweizer ein pistolenfuchtelnder Irrer. Wen gab es da noch, von dem er nichts wußte? Plötzlich fiel Nick ein Streit seiner Eltern ein. Eine der unzähligen Szenen, die in dem Winter vor dem Mord an seinem Vater die häusliche Atmosphäre vergiftet hatten. Er hörte den Bariton seines Vaters bis zu den obersten Treppenstufen heraufschallen, wo er im Schlafanzug saß und lauschte.

»Er hat mir keine Wahl gelassen, Vivien. Ich habe dir doch gesagt, es geht nicht um meine Autorität. Ich würde sogar die Fußböden schrubben, wenn Zürich das von mir verlangen würde.«

»Aber du weißt doch gar nicht, ob dieser Mann ein Ganove ist oder nicht. Das hast du mir selbst gesagt. Du vermutest es doch nur. Bitte, Alex, hör auf, dagegen anzukämpfen. Sei doch nicht so hart gegen dich selbst. Tu doch einfach, was sie von dir verlangen.«

»Ich werde nicht mit ihm zusammenarbeiten. Soll die Bank doch beschließen, Geschäfte mit Verbrechern zu machen. Ich tue das nicht.«

Was für Verbrecher hatte sein Vater gemeint?

»Darum sage ich Ihnen«, sagte Sprecher, »tun Sie, was man von Ihnen verlangt, und Schweizer wird Sie in Ruhe lassen. Wenn die Gerüchte stimmen, daß wir mit den Behörden zusammenarbeiten werden, wird es seine Aufgabe sein, sich auf alle Portfolio Manager zu stürzen. Er ist der Compliance Officer, der Aufsichtsbeauftragte.«

»Wovon reden Sie? Was für Gerüchte?«

»Noch nichts Offizielles. Am Dienstag morgen werden wir es hören. Aber es scheint, daß zuviel Geschrei um unser Verhalten gemacht wird. Die Banken tun gut daran, lieber freiwillig mit den Behörden zusammenzuarbeiten, als es sich per Gesetz vorschreiben zu lassen. Eine Zeitlang jedenfalls müssen wir den Behörden behilflich sein, Informationen über unsere Kunden zu sammeln. Natürlich nicht über alle. Der Generalstaatsanwalt wird die

Beweise sichten, die ihm vorgelegt werden, und entscheiden, welche Nummernkonten die Behörden überprüfen dürfen.«

»Lieber Gott, das klingt nach Hexenjagd.«

»Ja, wirklich«, stimmte Sprecher zu. »Sie suchen in jedem Winkel nach dem nächsten Pablo Escobar.«

Nick begegnete dem Blick seines neuen Freundes und wußte, daß sie beide das gleiche dachten. *Oder nach dem Pascha*. »Gott gnade der Bank, die ihn versteckt«, sagte er.

»Und dem Mann, der ihn preisgibt.« Sprecher hob zwei Finger. »Noch zwei Bier bitte. Prost, Nick.«

Kapitel 6

Am folgenden Dienstag um 8.30 Uhr wurde im vierten Stock eine Besprechung der Portfolio Manager abgehalten. Es ging um die immer lauter werdenden Forderungen, die Banken sollten mit dem Drogenfahndungsbüro der Vereinigten Staaten und anderen internationalen Behörden dieser Art zusammenarbeiten. Dies war die erste Gelegenheit, bei der Nick den geheiligten vierten Stock des Generaldirektors, die sogenannte Kaiserpfalz, betreten durfte, und es war auch das erstemal, daß er den Konferenzraum der Generaldirektion zu sehen bekam.

Das Zimmer war gigantisch: Die Tür war vier Meter hoch, der Raum mindestens sechs. Nick schritt feierlich über den weichen braunen Teppich, in dessen Ränder die Wappen der sechsundzwanzig Schweizer Kantone eingewebt waren. Die Mitte des Teppichs, unter einem gewaltigen Konferenztisch aus Mahagoni, nahm das Emblem der Vereinigten Schweizer Banken ein: ein schwarzer Habsburger Adler auf gelbem Grund mit ausgebreiteten Schwingen und drei Schlüsseln in den Fängen. Er hielt ein wehendes goldenes Band im Schnabel, auf dem das Motto der Bank geschrieben stand: *Pecuniam feliciter accipimus* – Geld wird gerne entgegengenommen.

Nick stand mit Peter Sprecher am hinteren Ende des Raumes in der Nähe der Fenster, von denen aus man die Bahnhofstraße überblicken konnte. Er beobachtete die anderen Portfolio Manager. Alle waren von der Pracht des Raumes eingeschüchtert, wie eine Gruppe nervöser

Touristen. Für viele seiner Kollegen war dies ebenfalls das erstemal, daß sie den vierten Stock betraten.

Dann sah Nick Sylvia Schön hereinkommen. Sie trug ein schwarzes Kostüm und hatte ihr Haar zurückgekämmt und zu einem Knoten zusammengebunden. Sie wirkte kleiner, als er sie in Erinnerung hatte, aber kein bißchen schwach unter all den Männern. Sie grüßte ihre Kollegen, lächelte und schüttelte Hände.

Plötzlich wurde es still im Saal. Wolfgang Kaiser war eingetreten und steuerte zu einem Stuhl unter dem Portrait des Gründers der Bank, Alfred Escher-Wyss. Kaiser setzte sich nicht. Er blieb stehen, eine Hand vor sich auf den Tisch gelegt. Er ließ seine Augen durch den Saal wandern, ein General, der vor einer gefährlichen Operation seine Truppen mustert.

Nick dachte daran, wie er Kaiser zum erstenmal gesehen hatte, anläßlich der letzten Reise seines Vaters in die Schweiz vor siebzehn Jahren. Damals hatte er sich vor ihm gefürchtet. Die laute Stimme. Der gewaltige Schnurrbart. All das war zuviel für einen Zehnjährigen gewesen. Aber als er ihn jetzt sah, war er stolz auf die Verbindung seiner Familie mit ihm, und er war froh, daß Kaiser ihm eine Anstellung bei der Bank angeboten hatte.

Drei Männer hatten zusammen mit Kaiser den Saal betreten. Rudolf Ott, stellvertretender Generaldirektor der Bank (der das Einstellungsgespräch in New York geführt hatte), Martin Maeder, stellvertretender Generaldirektor für das private Bankwesen, und zuletzt, dicht hinter ihnen und doch eine Welt von ihnen entfernt, ein unbekannter Mann, groß und hager, mit einer abgenützten ledernen Aktentasche unter dem Arm. Er trug einen dunkelblauen, typisch amerikanischen Anzug mit steifen Revers und braune Cowboystiefel.

Rudolf Ott bat um Ruhe. »Als Vertreter dieser Bank bei der Schweizerischen Bankvereinigung«, begann er, »habe ich in den vergangenen Tagen mit Kollegen in Genf, Bern und Lugano gesprochen. Gesprächsthema waren die Maßnahmen, die angesichts der gegenwärtigen ungünstigen Situation getroffen werden müssen, um eine Gesetzgebung zu verhindern, die uns die Weitergabe gewisser vertraulicher Informationen über unsere Kunden nicht nur an die Bundesstaatsanwaltschaft, sondern auch an ein Komitee internationaler Behörden vorschreiben würde. Zwar bleibt die für unsere geschätzten Kunden erforderliche Geheimhaltung weiterhin ausschlaggebend, was die Einstellung der Schweizer Banken betrifft, es wurde jedoch beschlossen, *freiwillig* den Forderungen der Bundesregierung, den Wünschen unserer Bürger und dem Ersuchen der internationalen Behörden nachzukommen. Wir müssen unseren Platz in der Runde der fortschrittlichen westlichen Industrienationen einnehmen und mithelfen, jenen Personen und Firmen das Handwerk zu legen, die unsere Dienste für kriminelle Aktivitäten rund um den Erdball mißbrauchen.« Ott schwieg, und ein Murmeln ging durch die Reihen der Anwesenden.

Nick sah Sprecher an und flüsterte: »Waren wir während des Zweiten Weltkriegs noch nicht fortschrittlich und industrialisiert genug, um in dieser Runde zu sitzen?«

»Du vergißt«, antwortete Sprecher, »daß es im Zweiten Weltkrieg zwei solcher Runden gab. Wir Schweizer konnten uns einfach nicht entscheiden, in welcher wir sitzen wollten.«

Ott wies mit der Hand in Richtung auf den Amerikaner. »Das Drogenfahndungsbüro der USA hat eine Liste von Transaktionen zusammengestellt, die sie als ›verdächtig‹ einstuft und die möglicherweise mit kriminellen Aktivitäten in Verbindung stehen – insbesondere mit dem Waschen von Geldern aus illegalem Drogenhandel. Herr Sterling Thorne wird Ihnen nun im einzelnen erklären, wie die vorgeschlagene Zusammenarbeit aussehen soll.« Er wandte sich Thorne zu und schüttelte seine Hand. »Keine Sorge, sie beißen nicht.«

Sterling Thorne sieht keineswegs besorgt aus, dachte Nick, als er beobachtete, wie der Amerikaner sich den fünfundsechzig versammelten Bankleuten zuwandte.

Thornes braunes Haar war struppig und zu lang. Er hatte Augen wie Schießscharten, und sein Gesicht sah aus, als habe er während seiner Pubertät einen Kampf gegen Akne gekämpft – und verloren. Sein Mund war klein und wirkte schwach, aber er hatte ein mächtiges Kinn.

Es war still im Raum. Keiner sah den anderen an. Nick dachte sich, daß die meisten den Eindruck machten, als sei an diesem Morgen ihre eigene Integrität und nicht die ihrer Kunden in Frage gestellt worden. Und in gewisser Weise war es ja auch so.

»Mein Name ist Sterling Stanton Thorne«, begann der Besucher. »Ich bin ein Agent des Drogenfahndungsbüros der Vereinigten Staaten, und das seit dreiundzwanzig Jahren. Kürzlich hat die Führungsspitze in Washington, D.C., mich zum Chef unserer europäischen Operationen ernannt. Deshalb stehe ich heute vor Ihnen und ersuche Sie um Ihre Kooperation im Kampf gegen den Drogenhandel. Im Jahr 1997 wurden mehr als fünfhundert Milliarden Dollar für illegale Drogen ausgegeben: Heroin, Kokain, Marihuana. Fünfhundert Milliarden Dollar. Etwa ein Fünftel dieser Summe, also einhundert Milliarden Dollar, wanderten bis hinauf in die Taschen der Supremos des Weltdrogenhandels. Es ist also eine ganz schöne Summe, die da auf der Suche nach einem sicheren Hafen um die Welt geschoben wird. Irgendwo unterwegs verschwindet regelmäßig ein großer Brocken von diesem Geld, kein Mensch, keine Bank, kein Land bestätigt je, es erhalten zu haben. Es hört einfach auf zu existieren. Banken in aller Welt helfen mit, dieses Geld zu waschen und wieder in Umlauf zu bringen. Papierfirmen, die gefälschte Rechnungen stellen, nicht registrierte Einlagen auf Nummernkonten. Ständig werden neue Methoden der Geldwäsche erfunden.« Thorne hob das Kinn und fuhr fort: »Wir haben kein Interesse an den normalen Kunden dieses vornehmen Geldinstituts. Fünfundneunzig Prozent Ihrer Klienten sind gesetzestreue Bürger. Weitere vier Prozent sind kleine Steuerhinterzieher, Leute, die Bestechungsgelder annehmen, Waffenhändler auf niedrigem Niveau und Drogenhändler der kleinen Kategorie. An denen hat die amerikanische Regierung keinerlei Interesse. Meine Herren«, verkündete er, als seien sie nun unter einer Fahne vereinigt, »wir haben es auf das Großwild abgesehen, das verbleibende eine Prozent. Nach langen Jahren haben wir nun endlich die Erlaubnis bekommen, auf Elefantenjagd zu gehen. Nur sind die Jagdgesetze sehr streng. Die schweizerischen Jagdbehörden wollen nicht, daß alle Elefanten abgeschossen werden. Aber das ist schon in Ordnung. Wir von der Drogenfahndung haben nämlich klare Vorstellung davon, welche Elefanten die größten Stoßzähne haben, und hinter denen sind wir her. Nicht die Elefantenbabys, und auch nicht die Elefantenmütter. Wir wollen die großen, ausgewachsenen Bullen. Ihr Schweizer ›Wildhüter‹ habt sie irgendwann einmal markiert, und selbst wenn ihr nicht zugebt, daß ihr ihre Namen kennt, so wißt ihr doch auf alle Fälle ihre Markierungsnummern.« Er grinste schlau, aber als er weitersprach, wurde sein Ton ernst. »Der springende Punkt ist, daß Sie kooperieren, wenn wir Ihnen den Namen oder die Markierungsnummer eines dieser Elefantenbullen geben, für den wir, wie gesagt, eine Lizenz haben. Wenn Sie auch nur daran denken, einen meiner Elefantenbullen zu schützen, gebe ich Ihnen mein Wort, daß ich Ihnen mit der ganzen Kraft des Gesetzes in den Hintern treten werde.«

Nick sah mehr als ein gerötetes Gesicht im Raum. Die sonst so ruhigen Schweizer Banker waren indigniert.

»Meine Damen und Herren, bitte hören Sie mir zu«, fuhr Thorne fort. »Jetzt kommt der wichtige Teil. Wenn einer der Verbrecher, nach denen wir fahnden, eine große Summe in bar auf sein Konto einzahlt – mehr als fünfhunderttausend Schweizer Franken, Deutsche Mark oder eine ähnliche Summe in einer anderen Währung – müssen Sie mich sofort anrufen und es mir sagen. Wenn einer dieser Verbrecher telegrafische Überweisungen von mehr als zehn Millionen Dollar oder den Gegenwert in einer anderen Währung erhält und mehr als fünfzig Prozent davon in weniger als vierundzwanzig Stunden auf eine, zehn oder hundert andere Banken weitertransferiert, müssen Sie mich sofort darüber informieren. Ein kluger Investor behält sein Geld an einem Ort. Es Tag und Nacht herumzuschieben, ist Geldwäsche.« Er zuckte mit den Achseln. »Wie ich schon sagte, sind die Regeln dieser Jagd sehr streng. Sie machen es uns nicht leicht. Aber ich rechne auf Ihre volle Unterstützung. Wir probieren diese Regelung als *gentlemen's agreement* aus. Das wär's für heute.«

Sterling Thorne nahm seine Aktentasche, gab Kaiser und Maeder die Hand und verließ, begleitet von Rudolf Ott, den Konferenzraum.

Ein paar Sekunden lang herrschte Grabesstille im Raum. Niemand wußte, ob er bleiben oder gehen sollte.

Endlich atmete Wolfgang Kaiser gequält ein und erhob sich. »Noch ein Wort, bitte, meine Damen und Herren. Wir alle hoffen, daß unsere Zusammenarbeit mit den internationalen Behörden ebenso kurz wie ereignislos sein wird. Herr Thorne denkt offensichtlich an einige unsaubere Zeitgenossen, wenn er von Elefantenjagd spricht. Aber ich bin zuversichtlich, daß keiner unserer geschätzten Kunden dazuzählt. Die Grundpfeiler dieser Bank basieren darauf, die kommerziellen Bedürfnisse der ehrenhaften Geschäftsleute dieses Landes zu befriedigen. Im Laufe der Jahre wurden die Dienste, die wir unseren Landsleuten und der internationalen Gemeinschaft anbieten, vielfältiger und komplexer, aber unsere Verpflichtung, ausschließlich mit ehrenhaften Personen zusammenzuarbeiten, hat nie geschwankt.«

Alle nickten.

Kaiser schlug mit der Faust auf den Tisch. »Wir haben es weder jetzt noch in Zukunft nötig, Profite aus illegalen und unmoralischen Geschäften zu ziehen. Bitte kehren Sie mit dem Bewußtsein auf Ihre Posten zurück, daß Herr Thorne nah und fern nach seinen Elefantenbullen suchen mag. In den Mauern der Vereinigten Schweizer Banken wird er sie niemals finden.«

Damit verließ Kaiser den Raum, gefolgt von Maeder und Schweizer. Die versammelten Banker standen noch ein paar Minuten lang herum, zu schockiert um viel zu sagen. Nick bahnte sich seinen Weg zur Tür und trat hinaus in den Korridor. Zusammen mit zwei Männern, die er nicht kannte, bestieg er den Aufzug. Einer versicherte dem anderen, daß sich das Ganze innerhalb von einer Woche von selbst erledigen würde. Nick hörte nur halb zu. Er wiederholte sich Kaisers Worte wieder und wieder: »... Herr Thorne mag nah und fern nach seinen Elefantenbullen suchen. In den Mauern der Vereinigten Schweizer Banken wird er sie niemals finden.« War das die Feststellung einer Tatsache oder ein Ruf zu den Waffen?

Kapitel 7

»Die Bedingungen unserer Kapitulation«, erklärte Peter Sprecher am folgenden Tag und knallte einen Ausdruck eines Schriftstücks mit der Überschrift »Interne Kontenüberwachungsliste« auf seinen Schreibtisch. »Aufgestellt vom Yankee Doodle Dandy.«

»Wir sind nicht betroffen«, sagte Nick, nachdem er seinen eigenen Ausdruck des Schriftstücks durchgesehen hatte. »Keines der Konten auf dieser Liste gehört zu FKB4.«

»Ich mache mir keine Sorgen um uns«, meinte Sprecher, »sondern um die Bank, um alle Schweizer Banken.«

Die Liste war an diesem Morgen von einem überaus vergnügten Armin Schweizer persönlich überbracht worden. Obwohl der Generaldirektor den guten Namen seiner Kunden so leidenschaftlich verteidigt hatte, waren vier Nummernkonten von Kunden der Vereinigten Schweizer Banken in der Liste enthalten.

»Alle Transaktionen für Konten, die in der vorstehenden Liste erfaßt sind, sind umgehend bei Compliance, Telefon 4571 zu melden«, las Nick laut vor. »Das müßte Schweizer in Trab halten.«

»In Trab?« Sprecher rollte mit den Augen. »Auf Armin kommen große Zeiten zu. Als Diener von Ehre und Anstand. Er folgt dem Ruf der Regierung seines Landes, dafür zu sorgen, daß unser *gentlemen's agreement* auch ordentlich eingehalten wird.«

»Das ist mit Sicherheit besser als die Alternative«, meinte Nick, »nämlich eine Bundesgesetzgebung, die die

Kooperation vorschreibt. Ein Gesetz, das unsere freiwillige Zusammenarbeit zu einer öffentlichen Angelegenheit macht.«

»Seit 1933 haben wir es geschafft, die Unantastbarkeit unserer Banken zu bewahren. Fünfundsechzig Jahre, und nun das. Noch gestern war unsere Position bezüglich Nachforschungen über die Identität unserer Kunden und die Bewegungen auf ihren Konten unerschütterlich. Eine Mauer. Ohne eine vom Präsidenten unterzeichnete Vollmacht wurde keine Information weitergegeben.«

»Genau diese Unnachgiebigkeit hat aber zu der gegenwärtigen Situation geführt«, argumentierte Nick.

»Falsch!« rief Sprecher. »Diese Unnachgiebigkeit hat unseren Ruf als beste Banken der Welt für Privatkunden begründet. Jedenfalls wirst du dich in Kürze allein mit diesem Problem herumschlagen müssen. Ich bin in zehn Tagen hier weg.«

»In zehn Tagen? Was ist mit deiner Kündigungsfrist? Du mußt mindestens bis zum 1. April hierbleiben.«

»Nenne es Scheidung auf amerikanisch. Ich bleibe noch bis zum nächsten Mittwoch. Am Donnerstag und Freitag werde ich krank sein. Nichts Ernstes, nur eine kleine Grippe. Denk dir was aus, falls jemand fragen sollte. Unter uns gesagt: Ich bin dann bei König. Ein zweitägiges Seminar für neue Angestellte. Am kommenden Montag fange ich mit der Arbeit an.«

»Und was ist, wenn …«

»Der Pascha? Da wird schon nichts passieren. Bedenke doch, wie viele Kunden die Bank hat. Außerdem ist er deiner Meinung nach ja sowieso nur ein erfolgreicher internationaler Geschäftsmann mit einer phantastischen Buchführungsabteilung. Trotzdem, falls du in eine derartige Situation kommen solltest, muß du sehr genau über die Konsequenzen nachdenken, bevor du etwas unternimmst.«

»Konsequenzen?«

»Für die Bank, für dich selbst.« Sprecher ging aus dem Zimmer. »Ich gehe zum Schneider. Neuer Job, neue Anzüge. Gegen elf bin ich wieder da. Bis dahin hast du Dienst. Wenn irgendwelche Kunden kommen, ruft Hugo von unten an. Betreue sie gut.«

Acht Tage später traf Nick um 7.05 Uhr in seinem Büro ein. Das Aquarium war noch dunkel wie die meisten Räume zu beiden Seiten des Korridors. Er schaltete das Licht an und ging in die Garderobe, wo er seinen feuchten Mantel aufhängte. Dann legte er eine Plastiktüte mit einem frisch gewaschenen Hemd auf den Kleiderständer. Es war für die Verabredung an diesem Abend: Abendessen mit Sylvia Schön bei Emilio. Er freute sich mehr darauf, als er zugeben wollte.

Nick machte sich eine Tasse Tee und holte eine Papiertüte aus seiner Tasche. Sein Frühstück: *pain au chocolat* von Sprüngli. Mit der Tasse in der Hand setzte er sich an seinen Schreibtisch, um den Wirtschaftsteil der Neuen Zürcher Zeitung zu lesen. Zuerst schloß er aber noch seinen Schreibtisch sowie den Aktenschrank auf, dem er eine Liste von Dingen entnahm, die erledigt werden mußten; sie wurde von ihm zweimal am Tag aktualisiert.

Punkt eins: Portfolios 222.000 bis 230.999 auf auslaufende Obligationen überprüfen. Punkt zwei: Ausdrucke von 231.000 bis 239.999 anfordern. Punkt drei: Liste der bevorzugten Aktien durchgehen (eine Liste von Papieren, welche die Portfolio Manager für die Depots ihrer Kunden kaufen durften). Firmen kennzeichnen, die als Übernahmekandidaten in Frage kommen. Punkt vier lautete nur: 15.00 Uhr. Als ob er diesen Punkt als Gedächtnisstütze gebraucht hätte!

Nick schlug den Wirtschaftsteil der Zeitung auf und las den Wirtschaftskommentar. Der Schweizer Aktienindex war um siebzehn Punkte auf 4975,43 gestiegen. Schweizer Franken wurden fast zum gleichen Wert wie der Dollar gehandelt. VSB-Aktien hatten bei starker Nachfrage um fünf Franken auf dreihundertachtunddreißig angezogen. Vor der Generalversammlung in vier Wochen füllte Klaus König seinen Kriegsschatz auf. Nick beschloß, den täglichen Wert und das Handelsvolumen der Aktien seit Königs Ankündigung zu überprüfen.

Er steckte seine ID-Karte in den Zerberus und wartete, bis das System hochgefahren war. Ein Strom gelber Worte flimmerte über die linke Seite des Bildschirms, während Zerberus seine Selbstdiagnose durchführte. Einen Augenblick später nahm der Monitor ein trübes Grau an. Nick gab seinen dreiteiligen Identifikationscode ein, und ein rechteckiges Fenster erschien in der Mitte des Bildschirms. Vier Optionen wurden angeboten: Börseninformationen, Reuters-Nachrichten, VSB-Kontenzugriff und Dokumentenverwaltung. Er bewegte den Cursor auf Börseninformationen und klickte auf Enter. Das gleiche rechteckige Fenster erschien. Neue Optionen. Er wählte »Intern«, und ein gelbes Band tauchte am unteren Bildschirmrand auf. Er tippte das Zeichen für VSB ein, fügte Z für »Züricher Börse« hinzu, gefolgt von der verschlüsselten Instruktion VV21. Eine Zusammenstellung der täglichen Preise und des Handelsvolumens der letzten dreißig Tage erschien.

Der Preis für VSB-Aktien war seit Königs Ankündigung um achtzehn Prozent gestiegen. Das tägliche Handelsvolumen hatte sich fast verdoppelt. Es fand eindeutig ein Run auf die Aktien statt. Händler, Makler und Spekulanten, begierig auf ein bißchen Bewegung auf dem sonst so ruhigen Schweizer Markt, hatten sich auf die VSB als einem möglichen Übernahmekandidaten gestürzt. Dennoch war ein Preisanstieg von achtzehn Prozent, gemessen an dem Anwachsen des täglichen Handelsvolumens, relativ gering, was die Unwahrscheinlichkeit widerspiegelte, daß König seine Ankündigung wahr machen würde. Warum dann überhaupt ein Anstieg? Wegen der Gewißheit, daß die VSB entschlossen handeln würde, um den unzureichenden Ertrag ihrer Anlagen und damit den Profit zu verbessern, sei es durch Kostenersparnis oder durch aggressiveren Wertpapierhandel.

Nick rief die Reuters-Nachrichten auf und gab das Zeichen für die VSB ein, um festzustellen, ob am Abend zuvor irgendwelche Artikel über Königs Raubzug erschienen waren. Der Bildschirm flimmerte. Bevor er die ersten Wörter noch lesen konnte, legte sich eine schwere Hand auf seine Schulter. Nick fuhr auf.

»Guten Morgen, Herr Neumann«, sagte Armin Schweizer. »Wie kommt unser amerikanischer Kollege denn heute zurecht? Überwachen Sie das Dahinschmelzen Ihres geliebten Dollars, oder schauen Sie sich die überaus wichtigen Basketballergebnisse an?«

Nick drehte sich in seinem Stuhl um und sah dem Compliance Officer der Bank ins Gesicht. »Guten Morgen.«

Schweizer schwenkte ein Blatt Papier. »Ich habe hier die neuesten Durchsuchungsbefehle von der amerikanischen Gestapo. Ihre Freunde nicht wahr?«

»Freunde wohl kaum«, antwortete Nick. »Diese Einmischung in die Angelegenheiten unserer Bank ist mir genauso unangenehm wie jedem anderen auch. Wir sollten uns mit allen Mitteln gegen diese Forderungen nach vertraulichen Informationen zur Wehr setzen.«

»›Unsere Bank‹, Herr Neumann? Ist sie das? Seit sechs Wochen an Bord und schon ein Besitzanspruch? Lieber Gott, in Amerika wird euch wirklich beigebracht, was Ehrgeiz heißt. Leider scheint es so, als ob Ihre amerikanischen Freunde uns keine andere Möglichkeit lassen, als zu kooperieren. Welch wunderbarer Trost zu wissen, daß Ihre Gefühle zur richtigen Seite hin tendieren. Vielleicht werden Sie eines Tages ja die Gelegenheit bekommen, Ihre tiefempfundene Loyalität auch unter Beweis zu stellen. Bis dahin rate ich Ihnen, Ihre Augen offenzuhalten. Wer weiß? Vielleicht ist einer Ihrer Kunden auf dieser Liste.«

Nick bemerkte einen Hoffnungsschimmer in Schweizers Augen. Bisher hatten sie unter den vier Konten, die ursprünglich auf der Liste gestanden hatten, noch keinen Fang gemacht; es hatte keine Aktivitäten gegeben, auf die Sterling Thornes strikte Kriterien zutrafen. »Ich werde meine Augen offenhalten«, meinte er.

»Das erwarte ich auch«, sagte Schweizer und verließ das Aquarium.

Nick nahm die aktualisierte Kontenüberwachungsliste. Sechs Konten waren aufgeführt. Die vier der vergangenen Woche und zwei neue. Die Nummernkonten 411.968 OF und 549.617 RR. Nick starrte die letzte Zahlenfolge an. Er konnte sie auswendig. Jeden Montag und Donnerstag um drei Uhr nachmittags. Sechs Ziffern und zwei Buchstaben. »Der Pascha«, flüsterte er.

Am Montag hatte Nick darum gebeten, das Telefongespräch mithören zu dürfen. Obwohl Sprecher ursprünglich dagegen war, hatte er eingelenkt, weil er wußte, daß er das nächstemal, wenn der Pascha anrief, nicht mehr da sein würde. »Warte nur, bis du ihn hörst«, hatte er gesagt. »Der Mann ist eiskalt.« Und so hatte er den Telefonlautsprecher eingeschaltet, während er mit seinem Kunden sprach. Die Sprechweise des Paschas war leise und rauh, fordernd, aber nicht ärgerlich, die Betonung ein Mittel zum Zweck, keine Emotion. Nick hatte geschaudert, als er die Stimme hörte.

Jetzt starrte er auf die interne Kontenüberwachungsliste und spürte dieselbe eigenartige Furcht. Dem Aussehen nach war die Liste ein unschuldiges Blatt VSB-Papier. »Nur für den internen Gebrauch«, war mit großen Buchstaben auf die linke obere Ecke gestempelt. Sonst standen unter der Überschrift nur die sechs Kontonummern sowie der Satz: »Alle Transaktionen bezüglich der oben genannten Konten müssen umgehend dem nächsthöheren Vorgesetzten und/oder der Abteilung für Compliance, Tel. 45 71, gemeldet werden.«

In sieben Stunden würde der Inhaber des Kontos 549.617 RR anrufen. Er würde den Kontostand erfragen und dann anordnen, daß die gesamte Summe an mehrere Dutzend Banken rund um die Welt transferiert werden solle. Führte Nick den Transfer anordnungsgemäß aus, würde er den Pascha an das Drogenfahndungsbüro der Vereinigten Staaten ausliefern. Verzögerte er den Transfer, würde der Pascha noch einmal davonkommen – jedenfalls vorläufig.

Er dachte an Schweizers Drohung: *Einer Ihrer Kunden könnte auf dieser Liste sein* … Und dann? Würde er sich an die Anordnungen der Bank halten und Schweizer benachrichtigen? Würde er ihm mitteilen, daß der betreffende Kunde eine Transaktion vorgenommen hatte, die eine »freiwillige« Information erforderlich machte?

Nicks Gedanken wanderten in das Keller-Stübli, zu Peter Sprechers Beschuldigungen: Der Pascha, ein Dieb, ein Schmuggler, ein Betrüger. Warum nicht »Mörder« hinzufügen? Vor vier Wochen hatte Nick ihn verteidigt und damit auch die Bank. Aber hatte er nicht schon immer einen schlimmen Verdacht gehegt? Der Pascha, überlegte er, ein internationaler Verbrecher. Warum eigentlich nicht?

Nur wenige Personen bei der Bank kannten die Identität des Mannes. Einer von ihnen, Marco Cerruti, hatte einen Nervenzusammenbruch erlitten. Und Cerruti hatte der Pascha auch seinen Spitznamen zu verdanken; Cerruti, der sein Konto jahrelang persönlich betreut hatte. Hatte er bei der Wahl dieses Spitznamens einen Hinweis auf die Identität seines Kunden gegeben? Konnte es sein, daß er sich auf die Nationalität des Mannes bezog, oder bezog er sich auf seinen Charakter?

Das Telefon klingelte. »Neumann.«

»Hier Hugo Brunner, Chefportier. Ein bedeutender Kunde ist gekommen, ohne vorher einen Termin zu vereinbaren. Er möchte ein neues Konto für seinen Enkel eröffnen. Sie haben heute Dienst. Bitte kommen Sie sofort in den Besprechungsraum vier herunter.«

»Wer ist der Kunde? Ich muß seine Akte mit hinunterbringen.«

»Eberhard Senn, Graf Languenjoux. Er besitzt sechs Prozent der Bank. Bitte beeilen Sie sich.«

Nick dachte nicht mehr an die Kontenüberwachungsliste. Senn war der größte private Aktionär der Bank. »Ich bin nur ein Trainee. Es muß doch jemanden geben, der besser qualifiziert ist, um Herrn Senn – äh, den Grafen zu empfangen.«

»Es ist zwanzig Minuten vor acht. Es ist noch niemand da. Sie sind der diensthabende Beamte. Also machen Sie schon. Zimmer vier.«

Kapitel 8

»Mein Großvater war ein enger Freund von Leopold von Belgien«, polterte Eberhard Senn, Graf Languenjoux. Er war ein vergnügter Herr von achtzig Jahren, bekleidet mit einem adretten Anzug und fröhlich roter Fliege. »Erinnern Sie sich an den Kongo, Herr Neumann? Die Belgier haben damals das ganze Land gestohlen. Heute schafft man so etwas nicht mehr. Nehmen Sie den Tyrannen Hussein. Versuchte, die Briefmarke nebenan zu klauen, und hat dafür eins auf die Finger bekommen.«

»Mein Großvater will damit sagen, daß Hussein eine vernichtende Niederlage erlitten hat«, übersetzte Hubert, der Enkel des Grafen, ein blonder, etwa zwanzigjähriger verzogener Jüngling im dreiteiligen blauen Nadelstreifenanzug.

»Ach, ja«, stimmte Nick zu.

Nach Hugo Brunners Anruf war er den Korridor hinuntergerannt, um sich Senns Akte von der Sekretärin seines Portfolio Managers geben zu lassen. In den zwei Minuten, die er gebraucht hatte, um ins Parterre zu gelangen und den Raum vier zu finden, hatte er die Akte schnell überflogen.

»Der Dummkopf hat alle seine Waffen eingebüßt«, fuhr der Graf fort. »Panzer, Maschinengewehre, Kanonen. Alles futsch. Das ist eine Goldgrube für uns. Der Geheimtip ist Jordanien. Man braucht einen starken Geschäftspartner in Jordanien, um die Waffen in den Irak zu schaffen.«

»Natürlich«, pflichtete Nick bei.

Zweck des Besuchs des Grafen an diesem Morgen war es, die Unterschriften zu den bestehenden Konten zu ändern. Sein Sohn Robert war kürzlich verstorben. Nick erinnerte sich an die Zeitungsnotiz: »Robert Senn, 48, Präsident der Senn Werke, eines Schweizer Herstellers von leichten Feuerwaffen, Sprühdosen und Belüftungssystemen, kam bei einem Flugzeugabsturz ums Leben. Die den Senn Werken gehörige Gulfstream IV, in welcher er sich befand, stürzte kurz nach dem Start in Grozny, Tschetschenien ab.«

Kommentare über die Ursache des Unglücks oder den Zweck von Senns Besuch in dem Kriegsgebiet gab es nicht. In letzter Zeit waren viele Waffenhändler von ihren zahlungsunfähigen Kunden umgebracht worden. Nun mußte die Unterschrift des Verstorbenen durch die Huberts ersetzt werden. Eine neue Generation wurde bei der Bank willkommen geheißen.

Nick öffnete seine Ledermappe und legte zwei Unterschriftskarten auf den Tisch. »Wenn Sie bitte hier unterzeichnen würden. Wir könnten die Konten bis zum Abend auf Ihren Namen umgeschrieben haben.«

Der Graf starrte zuerst die Karten an, dann den jungen Banker auf der andern Seite des Tisches. »Robert wollte nie in der Schweiz bleiben. Er reiste lieber herum. Italien, Südamerika, der Ferne Osten. Robert war ein ausgezeichneter Geschäftsmann. Wo immer er hinfuhr, verkaufte er unsere Produkte. Die Armeen von mehr als dreißig Ländern sind mit Senn-Pistolen und Maschinengewehren ausgerüstet.« Senn sah seinen Enkel an. »Du weißt ja, Hubert, ich habe deinem Vater immer gesagt, er solle sich nicht mit diesen komischen neuen Ländern einlassen, Kasachstan, Tschetschenien, Ossetien. ›Neue Ziele, neue Grenzen, Papa‹, hat er damals gesagt. Robert liebte unsere Kunden.«

Zweifellos am meisten die, die bar bezahlten, dachte Nick.

Das runzelige Gesicht des Grafen verdunkelte sich.

Eine Träne lief über seine Wange. »Warum hat er sich nur so schrecklich gelangweilt, mein Robert?«

Hubert nahm die Hand seines Großvaters und streichelte sie zärtlich. »Wir werden schon zurechtkommen, Großvater.«

»Natürlich werden wir zurechtkommen«, rief der Graf. »Wir Senns sind wie diese Bank: fest und unzerstörbar. Habe ich Ihnen gesagt, Neumann, daß wir seit über hundert Jahren Kunden der VSB sind? Der Holbein an der Wand hinter Ihnen ist ein Geschenk meines Vaters. Mein Großvater, der erste Graf, hat sein Geschäft mit Krediten von dieser Bank begonnen. Können Sie sich das vorstellen? Die ersten Senn-Waffen wurden mit dem Geld dieser Bank gebaut. Sie sind Teil einer großen Tradition, Neumann. Vergessen Sie das nicht. Die Leute verlassen sich auf diese Bank, auf die Tradition, auf das Vertrauen. Davon gibt es auf dieser Welt nicht mehr viel.«

Hubert machte Nick ein Zeichen, nun zum Geschäft zu kommen. Nick legte die Unterschriftskarten vor seinen Kunden auf den Tisch. Eberhard Senn unterzeichnete beide Karten und gab sie danach an seinen Enkel weiter, der seine Unterschrift hinzufügte.

Nick nahm die Karten und dankte den Herren für ihren Besuch. Dann stand er auf, um sie hinauszuführen. Senn schüttelte ihm kräftig die Hand. »Vertrauen, Herr Neumann. Wenn man älter wird, ist das das einzige, was zählt.«

Nick begleitete Senn und seinen Enkel zum Ausgang und verabschiedete sich. Als er die Lobby durchquerte, dachte er über den Grafen und seine Worte nach. Eberhard Senn war ein Waffenhändler ohne jedes schlechte Gewissen, ein Mann, dessen ganzes Familienvermögen mit moralisch zweifelhaften Geschäften aufgebaut worden war. Und hier redete er nun von der Bedeutung des Vertrauens und wie er sich auf die unerschütterliche Integrität der Vereinigten Schweizer Banken verlasse.

Nicks Gedanken kehrten zu dem Papier auf seinem Schreibtisch zurück, der internen Kontenüberwachungsliste. Wie ist das bei allen anderen Kunden, die ihr Vertrauen in die Bank gesetzt hatten, fragte er sich, in einem Land, in dem absolute Geheimhaltung das ausschlaggebende Kennzeichen einer Bank war, bedeutete Vertrauen alles.

Nick ging zu den Aufzügen und drückte auf den Rufknopf. Er sah, wie Hugo Brunner auf eine junge Frau in einem adretten blauen Kostüm einredete. Aus irgendeinem Grund wußte er sofort, daß dies ihr erster Arbeitstag bei der Bank war. Er stellte sich vor, welchen Eindruck er selbst auf sie machen würde: Ein ernsthafter Angestellter im dunkelgrauen Anzug, der durch die Lobby lief, als trüge er ein Schild mit der Aufschrift »Bitte nicht stören« um den Hals. Nach sechs kurzen Wochen war er einer dieser grauen geschäftigen Banker geworden, wie er sie selbst bei seiner Ankunft beobachtet hatte. Und in sechs Jahren, was wäre dann?

Nick betrat den Aufzug und drückte auf den Knopf für sein Stockwerk. Mach dir keine Sorgen um das, was in sechs Jahren sein wird, sagte er sich. Kümmere dich um das Hier und Jetzt. Die Kontonummer des Paschas steht in der internen Kontenüberwachungsliste der Bank.

Eine Entlarvung des Paschas als Verbrecher durch die Drogenfahndung würde der VSB nicht guttun. Schon der geringste Hinweis auf die Beziehung der Bank zu ihm würde bei der Presse eine Art Blutrausch auslösen. Eine Untersuchung würde den kostbaren Ruf der Bank schädigen, unabhängig von ihrem Ausgang. Angesichts der Ankündigung von Klaus König, daß die Adlerbank noch vor der in wenigen Wochen stattfindenden Generalversammlung versuchen würde, einen möglichst großen Anteil der VSB-Aktien unter ihre Kontrolle zu bringen, konnte sich die VSB unter keinen Umständen auch nur den Anschein eines Skandals leisten.

Und für Nicks Karriere wäre das ebenfalls ein vernichtender Schlag. Er konnte sich schwerlich eine Beförderung dafür versprechen, daß er den Pascha ans Messer lieferte, selbst wenn er damit theoretisch die Anordnungen der Bank befolgte. Ganz im Gegenteil. Wenn er den Pascha preisgab, war ihm ein hervorragender Posten als Verwalter von Bürobedarf sicher. Und dann konnte er zusehen, wie weit er mit seinen Nachforschungen noch kommen würde.

Die Schweizer hatten nichts für Krachmacher übrig. Vor acht Jahren hatte die Regierung in einem Anfall von moralischem Empfinden die Gesetzgebung dahingehend geändert, daß jeder Banker – ohne persönlichen Nachteil – seinem Vorgesetzten illegale Handlungen melden konnte, die ihm während der Dienstzeit auffielen. In diesen acht Jahren hatten nicht einmal ein Dutzend Bankleute irgendwelche kriminellen oder fragwürdigen Handlungen bemerkt, die es erforderlich gemacht hätten, die Obrigkeit zu informieren. Die große Mehrheit der einhundertsiebzigtausend bei Schweizer Banken beschäftigten Angestellten hatte es vorgezogen, den Mund zu halten.

Diese Statistik sprach Bände über die Politik der Schweizer, sagte aber rein gar nichts über die Gründe aus, die in Nick nun die Neigung zu willentlichem Ungehorsam aufkommen ließen. Diese Gründe waren in den Seiten der Terminkalender seines Vaters zu finden. Durch sie war Nick zu einer Einschätzung der Launen eines turbulenten Lebens gelangt, die ihn glauben ließ, daß es zum »Absturz« seiner Familie nicht wegen eines zufälligen Gewaltakts gekommen war. Die Worte »Der Bastard hat mich bedroht! Ich muß mich fügen. Der Mann ist ein Ganove durch und durch«, beleuchteten nicht nur das Elend seines Vaters, sondern auch sein eigenes. Denn Nick konnte nicht an den Tod seines Vaters denken, ohne auch über die Konsequenzen nachzubrüten, die dieser für sein eigenes Leben gehabt hatte. Das Herumziehen von Stadt zu Stadt. Alle fünf Monate eine neue Schule. Sein Kampf, sich in ständig wechselnde Klassen einzufügen. Die ewigen Anstrengungen, sich zu integrieren, bis er eines Tages aufgegeben und beschlossen hatte, daß er keine Freunde brauchte.

Das Trinken kam später, und das war das Schlimmste

von allem. Seine Mutter war keine laute Trinkerin. Sie gehörte der tränenreichen Sorte an. Sie schlürfte still einen Cocktail nach dem anderen. Bis neun Uhr abends hatte sie mindestens ein Dutzend davon intus, wenn nicht mehr. Er hätte einen Kran brauchen können, um sie aus der Bar und ins Bett zu hieven. Noch heute fragte sich Nick manchmal, wie viele Teenager ihre Mutter wohl nackt unter eine kalte Dusche gestellt hatten. Wie viele hatten dafür gesorgt, daß sie jeden Morgen zwei Aspirin mit ihrem Frühstückskaffee schluckte? Und wie viele hatten täglich eine neue Flasche Visine in ihre Handtasche gestopft, bevor sie zur Arbeit ging, damit sie den Tag durchstand, ohne rausgeschmissen zu werden?

Die interne Kontenüberwachungsliste war also seine Chance. Der Schlüssel zu den unbeleuchteten Korridoren der Bank. Die Frage war nur, wie er ihn benutzen sollte.

Während der Aufzug nach oben rumpelte, dachte Nick über eine andere Frage nach: Was war mit Thorne? Was mit seiner Aufgabe, die Drahtzieher im internationalen Drogenhandel zu schnappen?

Pfeif auf Thorne, sagte er sich. Soll der doch seine Drogenhändler verfolgen, wann er will, aber nicht, wenn ich gerade Dienst habe. Nicks Meinung nach waren die Ziele aller Geheimdienste – des CIA, des FBI und der Drogenfahndung – teilweise Selbstzweck. Sie beruhten auf eigensüchtigen Ambitionen ihrer Führungsspitze wie auch auf dem legitimen Wunsch, die Krankheiten der Gesellschaft zu heilen. Zur Hölle mit ihnen allen.

Fünf Minuten vor drei kehrte Nick an seinen Schreibtisch zurück. Das Büro war unnatürlich ruhig. Sprechers Schreibtisch war leer, ebenso der Cerrutis. Es blieben ihm noch fünf Minuten, um eine Entscheidung zu treffen, was er mit dem Pascha machen wollte. Fast den ganzen Tag schon hatte er seine Pflichten vernachlässigt. Um seine Gedanken zu sammeln, nahm er zwei Formulare zur Information über Kontenveränderungen, die er am Morgen ausgefüllt hatte, und begann, die nötigen Zusätze einzutragen. Er schaute auf die Uhr. 14.59 Uhr. Und dann war es soweit ... 15.00 Uhr. Er öffnete eine Schublade und entnahm ihr ein grünes Formular für Kapitaltransfer und einen schwarzen Kugelschreiber. Beides legte er vor sich auf den Schreibtisch und begann zu zählen. Eins ... zwei ... drei. Das Telefon klingelte. Nick starrte auf das blinkende Licht. Das Telefon klingelte erneut. Nick griff nach dem Hörer und hielt ihn entschlossen an sein Ohr. »Vereinigte Schweizer Banken, Neumann hier, guten Tag. Was kann ich für Sie tun?«

Keine Antwort.

»Guten Tag. Ist da jemand?«

»Bitte kommen Sie in mein Wüstenreich«, sagte eine rauhe Stimme. »Allahs Freuden erwarten Sie. Ich habe gehört, daß Sie ein attraktiver, potenter junger Mann sind. Wir haben hier viele schöne Frauen.«

»Entschuldigen Sie«, warf Nick ein. Das war nicht die Stimme, die er am Montag gehört hatte.

»Die Freuden der Wüste sind ohne Zahl«, fuhr die Stimme fort. Dann brach sie ab und nahm statt des vorgetäuschten arabischen Akzents den vertrauten englischen an. »Halte ich dich von was Wichtigem ab, Nick?«

»Mistkerl! Das sollst du mir büßen!« fluchte Nick.

Sprecher lachte.

»Gibt König dir nicht genug zu tun oder kaufst du schon Aktien für ihn? Will er ...« Nick brach mitten im Satz ab. Das zweite Telefon hatte zu blinken begonnen. »Ich muß Schluß machen. Unser Freund ist dran. Übrigens ist sein Konto auf Schweizers Liste.« Er hob den zweiten Hörer ab. »Vereinigte Schweizer Banken, Neumann hier, guten Tag.«

»Herrn Sprecher, bitte.« Er war es.

»Mein Name ist Neumann. Leider ist Herr Sprecher heute nicht im Büro, aber ich bin sein Assistent. Kann ich Ihnen behilflich sein, mein Herr?«

»Sagen Sie mir Ihre Bankreferenz«, verlangte die heisere Stimme. »Herrn Sprecher kenne ich gut, aber Sie kenne ich nicht. Sagen Sie mir Ihren vollen Namen und Ihre Bankreferenz.«

»Ich werde mich gerne als Angestellter dieser Bank legitimieren, aber zuerst brauche ich Ihren Namen oder Ihre Kontonummer.«

»Nun, gut. Meine Kontonummer ist fünf, vier, neun, sechs, eins, sieben. R. R.«

»Danke sehr. Nun bitte Ihr Codewort für dieses Konto.«

Nick fühlte sich durch diese feststehende Prozedur zur Feststellung der Identität der anonymen Inhaber von Nummernkonten seltsam gestärkt. Seit Jahrzehnten war alles, was man zur Eröffnung eines Kontos auf jeder beliebigen Schweizer Bank benötigte, ein Scheck von einem international operierenden Geldinstitut oder, für noch diskretere Personen, eine Geldsumme in einer frei gegen den Schweizer Franken konvertiblen Währung. Ein Identitätsnachweis war willkommen, aber keineswegs obligatorisch.

Im Jahr 1990 wurde von den Schweizer Bankbehörden, die nicht länger eine Politik der Begünstigung von Gesetzesbrechern unterstützen wollten, welche die Banken als ahnungslose Bundesgenossen benutzten, ein Gesetz erlassen, das den Nachweis der Identität und Nationalität des Kunden durch Vorlage eines gültigen Passes vorschrieb. Dieser mußte als wesentlicher Bestandteil in den Akten des Kunden festgehalten werden.

Peter Sprecher behauptete, daß vor dem Inkrafttreten dieses »drakonischen« Gesetzes von der Führung der Banken mehrere tausend Nummernkonten auf die Namen von »Treuhändern« eingerichtet worden seien. Diese Nummernkonten wurden besonderen Kunden der Bank, die ihre Identität geheimhalten wollten, zur Verfügung gestellt. Die Mindesteinlage, die erforderlich war, um ein solches Nummernkonto ohne lästige Fragen zu erhalten, betrug fünf Millionen Dollar. Man mußte sich schließlich die kleinen Fische vom Leibe halten.

»Das Codewort, bitte«, wiederholte Nick.

»Ciragan Palace«, sagte der Kunde 549.617 RR.

Nick lächelte. Der Ciragan Palast in Istanbul war der

Wohnsitz der letzten türkischen Wesire im 19. Jahrhundert gewesen. Marco Cerruti hatte also offensichtlich einen Hinweis auf die Nationalität des Kunden gegeben, als er ihn Pascha taufte. »Ich bestätige, Ciragan Palace, mein Herr«, erklärte Nick. »Meine Bankreferenz ist NXM, der Familienname ist Neumann.« Er buchstabierte seinen Namen und fragte den Pascha, ob er ihn verstanden habe.

Dieser schwieg lange, bevor er endlich antwortete: »Laut und deutlich, Herr Neumann. Können wir jetzt zum Geschäft kommen? Bitte teilen Sie mir den Kontostand auf meinem Konto Nummer 549.617 RR mit.«

Nick gab die Kontonummer in den Zerberus ein, gefolgt von der verschlüsselten Instruktion AB30A, um den Kontostand aufzurufen. Einen Sekundenbruchteil später erschien das Ergebnis der Anfrage auf dem Bildschirm. Nicks Augen weiteten sich. Noch nie war soviel Geld auf dem Konto aufgelaufen. »Ihr Kontostand beträgt siebenundvierzig Millionen US-Dollar.«

»Siebenundvierzig Millionen«, wiederholte der Pascha langsam. »Herr Neumann, Sie haben alle meine Transferinstruktionen, ja? Bitte nehmen Sie Matrix sechs.«

Nick nahm das Blatt aus der Akte auf seinem Schreibtisch. Die Matrix sechs enthielt genaue Instruktionen, die jeweilige Summe an Banken in Österreich, Deutschland, Norwegen, Singapur, Hongkong und auf den Cayman-Inseln zu überweisen. Er sagte: »Matrix sechs schreibt den Transfer der gesamten Summe an insgesamt zweiundzwanzig Banken vor.«

»Das ist korrekt, Herr Neumann. Sie klingen so zögerlich. Haben Sie ein Problem?«

»Nein, mein Herr«, sagte Nick. »Kein Problem.« Seine Augen streiften eine Ecke der Kontenüberwachungsliste, die unter der Akte des Paschas hervorlugte. Er dachte nicht daran, dem Kunden etwas von der Existenz dieser Liste zu sagen, geschweige denn, daß sein Name darin enthalten war. Die Zusammenarbeit der Bank mit den

Behörden war freiwillig. Und vertraulich. »Aber ich würde gern die Namen der betreffenden Banken noch einmal durchgehen. Um sicherzustellen, daß auch alles hundertprozentig korrekt ist.« Er begann mit der ersten Bank auf der Liste. »Deutsche Bank, Frankfurt, Hauptgeschäftsstelle.«

»Korrekt.«

»Süd-West-Landesbank, München.«

»Korrekt.«

»Norske Bank, Oslo«, las Nick vor und wartete auf die ungeduldige Stimme, die jeden Namen bestätigte. »Österreichische Kreditanstalt, Wien ...« Seine Augen durchforschten das Büro. Peter Sprecher war nicht da, Marco Cerruti nicht da. Ein Zitat, das er sich während einer endlosen Fahrt auf dem Pazifik gemerkt hatte, fiel ihm plötzlich ein. »Isolation ist die einzige Feuerprobe, durch die der Charakter eines Mannes geschmiedet werden kann.« Er hatte vergessen, wer das geschrieben hatte, aber in diesem Augenblick wurde ihm die volle Bedeutung dieser Worte klar.

Nick fuhr fort, die Liste der Banken vorzulesen, wobei die Erinnerung an Thornes Rede eine fast physische Ablehnung in ihm auslöste. Elefantenjagd, Elefantenbullen. Er hatte schon einmal einen Mann dieser Sorte kennengelernt. Jack Keely vom CIA – wie Thorne ein übereifriger Hüter der geheiligten Vorschriften seiner Regierung, stets darauf bedacht, andere in seine Dienste zu ziehen. Nick war damals dem Ruf von Keelys Jagdhorn gefolgt. Er war aus eigenem Entschluß vorgeprescht, und er hatte den Preis für seine naive Ruhmsucht bezahlt. Nie wieder, hatte er sich geschworen, als das Ganze endlich vorbei war. Nicht für Keely. Nicht für Thorne. Für niemanden.

»Ich bestätige insgesamt zweiundzwanzig Finanzinstitute«, erklärte Nick abschließend.

»Danke, Herr Neumann. Sorgen Sie dafür, daß die Gelder vor Dienstschluß transferiert werden.«

Der Pascha legte auf.

Auch Nick legte den Hörer auf die Gabel. Nun war er

auf sich gestellt, und er sagte sich, daß er sich genau das wünschte: Er allein hatte zu entscheiden. Die Uhr über Sprechers Schreibtisch zeigte 15.06 Uhr an. Er zog das Formular für Kapitaltransfer zu sich her, notierte die Zeit des Auftrags und begann, die nötigen Einzelheiten einzutragen. In der linken oberen Ecke vermerkte er die sechs Ziffern und zwei Buchstaben der Kontonummer. Darunter, in ein rechteckiges Feld für den Namen des Kunden, schrieb er: »N.B.«, nicht bekannt. Unter »Überweisungsinstruktionen« schrieb er: »Matrix sechs (nach Anweisung des Kunden) siehe unter CC21B«, und in das Feld mit der Aufschrift »Wert« schrieb er die Zahl Siebenundvierzig, gefolgt von sechs Nullen. Zwei Felder blieben noch auszufüllen: »Ausführungsdatum« und »Identifikation des verantwortlichen Angestellten.« Er schrieb seine drei Kennbuchstaben in das eine Feld, das andere ließ er frei. Er rollte seinen Stuhl zurück, öffnete die oberste Schreibtischschublade und legte das Formular in die hinterste Ecke. Er hatte seinen Entschluß gefaßt.

Die nächsten zwei Stunden beschäftigte er sich damit, die Portfolios 220.000 AA bis 230.999 Z auf Obligationen zu überprüfen, die in den nächsten dreißig Tagen fällig werden würden. Um 17.30 Uhr faltete er die letzten Akten zusammen und verstaute sie in dem Aktenschrank hinter sich. Er suchte die übrigen Papiere auf seinem Schreibtisch zusammen, ordnete sie und legte sie in die zweite Schublade. Alle vertraulichen Papiere waren für die Nacht aufgeräumt und weggeschlossen. Nichts war auf seinem Schreibtisch liegengeblieben. Armin Schweizer machte sich nämlich ein Vergnügen daraus, nach Dienstschluß die Büros zu patrouillieren und in dem verlassenen Gebäude nach vergessenen Papieren zu fahnden. Über die Schuldigen brach dann am nächsten Morgen die Hölle herein.

Bevor er das Büro verließ, öffnete Nick die oberste Schreibtischschublade und nahm das Formular für Kapitaltransfer mit der Kontonummer und den Überweisungsinstruktionen des Paschas heraus. Ein Feld war noch nicht ausgefüllt, das für das Datum des gewünschten Transfers. Nick schrieb das Datum des nächsten Tages hinein. Sein Geschreibsel war unleserlich, um eine Verzögerung von mindestens drei Stunden zu verursachen, bis Pietro von der Abteilung für Zahlungsverkehr anrufen und fragen würde, was das überhaupt heißen solle. Bei dem am Freitag üblichen Ansturm könnten die Überweisungen unmöglich vor Montag früh getätigt werden. Zufrieden ging er den Gang hinunter zur Poststelle der Abteilung und nahm sich einen Umschlag für internen Postverkehr. Er adressierte ihn an »Zahlungsverkehr, Ausland« schob sein Formular hinein und verschloß den Umschlag mit Sorgfalt. Dann steckte er ihn in den Baumwollsack für die bankinterne Post.

Es war geschehen. Er hatte wissentlich und willentlich die ausdrücklichen Instruktionen seiner Vorgesetzten mißachtet und die Anordnungen einer bedeutenden westlichen Behörde für Verbrechensbekämpfung nicht befolgt, um einen Mann zu schützen, den er nicht kannte, und um eine Politik zu unterlaufen, an die er nicht glaubte. Nick löschte die nervtötenden Lichter des Aquariums und war überzeugt davon, daß er den ersten Schritt getan hatte, um den dunklen Geheimnissen der Bank und dem Rätsel um den Tod seines Vaters auf die Spur zu kommen.

Kapitel 9

Mevlevi wurde es niemals müde, Sonnenuntergänge am Mittelmeer zu beobachten. Im Sommer pflegte er sich in einen der Rattanstühle auf seiner Veranda zu setzen und seine Gedanken über das schimmernde Wasser wandern zu lassen, während er zusah, wie der Feuerball versank. Im Winter, an Abenden wie diesem, blieben ihm nur ein paar Minuten, um den Anblick zu genießen, wie der Tag in die Dämmerung und schließlich in die Nacht überging. Er blickte über den westlichen Rand des arabischen Nahen Ostens, und seine Augen folgten der Sonne, die in ein Wolkennest am Horizont versank. Eine leichte Brise strich über die Terrasse und trug den Duft von Eukalyptus und Zedern heran.

Fünf Kilometer entfernt, in südwestlicher Richtung, konnte Mevlevi in der Dämmerung noch die Slums, die Hochhäuser, die Fabriken und Schnellstraßen einer Stadt am Meer erkennen. Nur wenige Stadtviertel wiesen keine Zerstörungen auf, und noch kein einziges war vollständig wieder aufgebaut – und das Jahre, nachdem der eigentliche Kampf beendet war. Er lächelte und versuchte, die Rauchfahnen zu zählen, die in den Abendhimmel aufstiegen. Das war seine Methode, die allmähliche Rückkehr der Stadt zur Zivilisation zu messen. Solange ihre Einwohner in Ruinen an zerbombten Straßen saßen und ihr Abendessen an offenen Feuern kochten, konnte er sich sicher und wohl fühlen. Er kam bis vierzehn, dann hinderte ihn die Dämmerung am Weiterzählen. Gestern abend hatte er vierundzwanzig Rauchfahnen gezählt.

Wenn es einmal weniger als zehn sein würden, würde er daran denken müssen, sich einen neuen Wohnort zu suchen.

Man durfte sich nicht darüber hinwegtäuschen, daß die Perle der Levante sich immer noch im Belagerungszustand befand. Inkompetenz und Lethargie hatten die Stelle von Kanonen und Gewehrfeuer eingenommen. Wasser floß nur gelegentlich aus der Leitung, und Strom gab es nur sechs Stunden am Tag. Drei Militias patrouillierten die Straßen, und zwei Bürgermeister regierten die Stadt. Und deswegen krähten die Leute wie stolze Eltern, daß ihre Stadt wiedergeboren sei. Ein geringes Maß an Stolz gestand er ihnen ja zu. Seit der Milliardär die Macht gekauft hatte, ging es aufwärts, wenn auch überaus langsam. Das Hotel St. Georges war wiedereröffnet worden. Eine Schnellstraße, die den christlichen Osten mit dem mohammedanischen Westen der Stadt verband, war fast fertiggestellt. Flüge von und zu den größeren europäischen Städten waren wiederaufgenommen worden. Und die beliebtesten Restaurants machten gute Geschäfte.

Die größeren Unternehmen hatten nichts dagegen, dem Premierminister und seiner Mannschaft eine Provision von fünf Prozent ihrer Einkünfte zu zahlen, um die Fortdauer des Wohlstands zu sichern. Als der Premierminister kurzfristig zurücktrat und die Währung zusammenbrach, ging das Gerücht, daß ein geringfügiges Anheben der Provision auf nur sieben Prozent genügt hatte, um seine Rückkehr ins Amt zu bewirken. Der Premierminister war kein geldgieriger Mann.

Beirut war die Hure der Welt, und er liebte diese Stadt.

Mevlevi beobachtete, wie die Sonne verschwand und die Nacht begann. Die Sonne, das Meer und die Sterne. Nichts erfüllte ihn mit solcher Ehrfurcht wie sie. Vielleicht war er in einem früheren Leben ja Seemann gewesen, ein Begleiter des größten islamischen Abenteurers, Ibn Batutah. In diesem Leben aber war ihm ein anderes Schicksal bestimmt. Als Beauftragter des Propheten würde er die Auferstehung seines Volkes anführen und ihm wiedergeben, was sein rechtmäßiges Eigentum war. Das wußte er in seinem Herzen.

Später saß Ali Mevlevi an seinem Schreibtisch und studierte eine Karte des südlichen Libanon und Israels. Er fand Beirut und die Hügel im Nordosten der Stadt, wo seine eigene Festung stand, dann schaute er weiter nach Süden über die Grenze. Er betrachtete ein Dutzend Landmarken, Städte und Ortschaften, bevor seine Augen an einem kleinen Punkt im besetzten Gebiet westlich des Jordans haftenblieben: eine Siedlung mit fünfzehntausend orthodoxen Juden. Bewohner eines Landes, das ihnen nicht gehörte. Die Stadt war mitten in der Wüste erbaut worden. Die nächsten Nachbarn waren mehr als zehn Kilometer entfernt. Er zog eine Schreibtischschublade auf und entnahm ihr einen kleinen Kompaß, den er auf die Siedlung legte. Dann zeichnete er einen Kreis von zweieinhalb Zentimetern Durchmesser um sie herum. »Ariel«, sagte er grimmig. Er hatte sich entschieden.

Mevlevi faltete die Karte sorgfältig zusammen und verstaute sie in seinem Schreibtisch. Er hob den Telefonhörer ab, wählte zwei Ziffern und sagte: »Joseph, komm sofort in mein Büro. Bring den Verräter und meine Pistole mit. Und sag Lina, daß sie auch kommen soll. Es wäre schade, wenn sie ein so lehrreiches Ereignis versäumen würde.«

Der Klang militärischer Schritte kam langsam näher. Mevlevi ging zur Tür seines Büros. Ein kompakter Mann im olivfarbenen Kombatanzug schritt rasch durch das Foyer. Anderthalb Meter vor seinem Herrn nahm er Haltung an und sagte: »Guten Abend, Al-Mevlevi. Ich freue mich, Ihnen über die Ereignisse des Tages Bericht erstatten zu dürfen.«

Mevlevi zog den uniformierten Mann an seine Brust und küßte ihn auf beide Wangen. »Du bist meine Augen und meine Ohren. Du weißt, wie sehr ich auf dich angewiesen bin. Bitte fang an.«

Joseph begann seinen Bericht mit den Sicherheitsmaßnahmen, die getroffen worden waren. Den ganzen Tag lang waren alle fünfzehn Minuten Patrouillen von je drei Mann zu einem Kontrollgang um die Festung geschickt worden, jede von einem Späher gefolgt. Es waren keine Aktivitäten beobachtet worden. Die Zäune auf der Nordseite des Compounds sollten erhöht werden, aber die Arbeiter waren nicht wie vereinbart erschienen. Sicher waren es Christen. Der Plan, die verminte Sicherheitszone zu vergrößern, mußte also verschoben werden, bis die Zäune fertig waren.

Mevlevi hörte aufmerksam zu. Er schätzte seinen Chef für innere Sicherheit sehr. Er bewunderte das martialische Aussehen des Mannes. Sein schwarzes Haar war zu einem Bürstenschnitt geschoren, sein dunkles Gesicht mit noch dunkleren Bartstoppeln bedeckt, und seine traurigen Augen waren die Augen seines Volkes. Mevlevi hatte Joseph in Shatila gefunden, wo er fast alle seine Leute rekrutierte.

Joseph war für die Arbeitsverteilung im Südteil des etwa dreißig Kilometer südöstlich von Beirut gelegenen Flüchtlingslagers verantwortlich gewesen. Dieses Flüchtlingslager war ein Blutfleck vor der Haustür Israels. Fünfzehn Jahre nach der israelischen Invasion bestand das Lager noch immer. Tausende von Palästinensern drängten sich in den engen Gassen, im Kampf um magere Rationen und verwahrloste Unterkünfte. Eine Arbeit, bei der ein Mann sich Hände und Rücken ruinierte, war noch das Beste, was man in diesem Lager ergattern konnte. Der Lohn für zehn Stunden Zerschlagen von Betonbrocken in glühender Sonne bestand in zwei amerikanischen Dollar, gerade genug, um einen Laib Brot, drei Stückchen Lammfleisch und zwei Zigaretten zu kaufen. Eine zwölfstündige Schicht beim Auffüllen von Bombentrichtern, in ständiger Gefahr, beschossen zu werden, brachte den fürstlichen Lohn von vier Dollar. Jede Woche kamen zwei Männer beim Reparieren der Straßen Beiruts ums Leben. Zweihundert drängten sich, ihre Stelle einzunehmen.

Auf Joseph war Mevlevi durch einen gottlosen Mann

aufmerksam gemacht worden, einem unangenehmen Syrier namens Abu Abu, einem berufsmäßigen Sklavenhändler. Abu Abu hatte ein scharfes Auge für die Gewissenlosen und Schlauen unter den Bewohnern des Lagers. Die meisten Flüchtlinge waren arrogant; viele waren stark; wenige waren intelligent, noch weniger gerissen. Joseph war alles zusammen.

»Er ist hinterhältig wie eine Kobra und klug wie eine Eule«, sagte Abu Abu, bevor er mit Vergnügen von dem Schicksal des letzten Aspiranten auf Josephs Posten erzählte. Mit ausgestochenen Augen, abgeschnittenen Daumen und herausgerissener Zunge saß der Mann tagtäglich auf einer syrischen Steppdecke, zehn Schritte vom Eingang von Josephs Zelt entfernt. »Dieser Mann ist etwas Besonderes«, flüsterte Abu Abu. »Er hat Stolz«.

Joseph hatte höflich abgelehnt, seinen Posten zu verlassen, aber Mevlevi hatte ihn überzeugt. Es hatte lange gedauert, und er hatte ihm mehr von seinen Plänen anvertraut, als er eigentlich für klug gehalten hatte. Er hatte von einem neuen Jerusalem gesprochen, das seinen einzig rechtmäßigen Besitzern zurückgegeben werden würde, und von einer Welt, in der die Ehrfurcht vor Gott an erster Stelle stand und die vor den Menschen an zweiter. Endlich hatte Joseph sich bereit erklärt, sich ihm anzuschließen.

»Konnten unsere geschätzten Instruktoren ihren Ausbildungsplan einhalten?« fragte Mevlevi, nachdem Joseph seinen Bericht abgeschlossen hatte. »Wir können es uns nicht leisten, noch mehr Tage zu verlieren.«

»Ja, Al-Mevlevi. Alle für den Tag siebenundfünfzig vorgesehenen Instruktionen wurden durchgeführt. Geübt wurde in erster Linie rasches Aufstellen, Feuern und der Abbau der Abschußrampen. Bisher haben wir einundzwanzig Abschußrampen erhalten. Alle Einheiten konnten daran üben. Leider war es nicht möglich, mit scharfer Munition zu schießen. Rodenko behauptete, daß die Wärmesignatur der Raketen von Satelliten aus erkennbar sein würde.«

»Ich verstehe«, sagte Mevlevi. Wärmesignatur, Überflug von Satelliten, Mikrowellenschild – all das gehörte zu seinem neuen Vokabular. Dem Wörterbuch von Chamsin.

Joseph fuhr fort: »Am Nachmittag gab Leutnant Ivlov Unterricht in Zielauswahl und im Scharfmachen der Laserannäherungszünder. Das wurde den Leuten sehr schnell langweilig. Mit ihren Kalaschnikows fühlen sie sich sehr viel wohler. Sie wollen natürlich alle wissen, wofür sie ihr Training einmal brauchen würden. Ivlov hat schon wieder gefragt, ob unser Angriffsziel militärisch oder zivil sein wird.«

»Hat er das?« fragte Mevlevi. Leutnant Boris Ivlov und Unteroffizier Mikhail Rodenko waren vor zwei Monaten zusammen mit der Ausrüstung eingetroffen. Beide waren ausgebrannte Veteranen aus dem Afghanistankrieg. Angemietete Ausbilder, geliefert zusammen mit den Waffen von General Dimitri Marchenko, früher von der kasachischen Armee, jetzt Präsident des quasi staatlichen »Warenhauses« für überschüssige Armeewaffen. Einer dieser neuen Spezies von abenteuerlichen Unternehmern, die nach dem Ende des kalten Krieges auf der Bildfläche erschienen waren. Wie viele der Waren seines Landes, so waren auch Marchenkos Ausbilder zweite Wahl. Man mußte darauf gefaßt sein, daß sie im ungeeignetsten Augenblick versagten. Ihr übermäßiger Wodkagenuß hatte bereits zwei Ausbildungstage gekostet. Und nun stellten sie auch noch Fragen.

»Euer Angriffsziel wird zum gegebenen Zeitpunkt bekanntgegeben«, sagte Mevlevi kalt. Joseph nickte respektvoll. »Es fällt mir schwer, nach der letzten Sache zu fragen.«

»Leider wahr. Schon wieder eine Hornisse in unserem Nest.«

»Seit Mongs Angriff sind nun sieben Monate vergangen. Wird dieser orientalische Lump denn niemals aufgeben? Kein Monat, ohne daß wir einen Verräter entlarven, keine Woche, in der wir nicht die Sicherheitsvorkehrungen verschärfen müssen.«

Im Dämmerlicht eines stillen Julimorgens war eine Gruppe von Kämpfern in das Compound eingedrungen. Ihr Auftrag: Ali Mevlevi zu ermorden. Ihr Auftraggeber: General Buddy Mong, lange Zeit Mevlevis engster Geschäftspartner und Kommandeur einer illegalen Truppe von rund fünfzehntausend Mann, die an der thailändisch-burmesischen Grenze konzentriert waren. So hatte Mevlevi jedenfalls vermutet. Bis zum heutigen Tag wußte er nicht, was den Angriff verursacht hatte, und so entschied er, wie es im internationalen Drogenhandel üblich war, weiter mit Mong Geschäfte zu machen, als sei nichts gewesen. Um die Wahrheit zu sagen, konnte er es sich auch nicht leisten, einfach aufzuhören. Nicht jetzt. Nicht so kurz vor dem Abschluß von Chamsin.

»Laßt uns Allah danken, daß wir stark genug sind, weitere Angriffe abzuwehren«, sagte Joseph.

»Allah sei Dank.« Es fiel Mevlevi schwer, nicht auf die furchtbare Narbe zu starren, die von Josephs rechtem Augenwinkel bis zu seinem Unterkiefer verlief. Der letzte Gruß von Mongs Mördern. Joseph war der einzige unter seinen Helfern, dessen Loyalität nicht in Frage gestellt werden konnte. Die Narbe ließ es nicht zu.

Keine Gnade für Mong oder eine seiner Marionetten. »Bring den jungen Judas zu mir.«

Joseph ging aus dem Zimmer und verbeugte sich leicht vor Lina, die in der Tür stand und darauf wartete, daß Mevlevi sie begrüßte.

»Lina«, befahl Mevlevi, »Du kommst mit uns. Jetzt.«

Er wollte, daß seine Geliebte diese Demonstration seiner Macht sah, grausam wie sie war. Die erzieherische Wirkung von Bestrafungen wurde immer unterschätzt. Obwohl er rückblickend zugeben mußte, daß er sich in einem Fall geirrt hatte, im Fall eines alten Bekannten, des Bankers Cerruti, der ihn am Neujahrstag besucht hatte. Mevlevi hatte es für notwendig befunden, unerwünschte Anzeichen von Unabhängigkeit zu unterdrücken, die dieser in letzter Zeit hatte erkennen lassen. Er konnte es nicht zulassen, daß ein subalternes Individuum, gleichgültig wie belanglos, glaubte, er könne seinem Herrn und Meister Anweisungen erteilen. Der Schweizer hatte nicht wunschgemäß auf einige Verbote reagiert, obwohl das natürlich nicht die geringste Rolle spielte.

Und nun gab es neue Entwicklungen an der Schweizer Front. Er reagierte mit Hohn auf die Neuigkeit, daß die Schweizer Banken ein geheimes Abkommen mit der Drogenfahndung der USA geschlossen hatten. Diese Zusammenarbeit würde ihm wenig Kopfschmerzen bereiten. Aber die Selbstgefälligkeit, mit der die amerikanischen Behörden die Schweizer Banken zum Einknicken gebracht hatten, machte Widerstand erforderlich. Und Widerstand würde er leisten. Er würde sich ungesehen, unbelästigt und unversehrt unter den Augen des Feindes bewegen. Diese Herausforderung stärkte ihn. Alle Transaktionen, die seine Guthaben in der Schweiz betrafen, mußten mit dem größten Feingefühl durchgeführt werden. Das Land war der Schlüssel zu seinem ehrgeizigen Plan. Von dort kam der Treibstoff, der Chamsin in Gang setzen sollte.

Und heute hatte er mit seinem neuen Ansprechpartner bei der Bank telefoniert. Dafür war er allerdings wenigstens zum Teil selbst verantwortlich. Er konnte sich ein Lachen nicht verbeißen, wenn er an den Gesichtsausdruck des armen Cerruti dachte, als er zu Suleimanns Becken geführt wurde. Zuerst hatte er nicht glauben wollen, was da unter der Wasseroberfläche verborgen war. Er hatte mit schreckensweiten Augen in das Wasser gestarrt. Dann war er ohnmächtig geworden.

Mevlevi ging in sein Büro zurück und warf einen Blick auf die handgeschriebenen Notizen auf seinem Schreibtisch. Er hob den Telefonhörer ab und drückte auf den Knopf, der auf die private Telefonnummer seines Partners in Zürich programmiert war. Nach dem dritten Läuten meldete sich eine rauchige Stimme. »Makdisi Handelsgesellschaft.«

»Albert?«

»*Salam aleikum*. Guten Tag, mein Bruder. Was kann ich für dich tun?«

»Eine routinemäßige Überprüfung. Ein Angestellter der Vereinigten Schweizer Banken. Der Name ist Neumann. Den Vornamen weiß ich nicht. Er spricht gutes Englisch. Er könnte Amerikaner sein. Beobachte ihn ein paar Tage lang. Unsichtbar natürlich. Durchsucht seine Wohnung.«

»Gut, wir fangen gleich heute an. Ruf mich in einer Woche wieder an.«

Mevlevi legte auf und lauschte auf Linas Schritte, die sich seinem Büro näherten. »Es tut meinen Augen wohl, dich zu sehen«, sagte er, als sie hereingekommen war.

»Bist du immer noch nicht mit der Arbeit fertig?« fragte Lina. Sie war jung, erst neunzehn Jahre alt. Eine schwarzhaarige Schönheit mit runden Hüften und üppigem Busen. »Es ist fast sieben.«

Mevlevi lächelte mitfühlend. »Fast, *chérie*. Nur noch eine letzte Angelegenheit ist zu erledigen. Ich möchte, daß du zusiehst.«

Er hatte Lina vor drei Monaten bei Little Maxim's gefunden, einem widerwärtigen Etablissement in den finsteren Gassen des Stadtviertels an der Küste. Ein diskretes Gespräch mit dem Besitzer hatte ihm ihre Dienste auf Dauer gesichert. Sechs Nächte in der Woche verbrachte sie mit ihm. Am siebenten Tag ging sie zu ihrer Mutter in Jounieh. Sie war Christin, aus einer Phalangistenfamilie. Eigentlich müßte er sich schämen. Aber selbst Allah hatte keine Macht über das Herz. Und ihr Körper trug ihn zu Gefilden, die er nie zuvor betreten hatte.

Joseph kam durch die marmorne Eingangshalle in das Büro. Vor ihm stand Kamal, den Kopf schlaff auf die eingesunkene Brust geneigt. Er war ein einfacher Junge, der erst vor zwei Monaten als Mitglied von Mevlevis privater Sicherheitstruppe angeworben worden war. »Er wurde in Ihrem Büro ertappt, wie er Ihre privaten Papiere durchwühlte. Er wird von Mong bezahlt. Das hat er zugegeben.«

Mevlevi trat zu dem blassen Jungen und hob sein Kinn hoch. »Ist das wahr? Arbeitest du für General Mong?«

Kamals Augen flatterten, aber er brachte keinen Ton heraus.

»Nur die Liebe des Ewigen kann die Wunde heilen, die du in das Herz des Islam gerissen hast. Ergib dich Allah, und das Paradies wird dir gehören. Bist du bereit, seine Gnade anzunehmen?«

Hatte der Junge mit dem Kopf genickt? Mevlevi winkte Joseph, Kamal hinauszubringen. Der Gefangene wurde zu einer runden Säule geführt, hinter der sich schwach die Silhouette von Beirut abzeichnete. »Nimm die Haltung für das Gebet zum Allmächtigen ein.« Der Junge kniete nieder. »Wir wollen die Ode an Allah sprechen.«

Als Mevlevi das alte Gebet sprach, zog sich Joseph ins Haus zurück. Lina blieb schweigend an der Seite ihres Herrn stehen. Als die letzten Worte des Gebets verklungen waren, zog Mevlevi eine schwere Pistole und drückte den silbernen Lauf in das Genick des Verräters. Einige Sekunden lang schimmerte der Lauf zwischen den Haaren des Jungen. Dann senkte Mevlevi die Waffe und feuerte drei Schüsse in den Rücken des Gefangenen. Der Junge fiel nach vorne, die zerfetzten Reste seines Herzens klatschten auf das helle Steinpflaster der Terrasse.

»Die Strafe für Verräter soll der Tod sein«, verkündete Ali Mevlevi. »So spricht der Prophet. Und so spreche ich.«

Kapitel 10

Nick sprang die Treppen vor dem Personaleingang der Bank hinunter, froh, der Enge des Aquariums zu entkommen. Er schüttelte die Verhaltenszwänge der Bank ab und rannte einige Meter weit, dann verlangsamte er seine Schritte, um die reine Schweizer Luft tief einzuatmen. Die letzten beiden Stunden hatten sich hingezogen wie eine Ewigkeit. Jeden Augenblick hatte er erwartet, daß Armin Schweizer in das Aquarium stürmen und fragen würde, was Nick mit dem Überweisungsauftrag des Paschas gemacht habe. Aber Schweizer hatte sich nicht blicken lassen.

Bis zu seinem Abendessen mit Sylvia Schön hatte er noch eine Stunde Zeit, und Nick beschloß zum Ende der Bahnhofstraße zu gehen, wo der Zürichsee sich verengte und die Limmat herausfloß. Während er durch eine Parallelstraße der Bahnhofstraße spazierte, vergegenwärtigte er sich nochmals die Ereignisse des Tages und suchte nach Begründungen für seine Handlungsweise.

Wenn auf eines der auf der internen Überwachungsliste verzeichneten Konten mehr als zehn Millionen Dollar überwiesen wurden, und mindestens die Hälfte der Summe innerhalb eines Arbeitstages an ein anderes Finanzinstitut weitergeleitet wurde, so war die Bank nach Sterling Thornes Vorschriften gezwungen, diese Transaktion den internationalen Behörden zu melden. Da diese Zusammenarbeit auf einem *gentlemens agreement* beruhte, konnte die VSB es sich schlecht leisten, den vom Präsidenten des schweizerischen Bundesrats ausgehandelten Frieden zu verletzen. Für den Fall, daß eine Bank so etwas im Sinn haben sollte, hatte die Drogenfahndung ihre Spitzel in den Abteilungen für Zahlungsverkehr jeder größeren Bank plaziert.

Nicks Entscheidung, die Überweisung der Gelder des Paschas um achtundvierzig Stunden zu verzögern, bedeutete, daß die Transaktion nicht als verdächtig eingestuft werden würde. Thorne würde damit nicht das Recht haben, Einsicht in alle zu dem Konto gehörigen Papiere zu verlangen. Ebensowenig konnte er verlangen, daß das Konto wegen einer bevorstehenden Untersuchung eingefroren wurde. Der Pascha würde dem Zugriff der Drogenfahndung entgehen, und gleichzeitig würde die VSB vor einem Skandal bewahrt.

Nick ging weiter durch die dämmerigen Gassen, die Hände tief in den Manteltaschen vergraben, das Kinn in den Schal gedrückt. Er passierte eine für Elektrizität umgebaute Gaslaterne und sah zu, wie sein Schatten auf der Betonmauer, auf die die Straße zuführte, langsam länger wurde. Wenn er vor der Mauer nach links abbog, würde er in die Augustinergasse gelangen, rechts ging es zur Bahnhofstraße. Er wendete sich nach links. Die Betonmauer lief zu seiner Rechten weiter, aber da er nun nicht mehr vom Licht der Straßenlaterne angeleuchtet wurde, verschwand sein Schatten. Er begann, die gewundene Straße aufwärts zu gehen. Plötzlich bemerkte er einen seltsamen Schatten an der Mauer vor sich und verlangsamte seine Schritte. Ein Mann, so schien es ihm, mit runden Schultern und spitzem Hut. Der Schatten ließ ihn an einen Mann vom Ku-Klux-Klan denken. Nick blieb stehen, um zu beobachten, wie der undeutliche Umriß größer wurde. Plötzlich hielt der Schatten an, wurde kleiner und verschwand. Nick lief weiter zur Augustinergasse. Er ging an einer Bäckerei vorbei, einem Juwelier und einem Laden mit Daunenbetten aus Skandinavien. Vor dem letzten Laden blieb er stehen und hielt das Gesicht nahe ans Fenster, um den Preis für zwei Eiderdaunenplumeaus zu entziffern. Die rhythmischen Schritte, die er deutlich hinter sich gehört hatte, brachen ab. Verfolgte ihn jemand? Nick rannte den Weg zurück, den er gerade gekommen war. Nach zehn Schritten hielt er an und schaute nach beiden Seiten. Nichts. Er war allein. Nick kehrte um und ging die Straße wieder hinauf. Nach hundert Metern blieb er abermals stehen und warf einen Blick über die Schulter. Wieder sah er niemanden.

Er eilte die Straße entlang und gelangte erneut auf die belebte Parallelstraße. Die Bahnhofstraße war voll von Menschen, die von der Arbeit nach Hause strebten. Straßenbahnen fuhren in beide Richtungen. Er ging gegen den Menschenstrom, der sich in nördlicher Richtung durch Zürichs berühmte Hauptstraße schob, auf den Paradeplatz zu. Sollte ihm jemand folgen, würde er es in dem dichten Fußgängerstrom ziemlich schwer haben. Alle paar Schritte warf er suchend einen Blick über die Schulter in die Menschenmenge. Als er vor der Tür einer hellerleuchteten Boutique anlangte, trat er ein.

Er fand sich von Uhren umgeben, schimmernden Kreationen aus Gold, Stahl und Diamanten. Er war in den angesehensten Uhrenladen der Stadt, Bucherer, geraten, der um diese Tageszeit voll von Kunden war. Nicks Blick fiel auf eine Treppe.

Im zweiten Stock war es ruhiger. Vier Vitrinen waren in der Mitte des Raumes angeordnet. Nick ging langsam um sie herum und gab vor, ihren Inhalt zu betrachten. Die meisten Uhren kosteten mehr als sein Jahresgehalt. Er schob seinen Ärmel zurück und sah auf seine eigene Uhr – eine Patek-Philippe aus dem Jahr 1961, die sein Vater ihm hinterlassen hatte. Als er wieder aufblickte, bemerkte er, daß ein dunkelhäutiger Mann den Verkaufsraum betreten hatte. Er war groß und dick, mit krausem schwarzem Haar. Der schlechtrasierte Mann betrachtete angeblich eine Uhr.

Nick blieb stehen, um eine goldene Armbanduhr anzusehen. Komm nur näher, dachte er. Wenn du ein Kunde bist wie ich, wirst du schon weitergehen. Er schaute unverwandt die protzige Uhr an. Als er wieder aufsah, war der Mann verschwunden.

»Ich sehe, daß der Herr sich für die Piaget interessiert«, sagte eine höfliche Stimme hinter ihm. Nick drehte sich um und blickte in ein lächelndes Gesicht. »Ehrlich gesagt würde ich Ihnen etwas Legereres empfehlen«, fuhr der dunkelhäutige Verkäufer fort. »Sie wirken wie ein aktiver Mann, ein Sportler, *non*? Vielleicht die Daytona von Rolex? Die beste Uhr der Welt für nur zweiunddreißigtausend Franken.«

Nick hob eine Augenbraue. Wenn er jemals zweiunddreißigtausend Franken übrig haben sollte, würde er sie ganz bestimmt nicht für eine Uhr ausgeben. »Haben Sie ein Modell mit Diamantgehäuse?«

»*Helas, non*. Wir haben gerade das letzte Stück dieser Art verkauft. Aber darf ich vorschlagen – «

Nick unterbrach ihn: »Dann vielleicht ein andermal.« Damit stieg er die Treppe hinunter ins Parterre. Er trat aus dem Laden und ging in Richtung See, sich immer nah an den Eingängen und Schaufenstern haltend. Du bist verrückt, sagte er sich. Du hast keinen Spitzhut hinter dir gesehen, und der Mann bei Bucherer war ein Verkäufer.

Vor ihm erweiterte sich die Bahnhofstraße jetzt zu einem Platz, dem Paradeplatz. Aus allen Richtungen kamen Straßenbahnen an und umkreisten den Kiosk mit dem Fahrkartenschalter in der Mitte. Auf der rechten Seite befand sich die Hauptgeschäftsstelle der Crédit Suisse, ein neugotischer Palast. Auf der anderen Seite des Platzes stand die Swiss Bank Corporation, ein Meisterstück nichtssagender Nachkriegsbauweise. Unmittelbar rechts von ihm lud das Hotel Savoy Baur-en Ville so manchen durstigen Banker in Zürichs eleganteste Bar.

Nick überquerte die Straße und bog in den Paradeplatz ein. Er schlüpfte in die Eingangshalle der Crédit Suisse und versteckte sich hinter einer eingetopften Dattelpalme. Dort wartete er fünf Minuten, dann verließ er die Bank. Er wartete, bis die Straßenbahn Linie 13 vorbeigefahren war, trabte dann über die Gleise und rannte in die andere Richtung. Mit einem letzten Sprung ließ er die Gleise hinter sich und befand sich wieder auf sicherem

Boden. Überzeugt, daß ihm nun niemand mehr folgte, ging er über den Platz zur Confiserie Sprüngli.

Als er durch die Tür des Ladens trat, empfing ihn eine überwältigende Mischung köstlicher Düfte, ein Hauch von Schokolade, ein frischer Zitronenduft und der Geruch von frisch geschlagener Sahne. Er trat an die Theke und verlangte eine Packung Luxemburgerli, ein Konfekt aus Baiser und Schokoladencreme. Er bezahlte und wandte sich zum Ausgang. Jetzt halte endlich deine überaktive Phantasie im Zaum, dachte er, drehte sich aber noch einmal um und warf einen Blick in den Laden zurück. Dort, am anderen Eingang, stand ein Mann mittleren Alters mit olivfarbener Haut und grauem Spitzbart. Er war in eine Lodenkotze gehüllt und trug einen grünen Trachtenhut mit Gamsbart. Der Hut saß auf seinem Kopf wie ein unvollständiger Berg mit einem flachen Spalt im Gipfel. Die in die Kotze gehüllten Schultern sahen gerundet aus. Der Ku-Klux-Klan-Mann.

Einige Sekunden lang starrte der Mann angestrengt in Nicks Richtung. Als er merkte, daß Nick seinen Blick erwiderte, verzog sich sein Mund zu einem unverschämten Lächeln. Dann eilte er aus dem Laden. Der Lump ließ ihn auch noch merken, daß er ihm gefolgt war.

Nick war zu schockiert von dieser Erkenntnis, um sich zu bewegen. Nach einigen Augenblicken verwandelte sich sein Schrecken in Zorn. Wütend rannte er aus dem Laden, um seinen Verfolger zur Rede zu stellen. Auf dem Paradeplatz drängten sich Hunderte von Menschen. Nick schoß durch die Menge, stellte sich auf Zehenspitzen, um über die Köpfe der Leute hinwegzusehen, und versuchte, den eingefalteten Hut auszumachen. Zweimal umkreiste er den Platz und suchte überall nach dem kleinen Mann. Er mußte wissen, warum er verfolgt wurde.

Nach einer Viertelstunde sah er die Sinnlosigkeit seiner Bemühungen ein. Sein Verfolger war verschwunden. Und zu allem Überfluß hatte er bei der Suche auch noch seine Schachtel mit Konfekt verloren. Nick kehrte in die Bahnhofstraße zurück und ging nach Süden, in Richtung

See. Die Menschenmenge hatte sich zerstreut. Nur noch wenige Läden waren offen. Nach jedem zehnten Schritt drehte er sich um. Die Straße war leer.

Plötzlich hörte er das Geräusch eines Automotors hinter sich. Dieser Teil der Bahnhofstraße war der Straßenbahn vorbehalten. Nick drehte sich um und sah einen neuen schwarzen Mercedes Salonwagen mit getönten Fensterscheiben und Konsulatsnummer herankommen. Das Fenster auf der Fahrgastseite öffnete sich, und ein Kopf mit strubbeligem braunem Haar wurde sichtbar. »Herr Nicholas Neumann«, rief Sterling Thorne. »Sie sind Amerikaner, nicht wahr?«

Nick trat einen Schritt zurück. »Ja, ich bin Schweizer und Amerikaner.«

»Wir wollten schon seit einigen Wochen mit Ihnen sprechen. Wußten Sie, daß Sie der einzige Amerikaner bei den Vereinigten Schweizer Banken sind?«

»Ich kenne nicht alle Angestellten der Bank«, antwortete Nick. Thorne trug eine Lederjacke mit Wollfutter. Er hatte dunkle Ringe um die Augen, seine Wangen waren eingesunken und mit den Narben von Hunderten von Pickeln bedeckt.

»Wie fühlt man sich, wenn man in so einem Vipernnest arbeitet?« fragte er. »Ich meine, Sie als Amerikaner.«

»Wir sind ziemlich harmlos. Ganz bestimmt keine Vipern.«

Nick beugte sich hinunter, um in das Auto hineinzuschauen. Ein Blick auf Thorne ließ seine Abneigung gegen Agenten der amerikanischen Regierung wiederaufleben. »Was kann ich für Sie tun? Ich habe eine Verabredung zum Abendessen.«

Thorne lachte. »Ich meine, Sie sollten doch zuhören, was ein Repräsentant von Onkel Sam Ihnen zu sagen hat. Wenn ich mich recht entsinne, haben wir bis vor kurzem noch Ihr Gehalt bezahlt.«

»Schon gut. Aber machen Sie's kurz.«

»Wir beobachten die Bank nun schon seit einiger Zeit. Ich habe keinen Witz gemacht, als ich sagte, daß Sie in einem Vipernnest arbeiten. Ihre Freunde machen eine Menge eigenartiger Geschäfte. Außer Sie finden es normal, Einzahlungen von einer Millionen Dollar in vorgezählten Päckchen von Zehn- und Zwanzigdollarnoten anzunehmen. Oder Sie sehen nichts Ungewöhnliches daran, daß ein Kunde Konten in Panama und Luxemburg eröffnet, ohne Namen, Rang und Dienstnummer anzugeben, und Sie sagen dazu nur: ›Selbstverständlich, mein Herr, es ist mir ein Vergnügen!‹ Mein Daddy nannte das, dem Teufel zur Hand gehen.«

Nick sah sich Thornes Partner an, einen rundlichen Mann im dunkelgrauen Anzug. Er schwitzte, und seine Hände klopften nervös auf dem Steuerrad herum. »Und was hat das mit mir zu tun?« fragte Nick.

»Wir brauchen Ihre Augen und Ohren. Wenn Sie mit uns zusammenarbeiten, werde ich ein Wort für Sie bei der Bundesstaatsanwaltschaft einlegen, wenn wir dieses Kartenhaus zum Einsturz bringen. Wir holen Sie dann mit dem nächsten Flugzeug hier raus.«

»Und wenn nicht?«

»Dann wäre ich gezwungen, Sie mitsamt Ihren Freunden einzubuchten.« Thorne streckte einen Arm aus dem Autofenster und tätschelte Nicks Wange. »Ich muß Ihnen sagen, es wäre vermutlich ein Hochgefühl, einen arroganten Schlingel wie Sie hinter Gitter zu bringen. Aber die Wahl liegt bei Ihnen.«

»Versuchen Sie, mich zu bedrohen?«

»Nein, Leutnant Neumann, ich erinnere Sie nur an Ihre Pflichten. Dachten Sie, daß der Eid, den Sie geschworen haben, dem Präsidenten zu gehorchen und Ihr Land zu schützen, aufgehört habe zu gelten, als Sie Ihre Uniform abgelegt haben? Ihr Eid gilt für Ihr ganzes Leben. Genau wie für mich. Sie können sich nicht hinter Ihrem kleinen roten Paß verstecken. Der blaue, den Sie haben, ist größer und stärker.«

Nick spürte, wie Ärger in ihm aufstieg. »Ob und wann die Zeit gekommen ist, mich an den Eid zu erinnern, ist meine eigene Entscheidung.«

»Mir scheint, Sie verstehen nicht ganz, was hier läuft. Das ist keine Bitte, das ist ein stehender Befehl. Betrachten Sie ihn als vom Oberbefehlshaber persönlich kommend. Sie haben Ihre Augen offenzuhalten und Bericht zu erstatten, wenn es Ihnen befohlen wird. Ihr bei den VSB verheimlicht Straftaten, ganz legal. Ihr und alle anderen Banken in dieser Stadt helft einer Menge gefährlicher Individuen, ihre Gewinne zu waschen. Ohne eure Hilfe, Neumann, würden diese Burschen nicht in zwanzig Meter langen Segelyachten sitzen, Zigarren rauchen und ihren nächsten Coup planen. Ihr seid genauso schuldig wie sie.«

Die Beschuldigung erbitterte Nick. Er biß die Zähne zusammen und ermahnte sich, ruhig zu bleiben, aber es war zu spät. »Eines möchte ich mal klarstellen, Thorne. Ich habe meinem Land vier Jahre gedient, und ich werde den Eid, den ich geleistet habe, für den Rest meines Lebens mit mir herumtragen, in Gestalt eines vier Zentimeter langen Stücks von einem Schrapnell, das hinter dem steckt, was von meinem linken Knie noch übrig ist. Es steckt so tief drin, daß niemand auch nur den Versuch wagen würde, es herauszuholen. Wenn Sie rund um den Globus böse Buben jagen wollen, bitte sehr, das ist Ihr Job. Aber wenn Sie sie nicht erwischen können, laufen Sie nicht herum und suchen nach Denunzianten. Ich nehme meinen Beruf ernst und versuche, ihn so gut auszuüben, wie ich nur irgend kann. Ich bekomme nichts als einen Stapel Papier zu sehen und Leute, die Geld einzahlen und alles mögliche damit machen. Wir haben keine Kunden, die eine Million Dollar über den Counter schieben. Das ist ein Märchen. Und schließlich: Es ist mir vollkommen egal, für wen Sie arbeiten. Wenn Sie mich noch einmal anfassen, werde ich Ihren knochigen Hintern aus diesem Auto ziehen und kräftig auf die Straße klopfen.« Er wartete nicht auf eine Antwort. Er richtete sich auf und trat zurück, schnitt eine Grimasse, als ein plötzlicher Schmerz in sein linkes Knie fuhr, und ging weiter in Richtung See.

Der schwarze Mercedes fuhr neben ihm her. »Zürich ist

eine kleine Stadt, Neumann«, rief Thorne. »Erstaunlich, wie oft man auf seine Freunde trifft. Ich nehme an, daß wir uns bald wiedersehen. Fragen Sie Herrn Kaiser nach Cerruti. Halten Sie Ihre Augen offen, Nick. Ihr Land braucht Sie. *Semper fi*!«

Nick beobachtete, wie der Wagen die Bahnhofstraße entlangfuhr und dann nach links zur Quai Brücke abbog. »*Semper fi*«, wiederholte er und schüttelte den Kopf. Die letzte Zuflucht für einen Schurken und die erste für Sterling Thorne.

Kapitel 11

Nick legte die Hände auf das Geländer des Dampferstegs und schaute in die Nacht hinaus. Rote Sturmlampen blinkten in den Häfen von Wollishofen und Kilchberg. Schneeflocken wirbelten, und aufgewühlte Wellen klatschten auf das Eis zwischen den Pfosten des Stegs. Nick hielt das Gesicht in den Wind, um die Erinnerung an Thornes letzte Worte loszuwerden. *Semper fidelis.*

Drei Jahre waren vergangen, seit Nick seine Abschiedspapiere unterzeichnet hatte. Drei Jahre, seit er Gunny Ortigas Hand geschüttelt, zum letztenmal militärisch gegrüßt hatte und aus der Kaserne hinaus in ein neues Leben gegangen war. Einen Monat später hatte er nach einer Wohnung in Cambridge, Massachusetts, gesucht, Lehrbücher, Stifte und Papier gekauft und wie in einer anderen Welt gelebt. Er erinnerte sich an die erstaunten Blicke, die er in diesem ersten Semester auf sich gezogen hatte. Nicht viele Studenten liefen mit einem Bürstenhaarschnitt über den Hof der Harvard Universität.

Vom ersten Tag an, als er an der Offiziersanwärterschule angefangen hatte, war er mit vollem Herzen dabei gewesen. Seine Loyalität zum Marinecorps ging über jede Politik und über jeden Auftrag hinaus. Selbst jetzt, drei Jahre, nachdem er zum letztenmal eine Uniform getragen hatte, genügte es, daß ein anderer »*Semper fi*« rief, um eine ungewollte Flut von Erinnerungen auszulösen.

Nick brütete über den Zeitpunkt nach, zu dem Thorne ihn angesprochen hatte. Warum heute? Wußte Thorne etwas davon, daß der Pascha zweimal die Woche anrief?

Wußte er, daß Nick das Konto des Paschas betreute? Wenn nicht, warum hatte er dann Cerruti erwähnt? Oder war Nick nur deshalb angesprochen worden, weil er Amerikaner war?

Er wußte es nicht. Aber der Zeitpunkt von Thornes Auftauchen ließ ihn daran zweifeln, daß dies ein Zufall war, und dieser Zweifel beruhte auf Erfahrung.

»*Semper fidelis*«, hatte Thorne gesagt: Immer treu.

Nick schloß die Augen. Er konnte sich nicht mehr gegen den Sturzbach von Erinnerungen wehren, der ihn überflutete. Immer treu. Diese Worte würden für immer zu Johnny Burke gehören. Und sie würden für immer zu einem wabernden Sumpf in einem vergessenen Winkel eines geheimen Schlachtfeldes gehören.

Leutnant Nicholas Neumann USMCR sitzt im Operationszentrum des Kreuzers USS Guam. Der Raum ist heiß und riecht ranzig nach dem Schweiß zu vieler Matrosen. Die Guam pflügt mit Angriffsgeschwindigkeit durch die ruhigen Wasser der Sulu-See vor der Küste von Mindanao, der südlichsten Insel der Philippinen. Es ist fünf Minuten vor Mitternacht.

»Wann wird endlich die Klimaanlage auf diesem gottverdammten Kahn repariert?« brüllt Captain Sigurd Andersen in das schwarze Telefon.

Draußen herrscht eine gut erträgliche Temperatur von 29 °C. Aber innerhalb des stählernen Körpers der Guam ist die Temperatur schon seit siebenundzwanzig Stunden, seit die zentrale Klimaanlage unter Husten und Spucken ihren Geist aufgegeben hat, nicht mehr unter 35 °C gesunken.

»Ich gebe Ihnen noch bis sechs Uhr Zeit, das Ding zu reparieren, sonst gibt es ein Massaker, und ich persönlich werde es anführen! Ist das klar?« Andersen knallt das Telefon auf die an der Wand befestigte Gabel. Er ist der Kommandeur der zweitausend U.S. Marinesoldaten an Bord des Schiffs, und Nick hat noch nie erlebt, daß ein höherer Offizier so vollständig die Beherrschung verliert. Er überlegt, ob wohl die Hitze diesen heftigen Ausbruch verursacht hat. Oder ob es die Anwesenheit eines »zivilen Untersuchers« ist, der in Hongkong, dem letzten Hafen, den sie angelaufen haben, an Bord der Guam gekommen ist, und der die letzten achtzehn Stunden eingeigelt im Funkraum verbracht und eine streng geheime Unterredung mit einem unbekannten Gesprächspartner geführt hat.

Jack Keely sitzt drei Schritte von Nick entfernt. Er raucht eine Zigarette und fingert nervös an dem Speckwulst herum, der ihm über den Gürtel fällt. Er wartet darauf, sein Briefing über eine geheime Operation zu beginnen, zu deren Leitung Nick bestimmt worden ist.

Andersen läßt sich in einen Ledersessel fallen und bedeutet Keely anzufangen. Keely ist nervös, obwohl er nur sieben Zuhörer hat. Immer wieder an seiner Zigarette saugend, beschreibt er die Einzelheiten ihres Auftrags.

Ein Filipino namens Arturo de la Cruz Enrile hat sich gegen die Regierung in Manila erhoben und stellt die üblichen Forderungen: korrektes Auszählen von Wählerstimmen, Umverteilung von Land, bessere medizinische Versorgung. Hier, in der südwestlichen Ecke von Mindanao, hat Enrile eine Anhängerschaft von zweitausendfünfhundert Guerillas aufgebaut. Sie sind mit AK-47, RPGs und RPKs ausgerüstet, übriggebliebenen Waffen von dem Ferienaufenthalt der Russen vor fünfzehn Jahren.

Aber Enrile ist Kommunist. Er ist sehr beliebt, eigentlich kein schlechter Kerl, aber er verursacht Manila Kopfzerbrechen. Es geht endlich wieder aufwärts im Land. Subic Bay und Olongapo sind in vollem Betrieb. Aus Japan und Europa kommt Industrie ins Land. Die Philippinen sind von den Toten auferstanden. Es wird sogar davon geredet, Subic Bay und Clark Airfield wieder an die Amerikaner zu verpachten, wie Keely sagt. Der Präsident wird alles tun, um den Marinestützpunkt wiederzubekommen. Eine brandneue Hafenanlage, die ihm fünfhundert Millionen Dollar vom Verteidigungsbudget dieses Jahres ersparen würde.

Keely wischt sich den Schweiß ab, der ihm in Strömen

von der Stirn läuft, und fährt fort. Versuche, den Funken auszutreten, werden von seinem Onkel, dem Sheriff der Provinz Davao, verhindert, der der lokale Kriegsherr ist. Dem Sheriff gefällt der Deal, weil der Junge und seine Truppen auf seinen Ananasplantagen arbeiten. Der Sheriff ist ein Kapitalist. Als die Regierung in Manila Truppen schickte, um Enrile zu verhaften, wurden sie zurückgeschlagen. Wir sind hier, erklärt Keely, um die Situation zu bereinigen.

Lieutenant Commander Donald Conroy vom Bataillon S-2 steht auf und erklärt, wie der Auftrag ausgeführt werden soll. Neun Marines werden am Strand von Mindanao ausgesetzt, zwanzig Kilometer von Zamboanga entfernt. Leutnant Neumann wird acht Mann den Azul-Fluß entlang durch den Dschungel zu einer kleinen Farm mit den Koordinaten 03'10''59 Breite und 75'46''04 Länge führen. Dort wird er eine Schützenkette aufstellen und auf weitere Instruktionen warten. Nick wird Johnny Burke mitnehmen. Burke ist ein hervorragender Scharfschütze aus Kentucky, frisch von der Infanterieschule. Er wird nur seine 30,06 Winchester mit Zielfernrohr mitnehmen. Burke hat die Gabe, seinen Puls auf vierzig Schläge in der Minute zu reduzieren und seine Schüsse zwischen zwei Herzschlägen abzufeuern. Nur ein Toter kann sich ruhiger halten als er. Er hat die Rekorde von Quantico für hundert, zweihundert und fünfhundert Meter gebrochen. Zum erstenmal seit dem Ende des Vietnamkrieges.

Nick und seine Männer liegen ausgestreckt in einer kiesigen Senke, sechs Kilometer von der Küste entfernt. Dreihundert Meter vor ihnen steht ein aus Brettern gezimmertes Farmhaus in der Mitte einer lehmigen Lichtung im Dschungel. Hühner und ein paar Schweine laufen in dem ungepflegten Hof herum. Seit ihrer Landung um 02.45 Uhr haben die Marines fünfzehn Kilometer durch den Dschungel zurückgelegt, immer den Windungen des Azul-Flusses folgend. An einigen Stellen ist er ausgetrocknet und vom Dschungel überwuchert.

Es ist sieben Uhr. Nick und seine Männer sind erschöpft und müssen Salztabletten schlucken, um den Flüssigkeitsverlust zu kompensieren. Er überprüft noch einmal mit dem Magellan Satnav Navigationsgerät, ob sie auch punktgenau auf ihren Koordinaten stehen. Mit einem Doppelklick schaltet er Operationsfrequenz und -schlüssel ein, um ihre Position zu konfirmieren, dann gibt er seinem philippinischen Unteroffizier Ortiga ein Zeichen, zu ihm zu kommen. Ortiga ist ein kleiner Soldat, höchstens ein Meter fünfzig groß, und erschöpft vom Marsch durch das dichte Unterholz. Er läßt sich neben dem Leutnant zu Boden fallen. Neben Ortiga liegt Burke und atmet unregelmäßig. Seine Haut ist teigig blaß. Ortiga prüft seinen Puls und tastet nach seinem Herzen. Der Puls ist hundertzehn, das Herz flattert. Total erschöpft von der Hitze. Hat an Bord der Guam seine Kondition eingebüßt. Völlig ausgeschlossen, daß er schießen kann.

Nick nimmt die Winchester 30,06 von Burkes Rücken und weist Ortiga an, ihm etwas Trinkbares einzuflößen. Selbst wenn Burke nicht schießen kann, wird er doch mit ihnen zurückmarschieren müssen. Nicks Walkie-talkie zirpt. Keely. Ein weißer Pick-up wird in fünfzehn Minuten bei dem Farmhaus eintreffen. Enrile ist allein.

Über den neun Marines erwacht der Dschungel zum Leben, als die ersten Strahlen der Morgensonne die obersten Blätter erwärmen. Nick hebt Burkes Flinte auf. Sie ist lang und schwer, mindestens doppelt so schwer wie die M-16 mit Granatwerfern, mit denen Nick und seine Leute ausgerüstet sind. Nick hebt die Waffe an seine Schulter und schaut durch das Zielfernrohr.

Der Morgen ist heiß und still. Nicks Augen brennen. Er signalisiert seinen Leuten, die Waffen abzulegen. Kein Angreifer ist in diesem Sektor gemeldet. Burke geht es etwas besser. Ortiga flößt ihm noch ein bißchen Wasser ein.

In weiter Entfernung hört man eine Fehlzündung. Nick kann die Straße erkennen, die am anderen Ende der Lichtung auf das Farmhaus zuführt. Ein alter Ford Pick-up kommt herangerumpelt. Die Morgensonne spiegelt sich in der Windschutzscheibe, so daß Nick nicht erkennen kann, ob der Fahrer allein ist. Der Pick-up hält hinter dem Farmhaus an. Nick kann niemanden sehen. Er hört eine Stimme. Enrile ruft. Er erwartet jemanden. Er kommt um das Farmhaus herum und geht auf Nick zu. Er trägt ein sauberes weißes Hemd. Seine Haare sind naß und ordentlich zurückgekämmt. Er ist für die Kirche angezogen.

Mein Gott, er ist nicht älter als ich, denkt Nick.

Enrile sucht den Hof ab. Er ruft wieder. Er dreht sich um, wird nervös, ist bereit loszurennen.

Nicks Hand schließt sich um den Gewehrschaft. Er versucht, das Fadenkreuz auf den Guerrilla zu richten, aber seine Hände zittern. Langsam drückt er auf den Abzug. Arturo de la Cruz Enrile dreht sich. Eine rosafarbene Wolke bricht aus seinem Kopf. Nick fühlt den Rückstoß der Flinte und hört einen lauten Knall. Er hatte auf das Herz gezielt. Enrile liegt am Boden. Er rührt sich nicht mehr.

Ortiga überblickt die Lichtung, springt auf und rennt los, um festzustellen, ob Enrile auch wirklich tot ist. Er zieht sein Messer, hebt es hoch in die Luft und stößt es in Enriles Brust.

Nick vergrub sein Gesicht im Ärmel seines Mantels und betete, daß dieser Alptraum endlich aufhören möge. Plötzlich wurde er sich der bitterkalten Nachtluft bewußt.

An diesem Morgen hatte er einen jungen Mann getötet. Einen, der an seine Sache geglaubt hatte, wie er selbst. Nur einen Moment lang war er überzeugt gewesen, daß er richtig gehandelt hatte; daß seine Verantwortung für den Infiltrationstrupp ihn dazu gezwungen hatte, an Stelle von Burke den Schuß abzufeuern; daß es ihm nicht zustand, die Befehle seiner Regierung in Frage zu stellen, sondern daß er sie treulich zu befolgen hatte.

Kapitel 12

Nick stand in der Herrentoilette des Restaurants Emilio, umklammerte mit schweißnassen Händen das Waschbecken und starrte in den Spiegel. Sein Haar war tropfnaß. Der Fußmarsch vom See hierher hatte ihn nicht beruhigen können. Er war noch immer zittrig. Es ist nun einmal geschehen, sagte er sich. Du kannst die Vergangenheit nicht ändern.

Er spritzte sich ein paar Handvoll Wasser ins Gesicht, griff nach einem Papierhandtuch, trocknete seine Haare und sah wieder in den Spiegel. Papierfetzen hatten sich in seinen Haaren verhakt. Er sammelte sie einzeln heraus. »Guten Abend, Frau Dr. Schön«, hörte er sich sagen. »Machen Sie sich nichts aus meinem Aussehen. Das ist nur ein leichter Schuppenbefall.« Sein eigener Anblick, wie er mit verstrubbelten Haaren dastand und nach feuchten Papierfetzchen fingerte, brachte ihn plötzlich zum Lachen, und langsam begann die Spannung sich zu lösen.

»Bin ich zu spät dran?« fragte Sylvia Schön und schaute auf ihre Armbanduhr.

»Nicht im geringsten«, sagte Nick, stand auf und schüttelte ihr die Hand.

Dank eines doppelten Wodka, den er mit wenigen hastigen Schlucken geleert hatte, war er nun wieder ruhig.

Dr. Schön tat überrascht. »Sogar gute Manieren! Ich sehe, der Generaldirektor hat uns einen *Gentleman* eingekauft.« Sie setzte sich neben ihn, warf einen Blick auf sein leeres Schnapsglas und sagte zu dem vorbeihastenden Ober: »Für mich bitte das gleiche, was Herr Neumann hatte. Und noch einen für meinen Kollegen.« Sie griff nach einer der gestärkten Servietten, faltete sie auseinander und legte sie sich auf den Schoß.

Das blonde Haar fiel ihr bis auf die Schultern. Sie trug einen braunen Blazer und eine Chiffonbluse, die sittsam fast bis zum Hals zugeknöpft war, aber doch eine Perlenkette sehen ließ. Ihre Hände waren cremig weiß, mit langen, schlanken Fingern und ganz ohne Schmuck.

Seit seiner Ankunft bei der Bank vor sechs Wochen hatte er Dr. Schön nur von ihrer professionellen Seite kennengelernt. Wenn sie sich begegneten, verhielt sie sich förmlich. Sie war belehrend, aufmerksam, sogar freundlich, aber sie hatte immer eine gewisse Distanz gehalten. Als er sie nun so entspannt sah, wurde ihm klar, daß er sich gewünscht hatte, sie von einer anderen Seite kennenzulernen.

Der Ober brachte ihre Schnäpse und bot ihnen die Speisekarte an. Aber Sylvia Schön winkte ab. »Bei Emilio muß man unbedingt das Huhn essen. Es ist himmlisch.« Sie bestellte in flüssigem Spanisch. Danach wandte sie sich an Nick und sagte: »Ich fühle mich für jedes Mitglied der Finanzabteilung persönlich verantwortlich. Es ist meine Aufgabe, dafür zu sorgen, daß Sie sich in Ihrer Stellung wohl fühlen und die Chance erhalten, dazuzulernen und aufzusteigen. Ich habe mich um Ihre Karriere zu kümmern. Wir sind stolz darauf, die fähigsten Köpfe für unsere Bank zu gewinnen und sie auch zu halten.«

»Wenigstens vierzehn Monate lang«, warf er ein.

»Mindestens«, stimmte sie lachend zu. »Es ist Ihnen sicher aufgefallen, daß ich von einigen der amerikanischen Trainees, die Dr. Ott herübergebracht hat, nicht sehr begeistert war, aber nehmen Sie das nicht persönlich. Ich belle mehr, als ich beiße.«

»Ich werde bestimmt daran denken«, sagte Nick. Fürsorglichkeit war etwas Neues an ihr, und ihm gefiel diese Art.

»Ich habe Ihre Papiere durchgesehen«, sagte Dr. Schön

nach einem kräftigen Schluck Wodka. »Sie hatten ein interessantes Leben. In Kalifornien aufgewachsen, Reisen in die Schweiz. Was hat Sie dazu gebracht, zur Marine zu gehen?«

Nick zuckte die Achseln. »Es war eine Möglichkeit, das College zu bezahlen. Die ersten zwei Jahre hatte ich ein Stipendium, aber dann war ich nicht gut genug, und man hat es mir gestrichen. Ich wollte auf keinen Fall wieder als Kellner arbeiten. Da erschien mir die Marine als die richtige Lösung.«

»Es muß Ihnen ziemlich langweilig vorkommen, in einer Schweizer Bank zu arbeiten anstatt Hubschrauber zu fliegen und mit Waffen herumzuspielen.«

»Herr Sprecher sorgt dafür, daß ich reichlich zu tun habe. Er sagt, daß wir Glück haben, daß es um diese Jahreszeit ziemlich ruhig zugeht. Gibt es irgendwelche Neuigkeiten über Herrn Cerruti?«

»Ich habe nicht mit ihm gesprochen, aber Herr Kaiser meint, es ginge ihm etwas besser. Vielleicht wird Cerruti einen etwas ruhigeren Posten bei einer unserer Tochtergesellschaften übernehmen, wenn er wieder gesund ist. Vermutlich bei der Arab Overseas Bank.«

»Arbeiten Sie eng mit dem Generaldirektor zusammen?«

»Ich? Lieber Gott, nein. Was glauben Sie, was das für eine Überraschung für mich war, daß er an Ihrem ersten Tag in mein Büro kam. Was für eine Beziehung hat Ihre Familie denn zu ihm?«

Nick hatte sich die gleiche Frage schon oft gestellt. Die gelegentlichen Anfragen Kaisers nach seinem Wohlergehen waren teils professionell, teils väterlich gewesen. Nick wußte nicht, ob sein Interesse dem bei der Bank in solchen Fällen üblichem Verhalten entsprach, oder ob die Treue zu einem gefallenen Freund Kaiser dazu veranlaßte. »Ich hatte Herrn Kaiser seit der Beerdigung meines Vaters nicht mehr gesehen«, erklärte er. »Er hielt einen regelmäßigen Kontakt zu uns aufrecht. Karten, Telefonanrufe, aber keine Besuche. Hat er Ihnen gegenüber meinen Vater irgendwann einmal erwähnt? Er hat ein paar Jahre nach Kaiser bei der Bank angefangen.«

»Herr Kaiser mischt sich nicht unters Volk.«

»Sie sind Abteilungsdirektorin.«

»Fragen Sie mich danach, wenn ich im vierten Stock sitze. Dort ist die Macht. Einstweilen fragen Sie am besten einen von den Oldtimern – Schweizer, Maeder, warum nicht den Generaldirektor selbst?«

»Er hat schon genug für mich getan.«

»Seit ich die Einstellungen in der Finanzabteilung mache, sind Sie der erste Mitarbeiter, den er persönlich empfohlen hat. Wie haben Sie das fertiggebracht?«

»Tatsächlich hat er mir den Job angeboten. Er hatte zum erstenmal vor etwa vier Jahren davon gesprochen, als ich gerade aus der Marine ausscheiden wollte. Er rief mich völlig unerwartet an und schlug vor, daß ich Wirtschaft studieren sollte. An der Harvard Universität. Er sagte, er würde mich dem Dean empfehlen. Ein paar Monate vor meinem Abschlußexamen rief er dann wieder an und sagte, daß ich einen Job in seiner Bank haben könnte, wenn ich einen wollte. Er hat nicht dazugesagt, daß ich erst zu einem Einstellungsgespräch antreten müßte.«

Sie lächelte. »Offensichtlich haben Sie aber hervorragend abgeschnitten. Ich muß sagen, Sie entsprechen ziemlich genau dem Typ, den Dr. Ott gewöhnlich herüberlockt. Einsachtzig groß, ein Händedruck zum Knochenbrechen und Phrasen auf Lager, die jeden Politiker erröten lassen würden. Ich hoffe, Sie nehmen's mir nicht übel, Herr Neumann.«

Nick lächelte. »Nein, keine Sorge.«

Sie zuckte mit den Achseln. »Wenn seine Goldjungen dann nach zehn Monaten wieder gehen, macht sich das in meiner Statistik ziemlich unangenehm bemerkbar.«

»Und das ist Ihr Problem mit ihm?«

»Eigentlich ist es nichts Dramatisches. Nur ein bißchen berufliche Eifersucht. Aber das würde Sie sicher langweilen.«

»Nein, nein. Reden Sie weiter.«

»Gegenwärtig bin ich für die Anwerbung von Angestellten für die Finanzabteilung unserer Schweizer Filialen zuständig. Wachstum in der Finanzabteilung findet aber hauptsächlich im Ausland statt. Wir haben hundertfünfzig Leute in London, vierzig in Hongkong, fünfundzwanzig in Singapur und zweihundert in New York. Der nächste Schritt aufwärts für mich wäre, Leute für die obere Ebene in unseren Auslandsniederlassungen zu akquirieren. Ich würde es gerne schaffen, einen Mann von Goldman Sachs für die VSB abzuwerben. Es wäre mir ein Mordsspaß, das ganze DM-Team von Salomon Brothers wegzulocken. Ich müßte irgendwann mal nach New York fahren, um zu beweisen, daß ich in der Lage bin, Spitzenleute aufzutun und ihnen einen Wechsel zur VSB schmackhaft zu machen.«

»Ich würde Sie sofort losschicken. Ihr Englisch ist hervorragend und ohne etwas gegen Dr. Ott sagen zu wollen – Sie machen einen viel netteren Eindruck als er.«

In diesem Augenblick erschien der Ober mit zwei grünen Salaten und einem Korb mit frischem Brot. Er stellte alles auf den Tisch und brachte dann eine Karaffe mit Rotwein und zwei Flaschen San Pellegrino. Sie hatten kaum ihre Salate gegessen, als auch schon zwei brutzelnde Hähnchen hereingebracht wurden.

Sylvia hob ihr Weinglas und sagte: »Auf die Bank. Wir freuen uns, daß Sie zu uns gekommen sind. Möge Ihre Karriere bei uns lang und erfolgreich sein.«

Nick fühlte sich sehr zu ihr hingezogen, aber gerade dieses Gefühl verursachte ihm Unbehagen. Sie war seine Vorgesetzte. Verboten, sagte er sich.

Er mußte sich auch erst einmal über seine Gefühle für Anna klar werden. Sie waren zwei Jahre lang zusammen gewesen und zwei Monate lang getrennt. Aber im Augenblick kam es ihm so vor, als sei es umgekehrt gewesen, und als sei ihre Trennung etwas Endgültiges. Während der ersten Wochen in Zürich hatte er ständig darauf gewartet, daß sie anrufen würde, um ihm zu sagen, daß es ihr leid tue, und daß sie nun verstehen könne, warum er sein bisheriges Leben aufgegeben habe und über den Atlantik davongestürmt sei. Er hatte davon geträumt, daß sie eines Tages unangekündigt vor seiner Haustür auftauchen würde. Aber sie hatte sich nicht gerührt. Er sah nun ein, wie töricht es von ihm gewesen war, auch nur zu fragen, ob sie mit ihm kommen wolle. Hatte er tatsächlich erwartet, daß sie ihr letztes Studienjahr einfach abbrechen würde, nur um bei ihm zu sein?

»Dein Vater ist nun seit siebzehn Jahren tot, Nick«, hatte Anna gesagt, als sie zum letztenmal zusammengewesen waren. »Was meinst du denn, daß du finden könntest, außer neuen Enttäuschungen? Laß ihn in Frieden ruhen.«

»Wenn dir etwas an mir liegen würde, würdest du das Opfer bringen«, hatte er geantwortet.

»Und du –«, hatte sie geschrien, »warum bringst du das Opfer nicht für mich?« Und bevor er noch etwas darauf sagen konnte, hatte sie für ihn geantwortet. »Weil du besessen bist. Du weißt ja gar nicht mehr, was Liebe ist!«

Jetzt, zwischen all den Menschen im Lokal, fragte sich Nick, ob er Anna überhaupt noch liebte. Natürlich liebte er sie. Aber Zeit und Entfernung hatten seine Liebe schwächer gemacht. Und jede Minute, die er mit Sylvia Schön verbrachte, schwächte sie noch mehr.

Beim Kaffee fragte Sylvia: »Kennen Sie Roger Sutter? Er ist der Chef unserer Niederlassung in Los Angeles. Er ist schon seit einer Ewigkeit dort.«

»Nicht persönlich«, sagte Nick. »Nach dem Tod meines Vaters hat er ein paarmal bei uns zu Hause angerufen. Ich bin schon seit einiger Zeit nicht mehr in Los Angeles gewesen. Meine Mutter ist schon vor sechs Jahren von dort weggezogen. Im vergangenen Jahr ist sie gestorben, also habe ich keinen Grund mehr, hinzufahren.«

Sylvia sah ihn an. »Das tut mir leid. Ich habe meine Mutter schon als Kind verloren. Ich war gerade erst neun Jahre alt. Krebs. Nach ihrem Tod war ich mit meinem Vater und meinen kleinen Brüdern allein. Rolf und Erich; sie sind Zwillinge. Wahrscheinlich kommt es mir deshalb so selbstverständlich vor, in einer Bank unter lauter Männern zu arbeiten. Manche Leute finden mich zu herrschsüchtig, aber wenn man mit zwei Brüdern und einem strengen Vater zurechtkommen mußte, lernt man, sich zu behaupten. Haben Sie Geschwister?«

»Nein, ich bin allein. Unabhängig, so sehe ich das.«

»Am besten verläßt man sich nur auf sich selbst«, sagte Sylvia. »Aber jetzt erzählen Sie mir doch, was Sie wirklich in die Schweiz geführt hat. Niemand läßt einfach so eine Stellung bei einer renommierten Firma in der Wall Street sausen.«

»Als meine Mutter starb, kam es mir zum Bewußtsein, daß ich eigentlich nirgends in der Welt richtig zu Hause war. Plötzlich kam ich mir fremd vor in den Vereinigten Staaten, ganz besonders in New York.«

»Und deshalb haben Sie gekündigt und sind in die Schweiz gekommen?«

»Mein Vater stammte aus Zürich. Als ich noch ein Kind war, sind wir oft hier gewesen. Nach seinem Tod haben wir den Kontakt zu seinen Verwandten hier dann allerdings ganz verloren. Ich wollte das alles nicht einfach so einschlafen lassen.«

»Standen Sie ihm sehr nahe?«

Nick atmete erleichtert auf, heil aus dieser Klemme herausgekommen zu sein. »Meinem Vater? Wissen Sie, er war ein Mann der alten Schule. Kinder soll man sehen, aber nicht hören. Kein Fernsehen. Punkt acht Uhr ins Bett. Ich weiß nicht, ob ich ihm wirklich jemals sehr nahe gestanden bin. Wahrscheinlich sollte das später kommen, als Erwachsener.«

»Woran ist er gestorben?«

»Er wurde ermordet. Ich weiß nicht von wem. Die Polizei hat den Täter nicht gefunden.«

»Bitte entschuldigen Sie meine Neugier«, sagte sie. »Es tut mir leid, daß ich so taktlos war. Es ging mich wirklich nichts an.«

Nick sah, daß sie glaubte, zu weit gegangen zu sein, und daß sie sich schämte. »Es macht mir nichts aus, daß Sie gefragt haben. Es ist schon lange her.«

Beide tranken einen Schluck Kaffee. Dann sagte Sylvia, daß auch sie ihm etwas zu sagen habe. Sie rückte näher und lächelte spitzbübisch. »Seit Beginn dieses Abends wollte ich diese schrecklichen kleinen Papierfetzchen aus Ihren Haaren sammeln. Dann wurde mir klar, daß Sie Ihre Haare vermutlich abtrocknen mußten, weil es so geschneit hat. Kommen Sie, beugen Sie sich ein bißchen vor.« Mit fragend gefurchter Stirn wendete sie sich ihm zu. Ihre Augen hatten ein sanftes Braun und wirkten nicht mehr so angriffslustig wie sonst, und eine Sekunde lang sah sie ihm direkt in die Augen. Dann lächelte sie, und er bemerkte, daß sie eine kleine Lücke zwischen den Vorderzähnen hatte. Und in diesem Lächeln entdeckte er – wenn auch nur für einen kurzen Augenblick – das Mädchen, das zu dieser vielleicht zu verantwortungsbewußten Karrierefrau herangewachsen war. Er beugte seinen Kopf zu ihr herunter und kam ihr dabei sehr nahe. Er nahm den Duft ihres Parfüms wahr, gemischt mit ihrem eigenen, spezifisch weiblichen Geruch. Er wurde rot. Und als sie die letzten Stückchen Papier aus seinen Haaren zupfte, warf er alle Bedenken über Bord, daß sie schließlich seine Vorgesetzte bei der Bank war. Nur mit Mühe konnte er sein Bedürfnis unterdrücken, sie in die Arme zu nehmen und zu küssen.

»Ich glaube, wir sind mit ihren häßlichen Schuppen fertiggeworden«, erklärte Sylvia stolz. Nick fuhr sich mit der Hand über den Kopf. »Alle weg«, bestätigte sie breit lächelnd. Und in vertraulichem Ton fügte sie noch hinzu: »Ich möchte, daß Sie mir hier und jetzt versprechen, mich anzurufen, wenn Sie in irgendeiner Weise Hilfe brauchen, Herr Neumann.«

Er versprach es.

Später in dieser Nacht dachte er lange darüber nach, was sie mit dieser letzten Bemerkung wohl gemeint haben könnte. Aber in dem Moment, als sie diese Worte sagte, gab es nur eines, was er sich wünschte. Vielleicht, nur vielleicht, würde sie ihn ja mit seinem Vornamen anreden.

Kapitel 13

Das Drogenfahndungsbüro der Vereinigten Staaten hatte den ersten Stock eines nichtssagenden, dreistöckigen Gebäudes in Seefeld als vorläufigen Standort für sein Hauptquartier in Zürich gewählt. Das Haus in der Wildbachstraße Nummer 58 war eine düstere Mischung aus Gipsstuck und Nüchternheit. Seine einzige Besonderheit stellten zwei doppelflügelige französische Fenster in jedem Stockwerk dar. Weder Erker noch Balkone lockerten die Fassade auf. Aber die Monatsmiete von dreitausendzweihundertfünfzig Schweizer Franken hielt sich im Budget, und die altmodische Raumaufteilung mit sechs gleich großen Zimmern, drei auf jeder Seite eines Korridors, war ideal für einen Stab von vier oder fünf Beamten der amerikanischen Regierung.

Thorne hielt den Telefonhörer an sein Ohr. Der Morgennebel hatte sich an diesem Freitag vormittag um 11.45 Uhr noch nicht gelichtet. »Ich habe Sie richtig verstanden, Argus«, sagte Thorne, »aber was Sie gesagt haben, gefällt mir überhaupt nicht. Also noch einmal: Haben Sie den Transfer gefunden, auf den Sie achten sollten?«

»Nichts haben wir«, sagte Argus Skouras, ein junger Agent, den man in der Abteilung für Zahlungsverkehr der Vereinigten Schweizer Banken plaziert hatte. »Gestern abend war ich hier, bis sie mich um halb sieben schließlich rausgeschmissen haben. Heute morgen bin ich um 7.15 Uhr gekommen und habe einen Papierstoß von der Größe eines Elefantenarschs durchstöbert. Nullum.«

»Das ist unmöglich«, sagte Thorne. »Wir wissen aus sicherer Quelle, daß unser Mann gestern eine Riesensumme erhalten und weitertransferiert hat. Siebenundvierzig Millionen Dollar können doch nicht einfach verschwinden.«

»Wenn Sie mir nicht glauben, –«

»Ich glaube Ihnen doch, Argus. Bleiben Sie einfach dran. Verbinden Sie mich mit diesem aufdringlichen Kerl, Schweizer.«

Einen Moment später ertönte eine barsche Stimme durch den Hörer. »Guten Morgen, Mr. Thorne«, sagte Armin Schweizer. »Was können wir für Sie tun?«

»Skouras hat mir mitgeteilt, daß es bei den Kontonummern, die wir Ihnen am Mittwoch abend gegeben haben, keine Aktivitäten zu berichten gibt.«

»Das ist richtig. Ich habe mich heute morgen selbst mit Mr. Skouras hingesetzt. Wir haben einen Computerausdruck durchgesehen, auf dem sämtliche elektronischen Überweisungen aufgelistet sind, die die Bank in den letzten vierundzwanzig Stunden, seit die Überwachungsliste aktualisiert wurde, erhalten oder durchgeführt hat. Mr. Skouras hat sogar jedes einzelne Überweisungsformular überprüft. Wir haben täglich mehr als dreitausend Stück. Er hatte also reichlich zu tun. Aber wenn Sie einen Augenblick warten wollen, werde ich die Konten auf Ihrer Liste noch einmal checken. Suchen Sie nach etwas Bestimmten?«

»Überprüfen Sie nur noch einmal alle Konten auf Ihrer Liste«, sagte Thorne. »Ich sage es Ihnen dann, wenn wir finden, was wir brauchen.«

»Staatsgeheimnisse?« scherzte Schweizer. »Gut, ich werde noch einmal alle sechs Kontonummern in den Zerberus eingeben. Das wird eine Weile dauern. Ich verbinde Sie derweil wieder mit Mr. Skouras.«

»Chef, hier Skouras. Mr. Schweizer überprüft jetzt die Kontonummern. Ich kann bestätigen, daß er die richtigen Nummern eingibt. Wir warten auf einen Ausdruck.«

In diesem Moment wurde die Tür zu Thornes Büro aufgerissen, ohne daß vorher angeklopft worden wäre. Schwere Schritte näherten sich. Thorne drehte sich um und schaute in das verschwitzte Gesicht eines gedrungenen Schwarzen.

»Thorne«, schnaubte der Besucher, »Ich warte noch, bis Sie zu Ende telefoniert haben, aber dann will ich wissen, was hier vorgeht.«

Ein Lächeln erhellte Thornes Züge. »Hochwürden Terry Strait. Welch eine Überraschung! Hallo, Terry. Sind Sie hier, um wieder mal eine Operation zur Strecke zu bringen, oder wollen Sie nur dafür sorgen, daß unsere geheiligten Vorschriften auch richtig eingehalten werden?« Er legte einen Finger auf die Lippen und bedeutete seinem Besucher, still zu sein.

»Mr. Thorne«, sagte Armin Schweizer. »Es tut mir leid, Sie enttäuschen zu müssen. Aber bei keinem der Konten auf unserer Liste sind irgendwelche Aktivitäten verzeichnet.«

»Sind Sie sicher?« Es ist unmöglich, dachte Thorne. Jester irrt sich nie.

»Wollen Sie damit andeuten, daß wir bei den VSB nicht die Wahrheit sagen?«

»Das wäre nicht das erstemal. Aber da Skouras direkt neben Ihnen steht, kann ich schlecht behaupten, daß Sie uns etwas verheimlichen.«

»Gehen Sie nicht zu weit, Mr. Thorne«, sagte Schweizer. »Die Bank tut ihr Bestes, Ihnen einen höflichen Empfang zu bereiten. Sie sollten zufrieden sein, daß Sie einen Ihrer Wachhunde in unseren Räumen plazieren konnten. Ich werde dafür sorgen, daß Mr. Skouras weiterhin einen Ausdruck von allen Überweisungsaufträgen bekommt, die unsere Abteilung für Zahlungsverkehr erhält. Wenn Sie weitere Fragen haben, rufen Sie mich bitte ohne zu zögern an. Guten Tag.«

Thorne knallte den Telefonhörer auf die Gabel. Er sah seinen unangemeldeten Besucher an. »Was, zum Teufel, wollt ihr Schreibtischhengste in der Schweiz?«

Terry Strait starrte Thorne wütend an. »Ich bin hier, um

sicherzustellen, daß Sie sich an die Spielregeln halten, die wir vor langer Zeit vereinbart haben.«

»Wie kommen Sie auf die Idee, daß ich das nicht täte?«

»Sie«, tobte Strait, »Sie haben es noch nie getan, und wie ich sehe, tun Sie es auch jetzt nicht.« Er zog ein Stück Papier aus seiner Brusttasche, faltete es auseinander und hielt es Thorne unter die Nase. Interne Liste für Kontenüberwachung, stand da auf VSB-Papier gedruckt. »Wie kommt diese Kontonummer auf dieses Papier?«

Thorne nahm das Papier, warf einen kurzen Blick darauf und gab es Strait zurück.

»Ich nehme an, daß Sie deswegen Schweizer so angekläfft haben«, sagte dieser. »Kontonummer 549.617 RR. Ich wage kaum zu fragen, wie diese Kontonummer auf die Liste gekommen ist.«

»Und ich wage kaum, es Ihnen zu sagen, Terry, aber es ist legal.«

»Legal? Franz Studer soll Ihnen gestattet haben, diese Kontonummer auf die Überwachungsliste der VSB zu plazieren? Das muß ja wohl ein Witz sein. Warum bringen Sie die Operation in Gefahr? Warum wollen Sie unseren Mann aus dem Netz scheuchen?«

»Aus dem Netz? Bilden Sie sich ein, daß wir hier ein Netz hätten? Und wenn wir hier ein Netz haben, dann hat es ein Loch, das so groß ist, daß Moby Dick durchschwimmen könnte. Genau das hat unser Mann nämlich die letzten achtzehn Monate lang getan.«

»Sie müssen Eastern Lightning eben Zeit lassen.«

»Eastern Lightning ist meine Operation. Ich habe sie aufgebaut. Ich habe sie in Gang gebracht.« Thorne sprang auf und begann im Zimmer auf und ab zu gehen. »Ich wiederhole Ihnen noch einmal unsere taktischen Ziele. Erstens: den Zustrom von Heroin nach Südeuropa zu stoppen. Zweitens: den verantwortlichen Mann – und wir wissen verdammt gut, wer das ist – aus seinem Versteck in ein westliches Land zu locken, wo wir ihn verhaften können. Und drittens: das Vermögen des Hundesohns zu beschlagnahmen, damit genügend Geld da ist, um unseren Traumurlaub hier in der Schweiz zu bezahlen. Schließlich muß sich jede Operation heutzutage selbst tragen. Wie lange ist es nun her, daß wir grünes Licht für diese hier bekommen haben? Neun Monate? Ein Jahr? Schon eher zwanzig Monate. Verdammt, es hat uns ja schon ein ganzes Jahr gekostet, Jester auf seinen Posten zu bringen. Und was haben wir seitdem erreicht? Haben wir den Zustrom von Heroin nach Europa gestoppt? Auch nur einen einzigen Transport?«

»Daran ist Jester schuld«, protestierte Strait. »Ihr Informant soll uns mit Informationen über die Transporte unseres Mannes versorgen.«

»Und das hat er bisher nicht getan. Machen Sie mich dafür verantwortlich?«

»Es geht doch nicht darum, jemandem die Schuld zuzuschieben, Sterling.«

»Da haben Sie recht. Es geht darum, Ergebnisse vorzuweisen. Was unser erstes Ziel betrifft – den Heroinstrom zu unterbinden – nichts. Was unser zweites Ziel betrifft – den Vogel aus seiner Deckung zu scheuchen – da frage ich Sie: Hat dieser Schurke Mevlevi auch nur ein einziges Mal in unsere Richtung geschaut? Statt sich zu fürchten, hat er seine Armee verdoppelt. Er ist stark genug, um die West Bank zurückzuerobern. Jester sagt, er hat was Großes vor.«

»Was uns erschreckt hat, ist, daß Sie mehr daran interessiert scheinen, diese Operation auszuweiten, als sie zu einem erfolgreichen Ende zu bringen. Wir haben Ihre Informationen nach Langley weitergegeben. Die sollen die Sache nun machen.«

»Terry, es wird uns nie gelingen, unseren Mann in ein befreundetes Land zu treiben, wo wir ihn verhaften können. Also müssen wir uns an Ziel Nummer drei halten: dem Schwein sein Geld wegnehmen. Ihn da treffen, wo es weh tut. Die einzigen Informationen, die Jester uns gegeben hat, betreffen das Geld. Nutzen wir sie.«

»Darüber haben wir doch schon oft genug geredet«, entgegnete Terry Strait ruhig. »Zuerst müssen dem schweizerischen Bundesstaatsanwalt Beweise vorgelegt werden. Aus den Beweisen muß eindeutig hervorgehen, daß unsere Zielperson in den illegalen Drogenhandel verwickelt ist –«

»Über jeden Zweifel erhaben«, warf Thorne ein. »Und genau das habe ich ihm gegeben. Wir haben Satellitenfotos von Ali Mevlevis Compound. Der Mann unterhält eine private Armee. Was Mevlevis Rolle im Heroinhandel angeht, haben wir die beschworenen Aussagen seiner früheren Geschäftspartner, von denen zwei sich gerade in dieser netten Einrichtung bei Colorado Springs aufhalten. Und was am besten ist, das Computercenter der Defense Intelligence Agency in San Diego hat Nachrichten aufgefangen, in denen die Summen, die in Mevlevis Konto bei der VSB eingezahlt und weitergegeben werden, genau verfolgt werden. Das allein ist schon ein hinreichender Beweis für Geldwäscherei in großem Stil. Aber wenn man die drei großen Aspekte zusammennimmt, haben wir sogar einen schlagenden Beweis. Selbst der Bundesstaatsanwalt Franz Studer mit seinem fetten Hintern könnte nichts dagegen sagen.«

»Sie hatten nicht das Recht, diese Informationen ohne Zustimmung des Direktors weiterzugeben. Eastern Lightning braucht Zeit. Anordnung vom Direktor.«

»Ich habe lange genug gewartet. Jester hat uns alle Informationen gegeben, die wir brauchen. Es ist meine Operation, und ich entscheide, wie und wann sie ablaufen soll. Oder sollen wir vielleicht warten, bis Mevlevi seine Armee in Marsch setzt?«

Strait schüttelte heftig den Kopf. »Hören Sie endlich mit diesem Armeeblödsinn auf. Die Operation Eastern Lightning ist dazu gedacht, den Mann zu fassen, der für dreißig Prozent des Heroinhandels in der Welt verantwortlich ist, und dabei möglichst viel von seiner Ware zu beschlagnahmen. Wir haben diesen ganzen Aufwand nicht betrieben, um ein paar unwichtige Bankkonten einzufrieren, auf denen Summen liegen, die für diesen Mann höchstens ein Taschengeld sind. Und auch nicht, um auf

Ihre Phantasien einzugehen, daß da im Nahen Osten ein Irrer gestoppt werden müßte.«

»Haben Sie Jesters Zusammenstellung des Kriegsmaterials gelesen, das Mevlevi angehäuft hat? Er hat mehrere Dutzend Panzer, einen Haufen russische Hind-Raketen und weiß der Himmel, was noch. Wir haben keine Chance, den Kerl zu verhaften. Das einzige, an das wir drankommen, ist sein Geld. Und wenn Sie meinen, daß mehr als einhundert Millionen Dollar ein Taschengeld sind, dann müssen wir zwei verschiedene Aufstellungen lesen.« Thorne ging an Strait vorbei und sah aus dem Fenster.

»Frieren Sie das Geld ein, und er ist in einem, höchstens zwei Jahren wieder im Geschäft«, sagte Strait. »Bei dieser Operation geht es um Drogen, Sterling. Wir können Mevlevi und seine Drogen kriegen. Aber dafür brauchen wir Zeit und Geduld, und das sind Dinge, die Sie offensichtlich nicht haben.«

»Wenn wir Ali Mevlevis Konten jetzt einfrieren, stoppen wir den Drogenstrom jetzt. Kein Schwein in Washington interessiert sich dafür, was nächstes Jahr passiert.«

»Ich interessiere mich dafür, und der Direktor auch. Und dann muß ich Sie an noch etwas erinnern: Dadurch, daß Sie Studer veranlaßt haben, diese Kontonummer auf die Überwachungsliste der VSB zu setzen, haben Sie das Leben des Informanten Jester in große Gefahr gebracht. Nach dem, was am Weihnachtsabend passiert ist, hätte ich gedacht, daß Sie jetzt ein bißchen vorsichtiger wären.«

Thorne fuhr herum. Sein Gewissen war schlecht genug. Er brauchte an seine Verantwortung für seinen Informanten nicht erinnert zu werden. »Das reicht. Ich habe mir Ihren scheinheiligen Blödsinn jetzt lange genug angehört. Ich werde Mevlevi auf die einzige Weise festnageln, die ich kenne: Stopp das Geld, und du stoppst den Mann. Ist das klar?« Thorne hatte sich eingeredet, daß Beckers Tod ein mißglückter Raubüberfall gewesen sei. Jetzt lachte er über seine eigene Naivität. Er wußte es besser.

»Der Direktor hat mich hergeschickt, um Sie im Auge

zu behalten. Er hatte das Gefühl, daß Sie langsam anfangen, frech zu werden. Ich werde Ihnen also für die nächsten paar Wochen Gesellschaft leisten.» Strait ging zu der Couch am anderen Ende des Raumes und ließ sich darauf fallen. »Jetzt sagen Sie mir nur eines. Sagen Sie mir bitte, daß es auf diesem Konto keine Aktivitäten gegeben hat.«

»Sie haben Glück. Es hat tatsächlich keine Bewegungen gegeben. Seit Monaten hat Jester die Überweisungen auf dieses Konto und von diesem Konto gemeldet wie ein Uhrwerk. An dem Tag, an dem die Kontonummer auf der Überwachungsliste erscheint, ist Jesters Meldung falsch. Das macht mir, ehrlich gesagt, Sorgen.« Thorne winkte Strait müde zu. »Gehen Sie, Terry. In nächster Zeit kann der Operation nichts mehr passieren.«

»Das wollte ich hören«, sagte Strait erschöpft. »Schlagen Sie sich alle dummen Gedanken aus dem Kopf und sagen Sie Franz Studer, daß er diese verdammte Nummer wieder von seiner Liste streichen soll.«

Thorne winkte noch einmal. »Hauen Sie ab, Terry.«

Kapitel 14

Zwei Stunden vor diesen Ereignissen saß Nick auf einem ledergepolsterten Stuhl mit steifer Lehne und versuchte, sich an das gedämpfte Licht in einem Büro im vierten Stock der Vereinigten Schweizer Banken zu gewöhnen. Die eisernen Rollos, wie mittelalterliche Fallgitter in die Wand eingelassen, waren vollständig geschlossen. Nur eine Lampe, die auf einer Ecke des imposanten, halbmondförmigen Schreibtisches stand, beleuchtete den Raum.

Nick schaute zu Martin Maeder hinüber, dem stellvertretenden Generaldirektor für das private Bankwesen. Maeder war mit zwei Blättern Papier beschäftigt, die auf seinem Schreibtisch lagen und deren Inhalt ohne Zweifel Nick betraf. Er saß nun schon seit zehn Minuten so da und sagte kein Wort. Nick vermutete, daß sein Schweigen eine Taktik war, die ihn dazu bringen sollte, eine ganze Litanei von Verbrechen zu gestehen, von denen er eines oder zwei vielleicht sogar begangen haben könnte. Er war entschlossen, auf keinen Fall einen nervösen Eindruck zu machen. Er hatte die Ellenbogen auf die Armstützen gelegt und die Hände im Schoß gefaltet.

Endlich hob Maeder den Kopf und nahm sich eine Zigarette aus einem silbernen Behälter. »Nun, Herr Neumann«, sagte er in tadellosem Englisch, »gefällt es Ihnen in der Schweiz?«

»Mehr oder weniger«, antwortete Nick. »Die Arbeit mehr, das Wetter weniger.«

Maeder griff nach einem zylinderförmigen Feuerzeug

und zündete seine Zigarette an. »Sie sind wohl ein harter Bursche, Neumann? Sie wissen doch, Sergeant Rock, die gebrüllten Kommandos, der ganze Drill. O ja, ich habe in den Vereinigten Staaten gelebt, in Little Rock, von 1958 bis 1962. Das war der Höhepunkt des kalten Krieges. Wir mußten üben, unter den Schreibtischen in Deckung zu gehen. Sie kennen das ja sicher. Sie kommen ja von der Armee.«

Nick sah Maeder an. Sein Haar war mit Pomade aus der Stirn gekämmt. Sein Teint war kalkweiß. Eine Lesebrille saß auf seiner Nasenspitze und verbarg seine dunklen Augen zum Teil. Sein Mund war zu einem ewigen Grinsen verzogen. Dieses Grinsen, das weder zu seinem kräftigen Kinn noch zu seiner Gelehrtenbrille paßte, erweckte in Nick ganz eindeutig den Eindruck, daß Maeder ein Intrigant war.

»Ich war bei der Marine«, sagte er. »Rock ist Heer.«

»Nun ja, Nick, Marine, Heer, Pfadfinder oder was auch immer. Da ist ein wütender Kunde, der einen Dreck darauf gibt, ob Sie der Kaiser von China sind. Sie wissen, was ich meine? Was zum Teufel haben Sie sich eigentlich dabei gedacht?«

Das hatte Nick sich auch schon gefragt. Seine Überzeugung, daß seine Handlungsweise bezüglich des Paschas bei der Führung der Bank auf Zustimmung stoßen würde, war an diesem Morgen um 6.15 Uhr verflogen, als Maeder ihn mit der Aufforderung weckte, um 9.30 Uhr zu einem formlosen Treffen in der Bank zu erscheinen. Seitdem arbeitete sein Gehirn auf Hochtouren. Wie konnte jemand so schnell erfahren haben, daß er das Geld des Paschas nicht weitergeleitet hatte? Keine der europäischen Banken, an die er das Geld hätte überweisen sollen, konnte vor zehn Uhr morgens bestätigen, ob das Geld eingegangen war oder nicht. Auch wenn die siebenundvierzig Millionen noch gestern abend überwiesen worden wären, würden die Geldinstitute, an die das Geld geschickt worden wäre, es erst im Laufe des Vormittags offiziell dem Konto ihres Kunden gutschreiben. Da es mindestens zwei Stunden dauerte, bis eine Bank die Überweisungen des letzten Tages bearbeitet hatte, konnte auch der eiligste Kunde vor zehn Uhr keine Bestätigung von Nicks telegrafischen Überweisungen erhalten.

Aber das galt nur für Europa. Im Fernen Osten war es sieben Stunden früher als in Zürich, und Nick konnte sich daran erinnern, daß in Matrix sechs auch zwei Banken in Singapur und eine in Hongkong verzeichnet waren. Auch wenn er annahm, daß es bis zwölf Uhr mittags dortiger Zeit gedauert hätte, bis das Geld dem Konto des Paschas gutgeschrieben worden wäre, konnte der Pascha morgens um fünf Schweizer Zeit festgestellt haben, daß das Geld nicht da war. Das war eine Stunde vor Maeders Anruf.

»Sagen Sie mir, Herr Neumann, wie hoch sind die Zinsen von siebenundvierzig Millionen Dollar für eine Nacht?«

Nick beschloß, Maeder eine kleine Vorführung zu geben. »Für den Kunden sind es zweitausendfünfhundertfünfundsiebzig Dollar. Nach dem gestrigen Zinssatz von zweieinhalb Prozent. Aber die Bank würde das Geld ihrem Fundus für die Nacht gutschreiben und etwa fünfeinhalb Prozent verdienen. Das sind siebentausend und, äh, zweiundachtzig Dollar. Das wäre ein Reingewinn von viertausendfünfhundert Dollar für die Bank.«

Maeder knallte seinen Taschenrechner auf den Tisch. Nicks Vorführung hatte seine Absicht zunichte gemacht, ihn in Verlegenheit zu bringen. Er schob den Rechner weg und änderte seine Taktik. »Unglücklicherweise ist unser Kunde nicht im geringsten an ein paar tausend Dollar Zinsen interessiert, die wir eingenommen haben, weil wir sein Geld über Nacht behalten haben. Was diesen Kunden interessiert, ist, daß Sie seine Überweisungsinstruktionen nicht ausgeführt haben. Die Tatsache, daß sein Geld sechzehn Stunden, nachdem er Sie angewiesen hatte, es schleunigst anderswohin zu überweisen, immer noch in der Schweiz ist. Möchten Sie das vielleicht erklären?«

Nick war froh, daß er Gelegenheit erhielt, seine Handlungsweise zu verteidigen. »Ich habe wie gewöhnlich ein Überweisungsformular ausgefüllt, aber als Zeitpunkt, zu dem die Überweisung ausgeführt werden soll, habe ich heute nachmittag um 15.30 Uhr angegeben. Ich habe das Formular mit der internen Post zur Abteilung für Zahlungsverkehr geschickt. Wenn der Stau an diesem Freitag so schlimm wie gewöhnlich ist, dürfte das Geld irgendwann am Montag vormittag überwiesen werden.«

»Ist das wahr? Wissen Sie, wer dieser Kunde ist?«

»Nein. Das Konto wurde 1985 vom International Fiduciary Trust in Zug eröffnet, also noch vor den jetzt geltenden Vorschriften mit Formular B, wonach ein Kontoinhaber seine Identität nachweisen muß. Selbstverständlich behandeln wir alle Kunden mit dem gleichen Respekt, ob wir ihre Namen kennen oder nicht.«

»Soweit ich unterrichtet bin, war gestern ein ausnehmend ruhiger Tag in Ihrer Ecke. Kein Mensch in der Abteilung, mit dem Sie sich hätten beraten können. Sprecher krank, Cerruti nicht bei der Arbeit. Sagen Sie Nick, wenn einer Ihrer Vorgesetzten da gewesen wäre, hätten Sie mit ihm über die Sache geredet? Oder noch besser, wenn dieser Pascha Ihr eigener Kunde gewesen wäre, hätten Sie ebenso gehandelt?« Maeder hielt ein Blatt Papier hoch: die interne Kontenüberwachungsliste.

Nick sah seinem Vernehmer in die Augen. »Wenn jemand anderes da gewesen wäre, wäre ich nicht in dieses Dilemma geraten. Aber, um Ihre Frage zu beantworten, ja, ich hätte genauso gehandelt. Es ist unsere Aufgabe, für die Sicherheit der Guthaben unserer Kunden zu sorgen.«

»Und wie ist es damit, den Anweisungen unserer Kunden Folge zu leisten?«

»Es ist auch unsere Aufgabe, die Anweisungen unserer Kunden treulich auszuführen. Aber in diesem Fall hätte die Ausführung gerade dieser Anweisungen das Vermögen des Kunden in Gefahr gebracht und hätte unerwünschte Aufmerksamkeit auf die Bank gelenkt. Ich fühle mich nicht befugt, Entscheidungen zu treffen, die nicht nur für den Kunden, sondern auch für die Bank eine schädliche Wirkung haben.«

»Aber Sie fühlen sich befugt, Anordnungen der Bank und des größten Kunden Ihrer Abteilung zu ignorieren. Bemerkenswert!«

Maeder stand auf. »Gehen Sie nach Hause und gehen Sie heute nicht in Ihr Büro. Sprechen Sie mit niemandem von Ihrer Abteilung. Verstanden? Der Gerichtshof wird sein Urteil am Montag verkünden.« Er klopfte Nick auf die Schulter und grinste. »Noch eine letzte Frage: Warum haben Sie ein so starkes Bedürfnis, unsere Bank zu schützen?«

Nick erhob sich und dachte einen Augenblick nach, bevor er antwortete. Es war ihm immer klar gewesen, daß die Tatsache, daß schon sein Vater bei dieser Bank gearbeitet hatte, ihm eine Art Legitimität verlieh. Trotz seines privaten Verdachts gehörte er einfach dazu. Er war kein Wanderarbeiter und auch kein Ausländer. Tradition, Erbe, Nachfolge, das waren die geheiligten Grundlagen der Bank. Und diese Grundlagen würde er nun für sich in Anspruch nehmen. »Mein Vater hat mehr als vierundzwanzig Jahre lang hier gearbeitet. Seine ganze Laufbahn. Unserer Familie liegt es im Blut, loyal gegenüber dieser Bank zu sein.«

Kapitel 15

Wolfgang Kaiser schlug mit der Hand auf den Konferenztisch. »Es liegt ihm im Blut, loyal zu sein. Haben Sie das gehört?« Neben ihm standen Rudolf Ott und Armin Schweizer. Alle drei beugten sich gespannt über ein beigefarbenes Mikrophon auf dem Mahagonitisch.

»Das habe ich von Anfang an gewußt«, meinte Ott. »Das hätte ich Ihnen schon nach den ersten fünf Minuten des Einstellungsgesprächs sagen können.«

Schweizer murmelte etwas, daß auch er es gehört habe, aber seinem Ton war zu entnehmen, daß er kein Wort davon glaubte.

Kaiser hatte allen Grund, zufrieden zu sein. Er hatte Nicholas Neumann jahrelang im Auge behalten. Hatte seine schwierige Kindheit, die ewige Wanderschaft seiner Mutter von einer Stadt zur anderen und seinen Abstecher zur Marine verfolgt. Aber alles aus sicherer Entfernung. Vor drei Jahren hatte er Stefan, sein einziges Kind, verloren. Und bald darauf hatte er begonnen, immer öfter an Nicholas zu denken. Er hatte ihm den Vorschlag gemacht, Wirtschaft an der Harvard Universität zu studieren, und als Nicholas zustimmte, hatte er ausgesprochen, was ihm schon seit über einem Jahr durch den Kopf gegangen war: Warum ihn nicht in die Bank holen? Er war enttäuscht gewesen, als Nicholas einen Job in der Wall Street vorgezogen hatte. Es hatte ihn jedoch nicht überrascht, als er vier Monate später angerufen und ihm gesagt hatte, daß er sich bei seiner Firma nicht wohl fühle. Nicholas hatte zuviel europäisches Blut in den Adern, um sich diesem Go-go-Lebensstil anzupassen. Und hatte er es nicht gerade gesagt? Loyalität gegenüber der Bank lag ihm im Blut.

Dennoch hatte sich Kaiser bis zu diesem Augenblick keine Vorstellungen davon gemacht, was für ein Mensch Neumann wirklich war, insbesondere, ob er seinem Vater ähnelte oder nicht. Nun hatte er die Antwort, und er freute sich außerordentlich darüber.

Das Mikrophon quäkte. »Ich hoffe, Sie konnten unsere Unterhaltung verfolgen«, sagte Martin Maeder. »Ich hatte die Fenster geschlossen und die Rollos heruntergelassen. Wir haben den Jungen fast zu Tode erschreckt.«

»Er hörte sich nicht allzu ängstlich an, Martin«, sagte Schweizer. »Seine Fähigkeiten im Kopfrechnen haben jedenfalls nicht gelitten.«

»Der Junge ist ein Hexenmeister«, schwärmte Maeder. »Unerträglich arrogant, aber ein Einstein!«

»Da haben Sie recht«, sagte Kaiser. »Sein Vater war genauso. Genauso intelligent. Vielleicht zu gut. Wir haben ein verdammtes Glück, daß sein Sohn jetzt bei uns ist. Das ist momentan erst einmal alles, Martin. Vielen Dank.« Er schaltete das Mikrophon aus und sah Ott und Schweizer an. »Er hat sich gut eingeführt, finden Sie nicht?«

»Ich würde nicht zuviel in Neumanns Handlungsweise hineininterpretieren«, sagte Schweizer. »Ich bin mir sicher, daß er mehr aus Angst als aus Loyalität gehandelt hat.«

»Da kann ich Ihnen nicht zustimmen. Ich kann mir keinen besseren Prüfstein für seine Tatkraft und für seine Loyalität vorstellen. Für einen Trainee gehört allerhand Mut dazu, ohne jede Anleitung eine derartige Entscheidung zu treffen. Rudi, rufen Sie Dr. Schön an. Sie soll sofort herkommen.«

Ott eilte zum Telefon.

Kaiser ging mit abgemessenen Schritten auf Schweizer zu. Sein Gesicht verdunkelte sich. »Sie sind es, Armin, wegen dem ich mir Sorgen machen sollte. Es ist Ihre Aufgabe, alles zu regeln, was die Überwachungsliste betrifft, die Studer und Thorne uns gegeben haben. Von allen Kontonummern hätte Ihnen doch diese auffallen müssen.«

Der Compliance Officer erwiderte den Blick des Generaldirektors. »Franz Studer hat uns keine Warnung zukommen lassen. Am Mittwoch abend, als uns die Liste vorgelegt wurde, ging es mir nicht gut. Ich konnte sie erst gestern nachmittag anschauen. Als ich sie sah, war ich natürlich entsetzt.«

»Natürlich«, sagte Kaiser ohne Überzeugung. Schweizer hatte für jeden Fehler zwei Ausreden, aber nie eine Entschuldigung. »Vergessen Sie nie, in wessen Diensten Sie stehen, Armin«, sagte er.

Rudolf Ott legte den Telefonhörer auf. »Neumanns Papiere werden sofort hier sein«, kündigte er an. Dann wendete er sich an Schweizer. »Ich kann mir das Zusammentreffen nicht erklären, warum diese Kontonummer ausgerechnet an dem Tag auf der Liste auftauchte, an dem sowohl Herr Kaiser als auch ich in London waren. Und Sie, Armin?«

Schweizers Gesicht rötete sich. Er sah den Generaldirektor an. »Ist es sicher, daß Franz Studer nicht vielleicht übersehen hat, daß diese Kontonummer auf der Liste war?« fragte er.

»Wenn das Konto auf der Liste steht, dann deswegen, weil Studer es daraufgesetzt hat«, sagte Kaiser ruhig. Er schüttelte den Kopf. Es kam ihm erst jetzt voll zu Bewußtsein, daß sie wirklich um Haaresbreite noch einmal davongekommen waren. »Wir hatten ein verdammtes Glück.«

Ott hob die Hand. »Noch eine unangenehme Nachricht. Dr. Schön hat mir gerade mitgeteilt, daß Peter Sprecher uns verläßt. Er geht zur Adlerbank. Ein weiterer Löwe für Königs Menagerie.«

»Ein Grund mehr, Neumann nicht zu trauen«, sagte Schweizer. »Die beiden sind eng befreundet. Wo der eine hingeht, wird der andere nachkommen.«

»Ich glaube, wir können ausschließen, daß Neumann

auch gehen könnte. Er hat seinen Kopf für uns alle hingehalten. Das hat er nicht ohne Grund getan. Aber ganz abgesehen von Neumanns Gründen, so zu handeln, wie er es getan hat, ist es klar, daß wir mit unseren besonderen Konten nicht mehr so verfahren können wie bisher.«

»Warum sollen nicht Leute aus meiner Abteilung für Compliance die besonderen Konten verwalten? Wir könnten genau überwachen, was unsere Kunden anordnen.«

Kaiser sagte nichts. Er hatte seine eigenen Vorstellungen, wer die besonderen Konten überwachen sollte.

»Warum holen wir nicht Neumann in unser Büro?« schlug Ott vor. »Bei diesem Konto hat er eine gute Hand bewiesen, und Sie brauchen einen neuen Assistenten. Feller kommt mit seinem Arbeitspensum nicht mehr zurecht. Durch Königs Feldzug läuft hier alles aus dem Ruder.«

»Der Gedanke, Neumann in den vierten Stock zu bringen, ist doch idiotisch«, meinte Schweizer eilig. »Kein denkender Mensch würde –«

»Kein denkender Mensch hätte es zugelassen, daß diese Kontonummer auf unserer eigenen internen Überwachungsliste auftaucht«, sagte Ott. »Der Teufel soll Studer holen! Aber um Sie zu beruhigen, Armin, im vierten Stock können wir Neumann besser im Auge behalten. Er ist ideal für den Umgang mit unseren nordamerikanischen Aktionären.«

»Sehr gut«, erklärte Kaiser. »Die Sache ist entschieden. Am Montag morgen möchte ich ihn hier sehen. Wir haben keine Zeit zu verlieren. Es sind nur noch vier Wochen bis zur Generalversammlung. Und Armin, schauen Sie von jetzt an die Listen genauer an, die Franz Studer Ihnen vorlegt. Er ist jetzt auf der anderen Seite.«

»Jawohl, Herr Kaiser.« Schweizer nickte höflich und verließ den Konferenzraum.

»Armer Armin, er muß sich heute ganz schön als Sündenbock fühlen«, sagte Kaiser und seufzte.

»Ich bin enttäuscht von ihm«, meinte Ott. »Ich hoffe, wir brauchen nicht an seiner Gesinnung zu zweifeln.«

»Schweizer ist seit dreißig Jahren bei unserer Bank. Seine Ergebenheit steht wirklich außer Frage.« Kaiser brauchte nicht auszusprechen, was ihm den Gehorsam dieses Mannes sicherte. Zwei weibliche Leichen, eine rauchende Pistole und ein ungetreuer Ehemann hätten in jedem Land für Schlagzeilen gesorgt. Es hatte eine ganze Menge Geld gekostet, die Affäre zu vertuschen. Aber es war die Sache wert gewesen. Er hatte Schweizer für den Rest seines Lebens in der Hand. »Ist das Geld unseres Freundes lokalisiert und überwiesen worden?« fragte er.

»Die ganze Summe wurde heute morgen als allererstes weitergeleitet. Das Formular für Kapitaltransfer, von dem Neumann gesprochen hat, wurde gefunden und vernichtet. Skouras hat es nicht zu sehen bekommen.«

»Und konnten wir die ganze Transaktion mit Medusa durchführen?« Kaiser sprach von dem On-line-Datenverwaltungssystem, das erst vor zwei Tagen in Betrieb genommen worden war.

»Ja, Herr Kaiser. Sprechers und Neumanns Terminals wurden geändert, so daß nun auch sie Zugriff haben. Es gibt keine erkennbare Spur von den Überweisungen unseres Kunden.«

»Gerade noch rechtzeitig«, flüsterte Kaiser dankbar. Er hatte seit Jahren gewußt, daß die Nachrichtendienste mehrerer westlicher Länder Technologien besaßen, mit deren Hilfe sie sich Zugang zu ihren Hauptdatenbanken verschaffen konnten. Die Amerikaner waren in dieser Hinsicht besonders geschickt. Als erstes hatten sie eine ausgeklügelte Kommunikationstechnologie entwickelt, die es ihnen gestattete, wortwörtlich den bankinternen Dialog zwischen Zerberus und den Computern von Banken in aller Welt mitzuhören.

Medusa war die Antwort auf diese unberechtigten Zugriffe: ein Datenverwaltungssystem nach dem neuesten Stand der Technik, das in der Lage war, alle On-line-Überwachungsversuche zu erkennen und abzuwehren. Wenn Medusa erst einmal voll installiert und in Betrieb war, würden die VSB ihre Privatkunden wieder auf die altmodische Weise betreuen können, nämlich wirklich privat. Aber es war natürlich nicht billig gewesen. Einhundert Millionen Franken waren für die Entwicklung, Konstruktion und Installation von Medusa vorgesehen gewesen. Und einhundertfünfzig Millionen waren ausgegeben worden. Wozu hatte man schließlich versteckte Reserven?

Ein Klopfen an der Eichentür unterbrach Kaisers Gedanken. »Guten Morgen, Herr Kaiser, Herr Dr. Ott«, sagte Sylvia Schön. »Ich bringe das Dossier von Herrn Neumann.«

Kaiser ging quer durch den Raum und streckte ihr die Hand entgegen. »Frau Dr. Schön, es ist eine Freude, Sie zu sehen.« Kaiser nahm die Akte entgegen. »Er ist einer von Ihren Schutzbefohlenen. Wissen Sie, wie er zurechtkommt?«

»Von Herrn Sprecher kommt nichts als Lob.«

»Angesichts seiner Entscheidung, die Bank zu verlassen, weiß ich nicht so genau, wie ich das einschätzen soll. Aber wie steht es mit Ihnen? Hatten Sie Gelegenheit, ihn kennenzulernen?«

»Nur kurz. Gestern haben wir zusammen zu Abend gegessen.«

»Wo?«

»Bei Emilio. Ich dachte, die Bank sollte sicherstellen, daß er sich willkommen fühlt.«

Kaiser hob eine Augenbraue. »Aha. Neumann ist ein besonderer Fall. Sein Vater war ein enger Freund von mir. Ein großartiger Mann. Und ein großartiger Sohn. Und was hält Herr Neumann von unserer vorgeschlagenen Zusammenarbeit mit den Behörden? Hatten Sie Gelegenheit, darüber mit ihm zu reden?«

»Wir haben das Thema kurz angesprochen. Er meinte, es sei unklug von der Bank, mit den Behörden zusammenzuarbeiten. Er sagte: ›Die Wände der Bank müssen aus Granit sein, nicht aus Sandstein.‹«

Kaiser lachte. »Hat er das gesagt? Wie herzerfrischend für einen Amerikaner.«

»Steckt er in irgendwelchen Schwierigkeiten? Ist das der Grund, warum Sie mich sehen wollten?«

»Im Gegenteil. Es sieht so aus, als hätte er eine gute Nase dafür, uns aus Schwierigkeiten herauszuhalten. Wir denken daran, ihn in den vierten Stock zu holen. Ich brauche einen zweiten Assistenten.«

»Herr Fellner ist dem erhöhten Druck nicht gewachsen«, fügte Ott boshaft hinzu.

Sylvia Schön hob abwehrend die Hand. »Herr Neumann ist noch nicht einmal zwei Monate lang hier. Ein Posten im vierten Stock wäre vielleicht nach einem Jahr angemessen.«

Kaiser wußte, daß Neumanns Beförderung für die Frau wie ein Dolchstoß in den Rücken sein mußte. Niemand war ehrgeiziger als sie, und tatsächlich arbeitete auch niemand so hart wie sie. Sie war ungeheuer wertvoll für die Bank. »Ich verstehe Ihre Bedenken, aber der Junge hat in Harvard studiert, und Ott sagt mir, daß seine Diplomarbeit brillant sei. Er weiß mehr über die Bank als Sie oder ich, nicht wahr, Ott?«

»Jedenfalls ganz bestimmt mehr als ich«, meinte der stellvertretende Generaldirektor. Er sah auf seine Uhr. »Herr Kaiser, wir werden im Salon zwei erwartet. Die Hausamanns.«

Kaiser klemmte sich die Akte unter den linken Arm und schüttelte Sylvia die Hand. »Also am Montag morgen, gleich in der Früh, ja?«

»Selbstverständlich. Ich werde Herrn Neumann sofort unterrichten.«

Kaiser bemerkte den niedergeschlagenen Ausdruck in ihrem Gesicht und traf eine rasche Entscheidung. »Ich möchte, daß Sie von heute an die Anwerbung neuer Angestellter in den Staaten übernehmen, Frau Dr. Schön. Fliegen Sie in den nächsten vierzehn Tagen einmal hinüber und machen Sie ein paar Stars für uns ausfindig. Sie haben Ihr Talent unter Beweis gestellt, die Angestellten in Ihrer Abteilung zu betreuen. Und noch eines: Wegen der Mitteilung an Neumann – warten Sie damit lieber bis Montag.«

Er wollte, daß Nicholas über das Wochenende noch ein bißchen schwitzte. Er mochte es nicht, wenn Untergebene wichtige Entscheidungen trafen, ohne ihn zu fragen. Auch dann nicht, wenn sie den richtigen Instinkt bewiesen hatten.

Kapitel 16

Als Nick das Keller-Stübli betrat, schlug ihm die übliche Mischung aus Hitze, Zigarettenrauch und dem Geruch von schalem Bier entgegen. Die kleine Bar war überfüllt.

»Du bist spät dran«, rief Peter Sprecher durch den Lärm. »Also was ist los? Schütte Onkel Peter dein Herz aus!«

Nick hätte ihm gerne hundert Fragen über seinen zweiten Tag bei der Adlerbank gestellt. Hatte er mit König gesprochen? Was hatte er von dem Übernahmeversuch gehört? War das nur ein Manöver, um den Preis für die Aktien hochzutreiben, oder würde König einen regelrechten Angriff inszenieren? Aber mit diesen Fragen würde er auf eine andere Gelegenheit warten müssen. »Der Pascha«, sagte Nick einfach. Zehn Minuten lang erklärte er seine Entscheidung, die Überweisung des Paschas zu verzögern.

»Vermutlich eine kluge Maßnahme«, sagte Peter schließlich. »Wo liegt das Problem?«

»Heute morgen um sechs bekam ich einen Anruf von Martin Maeder. Er zitierte mich in sein Büro und quetschte mich aus, warum ich das getan hätte. Dann schickte er mich nach Hause. Er sagte, ich solle nicht ins Aquarium gehen und auch nicht mit dir reden. ›Das Urteil wird am Montag verkündet‹, erklärte er. Gestern war ich noch fest überzeugt, das Richtige getan zu haben. Jetzt bin ich mir da nicht mehr so sicher.«

Sprecher lachte heiser. »Das Schlimmste, was dir passieren kann, ist eine Versetzung zur Logistik in Alstetten oder in das neue Büro in Litauen.« Er schlug Nick aufs Knie. »Das ist nur ein Witz. Warte nur bis Montag, dann hast du wieder den *status quo ante*.«

»Das ist nicht komisch«, protestierte Nick. »Ich glaube nicht, daß noch irgendwas so sein wird wie vorher.«

»Hör zu, Nick. Du hast kein Geld verloren, du hast einem Kunden aus der Klemme geholfen und damit der Bank einen Skandal erspart. Es würde mich doch sehr wundern, wenn du nicht das Viktoriakreuz für Tapferkeit vor dem Feind bekommen würdest.«

Nick konnte die fröhliche Laune seines Freundes nicht teilen. Wenn er rausgeschmissen oder auch nur auf einen weniger wichtigen Posten versetzt würde, wäre es vorbei mit der Möglichkeit, irgendwelche sinnvollen Nachforschungen über den Tod seines Vaters anzustellen. »Und dann gestern abend«, fuhr er fort. »Als ich gerade unterwegs zum See war, hielt Sterling Thorne mich auf. Er wollte wissen, ob ich etwas ›Interessantes‹ bei der Bank bemerkt hätte, irgendwas Illegales.«

»Lieber Gott. Der Mann ist zum Heulen. Aber er hat doch sicher nicht direkt etwas über den Pascha gesagt, oder?«

»Nicht direkt. Aber er sprach von Cerruti.«

»Hat er das gewußt? Was soll's. Vor zwei Wochen hat dieser Hanswurst es bei mir auch versucht.«

»Wenn er erst dich und dann mich angesprochen hat, Peter, dann muß das bedeuten, daß er hinter dem Pascha her ist. Kein anderer Kunde unserer Abteilung steht auf der Überwachungsliste.«

»Ich hoffe, du hast ihn zum Teufel geschickt.«

»Mehr oder weniger, ja.«

Sprecher nickte. »Mach dir keine Sorgen mein Freund. Prost!« Er leerte seinen Bierkrug und warf einen Zehnfrankenschein auf den Tisch. Nick legte eine Hand auf Sprechers Schulter. »Du meinst, es gibt noch mehr Probleme?« fragte dieser. »Also dann, rede weiter.«

»Nach meinem Gespräch mit Maeder ging ich jedenfalls ins Aquarium. Ich wollte nach dem Konto 549.617 RR sehen. Bloß so. Das ganze Geld war bereits überwiesen worden. Im Computer waren keine Anfangsbuchstaben zu finden, wer die Überweisung gemacht hat. Möchtest du jetzt nicht doch wissen, wer dieser Mensch ist?«

»Diese Frage raubt mir den Schlaf.«

»Frag dich doch mal, welcher Kunde einen stellvertretenden Generaldirektor der Bank um sechs Uhr morgens aus dem Bett holen kann. Welcher Kunde verfolgt sein Geld von einer Bank zur anderen und schläft nicht, bevor es angekommen ist? Der Pascha hat Maeder direkt angerufen. Peter, wir haben es mit einer außergewöhnlichen Persönlichkeit zu tun.«

»Da stimme ich dir voll und ganz zu. Der Pascha ist ohne Zweifel eine außergewöhnliche Persönlichkeit. Die Bank braucht so viele außergewöhnliche Persönlichkeiten, wie sie nur finden kann. Das ist unser Geschäft.«

»Wer ist er?« fragte Nick.

Sprecher schüttelte ärgerlich den Kopf. »Du sollst keine Fragen stellen«, sagte er. »Und du sollst auch nichts erklären. Mach die Augen zu und zähle das Geld.« Er berührte Nicks Arm. »Sieh mal, wenn du unbedingt wissen willst, wer der Pascha ist, brauchst du bloß Marco Cerruti zu fragen. Cerruti hat dem Pascha bei seiner letzten Reise in den Nahen Osten einen Besuch abgestattet. Aber hör auf meinen Rat: Misch dich da nicht ein.«

Nick verließ das Keller-Stübli und begab sich zum nächsten Postamt. Dort suchte er im Telefonbuch nach dem Namen Marco Cerruti: Cerruti, M. Seestraße 78, Thalwil. Bankangestellter.

Nick nahm die Straßenbahn zum Burkliplatz und stieg dort in den Bus nach Thalwil um. Die Fahrt dauerte eine Viertelstunde. Das Haus Seestraße 78 war leicht zu finden. Ein hübsches, gelbes, stuckverziertes Appartementhaus in der Hauptstraße, die parallel zum See verlief.

Der Name, den Nick suchte, stand neben dem obersten von sechs Klingelknöpfen. Er läutete und wartete. Niemand rührte sich. Er fragte sich, ob er wohl vorher hätte anrufen sollen, fand aber, daß es richtig sei, unangemeldet zu kommen; schließlich war dies kein offizieller Besuch. Er drückte noch einmal auf den Klingelknopf, und diesmal ertönte eine Stimme aus der Sprechanlage. »Wer ist da?«

»Neumann, VSB.«

»VSB?« fragte die Stimme.

»Ja«, sagte Nick und wiederholte seinen Namen. Einen Augenblick später wurde der Türöffner betätigt. Er stieß die Glastür auf, betrat das Foyer, ging zum Aufzug und drückte auf den Rufknopf. Neben der Aufzugtür hing ein kleiner Spiegel. Er sah hinein und überprüfte sein Aussehen. Dunkle Ringe unter den Augen zeugten von Schlafmangel.

Nick stieg in den Aufzug. Mit leichtem Rumpeln kam der Lift im obersten Stockwerk zum Stehen. Die Tür wurde aufgerissen, und ein kleiner Mann im tadellosen grauen Anzug mit Weste und einer frischen Nelke im Knopfloch griff nach seiner Hand.

»Cerruti, ich freue mich, Sie kennenzulernen. Bitte kommen Sie herein und setzen Sie sich.«

Nick ließ sich durch einen engen Korridor in ein geräumiges Wohnzimmer führen und in Richtung Couch dirigieren. »Bitte nehmen Sie Platz. Lieber Gott, es ist aber auch Zeit, daß Sie kommen. Ich habe schon vor Wochen bei der Bank angerufen.« Nick öffnete den Mund, um eine Erklärung abzugeben. »Sie brauchen sich nicht entschuldigen«, sagte Cerruti. »Wir wissen beide, daß Herr Kaiser es nicht gestattet hat. Ich kann mir vorstellen, daß die ganze Bank im Aufruhr ist. König, dieser Teufel. Ich glaube nicht, daß wir uns kennen. Sind Sie neu im vierten Stock?«

Das also war der geheimnisvolle Marco Cerruti. Er schien ein leicht erregbarer Mann zu sein, dem Aussehen nach vielleicht Mitte fünfzig. Sein struppiges graues Haar war kurz geschnitten. Seine Haut sah blaß und verwaschen aus.

»Ich arbeite nicht im vierten Stock«, sagte Nick. »Ich bin Nicholas Neumann. Ich arbeite in Ihrer Abteilung,

FKB4. Ich habe angefangen, kurz nachdem Sie krank wurden.«

Cerruti sah Nick seltsam an. »Ja, natürlich. Nicholas Neumann. Mein Gott, Sie sehen Ihrem Vater ja so ähnlich! Ich habe ihn gut gekannt. Ich habe fünf Jahre lang unter ihm gearbeitet. Das war die beste Zeit meines Lebens. Ich hole nur schnell meine Papiere. Es gibt so vieles, worüber wir reden müssen.« Er drehte sich um und lief aus dem Zimmer.

Nick sah sich um. Die Wohnung war düster eingerichtet, in einem Stil, den er als alte Schweizer Gotik bezeichnet hätte. Die Möbel waren aus massivem Holz. Eine Wand des Wohnzimmers wurde von einem Panoramafenster eingenommen, das, soweit es nicht von schweren Vorhängen verdeckt war, einen großartigen Blick auf den Zürichsee eröffnete. An diesem Nachmittag hing jedoch ein Dunstschleier über dem Wasser. Ein leichter Nieselregen fiel.

Cerruti kam mit zwei Notizbüchern und einem Stapel Akten in das Zimmer zurück. »Hier ist eine Liste von Kunden, die Herr Sprecher anrufen muß. Drei oder vier von ihnen hatten vor meiner Abwesenheit Termine für Besprechungen mit mir vereinbart.«

Nick überflog die Liste und entdeckte die Namen von zwei Herren, die in der vergangenen Woche in die Bank gekommen waren. »Peter Sprecher verläßt die VSB. Er wurde von der Adlerbank abgeworben.«

»Von der Adlerbank? Die wird noch unser Tod sein.« Cerruti ließ sich neben seinem Besucher auf die Couch fallen. »Nun, was haben Sie für mich mitgebracht? Lassen Sie mich sehen.«

Nick öffnete seine Brieftasche und entnahm ihr einen Umschlag. »Scheich Abdul ben Ahmed al Aziz hat jeden zweiten Tag angerufen. Er wollte wissen, wie es Ihnen geht und wie er Sie erreichen kann. Er besteht darauf, seine Fragen nur mit Ihnen persönlich zu besprechen.«

»Sagen Sie dem Scheich, er soll deutsche Stammaktien kaufen, sofort. Verkaufen Sie alle deutschen Obligationen, die er hat, und kaufen Sie ihm statt dessen Daimler-Benz, Veba und Hoechst. Das deckt alle Industriezweige ab und müßte genügen, damit Abdul nicht sein letztes Hemd verliert.«

Nick schrieb seine Instruktionen wörtlich auf.

Cerruti berührte schüchtern Nicks Arm. »Neumann? Haben Sie kein Wort aus Kaisers Büro über meine Rückkehr gehört? Auch nicht auf Teilzeitbasis?«

Cerruti wollte also wiederkommen? Nick überlegte, welchen Grund Kaiser wohl haben konnte, ihn daran zu hindern. »Es tut mir leid, aber ich habe keinen Kontakt zum vierten Stock.«

Cerruti versuchte vergeblich, seine Enttäuschung zu verbergen. »Nun gut, der Generaldirektor wird mich sicher demnächst anrufen und mir seine Pläne mitteilen. Also machen wir weiter: Wer ist der nächste?«

»Da ist noch ein Kunde, der Probleme macht. Es handelt sich um eines von den Nummernkonten, deshalb weiß ich den Namen nicht.« Nick hob ein Papier auf. »Hier ist es. Kontonummer 549.617 RR. Sie werden die Nummer sicher kennen.«

»Ja, ja. Natürlich kenne ich sie.« Cerruti wurde nervös. »Was gibt es für ein Problem?«

»Nicht eigentlich ein Problem, mehr eine Chance. Ich würde diesen Kunden gerne dazu überreden, uns mehr von seinem Vermögen zu überlassen. In den letzten sechs Wochen hat er mehr als zweihundert Millionen Dollar durch sein Konto transferiert, ohne auch nur einen Cent davon über Nacht liegenzulassen. Ich bin überzeugt, daß wir mehr Geld mit ihm verdienen könnten als nur die Überweisungsgebühren.«

Plötzlich sprang Cerruti auf. »Warten Sie, Nicholas, ich habe da etwas Wunderbares, das ich Ihnen zeigen möchte.« Bevor Nick widersprechen konnte, war er weg. Eine Minute später kam er wieder und trug ein Fotoalbum unter dem Arm. Er drückte es Nick in die Hand und öffnete es dann an einer Stelle, die mit einem Lesezeichen bezeichnet war. »Erkennen Sie jemanden?« fragte er.

Nick betrachtete das aufgeschlagene Foto. Es war eine großformatige Abbildung von Wolfgang Kaiser, Marco Cerruti, Alexander Neumann und einem gedrungenen, fröhlich aussehenden Mann mit verschwitztem Gesicht. Vor ihnen knickste eine vollbusige junge Frau mit platinblondem Haar und leuchtendrosa Lippenstift. Sie war einfach umwerfend. Kaiser hielt ihre Hand an seinen Mund und küßte sie genüßlich. Um nicht ausgestochen zu werden, hielt der fröhliche kleine Mann ihre andere Hand in ähnlicher Weise. Die funkelnden Augen der Frau zeigten deutlich, daß sie die Aufmerksamkeit genoß, die ihr zuteil wurde. Eine handgeschriebene Bildunterschrift lautete: »Achtung, Kalifornien, er kommt! Dezember 1967.«

Nick starrte die Abbildung seines Vaters an. Alexander Neumann war groß, schlank und so schwarzhaarig wie Nick. Er lachte. Ein Mann, dem die ganze Welt offenstand. Neben ihm, um einen Kopf kleiner, war Cerruti, ganz Dandy, mit einer roten Nelke im Knopfloch seines dunklen Anzugs. Dann kam Wolfgang Kaiser, überschwenglich die Hand der attraktiven Frau küssend. Sein Schnurrbart schien noch buschiger als heute. Die Enden berührten fast seinen äußeren Augenwinkel. Den vierten Mann und die Frau kannte Nick nicht.

»Die Abschiedsparty für Ihren Vater«, sagte Cerruti. »Bevor er nach Los Angeles ging, um dort ein neues Büro zu eröffnen. Wir waren wirklich eine großartige Mannschaft, alles Junggesellen. Die ganze Bank kam zu der Party. Natürlich waren wir damals höchstens zweihundert. Wir waren das Herz und die Seele des privaten Bankwesens. Kaiser war unser Abteilungsleiter. Ich lernte gerade unter Ihrem Vater. Er kümmerte sich um mich wie ein Bruder, wirklich. Gerade an diesem Tag war er zum stellvertretenden Generaldirektor befördert worden.« Cerruti tippte auf das Foto. »Ich habe Alex angebetet. Ich war sehr unglücklich, daß er nach Los Angeles ging, aber für mich bedeutete es einen gewaltigen Schritt nach oben.«

Nick war noch immer in die Betrachtung des Bildes vertieft. Er hatte nur wenige Fotos von seinem Vater aus der Zeit gesehen, bevor er nach Amerika ging. Er war überrascht, um wieviel jünger er auf Cerrutis Bild aussah als in seinen eigenen Erinnerungen. Dieser Alexander Neumann war wirklich glücklich. Nick konnte sich nicht daran erinnern, seinen Vater auch nur ein einziges Mal so fröhlich und gelöst gesehen zu haben.

Cerruti sprang auf die Füße. »Kommen Sie, lassen Sie uns etwas trinken. Was darf ich Ihnen anbieten? Vielleicht ein Bier?«

»Entschuldigen Sie, aber ich trinke keinen Alkohol; macht mich nervös. Könnte es auch etwas Sodawasser sein?«

»Ja, natürlich.« Cerruti verschwand in der Küche. Eine Minute später erschien er mit zwei Büchsen Sodawasser und zwei Gläsern mit Eis. Nick schenkte sich ein und trank einen Schluck. »Ich wußte nicht, daß er direkt unter Wolfgang Kaiser gearbeitet hat. Was hat er gemacht?«

»Ihr Vater war jahrelang Kaisers Nummer zwei. Portfolio Manager natürlich. Es gab eine ganze Menge Konkurrenz zwischen den beiden.«

»Wie meinen Sie das?«

»Blättern Sie eine Seite um. Ich habe einen Brief Ihres Vaters aufgehoben. Dann werden Sie verstehen, eigentlich ist es einer seiner Monatsberichte aus Los Angeles.«

Nick blätterte weiter und fand ein zerknittertes Blatt Papier in einer Plastikhülle. Der Briefkopf lautete: United Swiss Bank, Los Angeles Representative Office, Alexander Neumann, Vice Präsident and Bureau Manager. Der Brief war an Wolfgang Kaiser adressiert, zur Vorlage an Urs Knecht, Beate Frey und Klaus König, das Datum vom 17. Juni 1968. Der Text war belanglos. Nicks Vater schrieb von drei künftigen Kunden, die er besucht hatte, einer Einlage von hundertfünfundzwanzigtausend Dollar von einem Walter Galahad, einem großen Tier bei MGM und davon, daß er eine Sekretärin brauchte. Für die folgende Woche plante er eine Reise nach San Francisco. Am interessantesten schien Nicks Auffassung nach das Postskriptum. Es war als »vertraulich« gekennzeichnet, womit ohne Zweifel sichergestellt war, daß alle es lesen würden.

»Wolf, ich möchte unsere Wette verdoppeln. Das Ziel, Einlagen in Höhe von einer Million im ersten Jahr, ist zu leicht zu erreichen. Sage nicht, ich sei nicht fair, Alex.«

Nick las den Bericht ein zweites Mal. Es war ihm, als sei sein Vater noch am Leben. Sein Magen fühlte sich hohl an und seine Schultern schmerzten vor Müdigkeit. Er war überrascht, daß er nach so langer Zeit noch soviel Schmerz empfand. Er blätterte zurück zu dem Foto und schaute tief in die Augen seines Vaters. Er hatte gelernt, ihn nicht zu vermissen. Aber jetzt hatte er zum erstenmal Mitgefühl mit seinem Vater, diesem Mann, der schon mit vierzig Jahren um sein weiteres Leben betrogen worden war. Nick hatte eine neue Quelle des Kummers entdeckt. Er schloß die Augen.

Er sitzt nicht mehr in Marco Cerrutis Wohnung. Er ist ein Junge, und es ist Nacht. Das Blinklicht eines Polizeiautos beleuchtet ein Dutzend schattenhafter Gestalten in gelben Südwestern, und Nick zittert. Heftiger Regen klatscht auf seine Schultern. Er geht auf die Eingangstür eines Hauses zu, das er noch nie gesehen hat. Warum ist sein Vater hier, nur fünf Kilometer von zu Hause entfernt? Seine Arbeit? Das ist die Begründung, die seine Mutter halbherzig vorgebracht hat. Oder kommt das, weil seine Eltern in letzter Zeit nie mehr aufgehört haben zu streiten? Hinter der Eingangstür liegt sein Vater in seinem braunen Schlafanzug auf der Seite. Zwischen seiner Brust und seinem ausgestreckten Arm hat sich ein See von Blut gesammelt. »Der Mann hat sich drei Schüsse in die Brust eingefangen«, flüstert ein Polizist hinter Nick. »Drei Schüsse in die Brust.«

Marco Cerruti legte eine Hand auf Nicks Schulter. »Geht es Ihnen nicht gut, Herr Neumann?«

Nick zuckte bei der Berührung zusammen. »Oh, doch, es ist alles in Ordnung. Danke.« Nick wies auf den Bericht. »Der Brief da hat einige alte Erinnerungen wieder aufgeweckt. Meinen Sie, ich könnte ihn behalten?«

»Das wäre mir eine große Freude.« Cerruti nahm das Blatt behutsam aus der Hülle. »Im Bankarchiv sind viele davon. Bei uns wird kein einziges Blatt der offiziellen Korrespondenz weggeworfen.«

»Wo könnte ich sie einsehen?«

»In der Dokumentationszentrale. Fragen Sie Karl. Der findet alles.«

»Wenn ich einmal Zeit habe, werde ich vielleicht einmal danach schauen«, sagte Nick möglichst unbeteiligt. Am liebsten wäre er augenblicklich zur DZ gerannt. Er wendete sich wieder dem Bild von seinem Vater und Wolfgang Kaiser zu. »Wer ist die Dame auf dem Foto?« fragte er.

Cerruti lächelte. »Sie erkennen sie nicht? Das ist Rita Sutter. Damals war sie nur eine von vielen Sekretärinnen. Heute ist sie die Chefsekretärin des Generaldirektors.«

»Und der vierte Mann?«

»Das ist Klaus König, der Generaldirektor der Adlerbank.«

Nick sah genauer hin. Der rundliche kleine Mann, der Rita Sutters Hand küßte, hatte kaum Ähnlichkeit mit dem unverfrorenen König von heute. Aber schließlich war das Bild ja dreißig Jahre alt. Nick überlegte, welcher von den beiden, die sich auf dem Foto um die Gunst der Sekretärin bewarben, wohl den Sieg davongetragen hatte, und ob der andere einen Groll zurückbehalten hatte.

»König gehörte mit zu unserer fröhlichen Gesellschaft«, sagte Cerruti. »Er verließ die Bank ein paar Jahre nach Ihrem Vater. Er ging nach Amerika und studierte so eine Art Mathematik, Statistik, glaube ich. Er brauchte einen Doktortitel, um uns andere zu überflügeln. Vor zehn Jahren kam er wieder zurück. Machte eine Zeitlang Consulting im Nahen Osten. Vor sieben Jahren zog er dann seinen eigenen Laden auf. An seinem Erfolg ist nicht zu zweifeln, nur seine Methoden gefallen mir nicht. Wir hier in der Schweiz haben nichts übrig für Terror und Einschüchterung.«

»In den Staaten nennen wir das *shareholder dissent*«, erklärte Nick.

»Nennen Sie es, wie Sie wollen, es ist Räuberei.« Cerruti leerte sein Glas. »Wenn das alles war, was Sie zu besprechen hatten, Herr Neumann …«

»Wir waren mit dem letzten Kunden noch nicht fertig«, sagte Nick. »Die Summen, die er transferiert hat, sind dramatisch angewachsen, seit Sie weg sind. Und dann gibt es noch eine neue Entwicklung: Die Bank kooperiert mit dem Drogenfahndungsbüro der Vereinigten Staaten.«

»Sterling Thorne?«

»Ja«, sagte Nick. »Sterling Thorne. Hat er mit Ihnen gesprochen?«

»Warum? Hat er mich erwähnt?«

Nick verneinte. »Thorne gibt jede Woche eine Liste mit den Kontonummern der Leute heraus, die er im Verdacht hat, in die Wäsche von Drogengeld verwickelt zu sein. Diese Woche stand auch die Kontonummer des Paschas drauf. Ich muß wissen, wer der Pascha ist.«

»Wer der Pascha ist oder nicht, geht Sie nichts an«, zeterte Cerruti.

»Warum ist die Drogenfahndung hinter ihm her?«

»Haben Sie nicht gehört, das geht Sie nichts an.« Cerrutis Arm zitterte leicht. »Tun Sie, was man Ihnen sagt, Herr Neumann. Lassen Sie sich nicht mit dem Pascha ein. Überlassen Sie das Maeder. Der Pascha geht weit über Ihre Kompetenzen hinaus.«

»Aber Sie kennen den Pascha«, beharrte Nick. »Sie waren im Dezember bei ihm. Wie heißt er?«

»Bitte, Herr Neumann, keine Fragen mehr. Ich bin sehr beunruhigt.« Was als leichtes Zittern seines Armes begonnen hatte, wurde zu einem Krampfanfall, der seinen ganzen Körper schüttelte.

»Was für Geschäfte betreibt der Mann? Warum sind die Behörden hinter ihm her?«

»Ich weiß es nicht, und ich will es auch nicht wissen.« Cerruti packte Nick bei den Aufschlägen seines Jacketts. »Neumann, was auch immer Sie tun, verärgern Sie bloß diesen Mann nicht!«

Nick sah auf den verstörten Banker hinunter, und es

wurde ihm klar, daß nichts mehr aus ihm herauszuholen war – jedenfalls nicht jetzt. »Ich finde allein zur Tür. Vielen Dank für den Bericht meines Vaters.«

»Neumann, noch eine Frage. Was haben die Ihnen bei der Bank gesagt, warum ich nicht im Büro bin?«

»Martin Maeder hat erklärt, daß Sie einen Nervenzusammenbruch erlitten hätten, aber wir wurden angewiesen, Ihren Kunden zu sagen, daß Sie sich auf Ihrer letzten Reise Hepatitis geholt hätten. Ach, und ich vergaß zu erwähnen, es wird davon geredet, daß Sie vielleicht zu einer unserer Tochterbanken wechseln würden. Vielleicht zur Arab Bank.«

»Die Arab Bank? O mein Gott!« Cerruti umklammerte ein Sofakissen. Seine Fingerknöchel waren weiß vor Anspannung.

Nick legte eine Hand auf Cerrutis Schulter. Ihm war klar, warum Kaiser Cerrutis Rückkehr hinauszögerte. Der Mann war ein Wrack. »Ich werde Ihnen einen Doktor rufen. Sie sehen nicht gut aus.«

Cerruti schob ihn weg. »Gehen Sie nur, Herr Neumann. Mir fehlt nichts.«

Nick ging zur Tür.

»Und, Herr Neumann«, rief Cerruti schwach. »Wenn Sie den Generaldirektor sehen, sagen Sie ihm, ich sei munter wie ein Fisch im Wasser und brenne nur so darauf, wieder anzufangen.«

Kapitel 17

Später an diesem Abend fand sich Nick vor einem häßlichen grauen Mietshaus in einer schmalen Straße wieder, weit vom wohlhabenden Zentrum der Stadt entfernt. Die Temperatur war unter den Gefrierpunkt gesunken, der Himmel nur noch teilweise von Wolken bedeckt. Nick hielt ein Stück Papier mit der Adresse in der Hand: Eibenstraße 18.

Sein Vater war in diesem Gebäude aufgewachsen. Alexander Neumann hatte mit seiner Mutter und seiner Großmutter von seiner Geburt bis zu seinem zwanzigsten Lebensjahr in einer lausigen Zweizimmerwohnung gehaust, deren Fenster in einen finsteren Innenhof hinausgingen. In diesen stumpfsinnigen Straßen hatte er mit Freunden gewettet und die Schule geschwänzt – sofern er an solchen Leichtfertigkeiten überhaupt Spaß gehabt hatte. In einer versteckten Ecke hatte er seine erste Zigarette geraucht und vielleicht auch seinen ersten Kuß bekommen.

Als Kind war Nick von seinem Vater einmal in diese Wohnung geführt worden. Alles darin war dunkel und muffig gewesen. Geschlossene Fenster mit schweren Vorhängen. Massive Möbel aus dunkelbraunem Holz. Einem Kind, das gewöhnt war, auf den weiten Rasenflächen und in den sonnenbeschienenen Straßen Südkaliforniens zu spielen, mußte dieser Ort böse und unfreundlich erscheinen. Er hatte ihn gehaßt. Aber heute hatte er das Bedürfnis, nach den Geistern der Vergangenheit seiner Eltern zu suchen und einen Zusammenhang zu finden zwischen dem Jungen, der in diesen Straßen aufgewachsen war, und dem Mann, der sein Vater geworden war.

Als Nick an dem finsteren Gebäude hochschaute, fiel ihm plötzlich ein Tag ein, an dem er seinen Vater ganz und gar verabscheut hatte. Es war auf einer Sommerreise in die Schweiz gewesen, als Nick zehn Jahre alt war.

Ein Wochenende in Arosa, einem Gebirgsort, der sich an die Wand eines weiten Tales schmiegt. Am Sonntag morgen treffen sich Mitglieder der örtlichen Sektion des Alpenvereins in einer Schneise unterhalb eines gewaltigen Gipfels, des Tierfluh. Im Morgengrauen macht sich die Gruppe von rund zwanzig Bergsteigern auf den Weg. Nick mit seinen zehn Jahren ist der jüngste, sein Großonkel Eberhard ist mit siebzig der älteste. Sie wandern über eine Wiese mit hohem Gras und durchwaten einen plätschernden Bach. Bald kommen sie in einen Wald mit hohen Fichten, und der Pfad beginnt sanft anzusteigen. Onkel Eberhard übernimmt die Führung. Nick hält sich in der Mitte der Gruppe. Er ist ängstlich. Wollen sie es wirklich wagen, diesen zerklüfteten Gipfel zu besteigen?

Nach einer Stunde Wanderung hält die Gruppe bei einer Holzhütte auf einer grasbewachsenen Lichtung. Die Tür steht offen, und einer der Bergsteiger geht hinein. Als er wieder herauskommt, hält er eine Flasche mit einer klaren Flüssigkeit hoch. Ein Freudenschrei ertönt. Alle trinken von dem hausgebrannten Pflümli. Auch Nick bekommt die Flasche und nimmt einen kleinen Schluck Pflaumenschnaps. Die Augen tränen ihm, und er bekommt einen roten Kopf. Aber er ist stolz darauf, als gleichwertiges Mitglied der Gruppe behandelt zu werden. Er schwört sich, nichts von seiner Müdigkeit und von seiner zunehmenden Angst zu zeigen.

Sie gehen weiter. Nach einer Stunde führt der Weg auf eine Felsplatte. Allmählich verschwindet die Vegetation. Der Pfad führt nun an der Flanke des Berges entlang, in einen schattigen Sattel, der zwei Gipfel miteinander verbindet.

Die Kette der Bergsteiger hat sich auseinandergezogen. Onkel Eberhard geht noch immer voran. Mit etwa hundert Metern Abstand folgt Alexander Neumann. Zwanzig Schritte hinter ihm kommt Nick. Einer nach dem anderen ziehen die Bergsteiger an ihm vorbei. Jeder klopft ihm auf die Schulter und sagt ein paar ermutigende Worte. Bald ist niemand mehr hinter ihm.

Der Weg wird immer steiler. Weit vorne sieht Nick seinen Großonkel. Er kann ihn nur noch an seinem Stock erkennen. Er sieht auch seinen Vater, einen schwarzhaarigen Kopf, der sich über einem roten Pullover auf und ab bewegt.

Stunden vergehen. Nick senkt den Blick und geht. Mit Entsetzen sieht er, wie groß der Abstand ist, der ihn von den anderen trennt. Seinen Onkel kann er nicht mehr ausmachen. Sein Vater ist nur noch ein roter Punkt. Nick ist allein in einer Schneewüste. Schließlich kann er nicht mehr und bleibt stehen. Er ist erschöpft und er hat Angst. »Dad«, schreit er. »Dad!« Aber seine dünne Stimme verhallt in der Weite der Berglandschaft. Und dann kann er auch seinen Vater nicht mehr sehen. Alles ist still. Und für ein Kind, das in der Stadt aufgewachsen ist, ist nichts so erschreckend wie der Augenblick, in dem es zum erstenmal feststellt, daß es alleine ist. Nick fällt auf die Knie. Warum hat sein Vater ihn verlassen? Ist es ihnen allen egal, was aus ihm wird? »Dad!« schreit er noch einmal. Seine Augen füllen sich mit Tränen. Er beginnt zu weinen. Und mit dem Tränenstrom fallen ihm alle Ungerechtigkeiten, alle unfairen Strafen, die je über ihn verhängt wurden, wieder ein. Niemand liebt ihn. Sein Vater will ihn hier oben sterben lassen. Seine Mutter ist sicher an dem Plan beteiligt.

Keiner kommt, um nach ihm zu sehen. Seine Tränen versiegen, und er hört auf zu schluchzen. Nein, schwört sich Nick, die Berge werden mich nicht umbringen. Niemand wird das schaffen. Ich muß weitergehen. Ich darf nicht hierbleiben. Ich muß auf diesen Gipfel.

Er setzt seinen Weg fort. Seine Augen folgen den ausgetretenen Fußspuren. Seine Füße steigen rasch den steilen Pfad hinauf. Er weiß nicht, wie lange er geht. Er konzentriert sich nur noch auf die Fußspuren. Er weiß, daß sein Großonkel, sein Vater und die anderen von ihm erwarten, daß er den Berg hinaufgehen soll.

Ein schriller Pfiff dringt in die Stille um ihn herum. Ein Juchzer, ein ermutigender Ruf. Nick schaut auf. Die ganze Gruppe sitzt auf einem vorspringenden Felsen, gar nicht weit von ihm entfernt. Sie freuen sich über seine Ankunft. Wieder hört er das Pfeifen, und er sieht, wie sein Vater den Hang hinunterläuft, um ihn zu begrüßen. Er hat es geschafft.

Und dann liegt Nick in den Armen seines Vaters, der ihn fest und liebevoll umschlungen hält. Zuerst ist er wütend. Er ist diesen Berg hinaufgestiegen. Niemand hat ihm geholfen. Es ist sein Sieg. Wie kann sein Vater es wagen, ihn wie ein Kind zu behandeln? Aber dann gibt er nach und schlingt seine Arme um seinen Vater. Lange halten sie sich umschlungen, und sein Vater flüstert ihm etwas zu: daß er den ersten Schritt getan habe, um ein Mann zu werden. Nick beginnt zu weinen. In den Armen seines Vaters läßt er seinen Tränen freien Lauf, und er drückt ihn an sich, so fest er nur kann.

Diesen Tag würde Nick nie vergessen. Noch einmal schaute er zu dem Haus hinauf, in dem sein Vater gelebt hatte, und großer Stolz erfüllte ihn. Er war in die Schweiz gekommen, um zu erfahren, was für ein Mann Alexander Neumann wirklich war. Um nach der Wahrheit über den Banker zu suchen, der im Alter von vierzig Jahren getötet worden war.

Werde einer von ihnen, hatte der Geist seines Vaters ihn gedrängt. Und das hatte er getan. Nun konnte Nick nur noch hoffen, daß er mit seiner Entscheidung bezüglich des Paschas seine Suche nicht gefährdet hatte.

Kapitel 18

Ali Mevlevi trat mit aller Kraft auf das Gaspedal seines Bentley Mulsanne Turbo und lenkte den Wagen auf die Gegenfahrbahn. Ein entgegenkommender Volkswagenbus schleuderte nach links und wirbelte auf dem Seitenstreifen der Straße eine Staubwolke auf, kippte dann auf die Seite und rutschte die Böschung hinunter. Mevlevi hupte und gab weiter Vollgas. »Aus dem Weg!« brüllte er.

Der Pick-up, der störrisch die Straße blockiert hatte, steuerte auf den Seitenstreifen, um ihn durchzulassen. Das altersschwache Fahrzeug war vollgestopft mit Wanderarbeitern und hoffnungslos überladen. Auf der ungeteerten Böschung kam er stotternd zum Stehen. Die Arbeiter sprangen von der Ladefläche und brüllten Flüche hinter dem vorbeibrausenden Bentley her.

»Armselige Bettler«, knurrte Mevlevi. Unter was für einem unglücklichen Stern waren sie nur geboren? Ihre Erdenzeit war von Demütigungen und Armut gekennzeichnet und von der systematischen Zerstörung ihres einst unbezähmbaren arabischen Geistes. Für diese Männer würde er sein Vermögen aufs Spiel setzen. Für diese Männer mußte Chamsin ein Erfolg werden. Mevlevi wandte seine Aufmerksamkeit wieder der Straße zu, aber bald kehrten seine Gedanken zu seinem Problem zurück, das sein Herz bedrückte. Ein Spion, dachte er.

Vor einigen Stunden hatte er festgestellt, daß die Vereinigten Schweizer Banken seine siebenundvierzig Millionen Dollar nicht weitertransferiert hatten, wie er es ausdrücklich angeordnet hatte. Seine Frage nach dem Grund der Verzögerung hatte ergeben, unter welchen Umständen sein Geld der Drogenfahndung entgangen war. Durch welchen internen Fehler der Bank seine Kontonummer auf der vom Drogenfahndungsbüro der Vereinigten Staaten aufgestellten Überwachungsliste aufgetaucht war, hatte man ihm nicht erklären können. Das war im Augenblick auch von untergeordneter Bedeutung. Denn die internationalen Behörden hatten seine Überweisung nicht nur erwartet, sie hatten auch die genaue Höhe der Summe gekannt. »Ein Spion hat mir über die Schulter geschaut«, knurrte Mevlevi mit zusammengebissenen Zähnen.

Normalerweise wußte er die penible Genauigkeit der Schweizer zu schätzen. Sie befolgten seine Anordnungen buchstabengetreu. Um so rätselhafter schien ihm die Rettung seines Geldes. Denn es war das Nichtbefolgen einer klar definierten Anordnung, die es ihm ermöglicht hatte, dem Zugriff der internationalen Behörden zu entkommen. Er stand in der Schuld eines Amerikaners, sogar eines Marineoffiziers der Vereinigten Staaten. Einer, dessen Brüder mit ihrem Blut die Erde des heiligen Landes besudelten, über das er gerade fuhr.

Mevlevi folgte weiter der Nationalstraße Nummer 1, in Richtung Shatilla, in Richtung Israel. General Amos Ben Ami hatte vor sechzehn Jahren seine Truppen auf genau dieser Straße vorrücken lassen. Amerikanische Panzer, gepanzerte Truppentransporter und mobile Artillerie waren in einer Welle des westlichen Imperialismus über die israelische Grenze geströmt. Die schlecht organisierten libanesischen Militias hatten nur dürftigen Widerstand geleistet, die regulären syrischen Truppen kaum mehr. Tatsächlich hatte Haffez al Assad für den Fall, daß die israelischen Truppen Beirut erreichen sollten, an alle Kommandeure den Befehl ausgegeben, daß seine Soldaten in die relative Sicherheit des Bekaa-Tals zurückzuziehen seien. Und so kam es, daß die Syrer verschwunden waren, als General Ben Ami Beirut einschloß. Die PLO legte ihre Waffen nieder und erhielt freien Abzug nach Ägypten und Saudi-Arabien, wo sie sich in neuen Lagern sammelten. Elf Monate später zog Israel seine Truppen aus Beirut zurück und richtete eine fünfundzwanzig Kilometer breite Sicherheitszone auf libanesischem Boden entlang seiner Nordgrenze ein. Ein Polster zwischen Israel und dem Land der islamistischen Fanatiker im Norden.

Die Israelis hatten sich fünfzehn Jahre eines ständig gestörten Friedens erkauft, überlegte Ali Mevlevi. Ihre Ruhepause würde jedoch bald beendet sein. In wenigen Wochen würde wieder eine Armee auf einer Route parallel zur Nationalstraße Nummer 1 vorrücken, diesmal in Richtung Norden. Eine Guerillatruppe unter seiner Leitung, die unter dem grün-weißen Banner des Islam kämpfte. Wie der berüchtigte Chamsin, der wütende Wind, der ohne Vorwarnung aus der Wüste kam und fünfzig Tage lang alles verschlang, was sich ihm in den Weg stellte, so würde er sich ungesehen erheben und seinen Zorn über den Feind ausschütten.

Mevlevi öffnete einen silbernen Kasten, der neben ihm stand, und entnahm ihm eine schlanke schwarze Zigarette, eine türkische Sobranie. Eine letzte Verbindung zu seinem Heimatland Anatolien – wo die Sonne aufgeht. Und wo sie jeden Abend untergeht, dachte er bitter, und die Bewohner noch ärmer, schmutziger und hungriger zurückläßt als am Tag zuvor. Er zog an seiner Zigarette und spürte, wie das Nikotin ihm Kraft gab. Er sah die zerklüfteten Hügel und die Salzebenen Kapadokiens vor sich. Er sah seinen Vater am oberen Ende des rohen Holztisches sitzen, der den Wohnraum beherrschte und der gleichermaßen als Werkbank wie als Ehebett diente sowie, bei seltenen Gelegenheiten, für Festessen. Sein Vater trug den großen roten Fez, der ihm so teuer war. Sein älterer Bruder Saleem ebenfalls. Beide waren Derwische. Mystiker. Mevlevi dachte daran, wie herumgewirbelt waren und sich gedreht hatten, wie sie mit hoher Stimme Gebete gesungen hatten, wie die Säume ihrer langen Gewänder höher geflogen waren, je leidenschaftlicher ihre Anbetung wurde. Er hörte ihre fiebrigen Stimmen, welche die anderen Derwische zur ekstatischen Vereinigung mit dem Propheten aufforderten.

Jahrelang hatte sein Vater ihn gedrängt, nach Hause zu kommen. »Du bist ein reicher Mann«, hatte er gesagt. »Wende dein Herz zu Allah. Habe teil an der Liebe deiner Familie.« Jahrelang hatte Mevlevi über den Gedanken gelacht. Sein Herz hatte sich von Allahs Liebe abgewendet. Er hatte die Religion seiner Väter aufgegeben. Und dennoch hatte der Allmächtige ihn nicht aufgegeben. Er war Herr eines kleinen Imperiums. Sein Geld lag auf Nummernkonten bei einem Dutzend Banken in Europa verteilt. Aber täglich wuchs sein Mißtrauen gegen seine Mitmenschen. Der Mensch war eine unreine Kreatur, nur darauf bedacht, Geld und Macht zu erwerben. Beherrscht nur von dem Wunsch, seine Gier zu stillen, seine Lüste zu befriedigen und alles um sich herum zu beherrschen. Wann immer Ali Mevlevi sich im Spiegel betrachtete, sah er einen König unter diesen unreinen Kreaturen. Und es machte ihn krank. Nur seine Identität als Moslem konnte ihm Trost spenden.

Bei dem Gedanken an seine Erweckung erlebte Ali Mevlevi abermals einen Augenblick der Inspiration. Sein ganzer Körper war erfüllt von der ausschließlichen Liebe zum Allmächtigen und von Verachtung für seine eigenen irdischen Ambitionen. Zu welchem guten Zweck konnte er seinen Reichtum verwenden? Allah allein hatte die Antwort: zum Besten des Islam. Zur höheren Ehre des Propheten. Für die Sache seines Volkes. Und nun, kurz bevor er seinem Vater und seinen Brüdern beweisen konnte, daß er mehr zum Ruhme Allahs tun konnte als sie mit ihren mystischen Gesängen, hatte Mevlevi einen Spion entdeckt, der alles, wofür er in den letzten Jahren gearbeitet hatte, zu zerstören drohte. Einen Feind von Chamsin.

Es war Mevlevi klar, daß er seine Nachforschungen auf diejenigen konzentrieren mußte, die Zugang zu den Details seiner finanziellen Transaktionen hatten. Es konnte niemand in Zürich sein. Weder Cerruti, noch Sprecher, noch Neumann konnten die Höhe seiner Überweisung gewußt haben, bevor sie die Bank erreicht hatte. Dennoch stand es außer Zweifel, daß die Summe im voraus bekannt gewesen sein mußte. Seine Kontaktleute in Zürich hatten das ganz genau berichtet. Ein Mr. Sterling Thorne von der Drogenfahndung der Vereinigten Staaten hatte nach einer Überweisung von siebenundvierzig Millionen Dollar gesucht.

Der Spion mußte also in seiner nächsten Umgebung sitzen, innerhalb seines Compounds. Wer durfte sich frei in seinem Haushalt bewegen? Wer könnte ein Gespräch mit anhören oder sich Zugang zu seinen privatesten Unterlagen verschaffen? Da fielen ihm nur zwei Personen ein: Joseph und Lina. Aber warum sollte einer der beiden ihn hintergehen? Mevlevi mußte über seine eigene Naivität lachen. Für Geld natürlich. Aber wer war der Kaiphas, der Judas die dreißig Silberlinge bezahlte? Er würde es schon bald wissen. Vielleicht sogar noch heute.

Mevlevi lehnte sich in die weichen Lederpolster seines Autos zurück und fuhr weiter in Richtung Shatilla. Dort würde er Abu Abu treffen und mit ihm über alle Einzelheiten der Anwerbung von Joseph reden. Die Narbe im Gesicht seines Gehilfen hatte ihre Beweiskraft für seine Treue verloren.

Die glänzendschwarze Limousine passierte Tyrus, dann Sidon. Bei Samurad verließ Mevlevi die Schnellstraße und fuhr auf einem ungeteerten Weg auf eine Siedlung aus weißgetünchten Ziegel- und Lehmgebäuden zu: Shatilla.

Als Mevlevi sich dem Lagereingang näherte, begann sich eine Menschenmenge zu sammeln. Etwa hundert Meter vom Tor entfernt hielt er den Bentley an, und der Mob drängte vorwärts, um den Wagen in Augenschein zu nehmen. Mevlevi kletterte aus dem Auto und beauftragte zwei derb aussehende junge Burschen, den Bentley zu bewachen. Er drückte jedem von ihnen einen knisternden Hundertdollarschein in die Hand. Die beiden begannen sofort, den Mob mit Fußtritten und Schlägen zurückzudrängen.

Mevlevi machte sich auf den Weg in das Lager und erreichte nach wenigen Minuten das Haus des Lagerleiters. Er hatte sich für diesen Ausflug in eine wallende schwarze Dishdashah und eine rotgemusterte Keffiyah gehüllt. Er schob den zerlumpten Vorhang zur Seite, der an Stelle einer Tür vor dem Eingang hing. Im Innern saßen zwei Kinder vor einem Schwarzweißfernseher.

Mevlevi ließ sich neben dem älteren der beiden, einem dicklichen Jungen von elf oder zwölf Jahren auf die Knie nieder. »Hallo, junger Krieger. Wo ist dein Vater?«

Der Junge beachtete den Besucher nicht und starrte weiter auf den Bildschirm. Mevlevi packte den Jungen am Ohr und zog ihn vom Boden hoch. Der Junge brüllte. »Jafar!« rief Mevlevi. »Ich habe deinen Sohn. Komm raus, du gemeiner Feigling.«

Eine gedämpfte Stimme kam aus einem Hinterzimmer. »Al-Mevlevi, ich bitte Sie. Tun Sie dem Jungen nichts. Ich komme ja schon.« Ein Holzschrank an der hinteren Wand des Raumes rumpelte zur Seite. Dahinter wurde eine dunkle Öffnung sichtbar. Jafar Muftilli tauchte daraus auf und trat in den Wohnraum; eine gekrümmte Gestalt von vierzig Jahren. Er hatte ein Rechenbrett und ein dickes Rechnungsbuch in der Hand. »Ich wußte ja nicht, daß dieser Tag mit einem so erhabenen Besuch in meinem bescheidenen Haus gesegnet sein würde.«

»Versteckst du dich immer vor deinen Freunden im Keller?« fragte Mevlevi.

»Bitte mißverstehen Sie mich nicht. Geldangelegenheiten müssen immer mit der größten Sorgfalt behandelt werden. Unglücklicherweise halten meine Landsleute gar nichts davon, von den eigenen Leuten beraubt zu werden.«

Mevlevi schnaufte vor Abscheu. »Jafar, ich suche Abu Abu.«

Der Lagerleiter strich sich nervös den dünnen Bart. »Ich habe ihn seit Tagen nicht gesehen.«

»Jafar, ich möchte mich nicht aufhalten. Ich muß Abu Abu sofort finden.«

»Bitte, Euer Gnaden, ich habe keinen Grund Sie anzulügen.«

»Vielleicht nicht. Aber vielleicht hat Abu Abu ja deine Dienste gekauft?«

Mevlevi riß das Ohr des Jungen kräftig nach unten und trennte es sauber vom Kopf. Das dickliche Kind fiel schreiend zu Boden. Blut tropfte über seine an den Kopf gepreßte Faust.

Jafar fiel auf die Knie. »Al-Mevlevi, Abu Abu ist weg. Ich weiß wirklich nicht, wo er ist.«

Mevlevi zog ein Messer aus seinem Gewand und kniete sich neben das wimmernde Kind. Er packte es bei seinen langen schwarzen Haaren und zerrte seinen Kopf nach oben. »Möchtest du, daß dein Sohn seine Nase verliert? Seine Zunge?«

Jafar war wie gelähmt vor Wut und Angst. »Ich kann Sie zu seinem Haus führen.«

»Gut, gehen wir.«

Jafar trat, gefolgt von seinem Besucher, vor die Tür. Überall, wo sie vorbeigingen, verbeugten sich die Lagerbewohner ehrerbietig und zogen sich in ihre Hütten zurück. Das Lager selbst war ein verwirrendes Labyrinth von verschlungenen Wegen und Einbahnstraßen, das sich über eine Fläche von etwa zwölf Quadratkilometern erstreckte.

Nachdem sie eine Viertelstunde lang durch die Gassen gegangen waren, hielt Jafar vor einer besonders schmutzigen und erbärmlichen Hütte. Holzpfosten trugen ein Dach, das aus Wellblech, Sperrholz und Wolldecken zusammengestückelt war. Vorhänge, die man vor die unverglasten Fenster gezogen hatte, flatterten vor den dunklen Löchern. Mevlevi zog die Eingangsdecke zur Seite und trat in den einzigen Raum. Überall lag Kleidung verstreut. Ein Tisch war umgekippt, und über der Unordnung lag ein überwältigender Gestank. Er kannte ihn wohl. Es war der Gestank des Todes.

»Wo ist Abus Keller?« fragte Mevlevi.

Jafar deutete auf einen rostigen, gußeisernen Ofen. Mevlevi befahl ihm, sich zu beeilen. Jafar zog an einem Hebel, und der Ofen schwang von der Wand weg in den

Raum. Ein paar Treppenstufen führten in ein schwarzes Loch, aus dem der unmenschliche Geruch hervordrang. Mevlevi tastete über die unebene Wand und fand ein Kabel, das zu einem Lichtschalter führte. Er betätigte den Schalter, und eine schwache Glühbirne glimmte an der niedrigen Decke des versteckten Kellers.

Abu Abu war tot.

Er lag in zwei Teilen vor Mevlevi. Sein abgetrennter Kopf war auf einen kupfernen Teller gelegt worden. Sein nackter Körper lag auf dem Bauch, nicht weit davon entfernt. Der Lehmboden war mit so viel Blut überschwemmt, daß es aussah als seien hier zehn Männer gestorben. Das Messer, das für die Enthauptung benutzt worden war, fand sich neben Abus Schulter. Mevlevi hob es auf. Der Griff war kreuzförmig und aus schwarzem Plastik; ein Davidstern in einem Kreis war eingeprägt. Er kannte die Waffe: ein gewöhnliches israelisches Armeemesser. Er wendete den Leichnam mit dem Fuß um. Beide Arme fielen auf den Boden. An beiden Händen fehlten die Daumen, und in beide Handflächen war ein Davidstern eingeritzt.

»Juden«, zischte Jafar Muftilli. Dann rannte er in eine Ecke des Kellers und übergab sich.

Mevlevi war unberührt vom Anblick der kopflosen Leiche. Da hatte er bei weitem schon Schlimmeres gesehen. »Was hat Abu getan, um die Israelis zu erzürnen?«

»Ein Racheakt«, antwortete Jafar schwach. »Er hatte besondere Freunde bei der Hamas, für die er arbeitete.«

»Hat Abu Nachwuchs für die Quassam angeworben?« fragte Mevlevi skeptisch. Er bezog sich auf den radikalen Flügel von Kämpfern innerhalb der Hamas, aus deren Reihen die Selbstmordattentäter stammten.

»Ist dies kein ausreichender Beweis?«

»Doch, das ist es.« Wenn die Juden Abu Abu für so wichtig gehalten hatten, daß sie ihre besten Killer nach ihm ausgeschickt hatten, dann mußte er selbst ein hochrangiges Mitglied der Hamas oder sogar der Quassam sein. Dann stand seine Treue zu seinen arabischen Brüdern außer Zweifel. Und seine Fähigkeit, die Männer, die er anwarb, richtig einzuschätzen, ebenso. Er konnte Joseph vertrauen.

Kapitel 19

Nick betrat seine Wohnung und nahm augenblicklich einen Geruch wahr, der am Morgen noch nicht dagewesen war. Er machte die Tür hinter sich zu und verschloß sie, dann ging er in die Mitte seines Einzimmerappartements. Wieder bemerkte er den fremden Geruch, konnte ihn aber nicht deuten. Ein Hauch von einem Cologne für Männer, etwas Süßem, Teurem. Von etwas, das er selbst nie im Leben benutzt hatte.

Nick begann, jeden Zentimeter seiner Wohnung abzusuchen, vom Teppich bis zur Decke. Seine Kleidung war unberührt. Seine Bücher standen auf ihrem Platz. Vielleicht waren die Papiere aus seinem Schreibtisch etwas zu ordentlich gestapelt. Dennoch wußte er es: Jemand war in seiner Wohnung gewesen.

Nick ging zu der Kommode, in der er seine Hemden und Pullover aufbewahrte, und öffnete die unterste Schublade. Er faßte unter ein Sweatshirt und fühlte mit Erleichterung den Griff einer Waffe. Er hatte seine Dienstpistole, einen Colt Commander, aus New York mitgebracht. Es war ziemlich einfach gewesen. Er hatte die Waffe auseinandergenommen und die Einzelteile in den Ecken seines Koffers verteilt. Die Munition hatte er in Zürich gekauft. Er zog den Gurt aus der Schublade, warf ihn auf das Bett und setzte sich daneben. Dann nahm er die Pistole aus der Tasche, um nachzusehen, ob das Magazin noch gefüllt war. Er zog den Schlitten zurück und schaute in die Munitionskammer. Der Kupfermantel einer Patrone glänzte ihm matt entgegen. Er ließ den Schlitten los und tastete nach der Abzugssicherung. Sein Daumen fand den Sicherungshebel. Er war geöffnet. Nick sprang abrupt auf. Durch lange Gewohnheit war es ihm in Fleisch und Blut übergegangen, seine Pistole niemals ungesichert wegzulegen. Er schob den Hammer zurück, legte den Sicherheitshebel um und ließ seinen Finger darauf auf- und abgleiten. Der Hebel saß fest. Die Waffe konnte nur durch einen absichtlichen Druck nach unten entsichert werden. Vielleicht war der Mann, der in seinem Zimmer gewesen war, ja doch kein solcher Profi.

Nick steckte die Pistole wieder in die Tasche und legte sie in die Schublade zurück. Wer hatte diesen Mann geschickt? Thorne und seine Freunde bei der amerikanischen Regierung? Oder war es jemand von der Bank? Der grüne Trachtenhut und der magere dunkelhäutige Mann, der ihn getragen hatte, fielen ihm wieder ein. War sein damaliger Verfolger in seine Wohnung eingebrochen?

Plötzlich empfand Nick das Bedürfnis, nach den wenigen Gegenständen zu sehen, die ihm wichtig waren. Er wußte, daß alles an seinem Platz sein würde, aber er wollte seine Habseligkeiten sehen und fühlen. Er lief ins Bad, nahm seine Rasiertasche und öffnete den Reißverschluß. In einer Ecke der Tasche befand sich eine kleine blaue Schachtel mit der Aufschrift: Tiffany & Co. Er nahm die Schachtel und öffnete sie. Ein Lederetui, ebenso blau wie die Schachtel, lag auf einem Wattepolster. Nick drehte es um. Ein silbernes Schweizer Messer glitt in seine Handfläche. Die Worte »Liebe für immer, Anna« waren in den Messergriff eingraviert. Ihr Abschiedsgeschenk, das sie ihm am Weihnachtsabend überreicht hatte. Unter dem Wattepolster, zu einem kleinen Rechteck zusammengefaltet, befand sich der Brief, der dabeigewesen war. Er faltete ihn auf und las.

Mein liebster Nicholas,

Jetzt, während der Feiertage, denke ich immer öfter an das, was wir miteinander gehabt haben, und an das, was wir wohl noch miteinander hätten haben können. Ich kann es immer noch nicht begreifen, daß Du nicht mehr Teil meines Lebens bist. Ich kann nur hoffen, daß Dein Herz nicht genauso leer ist, wie das meine.

Ich denke ständig darüber nach, wie es wohl gewesen wäre, wenn ich mit Dir in die Schweiz gekommen wäre. Ich weiß, daß Du überzeugt bist, daß ich nur wegen meines Studiums nicht mitgekommen bin. Aber da war noch so viel mehr: Freunde, Familie, die Ziele meines ganzen Lebens, am meisten aber Du selbst. Unsere Beziehung endete, als Du von der Beerdigung Deiner Mutter zurückkamst. Du warst nicht mehr Du selbst. Ich hatte ein Jahr lang gebraucht, Dich aus Deinem Kokon herauszulocken, Dich dazu zu bringen, Dich aufzuschließen und wie ein normaler Mensch mit mir zu reden, Dich davon zu überzeugen, daß nicht alle Frauen so sind, wie Deine Mutter. (Es tut mir leid, wenn das immer noch weh tut.) Nach der Beerdigung war alles wieder beim alten. Du lächeltest nicht mehr, Du zogst Dich in Deine eigene Welt zurück. Du warst wieder ein dummer Soldat mit einem dummen Auftrag. Wir können keine gemeinsame Zukunft haben, solange Du nicht aufhörst, in der Vergangenheit zu leben. Was Deinem Vater passiert ist, tut mir wirklich leid. Aber das ist endgültig vorbei.

Wie dem auch sei … ich sah dies bei Tiffany und mußte an Dich denken.

Liebe für immer,

Anna

Nick faltete den Brief zusammen. Als er mit den Fingern darüberstrich, hörte er sie in sein Ohr flüstern, während sie sich in seiner Wohnung in Boston liebten. Fast fühlte er ihre Beine, die sich um seinen Rücken schlangen, ihre Zähne, die in sein Ohr bissen.

Dann änderte sich das Bild. Vor seiner Wohnungstür packt Nick Anna bei ihren schlanken Armen. Es ist das letzte Mal, daß er sie sieht, und er ist verzweifelt darüber, daß keine Worte ihr seine Gefühle verständlich machen können. »Verstehst du denn nicht, daß ich alles ganz genauso will wie du? Ich habe doch keine Wahl. Zuerst muß ich das erledigen. Anna starrt ihn stumm an. Sie hört ihn, aber sie versteht ihn nicht.

Nick packte das Messer wieder in seine Rasiertasche. Er verließ das Badezimmer und ging zu seinem Bücherregal hinüber. Er hatte nur seine Lieblingsbücher mitgebracht, Bücher, die er schon vier- oder fünfmal gelesen hatte. Bücher waren seine einzige Zuflucht gewesen, als seine ganze Welt um ihn herum zusammenbrach. Er hatte sich gesagt, daß sein Vater, wenn er noch am Leben wäre, ihm genau diese Bücher zu lesen gegeben hätte. Also las er sie von sich aus. Er las Homer und Thukydides, Emerson und Melville, Crane und James und natürlich Hemingway. Nick hatte alle Bücher in der Bibliothek seines Vaters verschlungen. Schiller, Goethe, Nietzsche und Dürrenmatt, die Geißel der Kindheit eines Schweizer Schuljungen.

Nick nahm ein Buch aus dem Regal. Es war in Leder gebunden und höher und dünner als die anderen. Der Terminkalender seines Vaters für das Jahr 1978. Nick legte ihn behutsam auf den Schreibtisch. Dann ging er wieder ins Badezimmer, um eine Rasierklinge zu holen. Er kehrte zum Schreibtisch zurück, setzte sich und schlug den vorderen Deckel des Kalenders auf. Er schob die Rasierklinge unter die linke obere Ecke des gelben Papiers, mit dem der Deckel gefüttert war, und bewegte sie vorsichtig hin und her, bis er das Papier zurückklappen konnte. Darunter lag ein zerknittertes Stück Papier: der Polizeibericht über den Mord an seinem Vater. Nick seufzte dankbar. Sein heimlicher Besucher hatte ihn nicht gefunden. Er warf die Rasierklinge in den Mülleimer und legte den Bericht auf den Tisch, um ihn genauer zu studieren. Am oberen Ende des Papiers befanden sich mehrere rechteckige Felder, in welchen die administrativen Daten vermerkt waren: Datum: 31. Januar 1980. Diensthabender Offizier: W.J.Lee, Leutnant. Straftat: Code 187 – Tötung. Uhrzeit des Todes: ca. 21.00 Uhr. Todesursache: mehrere Schußwunden. In dem

Feld mit der Überschrift »Verdächtige« standen die Anfangsbuchstaben N.S.A. – *no suspect apprehended*, kein Verdächtiger gefaßt. Unter diesen Feldern befand sich eine große freie Fläche, in die Leutnant Lee eine Beschreibung der Ereignisse eingetragen hatte.

Um 21.05 Uhr hörten Sergeant M. Holloway und Sergeant B. Schiff mehrere Schüsse, die beim Gebäude Nummer 10602, Stone Canyon Drive abgegeben wurden. Die Sergeanten Holloway und Schiff fanden das Opfer, Alexander Neumann, vierzig, der im Hausgang ausgestreckt lag. Das Opfer war mit einer großkalibrigen Waffe aus kurzer Entfernung (Pulverspuren erkennbar) dreimal in den Oberkörper getroffen worden. Bei Eintreffen des Offiziers war das Opfer bereits verstorben. Die Eingangstür des Hauses war offen, das Schloß war intakt. Es waren keine anderen Personen anwesend. Kein Anzeichen eines Kampfes. Meldung mit der Bitte um Entsendung der Mordkommission wurde telefonisch um 21.15 Uhr an das Polizeihauptquartier West Los Angeles gegeben. Der Fall wurde dem oben genannten Offizier übertragen.

Quer über den Bericht waren mit roter Farbe die Buchstaben N.F.A. – *no further actions*, keine weiteren Maßnahmen – sowie das Datum, 31. Juli 1980, gestempelt. Nick hatte bei dem Polizeidepartment von Los Angeles angerufen, und um ein Exemplar des Abschlußberichts des zuständigen Polizeioffiziers und der Gerichtsverhandlung gebeten, aber man hatte ihm gesagt, daß beide bei einem Feuer im Parker Center vor zehn Jahren vernichtet worden seien. Er hatte sogar versucht, den damaligen Leutnant Lee anzurufen. Dieser war jedoch bereits im Ruhestand und hatte keine Adresse hinterlassen.

Nick las den Namen seines Vaters immer wieder, und auch das Wort, das dahinterstand: Tötung. Ihm fiel das Foto von der Abschiedsparty 1967 ein, siebenundzwanzig Jahre alt und überglücklich nach Amerika zu gehen. Er fühlte die Freude seines Vaters in seinem eigenen Herzen. Er sah sich, wie er seinen Vater auf jenem Berggipfel bei Arosa umarmt hatte. Nie hatte er sich ihm näher gefühlt als in diesem Augenblick. Und dann stand er wieder im Regen, sah auf die Leiche seines Vaters hinunter und starrte auf die Blutlache.

Plötzlich schluchzte Nick. Eine erstickende Explosion aus der Tiefe seines Innern. Aber im nächsten Augenblick erfaßte ihn wieder das Mitleid. »Es tut mir so leid, Dad«, flüsterte er. Tränen strömten aus seinen Augen. Er weinte zum erstenmal seit dem Tod seines Vaters.

Kapitel 20

Es war elf Uhr abends, und zum zweitenmal an diesem Tag stand Nick vor einem fremden Gebäude und wartete auf den Ton des Türöffners, der ihm Einlaß gewähren würde. Er hatte vorher angerufen und wurde erwartet. Mach die Tür auf, Sylvia. Du weißt doch, daß ich es bin. Der arme Tropf, der dich vor einer Stunde angerufen und gesagt hat, daß er verrückt werden würde, wenn er nicht aus seiner trostlosen Wohnung herauskäme, um ein freundliches Gesicht zu sehen.

Endlich hörte er den Summton. Er stolperte über die Treppe, die zu ihrer Wohnungstür führte. Im Treppenhaus ging das Licht an, und die Tür öffnete sich. Sylvia Schön bedeutete ihm hereinzukommen. Sie hatte einen Bademantel aus rotem Flanell an und dicke Wollsocken. Ihr Haar hing lose um ihr Gesicht, und sie trug die schwere Brille, die er seit seinem ersten Arbeitstag nicht mehr an ihr gesehen hatte. Ihr Gesichtsausdruck sagte ihm, daß sie die Situation keineswegs komisch fand.

»Herr Neumann, ich hoffe, Sie haben etwas sehr Wichtiges mitzuteilen. Als ich sagte, daß ich alles für Sie tun würde, meinte ich eigentlich …«

»Nick«, sagte er sanft. »Ich heiße Nick. Und Sie haben gesagt, ich sollte Sie anrufen, falls ich jemals etwas bräuchte. Mir ist klar, daß dies eine ungewöhnliche Zeit für einen Besuch ist, aber wenn wir hineingehen und eine Tasse Kaffee oder sonst etwas trinken, kriegen wir das sicher in den Griff.«

»Also gut, Nick, kommen Sie rein. Und weil es fünf

nach elf ist und ich gerade meinen vorteilhaftesten Pyjama trage, nennen Sie mich am besten Sylvia.« Sie drehte sich um und ging durch einen kurzen Korridor in ein gemütliches Wohnzimmer. Ein braunes Ecksofa nahm eine ganze Wand und auch noch die Hälfte der anschließenden ein. Davor stand ein Couchtisch aus Glas. Die anderen Wände waren von Bücherregalen bedeckt. Dazwischen hingen gerahmte Fotografien. »Setzen Sie sich. Machen Sie es sich bequem.«

Sie verschwand in der Küche, kam mit zwei großen Kaffeebechern zurück und reichte ihm einen davon. Nick trank einen Schluck und begann, ruhiger zu werden. Ein Feuer brannte im Kamin, sanfte Musik ertönte aus der Stereoanlage. Sylvia setzte sich an das andere Ende der Couch und zog die Beine unter den Körper. Sie sah ihn an und ließ ihm Zeit, sich zu sammeln. Endlich sagte sie: »Sie kommen mir ziemlich aufgeregt vor. Was ist denn los?«

Nick sah in seine Kaffeetasse. »Die Bank ist ein aufregender Ort. Aufregender, als die meisten Leute sich das vorstellen, und sicherlich aufregender, als ich es mir vorgestellt hatte.« Er schilderte Sylvia die Ereignisse, die zu seinem Entschluß geführt hatten, den anonymen Inhaber des Nummernkontos 549.617 RR vor dem Zugriff des Drogenfahndungsbüros der Vereinigten Staaten zu schützen. Seine Überlegung war, so erklärte er, die Bank aus Unannehmlichkeiten herauszuhalten, und der Drogenfahndung den Zugang zu vertraulichen Informationen über die Kunden zu verweigern. Seine privaten Gründe behielt er für sich. Zum Schluß berichtete er von Maeders ominöser Ankündigung, daß das »Urteil« über ihn am Montag verkündet werden würde. »Ich bin darauf gefaßt, am Montag eine Notiz auf meinem Schreibtisch vorzufinden, in der mir höflich mitgeteilt wird, daß ich in irgendeine armselige kleine Abteilung versetzt bin, mit der Aufgabe, Papierschnipsel zu zählen.«

»Das also ist passiert«, sagte Sylvia. »Das hätte ich mir denken können.« Bevor er ihr wegen ihrer Allwissenheit eine Frage stellen konnte, fuhr sie fort: »Sie werden tatsächlich versetzt. Sie werden in Wolfgang Kaisers Büro versetzt. Sie sollen sein leitender Assistent werden. Ich sollte Ihnen das eigentlich nicht vor Montag sagen. Jetzt verstehe ich, warum. Der Generaldirektor wollte Sie noch eine Weile im eigenen Saft schmoren lassen. Am Montag morgen werden Sie die Aufforderung bekommen, in der Kaiserpfalz anzutreten. Ott hat mich heute angerufen und wollte Ihre Papiere sehen. Die großen Tiere wollen Sie oben bei sich haben. Dadurch, daß Sie diesen Pascha geschützt haben, haben Sie sich offensichtlich bei Kaiser sehr beliebt gemacht.«

Ein seltsames Gefühl vollständiger Verwirrung überflutete Nick. Den ganzen Tag hatte er sich auf eine strenge Zurechtweisung gefaßt gemacht. Sogar auf seine Entlassung. »Das ist doch wohl nicht möglich. Warum wollen die mich da oben haben?«

»Sie haben ihre Gründe: König, der Übernahmeversuch. Kaiser braucht jemanden, der mit unzufriedenen amerikanischen Aktionären fertig wird. Und das sind Sie. In deren Augen haben Sie so eine Art Prüfung bestanden. Ich kann mir vorstellen, daß sie nun glauben, Ihnen trauen zu können. Aber seien Sie vorsichtig da oben. Eine Menge feister Egos bevölkert jene Hallen. Und sagen Sie bloß kein Wort von unserem Gespräch. Sie müssen überrascht tun.«

»Ich bin überrascht. Ich bin geschockt.«

»Ich dachte, Sie wären glücklich. Ist das denn nicht, was jeder Harvard M.B.A. sich wünscht? Ein Stuhl zur Rechten Gottes?«

Nick versuchte zu lächeln, aber eigentlich war er viel zu ausgelaugt, erschöpft, verwirrt, um sich zu freuen. Er war erleichtert, daß er nicht rausgeschmissen wurde. Aber auch in Sorge, ob er den Erwartungen des Generaldirektors gerecht werden könnte. Irgendwie brachte er es fertig zu behaupten, er sei begeistert.

»Ist das denn alles? Es freut mich, daß ich Sie beruhigen konnte. Sie sahen nicht besonders gut aus, als Sie hereinkamen.« Sylvia stand auf und ging zum Korridor. Es war Zeit aufzubrechen.

Nick folgte ihr zum Eingang. Sie öffnete die Tür und lehnte sich gegen den Türrahmen. »Gute Nacht, Herr Neumann. Ich habe Angst, meine Einladung von neulich zu wiederholen.«

»Daß ich Sie anrufen soll, wenn ich etwas brauche?«

Nick sah Sylvia an. Sie war blaß, aber ihre Lippen waren voll und rosa, und er wollte sie küssen. Seine Unsicherheit verschwand. »Essen Sie morgen mit mir zu Mittag«, sagte er. »Ich möchte Ihnen danken, daß Sie mir heute abend zugehört haben. Sagen wir um ein Uhr im Zeughauskeller?«

»Herr Neumann ...«

Nick beugte sich vor und küßte sie, nur eine Sekunde lang, gerade lange genug, um sie zu spüren und zu wissen, daß sie nicht vor ihm zurückwich.

»Vielen Dank für heute abend.« Er trat über die Schwelle. »Ich warte morgen um eins auf Sie. Bitte kommen Sie.«

Im Zeughauskeller summten die Stimmen von zweihundert Gästen, die ihr Mittagsmahl verzehrten. In dem ehemaligen Waffenlager des Kantons Zürich herrschte die Atmosphäre eines gutgeführten Warenhauses. Die hohe Decke wurde von polierten Eichenbalken gestützt und ruhte auf acht mächtigen steinernen Säulen. Der Wandschmuck bestand aus Piken, Armbrüsten und Lanzen. An diesem Wintertag um ein Uhr war das Lokal vollbesetzt.

Nick saß allein in der Mitte des Raumes und verteidigte seinen Tisch gegen alle Neuankömmlinge. Er sah auf die Uhr. Es war fünf Minuten nach eins. Sie wird kommen, sagte er sich.

Er war an diesem Morgen früh aufgestanden, um sich noch etwas Bewegung zu verschaffen, bevor er aufbrach. Nach einem Monat in der Schweiz hatte er bereits vier Kilo zugenommen. Sein Vater hätte das nicht gebilligt. Alex Neumann war fast ein Meter und neunzig groß gewesen und hatte während seines ganzen Erwachsenendaseins nie mehr als achtzig Kilo auf die Waage gebracht. Wenn er zunahm, hatte er einfach aufgehört zu essen, bis er wieder sein Normalgewicht erreicht hatte. »Disziplin«, hatte er zu seinem einzigen Sohn gesagt. »Nimm dich zusammen.« Nick hatte fünfundvierzig Minuten lang intensiv Gymnastik getrieben. Nach einer Viertelstunde war sein T-Shirt schweißdurchtränkt, und als er fertig war, schmerzten ihn alle Muskeln. Er belohnte sich mit einer heißen Dusche, trocknete sich ab und überlegte, was er zu seiner Mittagsverabredung anziehen sollte. Zuerst wollte er normale Bürokleidung anziehen – einen grauen Anzug, weißes Hemd und Krawatte – aber dann verwarf er diesen Gedanken. Es ist Samstag, sagte er sich. Machs ein bißchen legerer. Er entschied sich für Jeans, ein weißes Hemd und einen dunkelgrauen Pullover.

Von seinem Sitzplatz aus konnte Nick beide Eingänge des Restaurants überblicken. Die Tür auf der linken Seite öffnete sich, und ein ältliches Ehepaar kam herein. Hinter ihnen erschien eine zierliche Gestalt im Kamelhaarmantel und einem bunten Schal, den sie um den Kopf geschlungen hatte. Er sah, wie sie aus dem Mantel schlüpfte und den Schal vom Kopf zog. Blondes Haar kam zum Vorschein. Sylvia Schön schaute suchend durch den Raum. Nick sprang auf und winkte. Sie sah ihn und winkte zurück.

»Heute sehen Sie besser aus«, sagte Sylvia, als sie an seinen Tisch trat. »Haben Sie gut geschlafen?« Sie trug enge schwarze Hosen und einen schwarzen Rollkragenpullover. Ihr Haar war zu einem Pferdeschwanz zurückgebunden, nur ein paar Strähnen hingen lose um ihr Gesicht.

»Ich habe mehr Schlaf gebraucht, als ich dachte.« Er hatte sieben Stunden durchgeschlafen, ein Rekord für ihn. »Vielen Dank, daß Sie mich gestern abend noch in Ihrer Wohnung empfangen haben. Ich nehme an, daß ich ziemlich fertig gewirkt habe.«

»Neues Land, neuer Job. Ich bin froh, daß ich mich als

Freundin erweisen konnte. Außerdem schulde ich Ihnen einen Gefallen.«

»Wieso das?«

»Ich habe es Ihnen gestern abend nicht erzählt. Kaiser war sehr angetan, daß ich Sie im Namen der Bank eingeladen hatte. Sehen Sie, Nick, ich habe Sie angelogen, als ich sagte, daß es ganz normal sei, neue Trainees zum Abendessen auszuführen. Vielleicht gehe ich mit Ihnen ja mal in die Kantine der Bank und spendiere Ihnen ein Glas Coca-Cola, aber Emilio fällt wirklich ganz aus dem Rahmen. Jedenfalls fand der Generaldirektor diesen Schritt von mir überaus klug. Er sagte, Sie seien etwas Besonderes und ich hätte ein Geschick dafür bewiesen, Talente zu pflegen. Er ordnete an, daß Rudi Ott mich in die Staaten schicken soll, um unsere Anwerbungen für diesen Frühling durchzuführen. In zwei Wochen fahre ich.«

»Herzlichen Glückwunsch«, sagte Nick. »Das freut mich für Sie.«

Sie strahlte über das ganze Gesicht und konnte ihre Erregung kaum im Zaum halten. »Es ist nicht die Reise, die so etwas Besonderes ist, sondern das Vertrauen, das in mich gesetzt wird. Ich werde der erste weibliche Personaldirektor sein, der neue Leute in Übersee anwerben darf. Es ist, als ob die Decke von meinem Büro weggezogen worden sei und der Himmel offenstünde.«

Oder wenigstens der direkte Weg in den vierten Stock, dachte Nick.

Nach dem Essen reihten sich Nick und Sylvia in die Gruppen von Leuten ein, die die Bahnhofstraße auf- und abschlenderten. Samstag war Einkaufstag. Während Sylvia das Angebot der Modehäuser Chanel und Rena Lange betrachtete, dachte Nick über die Möglichkeiten nach, die seine Beförderung in die Kaiserpfalz mit sich bringen würde. Als Kaisers Assistent würde es für ihn ein Leichtes sein, sich Zugang zum Archiv zu verschaffen und die Monatsberichte seines Vaters in die Hand zu bekommen. Oder doch nicht?

Plötzlich war sich Nick nicht mehr so sicher. Zerberus

registrierte jede Akte, die von einem Angestellten der Bank angefordert wurde. Und noch bedrohlicher als Zerberus war die Aufmerksamkeit von Armin Schweizer und Martin Maeder. Jeder seiner Schritte würde von mißtrauischen Männern überwacht werden, die für die Vereinigten Schweizer Banken lebten und starben.

Als sie gerade gemeinsam ein fetziges Gewand in der Celine Boutique in Augenschein nahmen, brachte Nick das Gespräch schließlich auf die Monatsberichte seines Vaters. »Sylvia«, begann er vorsichtig, »seit ich hier bin, würde ich so gerne mehr über die Arbeit meines Vaters bei der Bank wissen. Gestern habe ich im Gespräch mit einem Kollegen erfahren, daß er als Generaldirektor der Niederlassung in L.A. jeden Monat einen Bericht an die Bank geschickt hat.«

»Die Monatsberichte. Immer wenn eine unserer Niederlassungen im Ausland Personal aus der Schweiz anfordert, bekomme ich Ausdrucke davon.«

»Ich würde sehr gerne sehen, mit was für einer Art von Geschäften mein Vater sich befaßt hat. Das wäre so, als würde ich ihn als Kollegen kennenlernen.«

»Da sehe ich keine Schwierigkeiten. Gehen Sie zur DZ und fragen Sie Karl nach den Monatsberichten Ihres Vaters. Diese Akten sind längst nicht mehr aktuell. Niemand wird etwas dagegen haben, daß Sie sie lesen.«

»Das hatte ich eigentlich vor. Aber ich möchte nicht, daß Herr Kaiser oder Armin Schweizer meinen, ich würde meine Pflichten vernachlässigen, um in der Vergangenheit herumzuschnüffeln.« Er nahm Sylvias Hand, führte sie in eine ruhige Ecke des Ladens und bat sie, sich einen Moment mit ihm auf ein weiches beigefarbenes Sofa zu setzen. »Niemand hat je herausgefunden, wer meinen Vater ermordet hat. Er hielt sich im Haus eines Freundes auf, als er umgebracht wurde. Er hat sich vor irgend jemandem versteckt. Ich habe keine Ahnung, warum mein Vater getötet wurde. Aber es könnte vielleicht etwas mit seiner Arbeit zu tun gehabt haben. Meinen Sie, daß man in seinen Monatsberichten vielleicht einen Hinweis finden könnte, wenn irgend etwas nicht in Ordnung war?«

»Vielleicht. Jedenfalls könnte man daraus ersehen, was für Geschäfte er abgewickelt hat.« Plötzlich stand Sylvia auf. Ihr Gesicht verfinsterte sich. »Sie wollen doch nicht etwa sagen, daß die Bank etwas mit dem Mord an Ihrem Vater zu tun gehabt haben soll?«

Nick stand ebenfalls auf. »Sie mißverstehen mich. Natürlich meine ich nicht, daß die Bank selbst etwas damit zu tun gehabt haben könnte. Sehr viel eher könnte es jemand gewesen sein, den er durch die Arbeit kannte, ein Kunde oder jemand von einer anderen Firma.«

»Es gefällt mir nicht, wohin dieses Gespräch führt«, sagte sie kalt.

Nick spürte, wie sie sich innerlich von ihm zurückzog. Aber er gab noch nicht auf. »Ich habe gehofft, diese Berichte könnten mich weiterbringen. Es müssen doch Informationen darin enthalten sein, die ein Licht darauf werfen, womit mein Vater in der Zeit vor seinem Tod beschäftigt war.«

Sylvias Gesicht wurde rot vor Zorn. »Mein Gott, das ist wirklich eine billige Art und Weise, mich zu manipulieren. Sie sollten sich schämen. Am liebsten würde ich Sie hier an Ort und Stelle ohrfeigen. Haben Sie gemeint, ich würde nicht durchblicken, wozu Sie mich bringen wollen? Ich soll wohl meine Fingerabdrücke auf Informationen hinterlassen, die Sie sich selbst nicht zu holen trauen.«

Nick legte die Hände auf Sylvias Arme. »Beruhigen Sie sich doch. Jetzt gehen Sie zu weit.« Oder war er es, der zu weit gegangen war? Plötzlich wurde ihm klar, wie töricht es von ihm gewesen war, ihr zu vertrauen. Er hatte sich von seiner Zuneigung zu ihr irreführen lassen. Warum aber sollte sie für jemanden, den sie kaum kannte, etwas riskieren?

Sylvia machte sich heftig von ihm los. »Ist das der Grund, warum Sie gestern abend bei mir aufgekreuzt sind? War das ein Versuch, mein Mitleid zu erregen, um mich dazu zu bringen, Ihnen zu helfen?«

»Natürlich nicht. Ich brauchte einfach jemanden. Ich wollte mit *Ihnen* reden. Vergessen Sie, daß ich wegen der Monatsberichte auch nur gefragt habe. Das war zuviel verlangt. Ich kann sie mir auch selber holen.«

»Es ist vollkommen gleichgültig, was Sie mit diesen Akten machen, aber ich werde mich aus allen Intrigen herauszuhalten wissen, die Sie möglicherweise planen. Ich sehe jetzt, was für ein Fehler es war, die Beziehung zu Ihnen bis ins Privatleben auszudehnen.« Sie ging steif aus dem Laden und rief noch über die Schulter: »Viel Glück am Montag, Herr Neumann. Und denken Sie daran: Sie sind nicht der einzige im vierten Stock, der so seine privaten Pläne hat.«

Kapitel 21

Am frühen Morgen fand sich Nick neben Wolfgang Kaiser auf einer Ledercouch im Büro des Generaldirektors wieder. Zwei Täßchen Espresso standen unberührt vor ihnen auf dem Tisch. Das rote Licht über der Tür war eingeschaltet und zeigte an, daß der Generaldirektor nicht gestört werden wollte. Rita Sutter war angewiesen worden, alle Telefonate abzufangen. »Ich habe etwas Wichtiges mit dem jungen Neumann zu besprechen«, hatte er seiner Sekretärin erklärt.

Kaiser hielt einen Vortrag, in dem er das Aussterben des Bankers mit umfassendem Wissen beklagte. »Spezialisierung ist heute alles«, sagte er verächtlich. »Nehmen Sie zum Beispiel Bauer von der Abteilung für Arbitrage. Versuchen Sie doch mal, ihn nach dem gegenwärtigen Hypothekenzins zu fragen. Der Mann würde Sie ansehen, als hätten Sie ihn nach dem Weg zum Mond gefragt. Oder Leuenberger bei den Derivativen. Der Mann ist brillant. Er kann bis zum Jüngsten Tag über Indexoptionen und den Zinsfuß reden. Aber wenn ich von ihm wissen wollte, ob wir einen Kredit von zweihundert Millionen an Asea Braun Boveri vergeben sollen, würde er in Panik geraten. Die Vereinigten Schweizer Banken brauchen Leute an der Spitze, die in der Lage sind, die Feinheiten aller Aktivitäten unserer Bank zu überblicken und eine zusammenhängende Strategie daraus zu entwickeln. Leute, die keine Angst vor schwierigen Entscheidungen haben. Würden Sie gerne zu dieser Führung zählen, Neumann?«

Nick saß aufrecht auf dem Sofa. Er war seit fünf Uhr

auf, um sicherzustellen, daß er auch richtig angezogen war. Er sollte ja so tun, als sei die Aufforderung, in das Büro des Generaldirektors zu kommen, eine Überraschung. Seine Beförderung in den vierten Stock sollte ein »Schock« sein; und er hatte sich tatsächlich noch nicht davon erholt. »Unbedingt, Herr Kaiser«, erwiderte er.

Kaiser schlug Nick auf das Knie. »Wenn wir genug Zeit hätten, würde ich Sie als erstes hinunter zu Karl in die DZ schicken. Alle unsere Anfänger haben dort begonnen. Ich, Ihr Vater auch. Da unten lernt man, wie die Bank aufgebaut ist, wer wo arbeitet und wer was tut.«

Nick nickte zustimmend. Die DZ war genau der Ort, wo er hinwollte.

»Nach zwei Jahren bekam man dann seinen ersten Posten«, erklärte Kaiser. »Ein Posten beim privaten Bankwesen war so etwas wie das goldene Fließ. Ihr Vater wurde als erstes mir zugeteilt, ich glaube, es war Domestic Portfolio Management. Alex und ich wurden sehr schnell gute Freunde – was mit Ihrem Vater nicht immer ganz einfach war. Er hatte Temperament. Damals nannte man das Insubordination. Er war nie der Typ, der ohne nachzufragen alles tat, was man ihm sagte. Offensichtlich haben Sie das von ihm geerbt. Seine Neugier machte mich aufmerksam«, fuhr Kaiser fort. »Er half mir, da hinzukommen, wo ich heute bin. Sein Tod war ein großer Verlust für die Bank. Und natürlich für Ihre Familie. Es muß schwer für Sie gewesen sein, Ihren Vater unter so schrecklichen Umständen zu verlieren. Aber Sie sind eine Kämpfernatur. Sie haben die Augen Ihres Vaters.« Der Generaldirektor lächelte schwach. Er erhob sich und ging zu seinem Schreibtisch. »Genug der Erinnerungen für heute. Wir werden bald alle ziemlich erschöpft sein.«

Nick stand ebenfalls auf und ging zu Kaisers Schreibtisch. Er bewunderte dessen schauspielerisches Talent. Dieser Mann hatte vermutlich nur ein einziges Mal in seinem Leben geweint, und das, als sein Bonus seinen Erwartungen nicht entsprach.

Wolfgang Kaiser überblickte die Stöße von Studien, Firmenberichten und Telefonnotizen, die im Halbkreis um seinen Arbeitsplatz gestapelt lagen. »Ah! Hier ist ja, was ich suche.« Er hob eine schwarze Ledermappe auf und überreichte sie Nick. »Es geht nicht an, daß der Generaldirektor einer relativ bedeutenden Schweizer Bank einen Trainee zum Assistenten hat. Es hat Ihnen noch niemand für das gedankt, was Sie am Donnerstag nachmittag getan haben. Die meisten Leute, die ich kenne, hätten sich auf die Anordnungen berufen, um sich vor Verantwortung zu drücken, die Sie sich auf die Schultern geladen haben. Ihre Entscheidung erforderte Voraussicht und Mut.«

Nick nahm die Ledermappe entgegen und öffnete sie. Darin lag ein elfenbeinfarbenes Pergament auf einer Samtunterlage. Mit handgeschriebenen Lettern stand darauf zu lesen, daß Nicholas A. Neumann mit diesem Tag zum Prokuristen der Bank ernannt worden sei und alle Rechte und Privilegien, die diese Stellung beinhalte, in Anspruch nehmen könne.

Kaiser streckte ihm die Hand entgegen. »Ich bin außerordentlich stolz darauf, daß Sie sich in der kurzen Zeit, die Sie bei uns beschäftigt sind, in dieser Weise bewährt haben.«

Nick las die Urkunde noch einmal: »Prokurist«. In sechs Wochen hatte er eine Position erreicht, mit der man normalerweise kaum in vier Jahren rechnen konnte. Nimm's wie eine Kriegsbeförderung, sagte er sich. König greift die eine Flanke an, und Thorne die andere. Er schüttelte Kaiser die Hand. Einen Augenblick lang wünschte er sich, es wäre sein einziger Wunsch, bei dieser Bank Karriere zu machen.

»Sie sind jetzt Beamter der Bank«, sagte der Generaldirektor. »Dr. Schön wird mit Ihnen über Ihre Gehaltserhöhung sprechen. Sie kümmert sich sehr um Sie, nicht wahr?«

»Am letzten Donnerstag haben wir miteinander zu Abend gegessen.« Nick kam zum erstenmal der Gedanke, daß sie mit gutem Grund darüber erbost sein könnte, daß er so schnell Karriere gemacht hatte. Sie arbeitete nun schon neun Jahre lang bei der Bank und war nur um einen Rang höher als er.

»Wir müssen sie auch aus unserem Personalhaus herausholen«, sagte Kaiser. »Eigentlich sollten Sie jetzt erst einmal zu einem Einführungsseminar in unsere Schule in Wolfschranz geschickt werden, aber unter den gegebenen Umständen hat das, meine ich, Zeit.«

Die Erwähnung des Personalhauses lenkte Nicks Gedanken in eine andere Richtung. Vielleicht war das Durchsuchen seiner persönlichen Habe ja der Preis, den man für den Zutritt zur Kaiserpfalz zu zahlen hatte.

Das Licht an Kaisers Telefon begann zu blinken. Kaiser überlegte einen Augenblick, ob er abheben sollte oder nicht, dann drückte er auf den blinkenden Knopf und nahm den Hörer. »Ja, schicken Sie ihn rein.«

Die Tür flog auf. »Klaus König hat eine Ankaufsanordnung für anderthalb Millionen unserer Aktien herausgegeben«, rief ein aufgelöster kleiner Mann. »Die Adlerbank will fünfzehn Prozent von unseren Aktien kaufen. Zusammen mit den fünf Prozent, die sie schon hat, würde ihr Anteil nach diesem Kauf zwanzig Prozent betragen. Wenn König erst einmal in unserem Aufsichtsrat sitzt, wird nichts, was wir sagen oder tun, mehr geheim bleiben!«

Kaiser antwortete ruhig: »Herr Feller, Sie können ganz beruhigt sein, wir werden niemals zulassen, daß die Adlerbank eine Situation herbeiführt, in der sie berechtigt ist, auch nur einen einzigen Sitz in unserem Aufsichtsrat zu beanspruchen. Wir haben Herrn Königs Absichten unterschätzt. Das wird in Zukunft nicht mehr der Fall sein. Ein Teil unserer Anstrengungen wird darin bestehen, unsere eigenen Aktionäre für uns zu gewinnen. Viele von ihnen leben in Nordamerika. Herr Neumann hier wird die Aufgabe übernehmen, sie anzusprechen und dazu zu bewegen, bei der Generalversammlung in vier Wochen für das bestehende Management zu stimmen.«

Feller sah Nick an. »Entschuldigen Sie«, murmelte er.

»Mein Name ist Feller. Reto Feller. Es freut mich, Sie kennenzulernen.« Er war klein und stämmig und nicht viel älter als Nick. Er trug eine dicke Hornbrille, hinter der seine dunklen Augen wie feuchte Murmeln aussahen. Seine Glatze war von einem Kranz lockiger roter Haare umrahmt.

Nick stellte sich vor und machte sofort den Fehler zu sagen, daß er auf eine angenehme Zusammenarbeit hoffe.

»Angenehm?« schnauzte Feller. »Wir leben hier im Kriegszustand! Hier wird es keine Annehmlichkeiten geben, bevor König nicht tot und die Adlerbank zur Hölle gefahren ist.« Er wendete sich wieder an Kaiser. »Was soll ich Dr. Ott sagen? Er wartet mit Sepp Zwicki im Handelssaal. Sollen wir mit der geplanten Aktienakkumulation beginnen?«

»Nicht so schnell«, sagte Kaiser. »In dem Moment, in dem wir anfangen zu kaufen, werden die Preise in die Höhe schießen. Erst sichern wir uns so viele Wählerstimmen wie möglich. Dann führen wir das Kapital der Bank für den Krieg gegen König ins Feld.«

Feller rannte ohne ein weiteres Wort aus dem Büro. Kaiser griff nach dem Telefon und rief Sepp Zwicki, den Chef der Handelsabteilung, an. Er erklärte ihm seine Anordnung, die Akkumulation von Aktien der Bank noch zu verzögern, und erkundigte sich dann, bei welchen Aktionären damit zu rechnen sei, daß sie der Adlerbank einen größeren Block ihrer Aktien verkaufen würden. Als sich das Gespräch auf die Auswirkungen von Königs Angriff auf die Wertpapierpreise im Besitz der VSB zuwandte, ließ Nicks Aufmerksamkeit nach. Er begann, sich gründlich in Kaisers Büro umzusehen.

In Form und Größe ähnelte der Raum dem Schiff einer mittelalterlichen Kathedrale. Die Decke war hoch und gewölbt, mit vier Sparren, die mehr zur Dekoration als zur Stütze dienten. Die beiden doppelten Holztüren reichten bis zur Decke. Der Zustand der Türen war ein Hinweis auf das, was im Innern gerade vor sich ging: Standen sie offen, hatte jedes Mitglied der Generaldirektion freien Zutritt, ohne vorherige Anmeldung. Waren die inneren Türen geschlossen, durfte der Generaldirektor zwar gestört werden, aber nur von Rita Sutter. Sie hatte Nick das System höchstpersönlich gleich in der Früh erklärt. Waren auch die äußeren Türen geschlossen, so mußte jeder, der eindrang, darauf gefaßt sein, augenblicklich zum Fenster hinausgeworfen zu werden. Sofern es ihm überhaupt gelang, an Rita Sutter vorbeizukommen, dachte sich Nick.

Die Frau sah kaum noch wie die Partykönigin aus, die sie auf Marco Cerrutis Foto gewesen war. Ihr Haar war von einem nüchternen Blond und in Schulterlänge abgeschnitten. Ihre Figur wirkte fest unter dem eleganten Kostüm, aber ihre blauen Augen funkelten nicht mehr so unschuldig; sie taxierten alles und jeden aus vorsichtigem Abstand. Sie strahlte eine ruhige, unerschütterliche Selbstbeherrschung aus – eher wie eine Führungspersönlichkeit als wie die Sekretärin des Generaldirektors. Nick dachte sich, daß sie vermutlich mehr von den Vorgängen in der Bank wußte als Kaiser selbst.

Besucher in der Höhle des Löwen mußten zehn Meter über einen blauen Teppich zurücklegen, um den Schreibtisch des Generaldirektors zu erreichen, der gegenüber des Eingangs stand. Der Schreibtisch war das beherrschende Möbelstück im Raum, ein unverrückbarer Altar aus Mahagoni. Darauf waren die Requisiten eines Gottes der internationalen Geschäftswelt aufgestellt: zwei Computermonitore, zwei Telefone, ein Tischlautsprecher und eine gigantische Rolex. Der Schreibtisch stand wie eingerahmt vor dem Bogen eines gewölbten Fensters, das vom Fußboden bis zur Decke reichte. Die Wand gegenüber von Nick war mit zwei Bildern geschmückt. Das eine war ein Ölportrait von Gerhard Gautschi, der fünfunddreißig Jahre lang Generaldirektor der Bank gewesen war. Das andere war ein byzantinisches Mosaik, das offenbar die Geldwechsler im Tempel darstellte. Ein kniender Geldverleiher hielt einem Sarazenen, der auf einem Pferd saß und einen juwelenverzierten Krummsäbel schwang, einen Sack mit Gold entgegen. Das Mosaik war wunderbar und sogar für Nicks ungeübte Augen als Meisterstück erkennbar.

In der Ecke neben dem Schreibtisch stand eine vollständige Samurai-Rüstung. Sie war ein Geschenk der Sho Ichiban Bank of Japan. Die VSB besaßen zwei Prozent der Aktien dieser Bank und umgekehrt. An der Wand über der Couch hing ein kleines impressionistisches Gemälde, das ein Weizenfeld im Hochsommer darstellte. In der rechten unteren Ecke des Bildes war die Signatur des Künstlers zu erkennen: Renoir. Kaiser hatte sich mit Erinnerungsstücken umgeben, die den Weg der Bank zu ihrer gegenwärtigen Bedeutung beleuchteten, mit persönlichen Trophäen aus schwer gewonnenen Schlachten, mit Kunstwerken, die einem privaten Winkel seines Wesens entsprachen. Das ganze Büro war ein Denkmal der großen Vereinigten Schweizer Banken und des Mannes, der diese Bank zu solcher Größe geführt hatte.

Nick wurde aus seinen Betrachtungen gerissen, als Kaiser den Telefonhörer auf die Gabel knallte. Kaiser lehnte sich in seinen Stuhl zurück und fuhr mit der Hand durch sein üppiges Haar. »Feller hatte recht. Wir befinden uns im Krieg. König will uns übernehmen. Bisher hat er nur fünf Prozent unserer Aktien, aber er hat angeordnet, weitere fünfzehn Prozent zu kaufen. Wenn es ihm gelingt, dreiunddreißig Prozent zusammenzubringen, hat er zwei Sitze im Aufsichtsrat. Mit zwei Sitzen kann er Einfluß auf die anderen Aufsichtsratsmitglieder nehmen und alle wichtigen Entscheidungen blockieren. Königs Schlachtruf lautet, wir seien im Mittelalter steckengeblieben. Mit dem privaten Bankwesen gehe es bergab. Wertpapierhandel sei das Geschäft der Zukunft. Man müsse das Kapital der Bank für Spekulationen nutzen und so die Richtung von Märkten, Währungen und Zinsen beeinflussen. Jede Investition, die nicht einen Gewinn von mindestens zwanzig Prozent im Jahr abwerfe, sei reif für das Schlachthaus. Aber, bei Gott, nicht mit uns. Nicht mit den Vereinigten

Schweizer Banken. Das private Bankwesen hat die Bank zu dem gemacht, was sie heute ist. Ich denke nicht daran, davon abzugeben oder die Zahlungsfähigkeit der Bank aufs Spiel zu setzen, indem ich mich Königs Bande von Pokerspielern anschließe.«

Kaiser ging um seinen Schreibtisch herum, stellte sich neben Nicks Stuhl und legte ihm eine Hand auf die Schulter. »Ich möchte, daß Sie eine Liste aller Personen und Institutionen aufstellen, die einen größeren Block unserer Aktien besitzen. Stellen Sie fest, mit wem wir rechnen können und wer vermutlich König unterstützen wird. Wir werden etwas Wirkungsvolles über unsere Absichten zusammenschreiben müssen, wie wir unsere Einkünfte aus Investitionen verbessern und die Zinsen unserer Aktionäre erhöhen wollen.«

Nick erkannte augenblicklich, daß ihm eine langwierige und schwierige Aufgabe bevorstand. Alle Pläne, seine neue Stellung für Nachforschungen über den Tod seines Vaters zu benutzen, mußten aufgeschoben werden – wenigstens so lange, bis Königs Angriff abgewehrt war.

»Woher nimmt dieser Schurke nur das Geld?« fragte Kaiser. »Während der letzten sieben Monate hat die Adlerbank dreimal ihr Kapital erhöht, ohne auch nur einmal auf den Markt zu gehen. Das bedeutet, daß mehrere private Gruppen heimlich hinter König stehen müssen. Ich möchte, daß Sie herausfinden, wer das ist. Ihr Freund Sprecher fängt heute bei der Adlerbank an. Benutzen Sie ihn, und wundern Sie sich nicht, wenn auch er versucht, Sie zu benutzen, insbesondere, wenn er entdeckt, daß Sie für mich arbeiten.«

Kaiser wandte sich in Richtung Tür. Nick stand auf und begleitete ihn. Was ist mit dem Pascha? wollte er fragen. Wer wird sich nun um ihn kümmern?

»Wir haben noch vier Wochen Zeit bis zur Generalversammlung, Neumann. Für die Arbeit, die uns bevorsteht, ist das nicht viel. Frau Sutter wird Ihnen jetzt Ihr Büro zeigen. Und achten Sie auf Feller. Passen Sie auf, daß er nicht durchdreht.«

Kapitel 22

Sylvia Schön warf einen Blick auf die blauen Notizzettel auf ihrem Schreibtisch und fragte sich, wann er wohl aufhören würde, sie anzurufen. Die erste Nachricht war vom Dienstag abend und lautete: Herr Nicholas Neumann hat um 18.45 Uhr angerufen und bittet um Rückruf. Die zweite stammte von diesem Morgen und hatte den gleichen Inhalt. Sie las beide Notizen noch einmal und stellte fest, daß die Telefonnummer, die darauf angegeben war, zum vierten Stock gehörte.

Sie redete sich selbst gut zu, nicht eifersüchtig auf sein Glück zu sein. In ihren neun Jahren bei der Bank hatte sie es kein einziges Mal erlebt, daß ein Angestellter innerhalb von nur sechs Wochen vom Trainee zum Prokuristen befördert wurde. Sie hatte sechs Jahre dazu gebraucht. Da sie befürchtete, über diesen Rang nicht hinauszukommen, hatte sie sich bei der Züricher Universität eingeschrieben und samstags und an drei Abenden in der Woche Vorlesungen über Management gehört, um ihren Doktor zu machen. Nach drei Jahren hatte sie ihren Titel bekommen, und erst im vergangenen Winter war sie zur Abteilungsdirektorin befördert worden. Wenn Nick sich auf seinem Posten bei Wolfgang Kaiser bewährte, gab es keinen Grund, warum er nicht in neun Monaten, Ende November, wenn die Bank ihre jährliche Beförderungsliste aufstellte, ebenfalls zum Abteilungsdirektor ernannt werden sollte. Männern, die sich im Zentrum der Macht aufhielten, passierten solche Dinge oft.

Sylvia nahm die blauen Notizzettel und warf sie in den

Papierkorb, wo auch all die anderen Nachrichten gelandet waren, die er seit Montag hinterlassen hatte. Sie versuchte sich einzureden, daß Nicks Beförderung nur eine der zahlreichen Ungerechtigkeiten war, die sie eben schlucken mußte. Aber sie schaffte es nicht.

Das Telefon klingelte. Sylvia reckte den Hals, um zu sehen, ob ihr Assistent an seinem Schreibtisch saß. Er war nicht da. Beim dritten Klingelton hob sie den Hörer selbst ab.

»Schön.«

»Guten Morgen, Sylvia. Hier Nick Neumann. Ich rufe an, um mich wegen der Jahresberichte zu entschuldigen. Ich hätte Sie nicht um Ihre Hilfe bitten dürfen.«

»Die Entschuldigung ist akzeptiert. Wie geht es Ihnen beim Generaldirektor?«

»Aufregend und hektisch. Ich würde gerne mit Ihnen darüber reden. Haben Sie morgen abend Zeit, mit mir zu Abend zu essen?«

Sylvia schluckte. Sie hatte schon geahnt, daß er anrief, um ein Rendezvous zu vereinbaren. Als sie seine kräftige Stimme hörte, wurde ihr klar, daß sie Nick keinen Vorwurf machen konnte. Aber sie brauchte Zeit, um sich über ihre Gefühle für ihn klar zu werden. »Ich glaube nicht. Lassen wir die Dinge lieber so, wie sie sind. Ich rufe an, wenn ich einmal Zeit habe. Belassen wir es dabei.« Bevor er noch protestieren konnte hatte sie aufgelegt. Aber schon im gleichen Augenblick fand sie sich selbst unglaublich unhöflich und grob. »Es tut mir leid, Nick«, flüsterte sie und starrte auf das Telefon. »Bitte ruf noch einmal an, ich weiß nicht, was in mich gefahren ist.« Aber das Telefon klingelte nicht.

Sylvia spähte in den Papierkorb. Sie holte eine der zerknüllten Notizen heraus und glättete sie auf ihrem Schreibtisch. Nick brachte sie aus der Fassung. Er war gutaussehend und zuversichtlich. Er hatte schöne Augen. Augen, deren Blick in einem Augenblick erschreckend und im nächsten herzerweichend sein konnte. Sie dachte an das gemeinsame Abendessen zurück. »Unabhängig«

hatte er sich selbst genannt, und das hatte ihr gefallen, weil sie ebenso unabhängig war. Ihr Leben gehörte ihr allein. Sie konnte damit machen, was sie wollte. Sie dachte an die Berührung seiner Lippen, als sie sich verabschiedet hatten. Sie schloß die Augen und stellte sich vor, wie es weitergegangen wäre. Seine Hand hätte ihre Wange gestreichelt, und sie hätte sich an ihn gepreßt. Ein heftiges Verlangen durchfuhr ihren Körper, und die Sinnlichkeit dieses Gefühls weckte sie aus ihrem Tagtraum.

Sylvia sah auf die Uhr. Es war bereits neun Uhr, und sie machte sich an die Arbeit, ihre Liste geplanter Einstellungsgespräche mit Absolventen von Schweizer Universitäten auf den neuesten Stand zu bringen. Es war eine monotone Aufgabe, und zum Trost dachte sie an die Ziele, die sie sich selbst zum Jahresbeginn gesetzt hatte: Erstens wollte sie in diesem Frühling in die Vereinigten Staaten fliegen, um die Anwerbung amerikanischer M.B.A.s für die Bank zu übernehmen. Zweitens sollte die Finanzabteilung am 31. Dezember die geringste Abwanderungsrate der ganzen Bank aufweisen. Das erste Ziel war so gut wie erreicht. Das zweite würde stetige Bemühungen erfordern. Wenn Nick länger blieb, als diese arroganten Burschen, die Dr. Rudolf Ott immer anzuwerben pflegte, konnte sie sehr froh sein.

Du hast noch andere Gründe, warum du möchtest, daß er bleibt, gab sie vor sich selbst zu. Warum also sollte sie ihn nicht zurückrufen? Er war genauso unabhängig wie sie.

Sie wünschte sich für ihre Liebesbeziehungen ein Maximum an Leidenschaft und ein Minimum an Bindung. Sie arbeitete zu hart für ihre Freiheit, um sich zu sehr in eine Liebschaft zu verstricken. Sie vermutete, daß sie eines Tages nach Sicherheit suchen würde, nach einer Liebe für den Rest ihres Lebens. Aber im Augenblick war sie mit den Dingen, so wie sie waren, vollkommen zufrieden. Warum also konnte sie das Gefühl nicht ignorieren, das tief in ihrem Inneren saß und ihr sagte, daß er vielleicht derjenige sein könnte?

Sylvia wählte Nicks Nummer. Das Telefon klingelte

nur einmal, dann ertönte eine männliche Stimme vom anderen Ende der Leitung.

»Hallo!«

»Es tut mir leid, Nick. Bitte vergessen Sie, daß dieses Telefonat je stattgefunden hat. Sie haben mich im falschen Moment erwischt.«

»Abgemacht.«

In diesem Augenblick hörte Sylvia eine wohlbekannte Stimme im Korridor. »Fräulein Schön, sind Sie in Ihrem Büro?«

Sie fuhr auf. »Nick, ich muß Sie zurückrufen, ja? Ich habe etwas zu erledigen.« Sie legte den Hörer auf.

»Guten Morgen, Herr Dr. Ott«, sagte sie strahlend und ging um ihren Schreibtisch herum, um dem stellvertretenden Generaldirektor der Vereinigten Schweizer Banken die Hand zu schütteln. »Welch eine unerwartete Freude.« Sie war nicht gerade glücklich, ihren kugelförmigen Vorgesetzten unangekündigt in ihr Büro rollen zu sehen. Der Mann war niederträchtig.

»Die Freude ist ganz auf meiner Seite, Fräulein Schön.« Ott stand vor ihr und hatte die Hände auf dem Bauch gefaltet. »Vor der Generalversammlung haben wir noch eine Unmenge an Arbeit zu erledigen. Noch heute müssen an alle Angestellten Ihrer Abteilung Briefe geschrieben werden wegen der Wählerstimmen, die sie infolge ihrer VSB-Aktien bei der Generalversammlung haben. Machen Sie unmißverständlich klar, daß alle – entweder durch Bevollmächtigte oder persönlich – für die bestehende Generaldirektion stimmen müssen. Bis fünf Uhr heute nachmittag will ich einen Ausdruck dieses Briefes.«

»Das ist reichlich kurzfristig«, sagte Sylvia.

Ott ignorierte ihren Einwurf. »Innerhalb einer Woche werden Sie alle Angestellten Ihrer Abteilung anrufen und sie fragen, wie sie stimmen werden.«

»Glauben Sie denn wirklich, daß unsere Angestellten meinen könnten, es sei in ihrem Interesse, für König zu stimmen?«

»Natürlich nicht. Aber der Generaldirektor hat mich angewiesen, dafür zu sorgen, daß Sie persönlich alle Angestellten der Finanzabteilung anrufen. Sie sollen sie dazu bewegen, geschlossen an der Versammlung teilzunehmen. Dafür wird ein halber Tag Urlaub gewährt. Herr Kaiser hat den Eindruck, daß Sie von Ihren Schutzbefohlenen sehr respektiert werden. Sie sollten sich darüber freuen.«

»Das tue ich ja. Ich bin nur unter Zeitdruck. Nächste Woche fliege ich in die Staaten. Ich habe an alle wichtigen Universitäten, mit denen wir in der Vergangenheit zusammengearbeitet haben, Termine für Gespräche mit den Absolventen gefaxt.«

»Ich fürchte, Sie werden Ihre Reise verschieben müssen.«

»Wir müssen diese Universitäten noch vor Ende März besuchen, sonst haben die besten Absolventen schon andere Stellungen angenommen. Die Reise wird nur zwei Wochen in Anspruch nehmen. Ich werde eine ganze Woche vor der Generalversammlung wieder hier sein. Da bleibt noch Zeit genug, dafür zu sorgen, daß alle Angestellten für Herrn Kaiser stimmen.«

»Sie meinen wohl noch immer, daß Herr Kaiser ein Interesse an Ihrer Karriere hat, nur weil er angeordnet hat, daß Sie an meiner Stelle nach New York gehen sollen? Sie haben bewundernswerte Weitsicht bewiesen, meine Liebe, als Sie mit Herrn Neumann zum Essen gegangen sind. Kaiser war sehr beeindruckt. Ja, Sie haben den Generaldirektor gegen mich eingenommen. Ich fliege also nicht nach New York. Aber leider, leider, Sie auch nicht.«

»Ich muß darauf bestehen«, sagte Sylvia laut. Es gelang ihr nicht, ihre Verzweiflung zu verbergen. »Es war der Wunsch des Generaldirektors.«

Ott schlug mit der Faust auf den Tisch. »Sie fahren nicht! Meine Liebe, haben Sie wirklich geglaubt, daß Ihr Techtelmechtel mit Herrn Kaiser Ihre Karriere beschleunigen wird?«

»Mein Privatleben geht Sie nichts an. Ich habe noch nie

versucht, einen Vorteil aus meiner Beziehung zum Generaldirektor zu ziehen. Aber in dieser Angelegenheit werde ich nicht zögern, mich direkt an ihn zu wenden.«

»Liebes Kind, Herr Kaiser ist fertig mit Ihnen. Er ist ein disziplinierter Mann. Haben Sie wirklich geglaubt, daß eine Schweizer Bank sich in den Vereinigten Staaten von einer Frau repräsentieren lassen würde?«

Sylvia sagte nichts. Ott hatte recht. Was die Behandlung von Frauen betraf, lag die Schweiz Lichtjahre hinter England, Frankreich und Amerika zurück. Wie viele Frauen waren in der Generaldirektion der VSB? Keine einzige. Wie viele Frauen waren stellvertretende Generaldirektorinnen? Dennoch war ihr klar, daß sich dies bald ändern mußte. Und sie hatte sich selbst als diejenige gesehen, die diese Änderung herbeiführen würde.

»Sie haben das wirklich geglaubt«, sagte Ott. »Ich sehe es Ihren Augen an. Wie eigenartig!« Er ging aus ihrem Büro und rief noch über die Schulter: »Machen Sie den Brief unbedingt bis heute nachmittag um fünf Uhr fertig!«

Sylvia ging in die Damentoilette, schloß sich ein und lehnte sich gegen die gekachelte Wand. Otts Worte brannten wie Feuer in ihrem Gemüt. Er hatte gesiegt. Er hatte wieder einen Konkurrenten ausgeschaltet, so daß er sein Bündnis mit Wolfgang Kaiser weiter festigen konnte.

Eine Welle von Selbstmitleid überflutete sie, und sie brach in Tränen aus. Sie bedauerte ihre kurze Affäre mit Wolfgang Kaiser. Sie waren sich bei dem alljährlichen Betriebsausflug an einem warmen Julinachmittag vor fast zwei Jahren begegnet. Sie hatte nicht im Traum daran gedacht, mit ihm zu sprechen oder gar zu flirten. Selbst als er sie fragte, ob der Ausflug ihr Freude bereite, hatte sie noch gezögert, sich mit ihm zu unterhalten, ja sogar ein bißchen Angst gehabt. Aber anstatt über die neueste Einstellungspolitik der Bank mit ihr zu reden, hatte er begeistert von der Giacometti-Ausstellung im Kunsthaus erzählt. Sie hatte immer nur den strengen, höflichen Vorgesetzten gekannt. Jetzt erlebte sie ihn als warmen, überschwenglichen Mann.

Zwei Wochenenden in seinem Sommerhaus in Gstaad, länger hatte ihre Liaison nicht gedauert. Er hatte sie wie eine Prinzessin behandelt. Abendesssen auf der Terrasse des Palace Hotels; lange Spaziergänge durch grüne Hügel; romantische und, wie sie zugeben mußte, leidenschaftliche Abende, bei Liebe und exquisitem Wein. Sie war niemals töricht genug gewesen zu glauben, es würde ewig so weitergehen, aber sie wäre auch nicht auf die Idee gekommen, daß die Affäre gegen sie benutzt werden könnte.

Nach einer Viertelstunde hatte Sylvia sich gefaßt und bespritzte ihr Gesicht mit kaltem Wasser. Sie sah lange in den Spiegel. Vertrauen, Hingabe, Bemühen. Sie hatte ihr ganzes Leben dieser Bank gewidmet.

Die Vereinigten Schweizer Banken waren ein international operierendes Institut. Wenn jemand die Hoffnung hegte, in die Führungsspitze der Personalabteilung der Bank aufzusteigen, mußte er die Akquisition von Mitarbeitern nicht nur in der Schweiz, sondern auch in New York, Hongkong oder Dubai leiten. Wurde derjenige von der grauen Eminenz des Generaldirektors daran gehindert, war seine Karriere am Ende. So war das.

Sylvia trocknete ihr Gesicht ab. Sie hatte es so dringend nötig, den Kummer in ihrer Brust irgendwo abzuladen. Sie sehnte sich danach, aus dem engen Büro herauszukommen. Aber es war unmöglich. Überall in der Bank herrschte fieberhafte Tätigkeit. In den nächsten vier Wochen war an einen freien Tag überhaupt nicht zu denken. Sie steckte die Hand in die Tasche und stellte fest, daß sie irgendwann im Laufe der Diskussion mit Ott die Zettel mit Nicks Nachrichten hineingestopft hatte. Sie glättete die Papiere und prägte sich seine Telefonnummer ein. War sie wirklich so allein, daß der einzige Mensch, an den sie sich wenden konnte, ein Mann war, der jünger war als sie und den sie zudem kaum kannte?

Sie schaute in den Spiegel. Ihre Augen waren verschwollen, das Make-up verschmiert. Du bist erbärmlich, sagte sie sich. Laß dir doch nicht vom Leutnant Befehle erteilen, die nur der Kapitän zu geben hat. Geh zu Wolfgang Kaiser. Trag ihm deinen Fall direkt vor. Überzeuge ihn davon, daß du in der Lage bist, die Bank im Ausland zu repräsentieren. Wehr dich! Sie ließ die Begegnung mit Kaiser am Freitag morgen noch einmal Revue passieren. Sie dachte daran, wie er gezögert hatte, ihre Hand loszulassen. Statt Sehnsucht hatte sie Hunger gespürt, statt Stärke, Schwäche. Diese Schwäche würde sie zu ihrem Vorteil ausnutzen.

Sie nahm ein Papiertaschentuch aus ihrer Handtasche, um sich die restliche Schminke aus dem Gesicht zu wischen. Als sie die Hand zum Gesicht hob, hielt sie inne. Irgendwas stimmte nicht. Sie sah ihre Hand an und stellte fest, daß sie unkontrolliert zitterte.

Kapitel 23

Nick entdeckte Sterling Thorne unter einer Straßenlaterne, etwa zwanzig Meter vom Eingang des Personalhauses der Bank entfernt. Der Agent der Drogenfahndung trug einen braunen Trenchcoat über einem dunklen Anzug. Als er Nick sah, hob er die Hand zum Gruß.

Nick wäre am liebsten in die andere Richtung davongerannt. Aber es war abends um zehn, und er war erschöpft. Wolfgang Kaiser war von acht Uhr morgens bis zehn Uhr abends ununterbrochen in Bewegung gewesen, und sein neuer Prokurist war immer hinter ihm hergelaufen.

Der Tag hatte im Handelssaal mit Sepp Zwicki begonnen, mit einem Bericht über Königs neueste Taten. Am Vormittag waren sie in der Kaiserpfalz gewesen, wo Kaiser Direktiven ausgab, wie man mit unzufriedenen Aktionären umzugehen hatte. Er erledigte selbst ein paar Telefonate, um vorzuführen, wie man die geldgierigen Kerle überzeugen konnte. Das Mittagessen nahmen sie in einem der privaten Speiseräume der Bank mit den Freunden von Vontobel und Julius Baer ein. Beide Banken besaßen große Blöcke von VSB-Aktien. Am Nachmittag wurden die Papiere von VSB-Aktionären gesichtet, und die Aufgabe, mit ihnen zu telefonieren, wurde zwischen Nick und Reto Feller aufgeteilt. Um sieben Uhr ließ man das Abendessen aus der Kropf-Bierhalle herüberschicken. Bratwurst mit Zwiebeln. Die drei Stunden, die seitdem vergangen waren, hatten sie mit gehetzten Anrufen bei Börsenanalysten in Manhattan zugebracht.

»Sie arbeiten wohl ziemlich lange?« fragte Thorne und streckte Nick die Hand entgegen.

Nick hielt seine Hände in den Taschen vergraben. »Es gibt zur Zeit jede Menge zu tun. Demnächst haben wir Generalversammlung. Wie kann ich meinem Land an diesem schönen Abend dienen?«

»Warum gehen wir nicht hinein, Nick? Es ist kalt hier draußen.«

Nick überlegte. Thorne war ein Regierungsbeamter der Vereinigten Staaten. Einen gewissen Respekt hatte er verdient. Jetzt erst einmal. Nick führte Thorne ins Haus und ging vor ihm die Treppe in den zweiten Stock hinauf. Er schloß die Tür zu seiner Wohnung auf und bedeutete dem Agenten einzutreten.

Thorne ging hinein und sah sich um. »Ich hätte gedacht, daß Banker ein bißchen luxuriöser wohnen.«

Nick zog seinen Mantel aus. »Ich habe auch schon schlechter gewohnt.«

»Ich auch. Haben Sie Ihre Augen offengehalten?«

»Ich hatte meine Augen dort, wo sie hingehören, bei meiner Arbeit. Ich kann nicht sagen, daß mir irgend etwas aufgefallen wäre, was Sie interessieren könnte.«

»Ich habe heute abend meine Arbeit liegengelassen, weil wir Ihre Hilfe brauchen«, sagte Thorne. »Nummernkonto 549.617 RR. Sagt Ihnen das was?«

Nicks Gesicht blieb unbewegt. »Über die Identität eines Kunden oder das, was auf seinem Konto stattfindet, darf ich keine Auskunft geben. Sie wissen ja, Bankgeheimnis.«

»Kontonummer 549.617 RR«, wiederholte Thorne. »Ich glaube, ihr nennt ihn Pascha.«

»Ich habe nie von ihm gehört.«

»Der Pascha ist ein übler Bursche, Nick. Ali Mevlevi heißt er. Er ist geborener Türke, aber er lebt in einem riesigen privaten Compound bei Beirut. Er spielt eine bedeutende Rolle im weltweiten Heroinhandel. Wir schätzen, daß er für den Import von etwa zwanzig Tonnen jährlich vom feinsten Heroin Nummer vier – China White nennen wir das – nach Europa und in die Sowjetunion verantwortlich ist. Wir reden hier nicht von einem Dilettanten.«

»Was geht das mich oder die Bank an? Haben Sie noch immer nicht begriffen, daß es mir per Gesetz verboten ist, mit Ihnen über irgend etwas zu reden, das ich für die VSB tue?«

Thorne nickte. »Mevlevi hält sich eine Privatarmee von etwa fünfhundert Mann in seinem Hinterhof. Er besitzt Berge von Waffen: russische T-72, ein paar Hinds, jede Menge Raketen, Geschütze, was Sie wollen. Erinnern Sie sich, was mit unseren Leuten in der Marinekaserne in Beirut passiert ist? Mehrere hundert gute Männer wurden durch einen einzigen Selbstmordbombenwerfer ausgelöscht. Stellen Sie sich doch mal vor, was fünfhundert von der Sorte anrichten könnten. Wir besitzen Ausdrucke von Geldüberweisungen, die Mevlevi in den letzten achtzehn Monaten von und zu Ihrer Bank getätigt hat. Unwiderlegbare Beweise, daß die Bank seine Beute wäscht. Unser Problem ist, Nick, daß der Pascha untergetaucht ist. Drei Tage, nachdem wir seinen Namen auf die interne Überwachungsliste Ihrer Bank gesetzt hatten, hat Mevlevi aufgehört, seine wöchentlichen Überweisungen zu tätigen. Wir hatten erwartet, daß am Donnerstag siebenundvierzig Millionen Dollar auf seinem Konto eintreffen würden. Kamen die?«

Nick schwieg. So war das also. Kein Rätselraten mehr, ob die Drogenfahndung den richtigen Mann im Auge hat oder nicht. Sie wußten sogar genau, wieviel Geld er beständig hin- und herschob. Sie hatten Ali Mevlevi – den Pascha – genau im Visier. Zeit für Leutnant Nicholas Neumann, ihnen zu helfen, auf den Abzug zu drücken.

Als ob er spürte, daß Nick nahe daran war nachzugeben, nahm Thornes Stimme einen konspirativen Ton an. »Die Sache hat auch noch einen menschlichen Aspekt. Wir haben einen Agenten in der Höhle des Löwen. Jemanden, den wir schon vor langer Zeit plaziert hatten.«

Plötzlich sah Nick, worauf Thorne hinauswollte, welche Verantwortung er ihm aufbürden wollte. Noch vor einer Sekunde war er auf Thornes Seite gewesen, war vielleicht sogar bereit gewesen, ihm zu helfen. Jetzt verabscheute er ihn.

»Unser Mann – nennen wir in Jester – ist auch verschwunden. Er pflegte uns zweimal die Woche anzurufen, um die Höhe von Mevlevis Beute zu melden. Montags und freitags. Jester hat sich nicht mehr gemeldet, Nick.«

»Ich verstehe Ihr Dilemma«, sagte Nick. »Sie haben einen Mann in eine gefährliche Situation gebracht. Jetzt fürchten Sie, daß er aufgeflogen ist, und Sie können ihn nicht herausholen. Sie wollen, daß ich Ihre Operation und damit Ihren Mann retten soll.«

»Das ist in etwa richtig.«

»Ich verstehe Ihre Notlage, aber ich habe keine Lust, die nächsten zwei Jahre in einem Schweizer Gefängnis zu verbringen.«

»Wir würden Sie hier rausholen. Ich gebe Ihnen mein Wort.«

Das war die Lüge, auf die Nick gewartet hatte. »Ihr Wort hat überhaupt nichts zu bedeuten. Sie haben keinerlei Einfluß darauf, wen die Schweizer einsperren und wen nicht. Sie können nicht mit mir rechnen. Ich will mit der Sache nichts zu schaffen haben.«

»Sie sehen das vollkommen falsch«, schrie Thorne. »Sie können doch nicht so tun, als ob Mevlevi nicht existieren würde oder als ob Sie als seine Banker, die ihm Tag für Tag helfen, die Früchte seiner illegalen Geschäfte zu verstecken, keine Verantwortung trügen. Sie und er arbeiten zusammen. In meiner Welt, Nick, gibt es uns und Sie. Wenn Sie nicht einer von uns sind, sind Sie einer von ihnen. Also, wo stehen Sie?«

Nick zögerte eine Weile, bevor er die Frage beantwortete. »Ich glaube, ich bin einer von ihnen.«

»Das ist nicht gut für Sie. Jetzt haben Sie mich genug vor den Kopf gestoßen. Ich weiß über Ihren alten Freund Jack Keely Bescheid. Denken Sie lieber mal darüber nach, ob Sie mir nicht doch helfen wollen. Ich glaube, daß Kaiser nicht allzu glücklich wäre, wenn er erfahren würde, daß Sie unehrenhaft aus der Marine entlassen worden sind, daß Sie ein verurteilter Verbrecher sind – von einem nichtöffentlichen Militärgerichtshof verurteilt, aber dennoch verurteilt. Mag ja sein, daß Sie auf Leute wie mich spucken, aber ich zerquetsche Leute wie Sie. Das ist nicht mein Job, das ist mein Lebenszweck.«

»Tun Sie, was Sie nicht lassen können«, sagte Nick. »Nur bleiben Sie mir vom Leibe. Ich habe Ihnen nichts zu sagen.«

Kapitel 24

Als Nicks Straßenbahn am frühen Donnerstag morgen auf den Paradeplatz rumpelte, sah er überall Zeitungen mit Schlagzeilen, die die Sünden einer größeren Bank anprangerten. Der Kiosk in der Mitte des Platzes war vollgeklebt mit Plakaten. Zürichs Skandalblatt Blick verkündete: »Schmiergeld bei der Gotthardobank.« Die NZZ, die konservativste der drei Tageszeitungen der Stadt, schrieb nicht weniger anklagend: »Schande über Gotthardo.« Der Tagesanzeiger nahm einen globalen Standpunkt ein: »Schweizer Banken im Bund mit Drogenmafia.«

Nick sprang aus der Straßenbahn und kaufte eine Zeitung. Der Tag hatte unangenehm begonnen, und wie es schien, sollte er auch so unangenehm weitergehen. Sein Wecker hatte nicht geklingelt, das heiße Wasser in seinem Haus war abgedreht, und die Straßenbahn um 7.01 Uhr war um 6.59 Uhr ohne ihn abgefahren. Nicht, daß der gestrige Tag sehr viel besser gewesen wäre, fluchte Nick, als er mit der Zeitung in der Hand die Bahnhofstraße entlangjoggte.

Um elf Uhr vormittags hatte Klaus König mehr als 1,7 Millionen VSB-Aktien aufgekauft und hatte augenblicklich einen weiteren Ankaufsauftrag für zusätzliche zweihunderttausend Aktien zum Marktpreis nachgeschoben. Bis zum Abend war der Preis für VSB-Aktien um fünfzehn Prozent gestiegen, und König hatte einen Anteil von einundzwanzig Prozent in der Hand, was unangenehm nahe an der dreiunddreißig Prozentmarke lag, die er erreichen mußte, um sich die angestrebten Sitze im Aufsichtsrat zu verschaffen. Mittags hatte der Generaldirektor persönlich Sepp Zwicki angewiesen, VSB-Aktien zu jedem Preis zu erwerben. Nach drei Stunden hatte die Bank ein paar hunderttausend Aktien zusammengekauft, und zwischen den Vereinigten Schweizer Banken und der Adlerbank herrschte offener Krieg. Spekulanten in New York, in Tokyo, Sydney und Singapur kauften VSB-Aktien, in der Hoffnung, daß die Preise weiter so sprunghaft ansteigen würden.

An der Züricher Börse gingen alle möglichen Gerüchte um. Es wurde über eine Fusion der VSB mit der Crédit Suisse gesprochen, und es wurde behauptet, daß die VSB in einer von Henry Kravis erzwungenen Transaktion zum Preis von mehr als fünf Milliarden Schweizer Franken privatisiert werden würde. Andere sprachen davon, daß Klaus König einen Sitz im Aufsichtsrat der VSB als Preis für eine Beendigung der Feindseligkeiten akzeptieren würde. Es wurde sogar behauptet, daß er ein Kaufangebot für die gesamte Bank machen würde, obwohl niemand zu sagen wußte, wo er die Kredite dafür hernehmen sollte. Vielleicht das seltsamste all dieser Gerüchte besagte, daß Armin Schweizer eine neu zu schaffende Handelsabteilung in der VSB leiten sollte und versuchen wolle, König in seinem eigenen Spiel zu schlagen. Natürlich war an keinem dieser Gerüchte ein wahres Wort, aber Wolfgang Kaiser hatte aufmerksam zugehört, als sie ihm kolportiert wurden. Er war darum nur um so entschlossener, König vom Aufsichtsrat fernzuhalten.

Als Nick die Kaiserpfalz betrat, telefonierte Kaiser gerade. »Armin«, brüllte er. »Sie haben mir gesagt, daß Gotthardo noch mindestens zwei Wochen warten würde, bevor sie die Sache bekanntgeben würde. Warum gehen sie jetzt damit an die Öffentlichkeit? Das macht unsere Position wirklich nicht stärker. Und, Armin, passen Sie diesmal besser auf, ob Ihre Informationen stimmen. Das ist jetzt das zweitemal in dieser Woche, daß Sie mich enttäuschen.« Er knallte den Hörer auf die Gabel und wandte sich Nick zu. »Setzen Sie sich. In ein paar Minuten komme ich zu Ihnen.«

Nick nahm auf der Couch Platz, legte die NZZ vor sich auf den Tisch und begann zu lesen.

»Gestern berichtete die Gotthardobank, eine Bank von etwa der Größe der VSB mit Sitz in Lugano, dem schweizerischen Bundesstaatsanwalt Franz Studer, daß sie nach einer langwierigen Untersuchung Beweise für schwere Verfehlungen eines ihrer Angestellten entdeckt habe.

Während der letzten sieben Jahre habe Lorenz Rey, stellvertretender Generaldirektor der Bank, heimlich für die Familie Uribe in Mexiko gearbeitet, Geld gewaschen und den internationalen Transfer von Geldern unterstützt, die aus dem Handel mit illegalen Narkotika stammten. Rey behauptet, daß nur er und zwei jüngere Mitglieder seiner Abteilung Zugang zu allen Informationen über das Konto hatten und damit den kriminellen Charakter der für diesen Kunden ausgeführten Transaktionen erkennen konnten. Den Unterlagen, die der Bundesstaatsanwaltschaft übergeben wurden, sei zu entnehmen, daß die Bank im Laufe der letzten sieben Jahre mehr als zwei Milliarden US-Dollar für die Uribes gewaschen hat. Zu den Unterlagen gehören auch Quittungen über Bareinlagen bei der Hauptgeschäftsstelle in Lugano in Höhe von mehr als fünfundachtzig Millionen Dollar, durchschnittlich eine Million pro Monat. Rey gestand außerdem, Beweise für die Aktivitäten seines Kunden seinen Vorgesetzten absichtlich verheimlicht zu haben und dafür großzügige Geschenke von der Familie Uribe erhalten zu haben. Franz Studer gab bekannt, daß die Konten der Uribes eingefroren worden seien und daß Untersuchungen im großen Stil durchgeführt werden würden. Er lobte die Gotthardobank als die erste, die die internen Bemühungen der Schweiz unterstütze, illegale Aktivitäten ausländischer Krimineller unter dem Deckmantel des Bankgeheimnisses zu unterbinden. Gegen die Bank sei kein Verfahren anhängig, sagte Studer.«

Ein Foto auf der Titelseite der Zeitung zeigte Rey, wie er in Handschellen aus dem Büro der Drogenfahndung abgeführt wurde. Er trug einen modischen dreiteiligen Anzug und lächelte.

Man brauchte kein besonderes Insiderwissen über die Funktion einer Bank zu haben, um zu erkennen, daß mehr als drei Leute Kenntnis davon haben mußten, wenn ein Kunde innerhalb von sieben Jahren Überweisungen und Einlagen von mehr als zwei Milliarden Dollar tätigte.

Zum einen wurden Veränderungen in den Portfolios größerer Kunden monatlich überprüft. Banken achteten ständig auf die Vergrößerung der Einlagen und auf die im Namen ihrer bedeutenden Kunden durchgeführten Transaktionen. Es gab ein regelrechtes Protokoll, wie wohlhabende Kunden zu betreuen und bei Laune zu halten waren.

Zum anderen würde auch der unbedeutendste Portfolio Manager mit der wachsenden Präsenz seines Kunden bei der Bank angeben. Schließlich war er ja bis zu einem gewissen Grad für die wachsenden Einnahmen aus den größer werdenden Einlagen verantwortlich. Warum sollte er also davon nicht profitieren? Und Lorenz Rey, der achtunddreißigjährige stellvertretende Generaldirektor der Gotthardobank, sah nicht gerade aus wie ein selbstloser Mönch.

Schließlich würde allein das allmonatliche Überbringen von einer Million Dollar in Banknoten die Aufmerksamkeit der Angestellten in der Schalterhalle erregen. Wenn immer der gleiche Portfolio Manager an die viermal im Monat mit einem Arm voller Geldscheine für immer denselben Kunden am Kassenschalter erschien, war das für sämtliche Bankangestellte ebenso auffällig, wie wenn eine splitternackte Frau in der Lobby aufkreuzen und nach dem Weg zum Baseler Zoo fragen würde.

Nick hatte Mühe, nicht laut loszulachen. Man konnte der Gotthardobank nur zu der Unverschämtheit ihrer Behauptungen gratulieren. Wie zur Unterstreichung von Nicks Verdacht berichtete die Zeitung, daß sich auf dem Konto der Uribes zu dem Zeitpunkt, als es eingefroren wurde, sieben Millionen Dollar befunden hatten. Da war ein Konto, dachte Nick, durch das zwei Milliarden Dollar gewaschen, investiert und transferiert worden waren, und an dem Tag, an dem es geschlossen wurde, befand sich noch eine Summe darauf, die nach den Maßstäben des Drogenhandels nicht mehr als ein Taschengeld war. Und das sollte Zufall sein? Schwerlich.

Nick durchschaute das alles nur zu klar. Die Gotthardobank kaufte sich von weiteren Nachforschungen frei. Der Preis waren sieben Millionen Dollar und die Köpfe von ein paar ersetzbaren Angestellten. Die Uribes würden sich zwar aufregen, sich aber schnell wieder beruhigen, sobald die Bank ihnen ihr eingefrorenes Kapital stillschweigend aus ihren versteckten Reserven ersetzen würde. Lorenz Reys Laufbahn war beendet. Er machte aber nicht den Eindruck, als ob die unabwendbare Aussicht auf drei Jahre Gefängnis ihn sonderlich aus der Fassung bringen würde. Aber wie war das mit seinen beiden Untergebenen? Nick hatte seine Zweifel, daß sie die gleichen, geheimen, monatlichen Einzahlungen auf gewisse Nummernkonten in Liechtenstein erhalten würden wie Herr Rey. Nick bezweifelte, daß sie ihren Aufenthalt im Gefängnis, selbst wenn er kürzer sein würde als der von Rey, ebenso auf die leichte Schulter nehmen würden. Außerdem würden sie nie wieder einen Posten bei einer Bank kriegen.

Nick schaute zum Generaldirektor hinüber, der mit einer Unterredung mit Sepp Zwicki beschäftigt war. Kaiser war also wütend darüber, daß die Gotthardobank die Uribes so früh angezeigt hatte und daß Schweizer eine falsche Information weitergegeben hatte. Zweimal hatte Schweizer versagt, hatte Kaiser gesagt. Mit welchem anderen Fehler hatte Schweizer wohl in jüngster Zeit den Zorn des Generaldirektors erregt?

Was Nick am meisten interessierte, war der Grund für Kaisers Wut. Es kümmerte ihn nicht, daß die Gotthardobank mit den Uribes zusammengearbeitet hatte, deren Name seit Jahrzehnten mit dem organisierten Verbrechen in Verbindung gebracht wurde. Es bereitete ihm auch keine Sorgen, daß das Eingeständnis der Gotthardobank die Reputation der Diskretion der Schweizer Banken schädigen könnte. Er ärgerte sich nur über die Tatsache, daß das Geständnis gerade jetzt erfolgt war. Der Generaldirektor wußte nämlich sehr genau, daß sich dadurch der Druck auf die VSB verstärken würde, ebenfalls jemanden ans Messer zu liefern. In diesem Spiel war keiner unschuldig und auch keiner schuldig. Irgendwann mußte man den Preis für den Platz an der Futterkrippe bezahlen. Gotthardo hatte bezahlt und war nun vor weiteren Verfolgungen ziemlich sicher. Die VSB konnte sich einen solchen Luxus nicht erlauben.

Wolfgang Kaiser beendete das Telefonat und bedeutete Nick, zu ihm zu kommen. Nick faltete rasch seine Zeitung zusammen, um zum Schreibtisch des Generaldirektors zu gehen. Darauf lagen sowohl die drei Schweizer Tageszeitungen als auch das Wall Street Journal, die Financial Times und die Frankfurter Allgemeine Zeitung ausgebreitet. Alle waren bei einem Artikel über die Untersuchung bei der Gotthardobank aufgeschlagen.

»Eine schöne Bescherung, nicht wahr?« sagte Kaiser. »Der Zeitpunkt könnte nicht ungünstiger sein.«

Nick kam nicht mehr dazu zu antworten. Hinter den geschlossenen Türen brach die sonst so beherrschte Rita Sutter in ein lautes Wehgeschrei aus. Ein Stuhl wurde umgeworfen, Glas splitterte. Die Doppeltüren flogen auf. Sterling Thorne stampfte in das Büro. Rita Sutter lief hinter ihm her, forderte ihn auf stehenzubleiben und wiederholte immer wieder, daß niemand ohne Anmeldung das Büro des Generaldirektors betreten dürfe. Hugo Brunner, der Chefportier, trottete hinterdrein.

»Ist schon in Ordnung, Rita«, sagte Wolfgang Kaiser beruhigend, obwohl der Zorn ihm in den Augen stand. »Wir wollen nicht unhöflich gegen unsere Gäste sein, auch wenn sie ohne Anmeldung kommen. Sie können wieder an Ihren Schreibtisch gehen. Und Sie auch, Hugo. Vielen Dank.«

»Dieser Mann ist ein … Barbar!« rief Rita Sutter.

Mit einem finsteren Blick auf Thorne verließ sie steif das Büro. Hugo folgte ihr.

Thorne ging direkt auf Wolfgang Kaiser zu und stellte sich vor, als wären sie sich noch nie begegnet.

Kaiser gab ihm die Hand. »Dies ist eine Bank, Mr. Thorne, kein Fast-food-Restaurant, wo sie einfach durchrauschen können.«

Thorne verbeugte sich entschuldigend. »Es tut mir leid, daß ich Ihr geheiligtes Ritual nicht eingehalten habe. Aber wir in Amerika lernen, den Stier bei den Hörnern zu packen.«

»Bitte nehmen Sie Platz.«

Thorne setzte sich auf die Couch. Kaiser ließ sich ihm gegenüber auf einem Stuhl nieder. »Kommen Sie doch zu uns, Neumann.«

»Dies ist ein Privatgespräch«, warf Thorne ein.

»Es ist gut, Nicholas«, sagte Kaiser. »Setzen Sie sich. Ich begrüße die Beiträge unserer jüngeren Angestellten, Mr. Thorne. Sie sind die Zukunft unserer Bank.«

»Schöne Zukunft«, knurrte Thorne. »Herr Kaiser, ich glaube, wir haben einen gemeinsamen Bekannten. Herrn Ali Mevlevi.«

Kaiser verzog keine Miene. »Ich habe noch nie von ihm gehört.«

»Ich werde den Namen noch einmal wiederholen. Ich weiß, daß manche Herren in Ihrem Alter anfangen, taub zu werden: Ali Mevlevi.«

»Es tut mir leid, Mr. Thorne. Der Name sagt mir nichts.«

»Hier bei der Bank nennt ihr ihn den Pascha. Herr Neumann kennt ihn mit Sicherheit, nicht wahr, Captain America?«

»Ich denke, ich habe deutlich genug zum Ausdruck gebracht, daß es mir nicht gestattet ist, über die Identität eines unserer Kunden zu sprechen«, entgegnete Nick ruhig.

»Soll ich Ihrem Gedächtnis auf die Sprünge helfen? Kontonummer 549.617 RR. Überweisungen jeden Montag und Donnerstag.«

Nicks Gesicht blieb steinern.

Thorne wurde rot. »Kein Kommentar? Nun, dann habe ich ein paar Kommentare für euch.« Entschlossen zog er ein Stück Papier aus der Jackentasche und faltete es auseinander. »11. Juli 1996: sechzehn Millionen Dollar eingetroffen, am gleichen Tag an Nummernkonten bei vierundzwanzig verschiedenen Banken weitergeleitet. 15. Juli: zehn Millionen eingetroffen, am gleichen Tag an fünfzehn Banken weitergeleitet. 1. August 1996: einunddreißig Millionen eingetroffen, am gleichen Tag an siebenundzwanzig Banken weitergeleitet. Die Liste geht endlos weiter.«

»Haben Sie diese Information aus einer offiziellen Quelle?« fragte Kaiser. »Wenn ja, darf ich sie wissen?«

Thorne faltete das Papier wieder zusammen und stopfte es in seine Jackentasche. »Die Quelle für diese Informationen ist geheim.«

»Geheim oder aus der Luft gegriffen?«

Thorne wendete sich wieder an Nick. »Neumann, es empfiehlt sich nicht, einen Regierungsbeamten der Vereinigten Staaten anzulügen. Geldwäsche ist ein schweres Vergehen. Fragen Sie Ihre Freunde bei der Gotthardobank.«

»Mr. Thorne«, sagte Kaiser. »Wir teilen Ihren Eifer, den illegalen Praktiken, für die die Banken in unserem Land häufig benutzt werden, ein Ende zu machen. Wirklich, obwohl dieser Alfi Merlani, oder wie hieß er gleich?«

»Mevlevi«, sagte Thorne, der allmählich nervös wurde. »Ali Mevlevi importiert jeden Monat mehr als eine Tonne feinstes Heroin nach Europa. Etwa ein Viertel des Stoffes landet direkt hier in Zürich. Sehen Sie, ich biete Ihnen ein Geschäft an. Eine Chance, die Sache in Ordnung zu bringen, bevor wir diesen Fall an die Öffentlichkeit bringen.«

»Ich brauche kein Geschäft, Mr. Thorne. Diese Bank ist immer stolz darauf gewesen, die Gesetze dieses Landes genauestens zu befolgen. Und unsere Gesetze zum Bankgeheimnis hindern mich daran, Ihnen irgendwelche

Kundeninformationen zu geben. Ich bin aber bereit, eine Ausnahme zu machen, um unseren guten Willen zu demonstrieren. Die Kontonummer, die Sie erwähnt haben, war letzte Woche tatsächlich auf unserer Überwachungsliste. Und Sie haben auch recht, daß das Konto von Herrn Neumann betreut wurde. Nicholas, erzählen Sie Mr. Thorne alles, was Sie über dieses Konto wissen. Ich entbinde Sie hiermit von jeder Verpflichtung, die Sie gegenüber der Bank bezüglich des Gesetzes über das Bankgeheimnis von 1933 haben.«

Nick starrte in Kaisers Augen und war sich dessen bedrohlicher Macht voll bewußt. Absichtliche Unwissenheit war eine Sache, vorsätzliche Fehlinformation eine ganz andere. Aber er war bereits zu weit gegangen, um jetzt noch die Richtung zu ändern. »Mir ist die Kontonummer bekannt«, sagte er. »Ich erinnere mich, sie am letzten Donnerstag auf der Überwachungsliste gesehen zu haben. Aber ich erinnere mich an keine Aktivitäten auf diesem Konto an diesem Tag. Ich habe keine Ahnung, wem es gehört.«

Thorne stieß ein unangenehm wieherndes Lachen aus. »Ich gebe Ihnen noch eine letzte Chance, ein Geschäft mit uns zu machen, Mr. Kaiser. Ich hätte gedacht, daß ein Mann, der so gelitten hat wie Sie – ich spreche von Ihrer Familientragödie – die Anstrengungen der Behörden, einen Parasiten wie Mevlevi festzunageln, unterstützen würde. Ich habe einen Schnappschuß gefunden, der Sie vielleicht dazu inspirieren könnte, uns zu helfen.« Thorne warf ein großformatiges Farbfoto auf den Tisch. Es zeigte die Leiche eines nackten Mannes auf einem Autopsietisch. Die Augen des Mannes waren offen und von einem durchsichtigen Blau. Blut lief ihm aus der Nase. Der Mund stand offen und war mit weißem Schaum verklebt.

»Stefan«, stöhnte Wolfgang Kaiser. »Das ist mein Sohn.«

»Natürlich ist das Ihr Sohn. Tod durch Heroin. Man hat ihn hier in Zürich gefunden, nicht wahr? Das bedeutet, daß das Gift in seinen Adern von Ali Mevlevi stammte, dem Pascha, dem Inhaber des Kontos 549.617 RR, Ihrem Kunden.«

Kaiser nahm das Foto vom Tisch und sah es schweigend an.

Ohne jedes Mitleid für Kaiser fuhr Thorne fort: »Helfen Sie mir, Mevlevi festzunageln. Frieren Sie die Konten des Paschas ein. Stoppen Sie sein Geld, und wir werden die Drogen stoppen. Es ist höchste Zeit, daß wir unsere Kinder vor dem Stoff bewahren, der Ihren Jungen umgebracht hat. Wie alt war er? Neunzehn? Zwanzig?«

Wolfgang Kaiser stand auf und reichte Thorne das Foto. »Bitte gehen Sie jetzt, Mr. Thorne. Wir kennen keinen Mevlevi. Wir arbeiten nicht mit Heroinschmugglern zusammen. Daß Sie sich nicht schämen, meinen Sohn mit in diese Sache hineinzubringen, geht über mein Verständnis.«

»Oh, das glaube ich nicht, Mr. Kaiser. Ich weiß über Ihre Zeit in Beirut Bescheid. Vier Jahre waren Sie dort, und Mevlevi auch.Wie es scheint, hat er seine Geschäfte gerade um die Zeit aufgebaut, als Sie dort ankamen. Er war ein großes Tier in der Stadt. Was ich seltsam finde, ist, daß Sie vier Jahre lang in derselben Stadt gelebt haben und dem Mann nie begegnet sind. Nicht ein einziges Mal, sagen Sie. War es denn nicht Ihre Aufgabe, um die Brosamen der Reichen der Stadt zu betteln?«

Kaiser wendete sich an Nick. »Bitte begleiten Sie Mr. Thorne hinaus«, sagte er. »Ich fürchte, wir haben jetzt keine Zeit mehr.«

Nick legte eine Hand auf Thornes Rücken und sagte: »Gehen wir.«

Thorne schüttelte die Hand ab. »Ich brauche keine Begleitung, Neumann.« Er zeigte mit dem Finger auf Kaiser. »Vergessen Sie mein Angebot nicht. Ein paar Informationen über Mevlevi – mehr wollen wir nicht. Anderenfalls werde ich diese ganze verdammte Bank zum Einsturz bringen, und zwar mit Ihnen an der Spitze.« Als er an Nick vorbeiging, lächelte er und flüsterte: »Mit Ihnen bin ich noch nicht fertig, junger Mann. Sehen Sie mal Ihre Post durch.«

Kaum war Thorne gegangen, stürmte Rita Sutter in den Raum. »Dieser Mann ist eine Bestie. So eine Unverfrorenheit!«

»Es ist alles in Ordnung, Rita«, sagte Kaiser, der sehr blaß wirkte. »Würden Sie mir bitte eine Tasse Kaffee bringen?«

Rita Sutter nickte, aber anstatt das Büro zu verlassen, ging sie auf den Generaldirektor zu. Sie legte eine Hand auf seine Schulter und fragte sanft: »Ist auch wirklich alles in Ordnung mit Ihnen?«

Kaiser nickte und seufzte: »Ja, ja, mir fehlt nichts. Der Kerl hat Stefan aufs Tapet gebracht.«

Sie klopfte Kaiser auf die Schulter und ging hinaus.

Als sie weg war, fand Kaiser wieder zu seiner normalen Haltung zurück. »Glauben Sie nicht an die Lügen, die Thorne verbreitet«, sagte er zu Nick. »Offenbar ist er wild entschlossen und wird vor nichts zurückschrecken, um diesen Mevlevi zu fangen. Ist es unsere Aufgabe, Polizei zu spielen? Ich glaube nicht.«

Nick zuckte zusammen, als er hörte, daß Kaiser auf die Standardentschuldigung aller Schweizer Banken zurückgriff. In seinen Ohren war das ein beunruhigendes Eingeständnis der Zusammenarbeit der Bank mit dem Drogenhändler Ali Mevlevi. Aber er nickte.

»Die Sache mit Ihrem Sohn tut mir sehr leid«, sagte er leise, bevor er das Büro verließ.

Kapitel 25

Als Nick allein im Korridor stand, atmete er erleichtert auf. Verwirrt von all dem, was er soeben mit angehört hatte, ging er zu seinem Büro. Fast alles, was Thorne gesagt hatte, klang sehr logisch. Wenn Ali Mevlevi ein wichtiger Geschäftsmann in Beirut war, mußte Kaiser damals zumindest von seiner Existenz gewußt haben. Wahrscheinlich hatte er sich darum bemüht, ihn finanziell zu betreuen. Es war die Aufgabe des Chefs einer Zweigniederlassung, sich in der besseren Gesellschaft der Stadt zu bewegen und den Leuten im richtigen Augenblick vorzuschlagen, ihm einen möglichst großen Teil ihres Vermögens anzuvertrauen. Und wenn Ali Mevlevi der Pascha war – und das war mit ziemlicher Sicherheit der Fall – mußte er ihn ebenfalls kennen. Niemand wurde dadurch Generaldirektor einer größeren Bank, daß er seine bedeutendsten Kunden ignorierte. Und ganz gewiß nicht Wolfgang Kaiser.

Nick bog um eine Ecke und trat in einen engen Gang. Plötzlich hörte er ganz deutlich, wie eine Schublade heftig zugeworfen wurde. Das Geräusch kam aus seinem eigenen Büro. Die Tür war ein wenig geöffnet. Im Näherkommen sah er, daß drinnen jemand einen Papierstapel durchsuchte, der auf seinem Schreibtisch lag. »Ich dachte, Sie warten wenigstens bis nach Dienstschluß, bevor Sie in den privaten Papieren der Leute herumschnüffeln«, sagte Nick und schlug die Tür hinter sich zu.

Armin Schweizer wühlte unbeirrt weiter. »Ich suche nur nach der Liste von Kunden, die Sie anzurufen haben.

Die Bank kann es sich nicht leisten, daß Sie ihre bedeutendsten Aktionäre vor den Kopf stoßen.«

»Ich habe die Liste hier«, sagte Nick und zog ein zusammengefaltetes Blatt Papier aus seiner Jackentasche.

Schweizer streckte seine fleischige Hand aus.

»Bitte ...«

Nick schob die Liste in seine Tasche zurück. »Wenn Sie einen Ausdruck haben wollen, fragen Sie den Generaldirektor.«

»Ein Augenblick von der Zeit des Generaldirektors wäre mir wirklich sehr willkommen, aber es scheint, als könne er keine Sekunde erübrigen. Ein seltsames Zusammentreffen übrigens, daß Sie gerade zu dem Zeitpunkt hier auftauchen, wo Thorne Sie braucht. Sie und die amerikanische Gestapo!«

»Sie glauben, ich arbeite für die Drogenfahndung? Soviel ich weiß, sind Sie doch derjenige, der auf dem Drahtseil balanciert, nicht ich.«

Schweizer ging um den Schreibtisch herum und blieb direkt vor Nick stehen. »Ich balanciere hier auf keinem Drahtseil, Herr Neumann. Ich bin ebenso eng mit der Bank verbunden wie der Generaldirektor. Fünfunddreißig Jahre meines Lebens habe ich der Bank gewidmet. Können Sie sich eine derartige Verbundenheit überhaupt vorstellen? Herr Kaiser hat meine Loyalität oder meine Dienste für die Bank niemals in Frage gestellt.«

Nick sah in Schweizers hervorquellende Augen. »Im Augenblick verstehe ich nur das eine: Dies hier ist mein Büro, und Sie hätten mich wenigstens um Erlaubnis fragen müssen, bevor Sie hier alles in Unordnung bringen.«

»Um Ihre Erlaubnis?« Schweizer lachte. »Neumann, es ist meine Aufgabe, dafür zu sorgen, daß bei dieser Bank alle gesetzlichen Vorschriften eingehalten werden. Jeder, von dem ich annehme, daß er der Bank Schaden zufügen könnte, zieht meine volle Aufmerksamkeit auf sich. Und alle Handlungen, die ich für richtig halte, sind somit gerechtfertigt.«

»Der Bank Schaden zufügen? Was habe ich getan, um

diesen Eindruck bei Ihnen zu erwecken? Mein Verhalten spricht doch für sich.«

»Zu sehr, vielleicht. Sagen Sie mir, Neumann, wessen Sünden versuchen Sie eigentlich zu büßen?«

»Wovon reden Sie?«

Schweizers Gesicht nahm einen amüsierten Ausdruck an. »Ich habe Ihren Vater gut gekannt, wie wir alle. Und ich kann Ihnen versichern, daß keiner im vierten Stock sein peinliches Verhalten vergessen hat.«

»Mein Vater war ein ehrenhafter Mann«, fuhr Nick auf.

»Natürlich war er das. Aber andererseits, wer weiß das schon so genau?« Schweizer ging zur Tür. Während er sie öffnete, sagte er: »Übrigens, Neumann, wenn Sie glauben, daß ich auf einem Drahtseil balanciere: Vielleicht haben Sie ja in letzter Zeit nicht mehr nach unten geschaut. Es ist ein tiefer Fall vom vierten Stock. Ich werde Sie im Auge behalten.« Damit verließ er das Zimmer.

Nick ließ sich in seinen Stuhl fallen. Peter Sprecher hatte recht gehabt, als er Schweizer als gefährlich bezeichnete, aber er hatte vergessen zu erwähnen, daß er auch noch paranoid und psychopathisch war und unter Wahnvorstellungen litt. Was hatte Schweizer mit dem angeblich »peinlichen Verhalten« seines Vaters gemeint? Was sollte sein Vater getan haben, das der Bank Schwierigkeiten verursacht haben sollte? Nick wußte nur in groben Zügen über die Laufbahn seines Vaters Bescheid. Alex Neumann hatte mit sechzehn Jahren bei der Bank angefangen und vier Jahre lang als Lehrling gearbeitet. Seine ersten richtigen Posten waren erst stellvertretender Portfolio Manager und dann leitender Portfolio Manager gewesen. Cerruti hatte gesagt, daß er in beiden Positionen unter Kaiser tätig war. Konnte sein Vater in dieser Zeit etwas getan haben, was für die Bank peinlich gewesen war? Nick glaubte es nicht. Schweizer hatte von etwas Ernstem gesprochen, vermutlich von etwas, das nach Alex Neumanns Versetzung nach Los Angeles geschehen war.

Die einzigen Hinweise, die Nick über die Tätigkeit seines Vaters in Los Angeles besaß, waren die beiden

Terminkalender. Darin war erstens ein Allen Soufi erwähnt, ein Privatkunde, dessen Besuche jedesmal eine abwertende Eintragung zur Folge gehabt hatten. Einmal war er als »Schlitzohr« bezeichnet worden, ein andermal einfach als »unerwünscht«. Und später stand hinter diesem Namen die erschreckende Bemerkung: »Der Bastard hat mich bedroht«, in großen Blockbuchstaben. Aber da war noch mehr. Da gab es eine Firma namens Goldlux, die er offensichtlich wegen eines Kreditantrags besucht und über die er eine glatte Ablehnung geschrieben hatte. »Schmutzig.« »Unmögliche Verkäufe.« »Hände weg.« Dennoch war er gezwungen worden, mit dieser Firma zusammenzuarbeiten. Nick fragte sich, wie die Bank aus dem Versuch, sie vor unlauteren Geschäften zu bewahren, ein peinliches Verhalten konstruieren konnte. Aber er brauchte sich nur Thornes Bezichtigung, daß Kaiser schon seit langem Beziehungen mit Ali Mevlevi unterhalte, ins Gedächtnis zu rufen, um zu wissen, wie: Die Bank *wollte* diese schmutzigen Geschäfte.

Nick setzte sich in seinem Stuhl auf. Die einzige Quelle, wo er nach einer Antwort auf diese Fragen suchen konnte, waren die Monatsberichte, die sein Vater aus Los Angeles geschickt hatte. Um diese zu bekommen, mußte er sich von Zerberus ein Antragsformular ausdrucken lassen, das seine Kennbuchstaben tragen würde, oder er müßte jemanden finden, der willens war, sie für ihn zu holen. Die erste Möglichkeit schien zu gefährlich, die zweite war ihm verschlossen – jedenfalls zur Zeit. Er konnte nichts anderes tun, als zu warten und zu hoffen, daß sich etwas anderes ergeben würde.

Nick nahm das Papier, das Schweizer unbedingt hatte haben wollen, und legte es auf den Tisch. Die Liste enthielt die Namen all der Aktionäre, die eine bedeutende Anzahl von VSB-Aktien besaßen. Er lächelte, als er den Namen Eberhard Senn, Graf Languenjoux sah. Dem alten Herrn gehörten VSB-Aktien im Wert von mehr als 250 Millionen Franken – sechs Prozent der Bank. Seine Stimme würde von ausschlaggebender Bedeutung sein.

Die Liste enthielt jedoch noch viele andere Namen. Von denjenigen, die ihre Anteile in einem Depot bei den VSB aufbewahrten, wollte er eine Kopie ihrer gesamten Akten beantragen. Diese würde er durchsehen, um sich möglichst genaue Kenntnisse über den jeweiligen Kunden anzueignen, bevor er mit ihm telefonierte. Überflüssig zu sagen, daß für diejenigen Aktien, die sich in von der Bank verwalteten Portfolios befanden, sowieso für das gegenwärtige Management gestimmt werden würde.

Die große Mehrheit der VSB-Aktionäre unterhielt jedoch kein Konto bei der Bank. In diesen Fällen wollte Nick entweder den einzelnen Aktionär oder aber den für die Stimmabgabe verantwortlichen Portfolio Manager anrufen, um ihnen die Geschichte von den wachsenden Profiten aus VSB-Aktien zu erzählen. Die Mehrzahl der Namen auf seiner Liste waren amerikanische Institutionen.

Nick griff sich einen Stapel von Antragsformularen zur Akteneinsicht und begann, sie auszufüllen. Name des Portfolio Managers, Abteilung, Datum, Unterschrift. Alle Anträge mußten von Kaiser unterzeichnet werden, bevor sie an die verantwortlichen Portfolio Manager weitergeleitet werden konnten. Informationen über Kunden wurden innerhalb der Bank genauso vertraulich behandelt wie außerhalb. Nick fragte sich, ob es ihm gelingen würde, die Monatsberichte seines Vaters aus der Dokumentationszentrale zu schleusen. Nicht, wenn er Kaisers Unterschrift dazu benötigte. Nicht, solange Schweizer jede seiner Bewegungen innerhalb der Bank verfolgte.

Nach einer Stunde wurde Nick von Iwan, dem Postboten, unterbrochen, der ihm mehrere Briefe reichte. Nick quittierte den Empfang und begann, die Umschläge aufzureißen.

Der erste enthielt ein Memorandum von Martin Maeder an alle Portfolio Manager. Darin schlug er vor, den Besitz der Kunden an VSB-Aktien zu vergrößern. Offensichtlich war dies eine Taktik, die Kontrolle der Bank über ihre eigenen Wertpapiere zu erhöhen. Technisch grenzte die Aufforderung an eine Verletzung der geheiligten

»Chinesischen Mauer«, der unsichtbaren Grenze, die die Welt der Investitionen von der des kommerziellen Bankwesens trennte, die beide unter dem Dach jeder allgemeinen Schweizer Bank koexistierten. In der Welt der von der Bank verwalteten Vermögen, wo alle Investitionen ausschließlich von dem bevollmächtigten Portfolio Manager getätigt wurden, hatte die Bank enorme Möglichkeiten, die Preise von Wertpapieren zu manipulieren, die erfolgreiche Ausschreibung neu herausgegebener Aktien sicherzustellen oder Einfluß auf den Wert einer Währung zu nehmen.

Nick warf Maeders Memorandum in den Papierkorb und öffnete den nächsten Umschlag. Darin befand sich ein weißer Brief, auf dem lediglich sein Name und die Adresse der Bank standen. Der Brief trug weder Briefmarke noch Poststempel. Er öffnete den Briefumschlag und fand darin eine Kopie seines Abschiedspapiers vom Marinecorps der Vereinigten Staaten und den Beschluß des Untersuchungsausschusses, in dem die Gründe für seinen unehrenhaften Abschied dargelegt waren: Verbrecherischer Angriff, mit der Absicht, schweren körperlichen Schaden zuzufügen. Absicht? Zum Teufel, er hatte Keely fast die Seele aus dem Leib geprügelt. Er hatte auf ihn eingedroschen, bis er nur noch um Haaresbreite mit dem Leben davonkam. Das war die Vergeltung, Agent Keely, ein Andenken an Leutnant Nicholas Neumann.

Nick warf die Papiere auf den Tisch. Er war erbittert, und er konnte sich nicht vorstellen, wie Thorne an diese Unterlagen herangekommen war. Das Gesetz verlangte, daß sie als streng geheim eingestuft und im Hauptquartier des Marinecorps in Washington D.C. unter Verschluß gehalten wurden. Er hatte niemandem von den Umständen seiner Entlassung erzählt. Er hatte seinem Land gut gedient und seine Pflicht getan. Als Mann hatte er ehrenhaft gehandelt. Als Soldat vielleicht weniger. Aber das ging niemanden etwas an, außer ihn selbst und Jack Keely.

Nick starrte auf Thornes Brief. Er sah wieder die staubige Lichtung vor sich, wo Arturo de la Cruz Enrile tot auf der Erde lag, mit einer amerikanischen Kugel im Kopf. Er war wieder im Dschungel. Nichts anderes existierte. Kein Thorne, kein Schweizer, keine Bank. Er lag auf dem Bauch im warmen roten Lehm, bereit, seine Leute zurück zur USS Guam zu führen. Und er wußte, daß die Hölle auf ihn wartete.

Kapitel 26

Einige Sekunden lang ist alles ruhig. Das ununterbrochene Geschnatter im Schirmdach des Dschungels ist verstummt. Ortiga liegt wieder hinter dem Erdwall. »Ein sauberer Schuß«, sagt er. »Er war tot, noch bevor er den Boden berührt hat.«

Nick befreit Ortiga von seiner grausigen Trophäe und bemüht sich, nicht an die abgeschnittenen Daumen zu denken, die in ein schmuddeliges Tuch eingewickelt sind. Er gibt seinen Männern ein Zeichen, sich ins Gebüsch zurückzuziehen und eine Linie zu bilden. Sie haben einen fünfzehn Kilometer langen Marsch durch den dampfenden Dschungel vor sich.

Da schallt ein Aufschrei durch die Morgenluft. Nick hebt sein Fernglas und sucht die Lichtung ab. Eine kleine braune Frau taucht hinter dem Farmhaus auf. Sie läuft schreiend auf den Toten zu. Ein Kind stolpert hinter dem Haus hervor und sucht seine Mutter. Zusammen stehen sie wehklagend vor dem Toten.

Nick schaut Ortiga an. »Wo, zum Teufel, kommt denn die her?«

Ortiga zuckt mit den Achseln. »Sie muß im Truck gewesen sein. Der Spähtrupp hat gesagt, daß das Haus leer ist.«

Nick spürt einen zweiten Mann an seiner Seite. Johnny Burke ist wieder zum Leben erwacht. Er sieht ebenfalls durch ein Fernglas. »Ich kann nicht erkennen, ob das Kind ein Junge oder ein Mädchen ist.« Er erhebt sich auf ein Knie. »Sie haben den Mann getötet. Er ist doch tot, oder?«

Nick zieht ihn am Hemd. »Legen Sie sich hin!«

Burke wehrt sich. »Es ist doch niemand hier im Dschungel, Leutnant, außer dieser armen Mutter und ihrem kleinen Kind.« Sein Gesicht ist blaß. Nick erkennt, daß er im Fieberwahn redet. »Sie haben Ihren Mann getötet, Leutnant.«

Holz knackt. Staubwölkchen wirbeln rechts und links neben Nick aus dem Erdwall. Aus der dichten Blätterwand gegenüber der Schützenkette ertönt das Geknatter von Schüssen.

Burke springt auf und brüllt: »Frau! Werfen Sie Ihr Kind auf den Boden!«

Nick packt Burke an der Hose, und befiehlt ihm, sich hinter den Erdwall fallenzulassen. Doch er schüttelt seine Hand ab und beschwört die Frau und das Kind, sich auf den Boden zu legen. Dann bricht er in die Knie. Blut breitet sich auf seinem Tarnanzug aus. Er hat einen Bauchschuß. Ein Schwall von Blut stürzt aus seinem Mund.

»Köpfe runter! Nicht zurückschießen«, brüllt Nick. Er selbst späht über den Erdwall.

»Hinlegen!« schreit er. Geschosse zischen vorbei. Burke stöhnt. Nick springt auf die Füße und hält die Hände als Trichter vor den Mund. »Hinlegen!« brüllt er wieder. Eine Patrone pfeift an seinem Ohr vorbei. Die Frau und das Kind stehen noch immer wie versteinert.

Dann ist es zu spät. Nick hört die Schüsse, die sie töten. Es kracht und knattert, und plötzlich liegen die beiden neben Enrile im Schmutz. Geschosse schlagen in ihre Körper ein.

Nick gibt das Zeichen zum Rückzug. Er sieht Burke an. Blut rinnt aus seinem Mund. Sein Hemd ist naß und dunkel. Ortiga öffnet seinen Tarnanzug und legt ihm einen Sulfonamidverband an.

Mittags zwölf Uhr im philippinischen Dschungel. Nick und seine Leute haben acht Kilometer des Weges zu ihrem Treffpunkt zurückgelegt. Sie werden von einem unsichtbaren Feind verfolgt. Das einzige Zeichen der Anwesenheit der Verfolger ist das gelegentliche Knattern von Schüssen, die auf die Marines abgefeuert werden.

Jetzt brauchen die Männer dringend eine Rast, Nick noch mehr als die anderen. Er legt Johnny Burke ans Ufer des Azul-Flusses. Burke ist bei Bewußtsein.

»Danke, daß Sie mich getragen haben«, sagt er zu Nick. »Ich werde sowieso nicht mehr lange leben. Sie können mich genausogut hier zurücklassen.«

»Halt den Mund«, sagt Nick. »Wir bringen dich nach Hause.« Er stolpert zu dem Unteroffizier mit dem Funkgerät. Er nimmt das Gerät und schaltet ihre Operationsfrequenz ein, in der Hoffnung, die Guam zu erreichen. Dreimal hat er schon versucht, Verbindung zum Schiff zu bekommen, um ein Rettungskommando zu ihrem Treffpunkt zu beordern. Wieder keine Antwort von der Guam. Nick ändert die Frequenz und erreicht den Tower des Flughafens Zamboanga. Es liegt nicht an ihrem Gerät. Ihre Hilferufe werden ignoriert. Keely!

Vier Uhr nachmittags. Das Stück Strand, das als ihr Aufnahmepunkt dienen soll, liegt vierhundert Meter vor ihnen, hinter einem Streifen von dichtem Gestrüpp. Burke lebt noch. Nick horcht in den Wind. Er wartet auf das leise Geräusch von zwei Landungsbooten, die von der Guam kommen sollen. Vor einer Stunde hat Ortiga endlich Verbindung zu dem Schiff bekommen. Er hat mit einem Fluglotsen in Zamboanga gesprochen, der den Anruf an Captain Andersen weitergegeben hat. Alles, was sie jetzt tun können, ist, dazusitzen und zu warten und zu beten, daß Burke am Leben bleibt. Endlich entdeckt Ortiga die Boote, noch etwa eineinhalb Kilometer vom Strand entfernt. Ein Aufschrei geht durch die erschöpften Männer. Johnny Burke sieht Nick an. »*Semper fi*«, flüstert er schwach.

Nick drückt seine Hand. »Jetzt bist du gleich an Bord.«

Ortiga befiehlt den Männern, sich zu formieren. Sie müssen im Gestrüpp bleiben, bis die Boote auf dem Sand liegen. Als sie aufstehen, bricht ein Feuerhagel auf sie nieder. Die Schüsse kommen aus einem Palmenhain auf der rechten Seite und aus dem Dickicht von Gummibäumen hinter ihnen. Die Marines sind vom Strand abgeschnitten.

Nick brüllt seinen Leuten zu zurückzuschießen. »Dies ist der letzte Tanz! Schießt, was ihr könnt!«

Sieben Marines entleeren ihre Magazine auf den versteckten Feind. Ortiga feuert eine Granate ab.

Das erste Landungsboot ist am Strand. Die Männer rennen darauf zu. Nick und Ortiga geben Feuerschutz. Und schon ist das erste Landungsboot mit voller Motorenkraft wieder unterwegs.

Das zweite Landungsboot gleitet auf den Sand. Nick hebt Burke für den letzten Spurt zum Strand auf seine Schultern. Er bricht aus dem Gestrüpp hervor und stolpert auf den Sand. Ortiga hebt das M-16 an die Schulter und schießt Salve um Salve gegen den Dschungel. Nick sieht das Boot und winkt dem Skipper zu. Er ist da. Und dann fliegt er in einer Explosion von Feuer und Sand durch die Luft. Die Zeit steht still. Sein Gesicht ist im Sand vergraben. Ortiga faßt ihn an der Schulter. »Leben Sie noch?«

»Wo ist Burke?« schreit Nick. »Wo ist Burke?«

»Nichts mehr von ihm übrig«, brüllt Ortiga. »Wir müssen ins Boot, Leutnant! Schnell!«

Nick sieht sich um. Burkes blutige Überreste liegen auf dem Sand. Arme und Beine sind sauber vom Körper abgetrennt, der Rücken ist mit Granatsplittern gespickt. Nick übergibt sich. Er sagt sich, daß er zum Boot rennen muß, aber seine Beine gehorchen ihm nicht. Er sieht sein rechtes Knie an. O mein Gott, denkt er. Ich bin getroffen. Sein Hosenbein ist in hundert Fetzen gerissen, verbrannte Streifen von Fleisch hängen heraus, und Blut schießt hervor. Nick ergreift Burkes Gewehr und rammt den Kolben in den Sand, eine improvisierte Krücke. Er steht auf den Beinen, aber er sieht nur einen grauen Vorhang vor Augen. Ortiga legt den Arm um seine Schultern. Gemeinsam stolpern sie die letzten Schritte bis zum Landungsboot. Der Skipper hievt Burkes Körper ins Boot.

Und dann sind sie fort. Das Schießen hat aufgehört. Hundert Meter vom Ufer entfernt beginnt der Schmerz. Nick liegt im Heck des Bootes und ist während der langen

Fahrt zur Guam kaum noch bei Bewußtsein. Jede Welle, die das Boot durchschneidet, verursacht ihm Höllenqualen. Sein Knie ist zerrissen, der untere Teil seines Beines zerschmettert. Nick stöhnt nicht. Ein paar Minuten lang bringt der Schmerz Klarheit in seine Gedanken. Der Anschlag auf Enrile, der Mord an seiner Frau und seinem Kind, die Tatsache, daß die Guam nicht auf Nicks Hilferufe reagiert hat, das alles war geplant. Nick sieht Keely vor sich, wie er sich achtzehn Stunden lang im Funkraum der Guam verbarrikadiert. Er hört, wie Keely die Ankunft Enriles ankündigt und versichert, daß er alleine sei. Er stellt sich vor, wie Keely das Funkgerät ausschaltet und sich weigert, auf den Hilferuf von acht Marines, von denen einer schwer verwundet ist, zu reagieren. Warum? Im Heck des schlingernden Bootes liegend, schwört sich Nick, die Antwort zu finden. Er schwört sich, diejenigen zur Verantwortung zu ziehen, die den Mord an Enrile und den Betrug sanktioniert haben, der Johnny Burke das Leben gekostet hat.

Nick hörte das leichte Klopfen an seiner Tür nicht sofort. Seine Augen starrten auf die Papiere auf seinem Schreibtisch, doch sah er nichts als verschwommene Bilder aus seiner Vergangenheit. Als es zum zweitenmal klopfte, schreckte er auf und forderte seinen Besucher auf hereinzukommen. Er blickte auf Sylvia Schöns blonden Kopf an der Tür.

»Fehlt Ihnen etwas? Ich klopfe schon seit einer Ewigkeit.«

Nick stand auf, um sie zu begrüßen. »Nein, es geht mir gut. Ich habe nur alles mögliche im Kopf. Kommen Sie herein.« Er hätte ihr gern gesagt, daß er sich freue, sie zu sehen, aber er wußte nicht, was er von ihrem Anruf gestern abend halten sollte. Erst hatte sie so getan, als sei er ihr ganz und gar zuwider, dann hatte sie zurückgerufen, um sich zu entschuldigen, und dann hatte sie das Gespräch einfach abgebrochen.

Sylvia trug einen verblichenen gelben Aktendeckel unter dem Arm. »Ich wollte sagen, daß es mir leid tut, wie ich mich gestern aufgeführt habe. Es fällt mir schwer, das zu sagen, aber ich bin, ehrlich gesagt, ein bißchen neidisch. Sie wissen schon. Der vierte Stock. Daß Sie mit dem Generaldirektor zusammenarbeiten. Betrachten Sie dies hier als ein Geschenk zu Ihrer Beförderung.« Sie warf den gelben Aktendeckel auf den Schreibtisch.

Nick nahm die Akte und las, was auf dem Deckel stand: Vereinigte Schweizer Banken, Zweigstelle Los Angeles. Monatsberichte 1975. »Ich hätte Sie niemals bitten dürfen, dies für mich zu holen. Ich habe überhaupt nicht an Ihre Position hier bei der Bank gedacht. Es war unfair und eigensüchtig.«

»Ich bin diejenige, die eigensüchtig war, nicht Sie. Aber ich habe so hart gearbeitet, um dahin zu kommen, wo ich stehe, daß ich mich vor jedem Dreck fürchte. Ehrlich gesagt, mein Verhalten war mir sehr peinlich, und deshalb habe ich auch nicht zurückgerufen. Ich habe darüber nachgedacht, um was Sie mich gebeten haben, und ich bin zu dem Schluß gekommen, daß Sie als Sohn jedes Recht haben, soviel wie möglich über Ihren Vater zu erfahren.«

Nick dachte über diese Wendung der Dinge nach. War das ein Grund, mißtrauisch zu sein?

»Versprechen Sie mir nur eines: Sagen Sie mir bald, worum es hier eigentlich geht.«

Nick legte die Akte auf den Schreibtisch. »In Ordnung, das verspreche ich. Wie wär's mit heute abend?«

Sie biß sich auf die Lippen. Dann lächelte sie. »Heute abend wäre wunderbar. Um halb acht in meiner Wohnung?«

Als Sylvia gegangen war, starrte Nick auf seinen Schreibtisch. Da lag die gelbe Akte mit säuberlich getippter Beschriftung, und daneben die Fachnummer und eine verschlüsselte Referenz. Alles ordnungsgemäß. Und für die nächsten vierundzwanzig Stunden gehörte die Akte ihm.

Kapitel 27

Ali Mevlevi lenkte seinen Bentley die Rue Clemenceau entlang, froh darüber, das Hotel St. Georges fast erreicht zu haben. Er hätte schon vor einer Viertelstunde zum Mittagessen dort sein sollen. Max Rothstein würde ihm die Verspätung sehr übelnehmen. Der Besitzer von Little Maxim's war berüchtigt dafür, wie sklavisch er an seinen langjährigen Gewohnheiten hing. Mevlevi hatte regelrecht darum betteln müssen, ihm bei seinem allwöchentlichen Mittagessen im St. Georges Gesellschaft leisten zu dürfen. Allein bei dem Gedanken daran verspürte er einen üblen Geschmack im Mund. Ich habe es für Lina getan, sagte er sich, um für immer und ewig zu beweisen, daß sie nicht der Spion sein kann, der mir ins Nest geschmuggelt worden ist. Augenblicklich wurde er wieder ruhig. Er dachte an das erstemal, als er Lina gesehen hatte, und er lächelte.

Little Maxim's lag am Ende der Al Ma'qba Straße, zwei Querstraßen vom Strand entfernt. Die Bar war aufgemacht wie ein schäbiges Bordell in der miesesten Gegend. Plüschsofas und Lederottomanen waren überall im Raum verteilt. Vor jeder Sitzgruppe stand ein Glastisch, der unfehlbar mit den Olivenkernen und verschütteten Getränken der vorherigen Gäste beschmutzt war. Wenn Max auch wenig Wert auf seine Einrichtung legte – von seinen Mädchen konnte man das nicht behaupten. In seiner Bar arbeiteten zwei Dutzend der verführerischsten Frauen der Welt.

In jener Nacht war Mevlevi gegen zwei Uhr hereingekommen, müde von seinen vielen Telefonaten. Er setzte sich an seinen gewohnten Tisch. Sofort schlenderte ein schlankes asiatisches Mädchen zu ihm herüber und fragte, ob sie ihm Gesellschaft leisten dürfe. Er lehnte höflich ab. Er schickte auch einen Rotschopf mit wohlgerundetem Hintern aus Tiflis und eine platinblonde männermordende Sirene aus London weg. Er brauchte keine überwältigende Schönheit, auch keine raffinierte Sexualität, sondern eine fleischliche Offenbarung, roh und urtümlich. Zugegebenermaßen eine schwer zu erfüllende Forderung. Aber auf Lina war er nicht gefaßt.

Ein Trommelschlag kündigte den Beginn der abendlichen Darbietungen an. Die Musik war wie ein gewalttätiger Angriff. Als Lina die Bühne betrat, ganz Muskeln und Sehnen und schwarzes Haar, das um ihre gemeißelten Schultern fiel, war ihm, als stürze sein Herz in einen Abgrund. Sie tanzte mit der Wut eines eingesperrten Panthers. Die Begierde fuhr ihm wie ein Blitzschlag in die Lenden. Als er sah, wie sie den ledernen Büstenhalter von den üppigen Brüsten nahm, wurde ihm der Mund trocken. Sie hob die Arme über den Kopf, schob die Haare hoch und ließ die Hüften begehrlich im wüsten Rhythmus der Musik schwingen. Sie sah ihn länger an, als gestattet war, denn sogar bei Max gab es gewisse Regeln. Ihre Augen waren schwarz, und sie hatten einen unbezähmbaren Glanz. Als ihr Blick ihn traf, hatte er das Gefühl, als schaue sie in das Innerste seines Wesens. Und als begehre sie ihn genau so, wie er sie begehrte.

Ein wütendes Hupkonzert brachte Mevlevi wieder in die Gegenwart zurück. Er fluchte über den unauflöslichen Stau, hupte zweimal lang und laut und stieg aus dem Auto. Er ließ den Motor laufen und schlängelte sich zwischen den Fahrzeugen hindurch auf das Hotel zu. Ein livrierter Bediensteter entdeckte ihn und hastete ihm entgegen. Mevlevi schob eine Hundertdollarnote in seine Hand und befahl ihm, sich mit dem Wagen nahe beim Eingang des Hotels zu halten.

»Vielen Dank, Max, daß ich dir Gesellschaft leisten darf, noch dazu so kurzfristig. Ich fühle mich geehrt.«

Ein lebhafter grauhaariger Mann erhob sich von seinem Stuhl. Er war sehr mager und sehr braun gebrannt, und er trug ein seidenes Hemd, das fast bis zum Nabel offen war. »Du bist ein Charmeur, Ali. Jetzt weiß ich, daß ich wirklich in Schwierigkeiten bin. Wir haben ein Sprichwort: ›Wenn der Löwe lächelt, fliehen sogar seine Jungen‹.«

Ali Mevlevi und Max Rothstein brachen in herzliches Gelächter aus. Ein Ober erschien und brachte Speisekarten, die in grünes Leder gebunden waren.

»Du siehst aus, als hättest du Sorgen«, sagte Rothstein. »Möchtest du gleich zur Sache kommen?«

»Ich bin gekommen, um mit einem alten Freund zu essen. Die Geschäfte können warten.«

»Meine Brille«, verlangte Rothstein. Ein gewichtiger Mann am Nebentisch beugte sich vor und reichte seinem Herrn das Gewünschte. Mevlevi warf einen kurzen Blick auf die Muskelprotze am Nebentisch.

Der Ober kam wieder und nahm ihre Bestellung entgegen. Mevlevi wählte Seezunge Dover, Rothstein einen Hamburger, durchgebraten, mit einem Spiegelei darauf. Solange Mevlevi ihn kannte, hatte er mittags wie abends niemals etwas anderes gegessen als dieses abscheuliche Gericht.

Maxim André Rothstein war trotz seines deutschen Namens im Libanon aufgewachsen. Schon lange vor 1980, als Mevlevi nach Beirut gekommen war, hatte er einen Großteil des Glücksspiels und der Prostitution in der Stadt beherrscht. Selbst auf dem Höhepunkt des Bürgerkrieges hatte er seinen Puff offengehalten. Kein Soldat wollte den Zorn seiner Vorgesetzten auf sich ziehen, der ihm gedroht hätte, wenn Max und seinen Mädchen etwas passiert wäre. Und Max hatte Croupiers zu allen Parteien geschickt, die den Kämpfern auf beiden Seiten der grünen Linie Craps, Roulette und Baccarat brachten. Zu einer Zeit, als jedermann in Beirut nicht nur Familienmitglieder einbüßte, sondern auch einen Großteil seines materiellen Wohlstands, war Max Rothstein enorm reich geworden. Die Anwesenheit seiner gutausgerüsteten Bodyguards zeigte, daß er sich während des Krieges sicherer gefühlt hatte als seit dem Kriegsende. Außerdem steigerte ihre Anwesenheit Ali Mevlevis wachsendes Gefühl der Unruhe, weil er sich ohne Schutz im Zentrum einer Stadt befand, die niemals weiter als eine Autobombe von der Anarchie entfernt war.

Die beiden Männer unterhielten sich liebenswürdig über die Unmenge von Problemen, mit denen der Libanon noch immer konfrontiert war. Keiner von ihnen vertrat eine feste Meinung. Beide wußten, daß es für Geschäftsleute am günstigsten war, sich immer auf die Seite der Partei zu schlagen, die gerade an der Macht war.

Endlich legte Mevlevi die Gabel auf den Tisch und fragte: »Autos oder Kamele, Maxy?« Er hielt es für klug, sein Problem erst einmal auf metaphorische Weise anzusprechen.

Rothstein zuckte mit den Achseln. »Autos«, sagte er. »Für Tiere hatte ich noch nie etwas übrig.«

»Ich habe da nämlich ein kleines Problem mit meinem Auto«, begann Mevlevi. »Vielleicht kannst du mir ja behilflich sein?«

»Ich bin kein Mechaniker, aber rede nur weiter. Was für ein Ding fährst du?«

»Ein schönes Fahrzeug, dunkle Karosserie, sexy Design und was für ein Motor! Ich habe es vor etwa neun Monaten gekauft.«

Rothstein lächelte schlau. »Ich weiß, von welchem Modell du sprichst.«

»Eigentlich habe ich dieses Auto neu gekauft. Aber was ist, wenn es in Wirklichkeit gar nicht so neu war? Sagen wir, wenn es etwas war, das du in Zahlung genommen hast. Vielleicht etwas, das du für einen Freund verkauft hast?«

»Hast du denn Ärger mit dem Modell? Dann schicke es zurück. Wenn es das Modell ist, an das ich denke, würde ich augenblicklich einen neuen Käufer dafür finden.«

»Ich schicke niemals etwas zurück, was mir gehört. Was ich nicht mehr brauche, werfe ich weg.«

Rothstein füllte einen Löffel Pudding in seinen Mund. »Wo liegt dann das Problem? Verliert sie ein paar PS?« Er lachte.

Mevlevi begann, die Geduld zu verlieren. »Das geht dich nichts an. Aber wo hast du dieses Auto her? Die Antwort ist mehr wert, als das Auto selbst.«

Mevlevi schob einen dicken Umschlag über den Tisch. Ein Packen von Einhundertdollarnoten steckte darin. Rothstein warf einen Blick auf das Geld. »Nicht schlecht«, meinte er und steckte alles in die Tasche.

»Ali, ich habe dieses Auto angenommen, um einem alten Freund einen Gefallen zu tun. Der Freund sagte, daß das Auto ein gutes Zuhause benötige. Einen Ort, wo es die Beachtung finden würde, die es verdient. Dieses Auto braucht einen einzigen Besitzer. Für einen Leihwagen ist es zu schade.«

»Nette Idee«, sagte Mevlevi. »Und wer ist der alte Freund, der so liebenswürdig war, dir ein so hervorragendes Auto zu bringen?«

»Er ist ein enger Freund von dir. Ich glaube, einer deiner Geschäftspartner. Ich kann es dir nur deshalb sagen, weil ihr beide euch so gut kennt. Schließlich sollten Partner doch keine Geheimnisse voreinander haben.«

Mevlevi beugte sich vor, und Max Rothstein flüsterte ihm den Namen des Mannes ins Ohr, der Lina ins Little Maxim's gebracht hatte. Als Mevlevi den Namen hörte, schloß er die Augen. Er hatte seinen Verräter gefunden.

Kapitel 28

Um Punkt 19.30 Uhr stand Nick vor dem Eingang des Appartementhauses, in dem Sylvia Schön wohnte. Es war ein moderner Bau ganz oben auf dem Zürichberg. Vor dem Gebäude befand sich ein offenes Feld, dahinter ein dunkler Wald.

Er drückte auf den Klingelknopf neben ihrem Namen. Er war direkt aus dem Büro gekommen und trug seine Aktentasche in der einen und einen Blumenstrauß in der anderen Hand. Der Türöffner summte, und Sylvias Stimme forderte ihn auf hereinzukommen. Er betrat das Haus, ging zu ihrer Wohnungstür und klopfte zweimal.

Sylvia öffnete sofort. Sie trug ausgeblichene Jeans und ein langes Hemd. Ihr Haar war in der Mitte gescheitelt. Ihr Blick wanderte von ihm zu den Blumen. »Sie sind wunderschön. Was für eine reizende Idee. Kommen Sie herein.« Sie küßte ihn auf die Wange und nahm ihm die Blumen ab. Dann führte sie ihn ins Wohnzimmer. »Setzen Sie sich, bis ich die Blumen ins Wasser gestellt habe. Das Abendessen ist in ein paar Minuten fertig. Ich hoffe, Sie mögen etwas Deftiges. Ich habe Käsespätzli gemacht.«

»Klingt prima.« Bevor Nick sich setzte, schlenderte er zu den Bücherregalen und betrachtete die Bilder an den Wänden. Auf einigen hatte Sylvia den Arm um einen großen, sportlich aussehenden, blonden Mann gelegt.

»Meine Brüder«, sagte Sylvia, die gerade mit einer Blumenvase in der Hand ins Wohnzimmer zurückkam. »Rolf und Erich. Sie sind Zwillinge.«

Nick war überrascht, wie erleichtert er über diese Auskunft war. Er hatte mehr an Sylvia gedacht, als er zugeben wollte. Er ging zum Sofa und setzte sich. »Wo leben sie? In Zürich?«

»Rolf ist Schilehrer in Davos. Erich ist Rechtsanwalt in Bern.« Ihre Worte waren knapp, und er vermutete, daß sie nicht über die beiden reden wollte. Sie stellte die Blumen auf den Tisch. »Möchten Sie etwas zu trinken?«

»Ein Bier wäre prima.«

Sylvia öffnete die Glasschiebetür und trat auf die Terrasse. Sie nahm zwei Flaschen aus dem Sechserpack. Nick machte es sich zwischen den Kissen auf dem Sofa bequem. Sie hatte eine sehr hübsche Wohnung. Der glänzende Parkettboden war mit zwei Perserteppichen bedeckt. An das Wohnzimmer schloß sich eine kleine Eßnische an. Zwei Gedecke und eine Flasche Weißwein standen auf dem Tisch. Durch den kurzen Gang sah er eine geschlossene Tür. Ihr Schlafzimmer.

Sylvia kam ins Wohnzimmer und brachte zwei Gläser Bier. Sie reichte Nick eines davon und setzte sich auf die Couch. »Gefällt es Ihnen denn jetzt eigentlich in der Schweiz?«

»O ja. Es gefällt mir, wie planmäßig hier alles läuft und wie jedermann stolz auf seine Arbeit ist. Wir könnten uns zu Hause eine Scheibe davon abschneiden.« Er trank einen Schluck Bier. »Aber jetzt erzählen Sie mir doch einmal, warum Sie zur Bank gegangen sind. Macht es Ihnen solchen Spaß, wie es den Anschein hat?«

»Ich habe auf einen Anschlag am Schwarzen Brett der Universität geantwortet. Ursprünglich hatte ich mehr an Werbung oder Public Relations gedacht. Etwas Glänzenderes. Aber dann wurde ich zu einem Vorstellungsgespräch in die Bank eingeladen. Man führte mich durch das ganze Gebäude. Ich hatte ja keine Ahnung gehabt, was hinter den Schaltern so alles stattfindet. Überlegen Sie mal, was wir in der Finanzabteilung alles bewegen. Wir verwalten mehr als hundert Milliarden Dollar an Investitionen. Wir unterschreiben Anleihen, mit deren Hilfe Firmen expandieren und Länder entwickelt werden.

Es ist so dynamisch. Ich finde das großartig. Ich schätze, daß ein weiterer Grund darin liegt, daß auch heute noch nicht viele Frauen in Banken arbeiten, jedenfalls nicht in hohen Stellungen.« Sie beugte sich über den Tisch und hob ein Blatt Papier auf. »Heute habe ich meinen Reiseplan für die Staaten bekommen. Ich werde erst nach der Generalversammlung fahren können, was die Aufgabe wesentlich schwieriger gestalten wird. Trotzdem ist es besser als nichts.«

Sie reichte Nick das Papier. Er las es kurz durch und erinnerte sich an all die Sorgen um einen Arbeitsplatz nach seinem Universitätsabschluß. Sie würde nach New York fliegen und mit Absolventen der NYU, der Wharton und der Columbia Universität sprechen. Dann würde sie zur Harvard Universität und zum MIT weiterreisen. Zuletzt stand noch Chicago auf dem Programm. »Das ist eine ziemliche Knüppeltour, nur um ein oder zwei Universitätsabgänger einzustellen.«

Sylvia nahm den Reiseplan wieder an sich. »Wir finden es sehr wichtig, die richtigen Leute zu finden.« Sie stand auf und erklärte, sie müsse das Essen fertig machen.

Zehn Minuten später standen die Spätzli auf dem Tisch. Sie waren golden überbacken und mit Paprika gewürzt. Nick fand, daß er seit seiner Ankunft in der Schweiz nichts so Köstliches gegessen hatte. Er bedrängte Sylvia, ihm von ihrer Kindheit zu erzählen. Zuerst wollte sie nicht so recht, aber als sie erst einmal angefangen hatte, verschwand ihre Zurückhaltung. Sie war in Sargans aufgewachsen, einer kleinen Stadt etwa achtzig Kilometer südöstlich von Zürich. Ihr Vater war Bahnhofsvorsteher gewesen. Er war ein bedeutendes Mitglied der Gemeinde. Sie bezeichnete ihn als einen »Pfeiler bürgerlicher Tugend«. Nach dem Tod seiner Frau hatte er nicht wieder geheiratet. Sylvia hatte den Haushalt geführt und die volle Verantwortung für die Versorgung ihrer jüngeren Brüder übernommen.

»Das klingt so, als seien Sie einander sehr nahe gestanden«, sagte Nick. »Sie müssen sehr glücklich gewesen sein.«

»Wir waren sehr unglücklich«, platzte sie heraus. Dann lachte sie. »Tut mir leid. Mein Vater war ein sehr schwieriger Mann. Er hatte sein ganzes Leben bei der Eisenbahn zugebracht, also mußte alles perfekt organisiert sein, sonst war er nicht zufrieden. Ich glaube, darum ist er auch nie über den Tod meiner Mutter hinweggekommen. Der liebe Gott hatte ihn nicht um Erlaubnis gefragt, als er sie ihm nahm. Sie können sich sicher vorstellen, daß wir seine Unzufriedenheit auszubaden hatten. Vor allem ich.«

»Was hat er getan?«

»Ach, geschlagen hat er mich nie. Er hat nur sehr viel von mir verlangt. Ich mußte um fünf Uhr aufstehen und ihm sein Frühstück machen und sein Mittagsbrot einpacken. Und dann waren da natürlich die Zwillinge. Sie waren vier Jahre jünger als ich. Ich mußte dafür sorgen, daß sie rechtzeitig in die Schule kamen. Eine ziemlich schwierige Aufgabe, wenn man neun Jahre alt ist.«

»Sie waren stark. Sie sind es auch jetzt.«

»Ich bin mir nicht sicher, ob das ein Kompliment ist. Was ich am meisten haßte, war, daß wir so eine perfekte Familie zu sein hatten. Sargans ist eine Kleinstadt. Jederman kannte meinen Vater. Natürlich hatten wir uns immer tadellos zu benehmen. Wir durften nicht zeigen, daß uns das Leben ohne Frau und Mutter schwer geworden war. Aber vielleicht war ich ja die einzige, die unglücklich war. Meine Brüder hatten es gut. Ich machte ihre Zimmer sauber, wusch ihre Kleidung und half ihnen bei den Hausaufgaben. Sie hatten ganztägig einen Dienstboten.«

»Sie müssen Sie dafür sehr gern haben.«

Sie lächelte resigniert. »Unglücklicherweise folgten sie dem Beispiel ihres Vaters und hielten alles, was ich tat, für selbstverständlich. Sie glaubten, daß ich am Freitagabend nicht ausging, weil ich keine Lust dazu hätte, nicht weil ich zu müde war.«

»Also mögen Sie sich nicht besonders gern?«

»Ich tue, was man so macht: Geburtstagskarten, Weihnachtsgeschenke. Aber ich habe Rolf und Erich seit drei Jahren nicht gesehen.«

»Und Ihren Vater?«

»Den besuche ich öfter.«

Nick sah an ihrem Gesichtsausdruck, daß sie nicht mehr über dieses Thema reden wollte, und nickte. Er lächelte innerlich und fühlte sich warm und zufrieden. Er hatte ganz vergessen, wie schön es war, seine Zeit mit einer interessanten attraktiven Frau zu verbringen. Es hatte ihm gefehlt.

Nach dem Essen legte Nick die gelbe Akte auf den Tisch. Darin befanden sich, chronologisch geordnet, die von seinem Vater eingereichten Monatsberichte von Januar bis einschließlich Juni 1975. Er bezweifelte, daß er in diesen Berichten, die fünf Jahre vor Alex Neumanns Tod verfaßt worden waren, etwas Aufschlußreiches finden würde. Der Monatsbericht für Januar 1975 war in vier Abschnitte eingeteilt. Der erste bot einen Überblick über gebührenpflichtige Aktivitäten; der zweite war eine Einschätzung neuer Geschäftsmöglichkeiten; der dritte enthielt Anträge für zusätzliches Personal und für Bürobedarf; der vierte Abschnitt trug die Überschrift: »Verschiedenes«. Nichts, was darin stand, wies auf die späteren Ereignisse hin. Aber wenn auch das, was er suchte, nicht in diesem Bericht stand, so wußte er doch, daß er auf dem richtigen Weg war.

Vom Gang her näherten sich Schritte. Sylvia legte die Hand auf Nicks Schulter. »Wonach suchen Sie?«

Nick wurde die Kehle eng. Die Stunde der Wahrheit war gekommen. Jetzt mußte er sich ihr anvertrauen. Er wußte, daß er ohne Sylvias Hilfe nicht weiterkommen würde, und tief in seinem Inneren wollte er ihr auch vertrauen. Vielleicht lag es daran, daß er ihr goldenes Haar und ihr unbestimmtes Lächeln von Minute zu Minute lieber mochte. Vielleicht war der Grund auch, daß er so viele Übereinstimmungen zwischen sich und ihr sah: Die ruhelose Kämpfernatur, die mit den eigenen Leistungen niemals zufrieden war. Aber vielleicht lag es auch einfach daran, daß Anna ihn hatte fallenlassen.

»Es sind zwei Dinge, die ich suche«, sagte Nick. »Ein

Mann namens Allen Soufi – ein zwielichtiger Typ, der mit der Bank in Los Angeles Geschäfte gemacht hat. Und eine Firma namens Goldlux.«

»Wer ist Goldlux?«

»Ich weiß überhaupt nichts über sie. Nur daß die Entscheidung meines Vaters, die Geschäftsbeziehungen abzubrechen, einen mittleren Aufstand in der Hauptgeschäftsstelle in Zürich zur Folge hatte.«

»Sie waren also Kunden der Bank?«

»Jedenfalls eine Zeitlang.«

»Warum interessieren Sie sich für Herrn Soufi und für Goldlux?«

»Wegen einiger Dinge, die mein Vater über sie gesagt hat. Ich zeige es Ihnen.« Nick ging in den Gang, um etwas aus seiner Aktentasche zu holen. Er kam mit einem dünnen schwarzen Buch zurück. »Das ist der Terminkalender meines Vaters für das Jahr 1978. Er stammt aus seinem Büro in Los Angeles. Ob Sie es glauben oder nicht, ich habe ihn in einem Lagerschuppen gefunden. Er lag in einem Haufen von altem Krempel, den meine Mutter jahrelang aufgehoben hatte. Als sie starb, flog ich hin, um ihren Hausstand aufzulösen. Bei der Gelegenheit bin ich auf das Buch gestoßen. Für 1979 ist auch eines da.« Er öffnete den ersten Terminkalender und blätterte darin. »Also: ›12. Oktober – Abendessen mit Allen Soufi. Nicht wünschenswert.‹ ›10. November – Soufi im Büro.‹ Und darunter: ›Liquiditätsprüfung!‹ Dahinter ein ungläubiges ›Nichts?!‹ Und schließlich am 3. Dezember: ›Der Bastard hat mich bedroht.‹ Rot unterstrichener Kommentar zu einer Verabredung zu einem Mittagessen um zwölf Uhr im Beverly Wilshire Hotel mit Allen Soufi. Im zweiten Kalender noch mehr von der Art, Sie werden sehen.«

»Haben Sie nur diese beiden Kalender?«

»Das sind die einzigen, die ich gefunden habe. Zum Glück sind es die beiden letzten, die er geführt hat. Mein Vater wurde am 31. Januar 1980 ermordet.«

Sylvia schlug die Arme um ihren Körper, als sei ihr plötzlich kalt. Nick sah in ihre warmen braunen Augen.

Früher hatte er diese Augen fremd und eigensüchtig gefunden. Jetzt schienen sie besorgt und mitfühlend. Es kam ihm der Gedanke, wie wenigen Menschen er von dem Mord an seinem Vater etwas gesagt hatte: Ein paar Kindern aus seiner Schule, kurz nachdem es passiert war, Gunny Ortiga und natürlich Anna. Gewöhnlich machte es ihn nervös, und er fühlte sich unbehaglich, wenn er die Geschichte erzählen sollte. Aber heute war er ruhig und zufrieden. Die Worte kamen wie von selbst.

»Am schlimmsten war die Fahrt dorthin«, begann er leise. »Wir wußten, daß ihm etwas passiert war. Die Polizei hatte angerufen. Sie hatten gesagt, es ginge um einen Unfall. Sie schickten uns einen Streifenwagen. Mein Vater wohnte damals nicht bei uns zu Hause. Er meinte, daß er dort nicht sicher sei. Ich glaube, er wußte, daß jemand hinter ihm her war. Wir fuhren also den Stone Canyon Drive entlang. Es war spät, und meine Mutter weinte. Die Polizei hatte nicht gewollt, daß ich mitfuhr, aber sie hatte darauf bestanden. Schon damals war sie nicht sehr stark. Das Radio im Polizeiwagen quäkte die ganze Zeit, in diesem knappen Polizeijargon. Irgendwann hörte ich das Wort ›Tötung‹ und die Adresse, wo mein Vater übernachtet hatte. Die Polizisten vorne im Wagen sagten kein Wort zu uns. Aber mir war bereits klar, daß meine ganze Welt zusammenbrechen würde.«

»Was war passiert?« flüsterte Sylvia.

»Die Polizei war der Meinung, daß jemand gegen neun Uhr abends zu ihm gekommen war. Mein Vater mußte ihn gekannt haben. Die Tür war nicht aufgebrochen worden. Er hatte sie selbst geöffnet und seinen Mörder hereingelassen. Vermutlich hat er eine Zeitlang mit ihm geredet. Er wurde aus kurzer Entfernung dreimal in die Brust geschossen. Er starb auf dem Steinboden. Der ganze Hausgang war rot. Die Polizei hatte ihn noch nicht zugedeckt. Sie hatten ihm noch nicht einmal die Augen zugedrückt. Es wurde natürlich eine normale Untersuchung durchgeführt, aber es gab keinen Zeugen und keine Mordwaffe. Sechs Monate später schloß man den Fall ab. Er wurde als zufälliger Gewaltakt deklariert. Die Polizisten sagten, daß so etwas in einer großen Stadt wie Los Angeles ganz alltäglich sei.« Plötzlich schlug Nick mit der Faust auf den Tisch. »Aber, verdammt, für mich ist es nicht alltäglich!«

Sylvia schlug die Arme um ihn und schmiegte sich an ihn. »Nick, es tut mir so leid. Das ist also der Grund, warum du hergekommen bist?«

»Vermutlich ja. Nachdem ich die Terminkalender gefunden hatte, hatte ich eigentlich keine andere Wahl mehr. Manchmal denke ich, daß ich gar nichts herausbekommen werde. Aber ich muß es doch wenigstens versuchen.«

Eine Weile sprach keiner von ihnen. Er wiegte sich sanft vor und zurück und genoß ihre Wärme. Er neigte ihr sein Gesicht zu. Sie berührte seine Wange, und als ihre Lippen sich trafen, schloß er die Augen.

Sie lösten sich voneinander und Sylvia fragte Nick, welchen Schritt er als nächstes plane.

»Ich muß die Monatsberichte meines Vaters von 1978 und 1979 einsehen.«

»Das sind acht Bände. Vier für jedes Jahr.«

»Nicht zu ändern«, meinte er.

Sie nickte. »Ich werde mein Bestes tun. Ich möchte dir wirklich helfen. Aber, Nick es ist so lange her. Erwarte nicht zuviel. Sonst erlebst du nur eine Enttäuschung.«

»Es ist eine einfache Gleichung«, sagte Nick. »Glück gleich Wirklichkeit geteilt durch Erwartung. Wenn du nicht viel hoffst, übertrifft die Wirklichkeit mit ziemlicher Sicherheit deine Erwartungen, und du bist glücklich. Wenn du die ganze Welt erwartest, wirst du auf alle Fälle enttäuscht. Das größte Problem haben die Leute, die immer glücklich sein wollen, die Träumer, die eine große Zehn ans Ende der Gleichung setzen.«

»Was erwartest du, Nick?«

»Als ich ein Kind war, wollte ich die Zehn. Das wollen wir wohl alle. Nach dem Tod meines Vaters wäre ich schon mit einer Drei zufrieden gewesen. Jetzt bin ich wieder optimistischer. Ich will eine Fünf, ach zum Teufel, ich will das Risiko eingehen und eine Sechs verlangen. Wenn sechs von zehn Tagen gute Tage sind, bin ich zufrieden.«

»Ich meine, was wünschst du dir wirklich? Was möchtest du aus deinem Leben machen?«

»Nun ja, als erstes möchte ich gerne den Mord an meinem Vater überwinden. Was danach kommen soll, weiß ich noch nicht so genau. Vielleicht werde ich für einige Zeit in der Schweiz bleiben. Mich verlieben. Eine Familie haben. Am meisten habe ich das Bedürfnis, irgendwo hinzugehören.« Nick wurde von einem Gefühl inniger Gemeinschaft überwältigt. Er kannte Sylvia noch so wenig, und doch teilte er bereits sein Innerstes mit ihr, Träume, die er bisher für eine Zukunft mit Anna vorbehalten hatte. »Und wie ist das mit dir?«

»Bei mir ändert sich das von Tag zu Tag, von Minute zu Minute. Als ich ein Kind war, war ich nicht sehr glücklich. Ich wollte immer, daß meine Mutter zurückkommt. Ich hätte eine Vier genommen. Als ich bei der Bank anfing, eine Neun. Damals war alles möglich; heute, mit dir hier in meinem Wohnzimmer, will ich immer noch eine Neun. Ich möchte lieber ein bißchen enttäuscht werden, als es gar nicht erst versucht zu haben.«

»Aber was möchtest du wirklich?«

»Das ist leicht zu beantworten. Ich möchte die erste Frau in der Generaldirektion der VSB sein.«

»Also doch eine Träumerin?«

»Warum würde ich dir sonst mit diesen Akten helfen? Sie sind verflixt schwer, wenn man sie herumtragen muß.«

»Arme Sylvia.« Nick rieb ihr den Rücken. »Tut er weh?«

»Hmm.« Sie nickte.

Er hob ihre Beine auf seinen Schoß und massierte ihre Fußgelenke. »Und deine Beine, die müssen ja entsetzlich schmerzen.« Als er ihre glatten Beine streichelte, floß ein Strom des Verlangens durch seinen Körper. Er hatte ganz vergessen, wie es war, eine Frau zu berühren.

Sylvia deutete auf eine Stelle, die besonderer Aufmerksamkeit bedurfte, und er widmete sich ihr sofort. »So ist es schon viel besser.«

»Und deine Füße?« Nick warf ihre Mokassins herunter. »Wenn ich denke, daß sie so eine enorme Last herumtragen mußten!«

»Halt«, schrie Sylvia. »Das kitzelt.«

»Was, das soll kitzeln?« Er ließ seine Finger über ihre bestrumpften Zehen gleiten. »Das glaube ich nicht.«

»Bitte hör auf.« Sie mußte lachen.

Er hörte auf und gestattete ihr, die Füße wieder auf den Boden zu stellen. »Was gibst du mir dafür?«

Sie lächelte ein wenig verlegen. »Wie wäre es, wenn ich versuchen würde, deine Endzahl etwas zu erhöhen?«

»Was glaubst du, wie hoch kannst du sie kriegen? Eine Acht?«

»Ganz bestimmt höher.« Sylvia streichelte seinen Nacken.

»Eine Neun?«

Sie begann, ihre Bluse aufzuknöpfen. »Höher.«

»Höher als Neun? Nichts ist vollkommen.«

Sylvia öffnete ihren Büstenhalter und rieb ihre Brüste über seinen geöffneten Mund. »Nimm das zurück.«

Er schloß die Augen und nickte. Er hatte beschlossen, die Zehn zu wollen.

Kapitel 29

Am nächsten Morgen machte Nick sich mit Feuereifer an die Arbeit an einem Brief, der – natürlich im Namen des Generaldirektors – an die Institutionen unter den Aktionären der Bank geschickt werden sollte. In diesem Brief sollten die Schritte erklärt werden, die die Bank unternehmen wollte, um die Kosten zu reduzieren, die Effizienz zu steigern und den Operationsspielraum zu verbessern. All das waren Maßnahmen, die in den nächsten fünf Jahren die Erträge erhöhen sollten. Er begann damit, eine Gliederung zu entwerfen, aber es war ihm unmöglich, sich zu konzentrieren. Bilder von Sylvia überfluteten seinen Kopf. Er sah die Linie ihrer Taille vor sich. Er fühlte ihren festen Bauch. Er strich mit den Händen über ihre endlos langen Beine. Ohne zu sprechen, brachte sie ihn zum Lachen; ohne sich zu bewegen, ließ sie ihn zucken; ohne zu atmen, brachte sie ihn zum Keuchen.

Nick strich langsam über seine Oberschenkel. Er brauchte eine physische Bestätigung dafür, daß es tatsächlich er selbst war, der diese Gedanken hatte – er, der vor erst zwei Monaten eine Frau in Amerika gelassen hatte, die ihn liebte, und die er vielleicht auch immer noch liebte, auch wenn er Angst hatte, das zuzugeben. Du bist ein gemeiner Kerl, dachte er, dich auf die erstbeste Frau zu stürzen, die dir über den Weg läuft. Du hast sie betrogen. Nein, sagte er sich dann wieder, Anna gehört der Vergangenheit an. Laß sie dort. Sie hatte ihn gelehrt, den Wert einer starken Frau zu schätzen, und zu erkennen, wie wichtig eine Verbündete in schwierigen Zeiten war.

Und du, fragte er sich anklagend, was hast du sie gelehrt?

Um halb zehn streckte Rita Sutter den Kopf in sein Büro. »Guten Morgen, Herr Neumann«, sagte sie und kam einen Schritt weit herein. Sie trug ein dunkelblaues Kleid, eine Perlenkette und eine lange weiße Jacke, und sie hatte ein paar Papiere in der Hand. »Ich hatte noch keine Gelegenheit, Ihnen zu Ihrer Beförderung zu gratulieren. Es muß sehr aufregend für Sie sein.«

Nick war verwirrt von ihrem verbindlichen Ton. Sie war schwerlich der Typ für müßiges Geschwätz. Ihre vordringlichste Aufgabe war es, die Tage des Generaldirektors zu ordnen, und sie löste diese Aufgabe mit einer Meisterschaft, die eines erfahrenen Stabsoffiziers würdig gewesen wäre. Nichts drang zu Kaiser vor ohne ihr Wissen und ihre Zustimmung. Gleichgültig, wie hektisch der Tag wurde, sie sorgte dafür, daß er zielgerichtet und pünktlich arbeiten konnte, während sie selbst beherrscht und unerschütterlich blieb. Nick fragte sich, was sie wohl von ihm wollte. »Es ist eine große Ehre, hier zu sein«, stimmte er zu. »Obwohl ich wünschte, daß die gegenwärtigen Umstände ein bißchen anders wären.«

»Ich bin mir sicher, daß sich Herr Kaiser die Bank nicht kampflos wegnehmen lassen wird.« Sie trat etwas näher an seinen Schreibtisch heran. »Ich hoffe, es macht Ihnen nichts aus, wenn ich Ihnen sage, wie ähnlich Sie Ihrem Vater sehen.«

»Aber ganz bestimmt nicht. Haben Sie mit ihm zusammengearbeitet?«

»Ja natürlich, ich habe ein Jahr nach ihm bei der Bank angefangen. Damals waren wir noch sehr wenige, vielleicht an die hundert Leute. Er war ein guter Mann.«

Nick stand auf und deutete auf einen Stuhl auf der anderen Seite seines Schreibtischs. »Bitte nehmen Sie doch Platz – sofern Sie ein paar Minuten Zeit haben.«

Rita Sutter setzte sich auf die Stuhlkante und spielte mit ihrer Perlenkette. »Wußten Sie, daß wir alle aus der selben Gegend stammen, Herr Kaiser, Ihr Vater und ich?«

»Sie haben auch in der Eibenstraße gewohnt?«

»In der Manessestraße, gleich um die Ecke. Aber Herr Kaiser wohnte im gleichen Haus wie Ihr Vater. Als Kinder waren sie nicht miteinander befreundet. Ihr Vater war viel sportlicher. Wolfgang hielt sich an seine Bücher. Damals war er noch sehr schüchtern.«

»Der Generaldirektor und schüchtern?« Nick stellte sich einen kleinen Jungen mit einem gelähmten Arm vor, ohne Tausenddollaranzüge, um darüber hinwegzutäuschen. Dann dachte er an seinen Vater und versuchte, ihn sich als Sportler vorzustellen. Natürlich hatte sein Vater Golf gespielt, aber er hatte nicht ein einziges Mal für Nick einen Baseball geworfen oder mit ihm einen Fußball gekickt.

»Wir sprechen hier nicht sehr oft über die Vergangenheit«, sagte sie. »Aber ich wollte Ihnen doch gerne sagen, wie sehr ich Ihren Vater bewundert habe. Er hatte einen sehr positiven Einfluß auf mein Leben. Er glaubte an das, was er tat. Für ihn war alles möglich. Manchmal frage ich mich, ob ich nicht lieber für Alex arbeiten würde als für Wolfgang, wenn Ihr Vater noch am Leben wäre. Er war derjenige, der mich dazu drängte, mein Diplom bei der HSG – der Hochschule St. Gallen – zu machen. Dafür war ich ihm immer dankbar. Obwohl ich nicht glaube, daß er mit dem zufrieden wäre, was ich daraus gemacht habe.«

Nick war beeindruckt. Die HSG war die angesehenste Hochschule für Wirtschaft in der Schweiz. »Praktisch leiten Sie die Bank. Das ist doch eine ganze Menge, oder nicht?«

»Ach, ich weiß nicht, ich habe noch nie gesehen, daß Rudolf Ott dem Generaldirektor Kaffee und Kekse holt.« Sie stand auf und Nick begleitete sie zur Tür. »Darf ich Ihnen noch eine Frage über meinen Vater stellen?« fragte er unbeholfen. »Ist Ihnen je zu Ohren gekommen, daß er irgend etwas getan hat, das dem Ansehen der VSB hätte schaden können?«

Rita Sutter blieb abrupt stehen. »Wer hat Ihnen das gesagt? Nein, Sie brauchen mir nicht zu antworten. Ich kann es mir schon vorstellen. Ihr Vater hat niemals etwas getan, das den guten Namen der Bank beschädigt hätte. Er war ein ehrenhafter Mann. Sie brauchen nicht alles zu glauben, was Sie hier in diesem Stockwerk hören. Ach ja, wegen des Briefes, den Sie für den Generaldirektor entwerfen sollen: Er möchte, daß Sie die vorgeschlagene Reduzierung des Personals so gering wie möglich halten. Dies hier sind seine Vorstellungen.« Sie reichte ihm die Papiere, die sie mitgebracht hatte, und verließ das Büro. Er sah die oberste Seite an. Sie war ganz und gar in ihrer Handschrift geschrieben.

Nach einer Stunde war der Entwurf für den Brief des Generaldirektors fertig, und auch Rita Sutters Vorschläge zur Personalreduzierung waren darin berücksichtigt. Er war gerade dabei, das Schriftstück noch einmal durchzulesen, als das Telefon klingelte. »Hier Neumann.«

»Was, keine Sekretärin, Nick? Bei einem persönlichen Diener des Königs sollte man Besseres erwarten.«

Nicks Gesicht verzog sich zu einem breiten Lächeln. »Ich arbeite für den Kaiser. Du, mein Freund, hast nur einen armseligen König zum Herrn. Hallo, Peter, wie steht's auf der anderen Seite?«

»Verdammt viel zu tun. Ein bißchen zuviel für diese müden Knochen. Und du, hast du keine Höhenangst da oben im vierten Stock?«

Nick vermißte Peter Sprechers unbekümmertes Geplauder und seinen trockenen Humor. »Ich würde dir gern bei einem Bier davon erzählen.«

»Einverstanden. Um sieben Uhr im Keller-Stübli.«

Nick warf einen Blick auf den Haufen Arbeit auf seinem Schreibtisch.

»Sagen wir acht Uhr. Also, was kann ich für dich tun?«

»Ich würde gerne einen Korb voller Aktien von eurer Bank kaufen. Du hast nicht zufällig ein paar tausend auf deinem Schreibtisch herumliegen?«

»Tut mir leid, daß ich dich enttäuschen muß, Peter, aber wir sind völlig ausverkauft. Tatsächlich spekulieren wir auf Adleraktien. Aber seit wann sitzt du im Handelssaal? Ich dachte, du wärest eingestellt worden, um eine Abteilung für privates Bankwesen aufzuziehen.«

»Richtig, aber inzwischen wurde ich die Treppe hinauf in Königs Einkaufsteam befördert.«

»Lieber Gott, es war also kein Witz. Du kämpfst in vorderster Linie in der Schlacht um die VSB. Durchkämmst den Markt nach unseren Aktien!«

»Nimm's nicht persönlich. König meinte, ich könnte vielleicht wissen, wo man noch welche ausgraben könnte. Tatsächlich haben wir gestern ein paar tausend Aktien von euren eigenen Leuten gekauft.«

»Das habe ich gehört«, sagte Nick. »Ich würde aber nicht damit rechnen, daß das noch einmal passiert.« Einige Portfolio Manager der VSB waren mehr daran interessiert gewesen, zweistellige Zinsen für die Investitionen ihrer Kunden herauszuschlagen, als sich um die Sicherheit ihrer Bank zu kümmern, und hatten VSB-Aktien verkauft, die zu noch nie dagewesenen Preisen gehandelt wurden. Die Nachricht von ihrem Verhalten war sehr schnell in den vierten Stock durchgedrungen und hatte den Generaldirektor in Rage gebracht. Kaiser war in ihre Büros gestürmt und hatte auf der Stelle jeden einzelnen höchst persönlich gefeuert.

Sprecher wurde plötzlich ernst. »Hör zu, mein Freund. Ein paar Leute von der Adlerbank würden gerne mit dir sprechen – privat. Sie würden dir gerne so eine Art Arrangement vorschlagen.«

»Wofür?«

»Was ich dir schon vorhin gesagt habe: Aktienpakete. Nach Möglichkeit große Aktienpakete. Wir möchten diese Sache noch vor der Generalversammlung zum Abschluß bringen. Du weißt, wer die meisten Anteile besitzt. Nenn uns die Namen dieser Leute, und wir werden dafür sorgen, daß es sich für dich lohnt.«

Nick spürte, wie sein Nacken rot wurde. »Ist das dein Ernst?«

»Todernst.«

»Dann sage ich dir ein für allemal, Peter: Leck mich am Arsch. Was denkst du, wie tief ich sinken würde? So tief wie du?«

»Loyalität ist heutzutage keine Ehre mehr«, entgegnete Sprecher ernst. »Jedenfalls nicht gegen Firmen. Ich spiele dieses Spiel für ein Monatsgehalt und eine Pension. Du solltest das auch so machen.«

»Du hast zwölf Jahre lang für diese Bank gearbeitet. Warum bist du so versessen darauf, ihren Untergang zu erleben?«

»Es handelt sich hier nicht darum, daß eine Bank sterben muß, damit eine andere leben kann. Dies wird eine Fusion im wahrsten Sinne des Wortes: die Stärke der VSB im privaten Bankwesen vereinigt mit dem erwiesenen Geschick der Adlerbank im Aktienhandel. Zusammen werden wir den ganzen Schweizer Markt beherrschen.«

»Meine Antwort ist trotzdem nein.«

»Nick, wenn du uns hilfst, kann ich dir hier einen Posten versprechen, wenn wir die VSB geschluckt haben. Sonst wird dein Kopf genauso auf dem Schafott landen, wie die Köpfe aller anderen im vierten Stock.«

»Wenn die Adlerbank so in Geld schwimmt«, fragte Nick, »warum kauft ihr dann nicht gleich die ganze Bank?«

»Du solltest nicht jedes Gerücht glauben, das du hörst. Warte eine Sekunde, Freund.« Sprecher legte eine Hand über das Telefon, aber Nick konnte die Worte trotzdem noch verstehen. »Hassan, wirf mir die Preisliste herüber, die rosane.« Dann nahm er die Hand wieder von der Sprechmuschel. »Denke jedenfalls mal über meinen Vorschlag nach, Nick. Heute abend erzähle ich dir dann mehr. Wir sehen uns also so um acht, ja?«

»Ich glaube nicht. Ich gehe nur mit meinen Freunden einen trinken.« Nick legte auf.

Um 12.35 Uhr schlenderte Nick mit der endgültigen Fassung seines Briefes durch die stillen Korridore zum Büro des Generaldirektors. Um diese Tageszeit waren selbst die eifrigsten Streber beim Mittagessen. Plötzlich hörte er jemanden hinter sich.

»Sind Sie müde oder betrunken, Neumann?« bellte Armin Schweizer.

Nick hatte es satt, Angst vor Schweizer zu haben. Er drehte sich um und sagte: »Die richtigen Worte wollten mir einfach nicht kommen. Deshalb habe ich einen kleinen Schluck von Schottlands Feinstem zu mir genommen. Ein Schlückchen Single Malt tut Wunder, wenn man von der Muse geküßt werden möchte.«

Schweizer grinste. »Ein Klugscheißer auch noch. In diesem Stockwerk gehen wir mit geradem Rücken und zügigen Schritten. Spazierengehen können Sie im Park. Was haben Sie denn da?«

»Einige Ideen des Generaldirektors, um die Bank auf Vordermann zu bringen. Es ist ein Brief, der an die Aktionäre geschickt werden soll.« Nick gab Schweizer einen Ausdruck.

Schweizer überflog den Brief. »Schlechte Zeiten, Neumann. Wir werden niemals Königs Vorstellungen von einer Bank entsprechen. Er will Maschinen. Wir ziehen Gott sei Dank immer noch die lebendige, atmende Spezies vor.«

»König wird einen Haufen Geld brauchen, wenn er uns übernehmen will.«

»Unterschätzen Sie ihn nicht. Ich habe noch nie einen geldgierigeren Menschen gesehen. Er bringt uns alle in Verlegenheit.«

»Wie mein Vater?« fragte Nick. »Sagen Sie mir doch bitte: Was hat er eigentlich getan?« Schweizer seufzte. »Etwas, was Sie niemals auch nur erwägen würden, weil Sie nämlich viel zu intelligent dazu sind, mein Junge.« Er gab Nick den Brief zurück. »Jetzt laufen Sie. Der Generaldirektor wartet sicher schon auf sein junges Hündchen.«

Nick wurde rot vor Ärger. Er biß sich auf die Zunge, konnte es sich aber nicht verkneifen, zum Abschied noch eine bissige Bemerkung zu machen. »Mein Büro ist offen, wenn es Sie interessiert. Bitte bedienen Sie sich.«

Kapitel 30

Im Konferenzraum der Generaldirektion war ein Kriegsrat zusammengetreten. Vier Männer, die sich äußerst unbehaglich fühlten, hielten sich in dem riesigen Raum auf: Reto Feller stand an die hintere Wand gelehnt, die Arme vor der Brust verschränkt. Rudolf Ott und Martin Maeder saßen wie zwei Verschworene am Konferenztisch und flüsterten miteinander. Armin Schweizer ging im Raum auf und ab. Sein Gesicht war schweißbedeckt. Sie alle warteten auf die Ankunft ihres Herren. Um Punkt zwei Uhr betrat Wolfgang Kaiser den Konferenzraum und steuerte rasch zu seinem gewohnten Stuhl. Nick folgte ihm und setzte sich neben ihn. Ott und Maeder räusperten sich. Feller schob sich auf den nächsten Stuhl. Nur Schweizer blieb stehen.

Kaiser ließ alle Formalitäten fallen. »Herr Feller, wie ist der Stand der Aktienkäufe der Adlerbank?«

Feller antwortete mit schriller Stimme: »Sie haben achtundzwanzig Prozent zusammengebracht. Noch fünf Prozent, und König hat automatisch zwei Sitze in unserem Aufsichtsrat.«

»Es wird behauptet, daß die Adlerbank einen vollständigen Übernahmeversuch machen wird«, sagte Schweizer.

»Quatsch«, entgegnete Maeder. »Schauen Sie sich doch ihre Finanzsituation an. Sie können unmöglich so hohe Schulden machen.«

»Wer braucht schon Schulden, wenn Geld genügt?« quäkte Feller.

»Feller hat recht«, sagte Kaiser. »Klaus Königs Kaufkraft ist noch nicht geschrumpft. Wo kriegt er nur das ganze Geld her? Weiß das jemand?«

Niemand sagte ein Wort. Nick fühlte sich mehr als unbehaglich. Seine Unerfahrenheit war ihm voll und ganz bewußt.

»Es gibt noch mehr beunruhigende Neuigkeiten«, verkündete Ott. »Ich habe gehört, daß König Hubert Senn, den Enkel des Grafen zu überreden versucht, einen Sitz im Aufsichtsrat der Adlerbank anzunehmen. Ich brauche Sie nicht daran zu erinnern, daß die Firma Senn bisher das gegenwärtige Management voll unterstützt hat.«

»Und daß sie sechs Prozent der Stimmen in unserem Aufsichtsrat haben. Stimmen, von denen wir bisher angenommen haben, daß wir sie für uns verbuchen können.«

Nick dachte an den blassen dünnen Mann mit seinem weiten blauen Anzug. Hubert Senn war tatsächlich zeichnungsberechtigt. Ohne seine Unterschrift konnte nicht über die VSB-Aktien der Firma Senn abgestimmt werden.

»Ich glaube, der Generaldirektor sollte mit dem Grafen sprechen«, sagte er. »Senn ist in einem Alter, in dem Tradition alles bedeutet. Wir sollten ein persönliches Treffen mit ihm arrangieren.«

»Der Graf wird loyal bleiben«, meinte Schweizer. »Konzentrieren wir uns jetzt erst einmal darauf, unsere Aktien aufzukaufen.«

»Womit, Armin, mit Ihren Ersparnissen?« Kaiser schüttelte den Kopf. »Neumann hat recht. Ich sollte persönlich mit dem Grafen sprechen.« Er drehte sich zu Nick um. »Organisieren Sie das.« Nick war erleichtert. Er hatte einen Vorschlag gemacht, und er war angenommen worden.

Kaiser trommelte mit den Fingerspitzen auf dem Tisch. »In dieser Situation bleiben uns nicht mehr viele Möglichkeiten. Das Wichtigste ist, daß Neumann und Feller fortfahren, unsere wichtigsten Aktionäre anzusprechen.

Martin, ich möchte, daß Sie da mitmachen. Sprechen Sie mit jedem, der mehr als fünfhundert Aktien hat.« Maeder nickte, und Kaiser fuhr fort. »Dennoch habe ich das Gefühl, daß das nicht genügen wird. Was wir brauchen, ist Geld, und zwar sofort.«

Alle stimmten zu. Nick stellte fest, daß allen Anwesenden klar war, daß die Bank nicht genug Geld flüssig hatte.

»Ich habe da zwei Möglichkeiten im Kopf: Erstens die Beteiligung eines privaten Investors – eines alten Freundes von mir; die zweite Möglichkeit ist ein kreativer Gebrauch der Konten unserer Kunden. Einige von uns haben in den letzten Tagen schon über diesen Plan nachgedacht. Es ist vielleicht gewagt, aber wir haben keine andere Wahl.«

»Unser einziger Ausweg«, sagte Maeder, »sind die von der Bank verwalteten Vermögen.«

Schweizer beugte sich vor, als hätte er nicht recht gehört. »Nein, nein, nein«, murmelte er immer wieder.

»Wir haben mehr als dreitausend Konten, die von der Bank verwaltet werden«, fuhr Maeder fort, ohne das Gemurmel seines Kollegen zu beachten. »Das sind mehr als sechs Milliarden Schweizer Franken in bar, in Wertpapieren und Edelmetallen, die unserer Kontrolle unterstehen. Wir können für unsere Kunden kaufen und verkaufen, was wir für richtig halten. Einfach ausgedrückt, wir müssen die Portfolios der Kunden, deren Vermögen wir verwalten, umgestalten. Wir verkaufen ein paar Papiere, die zuwenig einbringen, stoßen ein paar Obligationen ab und verwenden den Erlös, um jede VSB-Aktie zu kaufen, die wir auftreiben können. Wir pumpen diese Portfolios voll mit erstklassigen VSB-Aktien.«

»Das können wir doch nicht machen!« protestierte Schweizer.

»Die meisten Kunden, deren Vermögen wir verwalten, lassen auch ihre Post von der Bank aufbewahren. Sie kommen höchstens einmal oder vielleicht auch zweimal im Jahr in die Bank. Sie werden nie erfahren, was wir mit ihren Konten gemacht haben. Bis sie ihre Portfolios überprüfen, haben wir die Adlerbank geschlagen, unsere eigenen Aktien wieder verkauft und ihre Portfolios wieder so bestückt, wie sie vorher waren. Wenn jemand trotzdem etwas merken sollte, werden wir einfach sagen, uns sei ein administrativer Fehler unterlaufen. Sie können sich auch nicht bei anderen Kontoinhabern erkundigen. Sie sind anonym – gegenüber der Außenwelt und untereinander.«

Nick schauderte unwillkürlich. Was Maeder da vorschlug, war ein schwerer Verstoß gegen das Gesetz, ein Betrug von gigantischem Ausmaß.

Schweizer zog seine Jacke aus. Sein Hemd war durchgeschwitzt und klebte ihm am Rücken. »Ich bin der Complicane Officer dieser Bank, und ich verbiete das. Ein solches Vorgehen wäre eine Verletzung der fundamentalsten Bankgesetze. Wir dürfen mit den von der Bank verwalteten Vermögen nicht machen, was wir wollen. Es ist unsere Pflicht, das Geld unserer Kunden so zu investieren, als wäre es unser eigenes.«

»Genau das schlage ich ja vor«, sagte Maeder. »Wir investieren ihr Geld so, als ob es unser eigenes wäre. Und jetzt müssen wir VSB-Aktien kaufen.«

Schweizer wendete sich direkt an Kaiser. »Das Geld unserer Kunden zu verwenden, um unsere eigenen Aktien zu kaufen, ist Wahnsinn. Sie werden zur Zeit so hoch wie noch nie gehandelt. Ihr Preis ist drastisch überhöht. Wenn wir König schlagen, wird der Preis abstürzen.«

Niemand beachtete Schweizers Argumente, Kaiser am wenigsten. Der Generaldirektor sagte kein Wort.

Feller hob die Hand. »Eine Frage: Wenn wir die Adlerbank geschlagen haben, riskieren wir dann nicht, viele Kunden zu verlieren, wenn wir keinen Wertzuwachs ihrer Portfolios vorzuweisen haben?«

Maeder, Ott und sogar Kaiser brachen in ein herzliches Gelächter aus.

Maeder beantwortete die Frage. »Das ist richtig, es wird von uns erwartet, einen gewissen Wertzuwachs zu erwirtschaften. Aber unser eigentliches Ziel ist die Bewahrung des Kapitals. Wachstum über die Inflationsrate der Hauptwährung eines Portfolios hinaus ist, nun, sagen wir, zweitrangig. Wenn wir König besiegt haben, könnte der Wert unserer Aktien vorübergehend sinken. Soviel will ich Armin zugestehen. Folglich kann es durchaus sein, daß wir einen kleinen Wertverlust bei den Portfolios unserer Kunden zu verzeichnen haben werden. Keine Sorge. Wir werden ihnen einfach versichern, daß das nächste Jahr viel besser zu werden verspricht.«

»Vielleicht verlieren wir ja ein paar Kunden«, sagte Kaiser. »Aber das ist immer noch besser, als alle zu verlieren.«

»Und was ist, wenn die Adlerbank die VSB unter ihre Kontrolle bringt?« fragte Schweizer. »Was dann?«

Kaiser schlug mit der Faust auf den Tisch. »König wird nicht gewinnen!«

Eine Minute lang herrschte Schweigen. Dann hob Ott seinen Gelehrtenkopf. »Ich brauche wohl nicht auf die Konsequenzen hinzuweisen, wenn etwas über unsere Aktivitäten bekannt würde?«

»Drei ordentliche Mahlzeiten am Tag, ein paar Stunden körperliche Betätigung und ein gut geheiztes Zimmer, alles auf Staatskosten«, scherzte Maeder.

»Nichts könnte schlimmer sein, als von der Adlerbank übernommen zu werden«, rief Feller.

»Ihr Idioten«, fauchte Schweizer. »Zwei Jahre in der Strafanstalt St. Gallen sind schwerlich der Ferienaufenthalt, als den Martin ihn uns beschreibt. Wir wären ruiniert, entehrt.«

Kaiser beachtete ihn nicht. »Rudi hat einen wichtigen Punkt angesprochen. Unser Plan darf nicht nach draußen dringen. Alle Verkaufs- und Ankaufstransaktionen müssen mit dem Medusasystem abgewickelt werden. Kann ich mich darauf verlassen, daß jeder hier im Raum Stillschweigen bewahren wird?«

Nick beobachtete, wie alle nickten, sogar Schweizer. Die Umgebung, in der das Gespräch stattfand, der riesige Raum, der imposante Tisch, an dem sie dichtgedrängt saßen, verlieh ihrem Plan einen Anschein des Bösen, der weit über den beabsichtigten Diebstahl – und darum ging es schließlich, selbst wenn er noch so ausgeklügelt war – hinausging. Plötzlich richteten sich aller Augen auf ihn. Er nickte mit Überzeugung.

»Gut«, sagte Kaiser. »Wir befinden uns im Krieg. Denken Sie daran, wie Verrat bestraft wird.« Seine kalten Augen sahen Nick bohrend an, und ihm war klar, daß seine Worte an ihn als dem neuesten Mitglied seines inneren Kreises gerichtet waren.

Der Generaldirektor fuhr in leichterem Ton fort. »Wie schon erwähnt, habe ich Verbindung mit einem Investor aufgenommen, der willens sein könnte, einige Aktien für die Bank zu erwerben. Er ist ein alter Freund von mir, und ich bin zuversichtlich, daß er dazu überredet werden kann, einen Anteil von fünf Prozent zu kaufen. Der Preis wird jedoch sehr hoch sein. Ich schlage vor, daß wir ihm einen Gewinn von zehn Prozent in neunzig Tagen garantieren.«

»Vierzig Prozent im Jahr!« rief Schweizer. »Das ist Wucher!«

»Das ist Geschäft«, sagte Kaiser. Er wendete sich an Maeder. »Rufen Sie Sepp Zwicki im Handelssaal an. Er soll das Programm zur Aktienakkumulation beginnen. Halten Sie die Aktien zur Bezahlung in zwei Tagen fest.«

»Werden zweihundert Millionen Franken genügen?« fragte Maeder.

»Für den Anfang.«

Maeder war offensichtlich freudig erregt über die bevorstehende Bewährungsprobe. »Wir werden einen Riesenhaufen Anleihen und Obligationen verkaufen müssen, um diesen Betrag zu erreichen.«

»Es gibt keine Alternative«, meinte Kaiser. Er sprang von seinem Stuhl auf. »Und Martin, sagen Sie Zwicki, er soll Adleraktien kaufen. Für hundert Millionen. Das sollte König zu denken geben. Wenn er diese Schlacht verliert, werden ihn seine Investoren kreuzigen!«

Kapitel 31

Wie konnte ich mich nur so tief in diese Sache verstricken? Nick stand auf den verrottenden Planken eines nicht mehr benutzten Landungsstegs und stellte sich immer wieder die gleiche Frage. Unter ihm strömten die grünen Wasser der Limmat. Jenseits des Flusses ragten die Zwillingstürme des Großmünsters in den Nebel. Es war fünf Uhr nachmittags, und es war ihm klar, daß er das Büro nicht hätte verlassen dürfen. Martin Maeder hatte die Absicht gehabt, seine »Jungs«, wie er Nick und Reto Feller nun nannte, mit den Feinheiten des neuen Medusa-Computersystems vertraut zu machen.

»Medusa sagt euch alles«, hatte Maeder erklärt. »Sie ermöglicht direkten Zugriff auf jedes Konto.« Vermutlich suchte er gerade jetzt nach Nick. Er war ganz wild darauf, so schnell wie möglich seine Verkaufsanweisungen zu erteilen. Nick hatte Rita Sutter gesagt, daß er noch schnell etwas zu erledigen habe. Er hatte nicht dazugesagt, daß es um seine Seele ging.

Nick blickte über die schneebedeckten Dächer der Altstadt und kam langsam zu der Erkenntnis, daß er bei seinem Versuch, den Mord an seinem Vater aufzuklären, die Grenzen moralischen Verhaltens überschritten hatte. Anfangs, als er Peter Sprechers Position übernahm, hatte er seine Handlungsweise damit gerechtfertigt, daß er ja nur das gleiche tat wie andere vor ihm auch. Als er den Pascha vor der Drogenfahndung schützte, war das einfach eine Ausweitung dieser Theorie gewesen, obwohl er insgeheim gehofft hatte, daß er damit das Vertrauen seiner

Vorgesetzten gewinnen würde. Er hatte sich damit gerechtfertigt, daß er keine Ahnung habe, wer der Inhaber des Nummernkontos 549.617 RR sei, und daß er die in der Überwachungsliste dargelegten Anordnungen wegen seiner bitteren Erfahrungen mit Jack Keely nicht befolgt habe.

Aber nun konnte er sich solche moralischen Ausflüchte nicht mehr gestatten. Jetzt stand er auf der falschen Seite. Er hatte bereitwillig einen Verbrecher geschützt, der von der Drogenfahndung mehrerer westlicher Länder gesucht wurde. Er hatte einen Regierungsbeamten der Vereinigten Staaten belogen, der sich bemühte, diesen Mann vor Gericht zu bringen. Und jetzt machte er gerade Anstalten, sich an einem Finanzbetrug der Bank zu beteiligen, wie es ihn in jüngerer Zeit noch nicht gegeben hatte.

Nichts mehr davon, schwor sich Nick. Er wollte nun die entgegengesetzte Richtung einschlagen und das Unrecht, das er begangen hatte, wiedergutmachen. Einen Augenblick lang erwog er, seine Stellung aufzugeben und sich an die Schweizer Behörden zu wenden. Aber dann lachte er über sich selbst. Das Wort eines Angestellten, der erst seit sieben Wochen bei der Bank war, eines Ausländers, trotz seines Schweizer Passes, gegen das von Wolfgang Kaiser, der in diesem Land des Goldes und der Schokolade so etwas wie ein Volksheld war? Beweise, junger Mann! Wo sind Ihre Beweise?

Nick war sich darüber im klaren, daß es nur einen Weg für ihn gab: Er mußte bei der Bank bleiben und seine Nachforschungen von innen betreiben. Er würde sich noch tiefer in das Netz des Bösen in der Kaiserpfalz verstricken. Und gleichzeitig würde er genau aufpassen und den richtigen Augenblick zum Handeln abpassen. Er mußte alles tun, was in seiner Macht stand, um ausreichende Beweise für Gesetzesverletzungen zu sammeln, um ein Einfrieren der Konten des Paschas zu erreichen.

Nick ging den wackeligen Steg entlang. Ein hungriges Schwanenpaar folgte ihm. Er hob den Kopf und bemerkte eine schwarze Mercedeslimousine, die gemächlich um die Kurve fuhr. Die Beifahrertür öffnete sich, und Sterling Thorne stieg aus. Er hatte den Kragen seines Trenchcoats hochgeschlagen, um sich vor der Kälte zu schützen. »Hallo, Neumann.«

»Mr. Thorne.«

»Nennen Sie mich Sterling. Ich glaube, es ist höchste Zeit, daß wir Freunde werden.«

»Ich bin mit unserer Beziehung, so wie sie ist, durchaus zufrieden.«

»Die Sache mit dem Brief tut mir leid. Aber Sie wissen ja, was wir wollen.«

»Was? Soll ich den Mann kreuzigen, für den ich arbeite? Mithelfen, die VSB zu vernichten? Entschuldigen Sie, aber das werde ich nicht tun.«

»Ich habe mir geschworen, heute ruhig zu bleiben«, sagte Thorne. »Sie haben gehört, was ich neulich zu Kaiser gesagt habe. Ich habe Ihnen an den Augen abgelesen, daß Sie mir glauben. Ich habe Ihnen neulich von Jester erzählt, dem Agenten, den wir in Mevlevis Umgebung plaziert haben.«

»Ist er wieder aufgetaucht?« Wer auch immer dieser Jester war, Nick fühlte mit ihm.

»Nein, das ist er nicht, und wir machen uns große Sorgen um ihn. Aber bevor er verschwunden ist, hat Jester geschworen, daß ihr Boß und Mevlevi eng miteinander befreundet sind, und das offenbar schon seit langem. Mevlevi muß einer seiner ersten Kunden in Beirut gewesen sein, als Kaiser die Niederlassung der Bank dort eröffnete. Soweit ich mich erinnere, hat Kaiser das geleugnet. Wie finden Sie das, daß Ihr Boß mit einem der größten Heroinschmuggler auf dieser Hemisphäre befreundet ist? Sie arbeiten für einen Mann, der den Arsch des Kerls küßt, der seinen Sohn auf dem Gewissen hat. Für einen verachtungswürdigen Schuft, dem Geld mehr bedeutet als sein eigen Fleisch und Blut.«

Nick trat mehrere Schritte zurück. »Vielleicht haben Sie ja recht, und Mevlevi, der Pascha, ist ein größerer Heroinschmuggler und er wickelt seine Bankgeschäfte mit den

VSB ab. Ich bin wie Sie der Meinung, daß das stinkt. Aber erwarten Sie jetzt von mir, daß ich die Papiere der Bank durchwühlen und seine Post aus dem Briefkasten stehlen soll?«

»Wie ich sehe, haben Sie darüber nachgedacht.«

»Das ist unmöglich«, sagte Nick. »Selbst wenn ich an die Informationen herankäme, wäre es mir per Gesetz verboten, sie Ihnen zu geben. Ich würde dafür ins Gefängnis kommen.«

»Wir würden Ihren Namen geheimhalten.«

»Blödsinn!«

»Verdammt noch mal, es geht hier um mehr, als um Ihre Karriere bei der Bank.«

Thorne hatte niemals wahrer gesprochen. »Und was ist mit Mevlevi und Konsorten?« fragte Nick. »Meinen Sie, daß die mich ohne weiteres laufenlassen? Wenn er so schlimm ist, wie Sie sagen, wird er mich ganz bestimmt nicht einfach so davonkommen lassen. Warum gehen Sie nicht hin und verhaften ihn?«

»Weil Mevlevi in Beirut lebt und niemals herauskommt. Weil wir keine zehn Meilen weit in den Libanon hineinkriechen können, ohne ein Dutzend Abkommen zu verletzen. Und weil er sich in einem Compound eingeigelt hat, das mehr Feuerkraft hat, als die erste Marinedivision. Die einzige Art, an ihn heranzukommen, ist, sein Geld einzufrieren. Wir brauchen Ihre Hilfe, um das zu schaffen.«

»Tut mir leid, kommt nicht in Frage. Ich werde nicht mein Leben ruinieren, damit Sie einen von zehntausend Verbrechern fangen können.«

»Neumann, ich gebe Ihnen das Wort der Regierung der Vereinigten Staaten: Wir werden Sie schützen!«

Nick suchte nach einer Antwort, mit der sich Thorne ein für allemal abweisen ließ. Aber er konnte sich nicht mehr konzentrieren. Thornes Worte hallten in seinem Kopf wider.

Das Wort der Regierung der Vereinigten Staaten. Wir werden Sie schützen. Er starrte Sterling Thorne an und einen

Augenblick lang hätte er schwören können, daß er in das schlaffe Gesicht von Jack Keely sah.

»Neumann, wie schön Sie zu sehen«, sagt Jack Keely. Er ist nervös. »Captain Andersen hat meine Vorgesetzten angerufen und gesagt, daß Sie befördert worden sind. Herzlichen Glückwunsch. Er hat gesagt, daß Sie an einer Stellung beim Nachrichtendienst interessiert seien. Vielleicht an einem Liaisonposten zwischen Quantico und Langley?«

Leutnant Nicholas Neumann sitzt an einem Tisch in der Eingangshalle für Besucher der Zentrale des CIA in Langley, Virginia. Es ist ein großer Raum mit hoher Decke und Neonbeleuchtung. An diesem heißen Junitag arbeitet die Klimaanlage auf vollen Touren, um das Gebäude kühl zu halten. Zwei neue Ordensbänder schmücken Nicks Brust, das eine für den Dienst im Pazifik, das andere für persönliche Verdienste. Dieser zweite Orden ist ein Äquivalent für den Bronze Star, verliehen für Tapferkeit vor dem Feind in einem Kampf, der offiziell niemals stattgefunden hat. Nick hält einen schwarzen Stock in der rechten Hand. Der Stock ist ein großer Schritt vorwärts gegenüber den Krücken, die er während seines viermonatigen Aufenthaltes im Walter Reed Hospital benutzen mußte. Die Wahrheit ist, daß er für dienstuntauglich erklärt worden ist. Er kann kein Karriereoffizier mehr werden, selbst wenn er es wollte. In zehn Tagen wird er aus dem Marinecorps der Vereinigten Staaten ausscheiden. Captain Andersen weiß das natürlich. Und über Keelys Betrug weiß er genauso Bescheid.

»Vielen Dank, daß Sie sich Zeit für mich nehmen«, sagt Nick.

»Ihre Wunden sind also verheilt?« fragt Keely in leichtem Ton, als sei ein viertelpfündiges Stück Schrapnell im Bein nur ein vorübergehendes Ärgernis.

»Wird allmählich«, sagt Nick. Er reibt sein Bein vorsichtig, um zu zeigen, daß es bis zur vollständigen Heilung noch ein weiter Weg ist.

Keely entspannt sich etwas, nachdem er Nick nun nicht mehr als physische Bedrohung einstuft. »Haben Sie einen bestimmten Posten im Auge?«

»Ich wäre daran interessiert, so eine ähnliche Rolle zu spielen, wie Sie auf der Guam«, sagt Nick. »Infiltrationen auf fremdem Boden zu organisieren. Die Marines fühlen sich sicherer, wenn einer aus ihren eigenen Reihen eine Operation leitet. Ich dachte, Sie könnten mir vielleicht sagen, was man tun muß, um diese Art von Aufgaben zu bekommen. Ich meine, nachdem Sie mit meinem Team so hervorragende Arbeit geleistet haben.«

Keely schneidet eine Grimasse. »Lieber Gott, was für ein Zusammentreffen widriger Umstände! Das Funkgerät hat nicht funktioniert. Captain Andersen hat Ihnen das doch sicher gesagt? Wir haben Ihre Notsignale nicht empfangen, bis Ihr Gunny über das Kommunikationssystem des Flughafens durchkam. Denken Sie in Zukunft daran, daß Sie darauf nur als letzte Zuflucht zurückgreifen dürfen. Die Verbindung ist nicht sicher.«

Nick schluckt seinen Haß gegen diesen Mann hinunter. »Wir hatten einen Schwerverwundeten«, sagt er gleichmütig. »Wir wurden von überlegenen feindlichen Kräften verfolgt. Die Operationszentrale hatte mehr als sieben Stunden lang nicht auf unsere Signale reagiert. Ist das nicht genug für eine ›letzte Zuflucht‹?«

Keely wühlt in seiner Brusttasche nach einer Zigarette. »Sehen Sie Leutnant, niemand reißt gern alte Wunden auf. In der Hauptsache ging es um Geld. Sie haben Enrile ausgeschaltet. Wir haben das Ziel der Operation erreicht. Wir haben immer noch keinen Hinweis darauf, wer den Überfall auf euch organisiert hat. Jedenfalls haben Ihre eigenen Kameraden die Abholung vermasselt. Es war Aufgabe der Marine, die Kommunikationsausrüstung des Schiffes funktionstüchtig zu halten.«

Nick lächelt und sagt, daß er versteht. Hinter dem Lächeln plant er seinen Angriff. Er plant jeden Schlag, den er diesem Mann verpassen will. Er hat Langley aus einem ganz bestimmten Grund dafür gewählt: Keely soll sich nie wieder sicher fühlen. Für den Rest seines Lebens soll er in ständiger Angst sein, wem er wohl begegnen könnte, und beten, daß es nicht Leutnant Nicholas Neumann sein möge.

»Was vorbei ist, ist vorbei«, sagt Nick. »Der Grund, warum ich hergekommen bin, ist, daß ich gerne eine Führung durch das Verbindungsbüro der Marine bekommen würde. Captain Andersen hat das sicher erwähnt. Ich dachte, Sie könnten mir ein paar Tips geben, über welche Kanäle ich mich am besten für so einen Job bewerben sollte.«

»Natürlich Neumann. Kommen Sie mit.« Keely wirft seine Zigarettenkippe weg und steht auf. »Können Sie laufen, mit Ihrem Bein?«

Keely führt Nick einen Gang entlang. Sie sind wieder auf dem Weg zum Besucherzentrum, nachdem sie in der Abteilung für Satellitenaufklärung vorbeigeschaut haben, die von einem ehemaligen Marineoffizier namens Bill Stackpole geleitet wird, einem engen Freund Captain Andersens. »Jack, ich muß mal eben da hin«, sagt Nick, als sie an einer Toilettentür vorbeikommen. »Ich fürchte, ich werde Hilfe brauchen.« Der Besuch ist gut gelaufen. Nick und Keely sind nun Freunde. Keely besteht darauf, daß Nick ihn mit seinem Vornamen anredet.

»Hilfe? Ja, natürlich.«

Nick wartet, bis Keely den Toilettenraum betreten hat. Dann wirft er seinen Stock weg, packt den ahnungslosen Mann bei den Schultern, schlingt einen Arm um seinen Hals und hält ihn im Schwitzkasten. Keely schreit auf vor Angst. Nick sucht nach seiner Halsschlagader. Mit der freien Hand drückt er fünf Sekunden lang den Blutstrom zum Gehirn ab. Keely verliert vorübergehend das Bewußtsein und bricht zusammen. Nick zieht einen Türstopper aus Gummi aus der Tasche und rammt ihn unter die Tür. Dann klopft er zweimal. Von draußen kommt das gleiche Signal. Ein Schild mit der Aufschrift »Außer Betrieb«, wird an der Tür befestigt. Stackpole hat die Verabredung eingehalten.

Nick hinkt zu dem am Boden liegenden Keely. Trotz der Schmerzen in seinem Bein bückt er sich und schlägt ihn zweimal ins Gesicht.

Keely versucht, dem dritten Schlag auszuweichen. »Was zum Teufel geht hier vor? Dies ist ein sicheres Regierungsgebäude.«

»Ich weiß, daß es hier sicher ist. Dafür habe ich gesorgt. Bist du bereit?«

»Wofür?«

»Für die Abrechnung, Bruder.« Nicks rechte Hand schießt nach unten und trifft Keelys Backenknochen.

»Es war das verdammte Funkgerät«, keucht Keely. »Das habe ich dir doch schon gesagt.«

Nick trifft den Agenten mit dem Fuß ins Gesicht. Blut spritzt auf den gefliesten Boden. »Sag endlich die Wahrheit«, faucht er.

»Hör auf, Neumann. Das geht über dein Begriffsvermögen. Das ist Realpolitik, Politik, die das Wohl und Wehe von Millionen von Menschen betrifft.«

»Leck mich am Arsch mit deiner Realpolitik. Was ist mit meinem Team? Was ist mit Johnny Burke?«

»Wer verdammt noch mal, ist Burke? Der Anfänger, der in den Bauch geschossen wurde? Das war seine eigene Schuld, nicht meine.«

Nick packt Keely bei den Haaren und zieht ihn hoch, so daß er ihm in die Augen sehen kann. »Johnny Burke war ein Mann, dem sein eigenes Schicksal völlig egal war. Darum ist er gestorben.« Er stößt seine Stirn in Keelys Gesicht und bricht ihm die Nase. »Du bist ein Schwein«, sagt er. »Ich habe deinen Gestank im Operationsraum der Guam schon von draußen gerochen. Aber ich war zu naiv, um deswegen etwas zu unternehmen. Du hast von dem Hinterhalt gewußt, und du hast die Funkgeräte sabotiert.«

Keely hält mit beiden Händen seine Nase und versucht, den Blutstrom zu stillen. »Nein, Neumann, so war es nicht. Die ganze Sache ist viel größer, als du denkst.«

»Es ist mir egal, wie groß die Sache war«, sagt Nick.

»Du hast meine Leute verraten, und ich will wissen, warum.« Neun Monate lang hat er von diesem Augenblick geträumt. Er hat sich vorgestellt, daß das seine Rache sein würde und daß Johnny Burke wenigstens diese Vergeltung verdient habe. Aber jetzt, als er das Blut aus Keelys Nase fließen sieht, ist er sich nicht mehr so sicher.

»Also gut«, sagt Keely. »Ich erzähl dir die ganze Geschichte.« Er rutscht in eine Ecke des Toilettenraums. »Der Schlag gegen Enrile war vom NSC sanktioniert, dem National Security Council. Wir wollten der philippinischen Regierung zeigen, daß wir bei ihren Bemühungen hinter ihnen stehen, eine dauerhafte Demokratie nach amerikanischem Muster zu schaffen, ohne die Vetternwirtschaft und die Korruption der Marcos-Ära. Aber einige Leute in der philippinischen Regierung fanden den Plan nicht ausreichend. Sie mußten den Amerikanern einen Grund geben, sich wieder auf den Philippinen zu engagieren.«

»Und dieser Vorwand sollte amerikanisches Blut sein?«

Keely seufzt. »Die Bitten einer Bruderdemokratie. Unsere Jungs, getötet, als sie die Fahne der Freiheit aufpflanzten. Wenn ihr Helden nur gestorben wärt, wie geplant, hätten wir längst wieder zehntausend Mann in Subic Bay, wo sie auch hingehören. Wir hätten ein Geschwader F-16 auf dem Clark Airfield, und die Hälfte der Fortune 500 würde Türen einrennen, um wieder auf die Philippinen zu kommen.«

»Aber das war *dein* Plan, uns diese Falle zu stellen, nicht wahr? Das NSC hatte davon keine Ahnung. Du hast das mit deinen Freunden von den Philippinen ausgeheckt.«

»Das war ein Vorschlag, bei dem wir nur gewinnen konnten. Einige von uns hier haben ein bißchen zusätzliches Geld verdient, und all die armen Teufel auf den Philippinen wären auch erheblich besser dran.«

»Gewinnen? Du hast beschlossen, daß acht Marinesoldaten der Vereinigten Staaten sterben sollten, damit du dein eigenes verdammtes Nest polstern konntest?

Durch deine Schuld wurde ein guter Mann getötet, und ein anderer ist für immer behindert. Ich bin fünfundzwanzig Jahre alt, Keely. Ich werde für den Rest meines Lebens mit diesem Bein zu tun haben.«

Keelys Selbstzufriedenheit hat das Mitleid, das Nick gerade noch empfunden hat, schlagartig getötet. Etwas in ihm zerreißt. Er sieht Burkes zerfetzten Körper auf dem philippinischen Sand liegen. Er holt mit dem gesunden Bein aus und tritt Keely mit aller Kraft in die Eier. Keely rollt auf die Seite. Sein Gesicht ist dunkelrot, und er erbricht sich.

»Abrechnung, Keely. Das war für Burke.«

Nicks Erinnerungen verblaßten. Nur eine Sekunde war vergangen. »Es tut mir leid, Thorne, ich kann Ihnen nicht helfen.«

»Neumann, wenn ich Kaiser von Ihrer Entlassung erzähle, muß er Sie rausschmeißen. Er kann es sich nicht leisten, einen verurteilten Verbrecher zum Assistenten zu haben. Dann werden Sie in diesem Geschäft keine große Karriere mehr machen.«

Nick ging an dem Agenten vorbei. »Tun Sie, was Sie nicht lassen können. Ich werde dasselbe tun.«

»Ich hätte nicht gedacht, daß Sie ein Feigling sind«, rief Thorne ihm nach.

Kapitel 32

Das Büro war dunkel, bis auf einen Lichtkreis, der auf einen Stapel Papiere mitten auf dem Schreibtisch fiel. Das Gebäude war still. Wolfgang Kaiser war allein. Er starrte aus dem gewölbten Fenster hinter seinem Schreibtisch. Der Gegenstand seiner Aufmerksamkeit war ein breites graues Gebäude, etwa fünfzig Meter entfernt in der Bahnhofstraße: die Adlerbank. Hinter den geschlossenen Rollos war kein Lichtschein zu sehen.

Kaiser ging um seinen Schreibtisch herum. Zwölf Monate lang hatte er beobachtet, wie die Adlerbank VSB-Aktien sammelte. Tausend hier, fünftausend da. Niemals genug, um das durchschnittliche, tägliche Handelsvolumen auffallend zu verändern. Niemals genug, um den Preis hochzutreiben. Er hatte Königs Absichten erraten, wenn auch nicht den Umfang seiner Mittel. Als Reaktion hatte er sich einen bescheidenen Plan ausgedacht, mit dem er seine eigene Position als Generaldirektor der Vereinigten Schweizer Banken auf Dauer zementieren wollte.

Vor zwölf Monaten hatte die Bank den hundertfünfundzwanzigsten Jahrestag ihres Bestehens gefeiert. Im Hotel Baur au Lac wurde ein Festessen gegeben. Eingeladen waren alle Mitglieder des Aufsichtsrats mit ihren Gattinnen. Trinksprüche wurden ausgebracht, Errungenschaften gepriesen, und wenn die eine oder andere Träne vergossen wurde, dann nur von den pensionierten Aufsichtsratsmitgliedern. Die Herzen von Kaisers aktiven Kollegen waren auf Geld gerichtet. Besonders darauf, wieviel davon in ihre gierigen Hände gelangen würde, noch bevor sich der Abend dem Ende zuneigte.

Kaiser erinnerte sich an den begehrlichen Ausdruck, der damals auf all den Rattengesichtern gelegen hatte. Als er ankündigte, daß alle Aufsichtsratsmitglieder einen Jubiläumsbonus von einhunderttausend Franken erhalten würden, herrschte zunächst Stille. Und dann kam der Applaus. Stehende Ovationen. Der Ruf: »Lang leben die VSB!« und: »Auf den Generaldirektor!«

Warum hätte er daran zweifeln sollen, daß er den Aufsichtsrat fest in der Tasche hatte? Kaiser lachte voller Selbstmitleid. Nach weniger als einem Jahr hatten sich viele der Mitglieder, die so zufrieden die Hunderttausend eingesackt hatten, zu Klaus Königs Wolfsrudel gesellt und verdammten nun mit Vergnügen seine »antiquierten« Strategien. Die Zukunft gehöre der Adlerbank, so argumentierten sie, dem aggressiven Handel mit Optionen und Derivativen, dem Erwerb von Anteilen fremder Firmen, den Spekulationen, welche die Entwicklung von Fremdwährungen beeinflußten.

Die Zukunft lag in dem überhöhten Wert der VSB-Aktien, den die Übernahme durch die Adlerbank mit sich bringen würde, faßte Kaiser zusammen. Der Wilde Westen war nach Zürich gekommen. Vorbei waren die alten Zeiten negativer Zinsraten, als Ausländer, die ihre Gelder in Schweizer Banken unterbringen wollten, nicht nur auf Zinsen verzichteten, sondern der Bank auch noch Vermögensverwaltungsgebühren dafür bezahlten, daß sie ihr Geld überhaupt annahm. Die Schweiz war nicht mehr der einzige sichere Hafen für Kapital, das sich auf der Flucht befand. Liechtenstein, Luxemburg und Österreich boten ebenso stabile und diskrete Geldinstitute an, die nun mit ihren Schweizer Nachbarn konkurrierten. Die Cayman-Inseln, die Bahamas, die niederländischen Antillen, sie alle hatten einen ausgeklügelten Bankservice für den betrügerischen Geschäftsmann, der ein sicheres Versteck für die Gelder suchte, die er unter den Augen eines vertrauensvollen Geschäftspartners auf die

Seite gebracht hatte. Die Schweizer Banken waren nicht mehr die einzigen.

Unter diesen schwierigen Umständen hatte Kaiser darum gekämpft, die führende Position der VSB in der Hierarchie des privaten Bankwesens zu sichern. Und mit Erfolg. Zugegebenermaßen hatte die Bank wenig Vorkehrungen bezüglich ihrer Rentabilität getroffen. Die wesentlichsten Anzeichen für die Finanzkraft einer Bank, ihr Ertrag aus Investitionen und Wertpapieren, war vernachlässigt worden, weil alle internen Investitionen in die Bereiche gelenkt worden waren, welche die führende Rolle der Bank im privaten Bankwesen sichern sollten. Dennoch waren die Erträge in neun aufeinanderfolgenden Jahren stetig gestiegen: Ein Zuwachs von siebzehn Prozent gegenüber dem letzten Jahr wurde erwartet. Zu jeder anderen Zeit wäre ein solcher Gewinn ausgezeichnet gewesen. In diesem Jahr würde er als Mißerfolg eingestuft werden. Wie konnte man einen Anstieg von siebzehn Prozent mit dem zweihundertprozentigen Anwachsen vergleichen, das die Adlerbank zu verzeichnen hatte?

Kaiser seufzte frustriert. Seine Politik für die Vereinigten Schweizer Banken schien gesund und richtig. Während der ersten hundert Jahre ihrer Existenz war die Bank eine von einem Dutzend Banken mittlerer Größe gewesen, die im Inland die kommerziellen Bedürfnisse der kleineren Konzerne in Zürich befriedigte und auf internationaler Ebene die Wünsche ausländischer Nachbarn, vorwiegend Deutscher, Franzosen und Italiener, die ihre Einkommen möglichst sicher und diskret unterbringen wollten. Seit 1964 hatte die Bank eine aggressive und schnelle Wachstumspolitik betrieben. Banken von ähnlicher Größe und Ausrichtung in Luzern, Basel, Bern und Genf waren erworben worden. Überall in der Schweiz hatte man Zweigstellen eröffnet, ebenso in Beirut, Dubai und Jeddah. Bis 1980 waren die VSB ein mit Verstand geleitetes, international bedeutendes Finanzinstitut geworden. Sie hatten es geschafft, sich einen erheblichen Anteil an der Finanzierung der Ölgewinnung im Königreich Saudi-Arabien, im Scheichtum Kuwait sowie in den Vereinigten Emiraten zu sichern. Wie ihre arabischen Kunden hatten die VSB in den Jahren 1973 und 79 große Gewinne eingestrichen, als die weisen Beduinen der arabischen Halbinsel beschlossen, daß der kostbare Rohstoff, der in solchem Überfluß unter ihren Wüsten verborgen lag, viel zu billig gehandelt werde. Die daraus resultierenden Preissteigerungen hatten den Reichtum dieser Staaten vervielfacht und ebenso den all derer, die mit ihnen in Geschäftsbeziehungen standen. Als es darum ging, wo die neu gewonnenen Gelder untergebracht werden sollten, wandten sich viele Anleger, welche die nötigen Informationen hatten, dem privaten Bankwesen der VSB zu. Andere folgten.

Jetzt allerdings war die Situation nicht gerade ermutigend. Selbst einige Portfolio Manager der VSB waren dazu übergegangen, VSB-Aktien zu verkaufen. Unterdessen fuhr die Adlerbank fort, VSB-Aktien auf dem offenen Markt zu erwerben, wenn auch in ruhigerem Tempo. War es noch zu früh, zu hoffen, daß Königs Geldvorräte verbraucht waren?

Der Generaldirektor ging wieder zu seinem Schreibtisch, setzte sich und sah seine sauber gestapelten Papiere an. Die Ecke einer Fotografie ragte unter einem der Stöße hervor. Er zog sie heraus und starrte auf den darauf abgebildeten Toten. Stephan Wilhelm Kaiser. Einziger Sproß einer bitteren und kurzen Ehe. Seine Mutter lebte in Genf. Sie hatte sich mit einem anderen Banker wiederverheiratet. Seit der Beerdigung hatte Kaiser sie nicht mehr gesehen.

»Stephan«, flüsterte er. Sein einziger Sohn war im Alter von neunzehn Jahren an einer Überdosis Heroin gestorben. Jahrelang hatte Kaiser sich gegen den Schmerz über seinen Tod abgeschirmt. Sein Sohn war noch immer zehn Jahre alt. Sein Sohn wollte am Dolder-Eisring Schlittschuh laufen. Sein Sohn ging zum Schwimmen ins Hallenbad. Diesen Mann auf dem Seziertisch kannte er nicht.

Diesen ungekämmten Drogensüchtigen, der eine Lederjacke statt eines Fußballtrikots trug und nach Zigaretten statt nach Eis verlangte, hatte er noch nie gesehen.

Jetzt bekam Kaiser eine zweite Chance. Der Sohn eines Mannes, den er so gut wie einen Bruder gekannt hatte, konnte ihm vielleicht seinen Stephan ersetzen. Der Gedanke, daß der junge Neumann im vierten Stock arbeitete, tröstete ihn. Die Ähnlichkeit des Jungen mit seinem Vater war geradezu unheimlich. Ihn täglich zu sehen, war wie ein täglicher Blick in die Vergangenheit. Manchmal, wenn er Nicholas betrachtete, überkam ihn das Bedürfnis, ihn zu fragen, ob er mit all seiner Arbeit etwas erreicht habe. Und er sah es Neumanns Augen an, daß seine Antwort ja lauten würde. Aber an anderen Tagen hatte er das Gefühl, als blicke er in sein eigenes Gewissen, und er betete, daß es ihn nicht verraten möge.

Kaiser fragte sich, wie das alles wohl enden würde. Die Vorstellung von seinem müden Körper auf dem Müllhaufen ausgebooteter Firmenchefs sagte ihm keineswegs zu. Er würde seinen letzten Franken dafür geben, bis zu seinem Tod Generaldirektor der Vereinigten Schweizer Banken zu bleiben. Er war die Bank. Ihre Granitwände und ihre unzugänglichen Gewölbe, ihr hektischer Handelssaal, ihre befehlsgewohnten Direktoren und ihre ehrgeizigen Trainees. »Die Adlerbank wird nicht siegen«, sagte er laut.

Kapitel 33

»Ich bin wirklich satt«, erklärte Ali Mevlevi. »Und Du, mein Liebling?«

Lina blähte die Backen auf. »Ich fühle mich wie ein Luftballon, der zu stark aufgeblasen ist.«

Mevlevi sah prüfend auf ihren Teller. Der größte Teil ihres Mittagessens war unberührt. »Hat es dir nicht geschmeckt? Ich dachte, Lamm sei dein Leibgericht.«

»Es war sehr gut. Ich habe einfach keinen Hunger.«

»Keinen Hunger? Hattest du nicht genug Bewegung?«

Lina lächelte böse. »Vielleicht zuviel Bewegung.«

»Für eine junge Frau wie dich? Das kann ich mir gar nicht vorstellen.« Mevlevi schob seinen Stuhl zurück und ging zu dem breiten Panoramafenster. An diesem Morgen hatte er sie förmlich verschlungen. Ein letztes Mal, hatte er sich gesagt. Ein letzter Augenblick in ihren Armen.

Draußen hatte ein Sturm begonnen, vom Mittelmeer über die libanesische Küstenebene zu den flachen Vorbergen heranzuziehen. Windböen peitschten über die Terrasse.

Lina gesellte sich zu ihm und rieb ihren Kopf an seinem Rücken. Gewöhnlich genoß er ihre Aufmerksamkeiten. Aber die Zeiten für solche Freuden waren vorbei. Er zog ihre Hände auseinander. »Ich sehe jetzt klar«, sagte er. »Der Weg nach vorn liegt sichtbar vor mir.«

»Was siehst du, Al-Mevlevi?«

»Die Zukunft natürlich.«

»Und?« Wieder legte Lina den Kopf an seinen Rücken.

Er schob ihre Arme weg. »Du weißt doch ganz bestimmt, was sie bringen wird.«

Lina sah ihm in die Augen. Man merkte ihr an, daß sie sein Verhalten seltsam fand. Ihre Unschuld war entwaffnend. Beinah.

Mevlevi lauschte dem Stakkato von Josephs Schritten, die durch die Halle schallten. Er sah auf die Uhr und ging aus dem Eßzimmer durch die Halle in sein Büro. »Komm zu uns, Lina«, rief er ihr über die Schulter zu. Dort stellte er sich vor seinen Sicherheitschef. Joseph stand in Habachtstellung. Mein stolzer Wüstenfalke, dachte Mevlevi. Lina kam herein und machte es sich auf dem Sofa bequem.

»Irgendwelche Neuigkeiten?« fragte Mevlevi Joseph.

»Alles läuft nach Plan. Sergeant Rodenko trainiert mit zwei Kompanien auf dem Südhang. Sie arbeiten mit scharfer Munition. Ivlov gibt Unterricht über Anwendung und Detonation von Antipersonenminen. Die Wachen haben keine Aktivitäten gemeldet.«

»Sehr gut.« Mevlevi begann im Zimmer auf- und abzugehen, dann blieb er direkt hinter Joseph stehen. »Ist deine Zuneigung zu mir verschwunden?« fragte er.

»Nein, Sir«, antwortete Joseph. »Ich liebe und respektiere Sie wie meinen Vater.«

»Lügner!« Ein scharfer Schlag in die Nieren. Joseph fiel auf ein Knie. Mevlevi packte ihn am Ohr und zog ihn wieder auf die Füße. »Kein Vater könnte von seinem Sohn mehr enttäuscht werden. Wie konntest du mich so im Stich lassen! Früher hättest du dein Leben für mich gegeben. Würdest du das noch immer tun?«

»Ja, Al-Mevlevi. Immer.«

Ein Faustschlag traf ihn in den Bauch. »Steh auf. Du bist Soldat. Einmal hast du mich geschützt, hast mich vor einem Selbstmordattentat durch Mongs Mörder gerettet. Du warst einmal stolz und begierig darauf, mir zu dienen. Und jetzt? Kannst du mich nicht vor einer Viper in meinem eigenen Haus schützen? Vor einer, die mir so nahsteht?«

»Ich werde immer mein Bestes tun.«

»Du wirst mich niemals verraten?«

»Niemals«, sagte der Wüstenfalke.

Mevlevi faßte Josephs Kinn mit der rechten Hand und küßte ihn auf den Mund – ein harter, geschlechtsloser Kuß. »Ja, das weiß ich in meinem Herzen.« Er ließ ihn los und ging zu der Couch, auf der Lina saß. »Und du, Chérie? Wann wirst du mich verraten?«

Sie starrte ihn mit aufgerissenen Augen an.

»Wann?« flüsterte Mevlevi.

Lina sprang auf die Füße und rannte an ihm vorbei in die Halle.

»Joseph«, befahl der Pascha. »Suleimans Becken.«

Etwa fünfzig Meter von Ali Mevlevis Hauptgebäude entfernt stand ein niedriger, quadratischer, in jeder Hinsicht unauffälliger Bau: weißgetünchte Wände und ein Ziegeldach. Bougainvillea zierte seine sonst schmucklose Fassade. Bei näherem Hinsehen bemerkte man jedoch mehrere Eigentümlichkeiten. Über den sorgfältig gemähten Rasen, der das Gebäude umgab, führte kein Weg. Keine Tür unterbrach die kahlen Wände. Schwarze Vorhänge waren vor die doppelten, schalldichten Fenster gezogen. Aber das auffallendste war der Geruch, der aus dem Haus drang. Ein Reinigungsmittel? So könnte man sich fragen. Ein Desinfektionsmittel? Ein Konservierungsmittel? Keines davon. Sondern die übelsten Bestandteile von allen dreien.

Ali Mevlevi ging mit gesenktem Kopf durch den unterirdischen Gang. Er trug eine weiße Dishdasha, lederne Sandalen und eine bestickte Gebetskappe mit Perlen und Goldfäden. In den Händen hielt er den Koran. Das heilige Buch war bei einem Gebet aufgeschlagen, das zum Anlaß paßte – die Verherrlichung des Lebens – und er las laut daraus vor. Als er zum Ende des gekachelten Ganges kam, begannen seine Augen zu tränen – eine natürliche Reaktion auf den beißenden Geruch, der ihm in die Nase stieg – und er hörte auf zu lesen. Er stieg die steinernen Stufen hinauf, die in die Halle führten.

Vor ihm lag Suleimans Becken, eine Hinterlassenschaft des größten ottomanischen Herrschers, Suleimans des Prächtigen. Das Becken war dreißig Meter lang und fünfzehn Meter breit und mit einer Mischung aus Wasser, Formaldehyd und Sodiumtriphosphat gefüllt. Jahrhundertelang hatten türkische Herrscher monate-, wenn nicht jahrelang die jugendlichen Körper ihrer liebsten Konkubinen darin konserviert. Irgendwann im verworrenen Verlauf der Geschichte hatten die Ausschweifungen der korrupten östlichen Herrscher sich dann von Verehrung zu Folter und von Folter zu Mord gewandelt.

»Al-Mevlevi«, schrie Lina, als sie sah, daß er den Raum betrat. »Ich flehe dich an. Du irrst dich. Bitte ...«

Mevlevi ging langsam auf Lina zu, die nackt in einem Rattanstuhl mit hoher Lehne saß. Ihre Hände und Füße waren mit Sisal gefesselt. Er strich über ihr feines schwarzes Haar. »Still, mein Kind. Du brauchst nichts zu erklären. Du hast nach der Zukunft gefragt. Jetzt hast du sie vor dir.« Er sah in das Becken. Er konnte die Umrisse von etwa einem Dutzend Köpfe erkennen, die Haare wie Wasserpflanzen ausgebreitet. Sein Blick glitt abwärts, wo gefesselte Füße an dunklen länglichen Steinen befestigt waren.

»Al-Mevlevi, ich arbeite nicht für die Makdisis. Ja, sie haben mich in den Club gebracht. Aber ich habe nicht spioniert. Ich habe ihnen niemals etwas gesagt. Ich liebe dich.«

Mevlevi lachte ohne Mitleid. Er hatte sein Herz in eine entfernte Ecke seiner Seele verbannt. »Du liebst mich? Wie reizend. Und das soll ich dir glauben?«

»Ja, ja. Du mußt.« Sie bat verzweifelt um ihr Leben.

»Sag mir die Wahrheit, Lina. Ich muß alles wissen.«

Gewöhnlich genoß Mevlevi diese letzten Minuten. Dieses Quälen und Verhöhnen. Aber heute war es anders. Er zog ein Taschentuch aus der Tasche und wischte ihr die Tränen von den Wangen. »Sag mir die Wahrheit«, forderte er sie noch einmal auf.

»Ja, ja. Ich schwöre es. Die Makdisis haben mich in Jounieh entdeckt. Zuerst haben sie mit meiner Mutter gesprochen. Sie haben ihr sehr viel Geld angeboten. Tausend amerikanische Dollars. Meine Mutter nahm mich zur Seite und erzählte mir von dem Angebot. ›Was wollen diese Männer, daß ich tun soll?‹ habe ich sie gefragt. Einer von den Makdisis antwortete. Er war ein kleiner fetter Mann mit grauen Haaren und sehr großen Augen, wie Austern. ›Lina, wir wollen nur, daß du die Augen offenhältst. Daß du aufpaßt. Wir werden mit dir in Verbindung bleiben.‹«

»Sie wollten nichts Bestimmtes?«

»Nein, ich sollte dich nur beobachten.«

»Und?«

»Ja, ich habe dich beobachtet. Ich weiß, daß du um sieben Uhr morgens mit der Arbeit anfängst und oft im Büro bleibst, bis ich schlafen gehe. Manchmal sprichst du die Morgengebete nicht. Ich glaube, weil sie dich langweilen, nicht, weil du sie vergißt. Den Rest des Tages siehst du fern. Den ganzen Tag Fußball.«

Mevlevi war überrascht über die Bereitwilligkeit, mit der sie ihre Verbrechen eingestand. Das Mädchen hielt sich tatsächlich für unschuldig.

»Einmal, ich schwöre, nur ein einziges Mal habe ich in Deinen Schreibtisch geschaut. Es tut mir leid. Aber ich habe nichts gefunden. Ich verstehe diese ganzen Zahlen nicht.«

»Was für ein ehrliches Kind!« rief Mevlevi aus. »Also, Lina, was genau hast du den Makdisis erzählt?«

»Nichts, ich schwöre es. Nur ein bißchen. Manchmal, wenn ich meine Mutter am Sonntag besucht habe, kam Herr Makdisi vorbei. Er wollte wissen, was du den ganzen Tag machst.«

»Und das hast du ihm natürlich erzählt.«

»Ja. Er gab meiner Mutter doch soviel Geld. Das konnte doch nichts schaden.«

»Hat er Fragen über Geld gestellt? Über Banken? Darüber, wie ich meine Partner bezahle?«

»Nein, nein, so etwas hat er nie gefragt. Nie.«

Mevlevi runzelte die Stirn. Er war sich sicher, daß Albert Makdisi derjenige gewesen war, welcher der amerikanischen Drogenfahndung die Informationen über seine Geldüberweisungen zugespielt hatte. Makdisi hatte schon lange direkt mit Mong zusammenarbeiten wollen. Den Mittelsmann eliminieren.

Er zog eine silberne Minox-Kamera aus der Tasche. »Und was, mein Liebling, ist dann das?«

»Ich weiß es nicht. Eine kleine Kamera? In Läden habe ich, glaube ich, so etwas schon gesehen.«

»Nein, Chérie, eine Kamera wie diese hast du in noch keinem Laden gesehen.«

»Mir gehört sie nicht.«

»Nein, natürlich nicht. Und dieses hübsche kleine Gerät?« Er hielt ihr ein schwarzes Metallkästchen hin, nicht größer als ein Kartenspiel. Aus einem Ende zog er eine einfache Gummiantenne heraus.

»Ich weiß nicht, was das ist«, sagte Lina. »Ein Radio?«

»Ich will dir ein Geheimnis verraten«, antwortete Mevlevi. »Als Rothstein mir sagte, daß Albert Makdisi dich ins Little Maxim's gebracht hat, habe ich mit Joseph dein Zimmer durchsucht. Du siehst, meine Liebe, das Wort von Max war mir nicht genug. Ich wollte mich selbst vergewissern. Wir fanden dieses nette kleine Gerät zusammen mit der Kamera in einer geschickt gemachten kleinen Höhlung unter dem Fußbodenbelag unter deinem Bett.«

»Hör auf!« schrie Lina. »In meinem Zimmer ist kein Loch. Die Kamera gehört mir nicht, und das Radio auch nicht. Ich schwöre es. Ich bin kein Spion. Mit diesem Radio habe ich nie Musik gehört. Wenn ich Musik hören will, gehe ich ins Wohnzimmer. Was soll ich mit einem Transistorradio?«

»Ein Transistorradio?« fragte Mevlevi ungläubig. »Sie hat nie mit dem Transistorradio Musik gehört.« Er warf Joseph einen Blick zu. Das Gerät, das er in der Hand hielt, war von einem Transistorradio so weit entfernt, wie die moderne Technik es nur zuließ. Es handelte sich um ein UKW-Funkgerät, das auch das allerschwächste Signal aus dem Äther empfangen konnte – aber nur in einer ganz bestimmten Frequenz. Es konnte nicht als normales Radio verwendet werden. »Reizend«, sagte er zu Joseph. »Und hervorragend ausgebildet. Einen Augenblick hätte ich ihr beinahe geglaubt. Frauen sind von Natur aus emotional. Man neigt dazu, ihre Hysterie für Ehrlichkeit zu halten. Wenn ein Mann weint, dann nur darum, weil er schuldig ist und sich selbst bemitleidet.«

Joseph nickte.

Mevlevi stellte sich hinter den Rattanstuhl und ließ seine Hände über Linas Körper gleiten. »Lina, die Zeit ist gekommen, da wir uns trennen müssen. Du gehst nun einen transzendenten Weg. Es tut mir leid, daß ich nicht mit dir kommen kann, aber meine Mission ist noch nicht erfüllt. Aber vielleicht sind wir ja bald wieder vereint. Ich habe dich wirklich geliebt.«

Lina weinte still. »Warum?« fragte sie unter Schluchzen.

Mevlevi stellte dem Allmächtigen die gleiche Frage. Warum muß ich diese eine verlieren, die mir soviel bedeutet, die Licht und Freude in mein Leben gebracht hat? Sie ist doch nur ein unschuldiges Kind. Sollte sie wirklich so hart für ihre Verbrechen bestraft werden? Aber dann festigte sich sein Entschluß, und er wußte, daß Allah aus seinem Mund sprach: »Du wurdest mir geschickt, um mich zu prüfen. Wenn ich mich von dir trennen kann, kann ich auch mein Leben hingeben. Allah verlangt ein Opfer von uns allen.«

»Nein, nein, nein«, flüsterte sie.

»Adieu, meine Geliebte.« Er richtete sich auf und nickte Joseph zu.

Joseph schritt langsam auf Lina zu und bat sie, ruhig zu bleiben. »Geh friedlich«, redete er ihr zu. »Geh mit Würde. Es ist Allahs Wille. Du darfst dich nicht wehren.« Als er sie in die Arme nahm, sträubte sie sich nicht. Er trug sie zu einer niedrigen Bank am anderen Ende des Gebäudes. Darunter lag ein Stein, fünfzig Zentimeter lang und fünfundzwanzig Zentimeter hoch; er wog an die dreißig Pfund, genug, um den kleinen Körper einer Frau am Boden des Beckens zu verankern. Mevlevi löste die Fesseln von Linas Füßen und stellte sie in zwei flache Einbuchtungen in dem Stein. Zwei stählerne Fußschellen wurden zwischen ihren Füßen festgeschraubt. Dann schloß er die Stahlringe um ihre Gelenke.

»Warum tust du das?« fragte Lina.

»Ich muß Al-Mevlevi gehorchen. Er ist von einer höheren Aufgabe erfüllt als wir beide.«

Lina versuchte, Joseph mit ihren gebundenen Händen ins Gesicht zu schlagen. »Ich glaube dir nicht. Du bist der Lügner. Du hast das Radio unter meinem Bett versteckt. Du!«

»Ssch.« Joseph kniete sich neben sie und bot ihr ein Glas Wein an. »Der Wein enthält ein starkes Beruhigungsmittel. Al-Mevlevi will nicht, daß du Schmerzen leidest. Sieh ins Wasser. So möchtest du doch nicht sterben, nicht bei vollem Bewußtsein.«

»Dies ist das Ende meines Lebens. Ich muß jeden Augenblick fühlen.«

Hastig stellte Joseph sie auf die Füße. Ali Mevlevi stand am anderen Ende des Beckens, das Gesicht zum Himmel erhoben, und betete still. Er unterbrach sein Gebet, sah Joseph an und begann wieder zu beten.

Lina kämpfte gegen ihre Fesseln. Sie wimmerte, weil sie ihre Füße nicht bewegen und die Hände nicht befreien konnte. Joseph trug sie auf einen schmalen Steg, der sich über das Becken spannte. Als er über dem Wasser stand, hob er sie so hoch er konnte und warf sie in das Becken. Ihr Schrei mischte sich mit dem Geräusch des aufspritzenden Wassers.

Draußen, auf der zentralen Rasenfläche des Compounds, stand ein Hubschrauber, ein Bell Jet Ranger mit laufendem Motor. Der Himmel war dunkel. Ein leichter Nieselregen fiel.

Mevlevi ging auf den Hubschrauber zu, eine Hand auf Josephs Schulter gelegt. »Lina hat Chamsin in Gefahr gebracht. Du wirst verstehen, daß es keine andere Lösung gab.«

»Natürlich, Al-Mevlevi.«

»Allmählich werde ich zu einem sentimentalen Narren. In meinem Alter wird es langsam schwer, ohne Gefühle zu leben. Aber unsere Prioritäten sind eindeutig. Chamsin muß Wirklichkeit werden. Du mußt sofort aufbrechen und die Verantwortung für unseren letzten Transport übernehmen. Du wirst zu einem Frachter geflogen, der in der Nähe von Brindisi auf der Adria vor der italienischen Küste unterwegs ist. Nimm diese Tasche. Darin findest du einen Paß, etwas Kleidung und fünftausend Dollar. Wenn du erst sicher an Bord bist, werde ich den Kontakt mit dir aufnehmen und dir weitere Instruktionen geben. Der Profit von dieser Transaktion ist von ausschlaggebender Bedeutung.«

»Ja, Al-Mevlevi.«

»Gut.« Mevlevi hätte Joseph gern erzählt, daß seine Leute in zwei Tagen südwärts zur israelischen Grenze marschieren würden; daß sie in zwei Gruppen, jede dreihundert Mann stark, vorgehen würden; daß sie sich im Schutze der Dunkelheit bewegen würden, zwischen zwei und sechs Uhr, wenn die amerikanischen Satelliten den Südlibanon nicht in ihrem Blickfeld hatten. Und vor allem hätte er Joseph gern gesagt, daß Chamsin ohne den Profit von dieser Transaktion und die noch viel größeren Summen, die infolge dieses Profits fast augenblicklich zur Verfügung stehen würden, ein Fehlschlag werden mußte – einer von vielen eitlen und letztlich selbstmörderischen Versuchen, die Grenze zu überschreiten. Aber die Last dieses Wissens mußte er alleine tragen.

»Die Männer, die dich in Brindisi erwarten ... Ich weiß nicht, ob wir ihnen noch trauen können. Sie könnten auf Seiten der Makdisis sein. Treffe also Vorsichtsmaßnahmen. Unser Transport muß so bald wie möglich in Zürich ankommen. Wenn die Ware erst einmal entladen ist, darfst du dich auf keine Verzögerungen mehr einlassen.« Mevlevi sah tief in die Augen seines Gefolgsmannes. »Du wirst mich nicht verraten.«

Joseph nahm Haltung an. »Niemals, Al-Mevlevi. Ich schwöre einen heiligen Eid.«

Kapitel 34

Marco Cerruti saß aufrecht im Bett. Sein Atem ging schnell und flach, und er war schweißüberströmt. Er knipste seine Nachttischlampe an und stand auf. Er brauchte ein Glas Wasser. Der kalte Steinboden im Badezimmer unter seinen Füßen erfrischte ihn und beruhigte seine Nerven. Er leerte zwei Gläser, dann beschloß er nachzuschauen, ob er die Fenster richtig geschlossen und die Aufzugtür abgesperrt hatte. Nachdem er sich davon überzeugt hatte, ging er wieder ins Bett. Er starrte zur Decke. Seit mehreren Wochen hatte der Alptraum ihn nicht mehr heimgesucht. Seine Genesung hatte Fortschritte gemacht. Er hatte aufgehört, sich vor der Nacht zu fürchten. Seine Rückkehr zur Arbeit lag allmählich wieder im Bereich des Möglichen. Und dann hatte dieser Thorne begonnen, ihn zu besuchen.

Der Amerikaner jagte ihm Angst ein. Er stellte Fragen über Mevlevi, über den Generaldirektor, sogar über den jungen Neumann, den er doch nur ein einziges Mal gesehen hatte. Cerruti hatte alle Fragen höflich beantwortet. Natürlich hatte er gelogen, aber mit Diplomatie. Nein, er kannte keinen Mann namens Ali Mevlevi. Nein, er wußte von keinem Kunden der Bank mit dem Spitznamen Pascha. Ein Heroinlieferant für ganz Europa? Nein, mit solchen Leuten befaßte die Bank sich nicht.

»Sie haben die moralische Verpflichtung, uns bei unseren Untersuchungen zu helfen«, hatte Thorne argumentiert. »Wenn Sie darauf bestehen, auch weiterhin zu schweigen, sind Sie genauso ein Verbrecher wie Mevlevi.«

Seltsam, daß Thorne sich nur wegen Mevlevis führender Rolle im Heroinhandel so aufgeregt hatte. Wußte er denn nichts von den Waffen? Cerruti war Major der schweizerischen Armee – beim Nachrichtendienst natürlich – aber es war ihm bekannt, wie ein Bataillon leichter Infanterie gewöhnlich ausgerüstet war. Er hätte es niemals für möglich gehalten, daß ein Privatmann einen derart riesigen Vorrat an Waffen und Munition aufkaufen konnte, wie er ihn vor zwei Monaten im Compound des Paschas gesehen hatte: kistenweise Maschinengewehre, Munition, Pistolen, Granaten. Und das war nur der Kleinkram. Ihm waren mehrere Stinger Boden-Luftraketen, drei Panzerabwehrkanonen und mehrere Dutzend Mörser aufgefallen. Genug für einen abscheulichen kleinen Krieg.

Cerruti griff nach dem Glas Wasser auf seinem Nachttisch. Die Erinnerung an seinen letzten Besuch in Ali Mevlevis Compound in den Vorbergen oberhalb von Beirut führte unausweichlich zur Wurzel seiner Not, dem Grund seines psychischen Zusammenbruchs: Suleimans Becken.

In seinem ganzen Leben hatte er niemals etwas so Grauenhaftes gesehen. Schon die Erinnerung an den Geruch ließ ihn zusammenfahren. Der widerlich scharfe Geruch nach hundert finsteren Laboratorien. Er schloß die Augen und kämpfte gegen die Erinnerung an die bleichen Körper an, die in dem Becken trieben.

Wieder setzte Cerruti sich im Bett auf. Vielleicht hatte Thorne ja recht. Vielleicht mußte man Mevlevi wirklich das Handwerk legen. Die Waffen, das Becken und, wenn die Drogenfahndung sich nicht irrte, auch noch Heroin. Wie viele Beweise brauchte Cerruti noch, um zu erkennen, daß er es mit einem Ganoven zu tun hatte? Es gab ein Gesetz in der Schweiz, das genau für eine derartige Situation gedacht war. Wer konnte mit größerem Recht als ein Kunde bezeichnet werden, »dessen Aktivitäten den Bankangestellten zu illegalen Geschäftspraktiken veranlaßten« als Ali Mevlevi?

Cerruti atmete tief durch. Morgen würde er Mr. Thorne anrufen und ihm die Papiere in seinem Schreibtisch zeigen. Er würde ihm alle Beweise über die Konten des Paschas bei den Vereinigten Schweizer Banken übergeben, ebenso alle Unterlagen über die Geldüberweisungen, die er zweimal die Woche getätigt hatte. Er würde den internationalen Behörden helfen, den Ganoven Mevlevi vor Gericht zu bringen.

»Nein, Mr. Thorne, ich bin kein Verbrecher«, sagte er laut. »Ich will nicht ins Gefängnis.«

Cerrutis schwaches Lächeln schwand. Eine derart bedeutsame Entscheidung konnte er unmöglich allein treffen. Aber mit wem konnte er so spät in der Nacht besprechen, was ihm durch den Kopf ging? Er hatte keine Verwandten, jedenfalls keine, die eine so komplizierte Angelegenheit verstehen würden. Freunde? Er hatte keine. Kollegen? Gar nicht daran zu denken. Es gab nur einen einzigen Menschen, mit dem er über diese Sache reden konnte. Den Mann, der ihm bei so vielen wichtigen Entscheidungen in seinem Leben beigestanden hatte. Nur er konnte ihm helfen, seinen Alptraum loszuwerden. Den Alptraum vom Pascha.

Wieder kroch Cerruti aus dem Bett. Er schlurfte zum Schrank und zog einen Frotteebademantel heraus. Dann ging er durch seine Wohnung und schaltete alle Lichter ein. Schließlich setzte er sich in seinem Arbeitszimmer an seinen Schreibtisch. Er öffnete eine Schublade und nahm ein dünnes graues Buch heraus – sein Telefonverzeichnis. Seine Hände zitterten ein wenig, als er die entsprechende Seite aufschlug und die Nummer fand, die er suchte. Er starrte das Telefonverzeichnis an und begann zu frösteln. Die zweite Nummer hatte er noch nie gewählt. Für Notfälle, Marco, hörte er die sonore Baritonstimme sagen. Für die engsten Freunde in den schwierigsten Situationen.

Cerruti überlegte, ob es sich tatsächlich um so einen Notfall handelte; und als er merkte, daß er die Tränen nicht mehr zurückhalten konnte, war ihm die Antwort klar. Um 1.37 Uhr hob er den Telefonhörer ab und wählte die Nummer seines Retters.

Beim zweiten Klingelton nahm Wolfgang Kaiser den Telefonhörer ab. »Was ist los«, fragte er mit geschlossenen Augen, den Kopf auf dem Kissen. Er hörte nur das Belegtzeichen. In der Nähe klingelte ein zweites Telefon. Kaiser warf die Bettdecke zurück und schwang die Füße auf den Boden. Er faßte den Griff seines Nachtschränkchens und öffnete die Tür. Auf einem herausziehbaren Brett stand ein schwarzes Telefon. Er griff nach dem Hörer. »Kaiser«, sagte er barsch.

»Bitte verbinden.«

Kaiser drückte auf einen durchsichtigen Würfel an dem Spezialtelefon und schaltete so den Motorola Viscom III Scrambler ein. Statische Elektrizität prickelte an seinem Ohr. Dann war die Leitung klar.

»Ich komme in zwei Tagen«, erklärte Ali Mevlevi. »Treffen Sie die üblichen Vorbereitungen. Elf Uhr am Züricher Flughafen.«

Kaiser klemmte den Hörer auf seine linke Schulter und legte die rechte Hand über die Sprechmuschel. »Raus«, zischte er die Gestalt in seinem Bett an. »Geh ins Bad, mach die Tür zu und dreh den Wasserhahn auf. Schnell!« Eine Frau schlüpfte aus dem Bett und ging unbekleidet ins Badezimmer. Kaiser nahm die Hand von der Sprechmuschel. »Elf Uhr«, wiederholte er. »Leider kann ich Sie nicht persönlich abholen.«

»Es würde mir nicht im Traum einfallen, den Tag eines so einflußreichen Mannes durcheinanderzubringen.« Ein rauhes Lachen.

»Ali«, sagte Kaiser, »es ist verrückt, jetzt nach Zürich zu kommen. Thorne und sein Team werden die Bank mit Sicherheit überwachen.«

»Thorne ist ein Ärgernis, das man sich leicht vom Hals schaffen kann. Sie werden ihn doch nicht etwa als Bedrohung betrachten?«

»Der Mann ist immerhin ein Repräsentant der Regierung der Vereinigten Staaten.«

»Das spielt keine Rolle. Er muß ausgeschaltet werden.«

»Sie meinen doch nicht etwa …«

»Werden Sie langsam zimperlich?« fragte Mevlevi. »Passen Sie auf, daß Sie nicht die Eigenschaften einbüßen, die ich immer an Ihnen bewundert habe. Sie waren skrupellos, unbarmherzig, gnadenlos. Sie waren durch nichts aufzuhalten.«

Kaiser wollte eigentlich sagen, daß er diese Eigenschaften nach wie vor besäße. Aber diese Antwort hätte als Verteidigung und damit als Schwäche ausgelegt werden können. Also schwieg er.

»Schaffen Sie mir diesen Mann vom Hals«, sagte Mevlevi. »Es ist mir egal, wie Sie das anstellen. Aber täuschen Sie sich nicht. Es ist Ihre Verantwortung.«

»Ich werde Armin Schweizer zum Flughafen schicken, um Sie abzuholen.«

»Nein. Schicken Sie mir Neumann. Ich möchte den jungen Hitzkopf gerne kennenlernen. Wußten Sie, daß er sich mit Thorne getroffen hat? Oder Thorne hat ihn aufgesucht. Ich bin mir noch nicht darüber im klaren, was ich von den Zusammenkünften zu halten habe.«

»Er hat sich mit Thorne getroffen?« fragte Kaiser, ohne seine Überraschung verbergen zu können.

»Dreimal, soviel ich weiß. Aber er scheint sich zu sträuben. Schicken Sie mir Neumann. Ich möchte mich davon überzeugen, daß er auf unserer Seite steht.«

»Ich brauche ihn noch«, sagte Kaiser fest. »Sehen Sie zu, daß ihm nichts passiert. Er ist unentbehrlich bei unseren Anstrengungen, unentschlossene Aktionäre auf unsere Seite zu ziehen.«

»Diese Entscheidung behalte ich mir vor.«

Kaiser wurde ärgerlich. »Manchmal habe ich den Eindruck, daß Ihnen der Angriff der Adlerbank sehr gelegen kommt.«

»Beruhigen Sie sich. Ich bin besorgt. Betrachten Sie es als Beweis dafür, wieviel mir an unserer langjährigen Beziehung liegt.« Mevlevi räusperte sich. »Gibt es noch andere Neuigkeiten?«

Kaiser rieb sich die Augen. Wie konnte Mevlevi das alles wissen? Wie hatte er es so schnell erfahren können?

»Wir haben da noch ein Problem. Cerruti ist zusammengebrochen. Sie haben ihn so erschreckt, daß er den Verstand verloren hat. Anscheinend wird er von Thorne bedrängt.«

»Cerruti ist schwach«, meinte Mevlevi.

»Das ist richtig, aber er ist ein vertrauenswürdiger Kollege. Er hat sein ganzes Leben lang für die Bank gearbeitet.«

»Und jetzt? Möchte er sein Gewissen erleichtern? Sucht er Absolution beim Drogenfahndungsbüro der Vereinigten Staaten?«

»Ich denke, wir werden ihn nach Gran Canaria schicken müssen. Ich habe dort eine Wohnung. Das ist weit genug weg, und mein Stab kann ihn im Auge behalten.«

»Eine kurzfristige Lösung für ein langfristiges Problem. Das sieht Ihnen gar nicht ähnlich, mein Freund.«

Kaiser warf einen Blick zum Badezimmer hinüber und horchte auf das Geräusch des Wassers, das in die Badewanne lief.

»Wie steht es mit dieser aufsässigen Bank?« fragte Mevlevi.

»Es steht sehr schlecht. Adler hat anscheinend unbegrenzt viel Geld zur Verfügung und jeder Dollar, den sie freimachen können, wird zum Kauf von VSB-Aktien verwendet. Haben Sie über meinen Vorschlag nachgedacht?«

»Zweihundert Millionen Schweizer Franken sind ohne Zweifel mehr als nur ein Vorschlag.«

»Eine Anleihe. Wir würden die ganze Summe in neunzig Tagen zurückzahlen. Mit vierzig Prozent Zinsen im Jahr. Das ist ein Gewinn von zehn Prozent innerhalb von drei Monaten. Es ist von entscheidender Bedeutung, daß wir den Angriff der Adlerbank zurückschlagen können.«

»Warum?« fragte Mevlevi spöttisch. »Liegt es denn nicht in der Natur der Vorgänge in Ihrer Finanzwelt, sich gegenseitig zu verschlingen und aufzufressen? Es geht bei Ihnen kaum zivilisierter zu, als bei meinen Geschäften.«

Kaiser explodierte. »Hier geht es schließlich um mein Lebenswerk, verdammt!«

»Beruhigen Sie sich«, befahl Mevlevi. »Ich verstehe Ihre mißliche Lage, Wolfgang. Ich bin mir sicher, daß wir eine vernünftige Lösung für alles finden werden. Aber wenn Sie wollen, daß ich einen kurzfristigen Kredit von zweihundert Millionen Franken in Erwägung ziehe, müssen Sie sich noch vor meiner Ankunft um Cerruti kümmern. Eine langfristige Lösung, bitte. Außerdem werden Sie sich etwas einfallen lassen, um mir Thorne ein für allemal vom Hals zu schaffen. Verstanden?«

Kaiser schluckte gequält. »Ja.«

»Gut.« Mevlevi lachte. »Erweisen Sie mir diese kleinen Gefälligkeiten, dann werden wir über den Kredit reden, wenn ich ankomme. Und vergessen Sie Neumann nicht. Ich erwarte ihn am Flugplatz. Gute Nacht, mein Freund. Sie können jetzt Ihrer Geliebten sagen, daß sie wieder zu Ihnen kommen darf.«

Kapitel 35

Nick hatte seinen Ausflug für genau zehn Uhr geplant, mitten im größten Morgentrubel. Überall in der Bank herrschte um diese Zeit eine Art geordnetes Chaos. Sekretärinnen rannten von einem Büro zum anderen, Lehrlinge kehrten nach einer vorgeschriebenen Pause von fünfzehn Minuten wieder an ihre Arbeit zurück. Die Bank summte vor Geschäftigkeit.

Nick verließ sein Büro eine Minute früher als geplant. Er ging an der Tür zum Vorzimmer des Generaldirektors vorbei und weiter durch den Korridor, bis er das Treppenhaus erreichte. Als er sich dem Vorplatz zum ersten Stock näherte, verlangsamte er seine Schritte. Vor einer Eisentür ohne Aufschrift blieb er stehen und holte tief Luft, um sich für die bevorstehende Aufgabe zu wappnen. Dann öffnete er die schwere Tür und eilte seinem Ziel entgegen. Die Ziffern auf den kleinen Metallschildern neben den Bürotüren wurden niedriger. Schließlich ging er an mehreren unbezeichneten Türen vorbei, dann war er da: Zimmer 103. Die Dokumentationszentrale.

Er öffnete die Tür und trat ein. Das Büro war voll von Besuchern. Sie hatten sich in zwei ordentlichen Warteschlangen vor einem Counter aufgestellt, hinter dem ein verkrümmter alter Mann mit dichtem weißen Haar stand. Der berühmte Karl, der Kerkermeister der DZ.

Karl erledigte seine Arbeit nach einem eingespielten Verfahren. Der Antragsteller überreichte ihm ein von einem Computer ausgedrucktes Antragsformular. Karl gab das Formular an eine der sechs Sekretärinnen weiter, die hinter ihm saßen und deren Aufgabe es war, den Antrag zu verifizieren. Als erstes stellte die Sekretärin fest, ob die Akte vorhanden war und ausgegeben werden durfte. Hatte sie dies festgestellt, legte sie das Antragsformular auf ein Tablett, das auf einem Regal vor dem Archiv stand. Ein Lehrling nahm das Dokument mit. Nach ein paar Minuten legte der Lehrling die angeforderte Akte auf ein zweites Tablett, das sich direkt hinter Karl befand. Daraufhin rief Karl den Antragsteller auf, prüfte, ob die herbeigeholte Akte auch die im Antrag genannte war, und verglich die Identifikation des Antragstellers mit dem Namen auf dem Antragsformular. Erst dann gab er die Akte aus der Hand.

Während Nick in der Warteschlange stand, dachte er daran, daß sein Vater vor vierzig Jahren in genau diesen Räumen gearbeitet hatte. Das Büro machte den Eindruck, als habe es sich in der Zwischenzeit nicht im geringsten verändert. Metallene Schreibtische aus der Vorkriegszeit waren in zwei Viererreihen hinter dem Counter angeordnet. Vielleicht war die Beleuchtung ja verbessert worden, sofern man Neonlampen als Verbesserung bezeichnen konnte. Alex Neumann hatte zwei Jahre lang für Karl gearbeitet. Der erste Schritt seiner Ausbildung. Die erste Sprosse der Leiter.

Zwei Frauen, die vor Nick an der Reihe waren, nahmen ihre Akten in Empfang und verließen das Büro. Nick trat vor und gab Karl sein Antragsformular. Er starrte den alten Mann an und begann, von zehn abwärts zu zählen, in Erwartung der Explosion, die gleich erfolgen mußte. Karl setzte die Brille auf, die an einer Kette um seinen Hals hing. »Junger Mann«, schnauzte er, »auf diesem Antrag fehlt die persönliche Referenz. Hier steht nicht, wer die Akte haben will. Keine Referenz, keine Akte. Tut mir leid.«

Nick hatte eine Erklärung parat, wenn auch nur eine schwache. Er beugte sich über den Counter und flüsterte: »Dieses Formular wurde von dem neuen Computersystem ausgedruckt. Es ist noch nicht initialisiert. Nur für den vierten Stock. Sie wissen sicher darüber Bescheid: das Medusasystem.«

Karl ließ sich nicht überzeugen. »Keine Referenz, keine Akte. Tut mir leid.«

»Wenn Ihnen das Probleme macht, rufen Sie Herrn Kaiser an, sofort. Ich habe sein Büro gerade eben verlassen. Seine Nummer ist ...«

»Seine Nummer ist mir bekannt«, erklärte Karl. »Keine Referenz, keine Akte.«

Nick hatte sich auf eine derartige Hartnäckigkeit gefaßt gemacht. »Hören Sie mir gut zu«, begann er. »Wissen Sie, was wir da oben tun? Wir arbeiten Tag und Nacht, um diese Bank vor so einem kleinen Mann auf der anderen Seite der Straße zu retten, der die Absicht hat, uns aufzukaufen. Wissen Sie, was passieren wird, wenn er uns übernimmt?«

Die Frage schien Karl nicht zu interessieren.

»Dann wird es keine Papiere mehr geben. Jeder Papierfetzen hier drin wird auf Diskette aufgezeichnet werden. Sie werden alle Ihre kostbaren Dokumente abtransportieren und in einem Lagerhaus in Ebmatingen stapeln. Wir werden sie nie wieder zu Gesicht bekommen. Wenn ich Einblick in ein Dokument brauche, setze ich mich an meinen Schreibtisch im vierten Stock und rufe es mir auf meinen Bildschirm.« Nick sah zu, wie der alte Mann versuchte, diese Information zu verdauen. Nach kurzer Zeit verfinsterte sich sein runzeliges Gesicht. »Und was wird aus mir?«

Jetzt habe ich dich, dachte Nick. »Klaus König hätte sicher irgendeine Arbeit für Sie. Sofern er Erfahrung und Loyalität so zu würdigen weiß wie Herr Kaiser. Aber dies hier wird es alles nicht mehr geben. Es tut mir leid, daß die Referenz nicht auf dem Antrag steht, aber Herr Kaiser wartet auf die Information, die in dieser Akte enthalten ist. Ich denke, daß er Ihre Hilfe sehr zu schätzen wüßte.«

Karl glättete das Antragsformular und griff nach einem Kugelschreiber. »Ihre Referenzbuchstaben, bitte?«

»S ... P ... R«, antwortete Nick. Sollte es eine Untersuchung geben, würde er dadurch, daß er Peter Sprechers Referenzbuchstaben benutzte, zwei, vielleicht sogar drei

Stunden gewinnen. Das würde vielleicht ausreichen, um seinen Hals aus der Schlinge zu ziehen.

Karl schrieb die drei Buchstaben auf das Antragsformular. »Ihre I.D.-Karte, bitte?«

»Bitte sehr.« Lächelnd griff Nick in seine Jackentasche. Sein Lächeln verwandelte sich in Überraschung, dann in Ärger. Seine Hände durchsuchten seine Hosentaschen, dann wieder die Jacke. Er runzelte entschuldigend die Stirn. »Es scheint, daß mir doch ein Fehler unterlaufen ist. Ich habe meine I.D.-Karte oben vergessen. Suchen Sie mir die Akte heraus, während ich sie holen gehe.« Er drehte sich in Richtung Tür.

»Nein, nein«, sagte Karl. »Bleiben Sie. Kundendossiers, die zu einem Nummernkonto gehören, dürfen sowieso nicht mitgenommen werden. Setzen Sie sich da drüben hin, wo ich Sie im Auge behalten kann. Für den Generaldirektor werde ich eine Ausnahme machen.« Er deutete auf einen kleinen Tisch mit zwei Stühlen. »Sie werden gerufen, wenn die Akte da ist.«

Nick ging zu dem Tisch und schüttelte den Kopf über seine Gedankenlosigkeit.

Der Betrieb der DZ hatte noch zugenommen. Acht oder neun Leute standen in der Warteschlange. Dennoch herrschte vollkommene Stille im Raum.

»Herr Sprecher?«

Nick sprang auf die Füße, voll Sorge, daß ihn jemand erkennen könnte. Er warf einen forschenden Blick durch den Raum. Niemand sah ihn seltsam an.

Karl hielt einen Aktendeckel in beiden Händen. »Hier ist Ihre Akte. Sie dürfen nichts daraus entfernen. Sie dürfen sie keinen Augenblick unbeobachtet lassen, auch nicht, wenn Sie auf die Toilette gehen. Geben Sie sie mir persönlich zurück, wenn Sie fertig sind.«

Nick nahm die Akte und begab sich wieder zum Lesetisch.

»Herr Sprecher?« fragte Karl unsicher. »Das ist doch richtig, oder?«

Nick drehte sich um und bejahte.

»Sie erinnern mich an einen Jungen, den ich vor langer Zeit einmal gekannt habe. Er hat hier bei mir gearbeitet. Aber er hieß nicht Sprecher.« Karl zuckte mit den Achseln und wendete sich wieder seiner Arbeit zu.

Die Akte war dick, so dick wie ein Lehrbuch, aber doppelt so schwer. Nick sah nach dem Titel. 549.617 RR stand in dicken schwarzen Lettern auf den Deckel geschrieben. Er schlug die Akte auf. Auf der linken Seite waren Unterschriftsblätter gestapelt, welche die Namen der Bankangestellten enthielten, die vor ihm das Dokument angefordert hatten. Cerrutis Name kam zehn- oder elfmal vor, Peter Sprechers einmal. Der Name Becker tauchte ein halbes Dutzend Mal innerhalb von sechs Monaten auf, dann noch einmal Cerruti, und vor ihm etwas Unleserliches. Wieder eine Seite, noch mehr Namen. Nick ging weiter zurück zur Mitte der achtziger Jahre. Schließlich, ganz oben auf der ersten Seite, eine wohlbekannte Unterschrift. Das Datum: 1980. Er zeichnete die kräftigen Linien der Unterschrift mit seinem Bleistift nach. Wolfgang Kaiser. Ein unwiderlegbarer Beweis, daß der Generaldirektor Ali Mevlevi kannte.

Nick wandte seine Aufmerksamkeit einem Umschlag mit der Aufschrift »Kundenpost« zu, der lose auf der rechten Seite lag. Der Umschlag enthielt einen Stoß nicht angeforderter Briefe: die offiziellen Bestätigungen sämtlicher Transaktionen, die für das Konto des Paschas vorgenommen worden waren. Wie bei Nummernkonten üblich, wurde die gesamte Post so lange bei der Bank aufbewahrt, bis der Inhaber des Kontos sie überprüfen wollte. Der Stapel war nicht sehr dick. Marco Cerruti mußte also bei seinem letzten Besuch einen Stoß Briefe abgeliefert haben. Nick zählte etwa dreißig Umschläge. Einer für jede eingegangene bzw. ausgegangene Überweisung und zwei Zusammenfassungen zum Monatsende. Die für Februar stammte erst vom vorangegangenen Tag.

Nick schloß den Umschlag und legte ihn auf das Unterschriftenblatt. Ein etwa vier Zentimeter dicker Stapel von

Transaktionsbestätigungen war auf der rechten Seite am äußeren Aktendeckel befestigt. Er sah ihn durch und stellte fest, daß der Stapel eine Liste aller Bestätigungen enthielt, die an den Inhaber des Kontos 549.617 RR geschickt worden waren. Jede eingegangene Überweisung, jede hinausgegangene Überweisung seit der Eröffnung des Kontos. Zuunterst in dem Stapel lag je ein Ausdruck der sieben Matrizen mit allen Banken und Kontonummern, auf welche die Gelder des Paschas zu überweisen waren. Mit diesen Matrizen würde Sterling Thorne den Fluß der Gelder von den VSB zu fünfzig oder sechzig Banken rund um die Erde verfolgen können. Zweifellos war das nur ein Schritt in einer Kreisbewegung. Aber es war der erste Schritt, und daher der wichtigste.

Nick studierte die eingegangenen Überweisungen für die letzten drei Monate des vergangenen Jahres. Es war gegen die Vorschrift, irgend etwas aus den Akten abzuschreiben. Deshalb versuchte er, die jeden Montag und Donnerstag eingegangenen Überweisungen, so gut er konnte, auswendig zu lernen. Er zählte den Dollarwert der Transaktionen für jede Woche zusammen und bemühte sich, sich die Summen zu merken. Beim Oktober versagte sein Gedächtnis. Er fing noch einmal von vorne an, die Überweisungen vom 31. Dezember bis zum 30. September in umgekehrter Reihenfolge durchzugehen. Dreizehn Zahlen konnte er in seinem Gedächtnis festhalten. Er zählte die Reihe der achtstelligen Zahlen zusammen. In drei Monaten waren 678 Millionen Dollar durch das Konto des Paschas geflossen.

Nick war in die DZ gekommen, um die noch nicht angeforderten Überweisungsbestätigungen zu stehlen. Sie waren der Beweis, daß der Kunde die von der Drogenfahndung aufgestellten Vorschriften gegen Geldwäsche verletzte. Sie bewiesen auch, daß die VSB diese Verstöße bewußt ermöglichten. In seiner Jackentasche hatte er ein Dutzend Briefumschläge, die ebenso aussahen wie die in der Akte. Auf jeden Umschlag hatte er die Kontonummer des Paschas getippt und ein zusammengefaltetes leeres

Blatt Papier hineingesteckt. Die Augen fest auf die Papiere vor ihm geheftet, zog er die gefälschten Bestätigungen aus seiner Tasche und schob sie unter sein Bein. Jetzt mußte er warten, bis jemand Karl ablenkte.

Nick sah auf die Uhr. Es war 10.35 Uhr. Er sollte eigentlich an seinem Schreibtisch sitzen und Aktien verkaufen. Feller hatte seine Abwesenheit inzwischen sicherlich bemerkt. In seinem Eifer hatte er sich angewöhnt, ihn alle fünfzehn Minuten anzurufen, um sich laufend einen Überblick zu verschaffen, wie viele Aktien Nick schon veräußert hatte. Gerade an diesem Morgen hatte Nick Verkaufsanweisungen über mehr als acht Millionen Dollar und Kaufanweisungen für VSB-Aktien für die gleiche Summe herausgegeben. Maeders Plan lief reibungslos ab.

Noch vor zehn Minuten war der Raum vollgepackt mit Menschen gewesen. Jetzt war die DZ verlassen. Nick warf einen Blick auf Karl. Der alte Knacker starrte ihn unverwandt an.

Um 11.05 Uhr betrat ein dunkelhaariger Mann den Raum, ein Angestellter, der von der Toilette zurückkam. Nick wartete, bis er auf den Counter zuging. Dann zog er die Transaktionsbestätigungen aus dem Dossier des Paschas und legte sie in seinen Schoß. Mit der rechten Hand holte er die Ersatzumschläge unter seinem Oberschenkel hervor und schob sie in das Dossier. Immer noch über die Akte gebeugt, faßte er die gestohlenen Briefe zu einem sauberen Stapel zusammen und ließ sie in der Innentasche seines Jackets verschwinden. Alle Briefe glitten problemlos hinein. Bis auf einen. Der schaute aus seiner Jacke heraus, für jedermann sichtbar. Nick versuchte mehrfach, ihn in seine Jacke zu stopfen. Endlich rutschte er dann doch hinein.

Er wartete darauf, daß Karl Alarm schlug. Er mußte es bemerkt haben. Nichts geschah. Nick riskierte einen Blick in Richtung Counter und sah, daß Karl ihn immer noch anstarrte. Warum hatte der alte Kauz auf seinen unverschämten Diebstahl nicht reagiert?

Nick ordnete das Dossier des Paschas. Als er zum Counter ging, sah er, daß die jungen Sekretärinnen dahinter lachten. Karl lehnte da, das Kinn bequem in eine Handfläche gestützt. Seine Brille balancierte gefährlich auf seiner Nasenspitze, und seine Augen waren geschlossen. Karl schnarchte.

An diesem Abend verließ Nick sein Büro um sieben Uhr. Er ging rasch durch die Bahnhofstraße zum Paradeplatz, in der Hoffnung, die nächste Straßenbahn noch zu erreichen. Es schneite ein wenig. Er schritt mit einer Zielstrebigkeit aus, wie an seinem ersten Tag bei der Bank vor acht Wochen. Er ging an der Haltestelle der Straßenbahn vorbei, die ihn zu seiner Wohnung gebracht hätte, überquerte den Platz und kam gerade rechtzeitig, um die Linie 2 zu besteigen, die in die entgegengesetzte Richtung fuhr.

Nick setzte sich in die Nähe der Tür. Er hoffte, daß Sylvia nichts dagegen haben würde, wenn er unangemeldet bei ihr aufkreuzte – falls sie überhaupt zu Hause war. Er hatte versucht, sie anzurufen, aber ihr Assistent hatte gesagt, daß sie den ganzen Tag über nicht im Büro sein würde. Ein plötzliches Glücksgefühl überkam ihn. Er fühlte sich lebendig und energiegeladen – und er hatte das dringende Bedürfnis, Sylvia zu sehen.

Nach zwanzig Minuten erreichte er die Frohburgstraße und erhaschte einen Blick auf Sylvias Appartementhaus. Ihr Fenster war beleuchtet. Es fiel ihm schwer, die kurze Entfernung bis zu ihrer Haustür nicht rennend zurückzulegen. Vor zwei Wochen hatte er sich gefragt, was er an ihr eigentlich so anziehend fand, und er hatte keine Antwort darauf gefunden. Aber heute abend wußte er es, ohne groß darüber nachzudenken: Sie war der erste Mensch, dem er je begegnet war, der sein Leben noch stärker unter Kontrolle hielt als er. Endlich einmal konnte er derjenige sein, der sich gehen ließ, der ein bißchen verrückt, ja sogar launisch sein durfte – und sich dabei darauf verlassen konnte, daß sie beherrscht blieb.

Das war eine Rolle, die er noch nie gespielt hatte, und sie gefiel ihm sehr. Und dann war da natürlich noch der Sex. Er gab es nicht gerne zu, aber es hatte ihn gereizt, das Tabu zu verletzen und eine ältere Vorgesetzte zu verführen. Und er hatte den Eindruck, daß es sie ebenso reizte. Wenn er bei ihr war, hörte die Welt auf, sich zu drehen. Bei ihr war er restlos glücklich.

Nick kam bei ihrer Haustür an und drückte auf den Klingelknopf. Er schickte ein Stoßgebet zum Himmel, daß sie zu Hause sein möge. Er fühlte sich zu glücklich, um an diesem Freitagabend allein zu sein. Eine Stimme ertönte aus der Sprechanlage. »Wer ist da?«

Nicks Herz setzte einen Schlag aus. »Hier ist Nick. Laß mich rein.«

Der Türöffner summte, und er stürmte hinein. Er nahm zwei Stufen auf einmal, ohne an sein verletztes Knie zu denken. Sylvia wartete vor ihrer Wohnungstür auf ihn. Sie hatte einen weißen Frotteebademantel an und war gerade dabei, ihre Haare abzutrocknen. Ihre Haut war noch gerötet vom heißen Wasser. Die letzten Stufen nahm er langsam. Er hatte plötzlich das Gefühl, als würde er sie mehr brauchen, als er je in seinem Leben irgend jemanden gebraucht hatte. Er wußte nicht warum, und es war ihm auch egal.

»Ich war gerade im Bad. Ich habe dich nicht er…«

Nick schob einen Arm in ihren Bademantel und zog sie an sich. Er küßte sie heftig und hart auf die Lippen. Sie wehrte sich und versuchte, eine Hand zwischen sich und ihn zu schieben. Er schlang den anderen Arm um ihren Rücken und hielt sie noch fester. Da gab sie nach, ließ den Kopf zurückfallen und öffnete den Mund, um seine Zunge zu schmecken.

Nick ließ sie los, und sie gingen in die Wohnung. Er schloß die Tür, trat einen Schritt zurück und sah in ihre sanften braunen Augen. Er bemerkte ein Flattern darin und wußte, daß sie sich fragte, was er wohl vorhabe und warum er sie so geküßt hatte. Aber sie sagte nichts. Langsam strich sie mit dem Finger über seine Lippen. Dann nahm sie ihn bei der Hand und führte ihn durch den Gang in ihr Schlafzimmer. Sie stieß ihn auf das Bett, schob den Bademantel über ihre Schultern zurück und ließ ihn auf den Boden gleiten. Er sah ihre nackte Gestalt an. Er sehnte sich danach, mit der Hand jede Linie ihres Körpers nachzuzeichnen, mit den Lippen über ihren Bauch zu streichen, dann tiefer zu gehen. Er legte die Hände um ihre Brüste und umkreiste ihre Brustwarzen mit den Daumen, bis sie hart wurden. Sie beugte sich zu ihm herunter und rieb mit der Hand über die Schwellung in seiner Hose. Dann ließ sie sich auf die Knie nieder und strich mit dem Gesicht über seine Hose. Sie schob die Jacke von seinen Schultern, öffnete seinen Gürtel und zog die Hose herunter. Eine Zeitlang streichelte sie sein Glied, umspielte es mit der Zunge, dann nahm sie es in den Mund. Endlich ließ sie es los und kletterte auf das Bett. Sie spreizte seine Beine und schob seinen Penis langsam in ihre Scheide, nahm ihn wieder heraus, um ihn noch tiefer hineinzudrücken. Ihre Augen waren geschlossen, und sie stöhnte. Nick setzte sich auf und schlang die Arme um sie. Er küßte sie wie wild. Ihr Mund war heiß und feucht vor Begierde. Sein ganzer Körper versteifte sich, und als er sich nicht mehr zurückhalten konnte, ließ er sich fallen. Er wölbte den Rücken auf und stieß tief in sie hinein. Sie begann zu zittern und legte schwer atmend die Hände auf seine Brust. Plötzlich wurde ihr Körper weich. Sie atmete heftig aus und ließ sich auf das Bett fallen.

Sie legte sich neben ihn. Nach einer Weile beruhigte sich ihr Atem. Sie stützte sich auf einen Ellenbogen und strich mit dem Fingernagel über seine Brust. »Du solltest dich ein bißchen ausruhen, Tiger. Wir müssen noch das ganze Wochenende durchhalten.«

Kapitel 36

Sterling Thorne las zum erstenmal den ganzen Text der Anklage gegen Leutnant Nicholas Neumann USMCR. Und er hatte seine Freude daran. Ein Abschnitt schien im besonders interessant:

»... wobei der Angeklagte den Kläger absichtlich und vorsätzlich mit heftigen Schlägen traktierte. Der Kläger trug schwere Blutergüsse am unteren Teil des Rückens und der Hüfte davon, ferner zwei gerissene Bandscheiben am vierzehnten und fünfzehnten Rückenwirbel, ein Hämatom ersten Grades, eine starke Schwellung der Hoden mit begleitendem Ödem.«

Jack Keely war gründlich durchgearbeitet worden: Sein Rückgrat war halb gebrochen, er war nur knapp an einem Schädelbruch vorbeigekommen, und, was das Schlimmste war, seine Eier waren dermaßen zerquetscht worden, daß sie zur Größe von Grapefruits angeschwollen waren. Nirgends in der Akte war der Grund für den Angriff aufgeführt. Nirgends wurde erklärt, was Neumann in solche Wut gegen Keely versetzt hatte, der in der Akte als »ziviler Verteidigungsbeauftragter« bezeichnet wurde.

Am Morgen hatte Thorne endlich eine vollständige Kopie von Neumanns Personalakte bekommen. Ein Freund hatte sie ihm aus dem Marinehauptquartier in Washington, D.C., gefaxt. Derselbe Mann hatte ihm auch die Kopien von Neumanns Entlassungspapieren und des abschließenden Urteils des Untersuchungsausschusses zukommen lassen, die er benutzt hatte, um den Jungen zu erschrecken. Thorne wünschte sich, er hätte das ganze Dossier zu sehen bekommen, bevor er angefangen hatte, Nick unter Druck zu setzen.

Thorne schloß die Akte und reflektierte noch einmal die wichtigsten Punkte. Neumann hatte die Offiziersanwärterschule im Eiltempo durchlaufen und mit Prädikatsnote beendet. Während der Grundausbildung hatte er bei jedem physischen Fitneßtest, den er absolviert hatte, den Rekord gebrochen und hatte sich so eine Fahrkarte zur U.S. Army Ranger School verdient. Auch diese hatte er selbstverständlich mit Erfolg abgeschlossen; zwar nicht als einer der Besten, aber in einer Klasse mit einer Ausfallquote von siebzig Prozent, war es schon beeindruckend genug, überhaupt abzuschließen. Die nächste Station war seine Kommandierung zum aktiven Dienst in Camp Pendleton, als Zugführer einer Infanterie-Kompanie. – Das hatte ein Jahr lang gedauert. Dann war er verschwunden. Die nächsten drei Jahre lang war kein Wort über ihn zu finden. Nur das Urteil der Untersuchungskommission und eine Kopie seiner Entlassungspapiere: unehrenhaft entlassen.

Thorne grinste. Wenn Wolfgang Kaiser diesen Bericht zu Gesicht bekam, würde er zu besorgt um seine physische Sicherheit sein, um Neumann in seiner unmittelbaren Umgebung behalten zu wollen. Die unehrenhafte Entlassung verblaßte, verglichen mit Neumanns Bereitschaft, körperliche Verletzungen zuzufügen. Mit diesem Bericht konnte er Neumann zwingen, ihm zu helfen, Ali Mevlevi festzunageln. Oder doch nicht? Thorne begann zu begreifen, daß Neumann ebenso stur war wie er selbst. Ein Frontalangriff war vielleicht doch nicht die richtige Methode.

Hinter ihm wurde die Tür aufgerissen. »Guten Abend Sterling Thorne«, sagte Terry Strait. »Oder sollte ich lieber guten Morgen sagen, nachdem es schon Mitternacht ist?«

Thorne drehte sich in seinem Stuhl um. »Hallo, Terry. Schon wieder zurück?«

»Ich fürchte, ja. Ich habe mein Ziel erreicht.«

»Und was für ein Ziel mag das sein? Ihre Nase so tief wie möglich in den Fängen der Botschafterin zu vergraben, bevor sie Sie verscheucht?«

»Sie läßt Sie herzlich grüßen.« Strait kam herein und setzte sich an Thornes Schreibtisch. »Wir hatten einen angeregten Abend miteinander. Ein Glas Sherry in der Botschaft, Abendessen im Bellevue Palast. Einer unserer Schweizer Ansprechpartner hat uns Gesellschaft geleistet, Franz Studer.«

»Ansprechpartner? Dieser Mann ist der maulfaulste und schwerfälligste Staatsanwalt, der mir je begegnet ist.«

»Schwerfällig, vielleicht. Aber maulfaul?« Strait schüttelte den Kopf. »Sie scheinen ihn nicht allzugut zu kennen. Heute abend hat Herr Studer gar nicht wieder aufgehört zu reden.«

»Ohne Zweifel möchten Sie mir seine weisen Worte mitteilen?«

»Sie waren sein liebstes Gesprächsthema. Er hatte ein paar gute Karten in der Trickkiste. Ein unangemeldeter Besuch beim Generaldirektor der Vereinigten Schweizer Banken. Entführung eines Aufzugs, brutales Vorgehen gegen eine Sekretärin und dann der Versuch, Wolfgang Kaiser zu erpressen. Er war der Meinung, daß das eine Verletzung des Abkommens zwischen seiner und unserer Regierung sei. Die Botschafterin gab ihm vollkommen recht.«

»Weiter!«

»Stimmt was nicht mit Ihnen? Sind Sie im Kriegszustand mit der ganzen Welt?«

Thorne lachte. »Vielleicht ja.«

»Ich zähle Ihnen die Anklagepunkte auf. Punkt eins: ein Erpressungsversuch gegen einen der angesehensten Geschäftsmänner dieses Landes. Punkt zwei: Studer dazu gebracht zu haben, Mevlevis Kontonummer auf die Überwachungsliste der VSB zu setzen, ohne die Einwilligung des Direktors einzuholen. Und Punkt drei: etwas, das ich erst gestern erfahren habe, nämlich einen Bürger der Vereinigten Staaten auf fremdem Boden zu schikanieren. Einen Herrn Nicholas Neumann. Ich weiß es aus sicherer Quelle, daß Sie diesen Mann zweimal aufgehalten und bedrängt haben, einzig und allein mit der Absicht, Informationen über Ali Mevlevi zu bekommen.«

»Was für eine Quelle soll das sein? Hat Neumann Sie angerufen und sich an Ihrer Schulter ausgeweint?«

Strait schien überrascht. »Neumann? Natürlich nicht. Der Junge ist vermutlich starr vor Schreck. Ihr Fahrer, Agent Wadkins. Suchen Sie sich Ihre Komplizen das nächste Mal sorgfältiger aus. Ihre Mitarbeiter teilen Ihren Eifer nicht, die Gesetze des Landes, in dem sie stationiert sind, zu verhöhnen. Sie haben keine Lust, Befehle zu mißachten.«

Thorne war erleichtert, daß Neumann ihn nicht angeschwärzt hatte. Der Junge war seine letzte Chance, Mevlevi zu erwischen. Was Wadkins anbelangte, den würde er später in den Hintern treten. »Ist das alles? Daß ich ein paar Vorschriften verletzt habe, um meine Aufgabe erfüllen zu können?«

»Nein, Sterling. Es geht um Eastern Lightning. Wir werden nicht zulassen, daß Sie die Operation noch mehr in Gefahr bringen, als Sie es jetzt schon getan haben.«

»In Gefahr bringen? Ich glaube, daß ich der einzige bin, der versucht, diese Operation zu retten.«

»Es geht hier um Drogen, Sterling, nicht um Waffen, und unserer Meinung nach schlagen Sie über die Stränge. Diese Operation ist nicht Ihr persönliches Eigentum. Sie haben nicht die nötige Geduld, um sie zu Ende zu führen.«

»Geduld?« schrie Thorne. »Blödsinn. Ich bin Realist. Und zwar der einzige meilenweit im Umkreis.«

»Wir haben seit zehn Tagen nichts von Jester gehört. Wenn er aufgeflogen ist, wenn er tot ist – und ich bete zu Gott, daß das nicht der Fall sein möge – dann ist das einzig und allein Ihre Schuld.«

»Jester ist mein Agent. Ich habe ihn geführt, seit er vor

achtzehn Monaten in den Untergrund gegangen ist. Er kennt jede Entscheidung, die ich treffe.«

»Von jetzt an ist Eastern Lightning offiziell meine Sache. Befehl vom Direktor. Ich werde nicht nur die Verbindung mit Jester handhaben, sondern die ganze Operation übernehmen.« Er zog einen Briefumschlag aus seinem Jackett und warf ihn auf Thornes Schreibtisch. »Von jetzt an wird gemacht, was ich will. Wenn ich Sie dabei erwische, daß Sie mit Neumann oder sonst jemandem von den VSB reden, ist Ihnen ein Flugticket in die Staaten sicher.«

Thorne hob den weißen Umschlag auf. Er wußte, was in dem Brief stehen würde. Tu, was man dir sagt, und halt die Klappe. Er schob den Daumen in den Umschlag und riß ihn auf. Ein Fax aus dem Büro des Direktors. Scheiße, nicht einmal ein Brief. Er las den Text. Genau, was er erwartet hatte. Er warf den Brief in den Papierkorb. »So soll das jetzt also werden? Herzlichen Glückwunsch, Terry.«

»Es wird Ihnen guttun, mal wieder Befehle zu empfangen. Und glauben Sie mir, davon habe ich genug für Sie. Morgen treffe ich mich mit Franz Studer, um darüber zu beraten, wie wir den Scherbenhaufen aufräumen können, den Sie hinterlassen haben.«

Strait stolzierte aus dem Büro.

Sterling Thorne sah aus dem Fenster. Schnee fiel. Die niedrige Wolkendecke gab der Nacht eine daunenartige Weichheit. Einen Augenblick lang dachte er daran, klein beizugeben. Strait wollte Eastern Lightning – dann sollte er die Operation eben haben. Aber dann trommelte er mit der Faust auf den Schreibtisch. »Nein, verdammt«, sagte er laut. »Der Pascha gehört mir.« Er sah zu, wie Strait den Weg entlangschlurfte. Er wagte es kaum, die Füße anzuheben, aus Angst, auf einer verborgenen Eisfläche auszurutschen. Langsam und vorsichtig, Herr Routine. Versetzt ihn nach Zürich und überlaßt ihm die Verantwortung für die Operation, und was wird dabei herauskommen? Ein bombensicheres Rezept für eine Katastrophe. Wenn Jester bisher noch nicht in Gefahr war, dann war er es mit absoluter Sicherheit jetzt. Eine Untergrundoperation gelenkt von einem Agenten ohne jede Erfahrung! Eins war sicher: Er würde nicht unter Terry Strait arbeiten.

Er war so tief in Gedanken versunken, daß er das Telefon im Nachbarzimmer erst beim zweiten Läuten hörte. Er ging in Wadkins Büro und hob den Hörer ab. »Sterling Thorne.«

»Agent Thorne, hier ist Joe Habib.«

Thorne war wie vom Blitz getroffen. »Jester? Bist du's wirklich? Du lebst? Warum, zum Teufel, hast du dich nicht gemeldet? Du hast zweimal versäumt anzurufen.«

»Ich habe nicht genug Kleingeld, um lange zu reden, also hören Sie zu. Ich bin in Brindisi in Italien. Wir laden gerade zwei Tonnen Ware aus. Sie ist in einer Schiffsladung Zedernbretter versteckt. In zwei oder drei Tagen bringen wir sie über die Grenze. Über Chiasso und dann nach Zürich.«

»Joe, schreib dir diese Telefonnummer auf. Das ist meine Privatnummer. Rufe nie wieder die Hauptnummer an. Sie ist wahrscheinlich nicht mehr sicher. Wir müssen ein Funktelefon verwenden.« Thorne las ihm die Nummer seines Handys vor.

»Warum? Sie haben gesagt, daß ich in Notf...«

»Rede nicht lange rum, Joe. Tu, was ich dir sage.« Im Hörer ertönte ein Signal. Jester gingen die Münzen aus. »Jetzt erzähl mir noch schnell von diesem Transport.«

»Mevlevi traut den Makdisis nicht mehr. Ich soll sein Wachhund sein. Thorne, wir haben endlich den Durchbruch geschafft. Dieser Transport geht nach Zürich.«

»Wo ist Mevlevi? Was ist mit seiner Armee?«

»Mevlevi ist ...«

»Joe?« Die Leitung war tot. Thorne legte den Hörer auf. Obwohl er keine Fragen mehr über Mevlevi und seine Waffen hatte stellen können, hatte er das Gefühl, als habe Gott persönlich in sein Ohr geflüstert. Ein Transport kam nach Zürich. Hallelujah!

Er rannte in sein Büro und machte sich voller Freude und entschlossen an die Arbeit. Methodisch suchte er alle

Papiere zusammen, die er brauchen würde: Abschriften von Jesters Meldungen, alte Akten über Mevlevi, streng geheime, von der Defense Intelligence Agency abgehörte Anweisungen über telegrafische Überweisungen von und auf Mevlevis Konten bei den VSB. Alles, was in den nächsten Tagen irgendwie von Interesse sein konnte, wurde in seine abgenutzte Aktentasche gestopft. Nachdem er das erledigt hatte, verfaßte er eine Nachricht für Strait. Er habe beschlossen, sich freiwillig aus dem Fall zurückzuziehen. »Adios, Terry«, schrieb er. »Die Operation gehört ganz und gar Ihnen.«

Er warf seinen Mantel über, griff nach seiner Aktenmappe und marschierte den schmalen Weg hinunter, der von der Wildbachstraße 58 wegführte. Während er ging, summte ein Wort in seinem Kopf. Es gab ihm eine weitere Chance bei Neumann und ermöglichte ihm den finalen Schuß auf Mevlevi. Er liebte dieses Wort: Erlösung.

Kapitel 37

Nick hatte genau drei Minuten lang an seinem Schreibtisch gesessen, als Reto Feller anrief. »Die Adlerbank hat die Dreißigprozentmarke überschritten«, sagte die aufgeregte Stimme.

Nick sah auf die Uhr. Es war fünf Minuten nach sieben. In der Bank war noch nichts los. »Schlechte Nachrichten.«

»Eine Katastrophe! König braucht nur noch drei Prozent, um seine Sitze zu kriegen. Wir müssen ihn bremsen. Haben Sie schon mit dem Verkauf begonnen?«

»Ich fange gerade an.«

»Halten Sie sich ran. Rufen Sie mich um zehn Uhr an und sagen Sie mir, wie viele Verkaufsanweisungen Sie im Handelssaal haben.« Feller hatte aufgelegt, bevor Nick antworten konnte.

Nach drei Stunden brannten Nicks Augen vom Flimmern des Computerbildschirms. Ein Stapel von Portfolioausdrucken, so hoch wie sein Schreibtisch, lag auf dem Fußboden, ein zweiter vor ihm auf dem Tisch. Alle Portfolios gehörten Investoren, die der Bank die Vollmacht gegeben hatten, mit ihren Papieren zu handeln. Nicks Aufgabe war es, fünfzig Prozent des Wertes der Papiere in Schweizer Franken zu verkaufen und eine Ankaufsanweisung für VSB-Aktien für die entsprechende Summe auszustellen. Bisher hatte er an diesem Morgen mehr als siebenundzwanzig Millionen Schweizer Franken aus siebzig Nummernkonten »befreit« – wie Maeder ihn angewiesen hatte, seine Aufgabe zu nennen. Damit kam er auf dreiundzwanzig Konten pro Stunde. Wenn man erst einmal wußte, wie man die Sache angehen mußte, war es nichts als Kleinarbeit.

Nick hatte ein System entwickelt. Er verkaufte die Aktien von A bis F, von G bis P und von Q bis Z in rotierender Reihenfolge. Auf diese Weise verteilte er die Verkaufsanweisungen gleichmäßig über die begrenzte Anzahl von Aktien, die in sämtlichen VSB-Portfolios enthalten waren. Er verkaufte amerikanische, deutsche, mexikanische Aktien und Aktien aus Hongkong. Er verkaufte Nahrungsmittel, Automobil- und Verbrauchsgüterindustrie. Nichts war vor seiner Sense sicher.

Nick schob seinen Stuhl zurück und streckte sich. Seine Augen tränten, und sein Rücken war steif. Er brauchte eine Pause. Fünf Minuten. Ein Gang zur Toilette und ein Schluck Wasser. Dann zurück in die Tretmühle.

Für elf Uhr war ein Telefonat mit der Hambros Bank in London angesetzt. Hambros besaß VSB-Aktien im Wert von rund zehn Millionen Pfund. Nick kannte das Spiel inzwischen auswendig. Die VSB würden durch das Angebot einer Frühpensionierung und durch Entlassung entbehrlicher Arbeitskräfte die Kosten senken, durch vermehrte Computerisierung die Effektivität verbessern, eine Handelsabteilung schaffen und den Aktienhandel ausweiten. Das Ergebnis würde ein Anstieg ihrer Aktivitäten um zwei bis vier Prozent innerhalb von zwölf Monaten sein. Und danach? Wer konnte das wissen? Der Bankrott oder ein Jahr der Rekordgewinne.

Um zwölf Uhr hatte er eine Verabredung zum Mittagessen mit Sylvia. Sie hatte versprochen, ihm die nächsten Monatsberichte seines Vaters aus Los Angeles mitzubringen. Im ersten Ordner, den sie ihm gegeben hatte, hatte er nichts gefunden. 1975 war einfach zu lange her. Er brauchte alles, was sie für die Zeit von Januar 1978 bis Januar 1980 auftreiben konnte. Anscheinend kam sie problemlos an die Berichte heran.

Nick schloß die Augen und dachte an die schönsten Augenblicke ihres gemeinsamen Wochenendes, das nun schon wieder eine halbe Ewigkeit zurücklag. Er war nun seit zwei Wochen mit Sylvia befreundet, und er rechnete noch immer damit, daß seine Faszination nachlassen würde. Jedesmal, wenn er sie traf, durchlitt er einen Augenblick der Angst, daß sie ihm sagen könnte, daß ihre Beziehung zu Ende sei. Aber dann lachte sie und küßte ihn auf die Wange, und seine Furcht war vorbei. Er dachte ständig an sie. Wenn er etwas Lustiges hörte, wollte er es ihr mitteilen; wenn er einen interessanten Artikel las, wollte er sie anrufen und ihr sagen, sie solle ihn auch lesen. Aber trotz ihrer Intimität konnte er oft nicht herausbekommen, wie sie über manche Dinge dachte. Wie er selbst hielt Sylvia einen Teil von sich verborgen, einen Teil von dem er wußte, daß er ihn niemals entdecken würde.

Das Telefon klingelte. Es war Peter Sprecher. »Was willst du? Ich habe zu tun«, sagte Nick.

»Buße tun, Freund. Ich rufe an, um wiedergutzumachen. Es war ein schlimmer Fehler, dir das vorzuschlagen, was ich dir vorgeschlagen habe. Es tut mir leid.«

»Das ist nett von dir, Peter. Vielleicht können wir uns ja mal treffen, wenn dieser Wettkampf vorbei ist. Bis dahin halten wir lieber Abstand, ja?«

»So unerbittlich? Ich habe es nicht anders erwartet. Aber ich rufe dich nicht an, um ein bißchen zu plaudern. Ich habe etwas für dich. Ich sitze gerade bei einem doppelten Espresso bei Sprüngli im zweiten Stock. Warum kommst du nicht einfach und leistest mir Gesellschaft?«

»Du erwartest von mir, daß ich mich einfach hier hinausdrücke, weil du etwas für mich hast'?«

»Diesmal mußt du mir trauen. Ich versichere dir, daß es in deinem eigenen Interesse ist. Und im Interesse der Bank – Kaisers, nicht Königs Bank. Komm her, so schnell du kannst. Los!«

Vier Minuten später stieg Nick die Stufen zu Sprünglis Speisesaal hinauf. Der Raum war mit den mittäglichen Stammgästen gefüllt. Sprecher winkte Nick von einem Ecktisch aus zu. »Espresso?«

Nick blieb stehen. »Was hast du vor? Ich kann nicht lange bleiben.«

»Als erstes möchte ich mich entschuldigen. Bitte vergiß, daß ich dich jemals wegen dieser verdammten Aktien gefragt habe. König meinte, daß du ein zu gutes Ziel seist, um es auszulassen. Er bestand darauf, daß ich dich anrufe. Es waren meine ersten Tage in der neuen Arbeit. Ich war darauf erpicht, alles zu tun, um es den Knülchen da oben auch ja recht zu machen. Du weißt ja sicher, wie das ist. Lieber Gott, bei dir war das ja praktisch auch nicht anders.«

»Ich habe nicht versucht, einen Freund zu betrügen.«

»Es wird nicht wieder vorkommen.«

Nick zog sich einen Stuhl heran und setzte sich. »Also kommen wir zur Sache. Was hast du für mich?«

Sprecher schob ihm ein Blatt Papier hin. »Lies das. Ich habe es heute morgen auf meinem Schreibtisch vorgefunden. Ich glaube, damit sind wir wieder quitt.«

Es war eine Fotokopie. Darauf waren fünf Institutionen aufgelistet, die VSB-Aktien besaßen, die Anzahl ihrer Aktien, der verantwortliche Portfolio Manager sowie seine Telefonnummer. Nick hob abrupt den Kopf. »Ich habe diese Liste zusammengestellt.«

Sprecher lächelte siegesgewiß. »Bingo, hier oben stehen deine Kennbuchstaben. NXM. Wer auch immer diese Kopie gemacht hat, hat sie miserabel gemacht. Die Hälfte des VSB-Logos ist erkennbar.«

Nick sah Peter skeptisch an. »Wo hast du die Liste her?«

Sprecher suchte nach einer Zigarette. »Wenn du es unbedingt wissen willst: Georg von Graffenried hat sie mir gegeben. Er ist Königs rechte Hand bei der Bank. Georg murmelte etwas über eine Investition, die endlich anfängt, Zinsen zu bringen. Es scheint so, als ob ihr einen ziemlich unangenehmen Spitzel bei euch habt.«

»Das Papier stammt von meinem Schreibtisch. Nur wenige Leute kennen es.« Er zählte die Namen der Leute auf, von denen er wußte, daß sie ein Exemplar der Liste besaßen: Feller, Maeder, Rita Sutter und natürlich Wolfgang Kaiser. Wer konnte sie sonst noch gesehen haben? Sofort fiel Nick der schuldbewußte Gesichtsausdruck des

Mannes ein, den er in flagranti dabei ertappt hatte, wie er seine Papiere durchwühlt hatte. Armin Schweizer war so dreist – oder so verzweifelt gewesen, daß er einen Ausdruck von genau diesem Blatt verlangt hatte. Nicks Gesicht rötete sich vor Ärger.

Peter nahm das Blatt zurück und steckte es wieder in seine Jackentasche. »Ich muß diese Aktionäre anrufen. Aber ich habe das Gefühl, daß einige von den Burschen heute morgen nicht erreichbar sein könnten. Am besten warte ich bis zum späten Nachmittag oder morgen früh. Du weißt schon, diese interkontinentalen Verbindungen. Manchmal sind sie verdammt schlecht.«

Nick stand auf und streckte die Hand aus. »Danke, Peter. Ich meine, jetzt sind wir wirklich quitt.«

Sprecher schüttelte ihm mit einem unbehaglichen Gesichtsausdruck die Hand. »Ich bin mir noch immer nicht sicher, ob ich nun ein Held oder eine Hure bin.«

Nick eilte zur Bank zurück, den Kopf voll geheimer Pläne. In seinem Büro angekommen, ging er schnurstracks auf seinen Schreibtisch zu. Er schob den Stapel Kundenportfolios zur Seite und setzte sich vor den Computer. Er schaltete Medusa aus und Cerberus ein. Dann rief er das Textverarbeitungsprogramm auf. Die VSB-Aktien würden ein paar Minuten lang warten müssen. Er hatte dringenderes zu tun: einen Verräter zu entlarven.

Als erstes rief er die Liste der Institutionen auf, die größere Mengen von VSB-Aktien besaßen. Es war die Liste, die Peter Sprecher nun in seinem Besitz hatte – die Liste, von der er genau wußte, daß sie von seinem Schreibtisch gestohlen worden war. Als er sie auf dem Bildschirm hatte, löschte er das Datum und alle in der Liste enthaltenen Angaben über die Aktionäre: Name, Telefonnummer, Adresse und schließlich die Kontaktperson. Er tippte das aktuelle Datum ein und bewegte den Curser zu der Spalte für die Angaben über die Aktionäre. Dort hinein schrieb er den Namen eines bisher unbekannten Aktionärs, einer Institution, die Martin Maeder, Reto Feller und er bei ihrer ersten Suche übersehen hatten. Er kaute an seinem Bleistift und versuchte, sich auf den Namen zu besinnen. Ach ja, jetzt hatte er's: Witwen- und Waisenfond, Zürich. Er tippte den Namen ein und schrieb daneben: hundertvierzigtausend Aktien, deponiert bei J.P. Morgan, Zürich. Kontaktperson: Edith Emmenegger. Dann druckte er sein Machwerk aus. Als er das Blatt noch einmal durchlas, stellte er fest, daß er vergessen hatte, die Telefonnummer von Frau Edith Emmenegger einzutragen. Wessen Telefonnummer konnte er benutzen? Seine eigene kam nicht in Frage. Es fiel ihm nur eine mögliche Nummer ein. Er wählte sie, und wie gehofft traf er auf einen automatischen Anrufbeantworter. Eine weibliche Stimme sagte: »Sie haben die Nummer 555 – 3131 gewählt. Leider kann ich Ihren Anruf gegenwärtig nicht entgegennehmen. Bitte hinterlassen Sie nach dem Signalton eine Nachricht, Ihren Namen und Ihre Telefonnummer. Danke.«

»Danke, Sylvia«, flüsterte Nick. »Oder sollte ich lieber Frau Emmenegger sagen?« Er tippte ihre Telefonnummer ein, druckte sein Machwerk zum zweitenmal aus und überprüfte es wieder. Diesmal war alles in Ordnung. Um es noch glaubwürdiger zu machen, schrieb er noch ein paar Notizen an den Rand. »Um zehn und um zwölf Uhr angerufen.« Er fügte das Datum des Vortages hinzu. »Keine Antwort. Nachricht hinterlassen.« Fertig! Mit dem Papier in der Hand umrundete er seinen Schreibtisch, um zu sehen, wo er es am wirkungsvollsten hinlegen könnte. Der Aufbewahrungsort sollte unübersehbar sein, aber doch nicht zu ausgefallen. Er beschloß, das Papier unter das Telefon zu schieben, so daß nur das V und das S des Briefkopfes zu sehen waren. Er trat einen Schritt zurück und bewunderte sein kleines Meisterwerk der Fehlinformation.

Wolfgang Kaiser ging, eine kubanische Zigarre rauchend, in seinem Büro auf und ab und hörte Nick zu, der ihm berichtete, wie er die Hambros Bank dazu gebracht hatte, bei der Generalversammlung für die gegenwärtige

Führung der VSB zu stimmen. »Das ist eine wunderbare Nachricht«, sagte er, als sein Assistent geendet hatte. »Wie stehen wir jetzt?«

Nicks Stimme tönte aus dem Lautsprecher. »Bei etwa fünfundvierzig Prozent. Feller hat die genauen Zahlen. Adler hat heute morgen die Dreißigprozentmarke überschritten, aber es sieht so aus, als ob deren Kaufkraft allmählich versiegen würde.«

»Gott sei Dank«, sagte Kaiser. »Und der Graf? Haben Sie das Treffen arrangiert?«

»Schlechte Nachrichten. Der früheste Zeitpunkt, an dem er frei ist, ist der Morgen des Tages der Versammlung. Können Sie um zehn Uhr eine halbe Stunde für ihn erübrigen?«

»Ausgeschlossen. Um acht Uhr habe ich ein Frühstück mit dem Aufsichtsrat.« Senn war schon immer wenig entgegenkommend gewesen. Wie konnte er nur vorschlagen, das Treffen auf den Tag der Generalversammlung zu legen!

»Er ist in Amerika und kommt erst wenige Tage vor der Versammlung zurück. Der Graf sagt, zehn Uhr.«

Kaiser war sich darüber im klaren, daß er kaum eine andere Wahl hatte. »Also gut, dann eben um zehn Uhr. Aber bleiben Sie dran und versuchen Sie, ob Sie das Treffen nicht doch noch um einen oder zwei Tage vorverlegen können. Und, Neumann, ich muß Sie privat sehen. Kommen Sie in zehn Minuten in mein Büro.«

»Jawohl.«

Kaiser beendete das Telefonat. Der Junge war ein Hexenmeister. Hambros hatte ihnen heute morgen das Vertrauen ausgesprochen und gestern nachmittag Banker's Trust, die gerissenste Mannschaft der Wall Street. Neumann hatte diese Eierköpfe in Manhattan davon überzeugt, daß VSB-Aktien – natürlich nur mit dem gegenwärtigen Management – eine wirksame Sicherung angesichts der schwankenden Einkünfte von Banker's Trust selbst seien. Königs feuerspeiende Brüder, Anhänger der These »Verliere eine Hand und verdopple die andere«, setzten ihr Vertrauen in die langweiligen, alten Knacker von den VSB. Ein echtes Wunder!

Kaiser griff zum Telefon und rief Feller an, um den genauen Stand der Wählerstimmen zu erfragen. Er schrieb die Zahlen auf seinen Notizblock. VSB 46 Prozent. Adler 30,4. Es würde sehr knapp werden. Mevlevis Anleihe würde alle Spekulationen beenden. Kaiser war bereit, alles zu tun, was von ihm verlangt wurde, damit sein türkischer Freund das Geld herausrückte, das er brauchte, um die Bank vor Klaus Königs Zugriff zu bewahren. Wenn es dazu nötig war, daß Neumann Mevlevi bei seinen Geschäften begleitete – auch gut.

Kaiser dachte darüber nach, was er Neumann über seine Beziehung zu Mevlevi erzählen sollte. Es würde nicht leicht sein, Sterling Thornes Anschuldigungen zu entkräften. Wäre Neumanns Vater Zeuge von Kaisers eklatanten Lügen geworden, hätte er auf der Stelle gekündigt. Tatsächlich war zweimal ähnliches passiert. Beide Male hatte es der ganzen Überredungskunst Kaisers bedurft, um Neumanns Gewissen zu beruhigen. »Ein Mißverständnis! Wir hatten keine Ahnung, daß dieser Kunde mit gestohlenen Waffen handelt. Wir waren falsch informiert, Alex. Es tut mir leid.«

Kaisers Gesicht verfinsterte sich bei der Erinnerung. Gott sei Dank war Nicholas pragmatischer. Es war verdammt schwierig, zwanzig Jahre andauernde Geschäftsbeziehungen zu einem Mann einzugestehen, den zu kennen man gerade noch heftig geleugnet hatte. Aber wenn Neumann auch nur halb so schlau war, wie alle Welt annahm, hatte er es sowieso längst erraten. Das Telefon summte. Rita Sutter teilte ihm mit, daß Herr Neumann eingetroffen sei.

Kaiser stand mitten in seinem Büro, als Nick hereinkam. »Phantastische Neuigkeiten heute morgen, Neumann.« Er legte den gesunden Arm um Nicks Schulter und führte ihn zur Couch.

»Kaffee, Tee, Espresso?«

»Könnte ich bitte Mineralwasser haben?«

Kaiser ging zur offenen Tür und bat Rita Sutter, ein Mineralwasser und einen doppelten Espresso zu bringen.

»Neumann«, sagte er, »ich brauche Sie, um einen besonderen Auftrag für mich zu erledigen. Etwas sehr Wichtiges. Er setzte sich auf die Couch. »Ich brauche einen Diplomaten. Jemanden mit guten Umgangsformen und ein bißchen gesellschaftlicher Erfahrung.«

Nick setzte sich und nickte unsicher. Was immer Kaiser von ihm wollte, es mußte eine große Sache sein; Nick hatte ihn noch nie so freundlich erlebt.

»Ein wichtiger Kunde kommt morgen früh hier an«, erklärte Kaiser. »Er wird einen Begleiter brauchen, der ihm den Tag über behilflich ist, seine Geschäfte durchzuführen.«

»Kommt er zur Bank?«

»Irgendwann sicher. Aber als erstes möchte ich, daß Sie ihn vom Flugplatz abholen.«

Nick rieb sich das Genick. Er fühlte sich nicht besonders gut. Er hatte zu lange am Computer gesessen. Eine Spannung unbestimmter Herkunft begann sich vom Nacken nach oben auszubreiten. Bald würde ein betäubender Kopfschmerz daraus werden. »Sie wissen, daß wir gerade erst angefangen haben, Martin Maeders Verkaufsplan durchzuziehen. Ich habe noch fünfhundert Dossiers durchzuarbeiten.«

»Ich weiß Ihre Sorgfalt zu schätzen. Machen Sie für den Rest des Tages damit weiter. Morgen abend oder übermorgen müßten Sie dann fertig sein.«

Nick war von der Aussicht nicht besondes begeistert, aber er nickte.

»Gut. Dann muß ich Ihnen jetzt ein paar Einzelheiten über den Mann mitteilen, den Sie treffen sollen. Nicholas, ich fürchte, ich habe Sie neulich angelogen. Oder besser gesagt: Thorne angelogen. Unter den gegebenen Umständen hatte ich keine andere Wahl. Ich hätte Ihnen das früher sagen sollen. Ich weiß, daß Sie es verstanden hätten. Sie und ich, wir sind aus dem gleichen Holz geschnitzt. Wir tun, was notwendig ist, um eine Aufgabe zu erfüllen. Habe ich recht?«

Neumann nickte wieder. Kaiser litt sichtbar unter dem wachsenden Druck. Seinem Gesicht war die anhaltende innere Anspannung deutlich anzumerken. Seine Augen waren geschwollen und von dunklen Ringen umgeben.

»Ich kenne Ali Mevlevi«, sagte Kaiser. »Den Mann, hinter dem Thorne her ist. Den Mann, den ihr den Pascha nennt. Er war einer meiner ersten Kunden in Beirut. Es ist Ihnen vielleicht nicht bekannt, daß ich vor langer Zeit unsere Zweigniederlassung in Beirut eröffnet habe.«

»Das war 1980, nicht wahr?«

»Genau.« Kaiser lächelte kurz, und Nick wußte, daß er sich geschmeichelt fühlte. »1980 und 81. Herr Mevlevi war damals und ist auch noch heute ein von allen respektierter Geschäftsmann im Libanon und im ganzen Nahen Osten.«

»Sterling Thorne bezichtigte ihn des Heroinschmuggels.«

»Ich kenne Ali Mevlevi seit zwanzig Jahren. Ich habe nie auch nur den geringsten Hinweis gehört, daß er etwas mit Drogen zu tun hat. Mevlevi handelt mit Gebrauchsgütern, Teppichen und Textilien. Er ist ein allseits respektiertes Mitglied der Geschäftswelt.«

Das ist jetzt das zweite Mal, daß du das sagst, dachte Nick und unterdrückte ein sarkastisches Lächeln. Marco Cerruti respektierte Mevlevi ganz sicher – so sehr, daß er einen Anfall bekam, wenn man auch nur seinen Namen erwähnte. Sterling Thorne respektierte Mevlevi auch – so sehr, daß er in die Bank gestürmt kam wie ein verwundeter Nashornbulle. Wie, zum Teufel, betrugen sich Leute, die ihn nicht respektieren?

»Sie brauchen sich nicht zu entschuldigen«, sagte Nick. »Sie müssen das Vertrauen Ihrer Kunden rechtfertigen. Die Sache geht Thorne ganz sicher nichts an.«

»Thorne will uns alle zu Mitgliedern seiner privaten Polizeitruppe machen. Sie haben das Bild von meinem Sohn ja gesehen. Glauben Sie wirklich, ich könnte mit einem

Teufel zusammenarbeiten, der vom internationalen Handel mit dem Tod profitiert? Thorne irrt sich über unseren Mevlevi. Ich bin sicher, daß Sie das morgen selbst feststellen werden, wenn Sie ihn kennenlernen. Und denken Sie daran, Neumann: Es ist schwerlich unsere Aufgabe, Polizisten zu spielen«

Doch nicht schon wieder dieser alte Hut, dachte Nick. Jetzt war ihm wirklich übel. Und noch übler wurde ihm, als er sich selbst murmeln hörte: »Da gebe ich Ihnen voll und ganz recht.«

»Ich wußte, daß Sie die Dinge klar sehen würden. Mevlevi wird morgen vormittag um elf mit seinem Privatjet eintreffen. Sie werden am Flugplatz sein, um ihn abzuholen. Dienstwagen und Fahrer werden natürlich gestellt. Ich nehme an, daß er eine Menge zu erledigen haben wird.«

»Ist das alles?«

»Ja, das ist alles, Neumann. Jetzt machen Sie sich wieder an Maeders Projekt. Rita soll Ihnen ein Mittagessen ins Büro bestellen. Von wo Sie wollen. Probieren Sie doch mal die Kronenhalle.«

»Ich habe aber eine Verabredung ...« begann Nick.

»Ach ja, das hatte ich ganz vergessen«, meinte Kaiser. »Also gut, dann machen Sie sich wieder an die Arbeit für uns alle.«

Nick verließ das große Büro und fragte sich, wann er dem Generaldirektor gegenüber seine Pläne für das Mittagessen erwähnt hatte.

Kapitel 38

»Konntest du die Monatsberichte auftreiben?« fragte Nick, als er Sylvia Schöns Wohnung betrat. Es war acht Uhr, und er kam direkt von der Bank.

»Was? Kein ›Guten Abend‹, kein ›Wie war dein Nachmittag?‹« Sylvia Schön tat beleidigt, aber sie gab ihm einen Kuß auf die Wange.

Nick zog den Mantel aus. »Sylvia, hast du die Monatsberichte?«

Sylvia ging zu einer Aktentasche, die an ihrem Sofa lehnte. Sie öffnete sie, zog zwei dicke Akten von der gleichen verblichenen gelben Farbe heraus wie die, die sie ihm vor einigen Abenden gegeben hatte, und reichte sie ihm. »Zufrieden? Es tut mir leid, daß ich vergessen hatte, sie rechtzeitig zum Mittagessen zu holen.«

Nick hob die erste Akte auf und las, was auf dem Rücken stand: »Januar bis März 1978.« Er warf einen Blick auf die zweite Akte: »April bis Juni 1978« stand darauf. »Entschuldige, daß ich so grob war.«

»Möchtest du darüber reden, was dich bedrückt? Du schaust nicht besonders gut aus.«

Nick wußte, daß er abgekämpft aussah. Er hatte keine Nacht mehr als fünf Stunden Schlaf bekommen. Wenn er überhaupt hatte schlafen können. »Im vierten Stock geht es ziemlich verrückt zu. Bis zur Generalversammlung sind es nur noch fünf Tage. König sitzt uns im Nacken.« Er konnte sich nicht dazu durchringen, ihr von dem Betrug zu erzählen, der im vierten Stock stattfand. Ein paar Dinge mußte er für sich behalten. »Wir stehen alle unter Druck.«

»Jeder einzelne wird von König unter Druck gesetzt«, erklärte sie. »Nicht nur ihr großen Tiere im vierten Stock. Niemand will, daß König seine Sitze bekommt. Ein Wechsel hat immer seine Schrecken, besonders für die kleinen Leute unterhalb der Kaiserpfalz.«

»Schade, daß wir nicht jedem Angestellten der Bank befehlen können, hundert von unseren Aktien zu kaufen«, meinte Nick. »Wenn sie nicht genug Geld hätten – kein Problem. Wir könnten das von ihrem künftigen Gehalt abziehen. Das würde uns ziemlich weit bringen bei unserem Versuch, die Adlerbank abzuwehren. Dann müßten wir keinen so verdammt harten Kampf gegen König ausfechten.«

»Wie sieht es denn aus?«

»Sechsundvierzig Prozent für die Guten und dreißig Prozent für die Bösen. Halte bloß die Daumen, daß König keinen vollständigen Übernahmeversuch startet.«

»Was hindert ihn daran?«

»Geld. Beziehungsweise der Mangel daran. Er müßte einen erheblichen Aufschlag auf den Marktpreis anbieten, aber wenn er das täte, könnte er problemlos sechsundsechzig Prozent der Stimmen erbeuten, weil die Araber über genügend Aktien verfügen. Sogar die Aktionäre, die uns bisher unterstützt haben, würden sich dann auf Königs Seite schlagen. Damit hätte er den Aufsichtsrat vollständig unter Kontrolle. Für Kaiser würde das die Fahrkarte nach Walhalla bedeuten.«

»Und wir anderen? Was ist mit uns? Ich kann mir nicht vorstellen, daß die Adlerbank Verwendung für zwei Personaldirektoren in ihrer Finanzabteilung hätte.«

»Mach dir keine Sorgen, Sylvia. Bei der Schlacht, die wir schlagen, geht es darum, König aus dem Aufsichtsrat herauszuhalten. Von einer regelrechten Übernahme ist überhaupt nicht die Rede.«

»Du wirst nie verstehen, was diese Bank für mich bedeutet. All die Zeit, die ich investiert habe, die Hoffnung, die ich auf diesen blöden Job verschwendet habe.«

»Verschwendet?« fragte er. »Warum verschwendet?«

»Du würdest es ja doch nicht verstehen«, sagte sie ärgerlich. »Du hast ja keine Ahnung, was es bedeutet, doppelt soviel zu arbeiten wie deine männlichen Kollegen und ständig bessere Arbeit zu leisten als sie, nur um zu erleben, wie alle anderen um dich herum schneller befördert werden, nur weil sie die Haare auf der Brust haben und mit tieferer Stimme sprechen. Stell dir vor, wie das ist, bei Gesprächen mit Kunden übergangen zu werden, nur damit die Männer sich gegenseitig vorlügen können, wen sie alles verführt haben. Und stell dir doch auch mal vor, wie das ist, täglich hundert Komplimente über dein Aussehen ertragen zu müssen. Aber wenn du nach deiner Meinung über ein geplantes Projekt gefragt wirst und deine Auffassung nicht ganz mit der des Herrn stellvertretenden Generaldirektors übereinstimmt, mit einer Handbewegung abgetan zu werden. Hat Armin Schweizer dich je mit einer Handbewegung abgetan?«

Nick verneinte.

»Ich muß doppelt so schnell und doppelt so weit gehen wie andere. Wenn du einen Fehler machst, sagen deine Vorgesetzten: ›Natürlich, so etwas passiert eben.‹ Wenn ich einen Fehler mache, sagen alle: ›Typisch Frau. Was haben Sie erwartet?‹ Und dabei denken sie auch noch die ganze Zeit: ›Ich würde doch zu gerne mal mit ihr ins Bett gehen.‹ Ich habe mich nicht neun Jahre lang mit diesem ganzen Blödsinn abgequält, damit jetzt so ein Kerl daherkommt und mich zu meiner eigenen Haustür hinauswirft. Wenn König die VSB übernimmt, ist mein Leben ruiniert.«

Einige Sekunden lang herrschte Schweigen. Dann sagte sie: »Entschuldige, so heftig wollte ich eigentlich nicht werden.«

»Du brauchst dich nicht zu entschuldigen. Das Erschreckende ist, daß jedes Wort, das du gesagt hast, wahr ist.«

»Freut mich, daß du das einsiehst. Da bist du vermutlich der einzige in der ganzen Bank. Den alten Knaben im vierten Stock sind die Frauen wie Rita Sutter lieber. Sie ist seit einer Ewigkeit Kaisers Sekretärin, kümmert sich um seine Verabredungen zum Mittagessen und kocht ihm Kaffee. Sie müßte längst stellvertretende Generaldirektorin sein. Wie kann sich nur jemand so lange mit einer derartigen Mißachtung abfinden?«

»Die Leute treffen ihre Entscheidungen selbst, Sylvia. Du brauchst Rita Sutter nicht zu bedauern. Wenn sie da steht, wo sie steht, dann hat das einen Grund.« Er dachte an das Foto, das er in Marco Cerrutis Wohnung gesehen hatte, auf dem Kaiser Rita Sutters Hand küßte. Vielleicht hatte er ja Klaus König aus dem Feld geschlagen und ihre Zuneigung gewonnen. Nick ging zum Sofa und setzte sich. »Lieber Gott«, sagte er plötzlich. »Fast hätte ich's vergessen. Wenn du morgen eine seltsame Nachricht auf deinem Anrufbeantworter findest, lösche sie nicht.« Nick schilderte ihr sein Treffen mit Peter Sprecher und die Entdeckung, daß ein Spitzel bei den VSB die Adlerbank mit wichtigen Informationen versorgte. Er sagte ihr auch, wen er für den Schuldigen hielt.

»Wenn es tatsächlich Schweizer ist«, erklärte Sylvia wütend, »werde ich ihn persönlich du weißt schon wohin treten.«

»Wenn er es tatsächlich ist, hast du mein Einverständnis. Aber einstweilen laß jede Nachricht ungelöscht, die irgendwie seltsam klingt.«

Sobald der Tisch nach dem Abendessen abgeräumt war, sprang Nick auf und holte die Akten vom Couchtisch. Er hoffte, mit diesem Stoß von Monatsberichten mehr Glück zu haben und etwas zu finden, das sich auf die Andeutungen seines Vaters bezog. Er wartete, bis Sylvia wieder zu ihm kam. Als sie sich gesetzt hatte, legte er den Terminkalender seines Vaters für 1978 auf den Tisch. Sein Vater hatte regelmäßig seine genaue Abfahrts- und Ankunftszeit notiert. Auf manchen Seiten stand nichts außer einer Verabredung für ein Mittag- oder Abendessen, andere waren ganz ausgefüllt mit Terminen, Kommentaren und Beobachtungen.

Nick sagte: »Als ich die Eintragungen meines Vaters zum erstenmal las, tat ich es aus Nostalgie, um zu sehen, ob er irgendwelche persönlichen Notizen hinterlassen hatte, die mir helfen würden herauszubekommen, was für ein Mensch er wirklich war. Er hat aber nichts Privates aufgeschrieben, was ganz typisch für ihn ist. Er war ganz Geschäftsmann. Erst nachdem ich die Terminkalender mehrmals durchgelesen hatte, fiel mir so eine Spur von Angst auf, die auf den letzten Seiten von 1979 spürbar wird. Als ich diese Seiten noch einmal durchsah, stellte ich fest, daß die einzigen Stellen, wo mein Vater irgendwelche gefühlsmäßigen Reaktionen auf seine Arbeit äußert, sich auf einen Herrn Allen Soufi und diese Firma Goldlux beziehen.«

»Besteht eine Verbindung zwischen den beiden?«

»Ich glaube nicht. Soufi war ein Privatkunde. Er unterhielt ein Nummernkonto bei der Bank. Er wollte, daß mein Vater ihm bei einem zweifelhaften Geschäftsvorhaben behilflich sein sollte. Mehr weiß ich nicht.«

»Dann suchen wir doch mal nach diesem Soufi«, schlug Sylvia vor.

»Der Name Allen Soufi taucht am 15. April 1978 zum erstenmal auf.« Nick schlug den Terminkalender bei diesem Datum auf. Sein Vater hatte geschrieben: »Mittagessen mit A. Soufi. The Bistro, 215 Canon Drive.«

Sylvia sah die Seite an. »Ist das alles?«

»Zunächst ja.« Nick öffnete die Akte mit den Monatsberichten von Januar bis März 1978. »Trotzdem müssen wir mit dem Beginn des Jahres anfangen. Er könnte ja auch schon vorher erwähnt sein. Mein Vater mußte für jeden neuen Kunden Ausdrucke mit allen Angaben über das Konto an die Hauptgeschäftsstelle schicken. Wenn er Soufi als neuen Kunden angeworben hat, müssen also alle Angaben zur Kontoeröffnung, Name, Adresse, Unterschriftskarten und das Übliche vorhanden sein.«

»Und Goldlux?«

»Die tauchen erst später auf.«

Nick las den Monatsbericht von der ersten bis zur letzten Seite. Er erfuhr, daß die Ergebnisse der Zweigniederlassung Los Angeles um dreiunddreißig Prozent über den Vorhersagen lagen, daß das Anfangsgehalt für eine Sekretärin siebenhundertfünfzig Dollar im Monat betrug und daß sich der Zinssatz für Kredite in den Vereinigten Staaten irgendwo bei der astronomischen Summe von sechzehn Prozent bewegte. Wie konnte man es sich bei solchen Zinsen leisten, Geld zu borgen? Die Antwort hieß: Inflation.

Der Monatsbericht für Februar enthielt ein revidiertes Proformabudget, einen dritten Antrag auf ein größeres Büro und den Vorschlag, eine Niederlassung mit zwei Leuten in San Francisco zu eröffnen.

Der Monatsbericht für März war ungewöhnlich kurz. Nick las aufmerksam einen Anhang über die Mieterhöhung für das Büro in der South Flower Street in Los Angeles. Die Büroräume waren ursprünglich für fünftausend Dollar im Monat gemietet worden. Jetzt sollte die Miete um fünfunddreißig Prozent ansteigen. Alex Neumann hatte einen geharnischten Brief an den Manager des Gebäudes losgelassen und angedroht, nach Ablauf des bestehenden Vertrages auszuziehen. Immer noch nichts über Soufi. Sie kehrten zu dem Abschnitt über neue Geschäftsverbindungen zurück. Sylvia fuhr mit dem Finger die Namensliste der neuen Kunden entlang. Plötzlich rief sie: »Sieh mal, hier ist er.« Sie deutete auf den letzten Namen in der Liste.

Nick zog die Akte näher heran. Tatsächlich, da war er: Herr A. Soufi. Neben dem Namen war ein Stern. Nick fand den Stern am Ende der Seite und las, daß Soufi von Herrn C. Burki (stellvertretender Generaldirektor) von der Zweigniederlassung der VSB in London empfohlen worden sei. »Bingo«, sagte er. »Wir haben ihn gefunden.« Er blätterte zum Ende des Berichts und suchte nach den Papieren, die für jedes neue Konto beigefügt waren. Ein Blatt mit dem Namen Allen Soufi befand sich darunter, aber es waren darauf weder Beruf, noch Firma, noch Privatadresse vermerkt. Wenigstens eine Unterschrift war vorhanden.

Soufi hatte das Papier mit einer breitgeschwungenen Schrift unterzeichnet. Unter der Rubrik »Bemerkungen« stand: »Einlage zweihundertfünfzig Dollar.«

Nick überprüfte die Formblätter, welche die anderen neuen Kunden ausgefüllt hatten. Sie alle hatten sämtliche persönliche Daten eingetragen. Allein Soufi hatte keine Angaben gemacht. Nick stieß Sylvia an. »Jetzt würde ich zu gerne wissen, wer dieser C. Burki in London ist.«

Sylvia nahm die Brille ab und reinigte sie mit dem Saum ihrer Bluse. »Wenn er in London war, ist es ziemlich wahrscheinlich, daß er zur Finanzabteilung gehört hat. Ich kann mich nicht so ohne weiteres an den Namen erinnern. Ich werde in den Personalakten nachsehen. Vielleicht finde ich ja etwas.«

»Vielleicht.« Nick behielt seine Zweifel für sich. Er hatte erst im Zerberus und dann bei Medusa nach Soufi gesucht – ohne Ergebnis.

Die nächsten zwei Stunden lang sahen Nick und Sylvia die restlichen Monatsberichte durch und verglichen sie mit denTerminkalendern. Es gab zahlreiche Berichte über Finanzfragen. Jeder Monat brachte einen ständigen Zustrom neuer Klienten, und natürlich wurden viele neue Privatkunden aufgeführt, wobei stets ein sorgfältig ausgefülltes Formblatt mit den persönlichen Daten des Kunden beigefügt war.

Nick sah Sylvia an. Er war so müde, wie sie aussah. »Sylvia,« flüsterte er, »es ist Zeit aufzuhören.« Er schloß die Akten, nahm den Terminkalender seines Vaters und ging in den Flur, um ihn in seine Aktentasche zu stecken.

»Geh nicht«, hörte er eine schwache Stimme. »Du kannst hierbleiben.«

»Du glaubst nicht, wie gerne ich das täte, aber ich habe einen schweren Tag vor mir. Ich kann nicht.« Er dachte daran, wie schön es wäre, beim Einschlafen ihren Rücken an seiner Brust zu fühlen. Er war nahe daran seinen Entschluß zu ändern, blieb aber doch standhaft. Morgen vormittag um elf würde er Ali Mevlevi, dem Pascha, die Hand schütteln und einem internationalen Drogenhändler – o Verzeihung, einem angesehenen Geschäftsmann – die Grüße der Bank übermitteln. Er mußte einfach ausreichend schlafen. »Ich rufe dich morgen früh an. Kannst du die Akten zurückgeben und die nächsten sechs Monatsberichte holen?«

»Ich will es versuchen. Soll ich morgen abend mit dir rechnen?«

»Ich glaube nicht, daß ich kommen kann. Kaiser hat mich für den ganzen Tag und Abend verplant.«

»Ruf mich an, wenn du deine Meinung änderst. Denk daran, daß ich am Samstag zu meinem Vater fahre.«

Nick kniete sich neben sie und strich ihr eine Haarsträhne hinter das Ohr. »Und Sylvia … danke.«

»Wofür?«

Er küßte sie. Sie wollte ihn zu einem zweiten Kuß an sich ziehen. Sanft schob er ihren Arm zurück. Noch ein Kuß, und er wäre verloren. »Einfach danke.«

Kapitel 39

Wolfgang Kaiser fuhr seinen BMW 850 I den General Guisan Quai entlang. Zu seiner Rechten sah er die erleuchteten Fenster des hundertjährigen Züricher Konzerthauses, der Tonhalle. Zu seiner Linken erstreckte sich eine dreißig Meter breite Eisplatte entlang des Seeufers. Der See selbst war von einem starken Wind aufgewühlt.

Es sah alles nicht so übel aus. Dank der raschen Ausführung von Maeders Plan zur Aktienakkumulation hatte die Bank heute weitere drei Prozent der Stimmen an sich ziehen können. Neumann hatte ein weiteres Prozent gewonnen, indem er Hambros dazu gebracht hatte, ihre Stimmen der gegenwärtigen Führung der VSB zu versprechen. Die Adlerbank hatte sich den ganzen Tag über stillverhalten. Ihre Aktienhändler hatten tatenlos zugesehen, wie die VSB alle verfügbaren VSB-Aktien aufgekauft hatten: Ein Paket, dessen Wert sich bei Börsenschluß auf rund einhundert Millionen Schweizer Franken belief. Vielleicht war König endlich doch ausgebrannt.

Kaiser gestattete sich einen Augenblick der Hochstimmung. Er bog in die Seestraße ein und fuhr rasch die zweispurige Schnellstraße entlang, die ihn nach Thalwill am Westufer des Sees bringen würde. Er sah auf die Autouhr: 9.08 Uhr. Er war spät dran.

Und nun gab es noch eine Aufgabe zu erfüllen. Die letzte Tat eines grimmig entschlossenen Barons, der sein Lehen sichern wollte. War dieser Punkt erledigt, bestand kein Grund mehr, warum Mevlevi ihm nicht die zweihundert Millionen Franken zur Verfügung stellen sollte, die er noch brauchte. Dieses Geld würde gewährleisten, daß er die Führung der Bank behielt und daß Klaus König mit seinem Pokerspiel zu schändlicher Niederlage verurteilt war.

Kaiser überzeugte sich davon, daß der in Ölpapier gewickelte Gegenstand noch auf dem Beifahrersitz lag. Er war überrascht gewesen, wie schwer er war, als er ihn aus seinem Keller geholt hatte. Er erschien ihm erheblich schwerer als bei der letzten Gelegenheit, bei der er ihn benutzt hatte. Aber damals war er auch noch jünger gewesen. Er sah in den Rückspiegel nach dem Verkehr hinter sich. Ein Mann starrte ihm aus dem Spiegel entgegen. Ein Mann mit toten Augen. Seine Hochstimmung schwand dahin, und plötzlich empfand er Ekel vor sich selbst. Wie konnte es nur dazu kommen, fragte er sich. Warum fahre ich mit einer geladenen Pistole nach Thalwil? Warum fahre ich zur Wohnung eines Mannes, der dreißig Jahre lang Seite an Seite mit mir gearbeitet hat, mit der einzigen Absicht, ihm eine Kugel in den Kopf zu schießen?

Das Auto sauste an der Abzweigung nach Wollishofen vorbei. Kaiser zuckte mit den Achseln und schüttelte sein Selbstmitleid ab. Die Antwort ist sehr einfach, sagte er sich: Mein Leben gehört Ali Mevlevi. Ich habe es vor Jahren in seine Hände gelegt.

Er denkt an längst vergangene Tage, als er noch ein freier Mann war. Er denkt an Ali Mevlevis geschniegelte Gestalt vor achtzehn Jahren. Und statt das letzte Stück der schlüpfrigen Straße zum Mord zurückzulegen, befindet er sich an ihrem Anfang, und die Straße ist trocken, ebenso wie das Wetter. Es ist sogar warm. Denn er ist nicht mehr in der Schweiz, sondern in Beirut, und man schreibt das Jahr 1980.

»Ich benötige die Dienste einer Schweizer Bank«, sagt der geschniegelte Kunde, der wie ein Engländer mit einem marineblauen Blazer, cremefarbenen Hosen und gestreifter Krawatte bekleidet ist. Er ist noch ziemlich jung, nicht älter als vierzig, und er hat dichtes schwarzes Haar und eine rasierklingenscharfe Nase.

»Ich stehe zu Ihrer Verfügung«, antwortet der frisch eingetroffene Leiter der Zweigniederlassung voll Eifer.

»Ich möchte ein Konto eröffnen.«

»Selbstverständlich.« Ein Lächeln. Der junge und etwas unsichere Wolfgang Kaiser möchte den Kunden davon überzeugen, daß er gut daran getan hat, seinem Instinkt zu folgen und die Vereinigten Schweizer Banken zu seinem Finanzpartner zu wählen, indem er ihm, Kaiser, sein Geld anvertraut. »Möchten Sie telegraphische Überweisungen oder Einzahlungen mit Hilfe von Schecks tätigen?«

»Ich fürchte, keines von beidem.«

»Hatten Sie die Absicht, eine Bareinzahlung zu machen?«

»Genau das.«

»Das ist schwierig. Im Libanon sind Bareinzahlungen an ausländische Geldinstitute nicht gestattet. Vielleicht an unsere Hauptgeschäftsstelle in der Schweiz?«

»An Ihre Geschäftsstelle in der Al Muteeba Straße 17 in Beirut.«

Der Leiter der Zweigniederlassung teilt seinem Kunden mit, daß er keine Bareinzahlung annehmen kann. Das würde die Banklizenz seiner Firma gefährden.

»Ich werde etwas über zwanzig Millionen Dollar einzahlen.«

»Nun, das ist eine beträchtliche Summe.« Kaiser lächelt. »Aber leider sind mir die Hände gebunden.«

Der Kunde fährt fort, als habe er nichts gehört. »Ich habe die ganze Summe in amerikanischen Banknoten. Vorwiegend Hundertdollarnoten. Es tut mir leid, aber es sind auch etliche Fünfziger und Zwanziger dabei. Nichts Kleineres, das verspreche ich.«

Was für ein vernünftiger Mann dieser Kunde doch ist, dieser Herr ... Kaiser sieht nach dem Silbertablett, auf dem die Visitenkarte des künftigen Kunden liegt, dieser Herr Mevlevi. Keine Zehner, keine Fünfer. »Wenn Sie diese Einzahlung in der Schweiz machen wollten, könnten wir das ganz sicher arrangieren. Unglücklicherweise ...«

Herr Mevlevi ist unbeeindruckt. »Habe ich die Gebühr erwähnt, die ich zu zahlen bereit bin, damit Sie diese Einzahlung annehmen? Sind vier Prozent ein angemessenes Angebot?«

Kaiser kann seine Überraschung nicht verbergen. Vier Prozent? Das sind achthunderttausend Dollar. Zweimal soviel wie der voraussichtliche Profit für das ganze Geschäftsjahr. Was soll er tun? Das Geld in seinen Koffer packen und selbst in die Schweiz bringen? Seine Kehle ist plötzlich trocken.

»Vielleicht sollten Sie mit Ihren Vorgesetzten darüber reden, wie sie mit dieser Einzahlung verfahren wollen. Möchten Sie mir heute bei einem späten Abendessen Gesellschaft leisten? Herr Rothstein ist ein guter Freund von mir. Er hat ein reizendes Etablissement. Little Maxim's. Kennen Sie es?«

Kaiser lächelt. Jeder Mann in Beirut, dem es nicht an den hundert Dollar für den Eintritt und dem nötigen Einfluß fehlt, um hineingelassen zu werden, kennt Little Maxim's. Eine Einladung? Der Zweigstellenleiter zögert nicht. Die Bank würde darauf bestehen, daß er die Einladung annimmt. »Es wäre mir ein Vergnügen.«

Ich hoffe, bis dahin eine positive Antwort zu bekommen.» Mevlevi verabschiedet sich mit einem schlaffen Händedruck und verläßt das Büro.

Little Maxim's auf dem Höhepunkt des Bürgerkriegs im Libanon. Ein schwüler Freitag abend. Wolfgang Kaiser trägt seinen Lieblingssakko, ein maßgeschneidertes seidenes Dinnerjacket. Ein burgunderfarbenes Einstecktuch leuchtet von seiner Brusttasche. Sein Haar glänzt von Brillantine, sein Schnurrbart ist makellos gepflegt.

Er wartet an einem Seiteneingang. Er ist für zehn Uhr abends verabredet, und er ist zwölf Minuten zu früh dran.

Zur verabredeten Zeit steigt er die Stufen hinauf. Der Club ist schwach beleuchtet, einige Winkel sind fast dunkel. Seine Augen verschlingen ein Dutzend Dinge auf einmal: die üppige Blondine auf der Bühne, die nackt um einen silbernen Pfosten herumwirbelt, der bis zur Decke reicht; die Hosteß, die auf ihn zugeht, und deren knappe, silberne Tunika nur eine Brust bedeckt; die Herren im Smoking, die an einer riesigen Wasserpfeife ziehen. Er starrt alles an, bis eine rauhe Hand ihn an der Schulter faßt, um ihn in eine rauchige Ecke des Clubs zu dirigieren.

Ali Mevlevi bleibt sitzen und deutet auf einen freien Stuhl auf der anderen Seite des Tisches. »Sie haben mit Ihren Kollegen in Zürich gesprochen? Mit Herrn Gautschi, nehme ich an?«

Der junge Zweigstellenleiter lächelt nervös und öffnet sein Jackett. Mevlevi ist gut informiert. »Ja, am späten Nachmittag habe ich sie erreicht. Leider muß ich Ihnen sagen, daß wir Ihnen in dieser Angelegenheit nicht behilflich sein können. Das Risiko, unsere Banklizenz zu verlieren, ist einfach zu groß. Glauben Sie mir, es ist sehr schmerzlich für uns, die Gelegenheit verstreichen lassen zu müssen, Geschäftsbeziehungen mit einem so hervorragenden Geschäftsmann, wie Sie es sind, aufzunehmen. Wenn Sie jedoch den Wunsch haben sollten, Ihr Geld in der Schweiz anzulegen, wären wir mehr als glücklich, Ihre Bedürfnisse zu befriedigen.«

Kaiser fürchtet sich vor der Antwort seines Gastgebers. Er hat sich nach Mevlevi erkundigt. Es scheint, daß er in alle möglichen Geschäfte verwickelt ist, von denen einige vielleicht sogar legal sein mögen: Geldverleih, Immobilien, Textilien. Aber es geht das Gerücht, daß seine Einkünfte hauptsächlich aus dem internationalen Heroinhandel stammen. Der Mann ist gefährlich.

»Das Geld ist aber hier und nicht in der Schweiz. Wie soll ich mein Geld zu Ihrer Bank bringen? Glauben Sie, daß die Zollbeamten einen Türken aus dem Libanon mit offenen Armen empfangen? Ihr haltet uns doch alle für Mitglieder des Schwarzen September. Ich bin ein seriöser Geschäftsmann. Warum wollen Sie uns nicht helfen?«

Kaiser weiß nicht, was er sagen soll. Mevlevi durchbohrt ihn mit seinen Blicken. »Wir müssen uns an die Gesetze halten. Es gibt so wenig Alternativen.«

»Sie meinen: keine Alternativen.« Mevlevi beugt sich über den Tisch und ergreift Kaisers gelähmten Arm. »Aber ich sehe, daß Sie mir gerne helfen würden.« Er ruft nach dem Ober und bestellt eine Flasche Johnny Walker Black Lable. Der Whiskey wird gebracht, und Mevlevi bringt einen Toast aus. »Auf den Unternehmungsgeist. Die Welt gehört denen, die sie nach ihren Vorstellungen formen!«

Eine oder zwei Stunden später genießt Kaiser die Aufmerksamkeiten einer schlanken jungen Frau. Er würde sie eher als verwahrlostes Kind bezeichnen. Langes schwarzes Haar umrahmt ein empfindsames Gesicht. Verletzliche dunkle Augen glänzen unter dichten Wimpern. Nach einem weiteren Getränk gleitet der Träger ihres paillettenbesetzten Cocktailkleides von der weichen Schulter. Ihr Englisch ist tadellos. Sie bittet ihn mit kehliger Stimme, näher zu rücken. Er kann ihren streichelnden Fingern und ihrem süßen Atem nicht widerstehen. Sie sagt ihm die ungezogensten Dinge. Mevlevi raucht immer noch eine seiner abscheulichen türkischen Zigaretten.

Das schwarzhaarige Kind besteht darauf, daß Kaiser mit ihr in die Wohnung kommen soll. Wie könnte er das ablehnen? Schließlich ist die Wohnung nur drei Straßen weit vom Club entfernt, und der große Mevlevi hat ihm seinen Segen gegeben, einen brüderlichen Klaps auf den Rücken und den vertraulichen Hinweis, daß bei Little Maxim's alles geregelt würde. Das Mädchen bittet um ein Getränk und deutet auf die Bar. Kaiser schüttet großzügige Mengen Scotch in zwei Gläser. Er weiß, daß er zuviel getrunken hat, aber es ist ihm egal. Sie hebt ein Glas an seine Lippen, und er nimmt einen Schluck. Sie kippt den Rest mit einem Zug hinunter. Sie stolpert und sie wühlt in ihrer Handtasche herum. Irgend etwas ist nicht in Ordnung. Ihr Gesicht hat einen unangenehmen Ausdruck. Plötzlich lächelt sie. Das Problem ist gelöst.

Unter ihrem schön gepflegten Fingernagel steckt ein schneeweißes Pulver. Sie schnupft und bietet ihrem Begleiter das gleiche an. Er schüttelt den Kopf, aber sie läßt nicht locker. Er beugt sich vor und schnupft. Sie kichert und bietet ihm eine zweite Ladung an.

Der Banker aus Zürich verliert die Orientierung. Noch nie ist das Blut mit solcher Macht durch seine Adern geströmt. In seinem Kopf entsteht ein Druck, der Sekunden später der Erlösung weicht. Wärme überflutet seinen ganzen Körper. Er möchte nur noch schlafen, aber eine gierige Hand erregt ihn wieder. Mit glasigen Augen nimmt er wahr, wie das hübsche Mädchen von Little Maxim's seine Hosen herunterzieht und seinen Penis in den Mund nimmt. Er hat noch nie eine solche Erektion gehabt. Alles verschwimmt vor seinen Augen, und es fällt ihm ein, daß er ihren Namen vergessen hat. Er öffnet die Augen, um sie zu fragen. Sie sitzt vor ihm, das Kleid ist ihr bis zur Taille heruntergerutscht. Ihre Brust ist flach und ihre Brustwarzen sind klein und blaß und von schwarzem Haar umgeben. Kaiser setzt sich auf und schreit die Frau … diesen *Mann* an, er solle aufhören. Aber andere Hände halten ihn zurück. Er sieht und fühlt die Nadel nicht, die in die hervorstehende blaue Vene auf seiner verkümmerten linken Hand einsticht.

»Wenn Sie dieses Papier unterzeichnen, können wir diese ganze unangenehme Angelegenheit hinter uns lassen.«

Ali Mevlevi reicht Wolfgang Kaiser eine Quittung der Zweigniederlassung der Vereinigten Schweizer Banken in Beirut über zwanzig Millionen US-Dollar. Wie er zu dem offiziellen Formular gekommen ist, ist ein Geheimnis. Wie so vieles anderes auch.

Kaiser nimmt das Dokument entgegen. Er legt die Quittung auf einen Stapel von Farbfotos. Fotos, auf denen er, Wolfgang Andreas Kaiser, das Hauptmotiv ist. Er und ein furchtbar verstümmelter Transvestit, von dem er soeben erfahren hat, daß er den Namen Rio trägt.

Kaiser schreibt seinen Namen auf das Dokument und weiß mit jedem Schwung seiner Feder, daß er diese »unangenehme Angelegenheit« niemals hinter sich lassen wird. Mevlevi sieht ihm desinteressiert zu. Er zeigt auf drei bis zum Bersten vollgestopfte abgenutzte Reisetaschen, die im Eingang stehen. »Entweder Sie finden eine Möglichkeit, das Geld innerhalb von drei Tagen unterzubringen, oder ich werde es als gestohlen melden. In Ihrem Land wird Bankbetrug ziemlich hart bestraft, nicht wahr? Im Libanon ist das nicht anders. Aber ich fürchte, hier sind die Gefängnisse nicht so komfortabel wie in der Schweiz.«

Kaiser quellen die Augen hervor. Er reißt das Deckblatt der Quittung ab und legt es auf ein leeres Plastiktablett, dann reicht er Mevlevi das gelbe Blatt. Ordnung ist die letzte Zuflucht eines Schweizer Bankers, die vorgeschriebene Vorgehensweise sein Heiligtum. Das rosafarbene Blatt, sagt er, wird im Büro in Beirut bleiben. Das weiße Blatt wird in die Schweiz geschickt. »Mit dem Geld«, fügt er hinzu und bringt ein Lächeln zustande.

»Wie ich sehe, habe ich mir den richtigen Geschäftspartner ausgesucht«, konstatiert Mevlevi.

Kaiser nickt mechanisch. Jetzt sind sie Partner. Welche Folterqualen wird diese Beziehung für ihn mit sich bringen?

Mevlevi spricht weiter. »Sie können Ihren Vorgesetzten mitteilen, daß ich mich bereit erklärt habe, eine Sondergebühr von zwei Prozent der Einlagen für die bei der Eröffnung meines Kontos entstehenden Verwaltungskosten zu bezahlen. Das ist nicht schlecht. Vierhunderttausend Dollar für die Arbeit eines Tages. Oder sollte ich lieber sagen: für die Arbeit einer Nacht?«

Kaiser bringt keinen Ton hervor. Er bemüht sich, den Rücken fest gegen seinen Stuhl zu pressen. Er hat das Gefühl, verrückt zu werden, sowie er die harte Oberfläche nicht mehr spürt.

Am nächsten Morgen nimmt der Zweigstellenleiter einen Flug über Wien nach Zürich. In seinen vier Koffern sind zwanzig Millionen einhundertdreiundvierzigtausend Dollar verpackt. Bei der Paßkontrolle wird Kaiser durchgewinkt. Beim Zoll bleibt er vollkommen unbeachtet, obwohl er einen Wagen mit einem ganzen Berg dicker Koffer schiebt. Der Passagier nach ihm, der nur einen einzigen Koffer bei sich hat, wird aufgehalten. Kaiser signalisiert dem Einwanderungsbeamten seine Zustimmung. Was soll man denn sonst mit einem dreckigen Araber machen?

Gerhard Gautschi, Generaldirektor der Vereinigten Schweizer Banken, ist stumm vor Verblüffung. Kaiser erklärt, daß er die Gelegenheit, der Bank einen derart hohen Profit zu verschaffen, nicht ablehnen konnte. Ja, natürlich war die Sache riskant. Nein, er kann sich nicht vorstellen, noch einmal so leichtfertig zu handeln. Jedenfalls liegt das Geld nun sicher bei der Bank. Und es wurde eine beträchtliche Summe dabei verdient. Und was noch besser ist: Der Kunde möchte in Wertpapiere investieren. Was er als erstes kaufen möchte? Aktien der Vereinigten Schweizer Banken.

»Wer ist dieser Mann?« fragt Gautschi.

»Ein angesehener Geschäftsmann«, antwortet Kaiser.

»Natürlich.« Gautschi lacht. »Sind sie das nicht alle?«

Kaiser verläßt den Thronsaal des Generaldirektors, aber Gautschi ruft ihm noch nach: »Das nächstemal, Wolfgang, sollten wir Ihnen lieber das Flugzeug schicken!«

Schneematsch klatschte gegen die Windschutzscheibe und brachte Wolfgang Kaiser wieder in die Gegenwart zurück. Ein Ortsschild zeigte an, daß er Thalwill erreicht hatte. Er verlangsamte die Fahrt und ließ ein Fenster herunter. Betäubende Kälte schlug ihm entgegen.

Hast du nicht endgültig genug von ihm? fragte sich Kaiser, und meinte natürlich Ali Mevlevi, den Mann, der sein Leben zerstört hatte. Natürlich habe ich die Nase voll. Ich habe die Nase voll von diesen Anrufen um Mitternacht, von den abgehörten Telefongesprächen, von den einseitigen Befehlen. Ich habe die Nase voll davon, unter der Knute dieses Mannes zu leben.

Er seufzte. Mit etwas Glück könnte sich das bald ändern. Wenn Nicholas Neumann so eigensinnig war, wie er ihn einschätzte, wenn er so niederträchtig war, wie man es aus seiner militärischen Laufbahn schließen konnte, dann könnte Mevlevi vielleicht bald der Vergangenheit angehören. Morgen würde Neumann nun Ali Mevlevis hinterhältige Methoden kennenlernen. Mevlevi hatte selbst gesagt, daß er dafür sorgen wolle, daß Neumann »einer von uns« werden würde. Kaiser konnte sich sehr gut vorstellen, was das bedeutete.

Während der letzten Monate hatte er manchmal davon geträumt, Nicholas Neumann dazu zu benutzen, Mevlevi loszuwerden. Er hatte gewußt, daß Neumann einige Zeit beim Marinecorps verbracht hatte. Aber seine militärische Laufbahn war ein Rätsel. Einige der besseren Kunden der Bank waren hochgestellte Persönlichkeiten im Verteidigungsministerium der Vereinigten Staaten. Ein paar Nachforschungen hatten Erstaunliches ergeben. Neumanns militärische Personalakte war als »streng geheim« eingestuft worden. Was noch interessanter war: Er hatte einen unehrenhaften Abschied erhalten. Zehn Tage vor seiner Entlassung aus medizinischen Gründen hatte er skrupellos einen zivilen Verteidigungsbeauftragten namens John J. Keely angegriffen. Anscheinend hatte er den Mann bewußtlos geschlagen. Es ging das Gerücht, es sei die Rache für eine schiefgelaufene Operation gewesen.

Weitere Informationen waren nicht zu bekommen. Aber für Kaiser war das mehr als genug. Ein übellauniger Soldat. Ein ausgebildeter Killer mit zu schwacher Sicherung. Natürlich konnte er den Jungen niemals direkt auffordern, einen Mann zu töten, noch dazu einen Kunden. Aber er konnte dafür sorgen, daß jemand mit der Neigung zur Gewalttätigkeit von sich aus auf diese Idee kam.

Alles andere war ganz leicht gewesen. Er hatte Neumann FKB4 zugeteilt. Ihn einige Zeit mit dem Konto

Nummer 549.617 RR arbeiten lassen. Cerrutis Erkrankung und Sprechers Kündigung waren wunderbare Zufälle gewesen, Sterling Thornes Auftreten sogar noch besser. Wer konnte Neumann effektiver auf Mevlevi ansetzen als das Drogenfahndungsbüro der Vereinigten Staaten? Und jetzt kam Mevlevi auch noch nach Zürich. Sein erster Besuch seit vier Jahren. Wäre Kaiser religiös gewesen, hätte er das ein Wunder genannt. Da er aber ein Zyniker war, sprach er von Schicksal.

Um 21.15 Uhr parkte Kaiser seinen Wagen auf einem Privatparkplatz am See. Er legte den gewichtigen, in Ölpapier gewickelten Gegenstand in seinen Schoß und wickelte ihn aus. Er hielt die Pistole mit der verkümmerten linken Hand, zog den Schlitten zurück und lud die Waffe. Mit dem Daumen legte er den Sicherungshebel um.

Als er sich dem Appartementhaus näherte, verlangsamte er seine Schritte. Alle Fenster des Penthauses waren hell erleuchtet. Er stand schneller vor der Haustür, als ihm lieb war. Die Stimme, die aus der Sprechanlage tönte, klang nervös und angespannt. »Gott sei Dank, daß du da bist«, sagte Marco Cerruti.

Kapitel 40

Ali Mevlevi saß allein in der geräumigen Kabine und lauschte der Durchsage des Piloten, der ihren Anflug auf den Züricher Flughafen ankündigte. Er legte den Stapel Papiere zur Seite, der ihn während der letzten drei Stunden beschäftigt hatte, und befestigte seinen Sitzgurt. Die Augen brannten ihm, und er hatte Kopfschmerzen. Er fragte sich, ob es klug gewesen sei, in die Schweiz zu kommen. Aber er hatte ja keine andere Wahl gehabt. Nicht, wenn Chamsin ein Erfolg werden sollte.

Mevlevi wendete seine Aufmerksamkeit wieder seinen Papieren zu. Die Überschrift war in großen kyrillischen Buchstaben geschrieben: »Warenhaus für überschüssige Waffen.« Es folgte eine Einleitung in englischer Sprache. »Wir verkaufen nur beste Waffen, neu und gebraucht, in bestem Zustand und sofort einsatzfähig.« Er blätterte die Seite um und sah noch einmal die Aufstellung der Waffen durch, die er gekauft hatte. Des Teufels Füllhorn tödlicher Spielwaren: Feldartillerie, Mörser, Maschinengewehre, Granaten, Minen und was nicht noch alles. Genug Waffen, um zwei verstärkte Kompanien Infanterie auszurüsten, dazu eine Panzerabteilung und ein Geschwader Kampfhubschrauber. Insgesamt sechshundert Mann. Und all das sollte nur der Ablenkung dienen. Mevlevi lachte schlau, als er die letzte Seite des Katalogs aufschlug: Sektion V: Atomwaffen. 1. Kopinskaya IV, Zweikilotonnenbombe mit Aufschlagszünder. Eine taktische Atombombe, nicht größer als eine Mörsergranate, mit einem Zehntel der Zerstörungskraft der Bombe von Hiroshima und nur einem Fünfzigstel ihrer Radioaktivität. Zweitausend Tonnen TNT und kaum ein Atom auf Abwegen.

Es war das einzige Objekt, das er noch nicht hatte kaufen können. Die Bombe würde rund achthundert Millionen Schweizer Franken kosten. In drei Tagen würde er das Geld haben; und die Bombe in dreieinhalb.

Mevlevi hatte das Ziel mit großer Sorgfalt ausgewählt. Ariel – eine abgelegene Siedlung mit fünfzehntausend Juden im besetzten Gebiet westlich des Jordan. Sogar der Name war bedeutungsvoll. Ariel – ohne Zweifel zu Ehren von Herrn Ariel Sharon, Israels aggressivstem Araberfeind, der Bestie, die persönlich die Massaker von Shatilla und Sabra im Jahr 1982 geleitet hatte. Ariel – der Name würde in Zukunft ein Symbol für die Leiden der Juden sein.

Mevlevi gähnte. Er war um vier Uhr morgens aufgestanden, um seine Männer auf dem Haupttrainingsgelände zu inspizieren: Reihen um Reihen begeisterter Krieger, bereit, ihr Leben für Allah zu geben. Vom Übungsgelände war er zu den beiden riesigen Hangars gegangen, die er vor fünf Jahren in die Hügel am Südende seines Compounds hatte graben lassen. Er betrat den ersten Hangar und war wie betäubt vom Motorengebrüll von zwanzig Panzern, deren Triebwerke und Antriebswellen noch ein letztes Mal überprüft wurden. Mechaniker wimmelten um die mächtigen Ungeheuer herum. Die schwerfälligen Giganten wurden noch einmal aufgetankt, Reservekanister in den stählernen Halterungen befestigt. Er blieb stehen, um den tadellosen Farbanstrich zu bewundern. Moshe Dayan würde sich im Grabe umdrehen. Die Panzer waren genauso gestrichen, wie die der israelischen Armee. Alle waren mit israelischen Flaggen ausgerüstet, die sie beim Angriff hissen sollten. Verwirrung war der beste Verbündete bei einem Stoßtruppunternehmen.

Mevlevi ging zum zweiten Hangar, in dem sein Fluggerät untergebracht war. Er betrachtete die gedrungenen Hind-Hubschrauber und die schlankeren Sukhoi-Kampfhubschrauber. Allein der Anblick dieser Zerstörungswerkzeuge ließ ihn erschaudern. Auch die Hubschrauber waren in den schmutzigen Khakitönen der israelischen Luftwaffe gestrichen, drei davon zudem mit israelischen Kennungsgeräten ausgerüstet, die aus abgeschossenen Maschinen stammten. Wenn die Vögel die israelische Grenze überflogen, würden sie die Kennungsgeräte aktivieren. Sämtliche Radarstationen in Galiläa mußten sie für eigene Maschinen halten.

Zuletzt, bevor er das Flugzeug nach Zürich bestieg, war Mevlevi noch zum Operationszentrum gegangen, einem verstärkten Bunker, der nicht weit von den Hangars entfernt lag. Er wollte die taktische Lage noch einmal mit Leutnant Ivlov und Unteroffizier Rodenko besprechen. Ivlov faßte den Schlachtplan zusammen: Am Samstag um exakt 02.00 Uhr würden Mevlevis Truppen aufbrechen und sich südwärts in Richtung auf die israelische Grenze zu bewegen. Ihr Vormarsch sollte gleichzeitig mit der Anti-Hisbollah-Übung der Südlibanesischen Armee beginnen. Der Nachrichtendienst hatte bestätigt, daß zur entscheidenden Zeit keine amerikanischen Satelliten das Operationsgebiet überfliegen würden. Eine Kompanie Infanterie würde viereinhalb Kilometer von der Grenze entfernt Aufstellung nehmen. Die zweite Kompanie, die mit den Panzern zusammenarbeiten sollte, würde elf Kilometer weiter in östliche Richtung marschieren. Die Panzer würden von sieben Lastwagen, die gewöhnlich zum Transport von Traktoren verwendet wurden, zum Schauplatz des Geschehens gebracht werden. Jeder Lastwagen konnte bis zu vier Panzer transportieren. Bis zur Morgendämmerung am Montag würden alle Einheiten in ihren Ausgangsstellungen liegen. Auf Befehl ihres Herren würden sie dann angreifen.

Mevlevi versicherte Ivlov und Rodenko, daß der Plan so ablaufen würde, wie besprochen. Er wagte es nicht, den beiden Russen zu sagen, daß ihr Einmarsch über die israelische Grenze nur eine Finte sein würde, nur dazu erdacht, die Aufmerksamkeit der Juden von einem schmalen Luftkorridor über der nördlichsten Ecke ihres Landes abzulenken. Natürlich würden ein paar hundert Juden dabei ums Leben kommen. Es war nicht so, daß Ivlovs Angriff überhaupt keine positiven Folgen haben würde. Nur eben unbedeutende.

Mevlevi entließ die beiden russischen Ausbilder und stieg die Wendeltreppe zum Kommunikationszentrum hinunter. Er schickte den diensthabenden Mann hinaus, und als er alleine war, verschloß er die Tür und ging zu einem der sicheren Telefone. Er hob den Hörer ab und wählte eine neunstellige Nummer.

Eine verschlafene Stimme aus dem Warenhaus für überschüssige Waffen im Stadtzentrum von Alma Ata in Kasachstan meldete sich: »*Da?*«

»General Dimitrij Marchenko, bitte. Sagen Sie ihm, sein Freund in Beirut sei am Apparat.« Mevlevi nahm an, daß Marchenko schlafen würde. Aber dies war seine Privatnummer, und er war einer der besseren Kunden des Generals. Bisher hatte er an ihn und seine Sponsoren in der Regierung von Kasachstan hundertfünfundzwanzig Millionen Dollar gezahlt.

»Guten Morgen, Kamerad«, polterte Marchenko. »Sie stehen früh auf.«

Mevlevi unterbrach ihn. »General Marchenko, mein Flugzeug wartet. Es ist alles geregelt für unser letztes Geschäft.« Er verwendete den Code, auf den sie sich geeinigt hatten: »Bitte bringen Sie Ihr Baby zu einem Besuch. Es darf nicht später als am Sonntag ankommen. Ich werde spätestens bis Montag mittag bezahlen. Das garantiere ich.«

Marchenko schwieg einige Sekunden lang. Wenn der General dieses Geschäft zum Abschluß brachte, würde ihn das für Generationen zum Schutzheiligen seines Volkes machen. Kasachstan war ein gebirgiges, unfruchtbares Land. Es hatte ein bißchen Erdöl und etwas Gold, aber das war auch schon alles. Für die Grundnahrungsmittel wie Weizen, Kartoffeln und Rindfleisch war es auf seine ehemaligen sowjetischen Brüder angewiesen. Aber die Waren wurden nicht mehr nach dem Fünfjahresplan verteilt. Es fehlte an harter Währung. Was lag da näher, als die Waffen der Armee zu verkaufen? Achthundert Millionen Schweizer Franken würden die Finanzen des verarmten Landes über Nacht sanieren.

»Das ist eine wunderbare Neuigkeit, aber bedenken Sie, daß das Baby nicht reisen kann, bevor ich ihm nicht die letzten Instruktionen gegeben habe.«

»Das weiß ich«, sagte Mevlevi. Die Bombe war nicht aktiviert, bevor nicht ein vorprogrammierter Code in ihre zentrale Datenverarbeitungseinheit eingegeben wurde. Es war ihm klar, daß Marchenko diesen Code erst dann eingeben würde, wenn er wußte, daß die achthundert Millionen Franken vollständig bei seiner Bank eingetroffen waren.

»*Da*«, knurrte Marchenko. »Wir werden unser Baby am Sonntag in Ihr Haus bringen. Es heißt übrigens Little Joe. Es ist wie Stalin: klein, aber ein ganz gemeines Biest!«

Als Mevlevi an das Telefonat dachte, korrigierte er den General im stillen: Nein, das Baby heißt nicht Little Joe. Es heißt Chamsin. Und sein teuflischer Atem wird die Wiedergeburt meines Volkes herbeiführen.

Kapitel 41

Nick saß auf dem Rücksitz der Mercedeslimousine der Bank und beobachtete, wie die Cessna Citation durch das Schneegestöber rollte und zum Stehen kam. Das Motorengeräusch erstarb. Die Tür öffnete sich, und eine Treppe wurde aus dem Rumpf der Maschine heruntergelassen.

Ein einzelner Zoll- und Einwanderungsbeamter kletterte die Stufen hinauf und verschwand im Flugzeug. Nick öffnete die Autotür und trat auf die geteerte Fläche hinaus. Er fühlte sich seltsam losgelöst. Nicht er selbst war es, der den Tag damit verbringen würde, den Fremdenführer für einen internationalen Heroinschmuggler zu spielen. Das mußte jemand anderes sein.

Er näherte sich dem Flugzeug auf etwa zehn Meter und wartete. Nach wenigen Sekunden tauchte der Zollbeamte wieder auf. »Sie können hineingehen«, sagte er. »Sie dürfen den Flugplatz direkt verlassen.«

Der Pascha stand in der offenen Tür. Nick richtete sich auf und ging mit raschen Schritten auf das Flugzeug zu. »Guten Morgen, Sir. Herr Kaiser läßt Ihnen seine herzlichsten Grüße übermitteln, sowohl persönlich als auch im Namen der Bank.«

Mevlevi schüttelte die ausgestreckte Hand. »Herr Neumann. Endlich sehen wir uns. Ich glaube, ich habe Ihnen zu danken.«

»Nicht im geringsten.«

»Ich meine es ernst. Ich gratuliere Ihnen zu Ihrem gesunden Urteil. Ich hoffe, daß ich während meines Aufenthaltes noch geeignete Möglichkeiten finden werde, meine Dankbarkeit zum Ausdruck zu bringen. Ich versuche, jeden im Gedächtnis zu behalten, der mir einen Dienst erwiesen hat.«

»Bitte folgen Sie mir«, sagte Nick. »Sehen wir zu, daß wir aus der Kälte kommen.«

Der Pascha wirkte nicht wie der abgebrühte Verbrecher, den Nick erwartet hatte. Er trug einen dunkelblauen Anzug, eine rote Krawatte und blankpolierte Schuhe. Er hatte einen Regenmantel über die Schultern geworfen. Wenn ich diesem Mann in einer Menschenmenge begegnen würde, würde ich ihn für einen hochrangigen Beamten oder den Außenminister eines lateinamerikanischen Staates halten. Er könnte ebensogut ein alternder französischer Playboy oder ein Prinz der saudiarabischen Königsfamilie sein. Er wirkte wirklich nicht wie ein Mann, der sein Vermögen damit verdiente, daß er tonnenweise Heroin nach Europa verfrachtete.

Mevlevi zog den Mantel fester um sich. »Ich habe nur zwei Taschen. Der Captain holt sie gerade aus dem Frachtraum.«

Nick führte Mevlevi zum Auto und kehrte dann zum Flugzeug zurück, um das Gepäck mitzunehmen. Die Taschen waren vollgestopft und schwer. Als er sie zum Wagen schleppte, dachte er an die Anweisung des Generaldirektors, alles zu tun, was Mevlevi anordnen würde. Bisher war nur ein Termin für den Besuch des Paschas festgelegt worden. Ein Besuch bei der schweizerischen Einwanderungsbehörde in Lugano am Montag morgen um zehn, also in drei Tagen. Zweck des Besuchs: Es sollte ein Schweizer Paß für Mevlevi ausgestellt werden. Nick hatte den Termin auf Anordnung des Generaldirektors arrangiert, riß sich aber nicht darum, daran teilzunehmen. Am gleichen Tag hatte er Stunden damit zugebracht, Eberhard Senn, den Grafen Languenjoux, dazu zu bewegen, sein Gespräch mit dem Generaldirektor wenigstens um einen Tag vorzuverlegen. Der Graf hatte sich schließlich überreden lassen. Montag um elf wäre in Ordnung, aber nur, wenn das Gespräch in einem kleinen Hotel am Luganosee stattfinden könnte, das sein Eigentum war und in dem er sich im Winter aufzuhalten pflegte. Kaiser hatte zugestimmt und gemeint, daß Senns sechs Prozent die dreistündige Fahrt ins Tessin durchaus wert seien. Nick hätte gerne an diesem Gespräch teilgenommen, aber der Generaldirektor war unerbittlich gewesen. »Reto Feller wird an Ihrer Stelle mit mir kommen. Sie werden Herrn Mevlevi begleiten.«

Nick kletterte in den Wagen. Man brauchte kein Genie zu sein, um sich denken zu können, warum Kaiser Mevlevi nirgendwohin begleiten konnte. Thorns Beschuldigungen waren zutreffend.

»Als erstes fahren wir nach Zug«, kündigte Mevlevi an. »International Fiduciary Trust, Grutstraße 67.«

»Grutstraße 67, Zug«, wiederholte Nick für den Chauffeur.

Die Limousine setzte sich in Bewegung. Nick war nicht danach zumute, die üblichen Höflichkeitsfloskeln auszutauschen. Mevlevi blieb ebenfalls stumm, aber Nick ertappte den Pascha immer wieder dabei, daß er ihn anstarrte, und es war ihm klar, daß er taxiert wurde.

Der Wagen fuhr rasch durch das Sihltal. Die Straße wand sich stetig aufwärts durch einen endlosen Fichtenwald. Mevlevi tippte Nick auf das Knie. »Haben Sie Herrn Thorne in den letzten Tagen gesehen?«

Nick blickte ihm direkt in die Augen. Er hatte nichts zu verbergen. »Am Montag«, sagte er.

Mevlevi nickte. Nick dachte über die einfache Frage nach. Ein Mann wie Mevlevi würde sich sicher nicht damit zufriedengeben, Thorne im Auge zu behalten. Er würde auch wissen wollen, was Nick vorhatte. Ein Amerikaner in der Schweiz. Ein ehemaliger Marineoffizier der Vereinigten Staaten. Gleichgültig, was Nick für ihn getan hatte, er würde schwerlich sein Vertrauen besitzen. Und dann wußte Nick plötzlich, warum Mevlevi diese Frage gestellt hatte. Thorne war nicht der einzige, der beobachtet wurde. Er selbst teilte dieses Schicksal. Mevlevi hatte den Mann im Trachtenhut ausgeschickt. Er hatte ihn die ganz Zeit bespitzeln lassen.

Der International Fiduciary Trust war im dritten und vierten Stock eines bescheidenen Gebäudes im Stadtzentrum von Zug untergebracht. Nick drückte auf den Klingelknopf, und die Tür öffnete sich augenblicklich. Sie wurden erwartet. Eine Frau Ende vierzig führte sie in einen Besprechungsraum, von dessen Fenster aus man den Zugersee überblicken konnte. Zwei Flaschen Passuger standen auf dem Tisch. Vor jedem Stuhl befanden sich ein Glas mit einem Untersetzer, ein Schreibblock und zwei Bleistifte. Die Frau bot Kaffee an, und beide Männer nahmen dankend an.

Nach höflichem Klopfen öffnete sich die Tür, und zwei Männer traten ein. Der erste war ein großer Mann mit Hängebacken und gerötetem Gesicht. Der zweite war klein, dünn und glatzköpfig, bis auf eine einzelne Strähne schwarzen Haares, die sich mitten auf seinem Kopf kringelte.

»Affentranger«, stellte sich das Schwergewicht vor, reichte erst Nick und dann Mevlevi eine Visitenkarte und schüttelte beiden die Hand.

»Fuchs«, sagte der kleinere Mann und folgte dem Beispiel seines Kollegen.

Nachdem die vier Herren um den Tisch herum Platz genommen hatten, begann Mevlevi zu sprechen: »Meine Herren, es ist mir ein Vergnügen, wieder einmal mit Ihnen zusammenzuarbeiten. Vor einigen Jahren hat Ihr Kollege, Herr Schmied, sich meiner Bedürfnisse angenommen. Er war außerordentlich hilfreich bei der Eröffnung eines Nummernkontos auf den niederländischen Antillen. Ich hoffe, daß er immer noch bei Ihnen arbeitet. Vielleicht könnte ich ihn begrüßen?«

Affentranger und Fuchs wechselten besorgte Blicke.

»Herr Schmied ist vor drei Jahren verstorben«, sagte Affentranger. »Er ist im Urlaub ertrunken.«

»Wie schrecklich.«

»Ich hatte das Mittelmeer immer für ein ruhiges Meer gehalten«, sagte Fuchs. »Aber offenbar kann es vor der libanesischen Küste ziemlich rauh sein. Wir hoffen aber, daß unsere Firma Ihnen dennoch zu Diensten sein kann, Herr ...«

»Malvinas. Allen Malvinas. Ich brauche mehrere Nummernkonten.«

Fuchs räusperte sich. »Sicher ist Ihnen bekannt, daß Sie solche Konten bei jeder beliebigen Bank eröffnen können.«

»Selbstverständlich. Aber ich würde mir gerne ein paar überflüssige Formalitäten ersparen.«

Affentranger verstand genau, was gemeint war. »Die Regierung hat sich in letzter Zeit viel zu sehr in Bankangelegenheiten eingemischt. Und selbst unsere traditionsbewußtesten Banken sind nicht mehr so diskret, wie sie es einmal waren.«

»Unglücklicherweise müssen wir uns an die Vorschriften halten«, klagte Fuchs. »Alle Kunden, die ein neues Konto, egal welcher Art, eröffnen wollen, müssen einen Nachweis über ihre Identität vorlegen. Ein Paß würde genügen.«

»Selbstverständlich ist mir klar, daß Sie sich bei der Eröffnung eines neuen Kontos an die Vorschriften halten müssen. Ich würde aber ein älteres Konto bevorzugen, vielleicht ein Konto, das auf den Namen Ihrer Firma registriert ist und das Sie nicht täglich benutzen.«

Fuchs sah Affentranger an. »Solche Konten gibt es durchaus«, meinte er vorsichtig. »Es kostet aber sehr viel Geld, ein solches zu bekommen. Die Banken stellen bestimmte Minimalbedingungen, die eingehalten werden müssen, wenn wir ein ursprünglich von unserer Firma eröffnetes Konto auf einen Kunden übertragen.«

»Natürlich«, sagte Mevlevi.

»Und Sie möchten also ein solches Konto eröffnen?« vergewisserte sich Fuchs.

»Genauer gesagt, fünf«, erklärte Mevlevi.

»Selbstverständlich kann ich mich ordnungsgemäß

ausweisen.« Er zog einen argentinischen Paß aus seiner Brusttasche und legte ihn auf den Tisch. »Aber ich wünsche, daß die Konten anonym bleiben.«

Nick sah den dunkelblauen Paß an und unterdrückte ein Lächeln. Herr Malvinas aus Argentinien. Malvinas war der argentinische Name für die Falklandinseln. Mevlevi hielt sich für sehr schlau und war es wohl auch – seine Verbindungsmänner bei den VSB hatten ihm mitgeteilt, daß sein Konto Nummer 549.617 RR von der Drogenfahndung erkannt worden war – aber er mußte auch in einer verzweifelten Lage sein. Warum hätte er sonst seinen sicheren Hort in Beirut verlassen und eine Verhaftung riskieren sollen, um ein Bankproblem zu regeln, das ebensogut von jemandem vor Ort hätte gelöst werden können? Kaiser, Maeder oder sogar Nick hätten diese Fahrt nach Zug erledigen können.

»Würden Konten bei den Vereinigten Schweizer Banken in Frage kommen?« fragte Fuchs.

»Es gibt kein besseres Finanzinstitut im ganzen Land«, antwortete Mevlevi.

Fuchs griff zum Telefon und bat seine Sekretärin, mehrere Formulare für Kontenübertragung hereinzubringen. Affentranger sagte: »Die Mindesteinlage, die die VSB verlangen, wenn einem Kunden ein bereits bestehendes Nummernkonto überlassen wird, beträgt fünf Millionen Dollar. Da Sie aber fünf Konten brauchen, können wir selbstverständlich über die Bedingungen verhandeln.«

»Ich schlage vor, auf jedes Konto vier Millionen Dollar einzuzahlen«, erklärte Mevlevi.

Nick beobachtete, wie Affentranger und Fuchs im stillen ihre Provision berechneten, die zwischen ein und zwei Prozent liegen mußte. Bei dieser einen Transaktion würde der International Fiduciary Trust eine Gebühr von mehr als zweihunderttausend Dollar kassieren. »Das würde ausreichen« sagten Fuchs und Affentranger im Chor.

Die Konversation erstarb, während der notwendige Papierkram erledigt wurde. Fuchs ging die Formulare durch. Mevlevi saß neben ihm, und gemeinsam trugen sie die entsprechenden Angaben ein, oder besser gesagt, trugen sie eben nicht ein. Weder Name noch Adresse wurden angegeben. Alle die Konten betreffende Post sollte in der Hauptgeschäftsstelle der Vereinigten Schweizer Banken in Zürich zurückgehalten werden. Alles, was von Herrn Malvinas erwartet wurde, war, daß er zwei Codewörter angab. Dies tat er mit Vergnügen. Das erste Codewort sollte Cardiganpalast sein, das zweite war sein Geburtstag, der 12. November 1936. Zum Vergleich mit allen schriftlichen Anordnungen, die er eventuell geben wollte, war zudem eine Unterschrift erforderlich, die Herr Malvinas leistete. Er setzte einen unleserlichen Schriftzug unter das Formular. Dann wurde die Besprechung mit allseitigem Lächeln und Händeschütteln beendet.

Schweigend fuhren Nick und sein Kunde mit dem Lift zum Parterre. Mevlevis Mund war zu einem Lächeln verzogen. Warum auch nicht, dachte Nick. Mevlevi besaß nun fünf saubere Nummernkonten, die er nach Gutdünken verwenden konnte. Der Pascha machte seine Geschäfte. Im Wagen auf dem Rückweg nach Zürich begann Mevlevi endlich zu sprechen. »Herr Neumann, ich werde die Einrichtungen Ihrer Bank benutzen müssen. Ich habe da einen kleinen Geldbetrag, der gezählt werden muß.«

»Selbstverständlich«, antwortete Nick. »Um wieviel ungefähr handelt es sich denn?«

»Zwanzig Millionen Dollar«, antwortete Mevlevi kühl. »Was glauben Sie, warum meine Taschen so verdammt schwer waren?«

Kapitel 42

Am gleichen Vormittag um 11.30 Uhr stellte sich Sterling Thorne etwa fünfzig Meter vom Angestellteneingang der Vereinigten Schweizer Banken entfernt in der von Säulen getragenen Vorhalle einer Kirche auf. Er wartete auf Nick Neumann.

Seine Einstellung zu Neumann hatte sich in den letzten vierundzwanzig Stunden drastisch verändert. Je mehr er darüber nachdachte, desto sicherer war er sich, daß Neumann auf seiner Seite stand. Er könnte schwören, daß er da draußen am See einen Funken von Zustimmung in den Augen des Jungen gesehen hatte. Zum gegebenen Zeitpunkt würde er ihm auch von Becker erzählen. Aber es war natürlich nicht sinnvoll, den Jungen zu vergraulen.

Thorne hatte Becker Mitte Dezember angesprochen, ausschließlich deshalb, weil er in der Abteilung arbeitete, die Mevlevis Konto verwaltete – aus den vom Nachrichtendienst des Verteidigungsministeriums aufgefangenen Informationen ging die bankinterne Bezeichnung der Abteilung, FKB4, hervor – und er hatte nach einem willensschwachen Schreibtischmenschen gesucht, der noch ein Gewissen hatte. Es war nicht viel Überredungskunst notwendig gewesen, um Becker zur Zusammenarbeit zu bewegen. Er hatte gesagt, daß er schon länger darüber nachgedacht habe und daß er sein Bestes tun werde, um Unterlagen aus der Bank zu schmuggeln, die eindeutig bewiesen, daß Mevlevi mit Hilfe der Vereinigten Schweizer Banken Geld wusch. Eine Woche später war er tot: Seine Kehle war von einem Ohr zum anderen durchschnitten, und es gab keine Spur von irgendwelchen Papieren, die für die Drogenfahndung von Nutzen sein konnten.

Einige Angestellte begannen, die Bank zu verlassen. Thornes Augen waren auf die Treppe geheftet. Er wartete darauf, daß sein Junge auftauchte. Die Tatsache, daß Jester mit einer größeren Ladung reinem Heroin für den Schweizer Markt unterwegs war, war zwar großartig, aber wenn er beweisen wollte, daß die VSB in Mevlevis Angelegenheiten verwickelt waren, war Neumanns Hilfe unentbehrlich. Er dachte daran, wie unbedenklich Wolfgang Kaiser ihm vorgelogen hatte, daß er Mevlevi nicht kenne, und es wurde ihm klar, daß ihm ebensoviel daran lag, Kaisers Kopf zu bekommen wie den Mevlevis.

Zwanzig Minuten später klingelte das Handy, das Thorne am Gürtel trug. »Thorne«, meldete er sich ruhig.

»Thorne, hier ist Jester. Ich bin in Mailand. In einem Haus, das der Familie Makdisi gehört.«

»Wie schön, von dir zu hören. Hast du einen Zeitplan für mich?«

»Wir überqueren die Grenze bei Chiasso, am Montagmorgen zwischen 9.30 Uhr und 10.30 Uhr. Auf der äußersten rechten Fahrbahn. Wir fahren mit einem Sattelschlepper mit Anhänger und britischem Kennzeichen. Einem internationalen Transportfahrzeug. Es hat ein blaues Schild mit der Aufschrift T-I-R an der vorderen Stoßstange. Die Ladung ist mit grauen Planen abgedeckt. Der Zollinspektor erwartet uns. Wir sollen durchgewinkt werden. Dann werden wir vermutlich nach Zürich weiterfahren. Die Fahrer sind Leute der Makdisis. Wir sollen die Ladung zu ihrem üblichen Verladeplatz bringen. In der Nähe von einem Ort, der Hardturm heißt. Ich glaube, es ist ein Fußballstadion. Irgendwas geht hier vor. Alle sehen mich so seltsam an. Ich habe ihnen gesagt, daß ich nur deshalb mitfahren muß, weil Mevlevi die Makdisis im Verdacht hat, ein doppeltes Spiel zu spielen. Der Transport ist zu umfangreich, als daß er ohne Aufsicht eines Freundes vonstatten gehen könnte. Es sind mindestens zweitausend Pfund. Mevlevi ist offenbar darauf angewiesen, daß die Sache klappt.

Thorne unterbrach Jester. »Es ist verdammt gute Arbeit, wenn wir soviel Ware in die Hand bekommen. Aber wir müssen sie mit Mevlevi in Verbindung bringen können. Eine Ladung Schmuggelware ohne den verantwortlichen Mann dazu kann ich nicht gebrauchen. Die Makdisis scheren mich einen Dreck.«

»Ich weiß ...« die Verbindung wurde schwach. Jesters Stimme klang durch ein Gewirr von Nebengeräuschen.

»Was hast du gesagt?«

Jesters Stimme wurde wieder klar. »... wie gesagt, eine bessere Chance kriegen wir nie. Wir können uns diese Gelegenheit nicht entgehen lassen.«

»Sag das noch einmal. Die Verbindung war kurz unterbrochen.«

Jesters Stimme klang atemlos. »Ich habe gesagt, daß Mevlevi in der Schweiz ist. Er ist heute morgen angekommen. Er hat mich in dem Haus angerufen, in dem ich mich aufhalte, um sich zu vergewissern, daß alles in Ordnung ist. Er hat irgendeine große Sache für Dienstag geplant. Bei der Bankkonferenz. Er hat sehr enge Beziehungen mit dieser Bank.«

»Was ist mit seiner Armee?«

»Chamsin«, sagte Jester. »So heißt Mevlevis Operation. Morgen um vier Uhr marschieren seine Leute los. Das Ziel hat er geheimgehalten, aber ich weiß, daß sie südwärts in Richtung Grenze gehen. Er hat sechshundert Fanatiker, die für den Tag X entsprechend aufgeputscht worden sind. Lassen Sie Ihre Phantasie spielen.«

»Verdammt«, flüsterte Thorne. Doch nicht gerade jetzt. Was sollte er mit dieser Information anfangen? Er war nur noch ein ausgebooteter Agent der Regierung. Er hatte einen Freund in Langley von seinem Verdacht unterrichtet. Den würde er anrufen oder ein Fax mit den neuesten Erkenntnissen schicken. Er mußte ihm die Sache überlassen und konnte nur noch beten. Er konnte nur hoffen, daß sechshundert Mann auch zwischen all dem militärischen

Verkehr an der libanesisch-israelischen Grenze auffallen würden. »Großartige Arbeit, Joe. Aber ich brauche irgendwas, um ihn hier festzunageln.«

»Behalten Sie die Bank im Auge. Vermutlich wird er dort irgendwann aufkreuzen. Ich habe Ihnen gesagt, daß er und Kaiser eng befreundet sind.«

Thorne sah, wie eine Mercedeslimousine vor dem Tor hielt.

»Mevlevi weiß, daß wir hinter ihm her sind. Glaubst du wirklich, daß er unverfroren genug ist, direkt an mir vorbeizukutschieren.«

»Das ist Ihre Sache. Aber Sie müssen mich wissen lassen, was Sie planen. Ich möchte nicht mit diesen Leuten zusammensein, wenn es heiß wird. Ich kann nicht alle Augenblicke anrufen. Ich werde nur noch eine Gelegenheit haben, bevor wir hier aufbrechen.«

Das Tor öffnete sich. Die Limousine fuhr in den Hof der Bank.

»Du kannst ganz beruhigt sein, Joe. Wir werden dich aus dem Feuer holen, bevor du dich verbrennst. Ich muß mir nur eine Möglichkeit einfallen lassen, wie wir die Schmuggelware konfiszieren und gleichzeitig Mevlevi festnageln können. Ruf mich am Sonntag an.«

»In Ordnung.« Jester legte auf.

Im Hof der Vereinigten Schweizer Banken leuchteten die Bremslichter des Mercedes rot auf, und der Wagen hielt an. Die hintere Tür wurde geöffnet, ein Kopf tauchte auf, langsam schloß sich das Tor: eine große schwarze Metallfläche, die auf einer Stahlschiene rollte. Der erste, der aus dem Wagen stieg, war der Chauffeur. Er zog seine Jacke zurecht und setzte die Mütze auf. Die linke hintere Tür wurde geöffnet. Ein Kopf mit schwarzen Haaren wurde kurz sichtbar, um wieder hinter der getönten Glasscheibe zu verschwinden. Thorne versuchte, an dem sich schließenden Tor vorbeizusehen. Ein Paar blankpolierter Schuhe berührte das Pflaster. Wieder tauchte der Kopf auf. Der Mann drehte sich ihm zu. In diesem Moment fiel das Tor endgültig ins Schloß.

Thorne lief auf die Bank zu. Er wollte wissen, wer in dem Auto gesessen hatte. Ein Lachen tönte über die Mauer. Eine Stimme sagte auf englisch: »Ich bin seit einer Ewigkeit nicht mehr hier gewesen. Ich möchte mich erst einmal umsehen.« Ein seltsamer Akzent. Vielleicht italienisch. Er starrte noch eine Minute lang auf das Tor und fragte sich, was wäre, wenn …? Dann lächelte er und wandte sich ab. Ausgeschlossen. Das konnte nicht sein. Er hatte noch nie an den Zufall geglaubt. Die Welt war zwar klein, aber so klein nun auch wieder nicht.

Kapitel 43

»Als ich dieses Stück kaufte, dachte ich an Sie, Wolfgang«, sagte Ali Mevlevi, als er Kaisers Büro betrat. Er wies auf das phantastische Mosaik, auf dem ein berittener Sarazene sein Schwert über einem Geldverleiher schwang. »Ich sehe es viel zu selten.«

Wolfgang Kaiser ging auf die Tür seines privaten Aufzugs zu. Alle Jovialität der Welt lag in seinem breiten Lächeln. »Ihr letzter Besuch liegt lange zurück. Drei Jahre?«

»Fast vier.« Mevlevi ergriff die ausgestreckte Hand und umarmte Kaiser. »Heutzutage ist es schwierig zu reisen.«

»Nicht mehr lange. Es freut mich, Ihnen mitteilen zu können, daß wir für Montagmorgen ein Treffen mit einem Kollegen von mir vereinbart haben, einem Mann, der eine hohe Stellung im Einbürgerungsamt bekleidet. Er ist einer von den Leuten, die sich nie daran gewöhnen können, mit ihrem Gehalt auszukommen. Unglücklicherweise lebt er im Tessin, in Lugano. Neumann hat einen Termin für zehn Uhr morgens vereinbart. Das bedeutet, daß Sie sehr früh aufbrechen müssen.«

»Werden Sie mich begleiten, Herr Neumann?«

Neumann bejahte und fügte hinzu, daß sie am Montag morgen um sieben Uhr abfahren würden. Er hatte gerade das Zählen von zwanzig Millionen Dollar in bar überwacht. Zweieinhalb Stunden hatte er damit zugebracht, in einem kleinen antiseptischen Raum im zweiten Kellergeschoß die Siegel auf dünnen Päckchen von Einhundertdollarnoten aufzubrechen und das Geld an einen würdevollen Bankangestellten zum Zählen weiterzureichen. Zuerst hatte der Anblick von soviel Bargeld ihn schwindlig gemacht. Aber im Laufe der Zeit hatte sich das Schwindelgefühl in Ärger verwandelt. Er würde das Theater nicht mehr lange mitspielen können. Mevlevi hatte bei all dem zugesehen, ohne die geringste Ungeduld zu zeigen. Es ist schon seltsam, dachte Nick, daß die einzigen, die den Schweizer Banken nicht trauen, die schrägen Vögel sind, die sie benutzen.

Mevlevi nahm auf dem Sofa Platz. Kaiser setzte sich auf seinen Lieblingsplatz unter dem Renoir. »Wenn ein Schweizer Paß ausreicht, um Marc Rich vor dem Zorn der Regierung der Vereinigten Staaten zu schützen, sollte er auch für Sie genügen«, meinte er.

Bevor er zum Justizflüchtling wurde, war Marc Rich Präsident der Philipp Bros, der größten Handelsfirma der Welt, gewesen. Im Jahr 1980 hatte er die Schwarzmarktpreise, zu denen die neue fundamentalistische Regierung des Iran ihr Erdöl anbot, unwiderstehlich gefunden und hatte trotz des strikten Handelsembargos, das die amerikanische Regierung gegen den Ayatollah Khomeini verhängt hatte, soviel davon aufgekauft, wie er nur bekommen konnte. Er hatte das Erdöl dann den traditionellen Kunden des Iran zu einem Preis angeboten, der um einen Dollar unter dem der OPEC lag, und hatte so ein riesiges Vermögen damit gemacht. Bald darauf hatte das Finanzministerium der Vereinigten Staaten die Kaufanordnungen nach New York zurückverfolgt und von dort zum Büro eines gewissen Marc Rich. Richs Rechtsanwälte hatten die Regierung über zwei Jahre lang hingehalten und hatten Kautionen bis zu fünfzigtausend Dollar am Tag gezahlt, um ihren Klienten vor dem Gefängnis zu bewahren. Aber bald wurde es klar, daß die Regierung über unerschütterliche Beweise verfügte und daß Rich, wenn er vor Gericht gestellt würde, ein ausgedehnter Aufenthalt hinter den Gittern einer gewissen staatlichen Institution sicher sein würde. Rich setzte sich also in die Schweiz ab, einem Land, mit dem die Vereinigten Staaten keinen Auslieferungsvertrag für Verbrechen hatte, die sich gegen den Fiskus richteten. Er gründete eine neue Firma mit der Hauptgeschäftsstelle im Kanton Zug, stellte ein Dutzend Aktienhändler ein, berief ein paar bedeutende Geschäftsleute aus dem Kanton in den Aufsichtsrat und machte etliche großzügige Spenden an die Gemeinde. Schon nach kurzer Zeit erhielt Rich einen Schweizer Paß.

Kaiser erklärte, daß Mevlevi ein ganz ähnliches Problem habe. Sterling Thorne versuche, seine Konten einfrieren zu lassen mit der Begründung, daß er die Vorschriften gegen Geldwäsche verletze, ein Vergehen, das in der Schweiz erst seit kurzem strafbar war. Kein Schweizer Staatsanwalt würde die Konten eines wohlhabenden Schweizer Bürgers auf eine Anklage wegen Geldwäsche von einer ausländischen Behörde hin einfrieren, auch dann nicht, wenn die Anklage durch handfeste Beweise begründet war. Zuerst mußte der Verdächtige angeklagt und verurteilt werden, und um ein vorschnelles Urteil auszuschließen, mußte ihm auch noch die Möglichkeit eingeräumt werden, Berufung gegen das Urteil einzulegen. Der Besitz eines Schweizer Passes würde also effektiv verhindern, daß die Drogenfahndung der Vereinigten Staaten die Genehmigung erhalten würde, Ali Mevlevis Konten einzufrieren.

»Und unser zweites Problem?« fragte Mevlevi. »Diese lästige Angelegenheit, durch die uns soviel Schaden zugefügt werden könnte?«

Kaiser warf einen nervösen Blick auf Nick. »Das Problem wurde ein für allemal gelöst.«

Mevlevi schien erleichtert. »Um so besser. Diese Reise hat mich bereits von einer ganzen Reihe von Sorgen befreit. Haben wir Zeit genug, mein Konto durchzusehen?«

»Selbstverständlich.« Kaiser wandte sich an seinen Assistenten. »Nicholas, könnten Sie so freundlich sein, zur DZ hinunterzulaufen und die Post von Herrn Mevlevi abzuholen? Sicher möchte er sie gerne mitnehmen.« Er griff zu dem Telefon, das auf dem Couchtisch stand, und wählte eine vierstellige Nummer. »Karl? Ich schicke

Ihnen einen Herrn Neumann hinunter, um die Akte für das Nummernkonto 549.617 RR abzuholen. Ja, ich weiß, daß es nicht gestattet ist, sie aus der DZ zu entfernen. Haben Sie dieses eine Mal Nachsicht mit mir, Karl. Was sagen Sie? Das sei schon der zweite Gefallen in dieser Woche? Wirklich?« Kaiser sah Nick an, und Nick wußte, daß er sich fragte, was in aller Welt wohl der erste Gefallen gewesen sein mochte. Er hatte jedoch keine Zeit herumzutrödeln und fuhr fort. »Danke, das ist sehr freundlich von Ihnen. Vielleicht kommt Neumann Ihnen ja bekannt vor. Rufen Sie mich an, wenn Sie ihn erkennen.«

Nick war in großer Sorge. Natürlich hatte er daran gedacht, daß Mevlevi den Wunsch haben könnte, seine Akte durchzusehen. Natürlich hatte er die Überweisungsbestätigungen, die er vor drei Tagen aus dieser Akte gestohlen hatte, wieder in die Bank zurückgebracht. Aber törichterweise hatte er sie in seinem Büro gelassen, mit Klebeband an der Unterseite der obersten Schublade seines Schreibtischs befestigt. Nun gab es nur noch eine Möglichkeit, die Überweisungsbestätigungen wieder in die Akte zurückzulegen, bevor der Pascha entdeckte, daß sie fehlten. Seine einzige Hoffnung bestand darin, sein Büro aufzusuchen, nachdem er die Akte geholt hatte, und die falschen Umschläge gegen die echten auszutauschen.

Genau das war aber das Problem. Um die Briefe zu holen, würde er mit Mevlevis umfangreicher Akte in der Hand an Kaisers Vorzimmer vorbeigehen müssen. Rita Sutter könnte ihn sehen. Oder Ott. Oder Maeder. Und natürlich war das nicht das einzige Problem. Bei seinem Telefonat mit Karl hatte Kaiser zweimal Nicks Namen genannt und hinzugefügt: »Rufen Sie mich an, wenn Sie ihn erkennen.« Erst vor drei Tagen war Nick bei Karl als Peter Sprecher aufgetreten.

Nick wartete vor dem Aufzug. Er hatte Angst. Wenn Mevlevi feststellte, daß seine Post fehlte, würde man sofort herausbekommen, wer der Dieb war. Und dann? Er durfte gar nicht daran denken. Er kam zu dem Schluß, daß Geschwindigkeit seine einzige Chance war. Er würde in die DZ stürmen, die Akte ergreifen und wieder hinausrennen. Im vierten Stock würde er an der Kaiserpfalz vorbeisausen und die gestohlenen Briefe wieder in die Akte zurücklegen, bevor ihn jemand sah.

Im ersten Stock ging Nick entschlossen durch den Korridor zum Eingang der DZ. Er lehnte sich gegen die Stahltür und atmete dreimal tief durch, dann riß er die Tür auf und ging zu Karls Counter. »Ich komme, um die Akte für das Konto Nummer 549.617 RR für Herrn Kaiser abzuholen.«

Karl reagierte sofort auf Nicks befehlenden Ton. Er drehte sich um, ergriff das dicke Dossier und reichte es dem Assistenten des Generaldirektors mit einer einzigen fließenden Bewegung. Nick klemmte sich die Akte unter den Arm und wandte sich um, um den Raum zu verlassen.

»Warten Sie«, rief Karl. »Der Generaldirektor hat gefragt, ob ich Sie erkennen würde. Lassen Sie mir einen Augenblick Zeit.«

Nick wendete Karl sein Profil zu. »Es tut mir leid, der Generaldirektor will dieses Dossier sofort.« Damit verließ er das Büro so schnell, wie er hereingekommen war. Sein ganzer Auftritt hatte fünfzehn Sekunden gedauert.

Er rannte die Treppe hinauf, immer zwei Stufen auf einmal nehmend. Nach fünf Schritten gab sein Knie nach. Er konnte das Bein nur noch unter starken Schmerzen heben. Von Geschwindigkeit war keine Rede mehr. Jetzt konnte er sich nur noch darauf konzentrieren, nicht zu hinken. Vor dem Eingang zum vierten Stock ruhte er sich einen Augenblick lang aus. Schweißperlen standen ihm auf der Stirn. Dann öffnete er die Tür und stand vor Rudolf Ott.

»Ich muß schnell zum Generaldirektor«, platzte Nick heraus, ohne nachzudenken. Er konnte nicht wissen, in welche Richtung Ott gehen wollte. Wenn er zu Frau Sutter wollte, würde Nick nichts anderes übrigbleiben, als ihn zu begleiten.

»Ich dachte, Sie wären gerade bei ihm. Also los, gehen Sie schon.«

Nick atmete erleichtert auf und eilte den Gang hinunter. Er konnte die Tür zum Vorzimmer des Generaldirektors bereits sehen. Rita Sutter saß in der Nähe des Eingangs auf der rechten Seite. Sie würde ihn schon erwarten, und wenn er nicht schnell genug vorbeilief, würde sie ihn sehen. Er nahm sich vor, nicht zu reagieren, wenn sie ihn ansprechen sollte.

Sein Büro lag am Ende des Korridors und dann links. Mehr als zwanzig Sekunden würde er nicht brauchen, um die Briefe des Paschas auszutauschen. Unter großen Schmerzen ging er durch den Gang. Er glaubte zu sehen, daß jemand mit Rita Sutter sprach, aber er war sich nicht sicher. Noch ein paar Schritte, und er würde um die Ecke verschwunden sein.

»Neumann«, rief eine tiefe Stimme. Nick ging weiter. »Verdammt noch mal, Neumann, ich habe Sie gerufen!« dröhnte Armin Schweizer. »Bleiben Sie sofort stehen!« Nick verlangsamte seine Schritte. Schweizer lief hinter ihm her den Gang entlang. »Mein Gott, Mann sind Sie taub? Ich habe Sie zweimal gerufen.«

Nick drehte sich um. »Der Generaldirektor erwartet mich. Ich muß ein paar Papiere aus meinem Büro holen.«

»Unsinn«, sagte Schweizer. »Rita hat mir gesagt, wo Sie waren. Wie ich sehe, haben Sie das in der Hand, was Sie holen sollten. Jetzt machen Sie, daß Sie hineinkommen. Wahrscheinlich wollten Sie Ihre Freundin anrufen, oder? Sie können den Generaldirektor nicht warten lassen. Was auch immer Sie in Ihrem Büro vorhaben, kann warten.«

Nick sah Schweizer an, der schon die Hand ausstreckte, um ihn persönlich zum Büro des Generaldirektors zu schleifen. Vor die Wahl zwischen Ali Mevlevi und Armin Schweizer gestellt, war die Entscheidung leicht. »Ich habe gesagt, daß ich etwas aus meinem Büro holen muß. In einer Minute bin ich wieder bei Herrn Kaiser.« Er drehte Schweizer den Rücken zu und ging weiter in sein Büro. Er schloß die Tür hinter sich ab und rannte zu seinem Schreibtisch. Er öffnete die oberste Schublade und tastete darunter nach den Briefen des Paschas. Nichts. Nacheinander öffnete er alle Schubladen auf der rechten Seite, die erste, die zweite, die dritte, obwohl er genau wußte, daß er die Briefe dort nicht versteckt hatte. Unter keiner Schublade war etwas zu finden. Jemand hatte die gestohlenen Briefe entdeckt.

Als Nick das Vorzimmer des Generaldirektors betrat, sah er, daß Rita Sutter gerade telefonierte. »Es tut mir leid, Karl, aber der Generaldirektor darf gerade nicht gestört werden.« Sie drückte auf den Knopf und beendete das Gespräch, dann winkte sie ihm zu, einen Augenblick stehenzubleiben. »Karl hat mich gerade gefragt, ob ein Herr Sprecher an Ihrer Stelle in die DZ gekommen sei.«

»Wirklich?« Nick brachte ein schwaches Lächeln zustande.

»Ich kann mir wirklich nicht vorstellen, wie er Sie mit Herrn Sprecher verwechseln konnte. Sie sehen sich doch gar nicht ähnlich. Armer Karl. Es tut mir wirklich leid, daß er langsam alt wird.« Sie wählte eine zweistellige Nummer und sagte: »Herr Neumann ist aus der Dokumentationszentrale zurück.«

»Schicken Sie ihn herein«, bellte Kaiser.

Nick wartete darauf, daß Rita Sutter dem Generaldirektor von Karls Verwechslung berichten würde, aber sie legte auf und neigte den Kopf in Richtung Doppeltür. Er ging in Kaisers Büro und war abermals von der ungeheuren Größe des Raumes überwältigt. Trübes Licht drang durch das große Rundbogenfenster. Er sah hinaus. Eine große quadratische Fahne mit blauweißem Züricher Wappen war über die Straße gespannt. Plötzlich wurde ihm klar, daß er diesen Blick kannte. Es war die einzige lebhafte Erinnerung an den letzten Besuch seines Vaters bei der Bank vor siebzehn Jahren. Er sah sich selbst als Kind, wie er, die Nase gegen die Fensterscheibe gepreßt, die bunte Straßenszene dort unten bewunderte. Im Alter von elf Jahren war Nick schon einmal in der Kaiserpfalz gewesen.

Kaiser und Mevlevi saßen noch immer an dem langen Couchtisch.

»Wie ist es in letzter Zeit mit meinen Investitionen gegangen?« fragte der Pascha.

»Ziemlich gut«, antwortete Kaiser. »Gestern nachmittag bei Börsenschluß hatten Ihre Investitionen einen Ertrag von siebenundzwanzig Prozent in den letzten zehn Monaten erbracht.«

»Und wenn die Adlerbank Sitze in Ihrem Aufsichtsrat bekommt?«

»Das werden wir nicht zulassen.«

Kaiser sah zu Nick auf. »Wie sieht der offizielle Stand aus, Neumann? Setzen Sie sich und geben Sie mir das Dossier.«

Zögernd reichte Nick Wolfgang Kaiser die Akte. »Die Adlerbank hat einunddreißig Prozent der Stimmen. Wir haben zweiundfünfzig Prozent. Der Rest ist unentschieden.«

Mevlevi deutete auf das Dossier auf Kaisers Schoß. »Und wieviel Prozent der Stimmen habe ich?«

»Sie besitzen genau zwei Prozent unserer Aktien«, sagte Kaiser.

»Aber zwei sehr wichtige Prozent. Jetzt verstehe ich, warum Sie meinen Kredit so dringend brauchen.«

»Betrachten Sie es als garantierte private Anlage.«

»Gelten die Bedingungen, die Sie angeboten haben, immer noch? Zehn Prozent in neunzig Tagen?« wollte Mevlevi wissen.

»Für die vollen zweihundert Millionen, ja«, bestätigte Kaiser.

»Würde diese Anleihe dazu verwendet werden, Aktien zu kaufen?«

»Ja, natürlich«, sagte Kaiser. »Damit würde unser Anteil an unseren eigenen Aktien auf sechzig Prozent steigen. Königs Angriff wäre damit erfolgreich abgewehrt.«

Mevlevi runzelte die Stirn. »Aber wenn der Versuch der Adlerbank im Sande verlaufen würde, würde der Preis für Ihre Aktien fallen. Ich würde zwar die zehn Prozent, die Sie mir anbieten, verdienen, aber der Wert meiner Aktien würde sinken. Wir beide könnten eine ganze Menge Geld verlieren.«

»Nur vorübergehend. Wir haben Schritte unternommen, die unsere Operationsrate drastisch verbessern und die Ausschüttungen am Jahresende erheblich steigern werden. Sowie diese Maßnahmen wirksam werden, wird der Preis für unsere Aktien den gegenwärtigen Wert bei weitem übersteigen.«

»Vielleicht sollte ich meine Anteile ja verkaufen, solange der Preis noch hoch ist.« Der Pascha zeigte auf seine Akte. »Darf ich?«

Kaiser schob sie seinem Kunden hin, dann zog er sie wieder zurück. »Ich wäre sehr dankbar, wenn die Regelungen für diese Anleihe noch heute nachmittag getroffen werden könnten.«

Nicks Augen waren auf das Dossier geheftet. Er fragte sich verzweifelt, wer die Überweisungsbestätigungen unter seiner Schreibtischschublade entdeckt haben könnte.

»Heute nachmittag?« wiederholte der Pascha.

»Ausgeschlossen. Ich habe dringende Geschäfte zu erledigen. Ich werde Herrn Neumann brauchen. Ich fürchte, vor Montag morgen werde ich Ihnen keine Antwort geben können. Aber jetzt würde ich gerne meine Post durchsehen.«

Kaiser reichte ihm das Dossier. Mevlevi öffnete es und nahm einen Umschlag in die Hand, einen von Nicks Ersatzumschlägen. Er schob den Daumen hinein und Nick hörte, wie das Papier aufgerissen wurde. Er schloß die Augen. Er merkte nicht, daß Rita Sutter hereinkam, bis sie mitten im Büro des Generaldirektors stand.

Kaiser sprang auf. »Was ist los?« fragte er.

Rita Sutter sah erschüttert aus. Ihr Gesicht war grau. »Cerruti«, flüsterte sie. »Marco Cerruti hat sich umgebracht. Die Polizei ist draußen.«

Eine endlos scheinende Sekunde lang starrten Kaiser und Mevlevi sich an. Statt überrascht und ungläubig zu sein, wirkte Kaiser verärgert und gequält. Der Pascha runzelte die Stirn und grinste dann höhnisch. Er warf den halbgeöffneten Brief in die Akte zurück und schloß sie. »Das hier hat Zeit bis zu einer anderen Gelegenheit.«

Kaiser wies auf seinen privaten Aufzug. »Wir können heute abend noch miteinander reden.«

Mevlevi ging zielstrebig zu dem verborgenen Aufzug. »Da werde ich vermutlich mit anderem beschäftigt sein. Neumann, kommen Sie mit.«

Nick zögerte. Eine innere Stimme riet ihm, die Bank nicht zu verlassen. Cerruti war tot. Becker war tot. Es hatte den Anschein, als würde man seine Lebenserwartung nicht gerade steigern, wenn man sich in der Nähe des Paschas aufhielt.

»Ich verstehe das nicht«, sagte Rita Sutter. »Sie haben doch gesagt, daß es Cerruti schon viel besser geht.«

Kaiser achtete nicht auf sie. »Nicholas«, befahl er. »Sie begleiten Herrn Mevlevi und tun, was er sagt.«

Nick ging zum Aufzug und trat neben Mevlevi. Während die Tür sich schloß, erhaschte er noch einen letzten Blick auf Wolfgang Kaiser.

Der Generaldirektor hatte einen Arm um Rita Sutter gelegt und redete sanft auf sie ein. »Mein lieber Freund Marco«, sagte er. »Wie konnte er nur so etwas tun? Hat er einen Abschiedsbrief hinterlassen? Was für eine schreckliche Tragödie.«

Dann schlug die Aufzugtür zu.

Kapitel 44

Während der nächsten Viertelstunde hatte Nick das Gefühl, als beobachte er sich selbst wie durch einen Schleier: Nick steht mit dem Pascha in dem engen Aufzug; Nick steigt in die wartende Limousine; Nick gibt bedauernde Laute von sich, während Mevlevi den Tod Cerrutis beklagt. Und als der Pascha den Chauffeur anweist, sie zum Platzspitz zu bringen, schweigt Nick, anstatt seine Bedenken zu äußern.

Der Wagen fuhr durch die Talackerstraße. Nick saß still auf dem Rücksitz. Erst als sie am Hauptbahnhof vorbeikamen, reagierte er endlich auf die Anweisung des Paschas und sagte: »Der Platzspitz ist für die Öffentlichkeit nicht mehr zugänglich. Die Tore sind gesperrt.«

Der Chauffeur lenkte den Wagen an den Straßenrand. »Das ist richtig. Der Park ist seit acht Jahren geschlossen. Zu viele unangenehme Erinnerungen.«

Noch vor zehn Jahren war der Platzspitz ein Junkieparadies gewesen. Ein Treffpunkt für die Verlorenen und Vergessenen Europas. Eine Goldgrube für den Pascha.

»Es ist mir zugesichert worden, daß wir ohne Schwierigkeiten hineinkönnen«, sagte Mevlevi. »Wir wollen nur einen kleinen Spaziergang machen.« Er kletterte aus dem Auto und ging zum Tor in dem schweren gußeisernen Zaun, der den Park umgab. Er drückte auf den Handgriff, und das Tor öffnete sich. Er warf einen Blick zurück auf Nick. »Also kommen Sie schon.«

Nick sprang aus dem Wagen und folgte dem Pascha. Er hatte das Gefühl, daß irgend etwas Schreckliches passieren würde. Was konnte Mevlevi im Park wollen? Wer hatte ihm zugesichert, daß das Tor offen sein würde?

Er ging hinter dem Pascha her einen Kiesweg entlang, der zwischen dreieckigen schneebedeckten Rasenstücken entlangführte. Über ihren Köpfen ragten große Fichten auf. Hinter ihnen erhoben sich der gotische Turm und die Zinnen des schweizerischen Nationalmuseums.

Mevlevi wartete, bis Nick ihn eingeholt hatte. »Sie haben sich also entschlossen, mit mir zu kommen?«

»Der Generaldirektor hat mich gebeten, Sie zu begleiten«, sagte Nick ruhig, aber für seine eigenen Ohren hatten seine Worte einen kämpferischen Klang. In seinem Herzen hatte er den unmoralischen Interessen der Bank abgeschworen, und sich der riskanten Aufgabe zugewandt, den Gesetzen zur Geltung zu verhelfen. Wenn er schon nicht direkt eingreifen konnte, wollte er wenigstens beobachten. Er würde sich zum Zeugen der Verbrechen dieses Mannes machen. Selbst wenn das bedeuten sollte, daß er zunächst den Komplizen spielen und später den Preis dafür bezahlen mußte.

»Befohlen ist wohl zutreffender«, meinte Mevlevi. »Dennoch hat er eine hohe Meinung von Ihnen. Er hat mir gesagt, daß Ihr Vater auch schon bei der Bank war. Sie respektieren Ihr Erbe und treten wie ein guter Sohn in seine Fußstapfen. Das hatte sich mein Vater auch immer gewünscht, aber es war mir unmöglich, ein Derwisch zu werden. All das Gedrehe und Gesinge. Ich habe mich nur für diese Welt interessiert. Aber die Familie ist wichtig. Wolfgang ist für mich wie ein Bruder geworden. Ich glaube nicht, daß die Bank ohne meine Hilfe so schnell gewachsen wäre. Nicht wegen meines Geldes. Ich habe in ihm den Funken entzündet, der für den Erfolg notwendig ist. Es ist erstaunlich, was ein intelligenter Mann mit der nötigen Ermutigung alles schaffen kann. Stimmen Sie mir da nicht zu?«

Nick brachte es fertig, ja zu sagen. Was für einen Funken Mevlevi wohl in Kaiser entzündet hatte?

Mevlevi fuhr fort: »Bald wird die nächste Generation

für die Bank verantwortlich sein. Es ist mir eine Freude zu wissen, daß ein Teil dieser Verantwortung auf Ihren Schultern ruhen könnte, Herr Neumann. Oder darf ich Sie Nicholas nennen?«

»Neumann ist mir lieber.«

»Aha. Schweizerischer als die Schweizer selbst. Eine gute Strategie. Ich kenne sie selbst nur zu gut. Es blieb mir nichts anderes übrig. Während meines ganzen Lebens als Erwachsener habe ich im Ausland gelebt. Thailand, Argentinien, die Staaten und jetzt der Libanon.«

Nick fragte, wo in den Staaten er gelebt habe.

»Bald hier, bald da«, sagte Mevlevi. »New York, Kalifornien.« Plötzlich beschleunigte er seine Schritte. »Oh, meine Kollegen sind da.«

Weiter vorne, auf einer Parkbank, von der aus man die Limmat betrachten konnte, saßen zwei warm gekleidete Männer. Einer war klein und gedrungen, der andere größer und sehr dick.

»Es wird nicht lange dauern«, sagte Mevlevi. »Kommen Sie mit. Kaiser erwartet, daß ich Ihnen ein bißchen Geschäftserfahrung verschaffe. Betrachten Sie dies als Ihre erste Unterrichtsstunde: Wie hält man die richtige Beziehung zwischen Lieferant und Verteiler aufrecht.«

Nick machte sich auf alles gefaßt. Sei still, sagte er sich. Sei wachsam. Und vor allem, behalte jedes Wort im Gedächtnis, das fällt.

»Albert, Gino, ich freue mich, Sie wiederzusehen. *Salam aleikum.*« Ali Mevlevi küßte jeden der beiden Männer dreimal – linke Wange, rechte Wange, linke Wange.

»*Salam aleikum,* Al-Mevlevi«, antworteten die beiden.

Albert war der kleinere der beiden Männer, ein müder Buchhaltertyp, ein gutes Stück über seine besten Jahre hinaus, mit struppigem grauem Haar und fleckiger gelber Haut. »Sie müssen uns die neuesten Nachrichten aus unserem Heimatland erzählen«, sagte er. »Wir haben erfreuliche Berichte gehört.« Gino neben ihm nickte. Er war ein Hüne, der wenigstens hundertfünfzig Kilo auf die Waage brachte.

»Das meiste, das man so hört, ist wahr«, erwiderte Mevlevi. »Überall schießen Wolkenkratzer aus dem Boden. Eine neue Schnellstraße ist fast fertig. Das Leben auf den Straßen hat sich wieder normalisiert.« Er trat einen Schritt zurück und schob Nick nach vorn. »Dies ist ein neues Mitglied meines Stabes. Herr Nicholas Neumann. Er betreut die Finanzierung unserer Operationen. Neumann, das sind Albert und Gino Makdisi, zwei Brüder, die schon seit langem nicht mehr im Libanon leben.«

Nick trat vor und schüttelte beiden die Hand. Er wußte, wer sie waren. Eine Ecke der lokalen Zeitungen war praktisch für sie reserviert. Und es war nicht die Gesellschaftsspalte.

Albert Makdisi führte die Gruppe zum Fluß. »Heute morgen haben wir mit unseren Kollegen in Mailand gesprochen. Es ist alles in Ordnung. Am Montag um diese Zeit wird der Transport schon in Zürich sein.«

»Joseph sagt, daß eure Leute einen nervösen Eindruck machen. Warum?«

»Wer ist Joseph?« fragte Albert. »Warum schicken Sie einen Mann mit, um Ihren Transport zu begleiten? Sehen Sie mich an, Al-Mevlevi. Wir freuen uns, Sie wiederzusehen. Nervös? Nein. Überrascht? Ja, angenehm überrascht.«

»Nicht so überrascht, wie ich es war, als ich erfuhr, daß ihr die schöne Lina zu Max Rothstein geschickt habt. Ihr wußtet, daß mir ein Mädchen wie sie gefallen würde, nicht wahr, Albert?«

Albert Makdisi betupfte seine Augenwinkel mit einem weißen Taschentuch. Beide untere Augenlider waren heruntergesackt und ließen Wucherungen an den Augäpfeln sehen. »Wovon reden Sie? Ich kenne keine Frau, die Lina heißt. Erzählen Sie mir von ihr.«

»Mit Vergnügen«, sagte Mevlevi. »Ein temperamentvolles Mädchen aus Jounieh. Eine Christin. Sie hat die letzten neun Monate mit mir zusammengelebt. Soviel ich weiß, habt ihr jeden Sonntag miteinander gesprochen.«

Albert Makdisis Gesicht wurde rot. »Was für ein Unsinn! Reden wir doch vernünftig. Demnächst wird eine Lieferung eintreffen. Wir haben Geschäftliches zu besprechen.«

Gino gab ärgerlich seine Zustimmung und starrte seinen Bruder unentwegt an.

Mevlevi sprach in versöhnlicherem Ton weiter. »Du hast recht, Albert. Sehr wichtige Geschäfte sogar. Persönliche Differenzen? Die werfen wir in den Mülleimer. Ich möchte dir eine Gelegenheit geben, deine vergangenen Taten wiedergutzumachen. Ich möchte, daß wir unsere Geschäftsbeziehungen auf dem festen Grund neu beginnen, auf dem sie früher gestanden sind.«

Albert redete Gino an, als ob die anderen nicht vorhanden wären. »Er ist wirklich ein Gentleman. Er schlägt vor, uns etwas zurückzugeben, was wir gar nicht verloren haben. Fahren Sie fort, Al-Mevlevi. Wir sind gespannt auf Ihren Vorschlag.«

»Ich bitte Sie um eine Vorauszahlung von vierzig Millionen Dollar für den Transport, der am Montag ankommen wird. Die ganze Summe muß noch heute vor Geschäftsschluß auf mein Konto bei den Vereinigten Schweizer Banken überwiesen werden.«

»Erwarten Sie, daß ich jetzt zu meinen Bankern renne und bei denen sitzen bleibe, bis sie diese Überweisung durchgeführt haben?«

»Wenn es nötig ist.«

Gino bedrängte Albert. »Vielleicht sollten wir über den Vorschlag reden. Wir haben das Geld. Es handelt sich nur um zwei oder drei Tage.«

»Unsinn«, schnaubte Albert Makdisi. »Mit so gesunden Ratschlägen wären wir schon dreimal bankrott gegangen.« Er wendete sich direkt an Mevlevi. »Wir werden auf gar keinen Fall eine Vorauszahlung für einen Warentransport leisten. Es handelt sich immerhin um vierzig Millionen Dollar. Was ist, wenn der Lieferung irgend etwas passiert? Wir zahlen, wenn die Ware in unserem Lagerhaus angekommen, ordnungsgemäß gewogen und auf ihre Qualität geprüft ist. Vorher tut es mir leid.«

Mevlevi schüttelte den Kopf. »Nicht so leid, wie es mir tut. Ich dachte, daß ich nach so langjährigen Geschäftsbeziehungen mit einem kleinen Gefallen rechnen könnte. Ich dachte, daß ich dafür über Ihre Verfehlungen hinwegsehen könnte. Lina? Ihre giftige Blume.« Er zuckte mit den Achseln. »Was soll ich machen. Außer Ihnen gibt es niemanden, mit dem ich in dieser Gegend zusammenarbeiten könnte. Ist das Ihr letztes Wort?«

»Mein allerletztes.«

»Das Recht, abzulehnen, ist oft der letzte Sieg eines Mannes.«

»Ich lehne ab.«

Mevlevi sah sich nach beiden Seiten um. »Es ist kalt, nicht wahr?« sagte er. Er zog ein Paar Autohandschuhe aus der Tasche und streifte sie über.

Gino Makdisi sagte: »Es war ein scheußlicher Winter. Ein Sturm nach dem anderen. Finden Sie nicht auch, Herr Neumann?«

Nick nickte beunruhigt und wußte nicht, was er tun sollte. Was, zum Teufel, hatte Mevlevi damit gemeint, daß das Recht eines Mannes abzulehnen oft sein letzter Sieg sei? Hatte Albert Makdisi die versteckte Drohung nicht verstanden?

Albert warf einen Blick auf Mevlevis Handschuhe und meinte: »Sie werden Besseres brauchen, wenn Sie Ihre Hände warmhalten wollen.«

»Oh, da haben Sie ohne Zweifel recht. Aber ich möchte sie nicht zum Wärmen benutzen.« Mevlevi griff in seine Jackentasche und zog eine silberne 9-Millimeter-Pistole heraus. Mit verblüffender Geschwindigkeit schlang er den linken Arm um Albert Makdisis Schultern und zog ihn an sich, stieß den Lauf der Waffe tief in die Falten seines Mantels und drückte dreimal in rascher Folge auf den Abzug. Die Schüsse klangen erstickt, mehr wie ein hartes Husten als wie das Abfeuern einer Pistole. »Lina sagte, du hättest Augen wie nasse Austern.«

Albert Makdisi fiel zu Boden. Seine wäßrigen grauen Augen standen weit offen. Aus seinem linken Mundwinkel tropfte Blut. Gino Makdisi kniete an der Seite seines Bruders nieder. Er schob eine Hand in seinen Mantel, und als er sie wieder herauszog, war sie rot verschmiert. Sein feistes Gesicht war starr vor Schrecken. Nick stand regungslos da. Das hatte er nicht vorausgesehen.

Mevlevi ging einen Schritt auf Albert Makdisis Leiche zu. Seine Züge waren haßverzerrt. Er stieß seinen Absatz in das Gesicht des toten Mannes, so daß das Nasenbein brach und Blut hervorschoß. »Du Dummkopf! Wie konntest du es wagen?«

Ein kleines Rauchwölkchen stieg aus dem Lauf der Pistole. »Hier, Neumann«, rief Mevlevi. »Fangen Sie.« Damit warf er seinem Begleiter die Pistole zu. Bevor Nick die Reflexbewegung unterdrücken konnte, hatte er die Waffe mit den bloßen Händen aufgefangen. Instinktiv legte er den Finger auf den Abzug und richtete die Pistole auf Mevlevi.

Der Pascha breitete die Arme aus. »Das ist Ihre Chance, Nicholas. Sind Sie verwirrt? Sind Sie nicht mehr sicher, ob Ihr Job bei der Bank auch der richtige Beruf für Sie ist? Ich wette, Sie haben nicht erwartet, daß es so aufregend würde. Jetzt haben Sie die Wahl. Töten Sie mich, oder werden Sie für immer mein Bundesgenosse.«

»Jetzt sind Sie zu weit gegangen«, sagte Nick. »Sie hätten nicht versuchen sollen, mich in Ihre Druckswelt herunterzuziehen. Welche Möglichkeit haben Sie mir denn gelassen? Haben andere ebensoviel gesehen und den Mund gehalten?«

»Sie werden ebenfalls schweigen. Das wird das Band zwischen uns sein.«

War das der Funke, den Mevlevi in Wolfgang Kaiser entzündet hatte? Hatte er den Generaldirektor zum Gehilfen bei einem Mord gemacht? »Es gibt kein Band zwischen uns. Sie haben es zu weit getrieben.«

»Das gibt es nicht. Ich habe mein ganzes Leben damit verbracht, in die dunkelsten Winkel der Seelen anderer zu pissen. Jetzt geben Sie mir die Pistole. Schließlich stehen wir auf der gleichen Seite.«

»Was soll das für eine Seite sein?«

»Die Seite des Geschäftes natürlich. Gesunde Profite und noch gesundere Bonusse. Geben Sie endlich die Pistole her.«

»Niemals.«

Der scherzhafte Ausdruck verschwand von Mevlevis Gesicht. »Die Zeit für derartige Spielchen ist vorbei. Hinter Ihnen liegt eine Leiche, und Ihre Fingerabdrücke sind auf der Mordwaffe. Sie haben Ihren Standpunkt bereits gewählt. Wie ich schon sagte, bin ich sehr beeindruckt von Ihnen. Wie ich sehe, haben auch Sie das Zeug zum Widerstand.«

Hatte auch Kaiser dem Pascha Widerstand geleistet? fragte sich Nick. Oder sprach er von jemand anderem. »Ich gehe jetzt und nehme diese Pistole mit. Erwarten Sie nicht, daß ich am Montag morgen antrete. Dies hier« – er deutete mit dem Kopf auf den leblosen Körper Albert Makdisis – »werde ich, so gut ich kann, erklären müssen.«

»Was erklären?« fragte Gino Makdisi, der sich wieder aufgerichtet hatte. »Daß Sie meinen Bruder getötet haben?«

Mevlevi sagte zu Gino: »Es tut mir wirklich leid. Ich habe getan, worum Sie mich gebeten haben. Ich habe ihm noch eine Möglichkeit gelassen, sich zu entschuldigen.«

»Albert?« knurrte Gino. »Der hat sich noch nie bei jemandem entschuldigt.«

Mevlevi wendete sich zu Nick. »Ich fürchte, mein Freund, es sieht so aus, als hätten Sie Albert Makdisi getötet.«

»Ja«, stimmte Gino Makdisi zu. »Es gibt zwei Zeugen. Wir beide haben gesehen, daß Sie es waren.«

Nick lachte grimmig. Mevlevi hatte Gino Makdisi bestochen. Ein wilder Gedanke schoß durch seinen Kopf. Der Tod eines Mannes lastete schon auf seiner Seele. Warum nicht zwei? Warum nicht drei? Er hob den Arm und zielte auf Mevlevis Gesicht, das plötzlich nicht mehr lächelte. Du hast Cerruti umgebracht, du Schurke. Wie viele Menschen hast du schon auf dem Gewissen? Auch Becker? Hat er dir zuviel herumgeschnüffelt? Und jetzt willst du mich einspannen?

»Denken Sie an Ihren Vater«, sagte Mevlevi.

»Das tue ich.« Nick streckte den Arm aus und drückte auf den Abzug. Es gab ein klickendes Geräusch. Er drückte noch einmal. Metall schlug auf Metall.

Ali Mevlevi atmete hörbar aus. »Das war eine echte Mutprobe. Ich muß zugeben, daß allerhand Courage dazu gehört, in die Mündung einer Pistole zu schauen, selbst dann, wenn man weiß, daß sie nicht geladen ist. Einen Augenblick lang wußte ich nicht mehr, wie viele Schüsse ich auf Albert abgefeuert hatte.«

Gino Makdisi zog einen kurzläufigen Revolver aus der Jackentasche und zielte auf Nick. Er sah Mevlevi an und wartete auf Befehle. Mevlevi winkte ab. Zu Nick sagte er: »Bitte geben Sie mir die Pistole. Danke.«

Nick wurde sich plötzlich der Stille bewußt. Das Klicken der Pistole hatte die Wut, die in ihm gekocht hatte, erstickt. Er war auf den Rückstoß der Pistole in seiner Hand gefaßt gewesen, er hatte den Knall des Schusses erwartet. Er hatte einen Menschen töten wollen.

Mevlevi steckte die silberne Pistole wieder in seine Jackentasche. Er kniete sich auf den Boden und sammelte die leeren Patronenhülsen ein. Dann stand er auf und sagte zu Nick: »Heute morgen habe ich Ihnen gesagt, daß ich Ihnen danken wollte. Wie könnte ich Ihnen meine Dankbarkeit besser zeigen, als dadurch, daß ich Sie zu einem Mitglied meiner Familie mache? Cerrutis Tod hat eine Lücke gerissen.«

»Ich werden niemals ein Mitglied Ihrer Familie sein.«

»Sie haben keine andere Wahl. Heute lasse ich Sie am Leben. Von jetzt an werden Sie alles tun, was ich will. Nichts Besonderes. Jedenfalls jetzt noch nicht. Einstweilen möchte ich nur, daß Sie Ihre Arbeit tun.«

»Denken Sie an die Pistole«, sagte Gino Makdisi. »Ihre Fingerabdrücke sind darauf. Ich bin zwar ein Verbrecher, aber vor Gericht gilt mein Wort genausoviel wie das eines jeden anderen Mannes.« Er schob seinen massigen Körper zum Pascha. »Können Sie mich zur Schillerbank bringen? Wir müssen uns beeilen, wenn wir diese Überweisung noch heute nachmittag erledigen wollen.«

Der Pascha lächelte. »Machen Sie sich keine Sorgen. Neumann ist Experte darin, in letzter Minute eintreffende Überweisungsaufträge zu erledigen.«

Kapitel 45

Peter Sprecher trommelte mit den Fingern auf seinem Schreibtisch herum und zwang sich, langsam bis zehn zu zählen, bevor er die Nerven verlor. Im stillen beschwor er Gott, die durcheinanderredende Horde zur Ruhe zu bringen, die um den sechseckigen Handelstisch neben seinem eigenen versammelt war. Er war erst bei sieben angekommen, als er es nicht mehr aushielt. Er schob seinen Stuhl zurück und klopfte seinem Nachbarn Hassan Faris, dem Leiter der Handelsabteilung, auf die Schulter. »Ich weiß, dies ist ein ruhiger Freitag nachmittag. Aber wenn Sie diesen infernalischen Lärm noch länger fortsetzen wollen, gehen Sie mit Ihrer Bande in eine andere Ecke der Höhle. Ich habe noch ein Dutzend Telefonate zu erledigen, und ich kann mein eigenes Wort nicht verstehen.«

»Herr Sprecher«, antwortete Faris über den Lärm hinweg. »Sie sitzen hier mitten im Handelssaal einer Bank, die ihr gesamtes Einkommen aus dem An- und Verkauf von Wertpapieren bezieht. Wenn Sie ein Problem mit Ihren Ohren haben, bestelle ich Ihnen gerne ein Hörgerät. Bis dahin kümmern Sie sich um Ihre eigenen Angelegenheiten, ja?«

Sprecher schob seinen Stuhl wieder an den Schreibtisch zurück. Natürlich hatte Faris recht. Im Handelssaal mußte es zugehen wie in einem Bienenstock, je hektischer, desto besser. Ein Markt, auf dem Bewegung herrschte, bedeutete, daß Geld verdient wurde. Er überblickte den Saal. Sieben sechseckige Tische waren auf dem grünen Teppichboden verteilt. Um sie herum standen Männer, die mit den unterschiedlichsten Aktivitäten beschäftigt waren. Er hörte gerade, wie jemand eine Ankaufsanordnung für tausend OEX-Contracts auf dem offenen Markt losließ.

Sprecher fühlte sich verloren. Dies war nicht seine Welt. Die Laufbahn eines Aktienhändlers war häßlich, brutal und kurz. Er hatte nicht die geringste Freude daran, Leute anzurufen, die er noch nie gesehen hatte, und sie zu bedrängen, ihr Geschick mit dem Klaus Königs und der Adlerbank zu verbinden. Dabei kam er sich billig vor.

Im Herzen war er immer noch ein VSB-Mann. Offiziell bestand seine Arbeit darin, die Wählerstimmen der Institutionen, die beachtenswerte Blöcke von Aktien besaßen, für die Sache der Adlerbank zu gewinnen. Es war eine schwierige Aufgabe, trotz der vertraulichen Listen von Aktionären, die bei den VSB gestohlen worden waren. Die Inhaber von Schweizer Bankaktien waren vorwiegend konservativ. Die Adlerbank hatte wenig Glück damit, unter Hinweis auf ihre Gewinnsteigerungen in der Vergangenheit neue Wählerstimmen zu gewinnen. Zu riskant, viel zu aggressiv, erklärten die schwerfälligen Investoren. Da bis zur Generalversammlung der VSB nur noch fünf Tage Zeit blieben, war er überzeugt, daß die einzige Möglichkeit, zwei Sitze im Aufsichtsrat der Vereinigten Schweizer Banken zu gewinnen, in der Aktienakkumulation bestand: Ankäufe auf dem offenen Markt.

Das Problem war nur, daß die Geldreserven der Adlerbank zur Neige gegangen waren. Die Bank hatte ihr Eigenkapital über jedes vernünftige Maß hinaus belastet, um ihre gegenwärtigen zweiunddreißig Prozent der VSB-Aktien in die Hand zu bekommen, ein Anteil, der gestern bei Börsenschluß einen Wert von 1,4 Milliarden Schweizer Franken gehabt hatte. Wenn König den einen entscheidenden Prozentpunkt nicht bekommen konnte, dann gnade ihm Gott: Dann würde der Preis für VSB-Aktien zusammenbrechen, und der Wert des Anteils der Adlerbank würde über Nacht zwischen achtzehn und neunzehn Prozent fallen.

Sprecher entdeckte einen großen Mann, der ihm von der anderen Seite des Saales aus zuwinkte. Es war Georg von Graffenried, Königs zweiter Mann und Chef der Abteilung für Obligationen. Er winkte zurück und stand auf, aber Graffenried bedeutete ihm sitzenzubleiben. Wenige Augenblicke später nahm er an Sprechers Seite Platz.

»Ich habe gerade eine neue Überraschung von unseren Freunden bei den VSB bekommen«, sagte Graffenried und reichte ihm ein Blatt Papier. »Machen Sie sich an die Arbeit. Ein Block von einhundertviertausend Aktien. Genau der eine Prozentpunkt, den wir noch brauchen. Stellen Sie fest, wer den Züricher Witwen- und Waisenfonds verwaltet, und bewegen Sie ihn so schnell wie möglich dazu hierherzukommen. Diese Stimmen müssen wir uns sichern.«

Sprecher griff nach der Fotokopie des VSB-Papiers. Der Züricher Witwen- und Waisenfonds. Manager Frau E. Emmenegger. Er grinste. Die List seines amerikanischen Freundes hatte offenbar gewirkt. Der Druck, die dreiunddreißig Prozentmarke zu überschreiten, war so groß, daß weder König noch Graffenried sich die Mühe gemacht hatten, die Authentizität des Fonds zu überprüfen, obwohl sie noch nie etwas von ihm gehört hatten.

»Morgen erwarte ich eine Antwort. Wir werden den ganzen Tag hier sein.«

Pflichtgemäß hob Sprecher den Telefonhörer ab und wählte die auf dem Blatt angegebene Nummer. Nach dem vierten Klingelton schaltete sich ein automatischer Anrufbeantworter ein. Die Stimme kam ihm bekannt vor, aber er konnte sie niemandem zuordnen. Nach dem Signal hinterließ er eine kurze Nachricht: »Hier ist Peter Sprecher von der Adlerbank. Wir würden gerne so bald wie möglich über Ihre Wählerstimmen für Ihre VSB-Aktien bei der Generalversammlung am Dienstag mit Ihnen sprechen. Bitte rufen Sie mich unter der folgenden Nummer zurück. Herr König und Herr von Graffenried würden sich gerne persönlich mit Ihnen treffen, um Ihnen die bekannten Investitionsstrategien der Adlerbank zu erläutern und Ihnen darzulegen, wie der Wert der Aktien durch die guten Ratschläge der Adlerbank erheblich ansteigen könnte.«

»Gut gemacht.« Hassan Faris applaudierte. »Hier ist Herr Peter Sprecher. Schicken Sie uns Ihre Frauen und Töchter. Vertrauen Sie uns. Wir wollen sie nur vergewaltigen und versklaven. Machen Sie sich keine Sorgen.«

Hassans Gefolgschaft brach in schallendes Gelächter aus. Auf dem Schreibtisch des Aktienhändlers leuchtete ein Licht auf. Faris drückte auf den erleuchteten Knopf und hielt den Telefonhörer an sein Ohr. Er stopfte einen Finger in das andere Ohr und bedeutete seinem Gefolge, still zu sein.

Sprecher rollte seinen Stuhl näher zu seinem Nachbarn hin, um das Telefongespräch mitzuhören.

»Einen Augenblick, bitte, das muß ich aufschreiben«, sagte Faris. »Bei einem so großen Auftrag möchte ich keinen Fehler riskieren ... vierzig Millionen ... US-Dollar oder Schweizer Franken? ... Dollar, jawohl ... Aber Herr König, unsere Barschaft beträgt nur noch zwei Millionen Dollar ... Wir müssen überhaupt nichts sagen ... Gut, technisch ja, wir zahlen eben vierundzwanzig Stunden später, das ist alles ... Dienstag morgen um zehn ... Wird das Geld bis dahin bei uns angekommen sein? ... Ich wiederhole: Ein Auftrag, VSB-Aktien im Wert von vierzig Millionen US-Dollar auf dem offenen Markt zu erwerben, mit Zahlung am Dienstag. Der ganze Kauf soll auf das Konto von Ciragan Trading verbucht werden.«

Sprecher schrieb alles mit, was Faris gesagt hatte.

»Ja, Herr König, ich werde noch vor Geschäftsschluß Bericht erstatten. Vermutlich werden wir auf dem Nachmarkt weiterarbeiten müssen ... Ich werde Sie auf dem laufenden halten.« Faris warf den Hörer auf die Gabel.

»Was ist Ciragan Trading?« fragte Sprecher.

Hassan schrieb Klaus Königs Anweisungen in sein Auftragsbuch. »Ciragan? Das ist Königs Privatkonto.«

»Königs? Das klingt aber nicht wie der Name eines Schweizer Handelskontos. Es gehört doch sicher nicht wirklich der Adlerbank.«

»Es ist das Konto seines größten Investors. Die meisten VSB-Aktien, die wir gekauft haben, gehören Ciragan Trading. Wir haben Vollmacht für alle Wertpapiere auf diesem Konto. Sie sind so gut wie unser Eigentum.« Hassan sah auf und runzelte ärgerlich die Stirn. »Warum erzähle ich Ihnen das eigentlich? Es geht Sie überhaupt nichts an. Machen Sie sich wieder an Ihre Arbeit.«

Sprecher sah zu, wie Faris die Züricher Börse anrief. Aufgeregt gab der Aktienhändler den Auftrag, für vierzig Millionen US-Dollar einzukaufen. Wenn dieser Auftrag ausgeführt war, hatte die Adlerbank die dreiunddreißig Prozentmarke überschritten. Sie konnte damit rechnen, zwei Sitze im Aufsichtsrat der Vereinigten Schweizer Banken zu gewinnen, für jede Absicht und jeden Zweck. Das war das Ende von Kaiser. Und auch das von Nick.

Ciragan Trading, flüsterte Sprecher. Er hatte das Wort in seinem ganzen Leben nur in einem Zusammenhang gehört: *Ciragan Palace*. Das Codewort für das Nummernkonto 549.617 RR. Der Pascha. Das konnte kein Zufall sein. Dafür war Zürich nicht groß genug. Sprecher hob den Telefonhörer ab, um Nick anzurufen, aber der Klang von Faris' Stimme brachte ihn auf den Gedanken, daß es kaum mehr klug wäre, von der Adlerbank aus anzurufen. Er griff nach seiner Jacke.

Kapitel 46

Nick stapfte mühsam den steilen Berg hinauf. Der Bürgersteig war mit dünnem Eis überzogen und so glitschig wie ein nasses Stück Seife. Unter normalen Umständen hätte ein solcher Marsch ihn in eine düstere Stimmung versetzt. Aber heute hatte er eine grimmige Freude daran. Er begrüßte alles, was ihn von den Ereignissen des Nachmittags ablenkte. Vor drei Stunden hatte er versucht, einen Mann zu töten. Und auch jetzt noch wünschte ein Teil von ihm, es wäre gelungen.

Er blieb stehen und lehnte sich gegen einen kahlen Baum. Abermals hörte er den erstickten Knall von Mevlevis Pistole, als dieser drei Schüsse auf Albert Makdisis Brust abfeuerte. Er erinnerte sich an das verächtliche und höhnische Grinsen des Paschas, als Rita Sutter die Nachricht von Cerrutis Tod überbrachte. Er sah Albert Makdisis zertretenes Gesicht und seine anklagenden Augen. Plötzlich wurde ihm übel. Er keuchte und sog die kalte Abendluft ein. Er war zu Mevlevis Schachfigur geworden. Er war in der Hölle.

Nachdem sie den Platzspitz verlassen hatten, hatte Mevlevi ihn zur Bank zurückgebracht. Kaiser war nicht da. In der Kaiserpfalz war es still. Drei Nachrichten von Peter Sprecher lagen auf seinem Schreibtisch. Er beachtete sie nicht. Reto Feller rief an und teilte ihm mit, daß er sich die restlichen Portfolios geholt habe, die von Nick noch nicht »befreit« worden seien, und daß die VSB nun über achtundfünfzig Prozent der Wählerstimmen verfügten. Die Adlerbank sei bei zweiunddreißig Prozent steckengeblieben.

Um 16.15 Uhr hatte Pietro von der Abteilung für Zahlungsverkehr angerufen und ihn informiert, daß auf einem gerade erst aktivierten Nummernkonto (einem von den fünf Konten, die Mevlevi an diesem Vormittag vom International Fiduciary Trust erworben hatte) eine Überweisung über vierzig Millionen Dollar von der Schillerbank eingetroffen sei. Nick leistete den Anweisungen des Paschas Folge und transferierte die ganze Summe sofort an die in Matrix eins aufgelisteten Banken. Unmittelbar darauf hatte er die VSB verlassen.

Nick setzte seinen Weg zu Sylvias Appartementhaus fort. Er ertrug es nicht, in sein eigenes, enges Einzimmer-Zuhause zurückzukehren. Als er den Gipfel des Hügels erreicht hatte, drehte er sich um. Seine Augen durchforschten Hecken, Zäune, Bäume und Hauseingänge. Er suchte nach einem von Mevlevi ausgesandten Schatten, der den Befehl haben würde, jeden unklugen Fluchtversuch zur Polizei zu unterbinden.

Als er den Eingang zu Sylvias Wohnhaus erreichte, war Nick erschöpft. Er sah auf seine Armbanduhr und stellte fest, daß es erst 17.30 Uhr war. Er bezweifelte, daß sie schon daheim sein würde, drückte aber für alle Fälle auf den Klingelknopf. Niemand öffnete. Vermutlich war sie noch in der Arbeit. Mit einem Seufzer schloß er die Augen und lehnte sich gegen die Wand, dann glitt er abwärts, bis er auf dem verharschten Schnee saß. Sylvia würde jede Minute nach Hause kommen, sagte er sich. Nur ruhig.

Jemand faßte ihn bei den Schultern und schüttelte ihn. Nick öffnete die Augen. Sylvia Schön war über ihn gebeugt. Sie befühlte seine Wange mit ihren warmen Händen. »Was ist los mit dir? Wie lange sitzt du denn schon hier? Mein Gott, du bist ja ganz steif gefroren.« Nick stand auf. Sein Rücken schmerzte, und das rechte Knie war vollkommen steif. Er sah auf seine Uhr und stöhnte. »Es ist fast sieben. Um halb sechs habe ich mich hingesetzt.«

»Komm schnell rein und nimm eine heiße Dusche. Du mußt sofort die Kleider ausziehen.«

Nick folgte ihr in die Wohnung. Er bemerkte die verblichenen gelben Akten, die sie unter dem Arm trug. »Du hast die nächsten Monatsberichte erbeuten können?«

»Sicher« sagte Sylvia stolz. »Ich habe den Rest von 1978 und das ganze Jahr 1979. Wir haben das komplette Wochenende, oder?«

Nick lächelte und nickte. Er staunte über die Leichtigkeit, mit der Sylvia Akten aus der Bank heraus- und wieder hineinbringen konnte. Er wollte ihr für die Monatsberichte danken, aber sie begann, ihn mit Fragen zu bombardieren. Wo war er den ganzen Tag gewesen? Hatte er die furchtbare Nachricht über Marco Cerruti gehört? Warum hatte er sie nicht angerufen, wenn er vorhatte, zum Abendessen zu ihr zu kommen?

Nick seufzte und ließ sich von ihr zum Badezimmer führen.

Der Verfolger stand fünfzig Meter vom Wohnhaus entfernt in einer Gruppe von Fichten versteckt. Er tippte eine Nummer in sein Handy ein. Erst nach dem zwölften Klingeln kam eine Anwort. »Wo ist er?« »Bei der Frau. Sie ist gerade nach Hause gekommen. Jetzt ist er mit ihr im Haus.«

»Genau wie wir erwartet haben.« Ein wissendes Lachen. »Ich wußte, daß er nicht zur Polizei gehen würde. Wie sieht er übrigens aus?«

»Erschöpft«, antwortete der Observant. »Er hat eine Stunde lang vor ihrem Haus geschlafen.«

»Geh nach Hause«, sagte Ali Mevlevi. »Er ist jetzt einer von uns.«

Nick stand unter der Dusche und genoß das heiße Wasser, das wie tausend Nadeln auf seine Haut herunterprasselte. Nach einer Stunde bei Sylvia würde er sich wieder wie ein Mensch fühlen. Er dachte über den Nachmittag nach. Er hatte das dringende Bedürfnis, mit jemandem darüber zu reden, und er war nahe daran, Sylvia alles anzuvertrauen. Aber dann beschloß er, es nicht zu tun. Um ihretwillen und um seiner selbst willen nicht. Plötzlich regte sich ein Gedanke in seinem verwirrten Gehirn – an etwas, das am frühen Nachmittag geschehen war. Ein Wort flimmerte durch seinen Kopf, eine Erinnerung, die durch sein Interesse an den Monatsberichten geweckt worden war. Aber sie blieb unter der Oberfläche verborgen. Er gab es auf, darüber nachzudenken. Aber er wußte, daß da etwas war, und er hatte das heftige Bedürfnis herauszubekommen, um was es sich handelte.

Das Abendessen aus Kalbsscallopini und Spätzle wanderte größtenteils in den Mülleimer. Nick hatte keinen Appetit. Er erklärte Sylvia, daß es reine Erschöpfung gewesen sei, die ihn vor ihrem Haus hatte einschlafen lassen. Er konnte einfach nicht mit dem Generaldirektor Schritt halten. Sie gab sich mit dieser Erklärung zufrieden. Sie war zu sehr damit beschäftigt, die Reaktionen ihrer Kollegen auf Marco Cerrutis Selbstmord zu schildern. Niemand verstand, warum er sich umgebracht hatte.

Nick tat sein Bestes, ihre Bestürzung zu teilen. »Er muß ein tapferer Mann gewesen sein. Es erfordert sehr viel Mut, sich zu erschießen.«

»Er hatte getrunken«, erklärte Sylvia. »Wenn man genügend Alkohol intus hat, kann man alles.«

Cerruti und trinken? Das Härteste, was er jemals angerührt hatte, war Coca-Cola. »Wer hat das behauptet?«

»Jemand bei der Bank hat es gesagt.«

Ein Haufen gelber Akten bedeckte den Eßtisch. Jeder enthielt drei von Alex Neumann vorgelegte Monatsberichte. Nick suchte die Akte für Juni, Juli und August 1978 heraus und zog sie zu sich heran. Sylvia hielt den Terminkalender für 1978 in der Hand. »Ich habe in den Personalakten nach Herrn C. Burki gesucht, dem Mann von der VSB-Niederlassung in London, der Soufi an deinen Vater weiterempfohlen hat. Er heißt Caspar Burki. 1988 ist er als stellvertretender Generaldirektor in den Ruhestand gegangen.«

»Lebt er noch?«

»Ich habe eine Adresse in Zürich, aber ich weiß nicht, ob er noch dort wohnt.«

Nick nahm Sylvia den Terminkalender seines Vaters aus der Hand und schlug den Monat April auf. Er blätterte bis zum 15. April weiter, an dem Allen Soufi zum erstenmal erwähnt wurde. Plötzlich tauchte die verschwommene Erinnerung an die Oberfläche. Er sah sich wieder am frühen Nachmittag dieses Tages an Ali Mevlevis Seite durch den Platzspitz gehen. Er hörte die Stimme des Paschas, der von seinem Vater sprach: »Ich konnte niemals ein Derwisch werden. Dieses Gedrehe und Gesinge. Ich war nur an dieser Welt interessiert.«

Nick starrte die Schrift seines Vaters an, und ein Adrenalinstoß fuhr durch seinen Körper. »Sylvia, weißt du etwas über tanzende Derwische?«

»Überhaupt nichts. Außer, daß sie seltsame Kopfbedeckungen tragen.«

»Hast du ein Konversationslexikon?«

»Nur eines auf CD-ROM. Es ist in meinem Computer im Schlafzimmer.«

»Ich muß etwas darin nachsehen.«

Fünf Minuten später saß Nick am Schreibtisch in Sylvias Schlafzimmer. Er hatte das Hauptmenü des Lexikons vor sich und tippte bei »Search« das Wort »Derwisch« ein. Eine kurze Definition erschien auf dem Bildschirm: »Klösterliche Sekte, gegründet von den Schülern Jalál ad-Dín ar-Rúmís, der als der größte mystische Dichter des Islam gilt. Sie nannten sich tanzende Derwische. Die Grundlage der islamischen Mystik, in den westlichen Sprachen Sufismus genannt, ...«.

Nick hörte auf zu lesen. Er versuchte, sich alles zu vergegenwärtigen, was er über Ali Mevlevi wußte. Der Mann war Türke. Er hatte für sein Nummernkonto das Codewort Ciragan Palace ausgewählt, und der Ciragan-Palast in Istanbul war während des späten 19. Jahrhunderts die Wohnung der letzten osmanischen Sultane gewesen. Er besaß einen argentinischen Paß, hatte seinen Familiennamen als Malvinas angegeben und hatte gerade erst an diesem Nachmittag gesagt, daß er auch in Argentinien gelebt habe. Malvinas war der argentinische

Name für die Falklandinseln. Er benutzte den Vornamen Allen, was die anglisierte Form des türkischen Ali war. Und dann das letzte Stück im Puzzle. Mevlevis Vater war ein tanzender Derwisch, und die Derwische gehörten zu der islamischen Sufi-Sekte: *daher der Name Soufi.*

Vor Nicks Augen fügten sich die Einzelteile zu einem Mosaik zusammen. Ali Mevlevi verwob ständig Elemente des wirklichen Lebens in sein fingiertes Leben. Allen Soufi. Allan Malvinas. Ali Mevlevi. Hatte der Pascha nicht auch erwähnt, daß er in Kalifornien gelebt habe? Was kam dabei heraus, wenn man alle Fakten zusammenfügte? Konnte Nick daraus schließen, daß Alexander Neumann vor achtzehn Jahren Allen Soufi, alias Ali Mevlevi, als Kunden der Zweigniederlassung der VSB in Los Angeles zum Essen eingeladen hatte? Oder war das alles nur ein unglaubliches Zusammentreffen von Zufällen?

Nick überdachte noch einmal sämtliche Fakten und wagte es nicht, sie für wahr zu halten. Seltsamerweise fürchtete sich ein Teil von ihm davor, seine eigene Hypothese zu akzeptieren. Sie roch nach Schicksal und Karma und all dem, woran er sein Leben lang niemals hatte glauben wollen. Sie war einfach zu unwahrscheinlich.

Aber war sie das wirklich? Nein, bei genauer Betrachtung wohl doch nicht. Viele Kunden blieben ihr ganzes Leben lang bei ein und derselben Bank. Viele Söhne arbeiteten in derselben Firma wie ihre Väter. Er verwarf seine letzten Zweifel. »Sylvia«, sagte er. »Wir müssen weiter nach diesem Allen Soufi suchen.«

»Was hast du denn gefunden?«

»Die Bestätigung, daß er unser Mann ist. Ich bin jedenfalls davon überzeugt. Machen wir uns wieder an die Monatsberichte. Sie müssen die Antwort auf unsere Fragen enthalten.«

Nick und Sylvia gingen wieder zum Eßtisch hinüber. Er zog ihren Stuhl neben den seinen, und gemeinsam gingen sie die restlichen Monatsberichte durch. Jeder Bericht begann mit einer Aufzählung der Einzahlungen, die von neuen und alten Kunden getätigt worden waren. Es folgte eine Beschreibung der bereits gewährten sowie der erst geplanten Kredite. An dritter Stelle kamen logistische Fragen: Gehälter, Personalberichte, Verwaltungskosten. Als letztes folgte ein Abschnitt »Verschiedenes«. In diesem letzten Abschnitt des Monatsberichts vom März 1978 hatte Nick den Namen Soufi zum erstenmal entdeckt. Er las den Bericht für den Juni. Nichts. Juli, nichts. August, nichts. Er griff nach der nächsten Akte. September, nichts. Oktober. Er schlug mit der Hand auf den Tisch. »Hier. Da haben wir ihn«, rief er. »Sylvia, am 12. Oktober 1978. Was steht für diesen Tag im Terminkalender?« Sylvia blätterte aufgeregt die Seiten durch. Sie fand das Datum und schob ihm den Terminkalender hin.

Der Eintrag für den 12. Oktober lautete: »Abendessen mit Allen Soufi bei Matteo's. Unerwünscht.« Das Wort »unerwünscht« war dreimal unterstrichen und eingerahmt. Nick hörte gerade die Stimme seines Vaters so deutlich, als stünde er unmittelbar neben ihm. Dieses Wort war einer der Lieblingsausdrücke seines Vaters gewesen, und er hatte es bei jeder passenden und unpassenden Gelegenheit verwendet. Nachspeise war unerwünscht. Jede schlechtere Note als eine Zwei im Zeugnis war unerwünscht. Fernsehen an den Abenden von Wochentagen war unerwünscht.

»Was steht in dem Monatsbericht?« wollte Sylvia wissen.

Nick schob ihr die Akte hin. Er deutete auf den Abschnitt IV, Verschiedenes, Punkt fünf.

Sylvia las laut vor: »Am 12. Oktober wurde die dritte Besprechung mit Herrn Allen Soufi abgehalten. Der Firma Goldlux Inc. wurde ein Kredit von hunderttausend Dollar angeboten. Zusätzliche Handelsfinanzierung nach Bedarf wurde auf Anordnung der VSB ZRH zugesagt. AXN legt in einem Aktenvermerk seine Bedenken gegen diesen Kredit dar. Von WAK – Abteilungsleiter, überstimmt.«

Nick hielt den Atem an. Allen Soufi stand mit Goldlux in Verbindung. Irgendwann Anfang 1979 hatte Alex Neumann erwähnt, daß er Goldlux besucht hatte. Nick nahm den Terminkalender für 1979, blätterte die Seiten durch und stellte fest, daß die Firma Goldlux zum erstenmal am 13. März 1979 auftauchte. Nur die Adresse. 22550 Lankershim Blvd. Er nahm die gelbe Akte, die den Bericht für März 1979 enthielt. Unter der Überschrift »Handelsfinanzierung« fiel ihm sofort etwas auf, das damit zu tun hatte: Goldlux hatte Kreditbriefe im Wert von mehr als einer Million Dollar zugunsten von El Oro des Andes, S.A. in Buenos Aires, Argentinien, eröffnet.

Allan Malvinas aus Argentinien.

Nick schluckte und las weiter. Eine Bemerkung unter dem Namen Goldlux lautete: »Siehe Brief an Franz Frey, stellvertretender Generaldirektor für internationale Finanzen.« Als Thema des Briefes war ein Besuch bei der Firma Goldlux, Inc. angegeben. Nick durchsuchte den ganzen Monatsbericht, konnte aber den Brief nicht finden. Er war entweder verlorengegangen oder gestohlen worden.

Weiter zu Alex Neumanns Terminkalender, 20. April 1979: »Abendessen mit Allen Soufi im Ma Maison.« Dahinter: »Schlitzohr.« Die Bedeutung dieses Wortes wurde durch die entsprechende Eintragung im Monatsbericht für April verdeutlicht: Alex Neumann verlangt die Kündigung des Kredits für Goldlux. Ein Antwortschreiben von Franz Frey folgt. Frey stimmt zu, daß die VSB die Geschäftsbeziehungen zu Goldlux abbrechen sollten, schlägt aber vor, daß AXN (Alex Neumann) die Zustimmung von WAK (Wolfgang Andreas Kaiser) einholen soll. Der Brief enthält eine handgeschriebene Bemerkung von Frey: »Nachforschungen von Interpol über A. Soufi haben nichts ergeben.«

Bei dieser Bemerkung hielt Nick inne. Was hatte sein Vater über Goldlux herausgefunden, das eine Anfrage bei Interpol rechtfertigte?

Weiter zum Monatsbericht für Juni. Wolfgang Kaiser antwortet handschriftlich: »Geschäftsbeziehungen mit Goldlux fortsetzen. Kein Grund zur Sorge.«

Sylvia blätterte im Terminkalender weiter bis zum

17. Juli. Sie schob Nick das Buch zum Lesen hin. Auf der entsprechenden Seite standen nur fünf Worte. »Franz Frey tot. Selbstmord.«

Mein Gott, nein! dachte Nick. Wie hatten sie Frey erledigt? Kopfschuß? Durchschnittene Kehle?

Weiter zum August. Der Monatsbericht listet Kreditbriefe für Goldlux in Höhe von drei Millionen Dollar auf, wieder zugunsten der Firma El Oro des Andes. Bargeld in Höhe der Gesamtsumme auf dem Konto. Keine Schulden. Warum war sein Vater dann so dagegen, mit ihnen zusammenzuarbeiten? Was zum Teufel tat Goldlux überhaupt? Offensichtlich importierten sie Gold in großen Mengen in die Vereinigten Staaten, aber was dann? Verkauften sie das Gold an Hersteller von Schmuck, oder stellten sie selbst Schmuck her? Prägten sie irgendwelche Münzen? Waren sie Groß- oder Einzelhändler?

Weiter zum September. Die erste der Eintragungen im Terminkalender seines Vaters, die Nick erschreckend gefunden hatte. »Mittagessen bei Beverley Wilshire mit A. Soufi« und darunter mit zorniger Schrift: »Der Bastard hat mich bedroht!«

12. November. »Soufi um 14 Uhr im Büro.« Auf derselben Seite die Telefonnummer des FBI-Büros Los Angeles und der Name des Special Agent Raymond Gillette.

Sylvia hinderte Nick daran weiterzublättern und fragte: »Hast du das FBI angerufen, als du diese Eintragung zum erstenmal gesehen hast?«

»Höchstens zehnmal«, sagte Nick. »An Zivilisten ohne besondere Befugnisse werden keine Informationen weitergegeben. Kommt dir das bekannt vor?«

19. November. »Anruf von der Hauptgeschäftsstelle. Geschäftsbeziehungen mit Goldlux unter allen Umständen aufrechterhalten.«

20. November. »Evans Security. 213-555-3367.«

»Was ist mit Evans Security? Hast du sie angerufen?«

»Natürlich. Evans Security bietet besonders ausgebildete Chauffeure, Sicherheitskuriere und Bodyguards an. Ich vermute, daß mein Vater einen Bodyguard bestellen wollte. Ich habe dort nachgefragt, aber sie bewahren ihre Unterlagen nicht so lange auf.«

Plötzlich fiel Nick der Köder ein, den er für Armin Schweizer ausgelegt hatte. »Sylvia, ich muß nach deinem Anrufbeantworter sehen.« Er stand auf und suchte das Telefon. Ein alter Anrufbeantworter stand daneben. Ein rotes Licht blinkte. »Es sind Nachrichten darauf. Bitte komm her und spiele sie ab.«

»Vielleicht sind sie privat«, antwortete sie empfindlich.

Nick runzelte die Stirn. »Ich werde deine Geheimnisse nicht verraten. Aber ich muß feststellen, ob die Falle, die ich gestern gestellt habe, wirksam war. Laß uns abhören, wer angerufen hat.«

Sylvia ließ das Tonband laufen. Die erste Nachricht war von einer Freundin mit piepsiger Stimme, Vreni. Nick versuchte, nicht hinzuhören. Ein Signal. Die nächste Nachricht. Schweigen. Ein tiefer Seufzer. Aufgelegt. Wieder ein Signal. »Hier ist Peter Sprecher von der Adlerbank. Wir würden gerne so bald wie möglich über Ihre Wählerstimmen für Ihre VSB-Aktien bei der Generalversammlung am Dienstag sprechen …«

Nick und Sylvia hörten sich die ganze Nachricht an. Wieder ein Signal. Diesmal sprach eine barsche Stimme. »Sylvia, bist du da?« Sylvia beeilte sich, das Band abzustellen. »Mein Vater«, erklärte sie. »Das möchte ich mir lieber alleine anhören.«

»In Ordnung. Das ist natürlich deine persönliche Sache«. Die Stimme hallte in Nicks Kopf wieder. Er fand, daß sie der von Wolfgang Kaiser sehr ähnlich war. »Hast du Peter Sprecher gehört? Ich hatte recht. Jemand in der Bank hat das Papier gestohlen, das ich auf meinen Schreibtisch gelegt hatte, und es an die Adlerbank weitergeleitet.«

»Glaubst du wirklich, daß es Armin Schweizer war?«

»Gefühlsmäßig ja. Aber es können natürlich vier oder fünf verschiedene Personen in mein Büro gehen, wenn ich nicht da bin. Ich hätte gerne die Stimme des Täters auf dem Tonband gehört, verdammt. Jetzt muß ich erst einmal mit Peter Sprecher reden. Vielleicht weiß er ja, wer der Adlerbank die Liste zugespielt hat.« Nick versuchte, Peter Sprecher anzurufen, aber es meldete sich niemand. Also schlug er vor, sich wieder an die Arbeit zu machen.

Nick las die Monatsberichte für Oktober, November und Dezember. Allen Soufi und Goldlux wurden nicht mehr erwähnt. Er schloß die Akte.

Als Sylvia sich entschuldigte, um auf die Toilette zu gehen, verfiel Nick in eine Art Traum. Er war mehr als erschöpft. Der Name des Mannes, der Soufi seinem Vater weiterempfohlen hatte, schwirrte ihm durch den Kopf. »Burki«, flüsterte er. »Der Schlüssel zu diesem Spiel heißt Burki.«

Kapitel 47

Hundertfünfzig Kilometer östlich von Beirut, auf einem abgelegenen Militärflugplatz in der syrischen Wüste, landete eine Tupolev-154-Frachtmaschine. Der Flug hatte nur drei Stunden gedauert, doch waren alle acht Motoren überhitzt. Seit zweihundert Flugstunden hatte man kein Öl mehr nachgefüllt – mehr als doppelt so lang wie zulässig. Die Turbinenkühler, die für eine stabile Betriebstemperatur sorgen sollten, hatten nur mit Unterbrechung gearbeitet. Irgendwo über dem Kaukasus war ein Motor fünfzehn Minuten lang ganz ausgefallen, und der Pilot wollte unbedingt nach Alma Ata umkehren. Aber General Dimitrij Sergejewitsch Marchenko hatte darauf bestanden, zu dem syrischen Luftwaffenstützpunkt weiterzufliegen. Diese Fracht durfte nicht verspätet geliefert werden.

Die Motoren der Tupolev wurden abgestellt und die hintere Ladeklappe geöffnet. Vier Fahrzeuge kamen von der Laderampe auf die Landebahn gerumpelt. Marchenko näherte sich ihnen, um den syrischen Kommandanten zu begrüßen.

»Oberst Hamid, nehme ich an.«

»General Marchenko. Es ist uns eine Ehre. Ich bin glücklich, Ihnen die gewünschte Begleitmannschaft für den Marsch in den Libanon zur Verfügung zu stellen. Soweit ich informiert bin, ist dieser Transport eine äußerst heikle Angelegenheit.«

»Geheime elektronische Geräte für die regionalen Hauptquartiere der Hamas. Abhörgeräte.« Marchenko hatte von seinen arabischen Verbündeten nie sehr viel gehalten. Als Soldaten waren sie Angeber. Sie hatten jeden Krieg verloren, in den sie verwickelt worden waren. Als Eskorte für seinen kleinen Konvoi in den Libanon mochten sie aber wohl taugen. Sie unterstützten furchtlos die Schlachten, die andere schlugen. Marchenko ging zu dem 6-Tonnen-Laster, auf den seine kostbare Fracht geladen worden war. Er war klein und gedrungen, mit kräftigem Kinn und Hals. Er hob die Plane, kletterte auf die Ladefläche und forderte Oberst Hamid auf, ihm zu folgen. Gemeinsam prüften sie, ob die Behälter ordnungsgemäß vertäut waren. Die Behälter waren mit defekten Sendegeräten gefüllt, die aufpoliert und dreifach in Plastik gewickelt worden waren, damit sie wie neu aussahen. Die Kopinskaya IV war in einen verstärkten Stahlbehälter verpackt, der am Boden des Tiefladers festgeschweißt worden war. Ein komplizierter Sicherheitsschalter war an dem Behälter angebracht. Wenn jemand versuchen sollte, den Container vom Lastwagen zu lösen oder gewaltsam zu öffnen, würde ein kleines Päckchen Plastiksprengstoff explodieren und die Bombe zerstören. Niemand würde Little Joe stehlen können.

Marchenko sprang vom Lastwagen und ging zum Kommandojeep. Die Idee, einen kleineren Teil der konventionellen Waffen seines Landes zu verkaufen, stammte nicht von ihm. Die kasachische Regierung war schon früher darauf gekommen und vertrat die Meinung, daß sie nichts anderes tat, als die ehemalige sowjetische Regierung auch. Danach begann man naturgemäß von einem weiteren verkäuflichen Besitz der Republik zu sprechen: dem nuklearen Arsenal. Niemand hatte daran gedacht, einen der großen Vögel zu verkaufen, eine SS-19 oder SS-20, Langstreckenraketen mit einer Reichweite von neuntausend Kilometern, die mit Sprengköpfen von zwanzig Megatonnen ausgerüstet waren. Die Kasachen waren ein moralisch denkendes Volk. Und außerdem schienen die logistischen Probleme unüberwindlich.

Die Aufmerksamkeit hatte sich vorwiegend darauf konzentriert, wie man den Vorrat von angereichertem

Plutonium profitbringend loswerden konnte, der in den Gewölben des atomaren Forschungsinstitutes Lenin lagerte, einer der geheimsten Forschungsstätten der ehemaligen Sowjetunion, etwa vierzig Kilometer von Alma Ata entfernt.

Bis 1992 war die Anlage von einer Spezialdivision der Infanterie bewacht worden. Mehr als fünfhundert Mann waren rund um die Uhr um den Compound herum und in den angrenzenden Wäldern im Einsatz gewesen. Sechs verschiedene Checkpoints mußten passiert werden, bevor man zu dem Gebäudekomplex gelangte, der die eigentliche Forschungsstätte beherbergte. Seitdem waren die Sicherheitsvorkehrungen erheblich laxer geworden. Heute stand nur noch ein einziger Posten am Eingang des Compounds. Ein militärischer Dienstausweis war alles, was man benötigte, um eingelassen zu werden.

Marchenkos Gesicht verfinsterte sich, als er an die Ereignisse der jüngsten Vergangenheit dachte. Auch die Amerikaner hatten von dem Forschungsinstitut Lenin gewußt und von den luftdicht abgeschlossenen Räumen, in denen die Bleibehälter mit spaltbarem Material lagerten. Ihre Agenten hatten die löcherigen Sicherheitsbarrieren des Compounds mühelos überwunden und hatten nach Hause berichtet, daß jeder Lehrling in die Lagerräume eindringen, seine Taschen mit Uran füllen und ungehindert wieder hinausstolzieren konnte. Im Sommer 1993 war ein gemeinsames Inspektionsteam von CIA- und KGB-Offizieren in Alma Ata gelandet und direkt zum atomaren Forschungsinstitut Lenin marschiert. Die Operation mit dem Codenamen Saphir war ein Erfolg auf der ganzen Linie gewesen. Jedenfalls fast. Die Eindringlinge verluden mehr als zwei Tonnen von angereichertem, waffenfähigem Uran-235 sowie Plutonium aus dem Lenin-Institut und transportierten ihre Beute nach Westen. Aber ein paar Dinge hatten sie übersehen.

Marchenko war nicht dumm. Er hatte ein derartiges Ereignis vorausgesehen, wenn auch erst in letzter Sekunde, und als er von den Plänen der Amerikaner hörte, hatte er schnellstens gehandelt. Er und seine Kollegen hatten ihre Hoffnung auf eine kleine Waffenfabrik innerhalb des Lenin-Institutes gesetzt, eine Fabrik, die Prototypen von Waffen der nächsten Generation konstruierte. Unter den Waffen, die zur Einführung in der Armee entwickelt wurden, hatte sich auch eine hochbewegliche und leicht abschießbare Atombombe mit geringer Radioaktivität befunden. Eine taktische Atomwaffe. Stunden vor den Amerikanern hatte Marchenko sich in das Forschungsinstitut gestohlen und die beiden vorhandenen, funktionsfähigen Prototypen abtransportiert. Zwei Kopinskaya-IV-Bomben mit Aufschlagzündern. Das wahre Erbe seines Landes.

Marchenko kletterte in den Jeep. Der Handel ist fast abgeschlossen, sagte er sich. Und obwohl sein Gesicht den Ausdruck ewiger Unzufriedenheit behielt, war er im Innern so aufgeregt wie ein Fünfzehnjähriger. Er befahl dem Fahrer loszufahren. Motoren wurden angelassen, und der kleine Konvoi setzte sich in Bewegung. Sie hatten eine achtstündige Fahrt vor sich.

Kapitel 48

Die Straßenbahn Linie 10 tauchte aus dem Morgennebel auf wie eine arthritische Schlange und kam kreischend zum Stehen. Die Türen öffneten sich, Fahrgäste stiegen aus. Nick kletterte hinein, ging den Mittelgang entlang und suchte nach einem freien Sitzplatz, den er im hinteren Ende des Wagens dann auch fand. Ein älterer Herr auf dem Platz vor ihm las gerade den Blick, das Skandalblatt der Schweiz. Er hatte die Zeitung auf der zweiten Seite aufgeschlagen. Ein Bild von Marco Cerruti, der zusammengesackt in einem Ledersessel saß, nahm die linke obere Ecke ein. Die Schlagzeile lautete: »Lebensmüder Bankier begeht Selbstmord.« Abgesehen von einem kleinen schwarzen Loch in der linken Schläfe sah Cerruti durchaus friedlich und wie schlafend aus. Seine Augen waren geschlossen und ein bauschiges weißes Kissen lag auf seinem Bauch.

Nick wartete, bis der alte Mann seine Zeitung zu Ende gelesen hatte, dann fragte er ihn, ob er auch einen Blick hineinwerfen dürfe. Der Mann reichte ihm das Blatt. Zuerst starrte Nick das Foto an, dann wandte er seine Aufmerksamkeit dem kurzen Artikel zu.

»Marco Cerruti, 55, stellvertretender Generaldirektor der Vereinigten Schweizer Banken, wurde am Freitag morgen tot in seiner Wohnung in Thalwil aufgefunden. Leutnant Dieter Erdin von der Züricher Polizei bezeichnete den Todesfall als Selbstmord und gab als Todesursache eine selbst zugefügte Schußwunde am Kopf an. Aus den Vereinigten Schweizer Banken verlautete, daß Cerruti an einem nervösen Erschöpfungszustand gelitten und seit Jahresbeginn nicht mehr regelmäßig gearbeitet habe. Zur Erinnerung an ihn soll bei der Universität Zürich ein Stipendium mit seinem Namen eingerichtet werden.«

Nick betrachtete das Foto noch einmal genauer. Es dauerte einige Sekunden, bis ihm klar wurde, welches Detail auf dem Bild ihn störte: eine Flasche Whiskey, die umgekippt im Schoß des Toten lag. Cerruti trank keinen Alkohol. Nicht einmal für Gäste hatte er eine Flasche Whiskey im Haus. Warum wußte die Polizei das nicht?

Nick schlug die Zeitung zu. Sein Blick fiel auf die Schlagzeile auf der ersten Seite. »Gangsterboß im Platzspitz erschossen.« Ein Farbfoto vom Tatort zeigte die Leiche Albert Makdisis, die neben einer Steinmauer auf der Erde lag. Nick faltete die Zeitung zusammen, gab sie dem Mann in der Sitzreihe vor ihm zurück und dankte ihm für seine Freundlichkeit. Er brauchte den Artikel nicht zu lesen. Schließlich war er ja der Mörder.

Als Nick seine Wohnungstür aufschloß, überlegte er, ob in seiner Abwesenheit wohl wieder jemand bei ihm herumgeschnüffelt habe. Er nahm zwar nicht an, daß seit dem Tag vor drei Wochen, an dem er das süßliche Eau de Cologne gerochen und festgestellt hatte, daß jemand an seiner Pistole herumgefummelt hatte, noch einmal jemand eingebrochen war. Aber sicher konnte man nie sein.

Er öffnete die unterste Schublade der Kommode, schob eine Hand unter seine Pullover und tastete nach der glatten Pistolentasche. Dann zog er sie unter den Pullovern hervor und legte sie in seinen Schoß. Mit Erleichterung nahm er den Colt Commander heraus. Es war ein falscher Trost, und das wußte er auch.

Nick stand auf und ging zum Schreibtisch. Er nahm ein Samttuch aus einer Schublade, breitete es aus und legte den Colt darauf. Dann machte er sich daran, seine Pistole auseinanderzunehmen und zu reinigen. Er hatte seit Monaten keinen Schuß abgegeben und verspürte das dringende Bedürfnis, wieder in die strenge Ordnung seiner

Vergangenheit zu verfallen. Er sehnte sich nach jener fernen Welt, in der Vorschriften das tägliche Verhalten regelten. Seines Wissens gab es nur eine richtige Art, einen halbautomatischen fünfundvierziger Colt zu reinigen. Daran ließ sich nicht rütteln.

Er warf das Magazin aus und holte die Patronen heraus. Er schob den Schlitten zurück, drehte den Colt auf die Seite und ließ die Patrone aus der Kammer fallen. Aber er war nur halb bei der Sache. Er verurteilte sich selbst für seine egoistische Handlungsweise. Sein absichtlicher Verrat hatte ihn zum Mittäter bei einem Betrug und zum Zeugen bei einem Mord gemacht. Hätte er sich schon früher entschlossen, Thorne zu helfen, wäre nichts davon geschehen. Hätte er nicht die Überweisungen des Paschas verzögert, wären Mevlevis Konten eingefroren worden; die Bank stünde unter strenger Überwachung und hätte niemals den wahnsinnigen Plan verwirklichen können, die von ihr verwalteten Konten zu manipulieren; der Pascha hätte es niemals gewagt, in die Schweiz zu kommen und, was ihn am meisten bedrückte, Cerruti wäre noch am Leben. Vielleicht …

Nick versuchte, sich wieder auf seine Waffe zu konzentrieren, um die aufsteigende Welle von Emotionen zu unterdrücken. Er fühlte sich schuldig, weil er den Pascha geschützt hatte, und er fühlte sich schuldig an Cerrutis Tod. Er fühlte sich schuldig an allem und jedem, was geschehen war, seit er in die Schweiz gekommen war. Er war nicht nur ein unschuldiger Zeuge; er war nicht einmal ein Komplize wider Willen. Seine Teilnahme an diesem Schlamassel war zu hundert Prozent gewollt.

Er schraubte den Lauf ab, hob ihn an ein Auge und suchte nach Ölrückständen. Die Züge waren sauber und wiesen nur eine dünne Ölschicht auf.

Nick legte den Lauf auf das Tuch, und wieder überfiel ihn die Erinnerung an die gestrigen Ereignisse. Bei dem Gedanken daran, wie er die Pistole gehoben und auf Mevlevis boshaftes Gesicht gerichtet hatte, zogen sich seine Muskeln zusammen. Der letzte Gedanke, bevor er auf den Abzug gedrückt hatte, hatte seinem Vater gegolten. In dem Augenblick, als er mit ausgestrecktem Arm zielte und nicht den geringsten Zweifel daran hatte, daß er mit voller Absicht dem Leben eines schlechten Menschen ein Ende setzen würde, hatte er die Zustimmung seines Vaters gesucht.

»Tu, was man von dir verlangt«, hatte seine Mutter zu seinem Vater gesagt. »Du hast doch selbst gesagt, daß du nicht wirklich weißt, ob er irgend etwas Böses tut. Hör doch auf, so ein Theater zu machen.«

Verdammt, Vater, fragte Nick, warum hast du nicht getan, was man von dir verlangt hat? Warum mußtest du so ein Theater um die Sache machen – worum auch immer es gegangen sein mag? Du wärst vermutlich noch heute da. Am Leben. Wir hätten eine Familie sein können. Pfeif doch auf deine Disziplin, deine Würde, deine Integrität. Was hatten wir alle davon?

Nick knallte den Colt auf den Schreibtisch. Er sagte sich, daß er sein ganzes Leben lang immer das getan hatte, was andere von ihm erwartet hatten. Daß der Wille seines Vaters ihn lange über dessen Tod hinaus beherrscht hatte. Daß die Marine auch wieder nur eine Ausflucht gewesen war, um keine eigenen Entscheidungen treffen zu müssen. Daß ein Abschluß an der Harvard Universität und die hochbezahlte Laufbahn, die ihm dadurch sicher war, seinen Vater stolz gemacht hätten. Und daß das Abbrechen seiner Karriere, um in der Schweiz den Mord an seinem Vater aufzuklären, die einzige Handlungsweise war, die Alex Neumann gebilligt hätte.

Nick wurde von einem seltsamen Gefühl ergriffen, so als beobachte er sich selbst aus der Ferne. Er wollte dem Mann in der düsteren Wohnung zurufen, daß er aufhören müsse, für die Vergangenheit zu leben. Dadurch, daß er den Mörder seines Vaters fand, mochte es leichter werden, mit dem, was passiert war, fertig zu werden, aber es würde ihm dadurch kein magischer Pfad in die Zukunft gewiesen. Er würde aus eigener Kraft einen Weg finden müssen.

Rasch beendete Nick die Reinigung der Einzelteile seines Colts und setzte ihn wieder zusammen. Er schraubte den Lauf wieder fest, schob den Schlitten vor, setzte das Magazin ein und beförderte eine Patrone in die Kammer. Er konnte nicht mehr einfach dasitzen und zusehen. Er mußte handeln.

Das Telefon klingelte. Nick steckte seinen Colt in die Tasche und verstaute ihn, bevor er den Hörer abhob.

»Neumann hier.«

»Es ist Samstag, mein Freund, und du muß nicht arbeiten. Erinnerst du dich?«

»Guten Morgen, Peter.«

»Ich nehme an, daß du die Neuigkeiten schon gehört hast. Ich habe es gerade eben erst in der Zeitung gelesen. Ich hätte nicht gedacht, daß dieser nervöse Mensch dazu fähig sein würde.«

»Ich auch nicht«, sagte Nick. »Was ist los?«

»Seit wann beantwortest du Telefonanrufe nicht mehr? Dreimal habe ich gestern bei dir angerufen. Wo, zum Teufel, bist zu gewesen?«

»Ich war gestern abend nicht in der richtigen Stimmung zum Trinken.«

»Ich habe dich ganz bestimmt nicht angerufen, weil ich dich zum Trinken einladen wollte«, beschwerte sich Sprecher. »Wir müssen unbedingt miteinander reden. Gestern war etwas, das ich – «

»Mach's kurz, Peter.« Nick vermutete, daß, nachdem seine Wohnung durchsucht worden war, auch sein Telefon angezapft wurde. »Halten wir das Gespräch lieber privat, verstehst du?«

»Ja«, sagte Sprecher zögernd. »Verstehe. Vielleicht entbehrte deine Meinung über unseren besten Kunden ja nicht ganz der Grundlage.«

»Vielleicht,« antwortete Nick unverbindlich. »Wenn du darüber reden möchtest, geh in zwei Stunden in deine Lieblingskneipe. Ich werde dort eine Nachricht für dich hinterlassen, wo du mich findest. Und Peter … zieh dich warm an.«

Zwei Stunden und fünfzig Minuten später stolperte Peter Sprecher auf die oberste Plattform des stählernen Aussichtsturms, fünfundachtzig Meter über dem Gipfel des Uetliberges. »Du hast Nerven«, sagte er schnaufend, »mich bei diesem Wetter hier hinaufzujagen.«

»Es ist ein wunderschöner Tag«, sagte Nick. »Man kann fast bis zum Boden sehen.« Er war auf verschlungenen Pfaden zu dem Rendezvous gekommen. Er war zwei Stunden lang unterwegs gewesen. Allein der Aufstieg zum Gipfel des Berges hatte vierzig Minuten gedauert.

Sprecher beugte sich über das Geländer. Zwanzig Meter unterhalb der Plattform verschwand der Turm im Nebel. Er suchte in seiner Jackentasche nach einer Marlboro. »Möchtest du auch eine? Hält warm.«

Nick lehnte ab. »Also, was hast du über Herrn Ali Mevlevi erfahren, das dir einen solchen Schrecken eingejagt hat?«

»Gestern nachmittag habe ich etwas sehr Beunruhigendes mitgehört. Gleich, nachdem ich beim Züricher Witwen- und Waisenfonds angerufen hatte.« Sprecher nahm einen Zug von seiner Zigarette. »Du bist ein sehr geschickter Junge. Aber das nächstemal solltest du die Sache doch ein bißchen besser würzen. Wir könnten nachforschen, mit wem wir es zu tun haben.«

»Wer hat euch meinen Zettel zugespielt?«

»Keine Ahnung. Graffenried hatte ihn. Er lies durchblicken, daß er für einen überaus günstigen Preis dazu gekommen sei.«

»Gibt es keinen Hinweis, daß er von Armin Schweizer stammt?«

»Schweizer? Glaubst du, daß er deine Papiere klaut?« Sprecher zuckte mit den Achseln. »Da kann ich dir nicht helfen. Aber es spielt auch keine Rolle mehr. Gestern nachmittag, gleich nachdem ich deinen Witwen- und Waisenfonds angerufen hatte, hörte ich, wie mein Nachbar im Handelssaal, Hassan Faris, einen Auftrag von König entgegennahm. Einen Ankaufsauftrag für rund hunderttausend VSB-Aktien. Du bist doch gut im Kopfrechnen; jetzt rechne mal nach.«

Nick kalkulierte die Kosten für hunderttausend VSB-Aktien zum Preis von je vierhundertzwanzig Schweizer Franken. Zweiundvierzig Millionen Franken. Der Gedanke an diese Summe fuhr ihm wie ein Dolch in die Eingeweide. Zweiundvierzig Millionen Franken. Das waren beim gegenwärtigen Umrechnungskurs rund vierzig Millionen Dollar. »Wenn ihr diese Aktien ergattern könnt, habt ihr mehr als dreiunddreißig Prozent. Ihr werdet eure Sitze bekommen. Kaisers Herrschaft ist Geschichte.«

»Sein Nachfolger macht mir mehr Sorgen«, sagte Sprecher. »Jetzt hör gut zu. Achtzig Prozent aller VSB-Aktien, die wir besitzen, wurden für ein besonderes Konto erworben, das dem größten Investor der Adlerbank gehört. König hat nur die Vollmacht für diese Aktien. Der Name des Kontos ist Ciragan Trading.«

»Ciragan Trading? Wie Ciragan Palace? Wie der Pascha?«

Sprecher nickte. »Du hältst mich doch nicht für verrückt, weil ich glaube, daß es sich um ein und denselben Mann handelt? Es ist schwer, sich vorzustellen, daß die Adlerbank oder die VSB im Besitz eines größeren Heroinhändlers sind. Jedenfalls, wenn dein Freund Thorne recht hat.«

Oh, er hat recht, wollte Nick sagen. »Du sagst, es war ein Ankaufsauftrag für hunderttausend Aktien? Etwa vierzig Millionen Dollar? Genau diese Summe habe ich gestern um 16.00 Uhr von Mevlevis Konto weitertransferiert. An die in Matrix eins aufgelisteten Banken. Die Adlerbank war nicht darunter. Wie ist es möglich, daß ihr das Geld schon bekommen habt?«

»Ich habe nicht gesagt, daß wir das Geld schon haben. Tatsächlich hat König Faris beauftragt zu vereinbaren, daß erst am Dienstag bezahlt wird. Wir werden uns auf einen Verwaltungsfehler berufen. Kein Hahn wird danach krähen, wenn die Bezahlung mit vierundzwanzig Stunden Verspätung erfolgt.

Nick blickte in den Nebel. »Es gibt eine einfache Möglichkeit für uns, festzustellen, ob der Pascha hinter allen Käufen der Adlerbank steht. Wir brauchen nur seine Überweisungen durch die VSB mit den Käufen von VSB-Aktien der Adlerbank zu vergleichen. Wenn König jede Woche Aktien für die gleiche Summe erworben hat, die Mevlevi durch die VSB hat überweisen lassen, dann haben wir ihn. Vorausgesetzt natürlich, daß Mevlevi auf die gleiche Weise vorgegangen ist wie gestern.«

»Der Pascha hält eisern an seinen Gewohnheiten fest«, meinte Sprecher. »In den achtzehn Monaten, die ich mit Cerruti zusammengearbeitet habe, hat er nicht eine Überweisung ausgelassen.«

Nick seufzte tief. »Peter, an dieser Sache ist mehr, als du dir vorstellen kannst.«

»Schieß los.«

»Du wirst es nicht wissen wollen.«

Sprecher stampfte mit den Füßen auf der metallenen Plattform herum und ruderte mit den Armen. »Gestern hättest du noch recht gehabt. Heute will ich es wissen. Die Gründe möchte ich nicht sagen. Und jetzt heraus mit der Sprache.«

»Ich weiß, wo Mevlevi die vierzig Millionen Dollar her hat. Ein Transport reines Heroin wird am Montag hier eintreffen. Mevlevi läßt sich die Ware von Gino Makdisi im voraus bezahlen.«

Sprecher schaute skeptisch. »Darf ich nach der Quelle dieser Information fragen?«

»Ich bin die Quelle«, sagte Nick und ließ seiner Frustration vollen Lauf. »Ich habe mit angesehen, wie Mevlevi Albert Makdisi ermordet hat. Als Entgelt für seine Kriegsbeförderung hat Gino Makdisi das Geld für den Transport im voraus überwiesen. Das sind die neuen Handelsbedingungen. Sie passen dir nicht? Peng, peng, schon bist du tot.« Nick putzte sich die Nase. »Peter, mein Leben ist ziemlich ruiniert. Er versucht, mich in die Sache hineinzuziehen.«

»Langsam, Nick. Wer versucht, dich hineinzuziehen?«

»Was glaubst du denn, wer? Der Pascha. Er hat Kaiser

vollkommen unter Kontrolle. Ich weiß nicht, wie und warum, aber er hat ihn unter Kontrolle. Und Cerruti? Der hat nicht getrunken. Das weißt du. Hast du das Foto in der Zeitung gesehen? Derjenige, der ihn umgebracht hat, hat ihm die Flasche auf den Schoß gelegt. Und das Kissen? Es stammte aus seinem Schlafzimmer, und ich wette, daß mittendrin ein Einschußloch ist. Kannst du dir das vorstellen? Cerruti ist total betrunken und bereit, sich eine Kugel in den Kopf zu jagen, aber er achtet immer noch darauf, daß er nur ja nicht die Nachbarn stört.«

Beide Männer schwiegen. Ein scharfer Wind pfiff durch das Gerüst des Aussichtsturms.

»Aber warum wurde er umgebracht?« fragte Sprecher endlich. »Was wußte er jetzt, das er nicht schon die letzten fünf Jahre lang gewußt hat?«

Und was ist mit unserem zweiten Problem? hatte Mevlevi Kaiser gestern nachmittag gefragt. Diese lästige Angelegenheit, die uns soviel Schaden zufügen könnte? »Ich könnte mir vorstellen, daß Cerruti die Absicht hatte, mit Sterling Thorne oder Franz Studer zu reden. Mevlevi hat Wind davon bekommen und dafür gesorgt, daß er ermordet wurde.«

Nick erzählte Sprecher alles, was in den letzten zwei Wochen geschehen war: Maeders Plan, Wertpapiere aus den von der VSB verwalteten Vermögen zu verkaufen; daß er die Post des Paschas aus der DZ gestohlen hatte; und wie töricht er seine Fingerabdrücke auf der Pistole hinterlassen hatte, mit der Albert Makdisi erschossen worden war. Endlich gestand er Sprecher auch den wahren Grund, weshalb er zur Bank gekommen war. Er schilderte den Mord an seinem Vater. Er beschrieb, warum er sich für die Monatsberichte der Zweigstellen der VSB in Los Angeles interessierte, und er betonte seine zunehmende Überzeugung, daß Mevlevi in den Mord an seinem Vater verwickelt gewesen war. Er ließ nichts aus.

Sprecher stieß einen langen Pfiff aus. »Du glaubst wirklich, daß der Pascha an dem Mord an deinem Vater beteiligt war?«

»Wenn Mevlevi Allen Soufi ist, bin ich ganz sicher. Wir müssen feststellen, warum mein Vater es so entschieden abgelehnt hat, mit ihm zusammenzuarbeiten. Was war mit der Firma Goldlux los? Der einzige, der uns darüber etwas sagen könnte, ist Caspar Burki.«

»Wer?«

»Allen Soufi wurde meinem Vater von einem Portfolio Manager der Zweigstelle der VSB in London empfohlen. Sein Name war Caspar Burki. Er muß gewußt haben, mit was für Geschäften Soufi und Goldlux sich damals befaßten. Sagt dir der Name etwas?«

»Ich kenne niemanden dieses Namens bei unserer Zweigstelle in London.«

»Er ist 1988 in den Ruhestand gegangen. Ich habe seine alte Adresse. Ich war dort, bevor ich hierher gekommen bin. Aber da war niemand mehr.«

Sprecher fischte nach einer neuen Zigarette. »Der einzige, den ich aus dieser Zeit kenne, ist Yogi Bauer. Wir kennen ihn beide.«

»Ich kenne niemanden, der Yogi heißt.«

»Du hast ihm sogar ein Bier ausgegeben, im Keller-Stübli. Ein feister Kerl mit fettigen schwarzen Haaren und bleich wie der Tod. Wir haben mit ihm auf Schweizers talentierte Ehefrau angestoßen.«

Endlich erinnerte sich Nick. »Na, so ein Glück. Der Mann ist doch ein hoffnungsloser Alkoholiker. Er wird sich kaum daran erinnern können, wie er jeden Tag in die Bar kommt. Wie soll er da noch wissen, wen er vor zwanzig Jahren einmal gekannt hat?«

»Yogi Bauer hat auch bei den VSB London gearbeitet. Er war Schweizers Assistent. Wenn Burki zur gleichen Zeit dort war, muß Bauer ihn gekannt haben.«

Nick lachte. »Kommt es dir auch so vor, als ob das ein ziemlich verworrenes Spinnennetz ist, in dem wir uns da verfangen haben?«

»Die Behörden werden es mit Sicherheit entwirren können.«

Nick war erbost über Sprechers absichtliche Naivität.

»Mit all den Dokumenten, die wir der Polizei vorweisen könnten, machen wir uns nur strafbar. Die Bank wird uns dafür anzeigen, daß wir sie gestohlen haben. Verletzung des Bankgeheimnisses. Ich kann mir nicht vorstellen, wie wir den Pascha aus dem Gefängnis heraus festnageln sollen.«

Sprecher war nicht überzeugt. »Ich glaube nicht, daß die Bundesregierung sehr erfreut wäre zu erfahren, daß zwei ihrer bedeutendsten Banken von einem Drogenbaron aus dem Nahen Osten beherrscht werden.«

»Aber Peter, wo sind die Drogen? Mevlevi ist noch keines Verbrechens überführt worden. Wir haben Nummernkonten, Geldwäsche, vielleicht sogar eine Verbindung zur Adlerbank, aber keine Drogen. Und keinen Namen. Wir müssen das selbst erledigen. Muß ich dich erst daran erinnern, was Marco Cerruti passiert ist? Oder Martin Becker?«

»Bitte nicht«, sagte Sprecher und wurde blaß.

»Stimmst du mir zu, daß wir Königs Aktienkäufe mit den Überweisungen des Paschas durch die VSB vergleichen könnten?«

»Theoretisch ist das möglich. Aber ich habe Angst zu fragen, was du von mir willst.«

»Bring mir einen schriftlichen Beweis, daß achtzig Prozent der VSB-Aktien der Adlerbank eigentlich Ciragan Trading gehören. Es muß daraus hervorgehen, daß die Adlerbank nur eine Vollmacht für die Wählerstimmen hat. Wir brauchen eine chronologische Aufstellung über die Akkumulation von VSB-Aktien durch die Adlerbank. Ich muß einen Ausdruck von allen Überweisungen beschaffen, die seit dem letzten Juli, als König mit der Aktienakkumulation begann, für das Konto 549.617 RR getätigt worden sind. Dazu einen Ausdruck von den Instruktionen des Paschas. Unsere Listen zeigen die ersten Stationen, zu denen das Geld ging. Eure Listen werden die letzten Stationen zeigen, von denen das Geld kam. Zusammengenommen ergibt das eine ziemlich gute Landkarte.«

»Aber wem sollen wir das alles zeigen?«

»Es gibt nur einen Mann, der rücksichtslos genug ist zu handeln, solange Mevlevi noch in der Schweiz ist, und das ist Sterling Thorne.«

»Soll das ein Witz sein? Ich gebe dir recht, daß der Mann rücksichtslos ist. So wie du ihn geschildert hast, ist er geradezu besessen. Aber alles andere?«

Nick verbarg sein eigenes Unbehagen. »Thorne wird alles tun, um den Pascha in die Hand zu bekommen. Er ist der einzige, der alle Beweise benutzen kann, die wir stehlen. Wenn er erfährt, daß Mevlevi im Land ist, wird er unseren Plan mit allen Mitteln der Drogenfahndung unterstützen. Ich wette, daß Thorne ein ganzes Ranger A-Team ins Land holen wird, um den Pascha zu kidnappen und in die Vereinigten Staaten zu bringen.«

»Wenn er ihn findet ...«

»Oh, er wird ihn finden. Am Montag morgen um zehn werde ich den Pascha zu einem Treffen mit einem Beamten der Einwanderungsbehörde in Lugano begleiten. Anscheinend hat Kaiser dafür gesorgt, daß Mevlevi die Schweizer Staatsangehörigkeit erhält, um ihm die Drogenfahndung vom Hals zu schaffen.«

»Kaiser hat das organisiert?« Peter lachte leise.

»Aber wie finden wir unseren Herrn Thorne?«

Nick klopfte auf seine Tasche. »Ich habe seine Visitenkarte. Hat er dir keine gegeben?«

»Doch, aber ich habe sie weggeworfen.« Sprecher fröstelte. »Also gut, machen wir einen Plan. Es ist zu kalt hier oben, um unsere kleine Unterredung noch länger fortzusetzen.«

Nick überdachte, was er an diesem Nachmittag noch alles zu erledigen hatte. Er würde frühestens ab sechs Uhr Zeit haben. »Treffen wir uns heute abend um acht im Keller-Stübli«, schlug er vor. »Ich brenne darauf, mit Yogi zu reden.«

Kapitel 49

Fünf Minuten vor zwei erreichte Nick wieder den Paradeplatz. Er hatte es eilig, in die Bank zu kommen. Er hatte eine Stunde dazu gebraucht, sich den vereisten Pfad vom Uetliberg hinunterzukämpfen und eine Straßenbahn zum Stadtzentrum zu erwischen. Eine Stunde, die er nicht hatte. Das Spiel war jetzt zeitlich begrenzt. Am Montag würde Gino Makdisi die Ware des Paschas in Besitz nehmen. Am Dienstag würden König offiziell seine Sitze im Aufsichtsrat den VSB zugesprochen werden. Keines von beidem durfte Nick zulassen.

Er ging zur Rückseite der Bank und stieg die wenigen Stufen zum Angestellteneingang hinauf. Er betrat die Bank und zeigte dem Sicherheitsbeamten seine I.D.-Karte, als er durch das Drehkreuz schlüpfte. Der Wachmann sah seinen dunklen Anzug und winkte ab. Jeder, der verrückt genug war, am Wochenende zu arbeiten, verdiente ungehinderten Eintritt.

Im vierten Stock schallte Nick der Lärm eines Aufruhrs entgegen. Telefone klingelten, Türen wurden zugeschlagen, Stimmen erhoben, keine jedoch so laut wie die von Wolfgang Kaiser. »Verdammt, Martin«, hörte Nick ihn ausrufen. »Sie haben mir zweihundert Millionen für den Aktienkauf versprochen. Auf die warte ich jetzt schon seit fünf Tagen. Bisher haben Sie erst neunzig Millionen beschafft.«

Eine Antwort wurde gemurmelt, und Nick hörte zu seiner Überraschung, wie sein Name fiel.

Kaiser sagte: »Wenn ich Neumann einen oder zwei

Tage lang gebraucht habe, hätten Sie seinen Platz einnehmen und die Portfolios selbst befreien müssen. Das nenne ich Führung.«

Rita Sutter kam aus der Kaiserpfalz herausgehuscht und hastete den Gang entlang. Als sie Nick sah, nahm ihr Gesicht einen besorgten Ausdruck an. »Herr Neumann, ich habe Sie heute nicht hier erwartet.«

»Ich muß mit Herrn Kaiser sprechen.«

»Es ist ein schlechter Tag. Schreckliche Nachrichten von der Börse. Herr Zwicki und Herr Maeder sind gerade beim Generaldirektor. Klaus König hat ein weiteres Prozent unserer Aktien ergattert. Er wird seine Sitze bekommen.«

»Dann ist es also soweit.«

»Wo ist er?« fragte Kaiser, als Nick durch die Doppeltür kam, die an diesem Nachmittag geöffnet war, um den Ratgebern des Generaldirektors Einlaß zu gewähren. »Wo ist Mevlevi? Ich habe gestern abend versucht, ihn in seinem Hotel zu erreichen. Er ist verschwunden.«

Rudolf Ott, Martin Maeder und Sepp Zwicki standen im Halbkreis um den Generaldirektor herum. Nur Schweizer fehlte.

»Ich habe ihn seit gestern nachmittag nicht gesehen. Er mußte sich ein bißchen um das Verteilernetz seines Geschäfts kümmern. Einer seiner Partner ist ausgefallen.«

Kaiser war sich der Anwesenheit der anderen bewußt. »Berichten Sie weiter, wenn ich mit den beiden hier fertig bin. Warten Sie«, befahl er und deutete auf die Couch. »Nehmen Sie dort Platz, bis ich soweit bin.«

Nick setzte sich und hörte zu, wie Kaiser seine Wut an seinen Untergebenen ausließ. Er bezichtigte Zwicki, in katastrophaler Weise seine Pflicht zur Berichterstattung vernachlässigt zu haben und zugesehen zu haben, wie König all die Aktien zusammenkaufte, ohne auch nur einen Mucks zu tun. Zwicki versuchte vergebens, sich zu verteidigen, dann senkte er den Kopf und flüchtete.

Kaiser wandte sich wieder Maeder zu. »Was treibt Feller gerade?«

Maeder schmolz unter dem brennenden Blick des Generaldirektors dahin. »Er macht gerade die letzten von uns verwalteten Portfolios fertig. Wir konnten noch weitere fünfzehn Millionen zusammenkratzen. Gibt es noch keine Nachricht wegen des Kredits von …«

»Offensichtlich nicht«, bellte Kaiser. »Sonst hätten nämlich wir die Aktien gekauft und nicht König.« Er entließ Maeder und setzte sich neben Nick auf die Couch. Ott folgte seinem Beispiel.

»Haben Sie wirklich keine Ahnung, wo er ist?« fragte der Generaldirektor zum zweitenmal. »Ich unterstelle den Mann, der mir zweihundert Millionen Franken schuldet, Ihrer Obhut, und Sie lassen zu, daß er einfach verschwindet.«

Nick konnte sich nicht erinnern, daß der Pascha Kaiser irgend etwas schuldete. Mevlevi hatte zugesagt, über einen Kredit nachzudenken. Mehr nicht. Es war klar, daß er seinen Aufenthaltsort deshalb geheimhielt, weil er eine derartige Konfrontation vermeiden wollte. »Vielleicht finden Sie ihn ja bei Gino Makdisi. Der nimmt jetzt vermutlich die Position seines älteren Bruders ein. Sie werden damit beschäftigt sein, ihre neue Beziehung zu festigen.«

Kaiser starrte ihn seltsam an, und Nick fragte sich, ob er wohl wußte, was gestern im Platzspitz geschehen war. »Es war Ihre Aufgabe, ihn durch Zürich zu begleiten, und zwar ununterbrochen. Statt dessen tauchen Sie um halb vier hier in der Bank auf, sitzen in Ihrem Büro und warten darauf, die Befehle dieses Schurken auszuführen. Vierzig Millionen hat er bekommen, und vierzig Millionen haben Sie weiterüberwiesen. Sie waren einmal so schlau, seine Überweisung zu verzögern. Warum hatten Sie nicht genug Verstand, dasselbe noch einmal zu tun?«

Nick wußte, daß es am klügsten war, nicht zu antworten. Er hatte Kaisers ständiges Geschimpfe gründlich satt. Anfangs hatte er es als ein Zeichen von Kaisers Entschlossenheit gewertet zu gewinnen. Jetzt erkannte er darin eine Methode, seinen Untergebenen die eigenen

Fehler anzulasten. Nick wußte, daß es auch mit dem Zweihundertmillionenkredit zu spät war. König hatte seine dreiunddreißig Prozent. Und das Geld für die Aktienkäufe war von Ali Mevlevi gekommen.

»Weshalb sind Sie heute hergekommen?« fragte Kaiser.

»Ich bin gekommen, um Reto Feller mit den Portfolios zu helfen. Ich hatte noch nicht gehört, daß König die dreiunddreißig Prozentmarke bereits überschritten hat.« In Wirklichkeit war Nick nur aus einem einzigen Grund gekommen: Er wollte die Akte des Paschas aus der DZ stehlen.

»Seine dreiunddreißig Prozent mag er ja haben«, sagte Kaiser, »aber ich werde nicht zulassen, daß er die Sitze im Aufsichtsrat bekommt. Nicht, solange ich diese Bank leite.«

Nick wußte, daß Kaiser nicht aufgeben würde, bis auch die letzte Stimme bei der Generalversammlung abgegeben war. Aber die Wahrheit war, daß sich die Schlacht in dem Moment entschieden hatte, in dem König den letzten Block VSB-Aktien gekauft hatte. Kaiser würde gegen die Veränderungen ankämpfen, die Königs Anwesenheit mit sich bringen würde, aber am Ende würde er verlieren. Die öffentliche Meinung unterstützte jede Maßnahme, die dazu führte, daß die Bank ihre Einkünfte rasch verbesserte. Der Generaldirektor war der letzte von der alten Schule, der letzte, der noch daran glaubte, daß langfristiges Wachstum wichtiger sei als kurzfristige Ergebnisse. Am Ende war er zu schweizerisch, selbst für die Schweizer.

In diesem Augenblick kam Armin Schweizer langsamen Schrittes ins Büro. Sein Gesicht war wachsbleich und schweißbedeckt. »Ich habe so schnell gemacht wie möglich«, sagte er zu Kaiser und Ott. Nick anzusehen vermied er.

Der Generaldirektor erhob sich von der Couch und ging seinem Compliance Officer entgegen. »Armin, es tut mir leid, daß ich Sie aus dem Bett treiben mußte. Rudi hat mir gesagt, daß Sie Grippe haben. Ich nehme an, daß Sie die letzten Neuigkeiten gehört haben?«

»Frau Sutter hat mich informiert. Als nächstes werden wir darum kämpfen müssen, König wieder aus dem Aufsichtsrat hinauszuwerfen. Mit Ihrer Führung wird es uns ganz bestimmt gelingen, ihn wieder loszuwerden.«

»Ich dachte, Sie würden sich freuen«, sagte Kaiser.

»Wieso sollte ich mich freuen?« Schweizer lachte unbeholfen.

»Sie waren doch einmal eng mit Klaus König befreundet. Sie beide waren Aktienhändler.«

»Ich war mehr Spezialist für Obligationen. Klaus konzentrierte sich auf Aktien und Optionen.«

»Aber Sie sind gut miteinander ausgekommen?«

»Damals war er ein anständiger Mann. Aber das war, bevor er nach Amerika ging. Als er zurückkam, hatte er allen möglichen finanziellen Unfug im Kopf. Ich glaube, er ist geradezu süchtig nach Risiko.«

»Sie hatten immer die gleichen Neigungen«, meinte Kaiser in lüsternem Ton. »New York? London? Das waren märchenhafte Zeiten für Sie.«

Schweizer verwahrte sich nachdrücklich gegen die Unterstellung. »Das war in einem anderen Leben.«

»Kommen Sie, Armin, Compliance muß für einen Mann mit Ihren erwiesenen Fähigkeiten eine äußerst langweilige Angelegenheit sein.«

»Wenn hier von einer möglichen Versetzung die Rede ist, sollten wir vielleicht unter vier Augen darüber sprechen.« Schweizer blickte mit sichtbarem Unbehagen in die Runde.

»Armin Schweizer«, dröhnte Kaiser. »Stellvertretender Generaldirektor für den Handel mit Obligationen. Ist es das, was König Ihnen versprochen hat? Ein neuer Posten bei der Adlerbank? Als Entgelt für Ihre Spionage?«

»Was reden Sie da, Wolfgang? Ich habe kein Angebot bekommen. Ich würde nie und nimmer für König arbeiten. Das wissen Sie.«

»Das soll ich wissen?« Kaiser ging auf Schweizer zu und blieb direkt vor ihm stehen. Ohne Vorwarnung holte er aus und schlug ihn ins Gesicht. »Ich habe Sie vor dem

Gefängnis bewahrt. Ich habe Ihnen einen Posten in der Führung dieser Bank verschafft. Ich habe Ihnen eine Lebensgrundlage gegeben. Und jetzt das. Warum Armin?«

Schweizer hob eine Hand an seine gerötete Wange. »Was in aller Welt reden Sie da? Ich würde Sie doch niemals verraten.« Er trat einen Schritt vor und zeigte auf Nick. »Wer hat diese Steine auf mich geworfen? War er es?«

»Nein«, sagte Kaiser scharf. »Er war es nicht. Aber Sie können sicher sein, mein Informant ist über jeden Zweifel erhaben. Sie glauben nur, daß Neumann es gewesen ist, weil Sie die Listen aus seinem Büro gestohlen haben.«

»Welche Listen? Ich habe König niemals etwas gegeben. Was immer man Ihnen hinterbracht haben mag, es sind nichts als Lügen. Die Bank ist meine Heimat. Ich habe ihr dreißig Jahre meines Lebens gewidmet. Glauben Sie wirklich, ich könnte sie in Gefahr bringen? Das kann doch nicht Ihr Ernst sein, Wolfgang.«

»Ich meine es todernst, Armin.« Kaiser ging im Kreis um seinen Angeklagten herum. »Einmal habe ich Sie gerettet. Wenn Sie mir das auf diese Weise danken wollen, bitte sehr. Viel Glück bei Ihrem neuen Posten bei der Adlerbank. Hier ist Ihres Bleibens nicht mehr. Wenn wir uns das nächstemal auf der Straße begegnen, wechseln Sie die Straßenseite. Wenn wir zufällig im selben Restaurant essen sollten, stehen Sie sofort auf und gehen, oder ich werde Sie öffentlich des Verrats beschuldigen. Haben Sie mich verstanden?«

Schweizer stand mit weitaufgerissenen Augen da, und versuchte die Tränen zurückzuhalten. »Das kann einfach nicht Ihr Ernst sein. Es ist alles ein Irrtum!«

»Der einzige Irrtum war Ihr Entschluß, für König zu arbeiten. Viel Glück, Armin. Und jetzt verlassen Sie meine Bank.«

Schweizer weigerte sich immer noch zu gehen. »Das ist Wahnsinn. Bitte Wolfgang, geben Sie mir wenigstens Gelegenheit mich zu verteidigen.«

»Ich habe gesagt: Gehen Sie!« brüllte Kaiser mit einer so haßerfüllten Stimme, wie Nick sie noch nie gehört hatte.

Die Demütigung war vollkommen. Im Büro des Generaldirektors herrschte Grabesstille. Unter den bestürzten Blicken seiner Kollegen drehte sich Schweizer um und verließ den Raum.

»Und ihr anderen«, befahl der Generaldirektor, »ihr geht wieder auf eure Posten. Wir haben die Bank noch nicht ganz verloren.«

Kapitel 50

Die Zeugen, die Schweizers Entlassung miterlebt hatten, versammelten sich im Vorzimmer zur Kaiserpfalz und tauschten fassungslos ihre Meinung über den Vorfall aus. Ott und Feiler konnten, so schien es Nick, ihre Freude kaum verbergen. Rita Sutter jedoch saß stumm und wie versteinert hinter ihrem Schreibtisch. Nick wartete, bis Feller das Büro verlassen hatte, dann wandte er sich an Rudolf Ott. »Der Kunde, den ich gestern begleitet habe, der mit dem Nummernkonto – «

»Herr Mevlevi«, unterbrach ihn Ott. »Ich kenne den Namen des Mannes, Neumann.«

»Er hat mich gebeten, ihm die gesamte Korrespondenz für sein Konto zu bringen, die bei der Bank aufbewahrt wird.«

Nick hatte die Absicht gehabt, sein Anliegen dem Generaldirektor zu unterbreiten, aber Schweizers Eintreffen – und sein Abgang – hatten ihn daran gehindert, die Sache zur Sprache zu bringen.

»Wirklich?« Ott faßte Nick am Arm und ging mit ihm den Korridor hinunter. »Ich dachte, er hat sich gestern nachmittag schon alles durchgesehen?«

»Er wurde durch die Nachricht von Cerrutis Tod unterbrochen. Er will die Unterlagen heute abend noch vor sieben Uhr haben. Ich wollte den Generaldirektor fragen, aber ...«

»Der Entschluß, es zu unterlassen, war richtig. Heute ist schwerlich ein Tag, an dem man ihn mit Verwaltungsangelegenheiten belästigen kann. Herr Mevlevi will die

Briefe heute abend bis neunzehn Uhr sehen? Und er erwartet von Ihnen, daß Sie sie ins Hotel bringen?«

»Das ist richtig. Ins Dolder. Ich soll sie bei der Concierge hinterlassen.«

»Gut. Herr Kaiser wird erleichtert sein zu erfahren, wo er Kontakt mit Herrn Mevlevi aufnehmen kann. Obwohl er es kaum riskieren kann, ihn zu besuchen. Er ist viel zu bekannt, als daß er sich mit einem Mann wie Mevlevi zeigen könnte. Ich würde das nicht zulassen.« Ott sah zu Nick auf, der um einen Kopf größer war als er. »Also gut. Geben Sie mir etwas Zeit, den Sicherheitsbeamten anzurufen. Seien Sie in zehn Minuten bei der DZ. Das ist genau um fünfzehn Uhr. Und, Neumann, nehmen Sie Herrn Feller mit. Er hat ein Jahr lang bei Karl gearbeitet. Mit seiner Hilfe werden Sie das, was Sie suchen, viel schneller finden.«

Nick ging in sein Büro und verfluchte sein Geschick, das ihm nun auch noch die lästige Gegenwart Fellers aufbürdete. Er schloß die Tür hinter sich und sperrte ab. Dann umrundete er seinen Schreibtisch, öffnete die zweite Schublade des Aktenschrankes und nahm einen schäbigen alten Aktendeckel heraus. Er legte den Aktendeckel auf den Schreibtisch und begann, ihn mit beliebigen Zetteln und alten Papieren zu füllen, bis er etwa so dick war, wie die Akte des Paschas. Als er beinahe fertig war, hielt er inne und zog die oberste Schreibtischschublade auf. Er betastete die Unterseite in der Hoffnung, daß die Überweisungsbestätigungen des Paschas wie durch ein Wunder wiederaufgetaucht sein könnten. Nichts. Er hatte keine Vorstellung, wer sie genommen haben könnte und warum. Gestern war ihm der Verlust wie eine Katastrophe erschienen. Heute betrachtete er ihn nur noch als zweitrangiges Problem. Er wollte Mevlevis ganze Akte. Die Unterschriftskarten, die Originale aller sieben Matrizen, die Namen der Portfolio Manager, die das Konto verwaltet hatten, ganz besonders den Namen Wolfgang Kaiser.

Nick schloß die Schublade und wendete sich wieder

seiner gegenwärtigen Aufgabe zu. Er zog die Jacke aus und schob den eben gefüllten Aktendeckel hinten in seine Hose, dann zog er den Gürtel fest, so daß die Akte sicher befestigt war. Danach zog er die Jacke wieder an und verließ sein Büro.

»Haben Sie sein Gesicht gesehen, Neumann?« fragte Feller aufgeregt, als die beiden Männer auf den Lift warteten, der sie in den ersten Stock bringen sollte. »Ich habe noch nie einen erwachsenen Mann weinen sehen. Einen ausgewachsenen stellvertretenden Generaldirektor der Bank. Er hat geschluchzt wie ein Kind.«

Oder wie ein Unschuldiger, dachte Nick.

Der Aufzug kam, und beide Männer stiegen ein. Nick drückte auf den Knopf für den ersten Stock.

»Was hat Kaiser mit der Aktionärsliste gemeint?« fragte Feller. »Sie haben in den letzten Tagen mehr Zeit mit dem Generaldirektor verbracht als ich. Klären Sie mich auf.«

»Das kann ich nicht«, sagte Nick. »Ich weiß es selbst nicht.«

Nick kannte die Einzelheiten des Verrats, aber er wußte nichts über das Motiv. Warum sollte Schweizer die Bank betrügen, bei der er dreißig Jahre lang zu Hause gewesen war? Konnte die Zusage, zu seiner früheren Aufgabe als Chef einer Handelsabteilung zurückkehren zu dürfen, eine so große Versuchung gewesen sein? Mehr Geld und ein neuer Rang bei einer aggressiven und ungewöhnlich einträglich arbeitenden Bank? Sollte das der Grund gewesen sein? Nick glaubte es nicht. Bei der VSB hatte Schweizer zum inneren Zirkel des Generaldirektors gehört und auf höchster Ebene an den täglichen Entscheidungen für die Bank teilgenommen. Eine aufregende Sache, auch wenn er offiziell Compliance Officer gewesen war. Soviel konnte er sich bei der Adlerbank nicht erhoffen. Außerdem hatte Peter Sprecher besonders auf Graffenrieds Worte hingewiesen, daß die Adlerbank zu einem unglaublich günstigen Preis an die Aktionärsliste gekommen sei, nämlich praktisch umsonst. Das paßte nicht zu dem Verrat aus Karrieregründen, dessen Schweizer jetzt überführt zu sein schien. Im Gegenteil. Das roch mehr nach dem niedrigsten aller menschlichen Beweggründe: nach Rache.

Fellers Frage hatte Nicks Gedanken wieder auf einen Verdacht gelenkt, der ihn schon seit einigen Minuten quälte: Wer hatte Schweizers Taten aufgedeckt? Wer hatte dem Generaldirektor ins Ohr geflüstert, daß es Schweizer gewesen sei, der König die Aktionärsliste zugespielt hatte? Nick selbst hatte die Falle gestellt, und er hatte nur zwei Menschen etwas davon erzählt.

Am Eingang der Dokumentationszentrale wurden sie von einem Sicherheitsbeamten erwartet. Nick und Feller zeigten ihre I.D.-Karten vor, und der Wachmann ließ sie in das Zentralarchiv der Bank eintreten. Der Raum war verlassen und stockdunkel. Feller schaltete die Neonbeleuchtung ein. Der Wachmann setzte sich an den Lesetisch.

»Ich brauche die Akte für das Nummernkonto 549.617 RR«, sagte Nick.

Feller wiederholte die Nummer und ging den Mittelgang zwischen den endlosen Reihen von Regalen entlang. »Fünf, vier, neun, und weiter?«

»Sechs, eins, sieben.«

»Also gut, kommen Sie hier entlang.«

Sie gingen einige Meter weit und wendeten sich dann nach rechts in einen Gang mit fünf Meter hohen, vollgepackten Regalen. An jeder Ecke war eine Nummer angebracht. Feller schritt rasch zwischen den Regalen entlang. Er bog in einen Gang ein, der kaum breit genug war, daß zwei Personen nebeneinander Platz fanden. Plötzlich blieb er stehen. »Da haben wir's, 549.617 RR. Was brauchen Sie aus dieser Akte?«

»Nur die nicht abgeholte Post.«

»Oben auf dem vierten Brett.« Feller zeigte auf ein Fach hoch über Nicks Kopf. »Ich kann es nicht erreichen.«

»Gibt es keine Leiter für diesen Zweck?«

»Irgendwo muß eine sein. Aber es geht schneller, einfach an den Regalen hochzuklettern. Wir haben schon

Wettkämpfe veranstaltet, wer am schnellsten die Decke berühren kann.«

»Wirklich?« sagte Nick. Genau so eine Ablenkung brauchte er jetzt, um Feller zu beschäftigen. Er stellte sich auf die Zehenspitzen und konnte mit den Fingerspitzen die Akte des Paschas gerade berühren. »Meinen Sie, Sie brächten das immer noch fertig?«

»Nein, ich habe mich zu sehr an das Leben im vierten Stock gewöhnt«, sagte Feller und klopfte auf seinen Bauch.

»Das glaube ich nicht, Reto. Probieren wir es doch aus. Ich lasse Sie ein paarmal üben, und dann versuche ich, Sie zu schlagen.«

»Sie? Mit Ihrem Bein? Ich bin doch nicht grausam.« Aber Feller hatte schon die Jacke ausgezogen. Er drehte Nick den Rücken zu und strengte seine Augen an, kleine freie Flächen in den Regalen zu entdecken, auf die er seine Füße setzen konnte. Nick zog die Akte aus seiner Hose und legte sie auf einen freien Platz im Regal. Dann stellte er sich auf die Zehenspitzen und streckte sich, um die Akte des Paschas zu erreichen. In diesem Moment hallte ein erschreckender Lärm durch die Gänge: Feller kletterte mit Getöse am Regal hinauf und berührte die Decke. »Sehen Sie, Neumann«, rief er voller Stolz. »Das hat ungefähr vier Sekunden gedauert.«

»Verdammt schnell«, sagte Nick. Er sah an sich hinunter, um sich davon zu überzeugen, daß er mit seinem Körper die gefälschte Akte verdeckte.

»In guten Zeiten habe ich es in vier Sekunden rauf und runter geschafft. Ich versuche es noch einmal.« Feller kletterte vom Regal herunter, und bevor sich Nick noch Sorgen machen konnte, daß er die Akte bemerken könnte, hatte er sich auch schon umgedreht und kletterte wieder hinauf. Er hatte es gerade zur Hälfte geschafft, als der Wachmann brüllte: »Was machen Sie da hinten? Kommen Sie sofort her.«

Feller erstarrte, wo er war, den Rücken Nick zugekehrt. Nick bekam den Rand der Akte des Paschas zu fassen und zog sie aus dem Regal. Er schlug sie auf und nahm den Stoß gefälschter Briefe heraus, den er vor ein paar Tagen hineingelegt hatte. Dann stopfte er die Akte hinten in seine Hose und zog die Jacke darüber, um das Paket zu verdecken.

Wieder brüllte der Wachmann durch den Raum. »Machen Sie schnell und kommen Sie endlich wieder hierher. Was treiben Sie da eigentlich?«

Feller antwortete mit einer Respektlosigkeit, die Nick ihm gar nicht zugetraut hätte: »Wir klettern die Wände hoch, was glauben Sie denn?«

»Beeilen Sie sich, oder ich komme«, brüllte der Wachmann. »Heute spielt Zürich gegen Neuchâtel. Wegen euch verdammten Burschen werde ich noch den Anpfiff verpassen.«

Nick klopfte Feller auf das Bein und reichte ihm die gefälschte Akte. »Bitte stellen Sie die wieder zurück. Von da aus, wo Sie sind, können Sie das Fach leichter erreichen.«

Feller stellte die Akte auf ihren Platz und sprang wieder auf den Boden. »Haben Sie alles, was Sie brauchen?«

Nick hob die falschen Briefe hoch.

»Ja, alles.«

Kapitel 51

An diesem Abend betrat Nick das Keller-Stübli wenige Minuten nach neun Uhr. Er war sehr angespannt, aber diese Spannung hatte ihre Ursache in seiner Ungeduld, nicht in Verzweiflung. Endlich handelte er selbst und reagierte nicht nur auf die Handlungen anderer. Sein Plan, die Akte des Paschas zu stehlen, war glänzend gelungen. Eine rasche Untersuchung ihres Inhalts hatte gezeigt, daß noch alles vorhanden war: die Kopien aller Überweisungsbestätigungen, die Matrizen, in denen die Namen der Banken und die Kontonummern aufgelistet waren, auf die Mevlevis Geld jeden Montag und Donnerstag überwiesen wurde, die Namen der Portfolio Manager, die das Konto so stillschweigend verwaltet hatten. Aber er hatte die Bank nicht nur mit der Akte, sondern mit noch etwas anderem, eigenem, verlassen: einem Plan, wie er sowohl Mevlevi als auch Kaiser festnageln konnte. Das Wissen, daß es ihm vielleicht gelingen würde, wieder Herr seiner Zukunft zu werden, verursachte diese Spannung in seinen Schultern.

Nick ließ die Augen durch den Raum wandern. Er glaubte nicht, daß ihm an diesem Tag jemand gefolgt war, aber sicher konnte man nie sein. Auf dem Weg zu dem Lokal hatte er sich immer wieder umgesehen. Die Tatsache, daß er niemanden gesehen und auch nicht die Nähe eines Verfolgers gespürt hatte, war keine Garantie. Ein Team professioneller Observationsspezialisten könnte ihn tagelang beschatten, ohne daß er etwas merkte.

Das Lokal füllte sich schnell. Die Kunden drängten sich

an den Holztischen, die an den Wänden aufgereiht standen. Aus den Lautsprechern tönte ein Beat.

Sprecher saß mit einer brennenden Zigarette in der Hand auf seinem üblichen Platz am hinteren Ende der Bar.

»Hattest du Glück? Hast du irgendwelche Daten über Ciragan Trading ergattert?«

»Die Bank war ein Hexenkessel. König hatte den Aktienhändlern einen Kasten Dom Perignon heruntergeschickt, um unseren Sieg zu feiern.«

»Ein bißchen früh, findest du nicht?«

»König hatte noch eine Geheimwaffe in der Trickkiste. Anscheinend haben einige große amerikanische Banken für den Fall, daß er die Dreiunddreißigprozentmarke überschreiten würde, eine Zwischenfinanzierung zugesagt, so daß er jetzt ein Angebot für alle VSB-Aktien machen kann, die ihm noch nicht gehören. Am Montag morgen um acht wird er ankündigen, daß er fünfhundert Franken für jede VSB-Aktie zahlen will, die noch nicht in seinem Besitz ist. Das sind um fünfundzwanzig Prozent mehr als gestern bei Börsenschluß. Bis Dienstag um dreizehn Uhr wird König mehr als sechsundsechzig Prozent der VSB in der Tasche haben. Wer kann schon einer solchen Zuwachsrate widerstehen?«

»Kaiser wird einen Retter finden.«

»Dazu wird er keine Gelegenheit mehr haben.«

Es war Nick klar, daß Sprecher recht hatte. Die Generalversammlung hatte soviel öffentliches Interesse auf sich gezogen, daß Portfolio-Manager aus New York, Paris und London nach Zürich angereist kamen, um teilzunehmen. Sowie bekannt wurde, welchen Preis König anbot, würden sie die Seite wechseln. Hambros, Bankers Trust – all die Institutionen, um die Nick sich mit solchem Zeitaufwand bemüht hatte, würden für die Adlerbank stimmen. Und warum auch nicht. Noch vor zwei Monaten wurden VSB-Aktien für dreihundert Franken gehandelt. Niemand ließ sich einen solchen Zuwachs entgehen.

»Du kannst dir die Aufregung sicher vorstellen. Die

ganze Belegschaft der Adlerbank hatte lange für diesen Augenblick gearbeitet. Und morgen wird es genauso zugehen. König hat angeordnet, daß die ganze Mannschaft um zehn Uhr wieder antreten muß – noch eine letzte Anstrengung vor der Generalversammlung am Dienstag.«

»Willst du mir damit sagen, daß du die Informationen über Ciragan Trading nicht auftreiben konntest?«

Sprecher grinste. »Das habe ich nicht gesagt.« Er zog einen Umschlag aus seiner Jackentasche. »Jede Einzelheit, die dein Herz sich nur wünschen kann.«

Nick nahm Sprecher den Umschlag aus der Hand und sah sich vorsichtig um. Niemand schien ihn besonders zu beachten. Er riß den Umschlag auf. Auf einem Blatt Adlerbankpapier war für jede Woche die Anzahl der VSB-Aktien aufgeführt, die für das Konto Nr. E193 DC – Ciragan Trading – erworben worden waren. Datum des Kaufs, Datum der Bezahlung, Preis, Vollmacht, Anzahl der Aktien – alles war da.

»Du hast das nicht einfach selbst zusammengeschrieben?« fragte Nick scherzhaft.

»Das könnte ich gar nicht, selbst wenn ich wollte. Sieh dir diese vier Ziffern und die Buchstaben AB an. Das ist unser interner Code für die Datei, aus der ich diese Liste ausgedruckt habe. Irgendwo in unserer Datenbank ist mein kleiner Diebstahl verzeichnet.«

»Wenn wir diese Datei aufrufen, werden wir also die gleichen Daten bekommen, die du auch bekommen hast?«

»Richtig«, nickte Sprecher. »Es war ganz leicht. Wie ich schon sagte, ging es ziemlich chaotisch zu. Faris, unser Aktienguru, sitzt mit dem Rücken zu mir. Ich wußte, wo ich suchen mußte, und brauchte nur eine Gelegenheit. Ich habe dem guten Mann das Glas mit Sekt gefüllt, er ging zur Toilette, und ich ging an seinen Schreibtisch. Er schalte seinen Computer nicht jedesmal ein und aus, wenn er aufsteht. Ich setzte mich auf seinen Platz, als ob ich dort hingehörte, tippte den Namen des Kontos ein, rief die chronologische Liste aller Kontobewegungen während der letzten achtzehn Monate auf und drückte auf »Drukken«. Dann holte ich wieder die Datei auf den Bildschirm, die vorher dagewesen war. Faris wird nie erfahren, daß ich seinen Computer benutzt habe. Und du, Nick? Wie ist es dir so ergangen?«

»Ich habe die ganze Akte des Paschas.« Nick klopfte auf den Aktenkoffer an seiner Seite. »Jetzt können wir feststellen, ob Mevlevis Überweisungen mit Königs Aktienkäufen übereinstimmen. Einstweilen muß ich dir die Akte übergeben. Es ist mir zu gefährlich, sie in meiner Wohnung aufzubewahren.«

Bevor Nick die Bank verlassen hatte, hatte er zweimal versucht, Sylvia anzurufen, in der Hoffnung auf eine Einladung, die Nacht in ihrer Wohnung zu verbringen. Sie war nicht zu Hause gewesen, und erst später war ihm eingefallen, daß sie ja ihren Vater in Sargans besuchen wollte. Er fragte sich, ob die Akte des Paschas bei Sylvia sicherer wäre als bei ihm. Er hatte eine ganze Liste von Fragen, die er ihr stellen wollte, und jetzt, als er noch einmal darüber nachdachte, erwachte eine kalte Wut in ihm. Wer hatte Kaiser von dem Diebstahl der Aktionärslisten erzählt und auch davon, daß sie an Klaus König weitergegeben worden waren? Wer hatte ihm gesagt, daß Armin Schweizer dahintersteckte? Wie hatte Kaiser von ihrer Verabredung zum Mittagessen am Dienstag erfahren? Wer hatte die Nachricht auf ihrem Telefonbeantworter hinterlassen, die sie gestern abend vorgefunden hatten? War es die Stimme des Generaldirektors gewesen, die er gehört hatte? Er wünschte sich verzweifelt, sicher sein zu können, daß sie es nicht gewesen war, die die Informationen weitergegeben hatte. Er wünschte, er würde sie gut genug kennen, um seinen Verdacht mit einem eindeutigen Nein beantworten zu können. Aber sie hatte immer einen Teil von sich vor ihm verborgen gehalten, und er hatte dasselbe getan. Bis heute hatte es ihm gefallen, die Grenzen ihrer Beziehung auszuloten, ohne je zu wissen, was sich hinter einem verstohlenen Blick oder einem heimlichen Seufzer verbarg. Jetzt mußte er sich fragen, ob ihre Zurückhaltung nicht nur der Verschleierung gedient hatte.

Er wendete seine Aufmerksamkeit wieder dem Betrieb im Lokal zu. »Hat unser Mann sich schon blicken lassen?«

Sprecher stand auf und sah sich um. »Ich kann ihn nirgends entdecken.«

»Ich werde mal nachschauen. Vielleicht finde ich ihn ja. Behalte du den Aktenkoffer im Auge.« Nick verließ seinen Platz und schlängelte sich durch die überfüllte Gaststube. Er hatte Yogi Bauer als zusammengesunkenen grauen Mann im dunklen Anzug in Erinnerung. Aber er sah niemanden, auf den diese Beschreibung paßte. Männer und Frauen standen in Gruppen rauchend beieinander und hielten ihre Gläser in der Hand. Nach ein paar Minuten kehrte Nick zur Bar zurück und fand Sprecher bei einem frischen Bier vor.

»Hast du ihn nicht gefunden?« fragte Sprecher.

Nick verneinte und bestellte sich ebenfalls ein Bier.

Sprecher grinste spöttisch. »Was hast du gesagt, daß du bei der Marine gemacht hast?«

»Aufklärung.«

»Das muß eine ziemlich traurige Einheit gewesen sein.« Er drehte sich auf seinem Barhocker um und deutete mit dem Finger in die dunkelste Ecke der Bar. »Neben dem Topf mit der Palme, in der Ecke da hinten.«

Nick sah in die Richtung, in die Sprecher zeigte. Wie auf Kommando trennte sich gerade eine Gruppe attraktiver Frauen und gab den Blick auf einen kleinen Mann frei, der in einem verknitterten dunkelgrauen Anzug mit Weste in der Ecke saß, einen Bierkrug in der Hand. Es war Yogi Bauer. Mindestens zehn leere Bierkrüge standen auf dem Tisch vor ihm herum.

Sprecher winkte dem Barkeeper. »Bringen Sie uns noch eine Runde, und was immer Yogi Bauer da drüben trinkt.«

Der Barkeeper sah über Sprechers Schulter. »Sie meinen Yogi? Mit Bier oder Schnaps liegen Sie richtig.«

»Von jedem eines«, schlug Sprecher vor.

Der Barkeeper schenkte die Biere ein. Nick ergriff zwei Krüge und folgte seinem Kollegen durch das Gedränge. Als sie bei Bauers Tisch ankamen, zog sich Sprecher einen Stuhl zurecht und setzte sich. »Ist es Ihnen recht, wenn wir uns auf ein Bier zu Ihnen setzen? Ich heiße Peter Sprecher, und das ist mein Freund Nick.«

»Schön zu sehen, daß ihr jungen Leute noch Manieren habt«, sagte Yogi Bauer und hob den Krug an die Lippen. Sein schwarzgefärbtes Haar war verfilzt und ungeschnitten, seine Augen waren blutunterlaufen. Er schien das Paradebeispiel eines alternden Alkoholiker. Nachdem er seinen Krug zur Hälfte geleert hatte, sagte er: »Sprecher, ich kenne Sie. Wenn ich mich nicht irre, waren Sie einige Zeit in Blighty.«

»Richtig. Ich habe meine Ausbildung in Carne in Sussex absolviert. Wir würden Ihnen gerne ein paar Fragen über Ihre Zeit in England stellen, als Sie bei den VSB waren.«

»Wann war ich nicht bei den VSB? Waren wir nicht alle bei den VSB? Ich habe Ihnen doch schon Schweizers Geschichte erzählt. Was wollen Sie denn jetzt noch wissen?«

»Wie lange waren Sie bei den VSB London? Zwei Jahre?«

»Eher sieben. 1973 haben wir die Zweigniederlassung eröffnet, und 1979 bin ich wieder zurückgekommen. Wurde in die Hauptgeschäftsstelle zurückversetzt. Ein schwarzer Tag, das kann ich Ihnen sagen.«

»Es war also ein kleines Büro?«

»Ziemlich klein, jedenfalls am Anfang. Armin Schweizer war der Manager, ich sein Assistent. Warum interessiert Sie das? Wollen Sie auch dorthin?«

»Ja, ich denke tatsächlich daran, mich dorthin versetzen zu lassen. London ist zur Zeit sehr wichtig. Wie viele wart ihr übrigens?«

»Anfangs waren wir zu dritt. Als ich ging, waren wir dreißig.«

»Sie müssen jeden einzelnen gut gekannt haben.«

Bauer zuckte mit den Achseln. »Wir waren eine Familie. So etwas Ähnliches jedenfalls.«

»Damals war da auch ein Mann namens Caspar Burki. Stellvertretender Generaldirektor. Den haben Sie doch ganz bestimmt gekannt?«

Yogi Bauers Augen schossen von seinem leeren Bierkrug zu dem vollen Schnapsglas. »Natürlich erinnere ich mich an Caspar. Wie sollte ich einen Menschen vergessen, mit dem ich fünf Jahre lang im gleichen Büro gearbeitet habe.«

Nick sagte: »Burki war Portfolio Manager, nicht wahr? Und Sie waren Aktienhändler?«

Bauer wandte sich Nick zu. »Caspar gehörte zur Kundenberatung. Was interessiert Sie daran?«

»Der Vater meines Freundes hat Burki auch gekannt«, erklärte Sprecher. »Wir würden ihn gerne ausfindig machen, wissen Sie. Guten Tag sagen und von alten Zeiten reden.«

Nick schob den Schnaps über den Tisch. Bauer schnitt eine Grimasse und schien über diese Auskunft wenig erfreut. Er griff nach dem Schnapsglas und leerte es mit einem einzigen, unappetitlichen Schluck.

»Er lebt doch noch, oder?« fragte Nick.

»Ja«, keuchte Bauer. »Caspar zappelt noch. Wie war doch gleich Ihr Name?«

»Neumann. Mein Vater war Alex Neumann. Er arbeitete in der Zweigniederlassung Los Angeles.«

»Ich habe ihn gekannt«, sagte Bauer. »Das war wirklich Pech. Mein Beileid. Sie suchen also nach Caspar Burki? Ich habe ihn seit Monaten nicht mehr gesehen.«

»Aber er lebt noch immer in Zürich?« fragte Nick.

Bauer lachte. »Wo soll er denn sonst hingehen? Er muß doch bei der Quelle bleiben, oder?«

Nick sank der Mut. Bei der Quelle? War auch Burki ein alkoholsüchtiger Greis? »Wissen Sie, wo wir ihn finden könnten?« drängte er. »Bei der Adresse, die er in der Bank angegeben hat, wohnt er nicht mehr.«

»Er ist schon vor einiger Zeit umgezogen. Ich weiß

nicht, wo man ihn erreichen kann. Es ist sowieso keine gute Idee. Es geht ihm nicht besonders. Eine Pension ist auch nicht mehr das, was sie mal war.«

Nick betrachtete Bauers abgetragenen Anzug. Nicht, wenn man sein ganzes Geld versoff. Er legte eine Hand auf Yogis Arm. »Sie würden mir wirklich einen großen Gefallen tun, wenn Sie mir sagen würden, wo ich ihn finde. Wissen Sie wirklich nicht, wo er ist?«

Bauer schüttelte Nicks Hand ab. »Wollen Sie behaupten, daß ich lüge? Caspar Burki existiert nicht mehr. Jedenfalls nicht der Mann, den Ihr Vater vielleicht gekannt hat. Lassen Sie ihn in Ruhe. Und mich lassen Sie gefälligst auch in Ruhe.«

Nick ging um den Tisch herum und flüsterte Bauer ins Ohr: »Wir gehen jetzt. Wenn Sie Burki sehen, sagen Sie ihm, daß ich ihn suche und daß ich nicht ruhen werde, bis ich ihn gefunden habe. Sagen Sie ihm, daß es sich um Allen Soufi handelt. Er weiß schon, wen ich meine.«

Nick und Peter gingen zur Bar zurück und kämpften sich durch die Menge, um noch ein Bier zu bestellen. Direkt neben ihnen wurden zwei Barhocker frei.

»Er hat gelogen«, meinte Sprecher, sobald sie sich gesetzt hatten. »Er weiß, wo Burki ist. Wahrscheinlich sind sie Saufkumpane.«

»Aber warum versucht er, uns davon abzuhalten, ihn zu suchen, und was hat er mit ›der Quelle‹ gemeint?«

»Nur der Schuldige hat etwas zu verbergen. Es hat den Anschein, als hätten wir ihm die Federn gezaust. Ich würde das als Erfolg verbuchen.«

Nick war sich da nicht so sicher. Sie hatten weder die Zeit noch die Möglichkeit, Bauer im Auge zu behalten und zu hoffen, daß er sie eines Tages zu Burki führen würde. Nick hielt den Versuch für mißglückt. Sie waren Allen Soufi um nichts nähergekommen.

Sprecher stieß ihn in die Rippen. »Hinter dir, Freund!«

Kaum drei Barhocker von ihrem Sitzplatz entfernt streckte Yogi Bauer den Kopf durch die Mauer der Zecher und rief dem Barkeeper zu, er solle ihm einen Zehnfrankenschein wechseln, den er in der rechten Hand schwenkte. Der Barkeeper nahm ihm das Geld ab und ließ ein paar Münzen in seine Handfläche fallen. Bauer zog sich zurück.

Nick bat Sprecher, an der Bar auf ihn zu warten und auf den Aktenkoffer aufzupassen. Dann glitt er von seinem Barhocker und folgte Bauer. Dieser bahnte sich unter ständigem Anrempeln argloser Gäste seinen Weg durch das Gedränge. Endlich hatte er es bis zum hinteren Ende des Keller-Stübli geschafft und wankte die Treppe zu den Toiletten hinunter. Unten angekommen blieb er stehen und durchwühlte seine Taschen nach Kleingeld. Dann ging er nach links und war außer Sicht. Nick eilte die Treppe hinunter und sah um die Ecke. Bauer stand am Telefon.

»He, bist du zu Hause? In fünfzehn Minuten bin ich bei dir. Das ist schlecht. Dann sieh zu, daß du aus dem Bett kommst. Sie sind dir auf den Fersen.«

Nick und Peter standen in einer dunklen Ecke gegenüber des Keller- Stübli und warteten auf Yogi Bauer. Zehn Minuten vergingen, dann noch einmal zehn.

Sprecher zog seinen Trenchcoat fester um sich und hielt den Aktenkoffer fest unter einen Arm geklemmt. »Wenn du meinst, daß Yogi Bauer aus dem Keller-Stübli herauskommen und dich direkt zu Caspar Burki führen wird, dann sei dir das unbenommen«, erklärte er. »Er mag ja gesagt haben, daß er sofort aufbrechen will, aber ich glaube, daß er bis zum Zapfenstreich da drinnen bleiben, dann nach Hause gehen, in sein schmutziges Bett kriechen und das Bewußtsein verlieren wird. Es ist nach elf. Mir reicht es jetzt.«

»Geh heim«, sagte Nick. »Es gibt keinen Grund, warum wir beide hier warten sollten. Vielleicht hast du ja recht. Vielen Dank für deine Hilfe heute. Können wir uns morgen früh sehen, sagen wir um neun Uhr bei Sprüngli? Und bring den Aktenkoffer mit.«

»Ich werde um neun Uhr da sein«, sagte Sprecher.

Wenige Minuten nachdem Peter Sprecher gegangen war, kam Yogi Bauer aus dem Keller-Stübli heraus. Für die Mengen, die er getrunken hatte, hielt er sich noch ziemlich gerade. Nick folgte ihm in einiger Entfernung.

Bauer hastete die Niederdorfer Straße hinunter, bog bei der Brungasse links ab und entzog sich Nicks Blicken. Nick beeilte sich aufzuholen, und als er um die Ecke bog, stieß er fast mit ihm zusammen. Die Brungasse war ein steiles Gäßchen mit glitschigem Kopfsteinpflaster. Bauer hielt sich mit einer Hand am Gebäude auf der linken Seite fest, mit der anderen ruderte er in der Luft herum. So schaffte er es, Schritt für Schritt die Anhöhe zu erklimmen. Nick wartete, bis er über den Hügelkamm verschwunden war, dann folgte er ihm rasch. Yogi Bauer preßte gerade seinen Finger auf einen Klingelknopf an einem Gebäude, ein Stückchen weiter auf der linken Straßenseite.

Ein Fenster wurde aufgestoßen, und ein grauer Kopf wurde sichtbar. »Verdammt, Bauer, es ist Mitternacht. Du wolltest doch schon vor einer Stunde hier sein!« Der Türöffner summte.

Bauer schlurfte die Stufen hinauf und verschwand in dem Haus. Nick ließ eine Minute vergehen, dann ging er zur Tür. Er las die Namen der Mieter neben den Klingelknöpfen. Der Name C. Burki stand neben dem Klingelknopf für das Appartement 3B. Nick schrieb sich die Adresse auf. Seidlergasse 7. Morgen würde er wiederkommen. Er wollte mit Caspar Burki reden und endlich herausfinden, wer Allen Soufi wirklich war.

Kapitel 52

Je heftiger sie sich beim Lieben bewegten, um so schneller begann das Bett in stetigem Rhythmus zu schaukeln. Die Matratze stöhnte und seufzte. Der Mann keuchte, und seine kehlige Stimme erhob sich im Gleichklang mit dem immer lauter werdenden Ächzen des Bettes. Die Frau begleitete diese Musik mit ekstatischen Lustschreien. Das Tempo wurde immer wilder, weniger rhythmisch. Der Mann atmete stoßweise aus, dann lag er still.

In einem anderen Teil des Hauses schlug eine Uhr Mitternacht.

Sylvia Schön hob den Kopf von Wolfgang Kaisers vibrierender Brust. »Wie kannst du nur schlafen, mit diesem Gebimmel die ganze Nacht?«

»Ich habe mich daran gewöhnt, und ich mag es. Ich fühle mich damit nicht so allein.«

Sie strich ihm mit der Hand über die Brust. »Im Augenblick bist du ja nicht allein.«

»Wenigstens heute nacht nicht.« Kaiser zog sie zu sich herunter und küßte sie. »Ich habe dir noch gar nicht für die Information über Armin Schweizer gedankt.«

»Hat er es zugegeben?«

»Armin? Niemals. Er hat alles geleugnet. Aber alles, was du mir gesagt hast, klang vollkommen logisch. Ich habe ihn auf der Stelle gefeuert.«

»Er kann noch von Glück reden, daß er so leicht davonkommt. Du hättest ihn ins Gefängnis bringen können.«

Kaiser brummte. Das möchte ich bezweifeln, dachte er. »Wir haben dreißig Jahre lang zusammengearbeitet.«

»Du sprichst von ihm, als ob er eine Frau wäre«, sagte sie spöttisch.

»Mag sein, aber dreißig Jahre sind eine lange Zeit. Wie lange bis du jetzt bei uns? Neun Jahre? Du hast noch dein ganzes Leben vor dir. Ich weiß nicht, was Armin jetzt noch bleibt.« Kaiser war tatsächlich bekümmert.

»Das hat er sich selbst eingebrockt«, sagte Sylvia. »Niemand hat ihn gezwungen, unsere Betriebsgeheimnisse an Klaus König weiterzugeben. Nichts ist gemeiner, als seine eigenen Leute auszuspionieren.«

Kaiser lachte. »Meinst du, daß Neumann das auch so sieht?«

Sie wendete sich ab. »Neumann ist erst seit zwei Monaten hier. Deshalb ist er noch lange nicht einer von uns. Außerdem spioniere ich für dich.«

»Du spionierst für die Bank.« Kaiser dachte sich, daß sie, wenn sie Nicks Vater gekannt hätte und sehen könnte, wie ähnlich sich die beiden waren, sicher begreifen würde, daß Nick eindeutig zu ihnen gehörte. »Du hast mir noch nicht alles erzählt, was du erfahren hast.«

Sylvia stützte sich auf einen Ellenbogen und strich sich die Haare aus dem Gesicht. »Nick sucht nach einem Caspar Burki. Burki war Portfolio Manager in unserem Londoner Büro und hat Nicks Vater einen Mann namens Allen Soufi als Kunden empfohlen. Kennst du ihn?«

»Natürlich kenne ich Burki. Ich habe ihn eingestellt. Er war ein seltsamer Typ. Er ist schon seit einiger Zeit im Ruhestand.«

»Ich meinte Allen Soufi.«

Kaiser schüttelte den Kopf und stellte sich unwissend, obwohl sein Herz bei dem Namen einen Schlag ausgesetzt hatte. »Soufi? Ich kann mich an keinen Soufi erinnern.«

Soufi war ein Gespenst aus der Vergangenheit – ein Mann, von dem er sich wünschte, daß er bei den Toten bleiben möge.

»Burki lebt immer noch in Zürich«, erklärte Sylvia. »Nick bildet sich ein, daß er weiß, wer dieser Soufi ist.«

»Du hast ihm doch hoffentlich die Adresse nicht gegeben?«

»Doch«, sagte sie trotzig.

Verdammt! dachte Kaiser. Er hätte sie am liebsten ins Gesicht geschlagen, hielt dann aber seine aufgewühlten Gefühle unter Kontrolle. Sein Zorn ebbte ab, und er stellte fest, daß es seine erste Sorge gewesen war, er könnte Neumann verlieren, nicht, daß Allen Soufi entlarvt werden könnte. Seltsam. Als Sylvia vor drei Wochen zu ihm gekommen war und ihm eröffnet hatte, daß Nicholas in den Archiven der Bank nach Hinweisen auf den Mörder seines Vaters suchen wollte, hatte er geglaubt, daß kein Schaden daraus entstehen könnte, wenn er dem Jungen gestattete, sich die vermoderten Berichte seines alten Herren anzusehen. Wenn Nick einen bedeutenden Posten im vierten Stock übernehmen sollte, mußten alle Fragen nach der Rolle der Bank beim Tod seines Vaters ad acta gelegt sein.

»Alex Neumann hatte Angst, daß jemand hinter ihm her ist«, sagte Sylvia. »Er wollte sich einen Bodygard zulegen. Er hat sogar beim FBI angerufen.«

Lieber Gott, das wurde ja immer schlimmer mit jeder Minute! Kaiser setzte sich im Bett auf. »Woher weißt du das alles?«

Sylvia rückte von ihm ab. »Nick hat es mir gesagt.«

»Aber wer hat es ihm gesagt?«

»Das weiß ich nicht. Ich kann mich nicht so gut erinnern, wie Nick das gemeint hat.«

Kaiser faßte sie bei der Schulter und schüttelte sie. »Sylvia, offensichtlich verheimlichst du etwas. Wenn du mir helfen willst, die Bank vor König zu retten, sag mir, wie Neumann auf diesen Unsinn mit Allen Soufi und dem FBI gekommen ist.«

Sylvia senkte den Kopf. »Das kann ich nicht.«

»Natürlich kannst du, und du wirst es mir auch sagen. Oder möchtest du, daß ich Rudolf Otts Rat befolge und deine Reise in die Staaten absage? Ich werde dafür Sorge tragen, daß du für den Rest deiner Laufbahn das bleibst, was du bist – eine lausige Abteilungsdirektorin.«

Sylvia sah ihn haßerfüllt an. Ihre Wangen brannten, und er sah, daß Tränen in ihren Augen standen. Er schüttelte lächelnd den Kopf. »Du hast dich in ihn verliebt, nicht wahr?«

»Natürlich nicht.« Sie schniefte. »Alex Neumann hat einen Terminkalender geführt. Nick hat zwei solcher Kalender gefunden, als er nach dem Tod seiner Mutter deren Haushalt auflöste. Für 1978 und 1979. Daher wußte er von Soufi und dem FBI.«

Kaiser rieb sich den Nacken und versuchte, seiner wachsenden Sorge Herr zu werden. Warum erfuhr er erst jetzt von den Terminkalendern? Was hatte diese törichte Frau ihm noch alles verheimlicht? Er bemühte sich, ein nur beiläufiges Interesse vorzutäuschen. Schließlich hatte er nichts mit dem Mord an Alex Neumann zu tun, jedenfalls nicht direkt. Seine Schuld war eher eine Unterlassungssünde. Eine Warnung, die er nicht ausgesprochen hatte. »Das FBI?« fragte er. »Das klingt, als ob der Mann wirklich in Not gewesen sei. Was genau hat er in diesen Terminkalender geschrieben?«

»Nur den Namen eines Agenten und die Telefonnummer. Nick hat nie eine Information vom FBI darüber bekommen.«

Gott sei Dank, wenigstens das. »Mein Name ist nirgends genannt?«

»Nur in den Monatsberichten.«

»Natürlich. Ich war Leiter der internationalen Abteilung. Der Terminkalender ist es, der mich interessiert. Du bist dir sicher, daß mein Name darin nicht vorkommt?«

Sylvia wischte sich das Gesicht mit dem Bettlaken ab. »Vielleicht ein paarmal«, sagte sie. »Wolfgang Kaiser anrufen. Abendessen mit Wolfgang Kaiser. Nichts worüber du dir Sorgen machen müßtest. Wenn du mit diesem Herrn Soufi nichts zu tun hattest, spielt es keine Rolle, was Nick herausfindet.«

»Ich mache mir nur Sorgen um die Bank«, sagte Kaiser in professionellem Ton. Aber innerlich machte er Neumann Vorwürfe. Verdammt, Nicholas! Ich wollte dich an meiner Seite haben. Als ich dich an jenem Tag in mein Büro kommen sah, war es, als stünde dein Vater wieder vor mir. Wenn ich dich dazu hätte bewegen können, bei mir zu bleiben und Seite an Seite mit mir zu arbeiten, dann hätte ich sicher sein können, daß die Richtung, die ich für die Bank bestimmt habe, und alles was ich getan habe, um ans Ziel zu kommen, in Ordnung war, so extrem es auch gewesen sein mag. Dein Vater hatte unrecht, nicht ich. Du hättest ihn auch nicht gewarnt. Die Bank ist wichtiger als ein einzelner Mann. Wichtiger als eine Freundschaft. Was soll ich jetzt nur mit dir machen?

»Nicholas weiß nicht einmal die Hälfte über den Tod seines Vaters«, sagte er und schüttelte eine wilde Phantasiegeschichte aus dem Ärmel. »Alex Neumann war selbst verantwortlich für seinen Tod. Er war in eine Drogenaffäre verwickelt. Er war kokainsüchtig. Wir wollten ihn rausschmeißen, wegen Unterschlagungen bei der Niederlassung in Los Angeles.«

»Warum hast du ihm das nicht gesagt?«

»Wir haben es der Familie verheimlicht. Gerhard Gautschi hat das damals entschieden. Wir meinten, das sei das mindeste, was wir zu ihrem Trost tun könnten. Ich will nicht, daß Nicholas etwas davon erfährt. Es würde zu viele Wunden aufreißen.«

»Nick wird nicht aufhören zu suchen, bis er irgend etwas herausfindet. Ich kenne ihn. Selbst wenn es eine schlechte Nachricht ist, wird er sie wissen wollen. Schließlich geht es doch um seinen Vater.«

»Du wirst Neumann nicht ein Wort von dem erzählen, was ich dir gesagt habe«, schrie Kaiser, der sich in seiner wachsenden Angst nicht mehr beherrschen konnte. »Wenn ich erfahre, daß du auch nur ein einziges Wort weitergesagt hast, brauchst du dir keine Gedanken mehr darüber machen, daß König deinen Posten streichen könnte. Ich werde dich höchstpersönlich rausschmeißen. Ist das klar?«

Sylvia hatte Angst. »Ja«, sagte sie leise. »Vollkommen.«

Kaiser streichelte ihre Wange. »Entschuldige, mein

Schatz, daß ich so laut geworden bin. Du kannst dir nicht vorstellen, unter was für einer Anspannung wir alle stehen. Wir können es nicht zulassen, daß der Bank in den nächsten Tagen ein Schaden zugefügt wird. Ich mache mir Sorgen um die Bank, nicht um mich selbst.«

Sylvia nickte verständnisvoll, aber Kaiser wußte um ihre zwiespältigen Empfindungen. Sie brauchte eine Erinnerung daran, was die Bank alles für sie tun konnte. »Wegen deiner Beförderung zur stellvertretenden Generaldirektorin. Es gibt keinen Grund, länger damit zu warten. Gleich nach der Generalversammlung können wir die Sache festmachen. Ich werde dir eine Aufgabe geben, bei der du mit den großen Tieren in New York City zu tun haben wirst.«

»Wirklich?«

»Ja, natürlich. Aber nur, wenn du mir verzeihst.«

Sylvia legte den Kopf auf seine Brust und seufzte. Ihre Hand stahl sich unter die Decke und begann ihn zu streicheln. »Ich verzeihe dir«, flüsterte sie.

Kaiser schloß die Augen und überließ sich ihrer Berührung. Wenn Nicholas Neumann nur auch so leicht zu kaufen wäre!

Kapitel 53

Am Sonntag morgen um zehn Uhr kam General Dimitrij Marchenko vor dem Tor zu Ali Mevlevis Compound an. Der Himmel war strahlend blau, die Luft von Zederndurft erfüllt. Der Frühling hatte praktisch schon begonnen. Marchenko stand in seinem Jeep auf und bedeutete der Kette von Lastwagen, die ihm folgte, zu halten. Ein uniformierter Posten grüßte militärisch und öffnete das Tor. Ein zweiter Wachmann sprang auf das Trittbrett des Kommandojeeps und wies mit ausgestrecktem Arm nach vorne.

Der Convoy donnerte in den Compound. Die Lastwagen hielten vor zwei großen Toren, die in eine dreißig Meter hohe Felswand eingelassen waren. Marchenko sah sich die beiden riesigen Hangars an und war tief beeindruckt von der Bauleistung. Im Inneren des rechten Hangars befanden sich zwei Hubschrauber: Ein Sukhoi-Kampfhubschrauber II und ein Hind-Modell. Beide hatte er Mevlevi vor drei Monaten verkauft. Der Wachmann dirigierte den Jeep zu den Hubschraubern.

Oberst Hamid kam zu Marchenkos Jeep gelaufen. Er zeigte in den Hangar. »Bitte lassen Sie den Lastwagen mit den ›Kommunikationsgeräten‹ dort hineinfahren. Dann müssen Sie uns beraten, welcher Hubschrauber besser für den Transport einer so empfindlichen ›Abhörausrüstung‹ geeignet ist.«

Marchenko brummte. Offensichtlich wußte Hamid, was für eine Fracht da tatsächlich befördert wurde. Es war nicht verwunderlich. In dieser Ecke der Welt konnte niemand ein Geheimnis für sich behalten. »Der Sukhoi. Er ist schneller und wendiger. Der Pilot wird sehr schnell an Höhe gewinnen müssen, wenn er die Waffe abgeworfen hat.«

Der syrische Offizier lächelte ölig. »Sie kennen Al-Mevlevis Truppen nicht. Der Pilot wird nicht zurückkehren. Er wird den Vogel hinunterdrücken und dann die Bombe hochgehen lassen. Auf diese Weise kann es keinen Fehlschlag geben.«

Marchenko nickte nur und kletterte aus dem Jeep. Für Fanatismus hatte er noch nie Verständnis gehabt. Er ging zum Fahrer des Lastwagens, auf den die Kopinskaya IV geladen war, und sagte ihm einige Worte auf kasachisch. Der Fahrer nickte, und als Marchenko beiseite trat, steuerte er den Truck in den Hangar und hielt neben dem Sukhoi-Hubschrauber. Marchenko ging zum nächsten Lastwagen in der Reihe und befahl den darauf sitzenden Soldaten, sich in den Hangar zu begeben. Zwanzig Mann sprangen von der Ladefläche und liefen auf den Hubschrauber zu.

Marchenko wollte die Kopinskaya IV so schnell wie möglich am Hubschrauber anbringen. Sollte es irgendwelche Probleme mit der Bombe geben, wollte er das sofort wissen, solange noch genügend Zeit blieb, den Schaden zu beheben. Die Gefahr, daß jemand den Hubschrauber mitsamt der Bombe entführen könnte, war denkbar gering. Hamid hatte ganz offensichtlich den Auftrag, die Waffe um jeden Preis zu bewachen. Marchenko hatte seinen Leuten denselben Befehl gegeben. Um sicherzugehen, würde er anordnen, daß das Tor des Hangars bis fünf Minuten vor dem Start des Hubschraubers geschlossen blieb. Das Abladen der Kopinskaya IV überwachte er persönlich. Nachdem die Behälter mit der zweitklassigen Funkausrüstung heruntergenommen worden waren, kletterte er auf die Ladefläche und deaktivierte die Zündung der Diebstahlsicherung. Er zog einen Schlüsselbund aus der Tasche, suchte einen bestimmten Schlüssel heraus und steckte ihn in ein Schloß am Chassis des Lastwagens. Er drehte den Schlüssel um und zog ihn wieder heraus, dann öffnete er die Klappe des Containers. Im Inneren befand sich eine Holzkiste. Er rief nach seinen Leuten und ließ sie die Kiste herausnehmen und neben dem Hubschrauber absetzen. Dann öffnete er sie mit einem Stemmeisen. Eingebettet in Schaumstoff stand nun ein sechzig Zentimeter langer und ein Meter hoher Stahlbehälter vor ihm. Er hob ihn aus seinem Gehäuse. Der Behälter wog nur dreißig Pfund. Marchenko brummte, als er ihn aus der Kiste hob und auf den Boden stellte. An der Bombe selbst war nichts Besonderes. Sie sah aus wie ein großer Tränengasbehälter, ein Ende gewölbt, das andere flach. Sie war fünfzig Zentimeter lang, hatte einen Durchmesser von dreiundzwanzig Zentimetern und wog fünfeinhalb Kilo. Ihre Hülle war aus unpoliertem, hochelastischem Stahl. Insgesamt wirkte sie wenig eindrucksvoll. Aber sie war tödlich.

Die Kobinskaya IV enthielt vierhundert Gramm angereichertes Plutonium 238, das eine Sprengkraft von zweitausend Tonnen TNT besaß. Verglichen mit den großen Koffern war das lächerlich wenig, aber doch vernichtend für alles und jedes in einem Radius von anderthalb Kilometern. Alles im Umkreis von fünfhundert Metern würde augenblicklich verdampfen. Innerhalb eines Radius von tausend Metern war die Wirkung der Bombe zu fünfundneunzig Prozent sofort tödlich, die restlichen fünf Prozent würden innerhalb von zwei Stunden an einer tödlichen Dosis von Gammastrahlen sterben. Bei einem Abstand von mehr als anderthalb Kilometern nahm die tödliche Wirkung der Bombe drastisch ab. Nach dreitausend Metern würden nur noch zwanzig Prozent sofort getötet, und diese vorwiegend durch die Trümmer, die aus dem Zentrum der Detonation herausgeschleudert wurden: Glasscherben, Holzsplitter, Zementbrocken, alles würde mit einer Geschwindigkeit von eintausendfünfhundert Kilometern in der Stunde durch die Luft geschleudert werden.

Drei Halterungen hielten den Kanister geschlossen. Marchenko öffnete eine nach der anderen und hob vorsichtig den Deckel ab. Er reichte ihn einem Soldaten und wandte sich wieder der Bombe zu. Das Plutoniumherz befand sich in einem Titangehäuse. Die Kettenreaktion, die notwendig war, um das spaltbare Material zur Explosion zu bringen, konnte nur dann initialisiert werden, wenn zuvor der Brennstab in das Plutoniumherz eingeführt wurde, und der Brennstab konnte nur dann eingeführt werden, wenn der richtige Code in die CPU, die zentrale Verarbeitungseinheit der Bombe, eingegeben worden war. Marchenko würde den richtigen Code jedoch nicht eingeben, bevor er nicht die Bestätigung erhalten hatte, daß Ali Mevlevi achthundert Millionen Schweizer Franken auf sein Konto bei der Ersten Kasachischen Bank in Alma Ata überwiesen hatte. Bis dahin war die Bombe völlig wertlos.

Er hob sie auf und stellte sie auf den Kopf. Der Soldat, der ihm behilflich war, schraubte sechs Schrauben an ihrem Boden auf. Marchenko steckte die Schrauben in die Tasche und hob den inneren Deckel ab. Zu seiner Freude leuchtete ihm der kleine rote Punkt einer LCD, einer Flüssigkristallanzeige entgegen. Unter der LCD befand sich eine Tastatur mit neun Ziffern. Er tippte die Nummer 1111 ein und wartete, bis die CPU ihre Selbstdiagnose durchgeführt hatte. Die Bombe war vollkommen funktionstüchtig. Nun brauchte er nur noch die Detonationshöhe und den siebenstelligen Code einzugeben, der die Bombe aktivieren würde. Er setzte den inneren Deckel wieder ein und zog sorgfältig jede der sechs Titanschrauben fest. Dann verschloß er die Bombe und legte sie wieder in ihr Bett aus Schaumgummi. Er dachte daran, daß er seinem Land in weniger als vierundzwanzig Stunden eine fürstliche Summe in harter Währung gesichert haben würde. Und sich selbst eine kleine Provision von nur einem Prozent – acht Millionen Schweizer Franken.

Kapitel 54

Das Telefon klingelte zum zweitenmal. Nick fuhr in seinem Bett hoch. Es war dunkel und kalt. Er sah auf die Uhr. Erst sechs. Er tastete nach dem Hörer. »Hallo.«

»Hallo, du. Ich bin's«.

»Hallo, du«, antwortete er benommen. »Was machst du gerade?« Es war ihre Standardbegrüßung, und es überraschte ihn, daß er nach drei Monaten noch immer automatisch darauf reagierte. Er schwang die Beine aus dem Bett.

»Ich wollte dich nur mal anrufen«, sagte Anna Fontaine. »Mal sehen, wie es dir so geht. Es ist eine Weile her, seit wir voneinander gehört haben.«

Er war nun vollkommen wach. »Hm, laß mich mal überlegen«, brummte er. »Ich weiß noch nicht so genau. Es ist hier erst sechs Uhr.«

»Ich weiß. Ich versuche seit einer Woche, dich zu erreichen, und habe mir gedacht, wenn du jemals zu Hause bist, dann jetzt.«

»Warum hast du es nicht im Büro versucht? Du weißt doch, wo ich arbeite.«

»Natürlich weiß ich das. Aber ich erinnere mich auch an einen sehr ernsthaften ehemaligen Marineoffizier, der es gar nicht leiden konnte, wenn man ihn mit einem privaten Telefongespräch bei der Arbeit unterbrach.«

Nick lächelte. Er stellte sich vor, wie sie mit dem Telefon auf dem Schoß im Schneidersitz auf ihrem Bett saß. Es war Sonntag. Sie würde also abgetragene Jeans und ein schwarzes T-Shirt anhaben, darüber ein offenes weißes

Hemd. Vielleicht sogar eines, das ihm gehörte. »Na hör mal«, protestierte er. »So ernst habe ich das nicht gemeint. Du kannst mich jederzeit bei der Arbeit anrufen. Abgemacht?«

»Abgemacht. Und wie geht es dir? Bei der Arbeit, meine ich.«

»Gut. Ziemlich hektisch. Du weißt schon, der übliche Traineekram.« Er unterdrückte ein sarkastisches Lachen.

»Was ist mit deinem Vater. Hast du Erfolg mit deinen Nachforschungen?«

»Könnte sein«, sagte er. »Vielleicht werde ich wirklich bald etwas wissen. Wir werden sehen. Und wie geht es dir? Wie steht es an der Uni?«

»Sehr gut«, antwortete sie. »In zwei Wochen ist das halbe Semester geschafft. Dann kommt der Endspurt. Ich kann es kaum erwarten.«

»Du hast ein paar Monate frei, bevor du in New York anfängst. Willst du den Job dort eigentlich immer noch annehmen?«

»Ja, Nick. Ich will den Job immer noch. Ein paar Leute hier glauben nämlich, daß das ein guter Arbeitsplatz ist.«

Er hörte das Zögern in ihrer Stimme, so, als wollte sie auf etwas Bestimmtes zu sprechen kommen und wüßte nicht, wie anfangen. Vielleicht sollte er ihr ja helfen. Schließlich konnte es nur einen Grund geben, aus dem sie anrief. »Arbeitest du auch nicht zuviel? Ich möchte nicht, daß du die Nächte durchstudierst.«

»Nein, und im übrigen warst doch immer du derjenige, der die Nächte durchgearbeitet hat. Ich habe immer einen vernünftigen Zeitplan eingehalten und im voraus gelernt.«

»Gehst du manchmal aus?« Jetzt war es heraus, und es fühlte sich an wie ein Schlag in die Magengrube. Anna schwieg einen Augenblick. »Tatsächlich ist das der Grund, warum ich anrufe. Ich habe jemanden kennengelernt.«

Nick war plötzlich aufmerksam. »Das ist gut. Ich meine, wenn du ihn magst.«

»Ja, Nick, ich mag ihn«.

Nick hörte ihre Antwort nicht. Er saß still da und sah sich im Zimmer um. Plötzlich war er sich seiner Umgebung voll bewußt. Er hörte das Ticken seines Weckers, und er hörte das Rauschen in der Wasserleitung in der Decke, als sich ein Frühaufsteher ein Bad einließ. Ja, die Erde war noch vorhanden. Aber irgendwie hatte sich sein Platz darauf verändert.

»Wie ernst ist es?« fragte er.

»Er hat mich gebeten, diesen Sommer mit ihm nach Griechenland zu kommen. Er arbeitet für eine Versicherung in Athen, während er seinen Magister in International Relations macht. Vielleicht kennst du ihn sogar. Er heißt Paul MacMillan und ist Lucys älterer Bruder.«

»Ach ja, Lucy. Natürlich.« Er redete wie ein Roboter. Er kannte niemanden, der so hieß und sie wußte es. Aber aus irgendeinem Grund glaubte sie wohl, daß ein gewisser Bekanntschaftsgrad die Sache erträglicher für ihn machen würde, als wenn es sich um einen völlig Unbekannten handelte. Ihre Art, es ihm schonend beizubringen. Warum rief sie überhaupt an? Erwartete sie einen Kommentar über Herrn Paul MacMillan, diesen dummen Jungen, der sich einbildete, er könnte für ein Mädchen wie Anna sorgen, indem er in Griechenland arbeitete?

»Anna«, begann er. »Tu nichts ...«

»Tu nicht was?« fragte sie schnell. Und einen Augenblick lang glaubte er, er habe Hoffnung in ihrer Stimme gehört. Aber vielleicht war es auch nur Ärger.

Nick wußte nicht, was er sagen wollte. Es erschreckte ihn, daß sie immer noch einen so hohen Stellenwert in seinem Herzen einnahm. Es ging ihn eigentlich nichts an, wenn sie mit diesem Paul MacMillan nach Griechenland fahren wollte, und es war reichlich spät, sich einzubilden, daß er immer noch einen Anspruch auf sie erheben konnte.

»Vergiß nicht, dich auch gut auf deine Prüfung vorzubereiten. Du möchtest doch deine vier Punkte behalten.«

»Oh, Nick ...«

»Ich bin froh, daß du jemanden kennengelernt hast«, sagte er, ohne es zu meinen. Ich habe dich aufgegeben, und das war das härteste, was ich je tun mußte. Du kannst jetzt nicht zurückkommen. Du kannst nicht gerade in dem Moment wieder auftauchen, in dem ich wirklich stark sein muß. Aber innerlich war er nur wütend auf sich selbst. Er wußte, daß sie ihn nie ganz aufgegeben hatte.

»Bist du noch da?« fragte sie, und er merkte, daß er mehrere Sekunden lang nichts gesagt hatte.

»Mach jetzt keinen Fehler, Anna. Ich muß jetzt aufhören.«

Er legte auf.

Vom Kiosk auf dem Paradeplatz aus sah Nick Peter Sprecher zu Sprüngli gehen. Er hielt eine Zeitung in der einen und den Aktenkoffer in der anderen Hand. Er trug einen dunklen Anzug unter einem blauen Mantel und hatte einen weißen Schal um den Hals geschlungen. »Schau nicht so überrascht«, sagte er zur Begrüßung. »Für uns ist heute kein Feiertag. Ich meine, wir haben zu arbeiten.«

Nick klopfte ihm auf den Rücken und betrachtete sein eigenes Outfit: Jeans, Sweatshirt und ein tannengrüner Parka. »Kommt darauf an, was für eine Art von Arbeit man meint.« Er hielt seinem Freund die Tür zu Sprüngli auf und folgte ihm die Treppe hinauf zum Hauptspeisesaal. Sie wählten einen Tisch in der hinteren linken Ecke, nicht weit von dem üppigen Frühstücksbuffet entfernt. Sie warteten, bis die Bedienung kam und ihre Bestellung aufnahm, bevor sie zur Sache kamen.

Nick warf einen Blick auf den Aktenkoffer. »Hast du die Überweisungen unseres Mannes über die VSB mit den Ankäufen für Ciragan Trading verglichen?«

»Viel besser.« Sprecher öffnete den Aktenkoffer und nahm ein einzelnes Blatt Papier heraus. Er hatte eine Linie in der Mitte des Blattes gezogen und die Worte »VSB Überweisungen« auf die linke und »Ciragan Trading, Käufe« auf die rechte Hälfte geschrieben. Er reichte Nick das Papier. »Wir sind nahe dran, aber nicht hundertprozentig. Mevlevi hat seit dem letzten Juni über achthundert Millionen durch sein Konto bei den VSB transferiert.«

»Und wie steht es mit Königs Käufen von VSB-Aktien?«

»Er hat im Juli klein angefangen und im November voll aufgedreht. Es wundert mich, daß Kaiser nicht bemerkt hat, daß jemand so große Mengen von VSB-Aktien zusammengerafft hat.«

»Das hätte ja jeder sein können. Manager von Pensionsfonds, einzelne Investoren. Woher sollte er es wissen?«

»Jedenfalls besteht insgesamt ein Unterschied von einhundert Millionen.«

Nick studierte das Papier. »Ja, aber sieh mal. Rund zwanzig Wochen lang entspricht der Wert der Aktienkäufe exakt Mevlevis Überweisungen. Vielleicht stimmen die Endsummen nicht so hundertprozentig überein, aber wir sind verdammt nah dran.«

Nick fuhr fort, das Blatt zu betrachten. Er war sehr aufgeregt, daß er endlich etwas in der Hand hatte, von dem er glaubte, daß es als Beweis akzeptiert werden würde. daß Mevlevi hinter dem Versuch der Adlerbank steckte, die VSB zu übernehmen. Dennoch war ihm klar, daß bisher noch nichts erreicht war. Er hatte die Munition, die er brauchte. Aber die eigentliche Schlacht würde erst morgen stattfinden … sofern die richtigen Generäle zur richtigen Zeit auf den richtigen Schlachtfeldern erscheinen würden. Drei verschiedene Gefechte würden an zwei Fronten ausgetragen werden, die vierzig Kilometer voneinander entfernt waren, und ein Feind konnte nicht angegriffen werden, bevor nicht der andere vernichtet war.

»Ich möchte jetzt nicht in Klaus Königs Schuhen stecken. Nicht, wenn ihm der Stuhl unter dem Hintern weggezogen wird. Glaubst du, daß er weiß, wer der Pascha ist?«

»Natürlich weiß er es«, sagte Nick. »Alle wissen es. Das Geheimnis besteht darin, so zu tun, als wüßte man es nicht. Mevlevis Fingerabdrücke sind über die ganze Adlerbank verteilt. Ich mache mir nur deshalb Sorgen, weil ich keine Ahnung habe, was er eigentlich vorhat. Warum will Ali Mevlevi die Vereinigten Schweizer Banken unter seine Kontrolle bringen?«

»Warum will er die Adlerbank unter seine Kontrolle bringen?« konterte Sprecher. »›Banken. Da ist das Geld‹. Willie Sutton hat das in den zwanziger Jahren einmal gesagt, und er war ein hervorragender Bankräuber.«

Nick war nicht überzeugt. »Wenn der Pascha ein Bankräuber ist, dann muß das hier der ausgeklügeltste Raubzug der Geschichte sein. Und der teuerste!«

»Du mußt das so sehen: Investiere eine Milliarde Franken und bekomme zehn Milliarden wieder heraus. Das ist doch ein ganz netter Ertrag.«

»Unmöglich.« Aber dann fragte sich Nick: »Warum eigentlich nicht?« Vielleicht war Ali Mevlevi ja tatsächlich ein Dieb. Aber was wollte Mevlevi mit dem Geld anfangen? Nick dachte an Thornes Bericht über die Waffen und das Kriegsmaterial, die Mevlevi in seinem Compo und bei Beirut zusammengetragen hatte. Wenn Mevlevi schon jetzt soviel Gerät hatte, konnte man sich gut vorstellen, was er mit dem Geld, das er von der Adlerbank und den VSB abzweigen würde, noch alles kaufen konnte. Seit dem Ende des kalten Krieges verkauften die Waffenhändler ihre Waren an jede lebende Seele, die harte Währung versprach. Mevlevi brauchte nur ein Telefon in die Hand zu nehmen, und schon konnte er zwischen den besten und tödlichsten Waffen wählen, die gegenwärtig hergestellt wurden. Aber warum? Mevlevi war kein Sammler. Er wollte die Waffen benutzen.

»Es ist ganz einfach nicht möglich«, versicherte Nick, wenn auch nur, um seine eigene Angst zu beschwichtigen. »Der Pascha ist ein Pirat, das ist wahr, aber das hier geht irgendwie doch zu weit. Es spielt sowieso keine Rolle mehr, warum er die Banken haben will. Mit dem, was wir in der Hand haben, können wir ihn kaltstellen.« Er zählte die Beweise an den Fingern auf: »Überweisungen durch die VSB. Unterschriftskarten von der Eröffnung des Kontos, einschließlich der eigenhändig aufgeschriebenen Codewörter. Ausdrucke der Matrizen, aus denen hervorgeht, auf welche Banken er seine Gelder überweist. Und nun auch noch der Beweis für seine Verbindung mit König und der Adlerbank.«

»Und was ist mit Thorne? Ohne ihn ist alles, was wir haben, nur ein Haufen Papier und eine verrückte Theorie. Er wird eine Menge zu tun haben.«

»Auf Thorne kann man sich verlassen«, sagte Nick. »Er hat mich heute morgen angerufen. Sein Mann kommt wie geplant über die Grenze. Thorne wird dort sein und ihn zusammen mit den Grenzern erwarten. Er wird seine Versprechen halten. Aber dich brauche ich auch. Wir müssen auf alles vorbereitet sein.«

»Du hast gesagt, daß du dir einen Plan ausgedacht hast. Also, wie sieht er aus?«

Während der nächsten fünfzig Minuten erklärte Nick seinem Freund, was er vorhatte. Als er fertig war, streckte Sprecher die Hand aus und sagte: »Ich bin dabei. Wir haben nicht mehr als eine fünfzigprozentige Chance, aber du kannst auf mich zählen. Es ist das erstemal in meinem Leben, daß ich etwas wirklich Lohnendes tue. Ein völlig neues Gefühl. Ich weiß noch nicht, ob es mir gefällt oder nicht.«

Nick beglich die Rechnung, und sie verließen gemeinsam das Lokal. »Hast du noch genug Zeit, deinen Zug zu erwischen?«

Sprecher sah auf die Uhr. »Reichlich sogar. Es ist jetzt 11.30 Uhr. Ich nehme den Zug um 12.07 Uhr über Luzern.«

»Und deinen Freund hast du auch mitgebracht?«

Sprecher klopfte auf eine kleine Ausbuchtung unter seinem Arm. »Standardausrüstung aller Offiziere der Schweizer Armee. Ich bin Hauptmann, vergiß das nicht.«

Nick wechselte das Thema. »Wieviel wird es kosten,

den Empfangschef dazu zu bewegen, dir diese Suite zu geben?«

»Oberstes Stockwerk, Seeblick? Mindestens fünfhundert.«

»Auweia«, sagte Nick. »Da bin ich dir was schuldig.«

»Nur, wenn ich mit einem Zettel am großen Zeh ende. Ansonsten betrachte ich das als meine Eintrittsgebühr in den Club der verantwortungsbewußten und zivilisierten Nationen.«

Caspar Burki wohnte in einem düsteren Häuserblock. Keines der Gebäude war mehr als vier Stockwerke hoch, und jedes trug einen anderen Farbanstrich. Burkis Haus war zu einem fleckigen Spülwassergrau verblaßt und mit Ruß beschmutzt wie die anderen auch.

Nick bezog Posten im Eingang eines Ladens für antike Möbel auf der anderen Straßenseite. Er stellte sich auf eine lange Wartezeit ein und machte sich Vorwürfe, weil er nicht früher gekommen war. Nach dem Essen hatte er Peter Sprecher zum Hauptbahnhof begleitet und von dort aus zwei Telefonate erledigt, eines mit Sylvia Schön, das andere mit Sterling Thorne. Sylvia hatte bestätigt, daß ihre Verabredung zum Abendessen noch galt. Er sollte um 18.30 Uhr bei ihr sein. Sein Gespräch mit Thorne war noch kürzer gewesen. Wie vereinbart hatte er sich als Terry gemeldet. Thorne hatte nur zwei Worte gesagt. »Grünes Licht« – was bedeutete, daß Jester sich gemeldet hatte und alles nach Plan verlief.

Nick betrachtete das traurige Gebäude. Zwei Männer kamen aus der Haustür gestolpert. Der größere der beiden, ein dünner Mann mit ausgemergeltem Gesicht und eingesunkenen Augen, stützte den kleineren, eine bleiche Gestalt im dunklen Sonntagsanzug. Der kleine Mann war Yogi Bauer. Nick hörte ihn fluchen, als er auf die Straße hinaustorkelte.

»Du kommst doch mit mir?« fragte Yogi immer wieder.

Nick zog sich tiefer in den Eingang des Antiquitätenladens zurück. Von dort aus beobachtete er, wie der größere grauhaarige Mann, vermutlich Caspar Burki, Bauer die Straße entlangführte. Sicher waren sie auf dem Weg zum Keller-Stübli. Nick folgte mit sicherem Abstand. Er wollte Burki nicht ansprechen, solange Yogi Bauer dabei war. Aber dann geschah etwas Seltsames. Als die beiden Männer das Keller-Stübli erreichten, weigerte sich Burki plötzlich, mit hineinzugehen. Er stand einige Minuten lang da und ertrug Bauers heftigen Protest, bis dieser schließlich aufgab und alleine eintrat. Caspar Burki zog den Mantel fester um sich und ging mit raschen Schritten die Niederdorfstraße hinunter, einem unbekannten Ziel entgegen.

Kapitel 55

Caspar Burki ging mit gesenktem Kopf und vorgeschobenen Schultern, als müsse er gegen einen Sturm ankämpfen. Nick behielt seinen vorsichtigen Abstand bei. Er folgte dem dürren Mann über die Niederdorfstraße in Richtung Stadtmitte und weiter über die Brücke zum Bahnhofsplatz. Dort wendete sich Burki nach rechts zum Schweizerischen Nationalmuseum, umrundete den Platzspitz und ging weiter nach Norden, an der Limmat entlang.

Nick hatte keine Vorstellung, wo Burki hinwollte.

Die Stadt nahm ein ungepflegtes Aussehen an. Nick ging an einer verlassenen Fabrik vorbei, an zerbrochenen Fensterscheiben, mit Brettern vernagelten Türen und an einem unbewohnten Mietshaus, das ganz mit bunten Graffiti bedeckt war. Er hatte nicht geahnt, daß es in Zürich derart heruntergekommene Stadtviertel gab. Gruppen von Kindern, meistens Teenager, bevölkerten die Bürgersteige. Das Trottoir wurde immer schmutziger, übersät mit Bonbonpapieren, zerdrückten Getränkedosen und Unmengen von Zigarettenkippen. Bald konnte er kaum mehr gehen, ohne bei jedem Schritt auf irgendeinen Abfall zu treten.

Nick verlangsamte seine Schritte, als er sah, daß Caspar Burki eine Fußgängerbrücke überquerte, die sich über die Limmat spannte. Eine Ansammlung zerlumpter Gestalten drängte sich am Geländer. Unrasierte Männer in abgescheuerten Lederjacken, schmuddelige Frauen in zerfransten Pullovern. Burki ging zwischen ihnen hindurch. Nick wußte, wohin die Brücke führte. Nach Letten. Dem Sammelplatz für Fixer.

Nick überquerte die Brücke und gab sich größte Mühe, nicht so ängstlich auszusehen, wie er sich fühlte. Er fragte sich, was er hier eigentlich wollte. Was konnte er schon von einem Junkie erfahren? Er drückte sich an einem jungen Mädchen vorbei, das auf der obersten Stufe der Brücke auf den Fersen kauerte. Sie hielt eine Spritze in der Hand und hatte gerade eine Vene gefunden, um sich einen Schuß zu setzen. Er ging die Stufen am unteren Ende der Brücke hinunter und sah den verlassenen Bahnhof zum erstenmal vor sich.

Eine rastlose Menge verkommener Männer und Frauen bewegte sich auf einer weiten überdachten Plattform hin und her. Es waren mindestens hundert, und sie bildeten kleine Grüppchen von fünf oder sechs Personen. Hier und da brannten Feuer in rostigen Ölfässern. Zwischen Zementboden und Dach hing eine Dunstwolke wie über einem Sumpf. Über seinem Kopf waren mit billiger schwarzer Acrylfarbe die Worte aufgesprüht: »Willkommen in Babylon.«

Nick sah, daß Burki an seinem Ziel angekommen war, einer Runde zittriger Drogensüchtiger seines Alters am anderen Ende des Bahnhofs. Eine verrupfte Henne von einer Frau bereitete gerade einen Schuß für einen Mann vor, der nicht viel anders als Burki aussah. Kleiner vielleicht, aber ebenso mager, und mit dem gleichen verhungerten Ausdruck in den Augen. Die »Schwester« krempelte den Ärmel des Mannes auf und legte seinen knochigen Arm auf einen roh zusammengenagelten Tisch. Sie band einen kurzen Gummischlauch um seinen Arm und klopfte auf die Vene, um sie stärker hervortreten zu lassen. Zufrieden mit dem Ergebnis stach sie die Nadel ein. Dann zog sie die Spritze auf, damit sich sein Blut mit der Droge mischen konnte, und drückte die Mixtur langsam und geduldig in seinen Arm. Als noch etwa ein Achtel des blutigen Gemisches übrig war, zog sie ihm die Spritze aus dem Arm, machte eine Faust und stieß sich die Nadel in ihren eigenen Arm. Als sie damit fertig war, warf sie die benutzte Nadel in einen weißen Plastiksack mit einem roten Kreuz. Soviel zum Beitrag des Roten Kreuzes zur Verhütung von Aids. Der Fixer entfernte sich von dem provisorischen Tisch, und Caspar Burki trat an seine Stelle.

Es war Nick klar, daß es wenig Sinn haben würde, mit Burki zu reden, wenn er erst seinen Schuß intus hatte. Er mußte den alten Mann vorher erwischen. Er überquerte die Plattform, so schnell er konnte, vorbei an den hohläugigen Männern und Frauen, die ihre Körper nach Venen absuchten, die noch fest genug zum Spritzen waren.

Eine Gruppe von Polizisten stand hinten im Bahnhof herum. Sie rauchten und hatten ihren Schutzbefohlenen den Rücken zugekehrt. Das war nicht ihre Schlacht. Die Stadt zog es vor, ihre Süchtigen an einem Ort zu versammeln, wo sie sie im Auge behalten konnte. Eindämmung ohne Konfrontation.

Nick erreichte den Tisch gerade in dem Augenblick, als Burki die Jacke auszog und einen Ärmel hinaufrollte. Er nahm hundert Franken aus seinem Portemonnaie und gab sie der runzeligen Frau, welche die Spritzen verabreichte. »Für meinen Freund Caspar. Müßte für zwei Schüsse doch genug sein, oder?«

Burki sah ihn an und fragte: »Wer, zum Teufel, sind Sie?«

Die Frau riß Nick den Geldschein aus der Hand und sagte: »Bist du verrückt, Caspar? Der Junge will dir ein Geschenk machen. Nimm es.«

Nick sagte: »Ich muß Sie ein paar Minuten sprechen, Herr Burki. Wegen einigen gemeinsamen Freunden. Es wird nicht lange dauern, aber ich würde lieber mit Ihnen reden, bevor – «, seine Hände ruderten auf der Suche nach den richtigen Worten durch die Luft, »bevor Sie dies hier tun. Wenn es Ihnen recht ist.«

Burki zögerte. »Gemeinsame Freunde? Wer soll das sein?«

»Einer davon ist Yogi Bauer. Ich habe gestern abend ein paar Biere mit ihm getrunken.«

»Sie sind Neumanns Sohn. Yogi hat mich vor Ihnen gewarnt.«

Nick bestätigte, daß er tatsächlich Alex Neumanns Sohn sei. »Ich arbeite bei den Vereinigten Schweizer Banken und habe ein paar Fragen über Allen Soufi.«

»Ich kenne den Mann nicht. Und jetzt hauen Sie ab und machen Sie, daß Sie hier wegkommen.«

Nick ließ sich von der »Krankenschwester« das Geld zurückgeben, und als er es hatte, packte er Burki am Arm und zog ihn ein paar Schritte mit sich. »Hören Sie zu. Entweder Sie reden jetzt mit mir und profitieren von meinem guten Willen, oder ich zerre Sie zu den Jungs in Blau hinüber und sage ihnen, daß Sie ein Dieb sind.« Nick knüllte den Hundertfrankenschein zusammen und steckte ihn Burki in die Hand. »Haben Sie verstanden?«

Burki spuckte ihm ins Gesicht. »Sie sind ein Mistkerl. Genau wie Ihr Vater.«

Nick wischte sich den Speichel aus dem Gesicht und sah Burki zum erstenmal genau an. Die Haut des Mannes war straff über den Schädel gespannt und sah aus wie verrottendes Pergament, übersät mit offenen Wunden. Seine Augen waren eingesunkene blaue Kugeln. Er hatte eine Hasenscharte, und ein schwarzer, verrotteter Zahn schimmerte durch die Lücke. Er hatte auf dem Weg in den Abgrund schon ein gutes Stück zurückgelegt.

Plötzlich wurde Burki ruhig und zuckte mit den Achseln. »Lassen Sie mich jetzt ein bißchen von meiner Medizin nehmen, dann rede ich mit Ihnen. Ich fürchte, ich kann nicht länger warten.«

»Vielleicht lege ich noch eine Kleinigkeit drauf, um Ihr gutes Gedächtnis zu belohnen. Abgemacht?«

Burki nahm fluchend seinen Mantel vom Tisch und zog ihn an. Er bedeutete Nick, ihm zu folgen, und führte ihn zur Rückwand des Bahnhofs. Mit dem Fuß räumte er einen Platz am Boden frei und setzte sich. Nick kämpfte seinen Überlebensinstinkt nieder, säuberte sich ebenfalls einen kleinen Fleck und ließ sich nieder. »Allen Soufi«, wiederholte er. »Erzählen Sie mir von ihm.«

»Warum wollen Sie etwas über Soufi wissen?« fragte Burki. »Warum in aller Welt sind Sie zu mir gekommen?«

»Ich habe ein paar Papiere durchgesehen, die mein Vater geschrieben hat, kurz bevor er ermordet wurde. Soufi spielt eine wichtige Rolle darin. Ich habe gesehen, daß Sie ihn als Kunden der Zweigniederlassung der VSB in Los Angeles empfohlen haben, also dachte ich mir, daß Sie ihn ziemlich gut gekannt haben müssen.«

»Allen Soufi. Das ist eine Ewigkeit her.« Burki griff in seine Jackentasche und zog eine Zigarettenschachtel heraus. Seine Hand zitterte, als er sich eine Zigarette anzündete. »Rauchen Sie?«

»Nein, danke.«

Burki inhalierte ganze fünf Sekunden lang. »Sie stehen doch zu Ihrem Wort? Sie halten Ihren Teil des Geschäfts ein?«

Nick nahm einen weiteren Hundertfrankenschein aus dem Portemonnaie, faltete ihn zusammen und steckte ihn in seine Brusttasche. »Ihre Belohnung.«

»Soufi war einer meiner Kunden«, begann Burki. »Er hatte einen beträchtlichen Teil seines Vermögens bei uns deponiert. Rund dreißig Millionen Franken.«

»Was meinen Sie damit, daß er einer Ihrer Kunden war?«

»Ich war Allen Soufis Portfolio Manager. Er hatte ein Nummernkonto – aber ich kannte seinen Namen.«

Nick dachte an die Liste der Portfolio Manager in Mevlevis Akte. Er konnte sich nicht daran erinnern, den Namen Burki gelesen zu haben. »Eines Tages kam mein ehemaliger Chef herein und beauftragte mich, Soufi an Ihren Vater zu empfehlen. Er sagte, daß Soufi mit der Zweigniederlassung in Los Angeles arbeiten wolle.«

»Wer war Ihr Boß?«

»Er ist immer noch bei der Bank. Er heißt Armin Schweizer. Für Armin, der bei Compliance festhing, konnte es nur einen Grund geben, zu mir zu kommen. Entfernung. Er wollte einen möglichst großen Abstand zwischen den alten Herren und den Kunden bringen.«

»Den alten Herren?«

»Kaiser. Ich meine, wer sonst hat ihn denn damals in London aus dem Dreck gezogen? Schweizer war Kaisers Dienstbote. Er bekam alle scheußlichen Aufgaben.«

»Sie sagen, daß Schweizer Sie nur deswegen gebeten hat, Allen Soufi meinem Vater zu empfehlen, um Wolfgang Kaiser aus der ganzen Angelegenheit herauszuhalten?«

»Damals hatte ich keine Ahnung, was los war. Ich fand es nur seltsam, daß mich Soufi nicht selbst gebeten hat, ihn zu empfehlen. Er hatte nie ein Wort über Los Angeles verloren.«

Natürlich nicht, dachte Nick. Die großen Pläne liefen über Kaiser.

»Ich tat, was man mir auftrug und dachte nicht weiter daran. Ich schrieb einen Brief: ›Lieber Alex, die folgende Person ist ein Kunde von mir, der schon seit einiger Zeit mit der Bank zusammenarbeitet. Bitte kümmern Sie sich um ihn. Falls Sie Fragen haben oder Auskünfte brauchen, wenden Sie sich bitte an mich.‹«

»Und das war alles?« fragte Nick, der genau wußte, daß dem nicht so war.

Burki sog verzweifelt an seiner Zigarette. »Wenn es nur alles gewesen wäre«, schnaubte er. »Sechs oder sieben Monate später rief Ihr Vater mich direkt an. Er fragte, ob ich mehr über Allen Soufi wisse, als ich in dem Empfehlungsbrief geschrieben hatte.« ›Wo ist das Problem?‹ fragte ich. ›Er verdient zuviel‹, antwortete Ihr Vater. Ich staunte. ›Wie kann einer zuviel verdienen?‹«

»Meinte mein Vater Goldlux?«

»Ja, es ging um Goldlux. Allen Soufi besaß eine Kette von Juwelierläden in Los Angeles: Goldlux Inc. und er wollte seine Geschäfte mit den VSB abwickeln. Ganz normale Geschäftsbeziehungen. Alex fragte, was genau ich über Soufi wisse, und ich sagte ihm alles – na ja, fast alles. Soufi war ein Kunde aus dem Nahen Osten mit rund dreißig Millionen Franken auf der Bank. Niemand, mit dem man herumspielen sollte. Ich riet Ihrem Vater zu tun, was dieser Mann sagte. Aber Alex und auf mich hören? Niemals. Es dauerte gar nicht lange, bis Schweizer anrief und wissen wollte, was Ihr Vater gesagt hätte. Ich bat Schweizer, mich in Ruhe zu lassen. Ich sagte, Ihr Vater hätte einmal angerufen, und weiter nichts.«

»Was machte Goldlux?«

Burki achtete nicht auf die Frage. Er zog wieder seine Zigarettenpackung hervor und versuchte, eine Zigarette herauszunehmen. Aber seine Hände zitterten zu stark. Er ließ die Packung fallen und sah Nick an. »Junge, Sie können mich nicht länger warten lassen.«

Nick hob die Zigaretten auf, zündete eine an und steckte sie Burki in den Mund. »Sie werden bei mir bleiben müssen, bis wir diese Sache zu Ende gebracht haben.«

Burki schloß die Augen und inhalierte. Das Nikotin belebte ihn, und er fuhr fort. »Als ich das nächstemal nach Zürich kam, machten Schweizer und ich gemeinsam eine Tour durch die Gemeinde. Armin hatte niemanden, zu dem er nach Hause gehen konnte – er wollte es so. Meine Frau hatte sich schon vor längerer Zeit scheiden lassen. Wir fingen mit der Kronenhalle an und endeten im King's Club, voll wie die Strandhaubitzen und mit ein paar vielversprechenden Frauen im Arm. Es war der 24. November 1979, mein achtunddreißigster Geburtstag.«

Nick sah Burki genauer an. Der Mann war erst fünfundfünfzig Jahre alt und sah aus wie siebzig. Trotz der Kälte stand auf seinem Gesicht der Schweiß.

»Wir hatten schon eine ganze Menge getrunken, als ich die Rede auf Soufi brachte. ›Was hat es eigentlich zwischen ihm und Alex Neumann gegeben?‹ fragte ich. Ich wollte es eigentlich gar nicht wissen. Ich machte nur Konversation. Schweizer wollte sowieso nie über etwas anderes reden als über das Geschäft. Er wurde erst rot, dann grün: ›Alex Neumann, dieser arrogante Schurke mit seinen elitären Allüren, läßt sich von niemandem etwas sagen, völlig außer Kontrolle.‹ So ging das eine Stunde lang immer weiter. Endlich konnte ich ihn beruhigen und die ganze Geschichte aus ihm herauslocken. Es scheint, daß Ihr Vater sich einmal mit Soufi getroffen hatte und meinte, er sei in Ordnung. Er machte ein Nummernkonto für ihn auf. Etwas später eröffnete er für Goldlux ein ganz normales Handelskonto. Goldlux verkaufte Goldschmuck, größtenteils billigen Kram. Eine Zeitlang ging alles soweit gut, aber bald bemerkte Alex, daß diese vier Läden einen Umsatz von mehr als zweihunderttausend Dollar in der Woche machten. Wenn das so weiterging, waren das an die zehn Millionen im Jahr. Ich vermute, daß Ihr Vater die Läden aufsuchte, sich vorstellte und sich umsah. Danach ging der Tanz los.«

»Verkauften die Läden denn keinen Schmuck?«

»O doch«, sagte Burki. »Sie verkauften durchaus Schmuck – ein paar Halsketten hier und ein Armband da. Nur, wenn man Goldschmuck im Wert von zweihunderttausend Dollar die Woche umsetzen will, müssen es schon wirklich teure Stücke sein. Aber die Goldlux-Läden waren lumpige kleine Geschäfte.«

»Goldlux war also nur eine Scheinfirma?«

»Goldlux war eine komplizierte Operation zum Waschen von großen Geldmengen. Und jetzt geben Sie mir endlich meine Spritze. Sie quälen mich.«

Nick fror, und er begann, die Geduld zu verlieren. Es kam gar nicht in Frage, daß Burki jetzt seine Spritze bekam. Das wäre das Ende ihres Gesprächs. Er nahm den zusammengefalteten Hundertfrankenschein aus der Brusttasche und gab ihn dem Fixer. »Halten Sie noch ein Weilchen durch, Caspar. Wir haben es fast geschafft. Erzählen Sie mir, wie das mit der Geldwäsche funktionierte.«

Burki betastete den Geldschein. In seinen toten Augen leuchtete ein Funken Leben auf. »Sie müssen wissen, daß die Firma Goldlux auf einem Haufen Bargeld saß und nicht wußte, was sie damit anfangen sollte. Sie brauchte eine langfristige Möglichkeit, ihr gesamtes Geld anzulegen, so wie es hereinkam. Das funktionierte so: Die VSB eröffnen im Namen von Goldlux einen Kreditbrief für einen Goldlieferanten in Buenos Aires in Höhe von, sagen wir, fünfhunderttausend Dollar – das bedeutet, daß die Bank zusagt, die südamerikanische Firma zu bezahlen, wenn sie das Gold an Goldlux in Los Angeles schickt. Die Firma in Argentinien exportiert das Gold, aber nicht Gold im Wert von fünfhunderttausend Dollar, sondern fünfzigtausend Dollar.«

»Aber Gold für fünfzigtausend Dollar wiegt erheblich weniger als Gold im Wert von fünfhunderttausend«, wandte Nick ein. Er erinnerte sich daran, daß er den Namen der argentinischen Firma gelesen hatte: El Oro des Andes.

»Um den Gewichtsunterschied auszugleichen, konnte die Firma in Buenos Aires ja ein bißchen Blei mit einpacken. Kein Problem. Lieferungen von Edelmetallen werden von den Zollbehörden gewöhnlich nicht kontrolliert. Wenn die Papiere stimmen und die Empfängerfirma bestätigt, daß die Lieferung in Ordnung ist, bekommt die Bank die Genehmigung, den Kreditbrief einzulösen.«

»Aber warum wollte Goldlux einer Firma in Buenos Aires fünfhunderttausend Dollar in Gold bezahlen, das sie nicht bekommen hatte?«

Burki versuchte zu lachen, mußte aber statt dessen heftig husten. »Weil Goldlux zuviel Bargeld hatte. Sie mußten es irgendwie waschen. Stellen Sie sich vor, daß Goldlux auf einer Million Dollar in bar sitzt. Sie fangen damit an, Gold für fünfzigtausend Dollar zu importieren. Das ist ihr Einsatz.«

Nick begann, das Spiel zu verstehen. »Aber in ihren Büchern verzeichnen sie die Höhe des Einsatzes als fünfhunderttausend Dollar. Genauso, wie es in den Zollpapieren steht.«

Burki nickte. »Dann mußte Goldlux den Anschein erwecken, als würden ihre Läden Goldschmuck im Einzelhandelswert von einer Million Dollar verkaufen. Jetzt ist ihr Einsatz auf einmal eine Million Dollar wert, und sie können ihn über den Ladentisch verkaufen. Mit verkaufen meine ich, daß sie einen kilometerhohen Stapel von falschen Verkaufsquittungen fabrizieren. Bedenken Sie, daß sie in Wirklichkeit nur Auslagen von fünfzigtausend

Dollar für Gold haben. Der volle Einzelhandelswert dafür liegt bei etwa hunderttausend. Sie nehmen die gefälschten Verkaufsquittungen und tragen sie in ihr Hauptbuch ein. Wenn in ihren Büchern Verkäufe von einer Million Dollar verzeichnet sind, können sie ihr Bargeld zur Bank tragen und ganz legal anlegen.«

»Wo kam das Geld her?«

»Ich kenne nur zwei Arten, solche Mengen von Geld zu verdienen: Spielkasinos und Drogen. Ich habe nie etwas von Allen Soufi in Las Vegas gehört.«

Nick lächelte grimmig. »Der Trick ist also, die Geldwäsche auf ein legales Geschäft obendrauf zu packen.«

»Bravo«, sagte Burki. »Wenn die Millionen Dollar bei der Bank eingezahlt waren, bezahlte die VSB den Kreditbrief an die Firma in Argentinien – die Soufi natürlich auch kontrollierte. Und die anderen fünfhunderttausend bleiben als Profit der Firma Goldlux auf der Bank. Soufi überwies zweimal pro Woche soviel, wie er wollte, auf seine Konten in London und der Schweiz.«

»Zweimal pro Woche?« fragte Nick.

»Er war sehr pünktlich.«

»Und mein Vater?«

»Alex stellte zu viele Fragen. Als er herausbekam, was sie da machten, drohte er, das Konto zu schließen. Zwei Monate nach meinem Abend mit Schweizer war Ihr Vater tot. Sag niemals einem Berufsverbrecher wie Soufi, daß er abhauen soll.«

»Er hieß nicht wirklich Allen Soufi, oder?« fragte Nick. Er wußte die Antwort, aber er mußte sie von einer menschlichen Stimme hören, um sicher zu sein, daß er nicht verrückt war.

»Warum interessiert Sie das?« fragte Burki und stellte sich zittrig auf die Füße. »Das war's, Junge. Jetzt lassen Sie mich zur Sache kommen.«

Nick legte ihm eine Hand auf die Schulter und drückte ihn wieder zu Boden. »Wie war sein richtiger Name?«

»Das kostet Sie noch einmal hundert Franken. Man muß schließlich leben.«

Nick zog sein Portemonnaie aus der Tasche und gab Burki das Geld. »Sagen Sie mir den Namen.«

Burki knüllte den Geldschein in seine linke Hand. »Kein Name, den Sie je gehört haben können. Der Mann war ein türkischer Gangster. Mevlevi hieß er. Ali Mevlevi.«

Kapitel 56

Unter seiner kosmopolitischen Atmosphäre versteckte Zürich eine brütende Einsamkeit und Introvertiertheit, das wahre Gesicht der Stadt. Eine Hingabe an Handel und Gewerbe, die an Frömmigkeit grenzte, ein Interesse an der Gemeinschaft, das schon fast Einmischung war, eine Selbstanbetung, die man nur eitel nennen konnte: All das wirkte während der Woche zusammen, um das altjungferliche Herz Zürichs zu verbergen. Aber an einem Sonntag im Winter wie diesem, wenn alle, die Familie hatten, sich in die gewohnten unveränderlichen Kirchen und behaglichen Küchen zurückzogen, und alle, die alleine waren, sich in ein gemütliches Eckchen ihrer bequemen Wohnungen kuschelten, waren die Straßen verlassen. Unter einem grauen Himmel ließ Zürich den Schleier von Prunk und Wohlstand fallen und vergoß eine einzelne Träne. Und Nick, der durch die stillen Straßen schlenderte, erkannte die Einsamkeit der Stadt und lächelte innerlich, denn er wußte, daß sie seiner eigenen entsprach.

Er war in die Schweiz gekommen, um die Umstände des Mordes an seinem Vater aufzudecken. Er hatte alle seine moralischen Vorstellungen über Bord geworfen, um herauszubekommen, was sein Vater unwissentlich getan hatte, das seinen Tod herbeiführte. Aber jetzt, da das Skelett von Verschwörung und Verrat Fleisch bekommen hatte, spürte er nichts von den Gefühlen, die er am Ende einer so schwierigen Aufgabe eigentlich erwartet hatte. Er schäumte nicht vor Wut über Wolfgang Kaisers

Verbrechen. Er fühlte sich nicht stark, weil er den Namen Allen Soufi mit dem Gesicht Mevlevis versehen hatte. Und was am schlimmsten war, sein Herz war nicht von kindlichem Stolz erfüllt, als die noble Gesinnung – oder war es einfach Sturheit? – die hinter dem Widerstand seines Vaters stand, ans Tageslicht kam. Er fühlte weder Triumph noch Erleichterung, nur eine kalte Entschlossenheit, diesem Spiel ein für allemal ein Ende zu bereiten. Das alles hatte nicht die geringste Bedeutung, wenn es ihm nicht gelang, Ali Mevlevi das Handwerk zu legen.

Nick stand in der Mitte der Quaibrücke. Eine durchgehende Eisfläche erstreckte sich über den Zürichsee. In der Zeitung stand, daß der See zum erstenmal seit 1962 vollkommen zugefroren sei. Ein eisiger Wind blies ihm ins Gesicht und wehte seine Melancholie hinweg. Er hörte auf, über sich selbst nachzudenken, und konzentrierte sich auf den Pascha und seine Hoffnung, daß Ali Mevlevi nach dem morgigen Tag keine Rolle mehr in dieser Welt spielen würde. Er verbannte seine Zweifel und Sorgen in den hintersten Winkel seiner Seele und wünschte sich, er könnte sie für immer ablegen. Aber er wußte zu gut, daß diese Sorgen ein Teil von ihm selbst waren, gleichgültig, wie sehr er sich zwang, stark zu sein, und daß er irgendwie mit ihnen leben mußte. Die Welt hatte sich für ihn verändert. Er kämpfte nicht mehr um seinen Vater. Alex Neumann war tot. Nichts, was er tat, konnte ihn je wieder zurückbringen. Jetzt kämpfte Nick für sich selbst. Um sein Leben. Bald dachte er nur noch an den Pascha. An sein verächtliches Lachen. An seine Schlangenaugen. An seine selbstzufriedene Prahlerei. Er wollte den Mann töten.

Am frühen Abend stieg Nick den gewohnten Weg zu Sylvia Schöns Haus hinauf. Die Straße war nicht mehr vereist, und er legte die Strecke in guter Zeit zurück. In zu guter Zeit, denn bald verlangsamte er seine Schritte und versuchte, seine Ankunft zu verzögern. Seit gestern nachmittag quälte ihn ein nagender Zweifel an Sylvias wahrer Natur. Warum hatte sie ihm geholfen, an die Akten seines

Vaters heranzukommen? Aus Zuneigung zu ihm? Hatte sie in ihrem Inneren das Bedürfnis, der Gerechtigkeit zum Sieg zu verhelfen – auch wenn es sich um einen Fremden handelte, der vor fast zwei Jahrzehnten gestorben war? Oder spionierte sie für den Generaldirektor, der in seiner Kaiserpfalz jede Bewegung Nicks verzeichnete? Er wußte keine Antwort auf diese Fragen, und er fürchtete sich davor, sie zu finden. Fragen zu stellen bedeutete das Eingeständnis, daß er sie verdächtigte, und wenn er sich irrte, würde er das Vertrauen zerstören, das bisher die Grundlage ihrer Beziehung gewesen war. Immer wieder fiel ihm die Stimme ein, die er am Freitag abend auf Sylvias Anrufbeantworter gehört hatte. Diese schroffe fordernde Stimme, von der er überzeugt war, daß es die von Wolfgang Kaiser war. Er mußte das Tonband ganz hören.

Sylvia begrüßte Nick an ihrer Wohnungstür mit einem Kuß auf die Wange und einem strahlenden Lächeln. Zum erstenmal fragte er sich, wieviel von diesem Willkommen wirklich echt war.

»Wie war es bei deinem Vater?« fragte er, als er in den warmen Flur trat. »Schön«, sagte Sylvia. »Er ist neugierig, mit wem ich meine Zeit verbringe. Er wollte alles über meinen neuen Beau wissen.«

»Du hast einen neuen Beau? Wie heißt er?«

Sylvia schlang die Arme um ihn. »Ich kann mich gerade nicht so genau erinnern. Er ist ein aufgeblasener Amerikaner. Ich habe mich noch nicht entschieden, ob er der richtige Mann für mich ist.«

Nick lachte, wie sie es von ihm erwartete. Es fiel ihm schwer, ein unbefangenes Gesicht zu machen. Er fragte sich zum hundertstenmal, wie Kaiser von Schweizers Verrat hatte erfahren können, und zum hundertstenmal kam er wieder zum gleichen Ergebnis.

»Zieh den Mantel aus«, sagte Sylvia und führte ihn ins Wohnzimmer.

Nick schlüpfte aus dem Mantel und bemühte sich, sie nicht anzusehen. Aber sie war noch nie so schön gewesen. Sie trug einen schwarzen Rollkragenpullover aus

Kaschmir, ihr weizenfarbenes Haar hatte sie zu einem Pferdeschwanz zurückgebunden. Ihre Wangen waren gerötet.

Sylvia nahm ihm den Mantel ab. »Was ist los? Ist irgendwas nicht in Ordnung?«

Nick wußte nicht, was er sagen sollte. Es war schwieriger, als er erwartet hatte. »Gestern nachmittag war ich beim Generaldirektor. Ott und Maeder waren auch da. Es herrschte Krisenstimmung. Armin Schweizer wurde hereingerufen und wegen der Hinweise ausgefragt, die die Adlerbank bekommen hatte. Du weißt schon, diese gefälschte Information über unentschlossene Aktionäre.«

Sylvia nickte.

»Kaiser bezichtigte ihn, daß er derjenige sei, der diese Information heimlich an Klaus König weitergegeben habe. Er hat ihn gefeuert.«

»Kaiser hat Armin Schweizer gefeuert?«

»Fristlos.«

Sylvia schien fassungslos. »Das hat der Kriecher auch verdient. Das hast du mir selbst gesagt. Du warst fest davon überzeugt, daß er Papiere aus deinem Büro gestohlen hatte.«

»Sylvia, niemand außer dir, mir und Peter Sprecher wußte, daß die Adlerbank einen Spion in den VSB hat. Daß es Schweizer sein könnte, war nur ein Verdacht.«

»Offensichtlich haben wir richtig geraten.«

Nick schüttelte frustriert den Kopf. »Hast du Kaiser gesagt, daß Schweizer Informationen über unsere Aktionäre an Klaus König weitergegeben hat?«

Sylvia lachte. »Ich könnte Herrn Kaiser gar nicht direkt anrufen. Ich kenne ihn doch kaum.«

»Es ist schon in Ordnung, wenn du es ihm gesagt hast. Ich verstehe ja, daß du das Bedürfnis hast, die Bank zu schützen. Wir alle wollen König das Handwerk legen.«

»Ich habe nein gesagt. Ich habe es nicht getan.«

»Komm Sylvia, wie sollte es der Generaldirektor denn sonst herausgefunden haben?«

»Mir scheint, du verdächtigst mich.« Ihre Wangen wurden noch röter, aber diesmal vor Ärger. »›Wie sonst?‹ fragst du? Was glaubst du denn? Schweizer ist schuldig, und Kaiser hat es herausgekriegt. Glaubst du, daß König der einzige ist, der Spitzel einsetzt? Der Generaldirektor ist nicht auf mich angewiesen. Und außerdem bin ich dir keinerlei Erklärung schuldig.«

Nick folgte ihr ins Wohnzimmer. Er war sich ganz sicher, daß sie log. Sylvia und ihre Hingabe an die Bank. Sylvia und ihre Angestelltenabwanderungsrate. Sie benutzte die Behauptung, daß Schweizer der Schuldige sei, als Mittel, um ihre Karriere ein wenig anzukurbeln. Aber warum stritt sie es dann ab?

»Und was ist mit deinem Anrufbeantworter?« fragte er. »Am Freitag abend, als wir das Tonband abgefragt haben, habe ich Wolfgang Kaisers Stimme gehört. Ich habe gesehen, daß du Angst hattest, ich könnte erkannt haben, wer es war. Sag mir jetzt die Wahrheit.«

Sylvia wich vor ihm zurück. »Die Wahrheit? Darum geht es?« Sie lief zum Anrufbeantworter und spulte das Tonband zurück. Sie fand den Abschnitt, nach dem sie suchte, und drückte auf »Play«. »Die Wahrheit willst du hören? Ich hatte keine Angst. Es war mir nur peinlich.«

Peter Sprechers Stimme ertönte vom Tonband. Dann kam eine Pause, ein Signal, dann die nächste Nachricht. Eine rauhe Stimme sagte: »Sylvia, bist du zu Hause? Bitte heb ab. Also gut, dann hör zu.« Die Stimme klang unsicher und, Nick vermutete, betrunken. »Ich möchte, daß du an diesem Wochenende bei mir bist. Du weißt, was wir alle am Samstag gerne essen. Es war immer das Lieblingsessen der Jungs. Um sieben Uhr sollen alle am Tisch sitzen. Du bist ein gutes Mädchen, Sylvia, aber ich fürchte, deine Mutter wäre enttäuscht von dir – daß du so weit weg bist und deinen Vater in seinem Alter alleine läßt. Nun ja, ich werde schon zurechtkommen. Aber sag deinen Brüdern unbedingt Bescheid und sieh zu, daß sie pünktlich hier erscheinen. Um sieben Uhr, oder wir fangen ohne sie an.«

Nick ging zum Anrufbeantworter und stellte das Tonband ab. Es war nicht Wolfgang Kaisers Stimme.

Sylvia ließ sich in einen Stuhl sinken. »Meine Brüder sind seit drei Jahren nicht nach Hause gekommen. Es waren nur mein Vater und ich da. Gestern abend hat er mir volle fünf Minuten lang Vorwürfe gemacht, daß ich vergessen hätte, ihnen zu sagen, daß sie kommen sollen. Ich nicke dann nur und sage, daß es mir leid tut. Bist du jetzt zufrieden? Bist du glücklich, weil du jetzt weißt, wie sehr mein Vater das Bier liebt? Und daß ich ihn im Stich gelassen habe und in Einsamkeit alt werden lasse?«

Nick setzte sich neben sie. Er war gründlich aus der Fassung gebracht. All seine sorgfältig aufgebauten Argumente waren zusammengebrochen. Wie hatte er nur eine Minute lang an ihr zweifeln können? Er war noch nie in der Lage gewesen, Leute richtig einzuschätzen. Nun hatte er Sylvia genau in dem Augenblick mißtraut, in dem es wirklich zählte, hatte sie gekränkt, anstatt ihr zu zeigen, daß er ihr vertraute. Beurteile sie nach ihren Taten. Sie hilft dir auf Schritt und Tritt. Warum kannst du nicht akzeptieren, daß sie dich einfach gerne hat? Daß sie gerne etwas für dich tun möchte. Warum lernst du nicht endlich, daß es ganz in Ordnung ist, sich auf jemand anderen zu verlassen. »Es tut mir leid«, sagte er ehrlich. »Ich wollte dich nicht in Verlegenheit bringen.«

»Warum hast du mir das erstemal nicht geglaubt? Ich lüge dich doch nicht an.«

Nick legte seine Hände auf ihre Schultern. »Es tut mir wirklich leid.«

»Faß mich nicht an«, schrie sie. »Ich komme mir vor wie ein Narr. Ich habe Wolfgang Kaiser nichts von Armin Schweizer gesagt.«

Nick versuchte wieder, sie sanft bei den Schultern zu fassen. Diesmal ließ sie es zu, daß er sie berührte und an seine Brust zog. »Ich glaube dir ja«, sagte er ruhig. »Aber ich mußte einfach fragen. Ich mußte es genau wissen.«

Sylvia legte den Kopf auf Nicks Schulter. »Ich war fest davon überzeugt, daß er auf alle Fälle erwischt werden würde. Aber das bedeutet noch lange nicht, daß ich wie ein geschwätziger Teenager meinen Mund nicht hätte halten können und jedem, der es wissen sollte, vorgeplappert hätte, was Peter Sprecher herausgefunden hat. Ich würde dein Vertrauen niemals so mißbrauchen.«

Nick hielt sie noch eine Weile fest. »Die letzten Wochen waren hart. Ich fühle mich, als wäre ich unter Wasser und müßte mit einer Zwangsjacke schwimmen. Wenn ich den morgigen Tag überstehe, werden wir vielleicht heil aus dieser Sache herauskommen.«

»Du hast mir noch gar nicht gesagt, ob du Caspar Burki gefunden hast.«

»Ja, den habe ich gefunden.«

»Und?«

Nick versuchte sich schlüssig zu werden, wieviel er ihr sagen durfte. War es ein Teil der Bindung, die Liebende miteinander teilen, daß er ihr so gerne alles erzählt hätte, oder war es nur ein törichter Versuch, seine Schuld wiedergutzumachen, weil er sie verletzt hatte? »Es gehen hier Dinge vor, die du nicht glauben würdest ... König hat seine dreiunddreißig Prozent. Er hat sich Finanzierungen von außen gesichert, mit der er ein Angebot für alle Aktien machen kann, die er noch nicht hat. Er will die ganze Bank. Und das ist die gute Nachricht.«

Sylvia sackte sichtbar in sich zusammen. »Die gute Nachricht?«

Nick war es leid, mißtrauisch zu sein. Warum sollte er ihr nicht gleich alles sagen? »Kaiser arbeitet für Ali Mevlevi«, sagte er, »den Mann, den wir den Pascha nennen. Kaiser hat jahrelang Geld für ihn gewaschen. Unsummen. Mevlevi ist ein Drogenbaron, der aus dem Libanon heraus operiert, und Kaiser ist sein Mann in der Schweiz.«

»Woher weißt du das alles?«

»Du mußt es mir einfach glauben. Alles, was ich dir dazu sagen kann, ist, daß ich alles, was ich sage, mit meinen eigenen Augen gesehen habe.«

»Das kann nicht sein. Vielleicht wird der Generaldirektor ja von Mevlevi erpreßt.«

»Die Zusammenarbeit mit Mevlevi ist nicht Kaisers einziges Verbrechen. Er hat so verzweifelt versucht zu verhindern, daß König seine Sitze bekommt, daß er angeordnet hat, daß einige von uns im vierten Stock große Mengen von Aktien und Obligationen aus den Portfolios der Kunden, deren Vermögen wir verwalten, verkaufen und von dem freigewordenen Geld VSB-Aktien kaufen mußten. Er hat das Vertrauen von Hunderten von Kunden verletzt, die ihr Geld in Nummernkonten bei der Bank angelegt haben. Er hat ein Dutzend Gesetze gebrochen. Niemand hat ihn gezwungen, das zu tun.«

»Aber er versucht doch nur, König aus der Bank herauszuhalten. Schließlich ist es doch seine Bank.«

»Sylvia, die Bank gehört nicht Wolfgang Kaiser. Er ist ein bezahlter Angestellter wie du und ich. Natürlich hat er sein Leben damit zugebracht, dieses Institut aufzubauen, aber der Lohn dafür war auch enorm. Was meinst du, was ein Mann wie er verdient? Locker über eine Million Franken im Jahr. Und zusätzlich würde es mich nicht wundern, wenn er Optionen für Tausende von VSB-Aktien bekommen hat. Die Bank gehört ihren Aktionären. Sie ist nicht Kaisers privates Fürstentum. Jemand muß ihm das Handwerk legen. Kaiser ist ebenso schlecht wie Mevlevi. Keiner von den beiden Schurken hat auch nur den geringsten Respekt vor irgendwelchen Gesetzen. Sie morden, um ihren Willen durchzusetzen.«

Sylvia wendete sich von Nick ab und trat an das Panoramafenster, das auf ihre Terrasse führte. »Ich glaube dir nicht«, sagte sie störrisch.

»Wer glaubst du, daß meinen Vater umgebracht hat?« fuhr Nick erbittert fort. »Es war Ali Mevlevi. Nur nannte er sich damals noch Allen Soufi, genau so, wie er sich jetzt Allen Malvinas nennt. Mag sein, daß Kaiser nicht höchstpersönlich auf den Abzug gedrückt hat, aber er tat, was er konnte, um meinen Vater zu zwingen, für Mevlevi zu arbeiten. Und als mein Vater sich weigerte, hat er nichts unternommen, um zu verhindern, daß Mevlevi ihn ermordete. Warum hat er meinen Vater nicht gewarnt? Sie haben sich ihr ganzes Leben lang gekannt!«

Nick verstummte, weil ihn plötzlich eine furchtbare Erkenntnis überfiel. Er hatte es schon die ganze Zeit über gewußt, warum Kaiser nichts getan hatte. Er hatte es gewußt, seit Marco Cerruti von der Konkurrenz zwischen den beiden Männern gesprochen hatte; seit Rita Sutter darüber nachgedacht hatte, ob sie nicht, wenn sein Vater noch am Leben wäre, heute für ihn anstatt für Wolfgang Kaiser arbeiten würde; seit er Armin Schweizers unverhohlene Eifersucht auf seine gehobene Stellung in der Kaiserpfalz gesehen hatte. Alexander Neumann war der einzige, der es hätte verhindern können, daß Wolfgang Kaiser zum Generaldirektor der Vereinigten Schweizer Banken aufstieg. Es war um den Posten gegangen. Kaiser hatte einfach nichts getan, um zu verhindern, daß sein stärkster Rivale ausgeschaltet wurde.

»Das sind fürchterliche Anschuldigungen«, sagte Sylvia.

»Es ist die Wahrheit«, antwortete Nick. »Und ich werde dafür sorgen, daß beide dafür bezahlen müssen.« Er hatte genug davon, auf die verletzten Gefühle der anderen Rücksicht zu nehmen, genug von Sprechers absichtlicher Naivität, genug von Sylvias hartnäckiger Loyalität für die Bank. Sein Vater war gestorben, um die Position eines anderen zu sichern. Die Banalität des Ganzen machte ihn krank.

Sylvia schlang die Arme um Nick und schmiegte sich an ihn. »Tu nichts Verrücktes. Bring dich nicht in Schwierigkeiten.«

In Schwierigkeiten? Er war bereits in Schwierigkeiten. Jetzt kam es darauf an, aus den Schwierigkeiten wieder herauszukommen. »Morgen früh werde ich mit Mevlevi ins Tessin fahren. Ich werde ...« Nick zögerte. Er hatte das Bedürfnis, Sylvia den ganzen Plan zu offenbaren und darum zu beten, daß sie ihm ihren Segen dazu erteilen möge. Widerwillig gestand er sich den Grund ein, der ihn daran hinderte, ihr alles zu sagen. Es gab noch zu viele offene Fragen, als daß er von ihrer Unschuld überzeugt sein könnte. So sehr er sich auch wünschte, ihr alles zu sagen, er vermochte es nicht. »Und ich werde diese ganze Geschichte zu einem Ende führen«, sagte er einfach. »Wenn Mevlevi morgen entkommt, kannst du den Rest meines Lebens mit der Stoppuhr abmessen«.

Später gingen Nick und Sylvia durch den Wald, der sich hinter ihrem Haus erstreckte. Der zunehmende Mond stand am nördlichen Himmel. Die Schneedecke glänzte im schwachen Licht. Keiner von beiden sagte ein Wort.

In dieser Nacht blieb er bei Sylvia. Sie liebten sich langsam und behutsam, jeder von beiden nur darauf bedacht, den anderen glücklich zu machen. Als er so nah bei ihr lag, wußte Nick, daß seine Gefühle für sie durch seinen anhaltenden Verdacht nicht vermindert wurden. Er sagte sich, daß Liebe die Sorge um einen anderen Menschen sei, ohne den anderen jemals ganz und gar zu kennen. Aber tief in seinem Inneren fragte er sich, ob das nicht doch nur eine Entschuldigung sei, und ob er nicht nur aus Zorn auf Anna bei Sylvia geblieben war.

Er wußte, daß es keinen Sinn hatte, über die Vergangenheit oder die Zukunft nachzudenken. Das einzige, worauf es ankam, war, daß er den morgigen Tag überlebte. Und so ließ er sich eine einzige Nacht lang gehen.

Kapitel 57

»Bringen Sie uns eine andere Flasche«, befahl Wolfgang Kaiser. »Dieser Wein ist umgestanden. Schmeckt wie Urin mit Essig.« Der Getränkeober der Kunststube senkte den Kopf und schenkte einen Tropfen des Corton-Charlemagne 1975 in seinen silbernen Probierbecher. Er nahm einen Schluck des Weines und bewegte ihn im Mund. »Ich kann die Meinung des Herren nicht teilen. Es ist äußerst selten, daß ein Corton umsteht. Ich bitte den Herren, seinen Gaumen mit einem Stück frischem Brot zu reinigen und den Wein noch einmal zu probieren.«

»Scheußlich«, erklärte Kaiser, nachdem er noch einen Schluck genommen hatte. »Bringen Sie uns einen anderen.« Er war betrunken, und er wußte es. Whiskey bekam ihm nie und er hatte zwei Gläser hintereinander gekippt, während er darauf wartete, daß Mevlevi endlich auftauchte. Eine solche Unverschämtheit, das ganze Wochenende lang aus seinem Hotel zu verschwinden, dann am Sonntag nachmittag anzurufen und ein privates Abendessen nur für sie beide vorzuschlagen, um dann auch noch eine Stunde zu spät zu erscheinen.

»Sofort, mein Herr.«

»Bastard«, sagte Kaiser zu dem davoneilenden Ober, obwohl er mit dieser Bezeichnung eigentlich den Mann meinte, der ihm gegenüber am Tisch saß. »Schlechte Nachrichten, Ali. Am Freitag nachmittag hat sich Klaus König ein großes Paket unserer Aktien gesichert. Jetzt steht er mit seinen Seeräubern vor den Toren der Bank.«

Der Pascha betupfte seine Mundwinkel mit der Serviette. Er war, elegant wie immer, mit einem dunkelblauen Zweireiher und silbergrauer Ascotkrawatte bekleidet. Er hob eine Augenbraue. »Sie haben doch ganz sicher die Mittel, um diesen Angriff abzuschlagen?«

»Man sollte meinen, daß sechzig Prozent der Aktien der Bank mir ausreichende Bewegungsfreiheit sichern sollten. Aber nicht in der demokratischen Schweiz. Wir haben nie damit gerechnet, von unseren eigenen Landsleuten übervorteilt zu werden. Unsere Gesetze sind dazu gedacht, die Barbaren jenseits unserer Grenzen zu halten. Aber heute ist es der Feind im Inneren, gegen den wir uns verteidigen müssen.«

»Was genau brauchen Sie, Wolfgang? Geht es um Ihren Kredit?«

»Neunzig Tage, mehr brauchen wir nicht. Dann haben Sie das Geld wieder, mit einem Gewinn von zehn Prozent. Das ist nicht nur vernünftig, das ist verdammt großzügig.«

»Großzügig ist es. Wenn ich zur Zeit so große Reserven hätte, würde ich Ihnen Ihren Kredit gern geben. Unglücklicherweise sieht es mit meinem Bargeld im Augenblick aber sehr schlecht aus.«

»Und was ist mit den vierzig Millionen, die am Freitag nachmittag durch Ihr Konto transferiert wurden?«

»Die sind schon vergeben. Meine Geschäfte lassen einen Kredit nicht zu.«

»Es müßten nicht die ganzen zweihundert Millionen sein. Die Hälfte würde auch genügen. Morgen früh, wenn die Börse öffnet, muß eine Ankaufsanordnung von uns dort vorliegen. Ich kann nicht riskieren, daß die Adlerbank noch mehr Aktien erwirbt.«

»Die Welt verändert sich, Wolfgang. Vielleicht ist es Zeit, daß jüngere Männer zum Zug kommen.«

»Ein Kredit von siebzig Millionen Franken ist das mindeste, worauf wir eingehen könnten. Erzählen Sie mir bloß nicht, daß Sie mit Ihren gewaltigen Investitionen diesen läppischen Betrag nicht flüssig machen können.«

»Das ist wirklich ein läppischer Betrag. Ich sollte Ihnen

die gleiche Frage stellen.« Mevlevi grinste amüsiert. »Bedenken Sie, daß Sie bereits einen Großteil meines Guthabens in der Hand haben. Zwei Prozent Ihrer Aktien, nicht wahr?«

Kaiser beugte sich über den Tisch. »Es ist an der Zeit, daß alte Freunde zu Hilfe kommen, Ali. Ein persönlicher Gefallen.«

»Meine geringen Bargeldreserven lassen es nicht zu. Es tut mir leid, Wolfgang.«

Kaiser lächelte bekümmert. Es tat ihm leid? Warum freute er sich dann so über den bevorstehenden Besitzwechsel bei den VSB? Er hatte noch einen letzten Chip. Warum sollte er den nicht auch noch einsetzen? »Ich gebe Ihnen auch noch den jungen Neumann dazu«, sagte er.

»Ich wußte nicht, daß er Ihr persönliches Eigentum ist und Sie ihn irgendwo mit dazugeben können.«

»Ich bin auf ein paar interessante Informationen gestoßen. Unser junger Freund betreibt eifrig Nachforschungen. Es scheint, als ob er ein paar Fragen über die Vergangenheit seines Vaters klären möchte.« Innerlich entschuldigte sich Kaiser bei Nicholas. Er habe alles getan, um für ihn einen Platz an seiner Seite zu schaffen, aber unglücklicherweise gab es für Verräter keinen Platz. Vor fast zwanzig Jahren hatte er seinem Vater fast dasselbe gesagt. Kaiser machte sich Vorwürfe, weil er angenommen hatte, daß ein Sohn sich so sehr von seinem Vater unterscheiden könnte.

»Das betrifft Sie mehr als mich«, meinte Mevlevi.

»Das glaube ich nicht. Neumann hegt den Verdacht, daß ein gewisser Allen Soufi etwas mit dem Tod seines Vaters zu tun hatte. Mein Name ist das nicht.«

»Meiner auch nicht.« Mevlevi trank von seinem Wein. »Nicht mehr!«

»Neumann hat auch von Goldlux erfahren.«

»Ich glaube nicht, daß sich die Behörden für eine Geldwäscheoperation interessieren, die schon vor achtzehn Jahren abgeschlossen wurde.«

»Natürlich haben Sie recht, Ali. Aber ich persönlich

würde mich bei dem Gedanken nicht besonders wohl fühlen, daß ein so intelligenter junger Mann sich so intensiv mit meiner Vergangenheit befaßt. Wer weiß, was er sonst noch alles herausgefunden hat?«

»Warum erzählen Sie mir das jetzt?«

»Ich habe es erst gestern abend erfahren.«

»Erwarten Sie, daß ich mich wegen dieser Eröffnungen jetzt fürchte? Ich habe Neumann fest in der Hand. So wie ich Sie in der Hand habe. Die Pistole, mit der Albert Makdisi getötet wurde, ist mit seinen Fingerabdrücken bedeckt. Wenn er der Polizei auch nur ein Wort über mich erzählt, wird er festgenommen und kommt in Untersuchungshaft, während ich ein paar zuverlässige Zeugen herbeischaffe, die aussagen werden, daß sie ihn am Tatort gesehen haben. Meinen Sie wirklich, daß er den Mut hat, mich zu verstimmen?«

»Ich war, ehrlich gesagt, der Meinung, daß diese Information mindestens vierzig Millionen Franken wert sei. Für diese Summe könnten wir einen ganzen Prozentpunkt dazu kaufen.«

»Sie bieten mir Neumann für einen Prozentpunkt an? Wenn Sie wollen, daß ich dafür bezahlen soll, müssen Sie mir erst mitteilen, was er sonst noch wissen könnte.«

»Fragen Sie ihn doch selbst. Es handelt sich nicht um das, was Nicholas weiß, sondern was sein Vater wußte. Und aufgeschrieben hat. Ich glaube, er hat zum Beispiel das FBI erwähnt. Der Junge hat das Tagebuch seines Vaters.«

»Warum sind Sie so selbstgefällig?«

»Ich habe das Tagebuch gesehen«, log Kaiser. »Über mich steht da nichts drin.«

»Wenn Neumann Goldlux auffliegen läßt, betrifft Sie das mehr als mich.«

»Wenn ich die Bank an Klaus König verliere, ist mir das vollkommen egal. Vor zwanzig Jahren haben Sie mir alles andere genommen, was ich von meinem Leben hätte haben können. Wenn die Bank untergeht, will ich mit untergehen.«

»Wenn Sie meine Handlungsweise dazu benutzen wollen, Ihr schlechtes Gewissen zu beruhigen, dann nur zu. Sie wissen ganz genau, daß Sie nicht besser sind als ich.« Mevlevi schob seinen Teller weg. »Tut mir leid, Wolfgang. Die Bankgeschäfte sind Ihre Sache. Wenn Sie sich nicht gegen andere verteidigen können, die konkurrenzfähiger und vielleicht kompetenter sind als Sie, ist das nicht meine Schuld.«

Kaisers Verzweiflung nahm zu und er spürte, wie ihm das Blut ins Gesicht schoß. »Verdammt, Ali. Ich weiß, daß Sie das Geld haben. Sie müssen es mir geben. Das sind Sie mir schuldig.«

Mevlevi schlug mit der Hand auf den Tisch. »Ich schulde Ihnen rein gar nichts!«

Kaiser hatte das Gefühl, als würde ihm der Boden unter den Füßen weggezogen. Wie konnte das nur geschehen? Warum half ihm niemand?

Mevlevi lehnte sich in seinem Stuhl zurück und bot das Bild kühler Zurückhaltung. »Dennoch werde ich als Dank für die Neuigkeiten über den jungen Neumann versuchen, etwas zu arrangieren. Morgen rufe ich Gino Makdisi an. Vielleicht ist er in der Lage, Ihnen behilflich zu sein.«

»Gino Makdisi? Der Mann ist ein Gangster.«

»Sein Geld hat die gleiche Farbe wie das Ihre. *Pecunia non olet*. Das ist doch praktisch die Nationalhymne Ihres Landes: Geld stinkt nicht. Er wird Ihre großzügigen Bedingungen sicherlich gerne annehmen.«

»Diese Bedingungen galten nur für Sie. Wir können unter gar keinen Umständen Geschäftsbeziehungen mit einem Mitglied der Familie Makdisi aufnehmen.«

Mevlevi seufzte aufgebracht. »Also gut, ich will noch einmal über einen Kredit nachdenken, obwohl ich mir nicht vorstellen kann, wo ich soviel Bargeld hernehmen soll. Ich werde ein paar Telefonate führen. Bis morgen um vierzehn Uhr werde ich vielleicht eine Antwort für Sie haben.«

»Morgen habe ich den ganzen Vormittag lang ein Gespräch mit einem unserer ältesten Aktionäre. Vor fünfzehn Uhr werde ich nicht wieder im Büro sein.« Kaiser wußte, daß er keine Hilfe erwarten durfte, und dennoch stürzte er sich auf das Angebot. Hoffnung ist nicht so leicht abzutöten.

»Ich verspreche, daß ich bis dahin eine Antwort für Sie haben werde.«

Ali Mevlevi verstaute den betrunkenen Wolfgang Kaiser in seinem Auto, dann kehrte er in den Speisesaal des Restaurants zurück und bestellte sich einen Williams-Christ-Birnenschnaps. Ein paar Sekunden lang empfand er tatsächlich Mitleid mit dem armen Narren. Für einen Prozentpunkt hatte er herumgesabbert und gehofft, er könnte den jungen Neumann verkaufen, als ob dieser ein Sklave sei. Neumann war den Preis einer einzigen Patrone wert, und genau soviel würde er für ihn auch ausgeben. Geben Sie mir meinen einen Prozentpunkt. Mevlevi war fast versucht, es zu tun, wenn auch nur, um sein eigenes Gewissen zu beruhigen. Hin und wieder erinnerte sogar er sich daran, daß er eines besaß. Bei diesem Gedanken mußte er lachen.

Er trank seinen Schnaps aus, zahlte und ging in die kalte Nacht hinaus. Er hob die Hand und augenblicklich wurde ein Automotor gestartet. Ein silberner Mercedes fuhr auf ihn zu. Er stieg in den Wagen und gab Moammar-al-Khan, seinem libyschen Majordomus, die Hand. »Du weißt, wohin wir fahren?«

»Es ist nicht weit. Ein paar Kilometer am See entlang und dann in die Hügel. In fünfzehn Minuten sind wir da.« Khan hob das goldene Amulett, das er um den Hals trug, an die Lippen und küßte es. »Wenn der Prophet es will.«

»Da bin ich ganz zuversichtlich«, meinte Mevlevi und lächelte. Er wußte, daß er sich auf Khan verlassen konnte. Es war Khan gewesen, der festgestellt hatte, daß das Heroin, das von den Makdisis in Letten verkauft wurde, nicht von ihm stammte. Khan war es auch gewesen, der die Bestrafung durchgeführt hatte. Er sagte, es sei ihm ein

Vergnügen gewesen. Ein Dienst für Allah. Gino Makdisi hatte sich die Lektion zu Herzen genommen. Albert dagegen war leider zu stur gewesen.

Vierzehn Minuten später näherte sich der Mercedes einer einsamen Hütte am Ende einer holperigen Straße in einem dunklen verschneiten Wald. Drei Autos waren vor der Hütte geparkt. Das vordere Fenster war erleuchtet.

»Einer von ihnen scheint noch nicht da zu sein«, sagte Khan. »Ich sehe sein Auto nicht.«

Mevlevi konnte sich denken, wer sich da verspätet hatte, aber er konnte ihm sein theatralisches Gebaren nicht verdenken. Er übte sich wohl nur ein paar Tage im voraus in seiner neuen Rolle. Schließlich mußte der Chef immer als letzter eintreffen. Er stieg aus dem Auto und stapfte durch den Schnee zur Hütte. Er klopfte einmal, dann trat er ein. Hassan Faris stand neben der Tür. Mevlevi küßte ihn auf beide Wangen und schüttelte seine Hand. »Faris, erzähl mir die guten Neuigkeiten«, sagte er.

»Chase Manhattan und Lehmann Brothers haben sich zur Zahlung der ganzen Summe verpflichtet«, sagte der elegante Araber. »Sie haben schon alles für die Anleihe organisiert.«

Ein größerer Mann kam von dem prasselnden Kaminfeuer herüber. »Es ist wahr«, sagte Georg von Graffenried, stellvertretender Generaldirektor der Adlerbank. »Unsere Freunde in New York haben das Geld schon bereitgestellt. Wir haben die Zwischenfinanzierung für drei Milliarden Dollar in der Tasche. Das ist mehr als genug, um auch noch die letzte VSB-Aktie zu kaufen, die uns noch fehlt. Sie haben uns bis zur letzten Minute warten lassen, Ali. Fast hätte uns das Geld um ein paar Franken nicht gereicht.«

»Georg, ich halte mein Wort immer. Oder Khan hält es für mich.« Mevlevi winkte einem dünnen Mann zu, der beim Feuer stand. »Herr Zwicki, es ist schön, daß ich Sie endlich auch kennenlerne. Ich weiß Ihre Mitwirkung bei unserem kleinen Projekt zu schätzen. Besonders Ihre Hilfe in den letzten Tagen.« Auf seine Anordnung hin hatte Zwicki, Chef der Handelsabteilung der VSB, die Käufe der Bank ihrer eigenen Aktien soweit verlangsamt, daß er damit effektiv Maeders berühmten »Befreiungsplan« zunichte gemacht hatte.

Sepp Zwicki trat vor und neigte den Kopf. »Es war mir ein Vergnügen.«

Plötzlich öffnete sich die Tür der Hütte, und Rudolf Ott stürmte herein. »Herr Mevlevi, guten Abend. Sepp, Hassan, Georg, hallo«. Er zog Graffenried zur Seite und flüsterte: »Haben Sie meine letzte Nachricht bekommen? Haben Sie mit dem Witwen- und Waisenfond schon Verbindung aufgenommen?«

»Morgen werden wir hoffentlich mehr wissen, Herr Doktor Ott. Ich bin mir sicher, daß Sie nicht enttäuscht sein werden.«

»Guten Abend, Rudolf.« Mevlevi verabscheute den kriecherischen Mann, aber er war das wichtigste Mitglied ihres Teams. »Ist für morgen alles geregelt?«

»Natürlich. Die Papiere für den Kredit sind schon vorbereitet. Bis zum Mittag werden Sie Ihr Geld haben. Achthundert Millionen Franken sind eine ganze Menge. Ich glaube nicht, daß wir jemals einen Kredit in dieser Höhe an eine Einzelperson vergeben haben.«

Mevlevi bezweifelte das. Natürlich besaß er den Gegenwert. Ungefähr drei Millionen VSB-Aktien bei der Adlerbank, ganz zu schweigen von etlichen Hunderttausend bei der VSB selbst. In Zukunft würde von Sicherheiten allerdings nie wieder die Rede sein. Das war schließlich der Grund, warum er die Zügel der Bank selbst in die Hand nahm. Der Zweck dieser ganzen Übung. Es war an der Zeit, legal zu werden. Morgen früh würde Klaus König sein Angebot für die gesamten VSB ankündigen. 2,8 Milliarden Dollar für die sechsundsechzig Prozent, die er noch nicht besaß. Am Dienstag, bei der Generalversammlung der VSB, würde Ott bekanntgeben, daß er das Kaufangebot der Adlerbank unterstütze. Er würde den sofortigen Rücktritt Wolfgang Kaisers verlangen. Die Generaldirektion würde ihn unterstützen. Jedes Mitglied der Generaldirektion besaß ein lohnendes Paket VSB-Aktien. Niemand konnte den gewaltigen Wertzuwachs ablehnen, den die Adlerbank bot. An der Spitze der neu zu schaffenden Bank, der VSB-Adlerbank, würde Ott stehen. Die täglichen Aktivitäten würden von Graffenried geleitet werden. Zwicki und Faris würden sich die Handelsabteilung teilen. Klaus König würde nominell den Rang eines Generaldirektors behalten, tatsächlich würden seine Aufgaben sich aber darauf beschränken, die Investitionsstrategie der Vereinigten Banken zu konzipieren. Der Mann war viel zu impulsiv, um eine allgemeine Schweizer Bank zu leiten. Wenn er damit nicht zufrieden war, konnte er ja um ein Gespräch unter vier Augen mit Khan bitten.

Im Laufe der Zeit würden neue Männer die Schlüsselpositionen einnehmen. Männer seiner Wahl. Neue Männer würden in die Generaldirektion berufen werden. Das gesamte Kapital beider Banken, der VSB und der Adlerbank, würden ihm gehören. Mehr als siebzig Milliarden Dollar zu seiner freien Verfügung. Er würde seine Macht nicht mißbrauchen. Jedenfalls eine Zeitlang nicht. Aber es gab so viele gute Zwecke, für die er die Bank verwenden konnte. Kredite für geeignete Firmen im Libanon, Unterstützung der jordanischen Firyal, ein geheimer Zuschuß von ein paar hundert Millionen für seinen Freund Hussein im Irak. Chamsin war nur sein erstes Ziel. Dennoch war es in seinem Herzen das wichtigste.

Mevlevi entschuldigte sich und ging hinaus, um das Operationszentrum in seinem Compound bei Beirut anzurufen. Er wartete, bis er mit General Marchenko verbunden war.

»*Da?* Herr Mevlevi?«

»General Marchenko, ich rufe an, um Ihnen mitzuteilen, daß hier alles nach Plan läuft. Spätestens morgen mittag werden Sie Ihr Geld haben. Bis dahin muß das Baby reisefertig sein. Leutnant Ivlovs Angriff muß gleichzeitig beginnen.«

»Verstanden. Sowie ich die Bestätigung der Überweisung habe, ist es nur noch eine Sache von Sekunden, bis das Baby in der Luft sein kann. Ich freue mich darauf, von Ihnen zu hören.«

»Um zwölf Uhr, Marchenko. Nicht eine Minute später.« Mevlevi klappte das Handy zusammen und steckte es in die Tasche. Er atmete die kalte Nachtluft ein. Morgen würde der Chamsin wehen.

Kapitel 58

Nick verließ Sylvias Wohnung um halb sechs Uhr in der Früh. Sie begleitete ihn mit schlaftrunkenen Augen zur Tür und nahm ihm das Versprechen ab, auf sich aufzupassen. Er wischte ihre Sorgen beiseite und vermied es, darüber nachzudenken, ob dies vielleicht das letzte Mal war, daß er sie sah. Er küßte sie und machte sich auf den Weg den steilen Berg hinunter zur Universitätsstraße. Draußen war es kalt, die Temperatur lag erheblich unter dem Gefrierpunkt. Der Himmel war tintenschwarz. Er erreichte die erste Straßenbahn am Morgen und kam um 6.05 Uhr beim Personalhaus an. Er rannte zu seiner Wohnung hinauf, doch als er den Schlüssel ins Schloß steckte, stellte er fest, daß die Wohnung nicht abgesperrt war. Langsam öffnete er die Tür.

Die Wohnung war verwüstet. Jemand hatte hier gründliche Arbeit geleistet. Der Schreibtisch war umgekippt, der Fußboden mit Papieren übersät. Der Kleiderschrank stand offen, alle Anzüge lagen auf dem Teppich. Die Schubladen der Kommode waren ausgeleert und dann zur Seite geworfen worden. Hemden, Pullover und Socken waren überall verstreut. Das Bett lag auf der Seite, die Matratze schräg daneben, Laken und Decken waren zu einem wirren Haufen zusammengeballt. Im Badezimmer sah es nicht besser aus. Der Spiegel des Medizinschranks war zerbrochen, der geflieste Fußboden voller Glassplitter. Dann entdeckte Nick seine Pistolentasche. Sie befand sich in der hintersten Ecke des Raumes neben den Bücherregalen. Sie war leer. Die Pistole war weg.

Nick schloß die Wohnungstür hinter sich. Ruhig begann er seine Kleidung zu durchsuchen, in der Hoffnung, den eckigen Lauf oder den gerippten Griff seiner Pistole irgendwo zu fühlen. Er hob die Matratze an und stellte den Bettrahmen auf. Nichts.

Plötzlich fiel sein Auge auf etwas Seltsames: Neben dem Schreibtisch lag ein Stapel Bücher, ein großes Lehrbuch von der Universität obendrauf. Es war offen, der Buchrücken war abgerissen. Nick nahm ein anderes Lehrbuch in die Hand. Es war auf ähnliche Weise mißhandelt worden. Er hob ein Paperback auf. Der Umschlag war nach hinten gebogen, die Seiten aufgefächert. Er hörte auf zu suchen. Jemand von Mevlevis Leuten war hier gewesen – und er hatte etwas Bestimmtes gesucht. Aber was?

Nick sah auf die Uhr und bemerkte mit Schrecken, daß bereits eine halbe Stunde vergangen war. Es war 6.35 Uhr. Er hatte noch zehn Minuten Zeit, um zu duschen, sich zu rasieren und frische Kleidung anzuziehen. Der Wagen war für 6.45 Uhr bestellt. Um sieben Uhr mußte er beim Dolderhotel sein. Er schnappte sich zwei schmutzige Hemden, ließ sich auf die Knie nieder und wischte das Glas auf dem Badezimmerboden zusammen. Danach knüllte er die Hemden zusammen und warf sie in den Schrank. Er zog sich aus und nahm eine Marinedusche – dreißig Sekunden unter eiskaltem Wasser. Er rasierte sich in Rekordzeit.

Draußen hupte ein Auto zweimal. Er schob den Vorhang zurück. Der Wagen stand vor der Tür. Er ging zu seinem umgekippten Schreibtisch, packte ihn an zwei Beinen und legte ihn auf die Seite. Vorsichtig faßte er in das Schreibtischbein hinein. Er fühlte die Spitze eines scharfen Gegenstandes. Erleichtert aufatmend zog er ein Messer heraus. Es war sein Marinemesser. Die Klinge war auf einer Seite gezahnt, auf der anderen rasierklingenscharf. Vor Jahren hatte er Klebeband um den Griff gewickelt, damit er weniger rutschig war. Das Klebeband war mit Schweiß, Schmutz und Blut befleckt. Er wühlte in den

Dingen herum, die über den Badezimmerboden verstreut lagen, bis er auf eine Rolle mit Pflaster stieß, das er gewöhnlich dazu benutzte, das Stützband, das er beim Sport um sein rechtes Knie trug, zu befestigen. Rasch schnitt er vier Streifen ab und heftete sie auf die Tischkante. Dann nahm er das Messer und drückte es mit dem Griff nach unten gegen die feuchte Haut unter seinem linken Arm. Mit den Pflasterstreifen befestigte er das Messer an seinem Körper. Er durchsuchte seine verstreute Habe nach sauberer Kleidung, fand ein Hemd und einen Anzug, die gerade frisch von der Reinigung gekommen waren, und zog sich an. Im Schrank hing noch eine Krawatte. Er packte sie und rannte aus der Wohnung.

Im Wagen sah Nick immer wieder auf die Uhr. Der Morgenverkehr war dichter und langsamer denn je. Der schwarze Mercedes fuhr die Universitätsstraße hinauf, erklomm den Zürichberg und ließ den Wald hinter sich. Der taubenschlagartige Turm des Dolder Grandhotels tauchte hoch über seiner linken Schulter auf, und sein Herz begann, schneller zu schlagen. Er zwang sich zu warten, bis der Wagen vollständig zum Stehen gekommen war, bevor er die Tür öffnete. Er war wütend auf sich, weil er zu spät kam. Nur zehn Minuten – aber heute hing alles davon ab, daß der Zeitplan eingehalten wurde. Immer zwei Stufen auf einmal nehmend, hastete er die mit einem braunen Läufer bedeckte Treppe hinauf und stürmte durch die Drehtür. Er sah den Pascha sofort.

»Guten Morgen, Nicholas«, sagte der Pascha ruhig. »Sie sind spät dran. Lassen Sie uns rasch aufbrechen. Herr Pine, der Nachtportier, sagt mir, daß es unterwegs schneien könnte. Wenn wir bloß nicht auf dem Sankt Gotthard in einen Schneesturm geraten.«

Nick schüttelte Mevlevi die Hand. »Das dürfte kein Problem sein. Der Sankt-Gotthard-Tunnel ist immer offen, auch bei den schlimmsten Wetterbedingungen. Der Fahrer versichert, daß wir ohne Schwierigkeiten rechtzeitig nach Lugano kommen werden. Der Wagen hat Allradantrieb und Schneeketten.«

Mevlevi kletterte auf den Rücksitz der Limousine und nickte dem Chauffeur zu, der an der hinteren Wagentür stand. Nick folgte ihm und ließ den Chauffeur die Tür schließen. Er war entschlossen, höflich und sachlich zu sein. »Haben Sie Ihren Reisepaß und drei Paßfotos dabei?« fragte er.

»Natürlich.« Mevlevi hielt Nick beides hin. »Sehen Sie sich den Paß an. Meine Freunde vom britischen Nachrichtendienst haben ihn mir gegeben. Die Briten bevorzugen die argentinische Variante. Den Namen habe ich mir selbst ausgesucht.«

Nick öffnete den argentinischen Paß. Es war der gleiche, den Mevlevi auch am Freitag beim International Fiduciary Trust in Zug benutzt hatte, ausgestellt auf den Namen Allen Malvinas, wohnhaft in Buenos Aires. Der Stadt, in der auch die Firma El Oro des Andes zu Hause war. »Sagten Sie nicht, daß Sie auch in Argentinien gelebt haben?«

»In Buenos Aires, ja, aber nur kurz.«

Nick gab den Paß ohne weiteren Kommentar zurück. *Soufi, Malvinas, Mevlevi. Ich weiß, wer du bist.*

Mevlevi schob den Paß in seine Jackentasche. »Natürlich ist das nicht der einzige Name, den ich je benutzte.«

Nick lächelte still vor sich hin. Und du weißt, daß ich das weiß. Das Spiel hatte begonnen.

Im Wagen herrschte Schweigen. Der Pascha schien zu schlafen. Nick hielt ein Auge auf die Uhr und das andere auf die vorbeifliegende Landschaft gerichtet. Mit gleichmäßigem Summen fuhr der Mercedes durch das Dorf Küssnacht, bevor er in die schmale Straße einbog, die am steilen Nordufer des Vierwaldstätter Sees entlang zum Sankt-Gotthard-Paß führte.

Während Nick gerade durch Küssnacht fuhr, klemmte sich Sylvia Schön den Telefonhörer unter das Kinn und wählte zum vierten Mal die Privatnummer des Generaldirektors. Das Telefon klingelte und klingelte und klingelte. Sie ließ es siebenundzwanzigmal klingeln, bevor sie den Hörer wieder auf die Gabel warf. Tränen der Frustration strömten ihr über das Gesicht. Während der Nacht hatte sie sich zweimal aus dem Bett gestohlen, um anzurufen. Beide Male war niemand an den Apparat gegangen. Wo bist du, Wolfgang Kaiser, an einem Sonntag morgen um drei?

Sylvia ging in die Küche und suchte nach einer Zigarette. Sie fand eine zerknüllte Packung Gauloise und zog eine Zigarette aus der blauen Schachtel. Beim Anzünden dachte sie an Kaiser. Der Arme. Es war undenkbar, daß er riskieren würde, die Bank zu verlieren, nachdem er sein ganzes Leben lang daran gearbeitet hatte, sie zu dem zu machen, was sie war. Und dennoch passierte dergleichen täglich. Er hätte an diese Möglichkeit denken müssen. Eigentlich sollte sie wütend auf ihn sein, anstatt ihn zu bemitleiden, sagte sie sich. Sein Mangel an Voraussicht war es, der ihre ganze Existenz bedrohte.

Sylvia paffte mit Vehemenz die starke Zigarette. Sie versuchte verzweifelt, Nicks Geruch zu vertreiben, der noch immer in ihrer Wohnung hing. Ich betrüge dich nicht, flüsterte sie. Ich rette nur mich selber. Ich hätte dich lieben können. Ob du das wohl verstehst? Oder bist du zu sehr mit deinem persönlichen Kreuzzug beschäftigt, um zu bemerken, daß auch ich mich auf einem solchen befinde? Weißt du nicht, was passiert, wenn Kaiser verhaftet wird? Rudolf Ott wird die Macht übernehmen. Ott – der mir jede Chance verwehrt aufzusteigen.

Sylvia mußte zugeben, daß sie sich schuldig fühlte. Aber sie hatte sich schon vor langer Zeit für ihren Weg entschieden. Sie drückte ihre Zigarette aus und sah auf die Uhr. Noch zehn Minuten, bis Rita Sutter im Büro eintreffen würde. Seit zwanzig Jahren um Punkt 7.30 Uhr. Rita Sutter würde wissen, wo der Generaldirektor war. Er unternahm nichts, ohne es ihr zu sagen. Sylvia sah noch einmal auf die Uhr, und obwohl es immer noch acht Minuten zu früh war, hob sie den Telefonhörer ab, um in der Kaiserpfalz anzurufen.

Die Straße verlief durch ein majestätisches Tal, das tief in das zerklüftete Herz der Schweizer Alpen hineinführte. Blind für die Schönheit, die ihn umgab, starrte Nick aus dem Fenster. Er hielt den Daumen, daß es nicht anfing zu schneien, und er fragte sich, wo Thorne wohl in diesem Augenblick war. Er betete, daß Kaiser Zürich rechtzeitig verlassen hatte, um pünktlich um elf zu seinem Treffen mit dem Grafen zu erscheinen. Ein Wegweiser nach Altdorf flog vorbei, dann die Wegweiser nach Amsteg und Wassenen.

Als sie sich dem Dorf Goschenen näherten, bat Ali Mevlevi den Chauffeur, die Schnellstraße zu verlassen, weil er sich ein wenig die Beine vertreten wollte. Der Fahrer gehorchte, bog bei der nächsten Abfahrt ab und fuhr in ein malerisches Dorf hinein, wo er neben einem Brunnen hielt. Alle drei Männer stiegen aus dem Auto.

Der Pascha sah auf seine Armbanduhr. »Wenn wir in diesem Tempo weiterfahren, kommen wir eine Stunde zu früh an. Sagen Sie mir noch einmal, für welche Uhrzeit unser Treffen vereinbart ist.«

»Für 10.30 Uhr«, antwortete Nick, der augenblicklich nervös wurde. Er hatte keinen Aufenthalt einkalkuliert.

»10.30 Uhr«, wiederholte Mevlevi. »Dann haben wir noch mehr als zwei Stunden Zeit. Ich habe keine Lust in einem überheizten Raum zu sitzen, Däumchen zu drehen und auf diese Lakaien zu warten.«

»Wir können Herrn Wenker, den Mann vom Einwanderungsbüro anrufen und ihn bitten, früher zu kommen.« Nick hatte so sehr gefürchtet, sich zu verspäten, daß er sich nie überlegt hatte, was passieren würde, wenn sie zu früh ankämen.

»Nein, nein. Wir wollen ihn nicht stören. Ich habe eine andere Idee. Wir nehmen die alte Straße über den Gipfel. Ich bin noch nie über den eigentlichen Paß gefahren.«

»Die alte Straße ist sehr gefährlich«, sagte Nick. »Steil und kurvig. Vermutlich ist sie vollkommen vereist. Der Einfall ist nicht gut.«

Das Gesicht des Paschas verfinsterte sich. »Ich finde, die Idee ist großartig. Fragen wir den Fahrer, wie lange es dauern würde.«

Der Chauffeur, der neben dem Brunnen stand und eine Zigarette rauchte, antwortete von sich aus. »Wenn es nicht schneit, können wir in einer Stunde oben und wieder unten sein.«

»Eine Stunde. Das paßt ja perfekt. Dann können wir auf unserer Fahrt noch etwas mehr von der Landschaft sehen.«

Landschaft? In Nicks Kopf ging eine schrille Warnglocke an. Er betrachtete die dramatische Aussicht, die sich ihnen bot: Zu beiden Seiten stiegen Täler steil an, deren Wände mit Felsen und schneebedeckten Fichtenwäldern bedeckt waren. Die zerklüfteten Gipfel von einem Dutzend weniger hoher Berge schauten durch Nebel und Wolken herab. Er hatte noch nie etwas Spektakuläreres gesehen. Und trotzdem wollte der Pascha noch mehr »Landschaft« haben. »Ich muß darauf bestehen, daß wir auf der Schnellstraße bleiben. Das Wetter kann sich im Gebirge sehr schnell ändern. Bis wir die Paßhöhe erreichen, können wir mitten in einem Schneesturm stecken. Das kann ich nicht zulassen.«

»Neumann, wenn Sie wüßten, wie selten ich mein dürres kleines Land verlasse, würden Sie mir diese kleine Freude sicher gerne gönnen. Selbst wenn wir Herrn Wenker ein bißchen warten lassen, wird er uns das sicher nicht übelnehmen – nicht für das Entgelt, das Kaiser ihm bezahlt.« Mevlevi ging zum Chauffeur und klopfte ihm auf den Rücken. »Können wir um 10.30 Uhr in Lugano sein?«

»Kein Problem.« Der Fahrer trat seine Zigarette aus und rückte seine Mütze zurecht.

Nick lächelte den Pascha nervös an. Ein verspätetes Eintreffen bei der Zusammenkunft mit Herrn Wenker vom schweizerischen Einwanderungsbüro war ein Luxus, den sie sich einfach nicht leisten konnten. Der ganze Plan hing davon ab, daß die vereinbarten Zeiten exakt eingehalten wurden. Er öffnete die Wagentür und stieg ein. Mevlevi hatte diesen Umweg geplant. Der Chauffeur war einer von seinen Leuten. Niemand, der seine fünf Sinne beieinander hatte, würde bei diesem Wetter auf der alten Straße über den Sankt Gotthard fahren.

Sylvia Schön schrie die Telefonistin in der Vermittlung der Bank an. »Es ist mir egal, ob die Leitung belegt ist. Schalten Sie mich auf einer anderen Leitung durch. Es handelt sich um einen Notfall.«

»Frau Sutter telefoniert gerade«, erklärte die Telefonistin geduldig. »Rufen Sie später noch einmal an. Auf Wiedersehen.« Die Leitung war tot.

Sylvia wählte erneut und versuchte zum drittenmal, die Sekretärin des Generaldirektors zu erreichen. Endlich hörte sie den erhofften Klingelton. »Sekretariat von Herrn Kaiser, Sutter.«

»Frau Sutter, wo ist der Generaldirektor? Ich muß ihn sofort sprechen.«

»Ich nehme an, Sie sind Frau Schön«, sagte eine kalte Stimme.

»Ja«, antwortete Sylvia. »Wo ist er?«

»Der Generaldirektor ist nicht da. Er ist erst am Nachmittag wieder zu erreichen.«

»Ich muß unbedingt wissen, wo er ist. Es ist ein Notfall. Bitte sagen Sie mir, wo ich ihn finden kann.«

»Sie können ihn heute nachmittag um fünfzehn Uhr in seinem Büro anrufen. Vorher nicht. Kann ich Ihnen behilflich sein?«

»Bitte hören Sie mir zu. Der Generaldirektor ist in Gefahr. Seine Sicherheit und seine Freiheit stehen auf dem Spiel. Ich muß ihn warnen.«

»Beruhigen Sie sich erst einmal«, meinte Rita Sutter. »Was meinen Sie mit ›in Gefahr‹? Wenn Sie Herrn Kaiser helfen wollen, müssen Sie mir sagen, was los ist.«

»Bitte, Frau Sutter, Sie müssen mir glauben. Sie müssen mir sagen, wo ich ihn erreichen kann. Es ist für unser aller Wohl notwendig, daß ich den Generaldirektor finde.«

Rita Sutter räusperte sich. »Heute nachmittag um drei ist er wieder in seinem Büro. Auf Wiederhören.«

»Warten Sie«, schrie Sylvia Schön in die tote Leitung.

Nick sah aus dem Fenster. Der trübe Morgen hatte eine bedrohliche Düsternis angenommen. Sein Blick glitt den Berg hinunter. Tief unter ihnen entdeckte er ein vereinzeltes Auto, das die gewundene Straße erklomm. Es bewegte sich mit überraschender Geschwindigkeit. Auf den geraden Strecken beschleunigte es rasch und bremste dann ab, um die Haarnadelkurven zu nehmen. Sie waren also nicht die einzigen, die den verrückten Versuch unternahmen, über den Paß zu fahren. Er sah nach Mevlevi. Die ständigen scharfen Kurven hatten sein Gesicht gelb werden lassen. Er hatte sein Fenster einen Spaltbreit geöffnet, damit die eiskalte Luft hereinströmen und sein gestörtes Gleichgewicht wiederherstellen konnte. Er beugte sich vor und fragte den Fahrer: »Wie weit ist es noch bis zum Gipfel?«

»Fünf Minuten«, antwortete dieser. »Machen Sie sich keine Sorgen. Es wird noch eine Weile dauern, bis dieser Sturm losbricht.«

Der Chauffeur hatte den Satz kaum beendet, als der Mercedes in eine dichte Wolkenbank hineinfuhr. Die Sichtweite, die vorher etwa zweihundertfünfzig Meter betragen hatte, fiel plötzlich auf rund sechs Meter. Der Chauffeur bremste scharf und fluchte. Der Pascha jedoch schien seltsamerweise erfreut. Er sah zu Nick hinüber. »Vorsätzlicher Ungehorsam«, stellte er fest. »Das liegt bei Ihnen in der Familie, nicht wahr? Sie wollen alles nach Ihrer Fasson tun. Sie hätten Ihre Karriere auf meiner Seite des Zauns machen sollen.«

»Ich ziehe meine Seite vor«, sagte Nick.

Der Pascha lächelte. »Ich weiß aus sicherer Quelle, daß Sie ein großes Interesse an den Akten der Bank entwickelt haben. An meiner, zum Beispiel. Und an Akten, aus denen Einzelheiten über die Arbeit Ihres Vaters bei der Bank hervorgehen. Monatsberichte heißen sie, glaube ich. Haben Sie die gebraucht, um zu bestätigen, was in seinen Terminkalendern steht?«

In Nicks Kopf überstürzten sich tausend Fragen. Wer hatte Mevlevi verraten, daß er die Monatsberichte seines Vaters gelesen hatte? Wer hatte ihm etwas von seinem Interesse an der Akte für die Kontonummer 549.617 RR erzählt? Wie konnte Mevlevi etwas von den Terminkalendern wissen? Und warum stellte er Nick gerade jetzt zur Rede? Nick sagte sich, daß es seine einzige Aufgabe sei, den Pascha beim Hotel Olivella au Lac abzuliefern, wo Herr Yves-André Wenker, ein unterbezahlter Regierungsbeamter, ihn eine Stunde lang darüber befragen würde, warum er die schweizerische Staatsangehörigkeit annehmen wolle. Wenn es ihm gelingen würde, den Pascha zum Hotel zu bringen, würde der Rest des Plans von allein ablaufen.

»Alexander Neumann«, sagte Mevlevi nachdenklich. »Ich habe ihn gekannt. Konnten Sie den Monatsberichten entnehmen, warum er ermordet wurde?«

Nick fuhr in seinem Sitz auf. Er fühlte, wie das Messer in seine Seite einschnitt. Halten Sie den Mund, wollte er schreien. Sie haben ja gar keine Ahnung, wie schwer ich Sie verletzen könnte. Aber eine innere Stimme befahl ihm, ruhig zu bleiben.

»Er wurde erschossen, nicht wahr? Ging aus den Berichten hervor, ob es eine einzige Kugel war, die ihn getötet hat oder mehrere? Waren es vielleicht drei Schüsse? Ich finde, daß drei Schüsse am wirkungsvollsten sind. Ich habe noch keinen Mann gesehen, der mit drei Kugeln in der Brust überlebt hätte. Meistens verwende ich sogar Dumdumgeschosse. Die reißen einem das Herz aus dem Leib.«

Nick hörte nur halb hin. Eine wilde Wut erfaßte ihn. Er holte mit dem rechten Arm aus, um Mevlevi einen Kinnhaken zu versetzen, brach jedoch mitten in der Bewegung ab. Mevlevi hielt eine silberne 9-Millimeter-Pistole in der Hand, und der Lauf war auf Nicks Herz gerichtet.

Sylvia Schön stürmte in das Vorzimmer des Generaldirektors und stürzte sich auf Rita Sutter. »Wo ist er? Ich muß ihn sofort sprechen.«

Rita Sutter sah von ihrer Schreibarbeit auf. »Ich habe Ihnen klar und deutlich gesagt, daß der Generaldirektor erst am Nachmittag zurückkommt. Bis dahin darf er nicht gestört werden.«

»Er muß aber gestört werden. Wenn Sie morgen noch für denselben Mann arbeiten wollen, muß ich mit ihm reden.«

Rita Sutter nahm ihre Lesebrille ab. »Beruhigen Sie sich erst einmal. Das Büro des Generaldirektors ist nicht der richtige Ort für hysterische Anfälle.«

Sylvia schlug mit der Faust auf den Schreibtisch. »Geben Sie mir endlich seine Telefonnummer. Wenn Ihnen an ihm und an der Bank etwas liegt, sagen Sie mir, wo ich ihn finde.«

Rita Sutter sprang auf, packte Sylvia am Arm und zog sie zu einer Sitzgruppe an der Wand. »Wie können Sie es wagen, so mit mir zu reden! Was wissen Sie von meinen Gefühlen für die Bank? Oder für Herrn Kaiser?«

Sylvia riß sich los und setzte sich auf das Sofa. »Herr Kaiser wird heute morgen verhaftet werden.«

»Wer soll Herrn Kaiser verhaften?«

»Ich weiß es nicht. Vermutlich Thorne – der Amerikaner.«

»Wer ist dafür verantwortlich? Herr Mevlevi? Ich habe immer gewußt, daß er ein Schurke ist. Hat er Wolfgang mit hineingezogen?«

»Mevlevi? Natürlich nicht. Er wird zusammen mit dem Generaldirektor verhaftet werden. Es ist Nicholas Neumann. Er hat das alles organisiert. Ich glaube, er arbeitet für die Drogenfahndung.«

Rita Sutter schüttelte den Kopf. »Dann weiß er also Bescheid? O Gott. Was hat er gesagt?«

»Daß Kaiser Mevlevi geholfen hat, seinen Vater zu töten. Daß er beiden das Handwerk legen will.« Sylvia ballte die Fäuste. Sie hatte nichts anderes im Sinn, als Wolfgang Kaiser vor der Polizei zu bewahren und zu verhindern, daß Rudolf Ott sein Nachfolger als Generaldirektor der VSB werden würde. »Sagen Sie mir, wo wir ihn erreichen können.«

»Ich fürchte, wir müssen erst einmal abwarten«, sagte sie. »Jedenfalls eine Zeitlang. Sie sind mit Herrn Fellers Auto unterwegs, und ich habe die Nummer nicht. Sie müßten in einer Stunde in Lugano sein. Der Generaldirektor hat eine Verabredung mit dem Grafen Languenjoux.«

»Wo findet die Besprechung statt?«

»Im Hotel Olivella au Lac. Der Graf lebt dort den Winter über.«

»Geben Sie mir die Nummer«, schnauzte Sylvia. »Schnell.«

»Sie liegt auf meinem Schreibtisch. Was haben Sie vor?«

»Ich werde dem Empfangschef sagen, daß Herr Kaiser uns sofort, wenn er eintrifft, anrufen muß. Wann sagten Sie, daß er ankommen soll?«

»Wolfgang hat mein Haus um Viertel nach sieben verlassen«, erklärte Rita Sutter. »Wenn es nicht schneit, könnten sie gegen 10.15 Uhr oder 10.30 Uhr dort sein.«

Sylvia dachte, sie habe nicht richtig gehört. »Herr Kaiser ist letzte Nacht bei Ihnen gewesen? Er hat die Nacht in Ihrer Wohnung verbracht?«

»Warum sind Sie so überrascht? Ich habe Wolfgang mein ganzes Leben lang geliebt. Sie haben gefragt, ob mir an der Bank etwas liegt – natürlich liegt mir daran. Es ist Wolfgangs Bank.« Sie fand die Telefonnummer des Hotels Olivelle au Lac und hielt sie hoch.

Sylvia riß ihr den Zettel aus der Hand. Sie hob den Telefonhörer ab und wählte. Als sich der Mann an der Telefonvermittlung meldete, sagte sie: »Geben Sie mir den Empfangschef. Es handelt sich um einen Notfall.«

Nick behielt die Mündung von Mevlevis Pistole im Auge, als er sich auf ein Knie niederließ. Schnee bedeckte den asphaltierten Parkplatz auf der Höhe des Sankt-Gotthard-Passes. Der Mercedes war irgendwo hinter ihm, der Chauffeur stand wartend daneben. Der Nebel war undurchdringlich. Vor nicht einmal einer Minute waren sie hier oben angekommen. Gehorsam hatte er Mevlevis Befehl gefolgt, aus dem Auto zu steigen und ein paar Schritte weit in den Nebel zu gehen. Er wußte, daß er eigentlich Angst haben sollte, aber er kam sich nur irgendwie sehr dumm vor und schämte sich. Es hatte ein Dutzend Hinweise gegeben, und er hatte sie alle mißachtet. Er hatte es zugelassen, daß sein Herz ihn blind gemacht hatte. Kein Wunder, daß Sylvia so leicht an die Monatsberichte seines Vaters herangekommen war. Kein Wunder, daß Kaiser Schweizer beschuldigt hatte. Kein Wunder, daß Mevlevi von den Terminkalendern seines Vaters wußte. Es war nur allzuklar, wer die Quelle für all diese Informationen war. Dr. Sylvia Schön.

Mevlevi stand grinsend über ihm. »Vielen Dank, daß Sie mir einen Grund gegeben haben, Sie auf diesem ungastlichen Berggipfel auszusetzen. Ich bin überzeugt, daß Sie nach Hause finden werden. Bei dem Restaurant brauchen Sie es gar nicht erst zu probieren. Es ist bis Mai geschlossen. Und was das Telefon betrifft, so werden Sie feststellen, daß es nicht funktioniert.«

Nick starrte die Pistole an. Es war die gleiche Waffe, mit der Albert Makdisi getötet worden war.

»Sehen Sie, einen Mann, dem so wenig daran liegt, für mich zu arbeiten, kann ich nicht gebrauchen. Sie sollten wirklich etwas eigensüchtiger sein. Kaiser war großartig. Wir hatten immer die gleichen Ziele.«

Nick achtete nicht auf den Monolog des Paschas. Er konzentrierte sich darauf, wann er das Messer ziehen sollte, wie er Mevlevi ablenken konnte und was er hinterher mit dem Chauffeur machen sollte.

»Ich dachte, Sie würden einen guten Soldaten abgeben«, sagte Mevlevi. »Das heißt, Kaiser hat das gedacht. Er war so erfreut darüber, daß er die Chance bekam, den Sohn des Mannes zu verführen, der gedroht hatte, ihn zu verraten. Ich vermute, daß er schnell über Ihren Verlust hinwegkommen wird. Wahrscheinlich am Dienstag, wenn die Adlerbank die VSB übernimmt und er arbeitslos wird.« Er richtete die Pistole auf Nick. »Es tut mir leid, Nicholas. Ich darf nicht zu spät kommen. Ich brauche meinen Schweizer Paß. Er ist mein Schutz vor Ihrem Landsmann, Herrn Thorne.«

Er trat einen Schritt vor und postierte seinen blankpolierten Schuh direkt unterhalb von Nicks Kinn im Schnee. Nick hörte das metallische Klicken, als der Sicherungshebel zurückgeschoben wurde. Seine rechte Hand fuhr unter sein Hemd, fand das Messer und zog es heraus. Die Klinge fuhr durch die Hose des Paschas und riß eine Wunde in sein Schienbein. Ein Schuß löste sich und prallte von den Felsen ab. Der Pascha brach fluchend in die Knie. Er hob die Pistole, um zum zweitenmal zu schießen. Nick sprang auf die Füße und rannte los. Der Chauffeur versuchte, ihm den Weg zu verstellen. Er hatte eine Hand in seine schwarze Jacke geschoben. Jetzt kam sie wieder heraus. Eine Pistole.

Nick sprang auf ihn zu. Er drehte das Messer in seiner Hand, so daß die gezahnte Seite nach unten wies. Er riß es nach oben, zog die Klinge durch die Schulter des Mannes und trennte ihm den Arm vom Leib. Der Chauffeur brach schreiend zusammen.

Nick rannte, so schnell er konnte. Der Wind trieb ihm Tränen in die Augen und ließ sie auf seinem Gesicht gefrieren. Er hörte einen Schuß, dann noch einen und noch einen. Vier. Fünf. Er zwang seine Beine, noch schneller zu laufen. Plötzlich gab sein rechtes Bein unter ihm nach wie ein geknicktes Schilfrohr. Er taumelte zur Seite. Seine Schulter schlug auf den Asphalt auf, und er lag am Boden. Plötzlich war alles still. Hinter dem Schneevorhang bewegte sich nichts. Nick starrte sein zuckendes Bein an und erkannte den Schmerz wieder, noch bevor er das Blut sah. Er war getroffen. Er wartete auf das Geräusch von Schritten im Nebel und auf das sarkastische Lachen, das dann folgen würde. Jeden Augenblick war er darauf gefaßt, das Pfeifen eines 9-Millimeter-Geschosses zu hören, das in seine Brust schlagen würde.

Aber nichts geschah. Nichts als das Heulen des sich zusammenbrauenden Sturmes war zu vernehmen. Er untersuchte sein Bein und stellte fest, daß die Blutung nachgelassen hatte. Er ertastete die Einschußwunde, schob eine Hand unter seinen Oberschenkel und zog sie blutverschmiert wieder hervor. Die Kugel hatte sein Bein durchschlagen, ohne eine Arterie zu verletzen. Er würde am Leben bleiben. Aber er konnte nicht darauf warten, daß der Pascha auftauchte. Er mußte weiter.

Nick nahm seine Krawatte ab und schlang sie als improvisierten Druckverband zweimal um seinen Oberschenkel. Danach nahm er ein Taschentuch aus der Tasche, legte es doppelt zusammen und schob es sich so weit in den Mund, wie es ging, ohne einen Würgereiz zu verursachen. Mit geschlossenen Augen atmete er dreimal tief durch. Dann biß er, so fest er konnte, in das Taschentuch und brachte sich in eine sitzende Position. Die Bewegung verursachte ihm einen höllischen Schmerz. Ihm wurde schwarz vor Augen, und eine Sekunde lang sah er nichts als undurchdringliche Finsternis. Er spuckte das Taschentuch aus und sog die kalte Bergluft ein. Noch ein Versuch, und du stehst auf den Füßen, sagte er sich.

Hinter sich erkannte er das Restaurant, von dem Mevlevi geredet hatte: ein niedriger Betonbau. Der Name war mit ausgewaschenen Buchstaben an die Wand geschrieben: Alpenblick. Der Parkplatz und die Straße lagen ein Stück weit entfernt und dahinter gab es nichts als Granitwände. Und irgendwo in dem Schneetreiben stand der Pascha mit einer großen Wunde am Bein.

Nick hörte, wie die Tür der Limousine zugeschlagen wurde und der Motor ansprang. Er saß still da und lauschte in den Wind. Der Motor des Mercedes lief einige Sekunden lang im Leerlauf, dann fuhr der Wagen los. Nick konnte es zunächst nicht glauben, daß Mevlevi einfach fortgefahren war. Warum ließ der Pascha ihn hier zurück? Damit er erfror? Verblutete?

Das Geräusch eines zweiten Motors unterbrach seine Gedanken. Der Wagen kam näher. Der Motor heulte im zweiten Gang, als er das letzte steile Stück erklomm. Nick erinnerte sich daran, daß er vom Mercedes aus ein Auto gesehen hatte. War dies dasselbe Fahrzeug? Hatte seine Ankunft den Pascha dazu veranlaßt, sich aus dem Staub zu machen?

Nick wußte es nicht. Aber es war dringend notwendig, daß ihn schnell jemand fand. Er hatte weder Handschuhe noch Mantel. Ein paar Stunden lang konnte er am Leben bleiben, aber sein Bein begann bereits, steif zu werden. Er brauchte medizinische Versorgung, und am meisten brauchte er ein Auto, um den Pascha zu verfolgen. Er würde nicht zulassen, daß das Schwein entkam.

Nick hörte das Quietschen der Reifen des Wagens, als er um die letzte Haarnadelkurve fuhr. Er rollte sich auf die rechte Seite, so daß er sein linkes Bein unter sich ziehen konnte. Tränen traten ihm in die Augen und froren fest. Er fragte sich, wer so töricht sein könnte, diese Straße bei so einem Schneesturm hinaufzufahren. War es ein Einheimischer, dem die Umgebung so vertraut war, daß es ihm nichts ausmachte, wenn er nichts sah? Wohl kaum. Es war sehr viel wahrscheinlicher, daß Gino Makdisi den Wagen ausgeschickt hatte, um hinter seinem Geschäftspartner aufzuräumen. Nick erwog die Situation. Er mußte zulassen, daß der Fahrer ihn fand. Wenn es ein Einheimischer war, war er in Sicherheit. Wenn es einer von Mevlevis Konsorten war, konnte der Ausgang allerdings erheblich unangenehmer werden. Nick suchte mit den Händen den Asphalt nach einem Stein oder Felsbrocken ab, den er im Notfall benutzen konnte. Der Parkplatz war mit losem Geröll übersät. Nick entdeckte einen Stein in passender Größe und rutschte ein Stück weit nach links, um ihn sich zu holen. Dann schob er sich wieder dahin zurück, wo er gefallen war. Er legte eine Hand in die Blutlache und schmierte damit über sein weißes Hemd, bis es dunkelrot war. Dann legte er den Kopf auf den Asphalt und richtete die Augen fest auf einen eisernen Begrenzungspfahl, der durch das Schneetreiben zu erkennen war. Bei dieser Blickrichtung konnte er nicht sehen, was für ein Auto es war, das sich so langsam näherte. Nur, daß es rot war. Das Motorengeräusch erstarb, und der Wagen hielt am Rand seines Gesichtsfelds.

Die Tür wurde geöffnet. Schritte näherten sich. Nick hielt die Augen mit dem starren Blick eines Toten auf den eisernen Pfosten gerichtet. Er atmete möglichst flach. Es war höllisch schwer, denn sein Herz schlug mindestens hundertmal in der Minute. Er wartete darauf, daß eine zweite Tür sich öffnete, aber das Geräusch blieb aus.

Wieder hörte er die Schritte. Eine Gestalt trat in seinen Gesichtskreis. Ein mittelgroßer Mann. Dunkle Kleidung. Er näherte sich vorsichtig. Warum sagst du nichts? fragte sich Nick. Frag mich, wie es mir geht, ob ich noch lebe. Jetzt beugte sich der Mann über ihn. Er rammte einen Fuß in Nicks Gesäß.

Ganz bestimmt kein Einheimischer.

Der Mann beugte sich noch tiefer hinunter. Nick wußte, daß er sein blutiges Hemd anstarrte. Sein Gesicht war direkt über ihm. Nick roch sein teures Eau de Cologne. Fast konnte er seine Züge erkennen. Kurzgeschnittener grauer Bart, buschige Augenbrauen. Dann sah er den Hut. Der Mann trug ihn in der rechten Hand. Es war ein abgetragener dunkelgrüner Hut. Ein Gamsbart war am Hutband befestigt. Ein österreichischer Trachtenhut.

Mit einem Ruck drehte Nick seinen Kopf nach rechts und sah die überraschte Miene des Mannes, der ihn verfolgt hatte. Aber bevor dieser sich noch aufrichten konnte, fuhr seine Hand durch die Luft und schmetterte ihm den Stein ins Gesicht. Der Mann schnappte nach Luft, dann fiel er bewußtlos zur Seite. Er hielt einen Revolver in der linken Hand.

Nick setzte sich auf und starrte ihn an. Es war der Mann, der ihn vor drei Wochen in der Bahnhofstraße verfolgt hatte. Nick hob den Revolver auf und durchsuchte die Taschen. Keine Brieftasche. Kein Handy. Keine Autoschlüssel. Nur ein paar Hundert Franken.

Nick zog das linke Bein unter sich. Irgendwie hatte seine Wut den Schmerz gedämpft. Er schnitt eine Grimasse, als er sich auf die Füße stellte, dann humpelte er zum Auto. Ein Fort Cortina, Gott sei Dank mit Automatik. Der Schlüssel steckte im Zündschloß. Er beugte sich über den Fahrersitz und sah sich im Wageninneren nach einem Erste-Hilfe-Koffer und einem Telefon um. Er öffnete das Handschuhfach. Nichts. Eine Ausbuchtung auf der Konsole hinter dem Rücksitz gab ihm Hoffnung. Er humpelte nach hinten, öffnete die rückwärtige Wagentür und ließ sich auf dem Rücksitz nieder. In dem kleinen Fach fand er einen unbenutzten Erste-Hilfe-Kasten. Er enthielt Pflaster, Verband und Aspirin.

Fünf Minuten später hatte Nick seine Wunde gereinigt und das Bein verbunden. Sein Verfolger lag unbeweglich auf der Seite. Vermutlich hatte er einen gebrochenen Wangenknochen und ein paar ausgeschlagene Zähne. Aber das wäre noch sein geringstes Problem, wenn er erst einmal feststellte, daß man ihn hier oben ohne Auto zurückgelassen hatte. Nick nahm die Aludecke aus dem Erste-Hilfe-Kasten und warf sie über die ausgestreckte Gestalt. Sie würde ihn warmhalten, bis er sich überlegt hatte, wie er da wieder hinunterkommen sollte. Später würde Nick vielleicht auch die Polizei benachrichtigen. Aber jetzt mußte er sich erst einmal um Wichtigeres kümmern. Er bewegte sich zur Vordertür des Ford und ließ sich vorsichtig auf dem Fahrersitz nieder. Er würde mit dem linken Bein Gas geben müssen. Er ließ den Motor an. Der Benzintank war dreiviertel voll. Er sah auf die Uhr: 10.30 Uhr. Der Pascha hatte einen Vorsprung von dreißig Minuten. Es war höchste Zeit aufzubrechen.

Kapitel 59

Ali Mevlevi kam um 10.40 Uhr beim Hotel Olivella au Lac an. Das Wetter war klar. Die milden Mittelmeerwinde, die gegen die Südhänge der Alpen wehten, brachten dem Tessin gemäßigte und angenehme Winter, die sich nicht allzusehr von denen im Libanon unterschieden. In Zürich, so sagte man, verkroch man sich im Winter hinter den Doppelfenstern überheizter Büros, während man in Lugano seine Jacke zuknöpfte und einen Espresso im Freien auf der Piazza San Marco trank. Sicher war heute ein solcher Tag – aber Zeit für einen Espresso hatte er nicht.

Mevlevi schlug die Vordertür der Limousine zu und ging entschlossen in das Hotel, wobei er sorgfältig verbarg, daß er hinkte. Er hatte sein Bein mit einem Verband umwickelt, den er im Erste-Hilfe-Kasten des Mercedes gefunden hatte. Das würde reichen, bis er einen richtigen Arzt aufsuchen und den häßlichen Schnitt nähen lassen konnte. Er ging zur Rezeption und fragte den Angestellten, in welchem Zimmer er Herrn Yves-André Wenker finden würde. Der Mann sah in seiner Liste nach. Zimmer 407. Mevlevi bedankte sich und wandte sich den Aufzügen zu. Er biß die Zähne zusammen und kämpfte gegen den Schmerz an. Ein Gedanke tröstete ihn: Inzwischen würde Neumann tief unter dem Schnee des Sankt Gotthard begraben sein, und erst das Tauwetter im späten Frühling würde das Geheimnis seines Verschwindens lösen.

Mevlevi fuhr mit dem Lift in den vierten Stock. Er fand die Zimmernummer 407 und klopfte zweimal an. Ein

Schloß wurde entriegelt, dann ein zweites. Die Tür öffnete sich, und ein großer Herr im grauen Nadelstreifenanzug wurde sichtbar. Er trug einen Zwicker und hatte die krumme Haltung eines Schreibtischmenschen. »*Veuillez entrer*. Bitte kommen Sie herein«, sagte der Mann. »*Monsieur …*?«

»Malvinas. Allan Malvinas. *Bonjour.*« Der Pascha streckte die Hand aus. Er haßte es, französisch zu sprechen.

»Yves-André Wenker von der schweizerischen Paßdienststelle.« Wenker wies auf eine ausladende Sitzgruppe. »Sind Sie allein? Mir wurde gesagt, daß ein Herr Neumann, Assistent von Herrn Kaiser, Sie begleiten würde.«

»Herr Neumann konnte leider nicht mitkommen. Er ist plötzlich erkrankt.«

Wenker runzelte die Stirn. »Wirklich? Ehrlich gesagt, hatte ich bereits begonnen, daran zu zweifeln, ob Sie überhaupt kommen würden. Ich erwarte von meinen Kunden, daß sie, unabhängig vom Wetter, die vereinbarten Zeiten einhalten.«

»Regen, Glätte, schlechte Sicht. Wir hatten eine weite Fahrt von Zürich hierher.«

Wenker sah ihn skeptisch an und führte ihn in den Wohnraum. »Herr Kaiser hat mir mitgeteilt, daß sie geborener Argentinier sind.«

»Aus Buenos Aires.« Mevlevi musterte seinen Gesprächspartner unbehaglich. Irgend etwas an diesem Mann kam ihm bekannt vor. »Sie sprechen wirklich kein englisch?«

»Es tut mir leid, nein«, antwortete Wenker. »Ich bevorzuge die romanischen Sprachen. Französisch, Italienisch, ein bißchen Spanisch. Englisch ist so vulgär.«

Mevlevi sagte nichts. Er war sich ganz sicher, daß er diese Stimme kannte.

»*Eh bien*. Wollen wir zur Sache kommen?« Wenker sah auf die Uhr und setzte sich auf das Sofa. Er hatte eine Vielzahl von Umschlägen auf dem Couchtisch ausgebreitet, dazu Fragebögen mit der Überschrift »Beruf«, »Wohnort« und »Finanzielle Situation«. »Für den normalen Einbürgerungsprozeß ist der Nachweis eines siebenjährigen Aufenthalts in der Schweiz notwendig. Da wir den Prozeß beschleunigen wollen, sind während unseres Gesprächs eine ganze Reihe von Formularen auszufüllen. Bitte fassen Sie sich in Geduld.«

Mevlevi nickte, obwohl er kaum hinhörte. Seine Gedanken wanderten eine Stunde weit zurück. Wenigstens einer seiner Schüsse hatte Neumann getroffen. Er hatte gehört, wie der Junge aufgeschrien hatte und zu Boden gefallen war. Warum hatte er ihn dann nicht verfolgt? Hatte es ihn so sehr überrascht, daß Nicholas ein wenig Widerstand geleistet hatte? Ganz anders als sein Vater, der wie hypnotisiert dagestanden und in die Mündung der Pistole gestarrt hatte. Schließlich war Nicholas Marineoffizier. Wo sonst lernte man, den Arm eines Mannes mit einem einzigen Streich abzutrennen? Nicht, daß der Chauffeur ihn noch brauchen würde. Mevlevi hatte seinem Elend ein Ende bereiten müssen.

»Haben Sie drei Paßfotos dabei?« fragte Wenker.

»Natürlich.« Mevlevi griff in seine Brieftasche und entnahm ihr seinen Paß und einen Umschlag aus Wachspapier, der drei kleine Aufnahmen enthielt.

Wenker prüfte sie rasch. »Sie müssen alle drei auf der Rückseite unterschreiben.«

Mevlevi zögerte einen Augenblick, dann beugte er sich der Forderung des Mannes. Diese verdammten Schweizer – ihre Genauigkeit, selbst bei den korruptesten Aktionen, war ein Wesenszug.

Wenker legte die unterschriebenen Paßfotos in einen geöffneten Aktenordner. »Können wir mit den Fragen beginnen?«

Dreißig Kilometer südlich von Lugano verlangsamte sich der Verkehrsstrom, der sich der Südgrenze der Schweiz bei Chiasso näherte, auf Schrittempo. Der Grenzübergang galt als der Befahrenste des Landes schlechthin. Er war einer von nur drei Zubringern, über die die

Industrieerzeugnisse Norditaliens den deutschen und französischen Markt erreichten. Lastwagen aller Größen, Formen und Marken waren auf dem flachen Abschnitt der Schnellstraße vor dem Grenzübergang unterwegs. Darunter befand sich an diesem Morgen ein neunachsiger Magirus-Sattelschlepper mit Anhänger. Die Fahrerkabine war königsblau. Am Motorgrill befand sich eine weiße Tafel mit der Aufschrift TIR. Trans International Routier.

Joseph Habib saß in der Kabine des Lasters, unbehaglich zwischen zwei Mafiosi eingeklemmt, kleine Gangster, die die Arbeit für die Familie Makdisi auf der italienischen Seite erledigten. Achtzehn Monate lang war er im Untergrund gewesen. Seit achtzehn Monaten hatte er seine Familie nicht gesehen. Nur noch ein paar Minuten. Wenn er diese Hitzköpfe ruhighalten konnte, bis der Sattelschlepper beim Kontrollpunkt ankam, würde alles wie ein Uhrwerk ablaufen. Er wünschte sich nur, er könnte Ali Mevlevis Gesicht sehen, wenn er erfuhr, daß die Ladung verloren war. Ein paar Hundert Meter weiter vorne tauchte die Absperrung auf. Alle paar Meter kam der Verkehr ganz zum Stehen.

»Ich habe dir doch gesagt, daß du die rechte Fahrspur nehmen mußt«, sagte Joseph zu Remo, dem Fahrer. »Tu, was ich dir anschaffe.«

»Die rechte Fahrspur ist fast bis nach Mailand verstopft. Wenn du willst, daß wir die nehmen, kommen wir nie nach Zürich.« Remo war ein junger Rowdy, der sein schwarzes Haar zu einem Pferdeschwanz zurückgebunden und die Hemdsärmel soweit aufgerollt hatte, daß sein Bizeps zu sehen war.

»Ich sage dir noch einmal. Entweder du wechselst jetzt auf die rechte Spur, oder wir kehren um und fahren nach Hause. Warum willst du Herrn Makdisis Befehle nicht befolgen?«

Der Verkehr kam zum Erliegen. Remo zündete sich eine Zigarette an. »Was weiß der schon über diesen Grenzübergang«, knurrte er. »Ich habe das schon tausendmal gemacht. Niemand hat uns je auch nur eines Blickes gewürdigt.«

Joseph wendete sich an den schmuddeligen Mann auf dem Beifahrersitz. »Marco, sag du es deinem Freund. Entweder wir fahren rechts, oder wir fahren nach Hause.« Er wußte, daß Marco Angst vor ihm hatte. Der ungekämmte fiese Kerl stierte ständig zu ihm herüber und glotzte die Narbe auf seiner Wange an. Man konnte sehen, daß er sich fragte, wie er wohl dazu gekommen sei.

Marco tippte den Fahrer auf den Arm. »Remo. Rechte Fahrspur. *Pronto*.«

»Wieviel Zeit haben wir noch?« wollte Remo wissen.

»Noch zwanzig Minuten«, sagte Joseph. »Kein Problem. Unser Mann verläßt seinen Platz nicht vor 10.30 Uhr.«

»Warum dauert das heute so lange?« fragte Remo und trommelte ungeduldig auf dem Steuerrad herum. »Sieh mal nach.«

Marco griff nach einem Lederetui am Boden, das ein Fernglas enthielt. Sein Sicherheitsgurt hinderte ihn daran, es zu erreichen. Joseph öffnete die Tasche und reichte Marco den Feldstecher. Marco kurbelte das Fenster herunter. Mühsam streckte er Kopf und Schultern aus der Fahrerkabine. »Es sind nur zwei Fahrspuren offen«, erklärte er.

»Welche ist geschlossen?« fragte Joseph gleichgültig. Sag, daß es die linke ist.

»Die linke«, sagte Marco. »Alle Fahrzeuge werden auf die mittlere und die rechte Spur gewinkt.«

Remo drückte auf die Hupe und lenkte den großen Sattelschlepper auf die rechte Fahrspur.

Dreißig Meter hinter dem Lastzug begann ein weißer Volvo zu blinken und wechselte ebenfalls auf die rechte Fahrspur. Der Fahrer spielte mit einer kleinen Goldmünze, die um seinen Hals hing. »Fast geschafft«, flüsterte Moammar al Khan. »*Inshallah*, Gott ist groß«.

»Ihr Name?« fragte Yves-André Wenker.

»Allan Malvinas. Muß ich mich zweimal vorstellen? Alle wichtigen Angaben stehen in meinem Paß.«

»Danke, Herr Malvinas. Aber ich ziehe eine persönliche Antwort vor. Geburtsdatum?«

»12. November 1936.«

»Gegenwärtige Adresse?«

»Sie steht im Paß. Auf der dritten Seite.«

»Ihre Adresse?«

Mevlevi nahm den Paß und las die Adresse vor.

Wenker sah nicht auf und füllte sorgfältig sein Formular aus. »Wie lange haben Sie unter dieser Adresse gelebt.«

»Sieben Jahre.«

»Sieben?« Scharfe blaue Augen blitzten hinter der Brille. Eine blonde Haarsträhne fiel über die Stirn.

»Ja, sieben«, bestätigte Mevlevi. Sein Bein schmerzte entsetzlich. »Warum nicht sieben?«

Wenker lächelte. »Sieben ist schon in Ordnung. Beruf?«

»Import und Export.«

»Was genau importieren und exportieren Sie?«

»Hauptsächlich Edelmetalle und Gebrauchsgüter«, sagte Mevlevi. Dieser geschniegelte Beamte begann ihm auf die Nerven zu gehen. Nicht so sehr seine Fragen, sondern der ausgesprochen unangenehme Unterton in seiner Stimme.

»Ihr Einkommen?«

»Das geht Sie nichts an.«

»Die Einwanderung von Sozialhilfeempfängern in die Schweiz befürworten wir nicht.«

»Ich bin schwerlich ein Sozialhilfeempfänger«, protestierte Mevlevi entrüstet. »Und wer spricht hier von Einwanderung?«

Wenker warf den Stapel Formulare auf den Tisch. »Herr Neumann hat mir ausdrücklich erklärt, daß Sie ein Grundstück in Gstaad erwerben wollen, um einen ständigen Wohnsitz in diesem Land einzurichten. Wenn wir auch gelegentlich Ausnahmen bei der Zuerkennung eines Schweizers Passes machen, so ist doch ein ständiger Wohnsitz in der Schweiz eine unumgängliche Bedingung. Planen Sie also, Ihren Wohnsitz auf Dauer in die Schweiz zu verlegen, oder nicht?«

Ali Mevlevi hustete. Dann goß er sich ein Glas Mineralwasser aus einer Flasche ein, die auf dem Tisch stand.

»Die Auskunft von Herrn Neumann war richtig. Ich habe vor, meinen Hauptwohnsitz in Gstaad einzurichten.«

Wenker schrieb etwas in sein Formular. »Einkommen?«

»Fünfhunderttausend Dollar im Jahr.«

Wenker hob die Augenbrauen. »Ist das alles?«

Das Gesicht des Paschas wurde dunkelrot. »Ist das etwa nicht genug?«

»Es ist genug«, sagte Wenker zu seinem Opfer.

Mevlevi schnitt eine Grimasse. Ein warmer Blutstrom floß an seinem Bein hinunter. Nur noch kurze Zeit, sagte er sich. Dann kannst du zum Telefon gehen, Gino Makdisi anrufen und dir bestätigen lassen, was du schon weißt – daß deine kostbare Fracht die Grenze sicher passiert hat und daß Nicholas Neumann tot ist.

Wenker räusperte sich geräuschvoll: »Ansteckende Krankheiten?«

Remo zog den Kopf in die Kabine des Lastwagens zurück. »Sie untersuchen jeden Laster«, sagte er.

»Beruhige dich«, befahl Joseph. »Alles läuft wie geplant. Wir haben unseren Mann im Kontrollhäuschen an der rechten Fahrspur. Er erwartet uns.«

»Ich gehe nicht noch einmal ins Gefängnis«, erklärte Remo. »Drei Jahre waren genug.«

Nur noch drei Lastwagen trennten sie von dem prüfenden Blick der Zollbeamten. Alle ankommenden Fahrzeuge mußten zunächst ein breites Gerüst passieren, mit dessen Hilfe die Höhe der Transportfahrzeuge gemessen wurde, die durch die Schweiz fahren wollten. Ein kleines Kontrollhäuschen aus blauem Stahl befand sich auf der rechten Seite jeder Fahrspur. Neben jedem dieser Häuschen stand ein Zollinspektor mit einem Walkie-talkie in der Hand und winkte den nächsten Laster heran. Etwa zweihundert Meter weiter parkten zehn Polizeifahrzeuge am Straßenrand. Wozu ein solcher Aufwand für eine einfache Razzia, fragte sich Joseph. Drei Mann und ein lausiger Laster. Erwarteten sie eine Armee?

Meter für Meter bewegte sich der Sattelschlepper vorwärts. Der Zollinspektor sprang auf das Trittbrett des Tankfahrzeuges unmittelbar vor ihnen. Er schob seinen Kopf in die Fahrerkabine und tauchte einen Moment später mit dem Frachtbrief in der Hand wieder auf. Mit der Antenne seines Walkie-talkie blätterte er in den Papieren. Der Mann war groß und dünn und trug eine grüne Uniform. Sein braunes Haar war widerspenstig und seine Wangen voller Narben. Er warf einen kurzen Blick auf ihren Sattelschlepper, und Joseph erkannte die dunklen Ringe unter seinen Augen. Sterling Thorne sah so beschissen aus wie immer.

Thorne gab dem Fahrer des Lasters seine Papiere zurück und wendete seine Aufmerksamkeit dem blauen Magirus-Neunachser mit dem britischen Kennzeichen und der TIR-Plakette zu, der als nächstes in der Reihe stand. Er hob das Walkie-talkie an den Mund und gab offensichtlich aufgeregte Instruktionen.

Marco deutete mit dem Finger auf Thorne. »Er hat uns ins Auge gefaßt. Er hat uns schon angepeilt.«

»Ich hab's auch gesehen. Der Kerl neben dem Kontrollhäuschen. Sie wissen genau, wonach sie suchen, und das sind wir.«

»Haltet die Klappe«, rief Joseph. »Wir haben keine andere Wahl, als geradeaus zu fahren. Wir haben einen gültigen Frachtbrief. Wir transportieren eine ganz legale Fracht. Es würde ein Genie dazu gehören, um unsere Ware zu finden.«

Remo starrte Joseph an. »Oder ein kleines Trinkgeld.«

Marco zeigte weiter auf Sterling Thorne. »Der Polizist neben dem Kontrollhäuschen. Er hat nur einen Blick auf unseren Sattelschlepper geworfen und seine ganze Mannschaft zusammengetrommelt. Und sieh mal! Da vorne! Sie haben zehn Polizeiwägen für uns bereitgestellt.«

»Unsinn«, sagte Joseph. »Sie trommeln gar nichts zusammen. Bleib ruhig sitzen und halt den Mund.«

In diesem Augenblick wurden in beiden Rückspiegeln rotierende Blaulichter sichtbar. Zwanzig Meter hinter ihnen fuhr ein Konvoi von Polizeifahrzeugen auf. Der Tanker vor ihnen wurde durchgewinkt, und als er die Meßanlage freigemacht hatte, stürmten zwölf Polizisten vor und bildeten eine dichte Phalanx hinter Sterling Thorne. Sie trugen dunkelblaue kugelsichere Westen und schwenkten Maschinenpistolen.

»Wir sind eingekreist«, schrie Remo mit hysterisch überschnappender Stimme.

»Jetzt hilft nur noch ein Bluff«, sagte Joseph. »Das ist unsere einzige Chance, hier herauszukommen.«

»Es gibt keine Chance, hier herauszukommen,« brüllte Remo los. »Sie haben eine Falle gestellt, und wir sind die Beute.«

Joseph bohrte einen Finger in Remos Brust. »Ich werde nicht zulassen, daß wir die Ware von meinem Chef verlieren, nur weil deine Nerven das bißchen Hitze nicht vertragen.«

Remo starrte den großen Zollbeamten an, der sie vorwärts winkte. »Sie haben uns geschnappt«, brüllte er. »Ich weiß es, und Marco weiß es. Warum, zum Teufel, weißt du es nicht? Du weißt es nicht, weil du wolltest, daß wir in die Falle geraten, du verdammter Sandnigger. Die Makdisis haben gesagt, daß ich dir nicht trauen soll. Und sie hatten recht.« Sein Ellenbogen fuhr durch die Luft und zerschmetterte Joseph das Nasenbein. Knochen und Knorpel brachen, und ein dicker Blutstrom stürzte aus seiner Nase. »Rechte Fahrspur hast du gesagt. Und jetzt, verdammt, stehen wir hier in der falschen Spur.« Er rammte den Fuß auf den Gashebel und der Neunachser schoß vorwärts.

Sterling Thorne stand vor dem Lastzug und streckte

mit erhobener Handfläche den Arm aus. Joseph sah erst Überraschung, dann Verwirrung und schließlich Entsetzen in seinem Gesicht, als der Sattelschlepper auf ihn zuraste. Remo drückte auf die Hupe. Thorne tauchte unter das Chassis des Dieselmonsters.

Joseph packte das Steuerrad. Mit dem rechten Fuß trat er gegen den Schalthebel und stieß gleichzeitig die Finger der rechten Hand nach hinten in Marcos Gesicht. Marco heulte wild auf. »Bring ihn um«, kreischte Remo und zerrte am Schalthebel.

Hinter dem Laster brach Gewehrfeuer los. Reifen platzten im Kugelhagel. Der große Laster neigte sich nach links. Immer noch beschleunigte Remo. Kugeln prasselten auf den Anhänger wie Regen auf ein Blechdach. Die Polizisten schossen sich ein und der sanfte Regen wurde zu einem mörderischen Hagel. Die Windschutzscheibe barst.

Joseph bohrte seine Finger in Marcos Augen. Er riß einen Augapfel vom Sehnerv los und schleuderte ihn auf den Boden. Schreiend schlug Marco beide Hände vor sein verwundetes Gesicht. Joseph langte über ihn hinweg, öffnete die Beifahrertür und stieß ihn aus dem Fahrerhaus.

Remo war verwundet. Rosa Schleimfäden hingen ihm aus dem Mund. Blut quoll aus einer Schußwunde an seinem Bauch. Sein Gesicht war mit vielen kleinen Schnitten übersät, wo Glasstücke ihn getroffen hatten. Immer noch konzentrierte er sich in blinder Wut auf die Straße vor ihm.

Joseph stemmte einen Arm gegen das Armaturenbrett, den anderen gegen die Sitzlehne. Er zog die Beine hoch und trat nach Remos Kopf. Die Absätze seiner schweren Stiefel trafen den verwundeten Fahrer am Kinn und schleuderten ihn gegen den eisernen Türrahmen. Remo spuckte einen Klumpen Blut aus und brach dann tot oder bewußtlos über dem Lenkrad zusammen.

Der Truck schleuderte gefährlich nach rechts und raste auf die Reihe von Polizeifahrzeugen zu, die auf dem Seitenstreifen geparkt waren. Joseph hob Remos schlaffen Körper vom Lenkrad und versuchte, seinen bleiernen Fuß vom Gashebel zu ziehen. Das ständige Schwanken des Lasters machte jedoch jeden Versuch unmöglich. Die Polizeifahrzeuge kamen immer näher. Noch zwanzig Meter trennten den Lastzug von den Autos. Zehn, fünf, ...

Joseph erkannte, daß er durch nichts mehr verhindern konnte, daß der Laster die Fahrzeuge rammte. Er drückte die Beifahrertür auf und warf sich aus der Kabine. Er landete auf den Füßen und schaffte es, ein paar Schritte weit zu rennen, bevor er über das Pflaster geschleudert wurde.

Der Lastzug raste gegen den ersten Polizeiwagen. Die Räder drückten die Motorhaube des Fahrzeugs ein, und der Laster wurde aufwärts geschleudert. Der Sattelschlepper raste weiter, überrollte einen zweiten Polizeiwagen, dann noch einen. Fenster zerbrachen, Metall zerriß, und Sirenen begannen zu heulen. Ein Benzintank wurde mit solcher Kraft zermalmt, daß ein Zündfunke ausgelöst wurde, der augenblicklich den ganzen Inhalt des Tanks in Brand setzte. Die Explosion schleuderte das Auto in die Luft. Der Anhänger des Lastzugs kippte um, und eine Kettenreaktion von Benzinexplosionen begann. Ein Tank nach dem anderen flog in die Luft und vergrößerte den Brand. Der Sattelschlepper fiel auf die Seite und ging in Flammen auf.

Die Polizisten umringten Joseph. Sterling Thorne durchbrach den Kreis der Beamten und bückte sich zu ihm hinunter. »Willkommen in der Zivilisation«, sagte er. »Hast du etwas für mich?«

Joseph sah zu Thorne auf und es fiel ihm wieder ein, was für ein Arschloch er doch war. Der Mann fragte ihn nicht einmal, ob er verletzt sei. Er suchte in seiner Tasche nach einem Zettel. Darauf stand geschrieben: »Ali Mevlevi, Hotel, Olivella au Lac, Zimmer Nr. 407 VSB Konto Nr. 549.617 RR.« Genau wie Thorne es ihm diktiert hatte.

Thorne nahm Joseph den Zettel ab und hob noch beim Lesen das Walkie-talkie an den Mund. »Wir haben den Verdächtigen durchsucht und dabei belastende Beweise gefunden. Wir haben allen Grund zu der Annahme, daß ein Verdächtiger, der in den Import eines großen Herointransports verwickelt ist, sich gegenwärtig im Hotel Olivella au Lac im Zimmer vier – null – sieben aufhält. Bitte gehen Sie mit Vorsicht vor.«

Er streckte die Hand aus und half Joseph auf die Füße. »Du hättest es mir nicht so schwer machen müssen. Hier geht gerade eine Unmenge überzeugenden Beweismaterials in Flammen auf.«

Moammar al Khan starrte gebannt auf die schwarze Rauchwolke. Er tastete nach seinem Handy. Schau sich einer diesen Rauch an, dachte er und duckte sich unwillkürlich. Zwei Tonnen von Al-Mevlevis Ware in Flammen. Allah sei uns gnädig.

Ein Zollbeamter klopfte auf das Autodach und bedeutete ihm weiterzufahren. Khan zückte einen italienischen Paß und wurde durchgewinkt. »Fahren Sie schon. Nicht stehenbleiben und glotzen«, sagte der Zollbeamte, bevor er die Reihe der wartenden Fahrzeuge abschritt.

Khan achtete nicht auf seine Anweisungen und rollte im Schrittempo an den brennenden Wracks vorbei. Um einen einzelnen Mann, der ausgestreckt am Boden lag, hatte sich ein Kreis von Polizisten gebildet. Der Mann war verletzt. Blut floß aus seiner Nase. Seine Kleidung war zerrissen und sein Gesicht vom Rauch geschwärzt. Es war Joseph. Er lebte. *Inshallah*! Gott ist groß! Ein schlacksiger Mann in der grünen Uniform der Zollbeamten durchbrach den Kreis der Polizisten. Er ließ sich auf ein Knie nieder und sprach mit Joseph.

Khan beugte sich über den Beifahrersitz, um besser zu sehen. Das war ja Thorne. Der amerikanische Agent. Es war kein Irrtum. Das Haar. Das hochmütige Gesicht. Die amerikanische Drogenfahndungsbehörde hatte Al-Mevlevis Transport abgefangen.

Und dann geschah etwas Seltsames. Thorne gab Joseph die Hand und zog ihn auf die Füße. Er klopfte ihm auf die Schulter und lachte. Auch die anderen Polizisten lächelten. Ihre Maschinenpistolen waren gesenkt. Sogar Joseph grinste.

Khan zog den goldenen Anhänger aus seinem Hemd und küßte ihn. Joseph ist ein Verräter. Er gab Gas wie ein Verrückter und fuhr zwei Minuten lang weiter, bevor er den Wagen auf den Seitenstreifen lenkte und anhielt. Er nahm das Handy und wählte die Nummer, die Mevlevi ihm für den Notfall gegeben hatte. Es klingelte dreimal. Endlich meldete sich eine Stimme. Khan preßte das Telefon gegen seinen Mund und wußte nicht, wo er anfangen sollte. Nur ein Satz fiel ihm ein: »*Joseph ist einer von ihnen*«.

Kapitel 60

Ali Mevlevi war wütend. Er war jetzt wirklich lange genug von diesem eingebildeten Büromenschen aufgehalten worden und hatte schwachsinnige Fragen beantwortet. Ob er seinen Geschäftssitz in die Schweiz verlegen wolle. Wenn ja, wie viele Mitarbeiter er einstellen würde. Würde er Gebrauch von dem Steuerkredit machen, der für neu eingetragene Firmen angeboten wurde? Würden seine Verwandten bei ihm leben? Jetzt hatte er genug. Für die Summe, die Kaiser ihm zahlte, konnte Wenker die Fragebögen alleine ausfüllen. Sollte er sich die verdammten Antworten doch aus den Fingern saugen.

Mevlevi erhob sich von der Couch und knöpfte seine Jacke zu. »Ich danke Ihnen für Ihre Hilfe in dieser Angelegenheit, aber ich fürchte, ich habe einen ziemlich engen Zeitplan einzuhalten. Man hatte mich glauben gemacht, daß dieses Gespräch nur eine Formalität sei.«

»Da sind Sie falsch informiert«, gab Wenker ziemlich unverschämt zurück. Er wandte seine Aufmerksamkeit einer Ledermappe zu, die neben ihm auf dem Sofa lag. Er zog einen dicken Umschlag heraus und reichte ihn Mevlevi. »Eine kurze Geschichte unseres Landes. Als Schweizer Bürger wird von Ihnen erwartet, daß Sie unsere langen demokratischen Traditionen respektieren.«

»Vielen Dank«, erwiderte Mevlevi brüsk, nahm den versiegelten Umschlag entgegen und ließ ihn in seiner Aktentasche verschwinden. »Wenn wir jetzt fertig sind, muß ich mich gleich verabschieden.«

»Nicht so schnell, Herr Malvinas. Hier ist noch ein Formular, das Sie unterschreiben müssen – die Befreiung vom Militärdienst. Das ist obligatorisch .«

Mevlevi seufzte. »Bitte machen Sie schnell.«

Gerade in diesem Augenblick ertönte ein leises Zirpen aus seiner Aktentasche. Gott sei Dank, dachte Mevlevi. Das ist Gino Makdisi, der anruft, um zu sagen, daß alles planmäßig abläuft. Er nahm das Handy aus der Aktentasche und ging zum anderen Ende des Zimmers, bevor er antwortete. »Ja.«

»Joseph ist einer von ihnen«, sagte eine gequälte Stimme. »Ich habe alles gesehen. Der Laster wurde von der Polizei umzingelt. Der Fahrer versuchte durchzubrechen. Er hatte keine Chance. Nur Joseph ist noch am Leben. Alles steht in Flammen.«

»Beruhige dich, Khan«, sagte Mevlevi auf arabisch. »Sag das noch einmal.«

»Am Grenzübergang in Chiasso wurde der Transport abgefangen. Sowie der Laster am Kontrollpunkt vorfuhr, wurde er von Polizei umzingelt. Sie haben ihn erwartet.« Mevlevi spürte, wie sich die Haare in seinem Nacken sträubten. »Du hast gesagt, daß die Ware zerstört und nicht beschlagnahmt wurde. Drück dich deutlicher aus.«

»Der Fahrer, Remo, versuchte durchzubrechen. Aber er verlor die Kontrolle über den Laster, so daß er explodierte. Die Ware wurde vernichtet.«

»Und was ist mit Joseph?«

»Er lebt noch. Die Polizisten halfen ihm auf die Füße. Ich habe gesehen, wie ein Beamter ihn umarmte. Er ist es gewesen. Er ist der Verräter.«

Nicht Joseph, hätte Mevlevi am liebsten aufgeschrien. Es war Lina. Sie hat den Makdisis geholfen, mich der amerikanischen Drogenfahndung zu verraten. Joseph, mein Wüstenfalke, ist der einzige, dem ich trauen kann.

Khan sagte: »Sie müssen das Land sofort verlassen. Wenn die Drogenfahndung von dem Transport wußte, weiß sie sicher auch, daß Sie in der Schweiz sind. Fahren Sie nach Brissago, an der italienischen Grenze bei Locarno. Seien Sie in einer Stunde dort. Am Hauptplatz.«

»Ja, Brissago. Am Hauptplatz. In einer Stunde.« Er legte auf.

Wenker starrte ihn mit deutlichem Abscheu an. Mevlevi folgte seinem Blick zum Fußboden. Auf seine eigenen Füße. Auf dem cremefarbenen Berberteppich hatte sich eine immer größer werdende Blutlache gebildet.

Unten fuhr ein tannengrüner Range Rover vor dem Haupteingang vor. Die Beifahrertür wurde geöffnet und ein imposanter Mann im dreiteiligen dunkelgrauen Anzug stieg aus dem Wagen. Wolfgang Kaiser zog sein Jackett zurecht, strich seinen Schnurrbart glatt und schritt in die Lobby.

»Wie spät?« rief er über die Schulter.

»11.15 Uhr«, antwortete Reto Feller, der sich beeilte, ihn einzuholen.

»Fünfzehn Minuten zu spät«, jammerte Kaiser. »Der Graf wird ohne Zweifel sehr ungehalten sein. Das habe ich Ihnen zu verdanken, Herr Feller. Ihnen und Ihrem neuen Wagen.« Sie hatten mitten im Sankt-Gotthard-Tunnel eine Reifenpanne gehabt.

Feller rannte voraus zum Empfang und läutete zweimal. »Wir suchen den Grafen Languenjoux«, erklärte er atemlos. »In welchem Zimmer ist er zu finden?«

Der Empfangschef begab sich zu dem Counter aus poliertem Walnußholz. »Wen darf ich melden?«

Kaiser zeigte ihm seine Visitenkarte. »Wir werden erwartet.«

Der Empfangschef las diskret die Karte. »Vielen Dank, Herr Kaiser. Der Graf befindet sich im Zimmer 407. Wir hatten heute morgen eine Reihe von Anrufen für Sie, alle sehr dringend. Der Anrufer bestand darauf, am Apparat zu bleiben, bis Sie ankommen würden.«

Kaiser warf einen Blick über die Schulter. Feller stand drei Schritte hinter ihm und achtete auf jedes Wort, das gesprochen wurde.

»Eine Frau aus Ihrem Büro in Zürich«, sagte der Empfangschef. »Ein Fräulein Schön. Soll ich nachsehen, ob sie noch am Apparat ist?«

»Ja, bitte, sehen Sie nach.« Wie hatte sie ihn hier ausfindig gemacht? Außer Rita hatte er niemandem etwas von dieser Fahrt gesagt.

»Herr Kaiser, der Graf wartet«, sagte Feller.

»Dann gehen Sie und leisten Sie ihm Gesellschaft«, befahl er. »In zwei Minuten bin ich auch oben.«

Der Empfangschef kam an den Counter zurück. »Die Dame wartet noch immer. Ich werde den Anruf in eine unserer privaten Telefonzellen durchstellen. Direkt hinter Ihnen, Herr Kaiser. Kabine Nummer eins.«

Kaiser bedankte sich und ging rasch in die Kabine. Er schloß die Glastür und setzte sich auf den Stuhl. Das Telefon klingelte. »Kaiser.«

»Wolfgang, bist du es?« fragte Sylvia Schön.

»Was ist los? Was ist so wichtig, daß du den guten Namen der Bank aufs Spiel setzt, indem du dieses Hotel anrufst wie eine Wahnsinnige?«

»Hör zu«, befahl Sylvia. »Du mußt das Hotel sofort verlassen. Nicholas Neumann hat dir eine Falle gestellt. Ich habe schon die ganze Nacht versucht, dich zu erreichen.«

»Nicholas Neumann begleitet einen wichtigen Kunden«, sagte Kaiser streng.

»Nick glaubt, daß dein Freund, Herr Mevlevi, seinen Vater getötet hat. Er meint, daß du alles gewußt hättest. Er behauptet, er habe Beweise, aber genaueres hat er nicht gesagt. Jetzt hör auf mich und verlasse augenblicklich dieses Hotel. Sie wollen dich und Herrn Mevlevi verhaften. Komm nach Zürich zurück.«

Kaiser atmete tief ein, unfähig zu entscheiden, ob an ihrem Gerede etwas dran war oder nicht. »Ich habe einen Termin mit einem der wichtigsten Aktionäre der Bank. Seine Stimme könnte ausschlaggebend dafür sein, ob wir König auf Dauer daran hindern können, seine Pläne durchzuführen oder nicht. Ich kann jetzt nicht zurückkommen.«

»Hast du es denn noch nicht gehört? Die Adlerbank hat fünfhundert Franken pro Aktie für die Bank geboten. König hat es heute früh um neun im Radio verkündet. Ein Angebot für alle Aktien, die er noch nicht hat.«

»Nein, das habe ich nicht gehört«, konnte Kaiser nur noch flüstern. Reto Feller hatte darauf bestanden, auf der Stereoanlage seines neuen Wagens ein Brandenburgisches Konzert zu spielen. Er würde ihn dafür umbringen.

Sylvia sagte: »Morgen bei der Generalversammlung will König die Vertrauensfrage für die Generaldirektion stellen.«

Aber Kaiser hörte nicht mehr zu. Vor dem Hotel fand ein Auflauf statt. Er vernahm das Zuschlagen von Autotüren und militärische Kommandos. Mehrere Angestellte des Hotels eilten zur Drehtür am Eingang. »Sylvia, sei einen Augenblick lang still. Bleib am Apparat.«

Er öffnete die Glastür der Telefonzelle einen Spalt. Draußen näherte sich das Motorengeräusch eines schweren Fahrzeugs und verstummte dann. Befehle ertönten in aufgeregtem Italienisch. Die Schritte bestiefelter Füße waren zu hören. Ein Page hastete durch die Lobby und verschwand hinter dem Empfangscounter. Einen Augenblick später erschien dann der Manager des Hotels. Er rannte fast zur Drehtür und ging hinaus. Sekunden später kam er mit zwei Herren wieder herein, von denen Kaiser den einen als Sterling Thorne erkannte. Den anderen kannte er von unzähligen Fotos in den Tageszeitungen. Luca Merolli, der engagierte Generalstaatsanwalt des Tessin.

Mitten in der Lobby blieb Thorne stehen. »Wir werden ein Dutzend Männer in den vierten Stock schicken. Sie haben geladene Maschinenpistolen und die Genehmigung zu schießen. Ich möchte nicht, daß jemand im Weg herumsteht.« Merolli wiederholte Thornes Worte, die er mit seiner eigenen Autorität noch unterstrich.

Der Hotelmanager wippte aufgeregt auf den Zehenspitzen. »Ja, wir haben den Aufzug und ein Treppenhaus. Kommen Sie, ich zeige sie Ihnen.«

Thorne wandte sich an Merolli. »Lassen Sie Ihre Leute

sofort antreten. Kaiser ist in diesem Augenblick mit Mevlevi oben. Beeilen Sie sich. Ich will sie beide.«

»*Sì, sì*«, rief Merolli und stürzte aus der Lobby.

»Wolfgang?« hörte er eine Stimme wie aus weiter Ferne. »Bist du noch da? Hallo.«

Kaiser starrte stumm auf den Hörer in seiner Hand. Sylvia hat recht. Ich soll zusammen mit Ali Mevlevi verhaftet werden. Seltsamerweise machte er sich keine Sorgen um sich selbst, sondern nur um die Bank. Was soll aus den VSB werden? Wer wird meine geliebte Bank vor dem Schurken König bewahren?

»Wolfgang, bist du noch da?« fragte Rita Sutter. »Du mußt auf Frau Schöns Warnung hören. Du mußt sofort nach Hause kommen.«

Ritas ruhige Stimme ließ seinen Selbsterhaltungstrieb wieder erwachen. Er stellte fest, daß er sich voll im Blickfeld von Sterling Thorne befand. Ein Blick in seine Richtung, und Thorne mußte ihn entdecken. Kaiser zog seinen Fuß von der Schwelle und ließ die Tür vorsichtig zufallen. Er drehte sich auf dem Stuhl um, so daß er gegen die Innenwand schaute. »Rita, es sieht so aus, als hättet ihr recht. Ich werde versuchen, so schnell wie möglich zurückzukommen. Wenn jemand für mich anruft, sag einfach, daß ich nicht im Büro bin und daß man mich nicht erreichen kann.«

Er legte den Hörer auf die Gabel und verdeckte sein Gesicht, so gut er konnte, mit dem rechten Arm. Er wagte es nicht, in die Lobby zu schauen, und saß verkrümmt hinter der durchsichtigen Tür. Er stellte sich vor, wie Sterling Thorne ihn mit höhnischem Grinsen durch die Glasscheibe betrachtete und ihn gleich auffordern würde, sich zu ergeben. Aber keine Stimme mit amerikanischem Akzent war zu vernehmen. Er hörte nur, wie eine große Anzahl von Männern über den Marmorboden der Lobby lief. Thorne brüllte Befehle. Dann wurde es still.

Ali Mevlevi sah von seinem blutenden Bein auf und sagte: »Ich fürchte, ich muß sofort gehen.«

Wenker zeigte auf die Blutlache. »So wie Sie bluten, gehen Sie nirgends mehr hin. Setzen Sie sich und lassen Sie mich dafür sorgen, daß Sie medizinisch versorgt werden.«

Mevlevi humpelte durch das Zimmer. Er hatte schreckliche Schmerzen. »Nicht jetzt, Herr Wenker. Ich habe keine Zeit.« Das Bein war seine geringste Sorge. Alle seine Operationen in der Schweiz waren aufgeflogen. Seine Geschäftsbeziehungen mit Gino Makdisi. Die Tatsache, daß er Wolfgang Kaiser in der Hand hatte. Und, am schlimmsten, daß er den Versuch der Adlerbank, die VSB zu übernehmen, finanziert hatte. *Chamsin war in Gefahr.*

»Ich bitte Sie nicht«, sagte der sichtbar erregte Wenker. »Ich fordere Sie auf. Ich werde bei der Rezeption anrufen. Das Hotel ist sehr diskret.«

Mevlevi ignorierte ihn. Er blieb neben dem Couchtisch stehen und warf sein Handy in die Aktentasche.

»Nehmen Sie sich wenigstens die Zeit, dieses letzte Dokument noch zu unterschreiben.« Wenker wedelte mit dem Formular herum. Er wirkte nervös. Schweißtropfen standen ihm auf der Stirn.

»Ich glaube nicht, daß ich diesen Paß so schnell brauchen werde, wie ich angenommen hatte. Gehen Sie mir aus dem Weg.« Mevlevi ergriff seine Aktentasche und hinkte an Wenker vorbei zur Tür.

»Verdammt, Mevlevi«, brüllte Wenker auf englisch. »Ich habe gesagt, daß Sie diesen Raum nicht verlassen werden.« Der schlaksige Büromensch rannte in den Flur und hatte plötzlich eine Pistole in der Hand. »Was haben Sie mit Nicholas Neumann gemacht?«

Mevlevi starrte erst die Pistole an und dann den Mann. Er hatte recht gehabt mit seiner Vermutung, daß er die Stimme kannte. Es war die Stimme Peter Sprechers, Neumanns ehemaligem Vorgesetzten bei den VSB. Er glaubte nicht, daß ein Banker auf einen unbewaffneten Mann schießen würde. Er hingegen wäre vollkommen berechtigt, seine Pistole zu benutzen. Ein eindeutiger Fall von Notwehr. Aber bevor er seine Pistole noch ziehen konnte, griff der Banker ihn schon an. Sprecher schleuderte ihn gegen die Wand und fragte wieder, was er mit Neumann gemacht habe.

Mevlevi sackte unter dem Griff des größeren Mannes zusammen. »Ich habe es Ihnen doch gesagt, Herr Sprecher. Neumann ist krank geworden. Eine Erkältung.« Er rammte sein linkes Knie in Sprechers Leiste und schlug die Stirn auf seine Nase. Es war ein wirkungsvoller Trick.

Sprecher taumelte und stürzte gegen die Wand. Seine Pistole fiel zu Boden. Mevlevi stieß sie mit dem Fuß zur Seite und zog seine eigene 9-Millimeter-Beretta. Mit der linken Hand hob er seine Aktentasche auf, mit der Pistole in der rechten Hand zielte er auf Sprecher. Aber dieser hatte das anscheinend vorausgesehen. Die Hand, die er über seine gebrochene Nase gehalten hatte, fuhr hoch und hielt die Pistole fest. Mit der anderen Hand umklammerte er den Griff der Aktentasche.

Mevlevi drückte die Pistole gewaltsam nach unten, und als die Mündung Sprechers Schulter berührte, drückte er auf den Abzug. Der Schuß schleuderte Sprecher durch den engen Korridor, so daß er krachend mit dem Rücken gegen die Wand flog. In seinem Gesicht stand Erstaunen. Dennoch hielt er weiterhin mit einer Hand die Aktentasche fest. Mevlevi rammte ihm die Pistole in die Brust. In rascher Folge drückte er zweimal auf den Abzug. Beide Male war nur ein Klicken zu hören. Keine Munition mehr. Mevlevi drehte die Pistole in der Hand um, faßte sie am Lauf und schwang sie hoch über seinen Kopf.

Ein lautes Klopfen an der Tür ließ ihn mitten in der Bewegung erstarren.

»Ich brauche Hilfe, kommen Sie rein«, brüllte Sprecher.

Die Tür flog auf und Reto Feller stolperte ins Zimmer. Er überblickte die Szene und murmelte verwirrt. »Sprecher? Wo ist der Graf? Weiß der Generaldirektor, daß Sie hier sind?«

Mevlevi sah von einem zum anderen. Dann schlug er Feller den stählernen Griff der Pistole ins Gesicht. Feller stürzte zu Boden und fiel dabei auf Mevlevis verwundetes Bein. Mevlevi schrie auf und versuchte zurückzuspringen, aber Sprechers Hand umklammerte eisern den Griff der Aktentasche.

»Du Mistkerl«, murmelte Sprecher, der auf dem Boden zusammengesunken war und mit aller Kraft die Aktentasche festhielt. »Du bleibst hier.«

Ich muß hier weg, sagte sich Mevlevi. Ich muß machen, daß ich hier rauskomme. Nach Brissago.

Die Situation war bedrohlich. Ein Schuß war gefallen. Ein Mann hatte um Hilfe geschrien. Die Tür zum Flur stand offen. Er zog seinen Fuß unter Fellers leblosem Körper hervor und zerrte noch einmal an seinem Aktenkoffer, ehe er ihn aufgab. Dann steckte er seine Pistole ein und trat in den Flur hinaus. Er sah sich um. Der Aufzug war am anderen Ende des Flurs auf der linken Seite, das innere Treppenhaus ein paar Meter von ihm entfernt auf der rechten. Die Außentreppe befand sich am rechten Ende des Ganges. Mevlevi entschied sich für den sichersten Weg und eilte zur Außentreppe. Die Limousine konnte er vergessen. Sie war der Polizei bekannt. Er wollte den Haupteingang des Hotels umgehen und die kurze Strecke die Hauptstraße entlang zu den Restaurants laufen, die ihm bei seiner Ankunft aufgefallen waren. Von dort aus konnte er nach einem Taxi telefonieren. Wenn er weiterhin Glück hatte, konnte er in weniger als einer Stunde in Brissago sein. Und kurz darauf über die Grenze.

Kapitel 61

General Dimitrij Marchenko sah auf die Uhr, dann schlenderte er durch den Hangar. Es war 13.40 Uhr, beinahe zwölf Uhr in Zürich, wo Ali Mevlevi wohl gerade die Überweisung von achthundert Millionen Franken auf ein Regierungskonto in Alma Ata in Kasachstan organisierte. Er spürte einen Klumpen im Hals und wußte, daß seine Nerven auf das äußerste gespannt waren. Er sagte sich, daß er sich in Geduld üben müsse. Mevlevi pflegte mehr als genau zu sein. Vermutlich würde er um Punkt zwölf Uhr anrufen.

Marchenko ging zu den Wachsoldaten, die im Kreis um die Kopinskaya IV herumstanden. Er grüßte und besah sich die Bombe. Sie befand sich auf einem kleinen Holztisch, zwölf Schritte von dem Sukhoi-Kampfhubschrauber entfernt. Sie lag auf der Seite; der innere Deckel war aufgeschraubt. Es war Zeit, die Höhe zu programmieren, in der die Bombe detonieren sollte.

Der Pilot des Hubschraubers stand neben dem Tisch, ein gutaussehender Palästinenser. Marchenko hatte gehört, daß es heftigen Streit unter den Piloten gegeben hatte, wer von ihnen die Ehre haben sollte, »Little Joe« abzuwerfen, einen physischen Kampf um die Entscheidung, wer im Augenblick der Detonation freudig verglühen durfte. Der Pilot beschrieb Marchenko seinen Flugplan. Nach dem Start würde er den Hubschrauber so niedrig halten, wie die vorprogrammierte Detonationshöhe der Bombe es gestattete, um das israelische Radar zu unterfliegen. Er würde eine Geschwindigkeit von zweihundertsechzig Stundenkilometern wählen. Fünf Kilometer vor der israelischen Grenze würde der Hubschrauber auf dreihundertfünfzig Meter steigen. Der Pilot würde das israelische Kennungsgerät einschalten, und der Sukhoi würde für eine der zahlreichen Maschinen gehalten werden, die tagtäglich routinemäßig zwischen Jerusalem und den Grenzposten verkehrten. Sowie er sich in israelischem Luftraum befand, würde er einen südöstlichen Kurs einschlagen und die Siedlung Ariel im besetzten Gebiet westlich des Jordan ansteuern. Wenn er sich Ariel näherte, würde er auf siebzig Meter hinuntergehen. Er hatte sich den Stadtplan eingeprägt und Dutzende von Bildern der Stadt gesehen. Sobald er die Hauptsynagoge erkennen konnte, würde er auf Detonationshöhe hinuntergehen und die Bombe zur Explosion bringen.

Marchenko stellte sich vor, was die Kopinskaya IV in der kleinen Siedlung anrichten würde. Sofort bei der Explosion würde ein Krater von mehr als dreißig Metern Tiefe und hundert Metern Durchmesser entstehen. Alle Menschen – Männer, Frauen und Kinder – im Umkreis von hundert Metern würden augenblicklich verdampfen, wenn ein Feuerball, heißer als die Oberfläche der Sonne, ihre Körper verschlang. Weiter vom Zentrum der Detonation entfernt würden die Schockwellen fast alle Gebäude zum Einsturz bringen und die, die noch standen, in Brand setzen. In wenig mehr als vier Sekunden würde die Siedlung Ariel und alle Lebewesen, die sie bewohnten, aufhören zu existieren.

Marchenko hob die Atombombe auf und beugte sich über die LCD. Einen Augenblick lang zögerte er, denn es wurde ihm bewußt, daß er für den Tod von mehr als fünfzehntausend unschuldigen Menschen direkt verantwortlich sein würde. Aber dann lachte er über sein angeschlagenes Gewissen. Wer auf dieser Welt war schon unschuldig? Er programmierte die Bombe auf eine Detonationshöhe von acht Metern. Dann sah er wieder auf die Uhr. In Zürich war es jetzt zehn Minuten vor zwölf. Sein Magen war in Aufruhr vor Sorge. Was war mit Mevlevi?

Er beschloß, die Bombe am Hubschrauber zu befestigen. Wenn sein Geld erst einmal überwiesen war, wollte er keine Verzögerung mehr riskieren. Außerdem mußte er sich mit irgend etwas beschäftigen, um nicht verrückt zu werden. Sowie er eine Nachricht von Mevlevi erhielt, würde er die Bombe aktivieren, seine Männer zusammentrommeln und nach Syrien zurückfahren, wo ihr Flugzeug wartete, um sie nach Hause nach Alma Ata zu bringen.

Er befahl dem Chefmechaniker, die Bombe zum Sukhoi zu tragen und im rechten Bombenschacht zu befestigen. Marchenko selbst öffnete die Stahlklauen, die normalerweise eine Luft-Boden-Rakete hielten, und der Mechaniker paßte die Bombe ein. Nun mußte nur noch der richtige Code eingegeben werden, dann war die Bombe startklar.

Marchenko befahl dem Piloten, die Motoren warmlaufen zu lassen, dann begab er sich zu dem Betonbunker, in dem Mevlevis Kommunikationszentrum untergebracht war. Er stieg zwei Treppen hinunter, ging durch eine zehn Zentimeter dicke Stahltür und betrat den Funkraum. Er befahl dem diensthabenden Soldaten, ihn mit Ivlov zu verbinden, der zwei Kilometer von der israelischen Grenze entfernt in Bereitschaft lag. Eine rauhe Stimme meldete sich.

»Ivlov.«

»Wie steht es bei Ihnen?«

Ivlov lachte. »Ich stehe mit dreihundert Soldaten einen Steinwurf von der Grenze entfernt. Die Hälfte von ihnen hat mehr Plastiksprengstoff am Leib als Kleidung. Sie haben längst mit ihrem Leben abgeschlossen. Unsere Katyuscharaketen sind bereits auf ihr Ziel ausgerichtet. Bei Rodenko sieht es ebenso aus. Wir warten auf grünes Licht. Was zum Teufel geht bei Euch vor?«

»Warten Sie noch ein paar Minuten. Ich erwarte das Startzeichen jeden Moment.«

Marchenko unterbrach die Verbindung und ging zum

Hangar zurück. Der Pilot hatte seinen Helm aufgesetzt und war ins Cockpit seines Kampfhubschraubers geklettert. Eine Minute später heulten die Motoren auf. Die langen Rotorblätter begannen zu kreisen. Marchenko sah auf die Uhr. In Zürich war es jetzt fünf Minuten vor zwölf. Wo, zum Teufel, war Mevlevi? Und wo blieb sein Geld?

Kapitel 62

Nick fuhr den Gotthardpaß hinunter, dankbar für die milderen Klimabedingungen auf der Alpensüdseite. Noch vor zehn Minuten war er durch wirbelndes Schneetreiben gesteuert. Jetzt, als er das Berghotel von Airolo passierte, war der Himmel klar bis auf eine Dunstschicht, die teilweise den Ausblick auf das grüne Tal unter ihm verdeckte. Nach einer anfänglichen Serie von Haarnadelkurven war die Straße nun vierspurig und führte geradeaus den Berg hinunter. Er bediente den Gashebel ungeschickt mit dem linken Fuß und hatte das rechte Bein über die Mittelkonsole gelegt, fuhr aber trotzdem hundertfünfzig Kilometer pro Stunde. *Halt ihn auf, Peter. Laß ihn nicht aus dem Zimmer entwischen. Ich komme, so schnell ich kann.*

Das gleichmäßige Brummen des Motors wirkte fast hypnotisch auf ihn. Er gab sich dem Geräusch hin und ließ es den Schmerz in seinem verwundeten Bein übertönen, und, wenn er ehrlich war, auch den Schmerz in seinem verwundeten Herzen. Sylvia hatte für Kaiser spioniert. Auf seinen Wunsch hin hatte sie Nick die Monatsberichte seines Vaters gebracht. Auf seinen Befehl hatte sie Nicks innerste Gedanken zu ergründen versucht. Ihr Liebesversprechen war ein billiger Köder gewesen, mit dem sie ihn aus seiner Reserve herausgelockt hatte. Und ich habe dich geliebt, dachte er und wollte ihr gerade allein die Schuld zuschieben an der Frustration, dem Zorn, dem Bewußtsein der Ungerechtigkeit, die in seinem Inneren tobten. Aber dann fragte er sich, ob er sie wirklich geliebt hatte, ob er denn überhaupt die Zeit dazu gehabt hatte. Hatte er nicht immer den Verdacht gehegt, daß ihre Zuneigung nicht ehrlich sei? Er würde sich niemals darüber klarwerden. Seine Erinnerung an ihre gemeinsame Zeit würde für immer von ihrer Handlungsweise überschattet bleiben. Er fürchtete, daß Mißtrauen nun ein Charakterzug von ihm werden könnte, so wie sein Aussehen oder sein Geruch, ein siebter Sinn, der es ihm nie wieder gestatten würde, sich einem anderen Menschen ganz anzuvertrauen, ihn ehrlich zu lieben. Im Laufe der Zeit konnte dieses Mißtrauen vielleicht schwächer werden, aber ganz verschwinden würde es nie.

Aber dann rebellierte er gegen das Urteil, das er über sich selbst gesprochen hatte. Hab Vertrauen, sagte er sich. Hab Vertrauen zu dir selbst. Vertrau deinem Herzen. Nick mußte lächeln, als ihm die Worte des Grafen einfielen. Es ist das einzige, was uns heute noch bleibt. Vielleicht bestand ja doch noch Hoffnung.

Eine Stunde später hatte er das Stadtzentrum von Lugano passiert. Er fuhr den Ford mit halsbrecherischer Geschwindigkeit eine zweispurige Straße entlang, die dem reichgegliederten Ufer des Sees folgte. Ein Ortsschild zeigte die Stadt Morcote an. Rote Ziegeldächer flogen vorbei. Eine Tankstelle. Ein Café. Ein Taxi jagte in entgegengesetzter Richtung vorbei. Unter lautem Hupen fuhr es über die Mittellinie. Dann sah er das Hotel Olivella au Lac, und sein Herz setzte einen Schlag aus.

Ein halbes Dutzend Polizeiwagen war im Hof des Hotels zusammengedrängt. Daneben stand ein grauer Mannschaftstransporter mit offener Schiebetür. Sechs Polizisten in blauen Overalls saßen im Inneren. Ihr düsterer Gesichtsausdruck ließ auf den Ausgang der Operation schließen.

Nick lenkte den Ford Cortina an den Straßenrand und hinkte über die Straße zum Hotel. Ein uniformierter Sicherheitsbeamter versuchte, ihn daran zu hindern, das Hotel zu betreten.

»Ich bin Amerikaner«, sagte Nick. »Ich arbeite mit Mr. Thorne zusammen.« Er zog eine abgelaufene ID-Karte von der Marine aus seiner Brieftasche, aber der Wachmann nahm keine Notiz davon. Er starrte nur auf sein blutverschmiertes Hemd und seine zerrissenen Hosen.

»Drogenfahndung«, sagte Nick.

Der Sicherheitsbeamte nickte. »*Prego, Signor.* Vierter Stock. Zimmer 407.«

Im Flur war es ruhig. Ein einzelner Polizist stand vor den Aufzügen Wache. Ein anderer wartete vor einer offenen Tür am anderen Ende des Ganges. Selbst aus dieser Entfernung nahm Nick den Pulvergeruch wahr. Es war geschossen worden. Wer war tot? Wer war verwundet? Wer hatte das Scheitern seines schlecht ausgedachten Plans auszubaden?

Nick nannte seinen Namen und wartete, bis der Polizist über sein Walkie-talkie die Genehmigung eines unsichtbaren Vorgesetzten eingeholt hatte, und er durchgelassen wurde. Er hatte die Hälfte des Weges zurückgelegt, als Sterling Thorne auftauchte. Er trug eine adrette grüne Jacke, sein Gesicht war rußgeschwärzt. »Wen haben wir denn da? Den verlorenen Sohn persönlich. Es ist aber auch Zeit, daß Sie endlich aufkreuzen.«

»Tut mir leid«, sagte Nick trocken. »Der Verkehr.«

Thorne schnitt eine Grimasse. »Lieber Gott, Neumann. Was ist denn mit Ihnen passiert? Sie sehen aus, als seien Sie in einen Kampf verwickelt worden.« Er deutete auf das blutige Hemd. »Ich werde den Jungs sagen müssen, daß sie noch einen Krankenwagen bestellen sollen. Wie schlimm ist es?«

Nick hinkte weiter in Richtung auf das Zimmer. »Ich werd's überleben. Was ist hier passiert?«

»Ihr Freund hat einen Schuß in die Schulter abgekriegt. Es geht ihm ganz gut, aber er hat eine Menge Blut verloren.«

»Und Mevlevi?«

»Der ist weg.« Thorne zeigte auf den Notausgang am Ende des Flurs. »Wir haben Blutspuren von ihm auf der

Treppe gefunden. Die Polizei hat die Grenzen abgeriegelt, und sie suchen das Hotel und die umliegenden Ortschaften nach ihm ab.«

Nick war wütend. Wie hatte Thorne nur den verwundeten Mevlevi entkommen lassen können. Er hatte im voraus gewußt, daß sich der Pascha in diesem Hotel aufhalten würde. Warum hatte er seine Leute nicht schon vor Mevlevis Ankunft in Stellung gebracht? Aber er ahnte schon, was Thorne zu seiner Verteidigung vorbringen würde: Die Schweizer Polizei macht keinen Finger krumm, bevor nicht ein Beweis für ein in ihrem eigenen Land begangenes Verbrechen vorliegt. Wir mußten auf Jester warten.

»Haben Sie ihn verwundet?« fragte Thorne.

»Wir hatten eine kleine Meinungsverschiedenheit«, sagte Nick und schluckte seinen Ärger hinunter. »Er wollte mich umbringen. Er hatte eine Pistole und ich ein Messer. Es war ein fast fairer Kampf.«

»Wir hatten, ehrlich gesagt, schon alle geglaubt, daß Sie tot seien. Wir haben die Limousine gefunden, mit der Sie hätten ankommen sollen. Der Chauffeur lag im Kofferraum. Er hat einen Genickschuß, und ein Arm ist fast abgetrennt. Ich bin froh, daß Sie noch leben.« Thorne legte Nick eine Hand auf die Schulter. »Was Sie da für uns zusammengesammelt haben, ist eine Fundgrube von Finanzdelikten. Mevlevis Akte von den VSB, der Nachweis seiner Konten bei der Adlerbank, sogar Fotos mit seiner Unterschrift auf der Rückseite. Ganz zu schweigen von seinem falschen Paß. Nicht schlecht, Neumann. In weniger als achtundvierzig Stunden werden wir seine Konten eingefroren haben.«

Nick warf ihm einen wütenden Blick zu. In achtundvierzig Stunden würde Mevlevi auch den letzten Pfennig aus diesem Land transferiert haben. In achtundvierzig Stunden würde er gesund und munter in seinem Bergversteck im Libanon sitzen.

Thorne fing seinen Blick auf. »Ich weiß, daß wir ihn hätten erwischen müssen. Mehr will ich zu meiner Entschuldigung nicht sagen.«

»Was ist mit Jester?«

»Der ist am Leben. Die Schmuggelware ist bei der Verhaftungsaktion draufgegangen. Verbrannt. Trotzdem haben wir die Verbindung zu Mevlevi. Dank Ihrer Hilfe haben wir die Schweizer endlich dazu gebracht, mit uns zusammenzuarbeiten. Kaiser wird stürzen. Ihr Kollege, Herr Feller, sagt, daß er hier war, aber in der Lobby durch einen Anruf von einem Fräulein Schön aufgehalten wurde. Das muß eine Warnung gewesen sein, weil er nämlich nicht heraufgekommen ist. Wir können ihn nirgends finden. Die Schweizer stellen keinen Haftbefehl aus, bevor nicht offiziell Anklage gegen ihn erhoben wurde.«

»Ich dachte, Sie hätten gesagt, daß sie uns jetzt helfen?«

Thorne zuckte mit den Achseln. »Nur teilweise. Mevlevi ist eine Sache, Wolfgang Kaiser eine andere. Im Augenblick nehme ich, was ich kriegen kann.«

Nick ging auf die offene Tür zu. Er war unendlich traurig. Sein ganzer Plan war schiefgegangen. Die Polizei hatte weder Mevlevi noch Kaiser dingfest gemacht. »Ich möchte meinen Freund sehen.«

»Gehen Sie hin. Der Krankenwagen ist schon unterwegs, also beeilen Sie sich.«

Peter Sprecher lag auf dem Fußboden des großen Salons. Er war bei Bewußtsein. Jemand hatte ihm ein paar Badetücher unter die Schulter geschoben. Ein Polizeibeamter kauerte neben ihm und drückte die Wunde zu, um die Blutung zu lindern. Nick ließ sich vorsichtig mit ausgestrecktem Bein auf dem Boden nieder und übernahm die Aufgabe des Polizisten.

Sprecher lachte schwach. »Dich hat er also auch nicht erwischt?«

»Nein, wie du siehst, nicht. Wie geht es dir, mein Freund?«

»Vielleicht werde ich eine kleinere Jackengröße brauchen, aber ich werd's überleben. Ich habe ihn aufgehalten, so lange ich konnte. Ich mußte mir ein Dutzend Ausflüchte einfallen lassen. Es war nicht ganz leicht. Ich mußte auch die ganze Zeit daran denken, wie es dir wohl erging. Als er die Nachricht bekam, daß sein Transporter abgefangen worden war, wollte er weg.«

»Du warst großartig, Peter. Wirklich gut.«

Sprecher lächelte schlau. »Ich war sogar noch besser, alter Freund.« Ächzend richtete er sich auf und flüsterte: »Ich weiß, wo er hin ist. Ich wollte es Thorne nicht sagen. Ich habe ihm, ehrlich gesagt, noch nie über den Weg getraut. Wenn er fünf Minuten früher gekommen wäre, hätte er den Pascha geschnappt.«

Nick beugte sich noch weiter vor und hielt sein Ohr an Sprechers Lippen.

»Ich habe Mevlevis Telefongespräch mitgehört. Er wußte nicht, daß ich seine Sprache verstehe. Brissago. Am Hauptplatz in einer Stunde. Dort trifft er sich mit jemandem. Ein winziges Nest, gleich an der italienischen Grenze.«

»Jetzt ist es 11.30 Uhr. Wann ist er abgehauen?«

»Vor einer Viertelstunde. Du hast ihn haarscharf verpaßt.«

»Und Kaiser? Gar nicht erst erschienen?«

»Ich weiß nicht, wo der Generaldirektor war. Frag Feller. Sie haben ihn schon weggebracht. Mevlevi hat dem armen Kerl die Pistole ins Gesicht geschlagen. Er hat mehr geblutet als ich. Sag's ihm nicht, aber ich glaube, er hat mir das Leben gerettet. Jetzt mach, daß du hier rauskommst. Such Mevlevi und bestell ihm meine besten Grüße.«

Nick nahm die Hand seines Freundes und drückte sie fest. »Ich werde ihn finden, Peter.«

Sterling Thorne wartete an der Tür auf Nick.

»Neumann, bevor wir Sie mit Ihrem Freund ins Krankenhaus schicken, möchte ich Ihnen noch etwas zeigen, was wir in Mevlevis Aktentasche gefunden haben.«

»Was denn?« Nick wollte nicht ins Krankenhaus, jedenfalls noch nicht jetzt. Und jede Sekunde ließ die Entfernung zwischen ihm und dem Pascha größer werden.

Thorne reichte ihm einige Papiere, die an der linken,

oberen Ecke von einer goldenen Büroklammer zusammengehalten wurden. Die Überschrift bestand aus drei Wörtern, die in großen kyrillischen Buchstaben geschrieben waren. Die Papiere waren an Herrn Ali Mevlevi adressiert, als Adresse ein Postfach in Beirut angegeben. Unter Mevlevis Namen stand in englischer Sprache eine Liste teuflischer moderner Waffen: Flugzeuge, Hubschrauber, Panzer, Raketen. Mengen, Preise, Lieferfristen.

Trotz seiner Ungeduld konnte Nick nicht umhin, die Seiten mit größter Aufmerksamkeit zu lesen. »In dieser Liste ist auch eine taktische Atombombe enthalten. Wer, verdammt, verkauft denn so ein Zeug?«

»Unsere neuen russischen Verbündeten, wer sonst? Können Sie sich vorstellen, was Mevlevi damit anrichten kann?«

»Sagten Sie nicht, daß er eine Privatarmee hat?«

»Ich sagte Privatarmee und meinte eine Militia, wie es sie schon dutzendweise im Libanon gibt. Aber dies hier wäre genug Feuerkraft für die erste Marinedivision. Ich darf gar nicht daran denken, was Mevlevi mit der Atombombe anstellen könnte. Ich habe die Nachricht nach Langley weitergegeben. Ich nehme an, daß sie sich mit dem Mossad in Verbindung setzen.«

Nick sah die Blätter noch einmal durch. Vor seinem geistigen Auge fielen die letzten Teile des Puzzles auf ihren Platz, und das letzte Rätsel war gelöst. Warum hatte der Pascha die Übernahme der Vereinigten Schweizer Banken finanzieren wollen? Warum hatte er die Adlerbank mit Angestellten aus dem Nahen Osten bevölkert? Warum hatte er es so eilig gehabt, Gino Makdisis Vorauszahlung von vierzig Millionen Dollar zu bekommen? Warum war er nach Zürich gekommen? Nick seufzte. Weil ihm die Adlerbank nicht ausreichte. Weil der Pascha die VSB ebenfalls brauchte. Weil er die vereinigte Finanzkraft und die Sicherheiten beider Banken brauchte, um sich einen Osterkorb voll heißer Waffen nach dem neuesten Stand der Technik zu kaufen. Gott allein wußte, was er damit vorhatte.

Er gab Thorne die Papiere zurück. »Sprecher hat mir gesagt, daß er zu wissen glaubt, wo Mevlevi hin will.«

»Davon hat er mir nichts gesagt.«

Nick überlegte, ob er Thorne die Wahrheit sagen solle, aber dann entschied er sich dagegen. Wenn er Mevlevi verfolgen wollte, mußte er Thorne aus dem Weg schaffen. Thorne würde darauf bestehen, daß Nick sofort ins Krankenhaus käme. Oder er würde sagen, daß Nick ein Zivilist sei oder daß er es nicht zulassen könne, daß sein Leben in Gefahr gebracht würde. Ergebnis: Thorne wollte Mevlevi unbedingt für sich allein. Und genau das wollte auch Nick.

»Peter dachte, daß Sie für den Reinfall verantwortlich seien. Ich habe ihm gesagt, daß Sie nicht wissen konnten, daß Mevlevi es auf mich abgesehen hatte.«

»Verdammt, Neumann, was hat er gesagt, wo Mevlevi hin will?«

»Nach Porto Ceresio. Das ist östlich von hier an der italienischen Grenze. Ich komme mit Ihnen.«

Thorne griff bereits nach seinem Walkie-talkie. »Sie gehen nirgendwo hin mit Ihrem verletzten Bein. Sie bleiben an Ort und Stelle, bis der Krankenwagen eintrifft.«

»Ich habe Ihnen diese Information gegeben. Mevlevi hat versucht, mich zu töten. Jetzt ist die Sache persönlich. Ich habe einen Schuß auf ihn gut.«

»Eben deshalb bleiben Sie ja hier. Ich will Mevlevi lebend.« Thorne griff nach seinem Walkie-talkie: »Wir haben in Erfahrung gebracht, wo Mevlevi hin will. Ich bin in einer Minute unten. Geben Sie uns ein paar Polizeiwagen als Eskorte mit. Irgend so ein Nest namens Porto Ceresio. Rufen Sie die dortige Polizei an. Sie sollen schon mal Ausschau halten.«

Kapitel 63

Ali Mevlevi saß auf dem Rücksitz eines Taxis, das mit überhöhter Geschwindigkeit in Richtung Brissago fuhr. Er war wütend über den Verlust seiner Aktentasche. Sie enthielt alles: sein Notizbuch mit allen Bankinformationen – Kontonummern, Codewörtern, Telefonnummern, eine Liste der Waffen, die er bei Marchenko gekauft hatte, und, was am schlimmsten war, sein Handy. Er hatte sich immer in der Vorstellung gefallen, daß er auch in einer gefährlichen Situation ruhig bleiben würde, aber jetzt wußte er, daß dies nicht der Fall war. Er war ein Feigling. Warum sonst hatte er sich in einem befestigten Compound in einem gesetzlosen Land verkrochen? Warum sonst hatte er Neumann nicht verfolgt und sich vergewissert, daß er tot war? Warum sonst war er aus dem Hotel geflohen, ohne diesem Fanatiker Sprecher erst seine Aktentasche zu entreißen? Weil er Angst gehabt hatte, darum. Du bist ein Feigling, Ali. Es ließ sich nicht leugnen.

Er sah aus dem Fenster. Zu beiden Seiten erhoben sich die Vorberge des Tessin. Gelegentlich wurde auf der linken Seite der See sichtbar. Das blaue Wasser tröstete ihn. Am anderen Ufer lag Italien. Er verzog das Gesicht vor Schmerz. Sein linkes Bein fühlte sich an, als ob es in Flammen stünde. Er hob das Hosenbein an und betrachtete die Wunde. Sie war nicht einmal zehn Zentimeter lang, aber sie war tief, bis zum Knochen. Das Blut hatte nicht gerinnen können. Er war zuviel in Bewegung gewesen. Nun hatte die Wunde begonnen zu eitern. Das

Blut war schwarz geworden und lief an seinem Bein entlang.

Mevlevi dachte darüber nach, was er tun mußte, wenn er in Brissago ankam. Er wußte, daß er nicht viel Zeit hatte. Der Schwarm von Polizisten vor dem Hotel hatte ihm deutlich genug vor Augen geführt, daß die Schweizer Behörden nun eingegriffen hatten. In ein oder zwei Tagen würden seine Konten eingefroren sein. Jeden Augenblick konnte ein internationaler Haftbefehl erlassen werden. Kaiser saß vermutlich bereits im Gefängnis.

Ein seltsames Gefühl des Losgelöstseins überkam ihn. Er würde die Investitionen bei der Adlerbank verlieren, ebenso seine Aktien bei den VSB und die zwanzig Millionen, die er erst am Freitag dort eingezahlt hatte. Finanziell war er ruiniert. Soviel stand fest. Er hörte die Stimme seines Vaters, der ihm versicherte, daß ein religiöser Mensch niemals bankrott sein konnte; Allahs Liebe machte jeden reich. Und zum erstenmal in seinem Leben glaubte er daran. Es gab nur noch eines, was ihm geblieben war: die erfolgreiche Durchführung von Chamsin.

Er atmete tief durch und versuchte, sich zu beruhigen. Ott hatte versprochen, noch heute vor zwölf Uhr mittags einen Kredit von achthundert Millionen Franken auf sein Konto bei den VSB einzuzahlen. Wenn es ihm gelang, dieses Geld an Marchenko zu überweisen, bevor die Nachricht von seiner eigenen Flucht und Kaisers Verhaftung publik wurde, konnte er sich, bevor er diese Welt verließ, wenigstens ein bleibendes Denkmal setzen: die Zerstörung der Siedlung Ariel. Die Vernichtung von fünfzehntausend arroganten Juden.

Mevlevi sah auf die Uhr. Es war 11.40 Uhr. Er überlegte, welche Anrufe er würde tätigen müssen. Ohne sein Notizbuch war alles schwierig. Otts Nummer bei den VSB wußte er auswendig, ebenso die Nummer seines eigenen Kommunikationszentrums im Libanon. Alles, was er jetzt brauchte, war die nötige Zeit, um zwei Telefonate zu erledigen. Mevlevi sah aus dem Fenster. Trotz des Schmerzes im Bein lächelte er. *Chamsin wird leben.*

Nick jagte mit dem Ford die gewundene Straße entlang und fragte sich, wo, zum Teufel, dieses Brissago war. Auf der Karte, die er im Handschuhfach gefunden hatte, war die Entfernung mit vierzig Kilometern angegeben. Er fuhr jetzt schon seit über einer halben Stunde. Er müßte eigentlich schon längst da sein. Er nahm eine scharfe Kurve und hätte beinahe einen Wegweiser auf der rechten Seite übersehen: »Brissago«, darunter ein Pfeil, der nach links wies.

Nick bog bei der nächsten Abzweigung ab. Die Straße wurde schmal und führte steil bergab, bevor sie den Lago Maggiore erreichte. Er kurbelte das Fenster hinunter und ließ die frische Seebrise in den Wagen strömen. Die Luft war fast warm, der Tag friedlich. Passend, dachte er. Diese friedliche Stimmung paßte zu der Zielstrebigkeit, die ihn überkommen hatte, seit er das Hotel in Lugano verlassen hatte. Er konzentrierte sich ganz darauf, Mevlevi zu finden. Er gestattete sich keinerlei Gefühle für Sylvia oder für sich selbst. Er dachte nicht an seinen Vater. Er wurde nur von einer einzigen Emotion angetrieben, dem blanken Haß gegen Ali Mevlevi.

Die Straße entfernte sich vom Seeufer. Er fuhr durch eine Ulmenallee, an deren Ende die ersten Häuser von Brissago auftauchten. Nick verlangsamte die Fahrt und lenkte den Wagen die Hauptstraße entlang. Kleine Gebäude säumten die Straße, alle mit roten Ziegeldächern und weißgestrichenen Wänden. Die Straße war menschenleer. Er kam an einer Bäckerei, einem Kiosk, einer Bank vorbei. Alle hatten zu. Es fiel ihm ein, daß in einigen kleineren Orten die Läden montags bis ein Uhr geschlossen blieben. Gott sei Dank. Mit seinem blauen Anzug würde Mevlevi auffallen wie ein bunter Hund.

Brissago, hatte Sprecher gesagt. *Zwölf Uhr am Hauptplatz.*

Nick sah auf die Uhr. Es blieben ihm noch fünf Minuten. Er folgte der Hauptstraße um eine enge Rechtskurve. Auf der linken Seite öffnete sich der Hauptplatz: groß, mit einem bescheidenen Brunnen in der Mitte. Auf der gegenüberliegenden Seite des Platzes befand sich eine Kirche, daneben ein Café. Der See lag dahinter. Weiter vorne spielten ein paar alte Männer Boccia in einem kleinen ungepflasterten Hof. Er verlangsamte seine Fahrt und ließ seinen Blick über die Szenerie schweifen. Keine Spur von Mevlevi.

Nick fuhr auf einen gekiesten Parkplatz, fünfzig Meter weiter. Er stieg aus dem Auto und ging zum Platz zurück. Auf seinem Weg gab es keine Möglichkeit, sich zu verbergen, keine Gebäude, hinter denen er Deckung suchen könnte. Wenn Mevlevi ihn sehen sollte, wäre er ein leichtes Ziel. Seltsamerweise war ihm das im Augenblick jedoch ziemlich egal. Vielleicht war Mevlevi ja noch nicht einmal angekommen. Er hatte das Hotel zu Fuß verlassen, gerade zehn Minuten, bevor Nick eingetroffen war. Er hatte kein Auto in Bereitschaft gehabt. Das bedeutete, daß er entweder ein Auto stehlen oder ein Taxi auftreiben mußte.

Nick ging zum Brunnen und sah sich um. Aus keiner Richtung näherten sich irgendwelche Autos. Er überquerte den Platz zur Kirche und öffnete die schwere Holztür. Er trat ein und lehnte sich an die Wand. Nach ein paar Sekunden gewöhnten sich seine Augen an die Dunkelheit, und er warf einen Blick durch das Kirchenschiff, um festzustellen, ob Mevlevi irgendwo in den Bankreihen saß. Ein Priester kam aus der Sakristei und traf Vorbereitungen für den Mittagsgottesdienst.

Nick verließ die Kirche. Mit der Hand schirmte er die Augen gegen die Sonne ab und ging nach rechts auf den See zu. An der Ecke blieb er stehen. Etwa zehn Schritte von ihm entfernt, an die Kirchenmauer vor der Apsis geschmiegt, befand sich eine Telefonzelle. Darin stand ein Mann mit dem Rücken zu ihm. Mittelgroß, dunkles Haar, blauer Mantel. Nick ging auf die Telefonzelle zu. Der Mann drehte sich um, wandte ihm das Gesicht zu und riß die Augen weit auf.

Der Pascha.

Um zehn Minuten vor zwölf war Mevlevi am Hauptplatz von Brissago angekommen.

Er ging zum Brunnen und sah sich nach allen Richtungen um, in der Hoffnung, daß Khan sich zeigen würde. Dann fiel ihm ein, daß sein Helfer ja eine weitere Entfernung zurückzulegen hatte als er selbst. Er umrundete den Platz und stieß auf eine silberne Telefonzelle mit einem gelben, ans Fenster geklebten PTT-Schild neben der Kirche. Er stürzte hinein und rief bei den Vereinigten Schweizer Banken an. Es vergingen mehrere Minuten, bevor der stellvertretende Generaldirektor an den Apparat kam. Mevlevi preßte den Hörer ans Ohr und betete, daß die Nachricht von der Polizeiaktion in Lugano noch nicht bis nach Zürich vorgedrungen war.

»Ott. Guten Morgen.« Die Stimme klang so offiziell wie gewöhnlich. Allah sei Dank.

»Guten Morgen, Rudolf. Wie geht es Ihnen heute?« fragte er in möglichst unbefangenem Ton.

»Herr Mevlevi. Das ist aber eine Freude. Ich nehme an, daß Sie wegen Ihres Kredits anrufen. Wir haben die ganze Summe auf Ihr neues Konto eingezahlt.«

»Das ist eine wunderbare Nachricht«, sagt Mevlevi. Es war ihm klar, daß ein wenig Small talk unvermeidlich war. »Und Königs Ankündigung heute morgen? Wie haben Ihre Mitarbeiter das aufgenommen?«

Ott lachte. »Fürchterlich natürlich. Ich bin seit acht Uhr im Handelssaal. Alle rennen, um noch ein paar VSB-Aktien in die Finger zu kriegen.«

»Rudi, ich habe heute morgen ein kleines Problem. Meine Aktentasche ist mir gestohlen worden. Sie können sich vorstellen, was da alles darin ist. Meine sämtlichen Kontonummern, Telefonnummern, sogar mein Handy. Ich muß Sie um einen Gefallen bitten, Rudi. Ich möchte die ganze Summe sofort an einen Kollegen überweisen, habe aber seine Kontonummer nicht mehr. Wenn ich ihm nun meine Kontonummer und mein Codewort gebe, Sie wissen schon, ›Ciragan Palace‹, wie immer, könnte er Ihnen dann seine Bank und Kontonummer sagen?«

»Wie heißt er?«

»Marchenko. Dimitrij Marchenko. Ein russischer Kollege.«

»Wohin sollen wir das Geld für ihn überweisen?«

»An die Erste Kasachische Bank in Alma Ata. Ich glaube, Sie haben bereits Geschäftsbeziehungen mit dieser Bank. Er wird Ihnen alle Einzelheiten erklären.«

»Woran kann ich erkennen, daß es auch der richtige Mann ist?«

»Ich werde ihn jetzt sofort anrufen und ihm mein Codewort sagen. Fragen Sie ihn nach dem Namen von seinem Baby. Es heißt Little Joe. Und, Rudi, behandeln Sie die Überweisungen als sehr eilig.« Mevlevi wagte nicht, mehr zu sagen. Er hörte, wie Ott die Einzelheiten wiederholte und sich Notizen machte. In Gedanken war Ott mit dem Posten des Generaldirektors der neuen VSB-Adlerbank beschäftigt. Er würde es nicht darauf ankommen lassen, daß etwas so Unbedeutendes wie ein ungewöhnliches Überweisungsverfahren seine gerade erst in der Entwicklung begriffene Beziehung zu seinem neuen Boß trübte.

»Da sehe ich kein Problem ... Ali. Sorgen Sie dafür, daß Herr Marchenko mich in den nächsten Minuten anruft, dann werde ich die Angelegenheit persönlich in die Hand nehmen.«

Mevlevi dankte ihm und hängte ein. Dann warf er drei Fünffrankenstücke in den Apparat und wählte eine neunstellige Nummer. Sein Herz begann schneller zu schlagen. Er hörte, wie die Verbindung zustande kam und das Telefon zweimal klingelte. Eine Stimme meldete sich. Er befahl dem diensthabenden Soldaten, augenblicklich nach Marchenko zu suchen.

Marchenko kam ans Telefon. »*Da?* Mevlevi? Sind Sie es?«

»General Marchenko. Es tut mir leid, daß ich Sie habe warten lassen. Wir mußten unsere Pläne ein wenig ändern. Die ganze Summe befindet sich auf meinem Konto. Das Problem ist, daß ich Ihre Kontonummer bei der Ersten Kasachischen Bank verlegt habe. Ich habe das Problem gerade mit meiner Bank in Zürich besprochen. Sie möchten, daß Sie dort anrufen und ihnen Ihre Kontonummer durchgeben. Sie werden mit einem Herrn

Rudolf Ott, dem stellvertretenden Generaldirektor der Bank, sprechen. Er hat mich gebeten, Ihnen meine Kontonummer und mein Codewort mitzuteilen. Bitte nennen Sie ihm Ihren Namen und sagen Sie ihm, daß Ihr Baby Little Joe heißt. Danach wird er die Überweisung sofort durchführen.«

»Sind Sie sicher, daß das richtig ist?«

»Sie müssen mir vertrauen.«

»Also gut. Ich werde tun, was Sie sagen. Aber ich werde das Baby nicht programmieren, bevor das Geld nicht auf unserem Konto ist. Ist das klar?«

Mevlevi atmete leichter. Er hatte Chamsin auf den Weg gebracht. Ein Gefühl des Triumphes wärmte ihm die Brust. »Das ist klar. Haben Sie einen Bleistift zur Hand?«

»*Da.*«

Mevlevi sah auf den See hinaus. Was für ein wunderbarer Tag. Er lächelte, dann drehte er sich um und warf einen Blick auf den Platz. Nicholas Neumann stand drei Meter von ihm entfernt und starrte ihn an. Mevlevi wurde die Kehle eng, und die Nummer des Kontos, das er am Freitag beim International Fiduciary Trust erworben hatte, fiel ihm plötzlich nicht mehr ein. Aber im nächsten Augenblick wurde seine Stimme wieder fest.

»Meine Kontonummer ist vier, vier, sieben …«

Nick riß die Tür der Telefonzelle auf. Er packte Ali Mevlevi bei den Schultern und schleuderte ihn gegen die Wand aus Stahl und Glas. Dann trat er in die Telefonzelle und versetzte ihm einen einzigen fürchterlichen Schlag in den Bauch. Der Pascha kippte vornüber, der Telefonhörer fiel ihm aus der Hand.

»Neumann«, keuchte Mevlevi. »Geben Sie mir das Telefon. Dann gehe ich mit Ihnen, das verspreche ich.«

Neumann versetzte ihm einen Kinnhaken und fühlte, wie ihm dabei ein Knöchel brach. Der Pascha rutschte die Wand hinunter. Seine Hände versuchten, den Telefonhörer zu erhaschen. »Ich gebe auf, Nicholas. Aber bitte, ich muß mit diesem Mann sprechen. Hängen Sie nicht ein.«

Nick hob den Telefonhörer auf und hielt ihn sich ans Ohr. Eine aufgeregte Stimme sagte: »Wie ist die Kontonummer? Sie haben mir nur –«

Mevlevi kauerte in der Ecke. Nick sah ihn an: ein verängstigter alter Mann. Ein großer Teil seines Hasses war verraucht. Er brachte es nicht fertig, ihn zu töten. Er würde die Polizei anrufen, Sterling Thorne benachrichtigen.

»Bitte, Nicholas. Ich möchte mit dem Mann am Telefon sprechen.«

Bevor Nick noch antworten konnte, war Mevlevi wieder auf den Beinen und griff ihn an. Er sah gar nicht mehr so mitleiderregend aus. Er hatte ein kleines halbmondförmiges Messer in der Hand und stach damit bösartig nach Nicks Bauch. Nick sprang zurück, parierte den Angriff mit der linken Hand und drückte den Arm mit dem Messer an die Glaswand. Mit der rechten Hand schlang er Mevlevi das Telefonkabel um den Hals. Die Augen des Paschas traten hervor, als Nick das Kabel festzog. Dennoch ließ er das Messer nicht los. Sein Knie krachte in Nicks Leiste. Nick verbiß sich den Schmerz und zog mit einem heftigen Ruck am Kabel. Er spürte deutlich ein Knacken.

Mevlevi wurde schlaff. Sein Kehlkopf war zerdrückt, die Luftröhre blockiert. Er fiel auf die Knie und rang mit wild funkelnden Augen nach Luft. Das Opiumerntemesser fiel scheppernd zu Boden. Er versuchte mit beiden Händen, das Kabel um seinen Hals zu lockern, aber Nick ließ nicht locker. Die Zeit verging. Zehn Sekunden. Zwanzig Sekunden. Nick starrte auf den sterbenden Mann. Er fühlte nichts als die grimmige Entschlossenheit, seinem Leben ein Ende zu setzen. Plötzlich bäumte sich Mevlevi auf. Er bog den Rücken durch und schlug mit dem Kopf krachend gegen die Wand. Dann lag er still.

Nick wickelte das Kabel los und hob den Hörer ans Ohr. Dieselbe aufgeregte Stimme fragte: »Wie heißt die Kontonummer? Sie haben mir nur drei Ziffern gesagt.« Nick hängte ein. Über ihm schlug die Kirchturmuhr die Mittagsstunde.

Moammar Al Khan lenkte den gemieteten weißen Volvo langsam über den Hauptplatz der Stadt und suchte verzweifelt nach der Gestalt seines Herren. Der Platz war menschenleer. Die einzigen Leute, die er sah, waren ein paar alte Männer, die sich in der Nähe des Sees versammelt hatten. Er sah auf die Uhr. Es war genau zwölf. Er betete, daß Al-Mevlevi nach Brissago entkommen war. Es bereitete ihm Schmerz, seinen Herren in solchen Schwierigkeiten zu sehen, verraten von einem Menschen, der ihm so nahegestanden hatte. Khan beschloß, sich einen Parkplatz zu suchen. Er würde sich neben den Brunnen stellen, so daß Al-Mevlevi ihn nicht übersehen konnte, wenn er ankam. Er fuhr auf einen etwa fünfzig Meter vom Hauptplatz entfernten gekiesten Parkplatz zu. Auf der anderen Straßenseite humpelte ein Mann langsam in Richtung auf denselben Parkplatz. Es war Nicholas Neumann.

Neumann sollte doch tot sein. Wenn er hier war, bedeutete das, daß er von Al-Mevlevis Plan erfahren hatte, über die Grenze zu fliehen. Aber warum war er allein gekommen? Das Genick des Arabers versteifte sich. Natürlich um Al-Mevlevi zu töten. Khan fuhr den Wagen auf den Parkplatz. Das einzige andere Fahrzeug war ein roter Ford Cortina. Er vermutete, daß er dem Amerikaner gehörte. Er stellte den Volvo am anderen Ende des Parkplatzes ab und beobachtete im Rückspiegel, wie Neumann näher kam, die Tür des roten Autos öffnete und sich hineinsetzte.

Khan stieg aus. Langsam und vorsichtig, um Neumann nicht vorzeitig auf seine Anwesenheit aufmerksam zu machen, überquerte er die Kiesfläche. Hinter ihm fuhr ein schwarzer Mercedes auf den Parkplatz und hielt neben dem Volvo an. Khans Aufmerksamkeit blieb auf den Ford gerichtet. Wenn es Zeugen gab, war das eben Pech. Er würde sie ebenfalls töten. Er knöpfte seine Lederjacke auf und griff nach seiner Pistole.

Neumann ließ den Automotor an. Der Wagen erzitterte, und eine Abgaswolke kam aus dem Auspuff. Khan zog seine Pistole und drückte den Lauf gegen das Autofenster. Neumann sah in die Mündung. Seine Augen öffneten sich weit, aber er bewegte sich nicht. Er nahm die Hände vom Steuerrad. Khan ließ ihm noch eine letzte Schrecksekunde, dann verstärkte er den Druck auf den Abzug. Er fühlte die Kugel nicht, die ein Loch in sein Gehirn schlug und die ganze linke Seite seines Schädels wegrasierte. Er sah noch einen leuchtendhellen Blitz, dann versank die Welt für ihn in Dunkelheit. Die Pistole glitt ihm aus der Hand und fiel zu Boden. Er taumelte gegen den Wagen, dann stürzte er auf den Kies.

Nick bewegte sich nicht. Er hörte den Knall einer großkalibrigen Pistole und sah, wie der Körper des Mannes, der ihn bedrohte, gegen das Fenster prallte und dann zu Boden fiel. Drei Meter hinter ihm stand Sterling Thorne mit gezückter Waffe.

Thorne ging auf den Wagen zu und steckte im Gehen seine Pistole ein. Nick saß immer noch still da. Er starrte geradeaus. Und er dachte sich, daß der See sehr schön sei. Er war am Leben.

Thorne klopfte an die Fensterscheibe und öffnete die Autotür. Er grinste. »Neumann, Sie sind ein verdammt schlechter Lügner.«

Kapitel 64

Nick kam um 10.45 Uhr beim Kongreßhaus an, fünfzehn Minuten vor Beginn der Generalversammlung. Der Zuhörerraum, der mehreren Tausend Menschen Platz bot, füllte sich rasch. Reporter aller bedeutenderen Finanzpublikationen eilten die Gänge auf und ab und interviewten Aktienhändler ebenso wie Spekulanten und Aktionäre. Angesichts der Gerüchte, daß Wolfgang Kaiser enge Beziehungen zu einem polizeibekannten Drogenbaron aus dem Nahen Osten unterhalten habe, war jedermann darauf gespannt, wer nun die Leitung der Vereinigten Schweizer Banken übernehmen würde. Aber Nick machte sich keine Illusionen. Nach einer Flut von Entschuldigungen und dem Versprechen, schärfere Kontrollen einzuführen, würde alles nach dem alten Schema weitergehen. Die Tatsache, daß Ali Mevlevi tot und der Zustrom von Heroin nach Europa wenigstens für eine Weile verlangsamt war, tröstete ihn nur wenig. Thorne hatte seinen Sieg, aber der seine war getrübt. Zweiundzwanzig Stunden nach seiner Flucht aus dem Hotel Olivella au Lac war Wolfgang Kaiser immer noch nicht verhaftet worden.

Nick ging zur Vorderseite des Zuhörerraums und betrachtete das Meer von Gesichtern. Niemand schenkte ihm besondere Beachtung. Seine Rolle bei der ganzen Angelegenheit war nicht bekanntgeworden – jedenfalls noch nicht. Ärgerlich und frustriert überlegte er, ob Ott, Maeder und die anderen die Versammlung abhalten würden, als sei gestern nichts Ungewöhnliches geschehen. Dennoch hegte er eine geringe Hoffnung, daß Kaiser auftauchen könnte. Sein Selbsterhaltungstrieb würde es eigentlich erfordern, daß er der Generalversammlung fernblieb, aber Nick glaubte nicht, daß auf Kaisers privatem Radarschirm tatsächlich die Erkenntnis aufgetaucht war, daß man ihn überführt hatte. Daß der Generaldirektor der Vereinigten Schweizer Banken gezwungen sein könnte, aus der Schweiz zu fliehen? Niemals. Vermutlich glaubte er auch jetzt noch, daß er nichts Böses getan habe.

Nick entdeckte Sterling Thorne, der in der Nähe des Notausgangs auf der linken Seite der Bühne herumlungerte. Thorne fing Nicks Blick auf und nickte. Am Morgen hatte er ihm die neueste Ausgabe des Herald Tribune in die Hand gedrückt. Ein kleiner Artikel war angestrichen. »Israelische Kampfflugzeuge zerstören Guerrillastützpunkt.« Es hieß, daß eine aufrührerische Gruppe libanesischer Hisbollahkämpfer gefangengenommen worden sei, als sie sich nahe der israelischen Grenze versammelte. Die Anzahl der Gefallenen sei nicht bekannt. Im letzten Abschnitt wurde berichtet, daß ihr Lager in den Hügeln oberhalb von Beirut ebenfalls bombardiert und zerstört worden sei. »Soviel zu Mevlevis Privatarmee«, hatte Thorne grinsend gesagt. Aber als Nick ihn nach der taktischen Atombombe fragte, war sein Lächeln erstorben, und er hatte nur mit den Achseln gezuckt, als wolle er sagen: »Das werden wir nie erfahren.«

Direkt vor Nick war ein gelbes Seil vor die zehn Stühle in der ersten Reihe gespannt. Auf jedem Stuhl lag ein weißer Zettel mit dem Namen der Person, für die er reserviert war, Sepp Zwicki, Rita Sutter und die ganze Belegschaft des vierten Stocks. Als er nach rechts sah, entdeckte er Sylvia Schön, die langsam den Gang entlangkam. Sie zählte Köpfe, um festzustellen, wie viele von ihren Schutzbefohlenen an der Versammlung teilnahmen. Selbst jetzt noch befolgte sie die Befehle des Generaldirektors.

Er ging auf sie zu, und seine Wut wurde mit jedem Schritt größer. Ein Teil seines Zorns richtete sich gegen sich selbst, weil er geglaubt, vertraut und vielleicht sogar geliebt hatte, als er es wirklich besser hätte wissen müssen. Aber der Löwenanteil seines Zorns hatte Sylvia zum Ziel. Für ihren eigenen Vorteil hatte sie sein Leben aufs Spiel gesetzt, und das konnte er ihr niemals verzeihen.

»Ich bin überrascht, dich hier zu sehen«, sagte er. »Solltest du nicht lieber dem Generaldirektor helfen, den nächsten Flug nach den Bahamas zu erreichen? Eigentlich dachte ich, daß du vielleicht selbst schon dort wärest.«

Sylvia versuchte es mit einem traurigen Lächeln. »Nick, es tut mir so leid. Ich hatte ja keine Ahnung, daß ...«

»Was ist denn los?« unterbrach er sie. »Ist es dir klar geworden, daß es wesentlich leichter ist, jemanden aus einem Hotel herauszuholen, als ihn aus dem Land zu schaffen – besonders, wenn die ganze Welt hinter ihm her ist? Oder planst du, dich ihm anzuschließen, wenn sich der Sturm erst ein bißchen gelegt hat?«

Sylvias Gesicht wurde hart. In diesem Augenblick erstarben alle Gefühle, die sie füreinander gehabt hatten, endgültig. »Zur Hölle mit dir«, fauchte sie. »Wenn ich dem Generaldirektor geholfen habe, bedeutet das noch lange nicht, daß ich mit ihm davonlaufe. Da verdächtigst du die falsche Frau.«

Nick fand einen freien Sitzplatz in der dritten Reihe vor der Bühne und legte seinen Stock auf den Boden. Ungeschickt setzte er sich hin und stellte sein Bein zurecht. Die Ärzte hatten die Wunde an seinem Oberschenkel gereinigt und genäht. In der nächsten Zeit würde er nicht gerade Samba tanzen, aber zumindest gehen konnte er.

Das Licht erlosch, Rudolf Ott ging zum Podium. Ein Zwischenrufer aus einer der hinteren Reihen brüllte: »Wo ist der Generaldirektor?« Andere stimmten ein. Nick sah sich nach den Leuten um, dann wandte er sich wieder der Bühne zu. In den beiden Reihen vor ihm waren alle Sitze bis auf einen besetzt. Nur Rita Sutter war nicht erschienen.

Ott legte einen Stapel Papiere auf das Rednerpult, stellte die Höhe des Mikrofons ein und räusperte sich lautstark. Die Zuhörer verstummten, und bald herrschte eine unbehagliche Stille im Raum.

Während Nick darauf wartete, daß Ott zu sprechen begann, mußte er immer wieder an Sylvias Worte denken. »Du verdächtigst die falsche Frau.« Wo war Rita Sutter? Warum nahm sie an der wichtigsten Generalversammlung in der Geschichte der Bank nicht teil? Ihm fiel das Foto von der Abschiedsparty seines Vaters im Jahr 1967 ein, auf dem Kaiser Rita Sutters Hand küßte. War das mehr gewesen, als nur eine Pose für die Kamera? Er hatte sich oft darüber gewundert, warum Rita Sutter sich mit dem Posten als Kaisers Sekretärin zufriedengab, obwohl sie doch nachweislich für soviel mehr befähigt war.

»Meine sehr verehrten Damen und Herren«, begann Ott. »Unter normalen Umständen würde ich die Versammlung mit einem kurzen Willkommensgruß eröffnen und dann den Bericht über die Aktivitäten der Bank im letzten Jahr folgen lassen. Die Ereignisse der letzten Tage machen jedoch ein Abweichen vom traditionellen Schema erforderlich. Ich habe ganz besondere Neuigkeiten, die ich, ehrlich gesagt, nicht länger für mich behalten kann. Entsprechend den Anordnungen von Klaus König hat die Adlerbank nicht mehr den Wunsch, eigene Kandidaten für die Wahl in den Aufsichtsrat der Vereinigten Schweizer Banken vorzuschlagen. Ich habe deshalb die Freude, alle bisherigen Aufsichtsratsmitglieder für die Dauer eines weiteren Jahres zu nominieren.«

Die versammelten Angestellten der VSB brachen in ein Freudengeschrei aus. Eine ganze Horde von Reportern rannte aus dem Raum. Ein Gewitter von Blitzlichtern flammte auf.

Es wurde keine Erklärung abgegeben, aber Nick glaubte, den Grund zu kennen. Sämtliche VSB-Aktien, die Ciragan Trading gehörten, waren von der Schweizer Generalstaatsanwaltschaft auf unbestimmte Zeit eingefroren worden. Die Adlerbank würde ihre Vollmacht über diese Aktien so lange nicht ausüben dürfen, bis nicht der Besitz rechtlich geklärt war – was bedeutete, daß mehrere Jahre lang kein Wahlrecht für diese Aktien möglich war. Wenn nachgewiesen wurde, daß die Aktien dem nun verstorbenen Ali Mevlevi gehört hatten, einem Heroinschmuggler und Mörder, würde die Adlerbank Klage beim Bundesgerichtshof einreichen und Anspruch auf das Vermögen ihres Kunden erheben. Das gleiche würde das Drogenfahndungsbüro der Vereinigten Staaten tun, und jede Behörde, die auch nur das geringste mit der Strafverfolgung Mevlevis zu tun gehabt hatte, ebenfalls. In den nächsten zehn Jahren war keine Entscheidung bezüglich der endgültigen Besitzverhältnisse an den Aktien zu erwarten. Bis dahin konnten die Vereinigten Schweizer Banken beruhigt sein.

Nick blieb ruhig sitzen, während alle anderen um ihn herum aufsprangen und jubelten. Er sagte sich, daß er eigentlich auch glücklich sein müßte. Die VSB waren sowohl Kaiser als auch Mevlevi los. Die Bank würde so frei sein wie in den letzten hundertfünfundzwanzig Jahren. Vielleicht war die Erhaltung ihrer Unabhängigkeit ja sein einziger Sieg.

Vor ihm schüttelte Martin Maeder Sepp Zwickis Hände. Ott ging auf dem Podium hin und her und klopfte seinen Kollegen im Generaldirektorium auf den Rücken. Der König ist tot, dachte sich Nick, als er die dickliche Gestalt beobachtete. Lang lebe der König.

Er senkte den Blick und starrte auf Rita Sutters leeren Platz. Praktisch war die ganze Bank hier, nur sie nicht. »Du hast die falsche Frau im Verdacht.« Und dann wußte er was los war.

Nick sprang abrupt auf und drängte sich durch die Sitzreihen zum Gang. Er mußte zur Bank. Dort war Wolfgang Kaiser. Während er sich seinen Weg durch die jubelnde Menge bahnte, machte er sich über seinen Verdacht Gedanken. Kaiser hatte niemals damit gerechnet, daß er einmal vor der Polizei auf der Flucht sein könnte. Vor die Wahl zwischen einem Gefängnisaufenthalt von ungewisser Länge und der Flucht in ein Land mit laxen Auslieferungsgesetzen gestellt, würde er letzteres wählen. Nick war ein Narr gewesen, daß er erwartet hatte, Kaiser könnte bei der Generalversammlung auftauchen. Aber er war sich ganz sicher, daß Kaiser nicht aus der Schweiz fliehen würde, bevor er nicht wußte, daß König die Schlacht um seine Sitze im Aufsichtsrat der VSB verloren hatte. Dafür war Kaiser zu stolz. Außerdem würde er vor seiner Flucht einige Dinge aus seinem Büro holen müssen – Bargeld, Paß, wer weiß, was sonst noch alles. Und jetzt war der einzige Zeitpunkt, zu dem das möglich war. Die Bank war fast vollständig verlassen. Nur ein Minimum von Angestellten tat Dienst. Und ein sehr effektiver Helfer.

Nick erreichte das Ende der Sitzreihe und begann, den Gang hinaufzugehen. Der Schmerz in seinem Bein machte ein langsameres Tempo erforderlich. Er achtete nicht darauf, beschleunigte seine Schritte sogar noch und gelangte durch eine Schwingtür ins Foyer. Der lange, niedrige Raum war zum Bersten voll mit Leuten, die im Zuhörerraum keinen Platz mehr gefunden hatten. Überall waren Reporter damit beschäftigt, über ihre Handys eilig Bericht zu erstatten. Nick drängte sich zwischen ihnen hindurch. Nach einer Minute war er draußen. Er eilte die breiten Granitstufen hinunter. Am Straßenrand hatte sich eine lange Reihe von Taxis angesammelt. Er sprang gleich in das erste. »Fahren Sie mich zu den Vereinigten Schweizer Banken.«

Drei Minuten später hielt der Wagen vor dem beeindruckenden grauen Gebäude. Nick bezahlte den Fahrer und stieg aus. Er hastete die Treppe hinauf und bemerkte eine Gruppe uniformierter Polizisten, die in der Nähe des Eingangs auf dem Bürgersteig herumstanden.

Hugo Brunner stand in der Lobby hinter seinem Pult. Als er Nick sah, kam er auf ihn zu und schüttelte den Kopf. »Es tut mir leid, Herr Neumann. Ich habe den strikten Befehl, Sie nicht in die Bank hineinzulassen.«

»Von wem, Hugo? Vom Generaldirektor? Ist er hier?«

»Das geht Sie nichts an.«

Nick versetze Brunner einen Schlag in den Bauch. Der Portier schnappte nach Luft, und als er vornüberkippte, verpaßte ihm Nick einen Kinnhaken. Brunner brach auf dem Marmorboden zusammen. Nick beugte sich vor und schleifte ihn hinter sein Pult. In Gedanken bat er den alten Mann um Verzeihung.

Die Kaiserpfalz lag verlassen da. In den Büros auf beiden Seiten des Korridors brannte Licht, doch waren alle leer. Nick humpelte zum Vorzimmer des Generaldirektors. Die Doppeltür zu Kaisers Büro war geschlossen. Nick griff nach dem Türknopf und drehte ihn langsam um: verriegelt. Er trat einen Schritt zurück und warf sich gegen die Tür. Krachend flog sie nach innen auf. Nick stolperte in den Raum und fiel auf ein Knie.

Wolfgang Kaiser stand wenige Meter von ihm entfernt und schaute erstaunt auf. Sein Gesicht war grau und abgespannt. Dicke Tränensäcke hingen unter seinen Augen. Er hatte die Leinwand des Renoir-Gemäldes aus dem Goldrahmen genommen und war gerade dabei, sie fest zusammenzurollen. Neben ihm auf der Couch lag eine Pappröhre.

»Das ist das einzige, was ich tun kann«, sagte er. »Ich habe mir kein Bargeld auf die Seite gelegt, und ich vermute, daß meine Konten bereits gesperrt sind.« Er hielt die zusammengerollte Leinwand hoch. »Für den Fall, daß Sie sich fragen sollten, wem das Bild gehört: Es ist mein Eigentum, nicht das der Bank.«

Nick fand seinen Stock und rappelte sich wieder auf die Füße. »Natürlich. Ich weiß, daß es Ihnen nicht im Traum einfallen würde, die Bank zu bestehlen.«

Kaiser schob die Leinwand in die Pappröhre und verschloß sie mit einem Plastikdeckel. »Ich nehme an, daß ich mich bei Ihnen dafür bedanken sollte, daß Sie Mevlevi getötet haben.«

Nick war von Kaisers kollegialem Ton überrumpelt. Er mußte sich erst energisch ins Gedächtnis rufen, daß derselbe Mann ihm gestern noch den Tod gewünscht hatte.

»Wo ist Rita Sutter? Bei der Generalversammlung habe ich sie nicht gesehen.«

Kaiser lachte. »Deshalb haben Sie also angenommen, daß ich hier sein würde? Sehr scharfsinnig. Sie wartet unten auf mich. Wir sind durch das hintere Tor hereingekommen. Sie hatte mich im Kofferraum ihres Autos verstaut.« Kaiser legte die Papprröhre hinter sich auf die Couch.

»Sie können sich nicht vorstellen, wie sehr ich mich über Ihren Entschluß gefreut habe, zu unserer Bank zu kommen. Es war natürlich dumm von mir zu glauben, daß Sie nichts anderes wollten, als bei uns Karriere zu machen. Ich habe mir sogar eingebildet, daß Sie eines Tages an meine Stelle treten könnten. Nennen Sie's die Phantasien eines alten Mannes.«

»Ich bin hierher gekommen, um herauszufinden, warum mein Vater ermordet wurde. Er hatte es nicht verdient, dafür zu sterben, daß Sie dieser Bank Ihren Stempel aufdrücken konnten.«

»Oh, es ist aber umgekehrt, Nicholas. Ich habe die Bank gebraucht, um meinem Leben einen Sinn zu geben. Ich habe sie immer für etwas Größeres gehalten als nur meinen eigenen Ehrgeiz, oder zumindest für etwas, das meine Anstrengungen wert war. Ihr Vater wollte sie nach seinen eigenen Vorstellungen formen.«

»Nach den Vorstellungen eines ehrenhaften Mannes?«

Kaiser lachte wehmütig. »Wir waren beide ehrenhafte Männer. Wir lebten nur in einer ehrlosen Zeit. Es muß für Sie doch unübersehbar sein, was ich für die Bank getan habe. Wir haben inzwischen dreitausend Angestellte. Denken Sie an ihre Familien, an die Gesellschaft, sogar an das Land. Weiß Gott, was geschehen wäre, wenn Alex an die Macht gekommen wäre.«

»Dann wäre er jetzt wenigstens noch am Leben, ebenso wie Cerruti und Becker.«

Kaiser seufzte. »Vielleicht. Ich habe nur getan, was ich tun mußte. Sie haben ja keine Ahnung, was für einen Druck Mevlevi auf mich ausgeübt hat.«

»Sie hätten gegen ihn ankämpfen müssen.«

»Unmöglich.«

»Nur weil Sie schwach sind. Warum haben Sie meinem Vater nicht gesagt, daß Mevlevi ihn umbringen wollte?«

»Das habe ich getan. Ich habe ihn immer wieder gewarnt. Aber ich hatte keine Ahnung, daß die Dinge so schnell außer Kontrolle geraten würden.«

»Sie wußten das sehr genau. Sie haben die Augen vor den Tatsachen verschlossen, weil es außer meinem Vater niemanden gab, der Ihnen den Posten des Generaldirektors der Bank hätte streitig machen können.« Nick starrte Kaiser an. Sein Zorn wallte auf. Die Taten dieses Mannes waren für so vieles in seinem Leben verantwortlich. Für den Tod seines Vaters, seine eigene unstete Kindheit, seinen Kampf, sich aus dem sinkenden Schiff zu retten, und als es ihm endlich gelungen war, für seinen Entschluß, alles hinzuwerfen und in die Schweiz zu kommen. Vermutlich konnte er jeden Schritt, den er in seinem Leben getan hatte, auf diesen Mann zurückführen. »Warum?« rief er. »Ich will einen triftigeren Grund hören, als nur Ihre verdammte Karriere.«

Ein Ausdruck von Trauer stand in Kaisers Gesicht.

»Verstehen Sie das denn nicht, Nicholas? Es gab keine andere Möglichkeit. Wenn wir erst einmal unseren Weg gewählt haben, sind wir gebunden. Sie, ich, Ihr Vater. Wir sind alle gleich. Wir sind uns selbst treu, Opfer unseres eigenen Charakters.«

»Nein«, sagte Nick. »Wir sind nicht gleich. Wir sind verschieden. Sehr, sehr verschieden sogar. Sie haben sich eingeredet, daß Ihre Karriere es wert sei, Ihre Moral zu opfern. Wenn Sie mir zehn Millionen Dollar und den Posten des Generaldirektors der Bank anbieten würden, würde ich es dennoch nicht zulassen, daß Sie dieses Gebäude verlassen.«

Kaiser sprang auf. Wut verdunkelte sein Gesicht. Er lief ein paar Schritte, dann hielt er inne. Seine Schultern sackten herab. Er ging zu seinem Schreibtisch und setzte sich. »Ich habe mir schon gedacht, daß das der Grund Ihres Kommens war«, sagte er niedergeschlagen.

»Sie hatten recht.«

Kaiser zog eine Schublade auf der rechten Seite des Schreibtisches auf und nahm einen Revolver heraus. Mit dem Daumen spannte er den Hahn. »Keine Sorge, Nicholas. Ich werde Ihnen nichts tun, obwohl ich allen Grund dazu hätte. Schließlich sind Sie es, dem ich all dies zu verdanken habe. Seltsamerweise bin nicht einmal mehr zornig auf Sie. Sie sind ein guter Mensch – das, was wir alle einmal werden wollten.«

Nick ging langsam auf den Schreibtisch zu. »Ich werde nicht zulassen, daß Sie das tun«, sagte er. »Bitte legen Sie den Revolver aus der Hand. Das ist ein feiger Ausweg.«

»Wirklich? Ich dachte, es sei der Ausweg des Kriegers.«

»Nein«, sagte Nick. »Wenn er besiegt ist, überläßt sich ein Krieger dem Urteil des Feindes.«

Kaiser hob den Revolver an seinen Kopf. »Aber Nick, Sie wissen doch, daß ich selbst der Feind bin.«

In diesem Augenblick ertönte ein Aufschrei von der Tür. Später wurde Nick klar, daß es Hugo Brunner war, der Kaiser zurief, er solle nicht schießen. In diesem Moment jedoch nahm er nur ein fernes Geräusch wahr, das ihn nicht ablenken konnte. Nick warf sich nach vorne und fegte mit seinem Stock über den Schreibtisch, in der Hoffnung, Kaisers Hand wegzuschlagen. Der Stock zerschmetterte eine Lampe und prallte vom Computermonitor ab. Ein Schuß krachte, Kaiser brach in seinem Stuhl zusammen und stürzte zu Boden. Nick taumelte gegen den Schreibtisch und fiel ebenfalls zu Boden.

Wolfgang Kaiser lag regungslos wenige Meter von ihm entfernt. Große Mengen Blut strömten aus einer Kopfwunde. Innerhalb von Sekunden war sein Gesicht dunkelrot gefärbt.

Nick starrte die Gestalt am Boden an und fluchte, daß Kaiser so leicht davongekommen war.

Kaiser hustete. Seine Augen funkelten wild, und er schnappte mehrfach nach Luft, als ihm klar wurde, daß er noch lebte. Er faßte sich mit der Hand an den Kopf, und als er sie wieder wegzog, sah Nick, daß die Kugel nur eine sechs Zentimeter breite Rinne über seine Schläfe und durch seine Haare gerissen hatte. Die Wunde war nur ein Streifschuß. Nick stolperte über den Teppich und riß Kaiser den Revolver aus der Hand. Er hatte nicht die Absicht, dem Generaldirektor eine zweite Chance zu lassen.

»Halt«, brüllte Hugo Brunner und trat auf Nicks Handgelenk. Er ließ sich auf ein Knie nieder und hob den Revolver auf. Dann sagte er mit freundlicher Stimme: »Danke, Herr Neumann.«

Nick sah in die grauen Augen des alten Mannes und das Herz sank ihm. Er war sich sicher, daß Brunner dem Generaldirektor bei seiner Flucht behilflich sein würde. Aber diesmal irrte er sich. Der Portier half Nick auf die Füße, murmelte etwas über sein geschwollenes Kinn und rief die Polizei an.

Müde und zufrieden saß Nick auf der Couch. In der Ferne ertönte das Geheul einer Polizeisirene, das langsam näher kam.

Draußen nahm der graue Himmel ein abendliches Dunkel an. Von Süden wehte ein scharfer Wind. Nick blieb auf den Stufen der Bank stehen und atmete tief durch. Er hatte erwartet, daß er glücklicher sein und sich freier fühlen würde. Statt dessen hatte er immer noch das Gefühl, daß er irgendwo hinrennen, sich mit irgend jemand treffen müsse, er sich aber nicht erinnern konnte, wer oder wo es sei. Zum erstenmal seit seiner Ankunft vor zwei Monaten im Heimatland seines Vaters mußte er nirgendwohin und hatte auch keinen engen Terminplan einzuhalten. Er war allein.

Ein schwarzer Mercedes parkte am Straßenrand. Sterling Thorne ließ das Fenster herunter. »Steigen Sie ein, Neumann. Ich fahre Sie nach Hause.«

Nick kletterte in den Wagen. Er wartete auf einen abschließenden Kommentar zu den Ereignissen, aber Thorne hielt ausnahmsweise den Mund. Der Wagen fuhr los, und einige Minuten lang sagte keiner ein Wort. Nick warf durch das Fenster einen Blick zum Himmel. Thorne rutschte auf seinem Sitz herum und sah dann lächelnd über seine Schulter nach Nick. »Sagen Sie, Neumann, wissen Sie, wo man in dieser Stadt einen anständigen Hamburger bekommen kann?«

Am Mittwoch morgen stand Nick in der Abflughalle des Züricher Flughafens und studierte die große schwarze Tafel, auf der alle Flüge des Vormittags aufgelistet waren. Er trug seinen Mantel über dem Arm. Sein einziger Koffer stand neben ihm auf dem Boden. Er verlegte sein Gewicht auf den Stock, um sein verletztes Bein zu entlasten, und ließ seine Augen über die Flugziele schweifen: Frankfurt, Stockholm, Mailand. Die Namen erregten ihn. Es waren kosmopolitische Städte, die die Chance boten, ein neues Leben anzufangen. Aber er richtete die Augen auf vertrautere Ziele: Chicago, New York, Los Angeles.

Die Abflugtafel begann zu flimmern. Neue Buchstaben erschienen an Stelle der alten, und alle Flüge kletterten eine Reihe weiter nach oben, ein paar Minuten näher an den Start heran. Eine Ansage tönte durch den Lautsprecher: *»Swissair flight one seven four, departure to New York, now ready for boarding through gate sixtytwo.«* Dann wurde die Ansage auf deutsch und italienisch wiederholt.

Nick öffnete seine Brieftasche und zog ein weißes Stück Papier heraus. Er faltete es auseinander und las die Adresse: 750 Park Avenue, Apartment 16B. Er lächelte. Die einzige Art, auf die Anna in diesem Sommer nach Griechenland fliegen würde, war zusammen mit ihm. Er stellte sich vor, daß eine Zeremonie auf der Akropolis sehr schön sein könnte. Er sah auf und fand seinen Flug nach New York auf der Anzeigetafel. Er hatte noch dreißig Minuten Zeit.